한국현대소설의 이론과 쟁점

최영자 지음

국학자료원

서문

이 책은 그동안 학술지에 발표한 논문들을 한데 모은 것이다. 책을 엮으면서 잘못된 부분을 일부 수정하였다. 책의 이해를 돕고자 세 가지의 주제 담론으로 나누어 엮었다. 이에 김훈, 박범신, 박상륭, 서정인, 이창동, 이청준, 윤대녕, 윤후명, 조세희, 조정래, 최상규, 현길언, 황순원 등의 일제강점기와 육이오, 근대화와 산업화 그리고 후기자본주의를 점철하는 작가들의 소설을 중심으로 논하고자 하였다. 여기에는 하이데거, 마르크스, 프로이트, 데리다, 라캉, 지젝, 레비나스, 푸코 등의 이론들이 함께 접목되어 있다.

소설은 일반적으로 '꾸민 이야기' 혹은 '허구적 이야기'라는 의미를 갖고 있다. 오늘날에 이르러 소설 형식은 그런 단순한 허구적 이야기 이전에 한 시대 한 사회의 역사성이 작가의 상상력을 바탕으로 변증법적으로 재현된 조형물 혹은 구성물이라는 의미를 지니고 있다. 따라서 novel, fiction 등의 의미로 회자되어 온 소설 형식은 오늘날에 이르러 서사물 혹은 서사학의 개념으로 총칭되어 온다. 그것은 파란만장한 인간 삶의 총극, 즉 서사시(epic, 敍事詩) 라는 고대로망스로부터 소설의 기원을 갖고 있기 때문이기도 하다. 작가, 화자, 작중인물, 독자 간의 긴장과 대립을 바탕으로 하고 있는 소설 형식은 당대를 반영하는 다양한 계층 담론의 상호교통의 장이면서 이데올로기의 장이다. 더불어 소설이라는 문학 형식은 역사와 철학 그리고 기타 다양한 담론과 상호텍스트성을 갖는다. 이는 소설 형식이 또 다른 의미를 생산하는 담론의 장이면서 글쓰기의 원천이기도 하기 때문이다.

그런 의미에서 이 책은 그런 또 다른 글쓰기의 연장선에 있다. 이 책은 '아버지, 죽음, 존재, 이데올로기, 역사, 사물화' 등의 키워드로 구성되어 있다.

제1부 서사담론은 현길언, 조정래, 최상규, 이창동, 이호철, 서정인 등의 소설을 중심으로 다양한 가족담론과 집단담론의 의미를 조명하였다. <우리들의 祖父님> <불과 재> <身熱> 등의 현길언 소설에는 역사적 사건이 과거 역사적 격동기를 거치면서 추상적 이데올로기에 매몰된 집단적 폭력에 의해 어떻게 물질화되어 가는지 분석자와 피분석자 간의 서술담론으로 펼쳐져 있다. 이어 <소지>와 <친기> 등 이창동 소설을 중심으로 정신분석학적 의미에서의 가족분석담론을 규명하였다. 이창동의 소설들은 아버지로 비롯되는 가족사를 중심으로 분석자와 피분석자의 위치에서 당대 사건을 객관적 관점에서 증언하고 고백함으로써 새로운 담론 텍스트를 구성하는 시발점을 형성한다. 이를 통해 가족서사 텍스트의 오류를 바로 잡고 새로운 주체로 정립할 것을 표명한다. 또한 최근에 『한중인문학연구』에 발표한 조정래의 <아리랑>과 중국 작가 莫言의 <紅高粱家族>을 중심으로 한·중 양국의 항일저항담론의 의미를 고찰하였다. 여기에는 당대 민중들의 위기적 크로노토프와 그것을 중심으로 어떠한 저항담론을 생산하였는지 고찰하였다. 반면 <악령의 늪> <형성기> <건곤> <加減法> <새벽기행> 등의 최상규의 소설을 중심으로 다양한

신경중적 증후들에 직면하고 있는 주인공들의 병리적 현상을 고찰하였다. 아버지 살해, 동성애적 욕망, 원시적 공동체에 대한 향수 등의 병리적 증상의 이면에는 상징적 아버지에 대한 부정과 동시에 강력한 힘을 가진 기원적 아버지에 대한 열망이 담겨 있음을 고찰하였다. 이호철의 '<서울은 만원이다>를 통해 본 '돈'의 행방 찾기와 의미' 에서는 새롭게 대두되는 상업적 자본주의에 따른 계층적 분화와 거대자본 형성의 맥락을 고찰하였다. 암울한 현실인식을 세 명의 초점화자를 중심으로 재현한 서정인의 <강>을 중심으로 담론주체들의 소통 양상과 당대의 사회적 지표를 고찰하였다.

이어 제2부는 윤대녕, 박상륭, 박범신, 윤후명 등의 소설을 중심으로 주체의 존재론적 담론을 규명하였다. <천지간>, <은어낚시통신>, <소는 여관으로 들어오다> 등 윤대녕의 다수의 소설에는 일상에 혼재하는 환영적 메커니즘을 통해 사물화된 일상을 낯설게 인식하는 주인공들의 모습이 등장한다. 이어 박상륭의 <잠의 열매를 매단 나무는 뿌리로 꿈을 꾼다> 연작에 나타난 주인공의 관념과 존재론적 사유를 조명하였다. '제4의 늙은 아해' '제5의 늙은 아해' '제6의 늙은 아해' 로 상징되는 늙은네의 사유는 자아동일성에 기반해 있는 현대적 주체의 모순을 대변한다. 다음으로 인간이 궁극적으로 도달해야 할 죽음 담론을 제시하고 있는 박범신의 <주름>은 하이데거와 레비나스의 담론을 바탕으로 고찰하였다. 여기에서 죽음은 우리의 삶본능과 직결돼 있음에 대한 통렬한 인식으로 드러난다. 여기서 죽음은 현존재를 규정하는 어떤 가능성이면서 불가능성이기도 하다.

<하얀 배> <돈황의 사랑> <누란의 사랑> <협궤열차> 등의 일련의 윤후명의 소설 속 주인공들은 길가의 이름 모를 풀이나 꽃과 같은 미세한 사물에 대한 직관적 사유를 통해 존재의 어떤 근원성을 탐구하고 있다. 존재의 자각에 대한 이 같은 성찰의식은 일회성화 되어가는 자본주의적 메커니즘 속에서 윤후명 소설이 갖는 의의라고 할 수 있다. 다음으로 <호랑이는 왜 바다로 갔나>와 <눈의 여행자> 등 윤대녕의 소설을 중심으로 주인공들의 일상에 인접한 죽음환영이 존재의 본질에 대한 성찰로 이어짐을 조명하였다. 다음으로 '유리'라는 추상적 공간에서 40일 동안의 죽음의 구도화를 이루는 박상륭의 <죽음의 한 연구>를 조명하였다.

마지막으로 제3부에서는 조세희, 이청준, 김훈, 황순원 등의 소설에 나타난 이데올로기와 사물화적 담론을 조명하였다. 먼저, 자본주의적 메커니즘에 의해 자신의 보금자리가 하루아침에 철거당하는 현실을 재현한 조세희의 <난장이가 쏘아올린 작은공> 연작을 조명하였다. 여기에는 사물의 본질성에 대한 인식과 성찰, 그리고 능동적 의지와 실천의 의미가 조명돼 있다. 이어 <이어도> <석화촌> <당신들의 천국> 등을 통한 이청준의 소설에서는 은폐된 진실을 둘러싼 서술구조 간의 긴장성을 조명하였다. 이를 통해 여성적 메커니즘이 어떻게 남성지배담론을 균열하는지를

밝히고자 하였다. 이어 <빗살무늬토기의 추억> <현의 노래> <칼의 노래> 등 김훈 소설에 나타난 이데올로기적 환상성을 고찰하였다. 이를 통해 역사와 물질의 무의미성 그리고 현대적 주체의 존재적 의미를 조명하였다. 마지막으로 황순원 <日月> 김원일 <노을> 문순태 <피아골>을 중심으로 권력담론의 희생자로서의 '아버지'에 대해 고찰하였다. '백정'과 '좌익이데올로기'라는 기표에 연유된 아버지는 결국 권력담론의 희생자의 다름 아니었음과 새로운 주체의 정립에 대해 조명하였다.

이처럼 소설 읽기는 개인과 집단 그리고 역사에 얼룩진 수많은 상흔들을 이해하고 반성하는 계기가 되는 동시에 존재의 당위성을 제시한다. 이러한 의미에서 그동안 쓴 글들을 엮으면서 반성적 시간을 갖는 계기도 되었다. 책이 나오도록 힘써 주신 국학자료원 정찬용 원장님 이하 김효은, 백지윤 선생님과 직원님들 그리고 스승 김용구 선생님께 감사의 인사를 전한다. 아울러 현대문학연구에 입문하는 후속 연구자들에게 도움이 되었으면 하는 바람이다.

2016년
최영자

차례

제3부 이데올로기와 사물화

제1부 서사담론

현길언 소설에 나타난 집단로맨스와 반영적 글쓰기

1. 서론

본 논문의 목적은 현길언 소설에 나타난 집단로맨스적 환상을 고찰하는 것이다. 이를 통해 그의 소설에 나타난 실제로서의 역사적 사건이 과거 역사적 격동기를 거치면서 추상적 이데올로기에 매몰된 집단적 폭력에 의해 어떻게 물질화되어 가는지 분석자와 피분석자 간의 서술담화를 통해 분석하고자 한다. 80년대 <급장선거> (1980,『현대문학』)로 등단한 현길언은 <우리들의 祖父님> (1982) <불과 재> (1985) <廣靜堂記> (1984) <우리들의 스승님> (1985) <얼굴없는 목소리> (1985) <身熱> (1984) 등 정치와 이데올로기에 연관된 글을 주로 써왔다. 이후 <새로운 제사를 위하여> (1992) <회색도시> (1992) <풍화하는 혼> (1992) <보이지 않는 얼굴> (1997) 등 꾸준한 작품활동을 해왔고 이 외에도 다수의 평론을 발표한 바 있다. 이러한 글들은 대개 '4 · 3사건' 등 일제시대와 해방이후 그리고 육이오의 혼란기를 거치면서 주로 제주도라는 지역사회 안에서 일어난 역사적 사건이나 이데올로기 그리고 설화와 연관되고 있다.[1] 이처럼 그는 문학과 정치 그리고 이데올로기와 연관해 그 안에서 작동되는 "폭력과 부조리를 비판적으로 비판"[2]하는 글을 주로 써 왔다. 그러다보니 그의 문학은 역사를 인식하는 한 방편인 듯한 인상을 주는 것도 사실이다. 그러나 '문학'을 '역사'와 접목해 치열하게 탐구한 그의 업적은 한국문학사의 하나의 성과라고 사료된다. 더불어 그러한 그의 문학과 역사에 대한 탐구정신이 역사를 새로운 관점에서 인식하고 창조하는 기틀을 마련하고 있다는 점에서 의의가 많다고 볼 수 있다. 그에 대한 본격적인 연구는 미흡한 실정이지만, 소수의 논자들에 의해 '역사'와 '문학'적 담론을 중심으로 평론이나 연구가 꾸준히 진행되고 있다.[3] 논자들의 통일된 주제는 '증언' '한풀이' '치유'라는 핵심어로 집약되고 있지만, 텍스트의 표면적인 주제로만 접근되고 있을 뿐, 정작 그것이 어떠한 메커

1) 현길언, 김영화, 「濟州說話를 통한 濟州島精神 考究 : 堂神 본풀이와 人物(壯士) 傳說을 中心으로」,『논문집』12, 제주대학교, 1980; 현길언, 「제주학 연구 방법론 : 문학을 중심으로」,『濟州島研究』14, 제주도연구회,1997:「역사적 사실과 문학적 인식 : 李衡祥목사의 神堂 철폐에 대한 설화적 인식」,『탐라문화』2, 제주대학교 탐라문화연구소, 1983: 현길언, 「저항사에서 수난사로: 제주 근·현대시에 대한 성찰적 인식」,『본질과 현상』28, 본질과 현상, 2012.
2) 유성호, 「이데올로기 비판과 사랑 옹호의 서사- : 현길언의 '잔인한 도시'론」,『본질과 현상』23권, 본질과 현상, 2011, 264쪽.
3) 양철수, 「현길언의 4·3소설 연구」,제주대학교 석사학위논문,2010; 박미선, 「4·3소설의 서술 시점 연구 : 현기영과 현길언의 작품을 중심으로」,경희대학교 박사학위논문,2009; 김동윤, 「현길언 소설의 제주설화 수용 양상과 그 의미」,『한국언어문화』3, 2006; 오생근, 「현길언의 소설- 삶의 진실과 사랑의 탐구」,『본질과 현상』18, 본질과 현상, 2009; 김기석, 「역사적 진실 드러내기- 현길언의 '우리들의 스승님'」『새가정』43, 새가정사, 1993; 김창수, 「현길언 '전쟁놀이' '그 때 나는 열한 살이었다' '못자국」,『창비어린이』3, 2003 ; ; 박연숙, 「현길언 역사동화 연구」, 경일대학교 석사학위논문, 2010; 서경석, 「동북아 4국의 <문학과 정치>론 - 현길언,『문학과 정치 이데올로기』」,『본질과 현상』6,본질과 현상,2006.

니즘으로 서술화되고 있는지 더불어 그 안에 감추어진 이데올로기나 역사의 본질에 대한 분석은 이루어지지 않고 있다. 예컨대, 박미선의 현기영과 현길언 소설을 중심으로 한 '4·3사건의 서술시점'에 대한 연구[4]에서는 두 작가 모두 '4·3사건'을 실제 경험했고, 이를 역사적 사건의 형상화를 통해 보여주었다고 평가하고 있다. 더불어 상이한 서술시점에 의한 작가의 가치관과 세계관이 투영됨을 논하고 있다. 이 논문은 현길언 소설의 중요 특성의 하나인 서술시점을 '우스펜스키'의 서술적 관점을 적용하여 본격적으로 거론했다는 점에서 의의가 있다. 그럼에도 '4·3사건'의 역사적 조명에 국한된 감이 있고, 그러다보니 사건에 연루된 관련자들과 사건의 본질인 이데올로기가 텍스트 내에서 어떻게 충돌하고 있는지 또 어떻게 그것의 본질이 왜곡되고 있는지 드러나지 않고 있다. 실제사건이 소설언어로 구성되기 위해서는 교묘한 텍스트적 장치가 필요하다. 더불어 그에 대한 분석 또한 이를 중심으로 이루어져야 한다. 본고는 이러한 의미에서 역사적 사건 속에 감추어진 사적사 혹은 가족사 나아가 집단적 주체가 어떻게 이데올로기적 환상에 빠져 역사적 오류를 생산해 내는지에 초점을 두고자 한다. 이는 역사적 조명이라는 긍정적 의미보다 역사 자체가 근원적 오류를 토대로 형성된 것이라는 현길언 소설의 본질 혹은 글쓰기적 의미를 밝히는데 일조할 것이다.

현길언의 소설은 대체로 어떤 사건의 본질이나 진실을 추구하고자 하는 화자 혹은 분석자가 등장하고 더불어 사건에 연루된 증언자의 진술[5]

---

4) 박미선, 앞의 논문.
5) 기존 논자들이 '증언'의 개념으로 사용하였는데, 본고는 프로이트의 자기반영론적 개념에 의거 '진술'로 사용하였음.

이 전제된다. 그러는 과정에서 당초의 사건은 원초적 의미와 다른 의미로 반전되기도 하고 때로는 진실 자체가 모호해지는 경우도 있다. 이러한 관점에서 현길언의 소설들은 화자가 당대 사건에 관련된 주인공들의 찾아다니며 그의 진술을 바탕으로 새로운 역사적 담론을 이끌어내고자 하는 분석적 서술이 중심을 이룬다. 더불어 이 같은 서술에는 화자의 일방적 진술이나 회고에 그치지 않고, 분석자와 피분석자간의 밀고 당기는 저항적 서사가 적용되는데, 이는 다분히 프로이트적 서술담론을 환기하게 한다. 당대 역사적 사건에 대한 결과와 그에 따른 원인을 탐색하고 밝혀내려는 현길언 소설의 반영적 서술의 특성은 인과론적으로 어떤 원초적 원인을 찾아내는 데 있다기보다 "언술의 결과나 효과로서의 사건을 드러"[6]내는데 치중하고 있다. 예컨대 현길언 소설에 자주 적용되는 '4·3사건'은 어떤 사건에 대한 명확한 진위여부를 밝혀내기보다 당대 사건을 되짚어보고 언술하는 과정 그 자체가 중시되고 있다. 많은 연구사에서 '4·3'사건은 제주도민으로 하여금 불행한 역사를 경험하게 한 동인으로 작용한다. 더불어 당대 역사적 사건에 대한 다양한 관점이 제기되고 연구되고 있는 실정이다.[7] 이러한 관점에서 실제 역사적 사건의 문학적 형상화를 통한 조명은 보다 객관적 평가를 이끌어낼 수 있다는 점에서 유효하다고 할 수 있다. 소설텍스트의 본질적 특성인 서술시점의 교차는 이데올로기의 본질에 좀더 근접할 수 있는 조건을 제시하기 때문인 것이다. 이로 볼 때 현

---

6) 박찬부,『현대정신분석비평』, 민음사, 1996, 305쪽.

7) 한혜경,「제주4·3사건 기념의례의 형성과 구조」, 전남대학교 박사학위논문, 2008 ; 장윤식,「제주 4·3사건 초기 '무장대의 조직과 활동 :「제주도인민유격대 투쟁보고서」의 분석」,『4.3과 역사』5, 제주4.3연구소, 2005.

길언의 소설들은 복합시점을 통해 우리로 하여금 역사적 사건의 이면에 대한 보다 객관적인 성찰을 유도한다고 볼 수 있다.

따라서 현길언의 소설은 어떤 주제를 이끌어 내거나 중심서사에 매몰되는 것이 아니라 언술 그 자체에 의미가 내재돼 있다고 보는 것이다. 현길언 소설의 이 같은 특성은 텍스트 그 자체가 하나의 담론이 되는 것이고 그러한 텍스트적 무의식을 통해 언술 주체들의 감추어진 사적사와 이데올로기적 담론에 억울하게 희생된 자들의 넋을 위로하고 치유하는 효과를 생산한다. 때문에 그의 소설은 이데올로기의 본질에 대한 추구보다 언어란 이미 타자에게 말을 건네는 순간 의미가 형성된다는 정신분석학적 과정이 적용되는 경우가 많다. 주지하다시피 프로이트의 정신분석은 분석자가 환자의 진술을 들어줌으로써 그의 무의식적 욕망을 들추어내는 것이다. 이때 환자의 진술은 환자의 무의식에 억압돼 있는 어떤 사건을 끄집어 내는 진술 그 자체로 의미를 지닌다. 피분석자인 의사는 단지 진술된 무의식의 언어를 조립하고 그를 통해 사후적으로 의미를 해석할 뿐이다. 무의식이 의식에 진입하기 위해서는 여러 가지 저항요소를 극복해야 하고, 그러기 위해서 "개인이나 사회에 문제를 일으키지 않는 환상"이라는 메커니즘을 통해 진입해야 한다.[8] 무의식의 이러한 특성은 온전한 진리를 말하는데 장애요소가 되는데, 이 때문에 인간은 언어활동을 통해 진리를 있는 그대로 다 전달하지 못한다.[9] 말하자면 정신분석에서 가장

---

8) 주지하다시피 무의식은 '기호=능기/소기'라는 소쉬르의 언어학적 기본법칙에 따라 구조화되어 있다. 이때 '/'은 저항 혹은 분리선으로서의 의미를 지닌다. 김형효,『구조주의 사유체계와 사상』, 인간사랑,1989; 2010.[개정]. 292~294쪽. 참조.
9) 위의 책, 294쪽. 참조.

중요한 것은 피분석자의 저항을 극복하거나 해소하는 일이라 해도 과언이 아니다. 피분석자의 언어는 검열자를 따돌리기 위해 꿈작업이라는 변형과정을 거쳐 의식에 떠오르는 꿈의식과 유사하다. 꿈과 소설은 '이야기'와 '언술된 담론' 사이의 긴장관계가 전제된다는 점, 그리고 둘 다 사후적인 의미를 갖는다는 점에서 반영론적 리얼리즘의 특성이 강하다.10) 때문에 소설가는 주인공으로 하여금 부분적으로나마 자신의 마음을 읽도록 해야 하고 묘사해야 한다. 왜냐하면 소설가는 독자로 하여금 또다른 수수께끼를 던지는 것이기 때문이다.11) 그런 의미에서 소설은 완벽할 정도로 정신분석 연구와 닮아 있다.12)

'문학과 정치 그리고 이데올로기'를 주제로 하는 현길언의 문학적 특질과 연관해 볼 때 분석자와 피분석자간의 언술(discourse) 담론 비평은 유효한 방법이라 할 수 있다. 현길언 소설은 당초의 사건이 마을주민들의 폭력에 의해 전혀 다른 특질의 사건으로 부풀려지거나 왜곡되는 경우가 많은데, 여기에는 집단적 관념이 만들어낸 무의미한 이데올로기가 작용하는 경우가 대부분이다. 그리고 그러한 이데올로기는 불행한 가족사나 역사의 원천이 된다. 현길언의 소설은 이 정점에서 그러한 역사의 오류를 바로잡거나 탐구하려는 의지를 소설언어로 형상화한 것이다. 이때 서술화자는 역사적 사건의 본질을 추구하는 의지를 발현하지만 명확한 의미를 밝혀내기보다는 윤곽이나 표층만 제시할 뿐이다. 이런 의미에서 그의 소설은 다분히 프로이트식의 가족로맨스(Family Romances)를 환기하게

---

10) 박찬부, 앞의 책, 304~305쪽. 참조.
11) S, Freud. 정장진 옮김, 「빌헬름 옌젠의 '그라디바'에 나타난 망상과 꿈」, 『예술, 문학』, 『정신분석』, 열린책들, 1997;2003.[재간], 82~84쪽. 참조.
12) 위의 책, 55쪽. 참조.

한다. 주지하다시피 아이가 아버지의 법을 수용하기 위한 단계로서 적용되는 가족로맨스는 아이가 성장과정에서 자신에게 유리하게 적용하기 위해 부모는 물론 형제자매에 대해 거짓되고 환상적인 로맨스를 꿈꾸는 것이다.13) 가족로맨스는 프로이트의 「신경증 환자들의 가족로맨스」의 묘사에서 등장한다. 이는 신경증환자뿐만 아니라 정상적인 사람에게도 볼 수 있는 현상으로 어린아이는 부모와 형제자매로부터 멀어지면서 매우 특이한 상상력을 발휘한다. 가족로맨스는 아이의 부모 혹은 형제자매로부터 받은 서운함을 복수하고자 하는 무의식적 감정의 발현현상이다. 이 과정에서 자신만이 고귀한 부모의 자식이고자 형제자매들을 서자庶子로 만들거나 제거하는 상상력을 발휘하는 것이다. 여기에는 힘 있는 아버지를 높이고 동경하려는 의식이 작용한다. 이렇게 아버지와의 동일시적 욕망은 근대적 남성주체 나아가 집단적 주체의 원형이 된다. 여기서 '아버지'의 기원은 형제들간의 연대를 통해 독점적 아버지를 살해하고 기원의 아버지를 복원해내고자 했던 '토템과 터부'의 죽은 아버지임을 말할 것도 없다. 이렇게 근대 남성주체는 가족 로맨스를 통해 과거 극복과 새로운 질서 구축을 위한 정당성으로 적용하였다. 때문에 이 기원적 아버지에는 기본적으로 애도와 죄의식이 내재돼 있다. 주지하다시피 오이디푸스 서사에는 부친 살해 욕망을 내면화하는 남자아이의 아버지의 부정을 통해 상징적 권력의 상속자로 거듭나려는 속죄와 자기처벌의식이 내재돼 있다. 이처럼 가족로맨스에는 상징적 아버지에 대한 폭력과 그를 무마하기

---

13) 본고는 프로이트의 '가족로맨스'의 개념을 '집단로맨스'의 개념으로 사용하였다. S, Freud, 김정일 옮김, 「가족로맨스」, 『성욕에 관한 세편의 에세이』, 열린책들, 1997;2003 [재간], 197~204쪽. 참조 ; 이윤기 옮김, 「토템과 터부」, 『종교의 기원』, 열린책들, 1997;2003.[재간], 203~240쪽. 참조.

위한 집단적 주체의 죄의식이 내재돼 있는 것이다. 그리고 그것은 나아가 집단로맨스로 확대된다. 말하자면 집단적 주체들은 아버지의 법을 상징화함으로써 규율화하고 보다 강한 폭력자로 행세하는 모순을 자행하고자 이데올로기를 강화하는 것이다. 이데올로기적 메커니즘은 이처럼 '죽은 아버지'를 토대로 보다 강력한 아버지의 법을 반복하고 강화한다. 이는 눈을 뜨고도 그 표면에서 작동되는 실제의 중핵을 보지 못하는 꿈 작용과 같다.

마찬가지로 가족 혹은 집단을 둘러싼 이데올로기의 본질 역시 이데올로기적인 중핵 그 상태로 남게 될 뿐 그 본질은 영원히 미스테리적인 상태로 남는다.14) 이데올로기를 가능하게 하는 것은 그 이면에 구조화된 이데올로기적 환상이다.15) 이데올로기는 자신이 행하고 있는 것을 알지 못하는 환영, 다시 말해 참여하고 복종하는 참여자들의 무지를 통해서만 존재할 수 있는 사회적인 현실 그 자체이다. 만일 우리가 사회적 현상의 본질을 알아채거나 '너무 많이 안다(know too much)'면 주체나 사회는 와해되어 버릴 것이다.16) 이데올로기는 어떤 형식으로든 역사에 참여했던 주체 모두에게 트라우마로 작용한다. 때문에 이데올로기는 그 본질이 가려진 채 행해져야 한다. 이데올로기는 내재화된 어떤 것이 아니라 사회적인 장 속에서 구현되고 물질화되는 어떤 것이기 때문이다.17) 복종을 강요하는 윤리적 구성물로서의 이데올로기적 규범은 주체로 하여금 이처럼 스스로 그러한 윤리적 구성물을 전능하다고 믿는 듯이 행동하게 한다.18)

---

14) Žižek, Slavoj, *The Sublime Objeoct of Ideology*, Verso trans, prined and bound in Great by Bookmarque Ltd. Croydon, 1989, pp.47~48 참조.
15) ibid. p. 44. 참조.
16) ibid. p. 21.
17) ibid, p. 36
18) ibid, p. 36

2. 집단로맨스적 환상과 진술적 서술 담론

현길언의 대다수 소설에는 지역 중심 인사들의 이권 갈등에 의해 거짓이 진실로 위장되고 포장되는 사례들과 그것이 나아가 또다른 왜곡된 이데올로기의 근원이 되고 있음이 나타난다. 특히 일제시대와 해방이후 그리고 육이오의 혼란기를 거치면서 마을사람들의 사적 감정이 이데올로기적 본질로 변질되면서 불행한 개인과 가족사의 원천이 되고 있다. 이때 집단적 공동체인 마을과 그 마을에 소속된 이들의 사적감정이 사건의 본질에 영향을 끼친다. 이러한 사항은 80년대 발표된 <우리들의 祖父님> <불과 재> <身熱>등의 소설을 통해 확인 할 수 있다.

<불과 재>는 '4·3사건'이라는 역사적 사실을 다루었다는 점에서 <身熱>과 동일한 주제를 가지고 있다. 실제 1948년 4월 3일 제주도에서 일어난 '4·3사건'을 형상화한 <불과 재>나 <身熱>은 작가가 교묘한 서술전략을 펼 수밖에 없는 주제를 가지고 있다.[19] <불과 재>에서 '나'는 '4·3사건' 당시 폭도들을 피해 가족들과 마을 사람들은 피난을 가고 집에 남아있던 할아버지와 할머니가 폭도들에게 죽음을 당한 불행한 가족사를 '나'의 시점에서 회상하는 서술로 시작한다. 이러한 서술은 '나'가 연모하던 좌파 '고진국(고 선생)'의 가족이 떼죽음을 당하던 기억서술과 겹친다. '남도시 승격경축행사'에 '시가'를 만들어 참여하게 된 '나'는 국회의원, 도지사, 시인 및 도내 내로라하는 기관장들이 모여 서로의 공로를 치

---

19) 1948년 제주도에서 '4·3 사건'은 도민과 군경간의 6년여 간의 소요사태이다. 좌익과 우익 단체가 개입되고, 군경과 도민이 충돌하는 과정에서 수만 명의 사상자를 낸다. 장윤식, 앞의 논문, 참조.

하하는 현장을 목격한다. 동시에 '나'는 번화한 시가지로 변한 '시'가 당대 4·3 사건의 유혈지였음을 그리고 초등학교시절 선망의 대상이었으나 '빨갱이'로 몰려 가족이 떼죽음을 당한 '고진국' 선생을 회고하는 것이다. 또한 유일하게 생존한 '고진국'의 딸 '고 여사'가 어떻게 그 지역의 존경받는 인사로 추앙받는지에 대해 의구심을 갖는다. '고 여사'는 가족 몰살 후 외가에 의해 성장하였고 성인이 된 후 유지되어 오던 재산을 물려받아 그곳에 호텔을 지으면서 사교계의 유명인사가 된다.

그러면서 '나'는 친구 '강태삼'과 함께 공비들의 습격 후 군경합동작전에 의해 공비토벌작전이 벌어지면서 좌익과 우익의 전세가 뒤바뀌고 마을 주민들은 서로 적이 되어 죽고 죽이던 유혈현장을 생생하게 기억한다. '나'는 당시 공비들에 의해 처참하게 죽은 할아버지 할머니의 시신을 목격한 후 밤마다 악몽을 꿀 뿐만 아니라, 성장해서도 '죽음'이란 정말 끔찍하도록 무서운 것이라는 거세 콤플렉스에 시달린다. 이는 비단 '나'뿐만 아니라 "불꽃과 군중들을 보면서 어릴 때 일들이 자꾸 되살아"(<불과 재>, 224쪽) 난다는 친구 '김석문'도 마찬가지다. 이처럼 '나' '강태삼' '김석문'은 당대의 사건을 어린 눈으로 직접 바라보고 체험한 증언자로서 존재한다. 때문에 서술은 주관적 시점에 의한 반영적 서술이 주를 이룬다. 이때 '나'는 당대의 사건을 객관적 시점에서 재구성하는 분석자의 위치에 있게 된다. 이 같은 소급적용을 통해 당대 사건에 대한 보다 객관적인 평가를 가능하게 하는 효과를 자아낸다. 그러나 이와 같은 사후적 분석은 당대 사건을 성찰하는 효과는 가져올 수 있지만 신빙성 있는 서술이라고는 단정하기 어렵다.

한편 <身熱>(1984)은 역시 일제시대 일제에 동조하며 입지적 인물로 부각되고 사후(死後) '선구적인 시민상'을 받게 되는 '김만호'와 한글 교육에 앞장섰으나 사상범으로 몰려 낙오되는 '강성수'라는 대립적 인물을 등장시킴으로써, 역사적 진실의 오류를 파헤치고자 한다. 이런 점에서 역사의 진실을 파헤치려는<불과 재>의 주제와 유사하다고 할 수 있다. '기자'이자 화자인 '나'는 신문사 '사장'으로부터 '김만호'를 취재하라는 명을 받고 고향으로 내려와 그의 행적을 취재하던 중 그에 대한 마을사람들의 의견이 엇갈리고 있음을 목격한다. 이후 '나'는 '재종숙' 등의 사람들로부터 '김만호'가 일제시대 서른도 안 된 나이에 '면장'을 지냈으나 죽은 후까지 '선구적인 시민상'을 받을 만한 위인은 아니라는 등의 그에 관련된 당대 사람들의 진술을 듣게 된다. 더불어 당시 야학을 하던 '강성수' 목사와 불화하면서 한 사람은 우상화되고 다른 한 사람은 빨갱이로 몰려 비극적인 죽음을 맞았다는 사실을 알게된다. 이로 인해 '나'는 당대 사건에 대해 본격적으로 의문을 품고 사건에 관여된 사람들을 찾아다니며 진술을 요구한다. 이때 '나'는 분석자의 위치에서 당대 사건 관련자들의 진술을 요구하지만 무슨 일에서인지 사람들은 하나같이 교묘하게 진술을 거부한다. 이러한 진술자들의 저항으로 인해 서술은 지연된다.

> 예, 그분에 대해서도 지나가는 이야기를 들을 정도로 알고 있을 뿐입니다. 일제 때 항일투쟁을 하였다고 들었읍니다만 불행히도 사상관계로……
> 뭔가 꺼리는 눈치를 보이면서 말끝을 흐려버렸다.
> 목사님께서는 그분이 바로 공산당원이었다는 사실을 믿습니까?
> 나는 다소 엉뚱하다 생각하면서도 짓궂은 질문을 던졌다
> (<身熱>,169쪽).

나는 그런 이야기를 들으면서 사람들이 너무나 지나간 역사에 대해여 관심이 없다는 데 착잡하였다. 자기가 시무하는 교회의 피어린 역사에 대한 관심도 없고서 어떻게 미래의 교회를 설계할 수 있을까. 역사에 대한 무관심은 바로 진실에 대한 무관심 때문이라고 생각하자, 세상이 야박하게 보였다 (＜身熱＞, 169~170쪽).

이후에도 '나'는 많은 사람들을 찾아다니며 진술을 요구하지만 모두 회피한다. '나'는 인구에 회자되는 '김만호'보다는 마을사람들의 기억에서 사라져간 '강 목사'에 더 진실의 무게를 두는 것이다. 일제시대 자신의 업적을 달성하기 위하여 군중 속을 뚫고 들어가 친할아버지의 상투를 잘랐다는 '김만호'의 업적은 마을 사람들에 의해 세월이 지나 부풀려지고 날조되면서 전설적 인물로 각인돼 있음을 알게 되지만, 이미 사람들의 뇌리에 역사의 이름으로 각인된 이데올로기는 이데올로기 그 자체로 숭배되고 있는 것이기에 그것을 뒤집기란 쉬운 일이 아님을 알게 된다. 그러면서 '나'는 역사의 진실이란 집단로맨스적 환상에 빠진 지역주민들의 이데올로기적 산물의 다름 아님을 알게 되는 것이다.

예상 외로 강성수와 김만호 두 사람에 대한 이야기를 많이 들을 수 있어 저녁에 우울했던 가슴이 어느 정도 풀리기는 하였으나, 강성수의 죽음과 지금까지 그를 공산주의자로 인식하게 된 연유는 풀지 못한 채 가슴 한구석에 그대로 남아 있었다 (＜身熱＞, 180쪽).

죽은 '강성수'의 진실을 파헤치기 위한 '나'의 이 같은 노력은 당대 억울하게 희생된 익명적 주체에 대한 반성적 성찰이 전제가 되고 있다.

알겠습니다. 초면에 부담되는 청을 하게 되어서 죄송합니다. 듣고 싶은 이야기들이 밝고 아름다운 것이었다면 모르되, 생각하고 싶지도 않은 역사 속에서 이미 잊혀져 아무 흔적도 없이 깨끗이 사그라져서 없어질 일들을 다시 후벼내어서 그 아프고 부끄러운 것들을 헤쳐 놓는 일부터가 유쾌한 일이 못 되긴 합니다만, 뭔지 아쉬움 같은 게 남아서 뵙고 싶었습니다.

나는 사실 그에게 어떤 부담을 준 일에 대하여 도리어 미안하였고, 그가 이야기하기를 거부하는 게 불쾌하다거나 아쉽지도 않았다

(<身熱>, 187쪽).

이를테면 누구든 정의를 묵과하고 진실을 두려워한 죄의식에서 자유로울 수가 없기 때문이다. 그것이 이데올로기라는 명명하에 부과된 집단적 주체의 역사적 임무였기 때문인 것이다. 이처럼<불과 재>와 <身熱>은 왜곡된 이데올로기의 오류를 파헤치고 있다는 점, 그리고 많은 페이지가 진술과 보고형식의 요약서술을 취하고 있다는 점에서 유사하다. 또한 당대 빨갱이로 몰린 두 주인공(전자는 '고진국' 후자는 '강성수')을 다루었다는 점에서 같지만, 후자에 비해 전자에 회고자의 주관적 요소가 많이 개입되고 서술형식에 의해 역사를 바라보는 관점이나 진실에도 차이가 있다.

①그날, 저녁이 되면서 학교 운동장에 모여든 사람들은 이곳저곳에 불을 피우고 둘러앉아 울고불고 원통해하면서 공비들에 대한 저주를 퍼붓고 있었다. (중략) 교문 쪽부터 이미 반 죽음이 된 사람들이 청년들에 이끌려 들어오고 있었는데 모두들 얼굴을 숙이고 있었다. 그들 중에 고 선생네 가족도 보였다. 예순이 가까운 그의 부친은 일제 시대 면장까지 지낸 면 안에서 유력한 사람이었다.(중략)군인과 경찰들이

결사적으로 말리는데도 눈이 뒤집힌 사람들은 미친 개처럼 달려들려고 (중략) 죽여라. 죽여. 사람들의 째지는 목소리가 어두운 하늘로 퍼졌다. 그렇게 입산한 자들의 가족이 사람들에 의하여 색출되어 한 곳에 모아졌다. 어제까지만 해도 길거리에서 만나면 인사를 주고받으며 이웃하며 살던 사람들이었다. 그들의 아들들은 거의 고진국 선생을 따르던 스물도 안 된 젊은이들이었다. 죽여라. 죽여, 내가 죽이겠다. 사람들의 분노는 사그라질 줄 몰랐다

(<불과 재>, 224~225쪽, 밑줄 필자).

② 공비들의 습격으로 마을이 불타 버린 후, 마을 사람들은 지서 주변이나 초등학교 운동장 구석에 거적때기를 덮고 며칠을 지내다가, 지서와 초등학교를 중심으로 돌성을 쌓기 시작하였다. 공비들의 습격을 막기 위하여 효과적인 방어 계획에 의한 것이었다. (중략) 본격적인 토벌작전이 시작되면서, 미리 해안 부락으로 소개해 내려오지 못한 중산간(中山間) 부락 사람들이 잡혀오거나 귀순해 내려오기 시작하였다 (후략) (<불과 재>, 234~235쪽).

③강성수씨가 2년 형을 살고 고향에 돌아와 두문불출 집에만 틀어박혀 있을 때 해방이 되었다. 일본군이 철수하자 청년단이 조직되어 각 마을 · 면 치안을 맡게 되었는데, 강성수씨가 군청년단 단장이 되었다. (중략)제헌 국회의원 선거를 전후로 제주도에 4 · 3사건이라는 좌 · 우익 충돌 사건이 일어났다. (중략) 1948년 겨울이 되면서 사태는 더욱 격렬해졌고 이곳저곳에서 충돌 사고가 자주 일어났다. 빨치산들이 지서나 군부대를 습격하는 일이 자주 있었고, 공비 토벌을 위한 군경 합동 작전이 본격화하기 시작하였다. 그해 겨울 남도리는 공비들의 습격을 받았다. 막강한 세력으로 새벽에 기습해온 공비들이 한나절은 완전히 마을을 장악하고서 지서 주위 및 몇 가구만 놔두고는 전부 불태

워버렸다. (중략) 그날 강성수는 교회 마당에서 시체로 발견되었다.

지사장은 이제 김만호씨 이야기를 시작하였다.

김만호는 4 · 3사건이 종식되고 6 · 25가 터지면서부터 거주지를 제주시로 옮기고 본격적인 사회활동을 시작하였다. 자유당 시절에는 의회에 진출하여(중략) 4 · 19가 일어나고 학생 데모가 지방에까지 확산되었을 당시, (후략) (<身熱>,176~179쪽, 밑줄 필자).

①②는 <불과 재> ③은 <身熱>의 인용 구절이다. ①은 화자 '나'가 친구 '김석문'과 경축장에서 야외로 자리를 옮기면서 하는 발화인데, 이는 지극히 반영론적이다. 곳곳에 ①의 '퍼붓고 있었다', '숙이고 있었다' 등의 과거완료형 서술시제를 제시함으로써 극적효과를 준다는 점에서 생생한 진술적 효과를 얻을 수는 있다. 그러나 이는 엄밀히 기억에 의해 구성된 효과일 수 있다. 또한 '그들 중에 고 선생네 가족도 보였다'와 같은 서술어미에서 누가 보았다는 것인지 모호할 뿐 아니라 지극히 주관적 환상에 치우친 듯해 신빙성 있는 진술이라고 보기는 어렵다. 이후 ②에 와서는 '4 · 3사건'이 3페이지에 걸쳐 요약형식으로 서술되는데, 이는 '나'의 시점이지만 3인칭 서술의 성격이 강하다. 이는 내포작가의 서술에 가깝다. <身熱>의 한 부분인 ③의 인용 역시 요약보고 형식으로 3페이지 정도 할당되는데, 3인칭 시점을 취하고 있다. 이는 '최 기자'가 여기저기 사건의 진실을 파악하며 다니는 것을 탐탁찮게 여기는 '지 사장'의 발화이다. 여기서 '지 사장'은 분석자라기보다 '검열자'의 위치에 있다. 이로 인해 서술은 지연된다. 작가는 신빙성 있는 서술을 전개하고자 1인칭 초점화자를 뒤로 하고 객관적 인물인 '지사장'을 내세워 사건의 본질을 보다 근원적으로 파헤치려고 하지만, 서술적 한계를 극복하기 어렵다. 그러면서 '남로당

제주도 부책'으로 억울한 누명을 쓰고 희생된 '강성수' 목사의 좌익 연루와 죽음에 대한 진실을 파헤치려는 쪽으로 진술을 시도하지만 진술은 지연된다. 또 '사건이 일어났다' '사실이 없었다'와 같은 보고형 서술시제 역시 누구에 의한 서술인지 모호한 서술지표다. 이로 볼 때 두 작품 다 실제 사건을 토대로 한 픽션이지만, 화자의 서술적 지표 속에 감추어진 내포작가의 서술적 목소리를 감출 수 없다. 또한 ①의 '그들의 아들들' 등과 같은 서술적 지표에서 독자로 하여금 실제작가의 보고적 목소리를 듣게 한다. 이처럼 이들 소설은 작가적 서술과 내포작가, 화자, 청자에 의한 서술적 목소리가 혼용돼 있어 객관성 있고 신빙성 있는 발화로 보기는 어렵다. 사실 이들 소설은 스토리 내 서술보다 역사적 사건에 대한 요약과 보고적 서술이 주를 이루고 있어 서술의 지연요소로 작용한다. 이는 80년대라는 시대적 특성을 감안할 때 어느 정도 검열을 의식하고 있는 것으로 보인다.[20] 이러한 서술적 지표로 볼 때 두 작품 모두에서 어느 정도 실제 작가 현길언의 전이된 욕망을 유추할 수 있다.[21] '4·3사건' 당시 열 살 전후였던 작가의 가족들도 그로 인해 화를 당한 바 있다. 현길언은 「제주 근 현대시에 대한 성찰」이라는 논문에서 제주라는 특정 공간이 '저항사에서 수난사'로 변이되고 더불어 여기에는 역사와 기억에 의존하는 역사적 한

---

20) '4·3'사건에 대한 발언이 금기시 되던 시대적 상황 아래서 문학적 형상화를 시도하기에는 여러 가지 제약이 따를 수밖에 없다. 박미선, 「4·3소설의 서술 시점 연구 : 현기영과 현길언의 작품을 중심으로」, 앞의 논문, 121쪽. 참조.

21) 일찍이 프로이트는 '도라 케이스'를 분석하면서 '가족로맨스'의 이론을 적용한 바 있다. 논란도 많았던 '도라 케이스'는 히스테리 증세를 보였던 환자 '도라'가 욕망의 대상인 'K'씨와의 욕망을 분석가인 '프로이트'에게 역전이함으로써 실패한 분석 사례이다. 이때 '도라'의 욕망의 대상인 '아버지와 K씨' 그리고 '프로이트'가 동일하게 '열정적 흡연자'였다는 사실은 중요하게 작용한다. 박찬부, 앞의 책, 239~251쪽. 참조.

계에 대해 토로한 바 있다.22) '문학은 정신분석학의 무의식'이라는 말처럼, 실제 작가의 무의식이 어느 정도 전이된 서술이라고 유추할 수 있는 것이다.23) 프로이트는 '도라 케이스'를 분석하면서 '도라'의 역전으로 인해 분석가로서의 실패를 경험한다. 동시에 '도라' 역시 그로 인해 평생 히스테리 환자로 살았다. 현길언 역시 그가 당대 사건을 직접 경험하였고 그로 인해 당대 사건에 대한 진술자로 자처하지만 필연적으로 진술에 실패할 수밖에 없는 것이다. 이처럼 <身熱>이나 <불과 재>모두 화자가 분석자의 위치에서 당대 사건에 관여된 증인들로 하여금 그들의 진실된 진술을 요구하지만 텍스트 내·외의 저항적 요소로 인해 서술이 지연된다.

<身熱>이 회고록이나 기록 그리고 당대 사건 연루자들의 진술적 증언을 통해 역사적 사건의 진실을 밝혀내려고 한다면, <불과 재>는 회상을 통한 목격자적 진술을 통해 역사적 사건의 진실을 밝혀내려고 하고 있다. 기록이나 회고 그리고 진술에 의한 서술형식은 모두 사후적 의미를 지닌다는 점에서 모호하고 주관적이다.24) <불과 재>의 '나'는 일곱 살 때 삼촌과 함께 학교에 들어갔을 때 '고진국'을 처음 만나던 당시의 충격을 평생 잊지 못한다. 그후 '나'는 3·1절 경축기념식장 단상에 올라가 우

---

22) 현길언, 「저항사에서 수난사로: 제주 근·현대시에 대한 성찰적 인식」, 앞의 논문. 참조.
23) 박찬부, 앞의 책, 75쪽. 참조.
24) 기억은 정신현상의 본질이지만, 엄격히 말해 어떤 대상에 대한 지각 흔적(spur)이 심적 장치에 남은 것이다. 그리고 그것이 유출될 때는 기억장치에 의해 가공된다. 이는 프로이트의 꿈 작용에 잘 나타난다. 왜냐하면 모든 글쓰기나 말은 검열과 같은 억압적 장치에 대항해야 하기 때문이다. 때문에 기억에 의존하는 글쓰기나 말은 그런 기억 흔적의 일부가 가공된 것이다. Derrida, Jacques(1967). *Writing and Differance*. Trans. Alan Bass, Univ. of Chicago . Great Britain by TJ international Ltd... Press, 1978.pp.270~291. 참조

렁찬 목소리로 강연하던 '고진국'을 보면서 그를 선망하게 된다. '고진국'의 아버지는 일제시대 시골지주이자 당시 면장이었지만, '고진국'이 일본 유학 후 빨치산에 가담, '4·3사건' 때 폭도로 몰려 떼죽음을 당하면서 '고씨' 일가는 파국을 맞는다.

> 역사의 격량에 제 아버지는 익사한 것입니다. 너무 나무라지 마세요. 뱃속 깊숙이서 고 여사의 말에 나는 다시 옛날로부터 돌아왔다. 역사의 격량이란 말에 다소 많은 생각이 줄을 이었다. 잊으십시다. 새로 시작하는 이 도시에서 모든 것은 묻어두는 겁니다. 묵어두면 썩어 거름이 될 겁니다. 역사의 거름이 말입니다. 여자는 차를 세우고 먼저 내리더니 멍청하게 앉아 있는 나를 깨우려 뒷문을 열며 말했다. 내가 악몽과 같은 옛일들을 생각하면서 안타까와하는 것은, 그러한 사실을 역사적 숙명으로 받아 들이려는 사람들의 생각이었다. 지나간 일이니 다 잊어버리자.(중략)역사의 격동기를 기정 사실로 하며 몇 사람, 어떤 세력의 선도에 의하여 사람들은 횃불을 든 군중처럼 소리지르며 따라가곤 하였다. (중략) 그래서 대학에 다니는 몇몇 친구들과 더불어 제주 사태연구 모임을 만들어 우선 그해 여름에 내려가 각 마을을 돌며 사태를 직접체험한 사람들의 진술을 수집하기 시작하였다. 우리는 진정한 역사의 실상이 무엇인가를 알기 위한 일이었기에, (중략)조사 도중에, 누구도 자신들이 당한 억울함을 그대로 드러내놓지 않으려 해서 애를 먹었다(<불과 재>, 230~231쪽, 밑줄 필자).

위 글은 현길언의<불과 재>의 한 인용으로 진한 부분은 '고 선생(고진국)'의 딸 '고 여사'의 발화이고 나머지는 '나'의 발화이다. 일제시대 면장을 지낸 할아버지와 빨갱이로 전향한 아버지 사이에서 성장한 '고 여사'는 역사의 본질이란 처음부터 조작이고 음모이므로 역사 자체가 이미 허구라고 말한다. 반면 '나'는 역사적 진실은 개인의 의지에 따라 밝혀질 수 있다고 생각한다. 이 두 발화는 역사를 '숙명론'으로 보느냐 '의지론'으로 보느냐하는 '나'의 반영적 서술일 뿐 '고 여사'라는 존재가 서사에 크게 영향을 주지는 않는다. 현길언의 소설에서 반영론적 서술양식은 매우 빈번하다. 이러한 서술은 소설 본연의 특성보다 역사적 담론에 비중을 두고 있는 듯한 인상을 준다. 사실 '나'는 서술의 많은 부분을 무엇보다 자신을 귀이 여겼던 할아버지와 할머니를 회상하는 부분에 할애하고 있다. 이는 가족로맨스적 성격이 강하다. 예컨대, '나'는 공비 습격 후 마을 사람들이 한데 몰려 살던 학교 담벼락의 붉은 돌담의 흔적들을 보면서 그것이 '할아버지와 할머니가 흘린 선혈'(<불과 재>, 234쪽)자국으로 인식한다. 이후 '공산당을 때려잡자'는 구호를 외치며, 선망의 대상이었던 '고 선생'을 미워한다. 또 초등학교 시절 폭도들을 때려잡는 흉내를 내며 놀았고 그들에 대한 증오와 폭력을 일삼았다. 급기야 마을사람들이 '고 선생'을 묶어 돌팔매를 시작하자 '나'는 앞장 서서 돌을 던지면서 '때려 죽이라'고 외친다. 이런 나의 선도적 행동은 군중들의 폭력과 흥분을 부추기고 이는 더 큰 함성으로 이어진다. 이 같은 '나'의 회상을 통해 볼 때 당시 '나'를 비롯한 마을 사람들의 행동은 집단로맨스적 환상에 사로잡혀 있었다고 볼 수 있다.

우와, 우와. 사람들이 그를 향해 밀려들었다..총을 든 군인과 경찰들이 모여드는 사람들을 향해 소리소리지르며 접근을 막았다. 저놈 죽여라. 때려죽여라. 누군가가 악받친 소리를 질렀다. 오와 죽여라. 죽여라. 운동장이 흔들거리며 땅이 금방 축 가라앉을 기세로 사람들은 웅성거렸다. 내 아들 내놔라. 한 노파가 창자를 뒤집는 오열을 토하며 허우적거리며 그에게 다가갔다.(중략) 고 선생, 고 선생. 할머니 할아버지 주검이 내 눈에 덮쳐 왔다. 한없는 선망과 그리움 속에 수없이 불렀던 그 이름이 갑자기 역겨워지면서 가슴이 답답해갔다. 야, 역적의 산폭도다. 우리의 원수 산폭도다.(중략)어느새인지 나는 단단한 돌멩이 하나를 준비하고 있다가 숙여있는 고진국 선생의 머리를 향해 힘껏 던졌다. 사람들의 시선이 나에게 쏟아지는데, 그는 숙였던 고개를 들고 나를 쳐다보았다. 나는 눈을 감은 채 다시 돌을 던졌다.(중략) 이미 사람들은 제정신이 아니었다(후략) (<불과 재>, 254~255쪽).

<불과 재>의 클라이맥스인 위 인용은 이전의 보고적 서술에 비해 자유직접화법[25], 즉 극화된 서술양식을 취하고 있다는 점에서 생생한 무대효과를 창출한다. '나'의 행동은 자발적이라기보다 자신이 속한 관계망 속에서 물질화된 것이고, 나아가 '할아버지 할머니', 즉 '아버지'의 소환명령과 다름 없다.

3. 전이와 역전이를 통한 분석자와 피분석자 간의 서술전략과 이데올로기적 저항

<身熱>에서 기자 신분의 '나'는 이처럼 분석자의 위치에서 당대 사건의 연루자들을 찾아다니며 진술을 요구한다. 그러나 진술을 거부하는 '장성환'이나 사건과 연루된 많은 사람들의 진술 거부로 인해 서술은 지연된다. 장성환 역시 화자를 알면서도 모르는 척 격식을 갖춰 대하고, "그러한 이야기를 할 입장이 못"(<身熱>,187쪽)된다는 투로 진술을 거부한다. 그 외 다른 피분석자들 또한 교묘하게 사건을 은폐하고 진술을 회피한다. 그들은 꿈 텍스트처럼 교묘한 위장술을 편다. 이것은 피분석자들 역시 당대

---

25) 직접화법의 한 형식인 자유직접화법은 보통 일인칭 내적독백에 속한다.

사건에 대한 죄의식으로부터 자유롭지 못하기 때문이다. '나'의 끈질긴 집념에도 불구하고 피분석자들의 저항으로 인해 역사적 진실을 밝히려는 '나'의 의도는 난관에 부딪친다. 먼저 '기자-재종숙-강목사-장성환' 등의 텍스트 내 저항주체들은 교묘하게 딴전을 피우면서 진술을 회피하거나 다른 이에게 전가시키고, 더불어 텍스트 외 저항주체인 '지사장'과 같은 검열적 주체들 또한 단도직입적으로 '나'에게 억압을 가한다. 이때 '나'는 역사적 진실 앞에서 누구든 진술을 회피하고 의도적으로 머뭇거린다는 사실을 알게 된다.

옛사람들은 조금하면 개인 문집이나 자기 기록들을 필사해서라도 남겼습니다. 설령 그 글이 자기 자랑에 그치는 것들이라 하더라도 그런 글들을 쓰면서 생활했던 그들이 부럽습니다. (중략) 그들은 모든 일은 기록되어 남는다는 그 사실 때문에 역사라는 것에 대하여 상당히 두려워하고 그것에 의지했던 것이 아니겠습니까. 최 부장님, 저도 한 때는 신문 기자가 되려고 했었습니다(<身熱>, 189쪽, 밑줄 필자)

(전략)억울하게 죽은 사람은 귀신으로 나타나 그 신원(伸寃)을 요구하였습니다. 신원이 되지 않으면 사람들에게 화를 끼쳤습니다. 이것은 바로 옳고 그름이 밝혀지는 사회만이 밝은 사회, 화가 숨어 있지 않은 사회가 된다는 뜻입니다.(중략) 오늘날에는 글 쓰는 사람, 특히 우리 기자들에 의하여 이뤄져야 한다고 하는 생각을 절실히 느꼈습니다(후략) (<身熱>, 194쪽, 밑줄 필자).

<身熱>의 한 인용이다. '화자'의 역사적 진실을 파헤치려는 의도는 진술자들의 저항으로 인해 중지된다. 서술 말미에 '나'는 역사적 사건의 진실 앞에 소신있게 맞설 수 없는 자신에 대해 부끄러운 성찰을 한다. 우리

는 대부분 기록에 의한 것을 역사적 진실이라고 믿는다. 그러나 엄밀히 '기록' 자체도 생각이 문자화된 것이라고 볼 때 그것은 시공간적인 의미에서 보면 이미 물질화된 것이다. 진실이란 오직 당사자가 처한 직관적 시간이 우선이지만, 그 역시 순수의식이라고 보기는 어렵다. 왜냐하면 모든 사건의 진실은 그 사건이 일어난 그 순간에 있는데, 따지고 보면 이 순간역시 시공간적 의미에서 이미 '지나가 버린' 것이 되고, 또한 앞뒤 문맥에의해 의식이 흐려진 것일 수 있기 때문이다. 이런 의미에서 사건이란 형이상학적 의미로 볼 때 시뮬라크르, 즉 발생 효과에 지나지 않는다.26) 역사적 사건이란 진실 여부에 상관없이 이데올로기라는 물질로밖에 존재할수 없다.

이처럼 <身熱>을 비롯한 <우리들의 祖父님> <불과 재> 등의 현길언 소설에서 보듯이 한 개인이나 집단을 옥죈 이데올로기란 것이 개인이속한 집단적 주체들의 이권이나 사적감정이 개입된 물질일 뿐 내재화된어떤 것이 아님을 알게 한다. 집단로맨스에 의한 이데올로기적 환상이란이처럼 인간 조건의 어떤 상황으로 하여금 일반적이고 영원한 현실인양그것을 인식하게 함으로써 더 큰 폭력을 자행하게 하는 것이다.27) 때문에이데올로기란 그 자체로 유지되어야 하고, 더불어 그것은 원초적 죄의식을 수반할 수밖에 없는 것이다. 이런 의미에서 <불과 재>의 '고진국', <身熱>에서의 '강성수', <우리들의 祖父님>에서의 '죽은 아버지의 귀환' 등은 익명의 대중으로 하여금 내면에 도사리고 있는 죄의식을 환기하게 한다는 점에서 집단적 주체의 분신이다. 말하자면, 이데올로기의 절차를 통

---

26) 이정우, 『사건의 철학』, 철학아카데미, 2003. 23쪽. 참조.
27) Žižek, Slavoj, op. cit, pp. 49~50. 참조.

한 급속한보편화(over—rapid universalization)는 우리로 하여금 역사적, 사회적, 상징적 결정의 재생산을 도모하면서 늘 동일한 것으로 반복되는 그런 역사적 오류의 중핵을 보지 못하도록 만든다.[28] 즉 주체는 자신이 속한 사회에서 반복되는 그릇된 표상, 즉 환영을 보지 못한다. 상징적 질서 앞에서 집단적 주체는 이미 그것이 전능하다는 믿음에 의해 통제되기 때문이다.[29] 현길언의 소설은 우리로 하여금 그런 역사적 윤리나 도덕적 의식에 대한 성찰의식을 추구한다. 이런 의미에서 우리는 지금껏 기록된 것만을 역사적 사실로 알고 치부(恥部)하여 왔던 것이다.

> 이제 생각하니 사람이 진실을 쓴다는 게 얼마나 어렵고 또 귀한 일인가를 절실히 느껴요. (중략)쓰지 않고 내버린 그 써야 할 기사들 생각이 요즈음은 자꾸 나요. 기자들도 말이요. 쓴 기사에 대하여서는 책임 운운하면서고 끝 기사를 쓰지 않은 사실에 대한 책임은 그리 중하게 생각하지 않는 경향이 있는 것 같아요. (중략), 아주 안쓰고 묻혀 버린다면 없었던 것이 되니 진실 묻혀 버리게 되는 거 아니겠소. 그래서 요즈음에 기록의 소중함을 새삼스레 생각하게 되지요 (후략) (<身熱>, 175쪽).

현길언의 <身熱>의 한 부분인 위 인용에서 보듯이, 진실을 파헤치려는 '나'의 의지에 '지사장'은 설령 진실을 확인한다고 하더라도 "모두 글로써 써내지는 못할 거"(<身熱>,176쪽)라고 덧붙인다. 왜냐하면 설령 진실을 만날 때 그 진실을 "대처해나갈"(<身熱>,176쪽) 수 없게 되기 때문인 것이다. 사실 '지사장'의 말은 '화자'의 속내와 다름없는 것인데, 이는 '화자'가 '지사장'의 입을 통해 에둘러 말하는 것이라고 보면, 이는 실제작가

---

28) Žižek, Slavoj, op. cit, p. 50. 참조.
29) Žižek, Slavoj, op. citi p. 21.

현길언의 의중이라고 보아도 무방한 것이다. 실제 애초의 사건이 존재한다고 하더라도 그것은 처음부터 집단적 주체나 개인의 어떤 의도가 작용된 것이고, 더불어 이 의도는 어떤 사건에 연루됨으로써 빚어진 결과일 가능성이 크기 때문이다. 왜냐하면 어떤 대상에 대한 선험성 혹은 최초의 인상은 이미 원의미로부터 멀어진 것이기 때문이다.30) 사건의 진실을 파헤치던 '나'는 '지사장'의 진술로 또 다른 사실을 알게 되는데, 군민의 추앙인 '김만호'씨의 행적이 그 지방 사람들의 자부심의 토대를 마련하였고, 더불어 그의 치적을 깎아내리는 것은 또한 그들 삶의 토대를 무너뜨리는 것이 될 수 도 있다는 사실이다. 그리고 해방 직후 낙후된 지방을 위해 많은 부분 '김만호'의 힘이 작용했고, 그 힘의 작용에는 '강성수'의 조언 아닌 조언이 작용했다는 것이다. 또한 '강성수'는 폭도가 아니고 폭도에 희생되었음이 드러난다. 이로 볼 때 역사적 진실이나 근원을 밝힌다는 것은 그만큼 어렵다. 사건이란 단독으로 존재하는 것이 아니라 혈연이나 지연 그 밖의 많은 요소와의 결합이기 때문이다. 실제 현길언의 많은 작품은 마을 주민들 사이 얽히고 얽힌 애증관계가 왜곡된 이데올로기를 생산하고, 이것은 수십 년간 마을 주민들을 애증관계로 엮는다.

---

30) 의식이란 본질적으로 정확할 수 없다. 시공간적 의미로 볼 때 어떤 대상에 대한 현재 의식은 이미 다른 현재에 의해 대체되기 때문에 의미의 객관성이나 순수성은 불가능하기 때문인 것이다. 하물며 문자로 기록된 것은 의식의 기원에서 한참 멀어진 것일 수밖에 없다. 근본적으로 의식내로 어떤 의미가 완전하게 환원되기는 어렵다는 것이다. Derrida, Jacques(1967). op.cit, p.203. 참조;김형효.『데리다의 해체철학』, 민음사, 1993. 32~33쪽. 참조.

4. 치유서사와 반영의식으로서의 역사

<우리들의 祖父님>은 80년대 제주도의 한 마을을 배경으로 반공이데 올로기에 희생된 '신규('나'의 아버지)'의 '살풋이 굿' 형태의 진술적 서술 이 주를 이룬다. 당시 '마을 민보단 부단장'이었던 '신규'는 빨갱이로 몰려 마을 청년들에게 떼죽음을 당했다. 그런 '신규'는 30여 년이 지난 어느날 죽음을 앞둔 '조부'에게 '빙의'한다. 빙의한 '신규'는 유령 형식으로 등장하 면서 극화된 고백담화를 통해 마을 사람들로 하여금 보다 객관적인 입장 에서 당대 사건을 응시하게 한다. 이때 '신규'의 빙의는 당대 사건에 연루 된 가족들과 마을 사람들을 피분석자의 위치에 놓는다. 사실 이 작품은 복합시점으로 서술자인 화자가 '증조부, 조부, 아버지, 어머니'를 중심으 로 서로 상반된 가족들의 관점을 조명하고 있다.[31] 그 중에서도 특히 증 조부와 할아버지의 시점이 상반되고 있다.[32] 본고는 초점화자인 나의 '아 버지', 즉 '신규'의 시점을 중심으로 집단적 이데올로기가 생산된 과정과 그것이 한 가족사는 물론이고 마을사람들 모두에게 작용한 증상적 요인 에 초점을 두었다.

> 틀림없는 젊은 아버지 목소리였다. 목소리만이 아니다. 할아버지는
> 바로 20대의 아버지처럼 혈기가 넘치는 청년으로 변모하고 있었다.
> (중략) 나는 어머니 얼굴에서 지금까지 보지 못하던 표정을 읽을 수 있
> 었다. 청상으로 50을 넘긴 나이에 늘 찐득하게 들러붙던 그 한스러운

---

31) 박미선, 「일인칭 서술상황에서의 시점의 네 가지 연구」:현길언의 '우리들의 조부 (祖父)님'을 중심으로」, 『영주어문』6, 영주어문학회, 2003; 박미선, 앞의 논문, 193 쪽, 참조.
32) 박미선, 위의 논문, 462쪽, 참조.

수심이 싹 가시고 할아버지 얼굴에서처럼 생기가 스물거리는 걸 찾을
수 있었다(<우리들의 祖父님>, 268쪽).

'신규'가 자신을 죽음에 몰아넣은 장본인을 찾아가는 장면에서 '나' '화
자'는 20대의 혈기왕성한 아버지를 목격한다. 1948년 당시, 공비들이 마
을을 습격하고 군경합동토벌작전이 개시되고 공비들에게 납치된 구장이
만신창이로 찢어진 채 죽어 발견된다. 구장의 죽음을 목격한 구장의 가족
들과 마을 주민들은 구장이 죽은 원인이 '신규'를 비롯한 당시 공비의 출
현 명목으로 마을을 지키기 위해 생긴 민보단 일원 탓이라는 것이다. 이
후 '길삼'의 잘못된 진술로 '신규'를 비롯한 대원들은 구장의 납치 사건을
지연했다는 이유로 빨갱이로 몰리고 진술을 강요받는다. 이 같은 '신규'의
고백담화를 통해서 당대 사건은 생생한 무대효과를 가지면서 소급적용
된다. 이를 통해 당대의 사건은 전혀 다른 의미로 생산된다. 다시 말해 집
단로맨스적 환상에 빠진 마을사람들은 단지 자신들의 책임을 모면하기
위해 불분명한 추측과 심증으로 '신규'를 희생시켰던 것이다. 이처럼 당대
마을사람들은 반공이데올로기적 본질과 거리가 먼 집단적 로맨스적 환상
에 의해 '신규'를 매도하였던 것이다.

야, 희빈아. 넌 들었지. (중략)나는 가슴이 찡하니 울리면서 뭿이 섬뜩
하였다. 30년 전에 죽어간 아버지와 이야기를 하고 있다는 사실을 확인
하면서 나도 같이 미치고 있는 게 아닌가(<우리들의 祖父님>, 279쪽).

억울하게 반공이데올로기에 희생된 '신규', 즉 '나'의 '아버지'는 이후 나
의 마음속에는 물론이고 어머니와 할아버지를 비롯한 가족 모두에게 어

떤 표상으로 작용한다. 이 같은 아버지의 표상은 나로 하여금 아버지에 대한 로맨스를 작용하게 한다. 빙의한 '신규'는 아내에게 삼십 년 전 자신의 옷을 찾아달라고 부탁한다. 이후 '신규'는 당대 사건에 연루된 마을 사람들을 찾아다니며 자신의 입장을 고백한다. 여기서 '살풀이 굿'으로 재현되는 '신규'의 고백적 담화는 당대의 반공이데올로기가 마을주민들간의 사적 감정이 작용된 왜곡된 것이었음을 반영론적 관점에서 서술하는 효과를 생산한다. 이때 '신규'의 진술은 분석자의 위치에 놓인다. 이는 육이오 이후 생산된 반공이데올로기의 근원이 이념에 의한 관념적 행동보다는 청산되지 않은 사적사가 개입되었음을 보여주는 것이다. 이는 더불어 '나'와 가족은 물론이고 집단적 주체로 하여금 '신규'가 왜곡된 집단이데올로기의 희생자였음을 확인하게 하는 것이다. 동시에 그것은 산자와 죽은자 모두에게 하나의 증상으로 자리잡아 왔음을 알게 한다. 증상은 또다른 증상을 생산한다는 의미에서 왜곡된 이데올로기의 반복은 계속되는 것이다. '진실은 살아남는 자에 의해 왜곡된다'는 김기석의 논의처럼[33] 이데올로기는 산 사람을 위해 존재하는 것이고 그것이 이데올로기적 메커니즘의 본질이 되는 것이다. 때문에 '신규'의 이 같은 자기반영론적 진술은 진술 그 자체로 집단로맨스적 환상에 의해 억울하게 희생된 그의 넋을 위로하고 치유하는 효과를 생산해 낸다. 동시에 이데올로기란 한 개인의 사적사를 토대로 집단적 주체가 생산해낸 추상적 담론에 불과하고 그리고 그것이 대를 통해 반복됨을 인식하게 하는 것이다. 이러한 인식은 동시에 피의자 위치에 있던 마을 사람들의 무의식을 끄집어내는 효과를 자아냄으로써 그들로 하여금 당대 역사를 보다 객관적 관점에서 바라보

---

33) 김기석, 앞의 논문, 140쪽, 참조.

고 성찰하는 성찰의식과 그들 자신도 이데올로기적 메커니즘의 희생자였음을 인식하게 한다. 동시에 집단적 주체로 하여금 역사적 죄의식으로부터 어느 정도 벗어나게 하는 치유효과를 생산한다. 왜냐하면 누구든 역사적 사건으로부터 자유로울 수 없기 때문이다.

이처럼 왜곡된 이데올로기는 당대 사건에 연루된 당사자는 물론이고 한 가족의 불행한 가족사의 본질임과 동시에 집단적 주체 모두에게 어떤 증상처럼 작용하여 왔다고 보는 것이 맞다. 왜냐하면 집단로맨스의 이면에는 아버지를 죽인 죄의식이 작용하기 때문인 것이다. 라캉의 말처럼 텅 빈 기표는 유령처럼 그냥 떠돌아다니는 것이 아니라 사건에 연루된 가족들이나 집단들에게 어떤 증상처럼 작용함으로써 외연적 효과를 가져오는 것이다.[34] 수십 년간 한 가족, 한 민족의 삶을 옥죈 반공이데올로기의 원천은 소급된 아버지의 규율과 맹목성에 기인해 있었다. 다시 말해 복수와 증오에서 시작된 사적감정은 반공이데올로기라는 물질로 둔갑하면서 반복된 구조적 메커니즘을 생산했던 것이다.

<身熱>에서 화자를 '기자'로 설정한 것 또한 매우 작위적이라고 볼 수 있는데, 이는 '기록'에 의해 역사적 사실이 왜곡되는 현실에 대한 성찰의식을 표면화하는 것이다. '강성수'와 '김만호' 두 사람을 중심으로 역사의 진실성을 파헤친<身熱>은 진실을 밝히지는 못하지만, 분석자와 피분석 간의 역전이적 서술을 유도해냄으로써 내포독자로 하여금 역사에 대한 성찰을 유도했다는 데 의의가 있다고 할 수 있다.<身熱>에서 화자는 고향으로 내려가 죽은 '강성수'의 수기를 받아 읽으면서, 도민에 의해 우상

---

34) 증상이란 곧 물질이다. 다시 말하면, 상징적 질서 내의 어떤 기표와 하나의 매듭으로 엮임으로써 동일화되는 어떤 것이다. Žižek, Slavoj, op. citi pp.28~29. 참조.

화된 '김만호'의 비리와 공산당으로 몰려 죽은 '강성수'가 실은 '남로당'의 계책에 의해 이용되었고 급기야 제거된 것임을 알게 된다. 그리고 거기에 '김만호'가 개입돼 있다는 것도. 이를 근거로 '나'는 "쓰는 일의 준엄함" (<身熱>, 200쪽)을 뼈저리게 느끼게 된다.

　우리 현대사의 대부분이 '기록'에 의해 역사라는 이름으로 정례화 되었던 것이다. 현길언의 많은 소설들은 이처럼 역사적 진실에 대한 성찰과 그 저변에 묻힌 사적사를 조금이나마 복원하고자 하는 데 의의가 있다. 소설이라는 글쓰기를 빌어서라도 이 같은 성찰을 하지 않는다면 역사의 오류는 반복될 것이다. 그리고 그것은 고스란히 개인적 희생으로 돌아올 것이다. 더불어 글쓰기란 '공간과 시간의 교차점을 통해 자신을 반성하고, 스스로 자신에게 묻는 고통스러운 질문임을 일깨우게 한다.'[35] <身熱>의 말미에 나오는 '김만호'의 동상은 그런 집단적 주체의 죄의식을 환기하게 한다는 점에서 상징적이다. 그것은 집단로맨스적 환상이자 역사적 오류의 상징인 것이다. 소설 말미에서 보듯, 우상화를 위한 '김만호'의 제막식은 기록으로 남을 것이고 누군가에 의해 또 다른 글쓰기로 문자화될 것이다. 이로 볼 때 '제막'의 상징성은 죽은 이의 업적을 기리기위해서라기보다 산 사람들이 새로운 역사를 쓰기 위해 존재해 있어야 한다. '우상'의 본질은 이데올로기적 환영을 낳음으로써 또 다른 이데올로기의 원천이 되는 것이다. 이것은 또한 역사의 상징이 되고 이 상징은 하나의 규범으로 자리잡는 물신적 메커니즘을 낳는 것이다. '김만호'를 우상화하는 사람들은 그의 동상을 바라보는 동안 자신들이 존재함을 믿게 되지만, 동

---

35) Derrida, Jacques(1967). op. cit, p.79.

시에 내재된 두려움 또한 인식하게 될 것이다. 현길언의 또다른 작품인 <풍화하는 혼>(1992)에서는 "이데올로기에 의해 인간의 삶의 변화를 도모하려는 운동은 일종의 정치입니다." (<풍화하는 혼>, 419쪽)라는 구절이 나오는데, 이처럼 이데올로기란 인간 삶의 근원적 동인이다. 이데올로기가 존재하지 않는다면 누구도 역사의 소환에 응하지 않을 것이다.

이처럼 <불과 재> <身熱> <우리들의 祖父님>과 같은 현길언의 소설들은 집단로맨스적 환상에 의해 어떻게 이데올로기가 왜곡되고 폭력화되는지 분석자와 피분석자간의 서술담화를 통해 분석하고 있다. 더불어 집단로맨스적 환상에 의해 마을사람들로부터 희생당한 개인이나 주체를 '화자'로 대변되는 내포작가의 분석적 서술을 통해 밝히고 있다는 점에서 공통된 특성을 보여준다. 세분하면 <불과 재> <身熱>이 왜곡된 집단 이데올로기에 의해 이데올로기가 생산되는 과정에 치중하고 있다면,<우리들의 祖父님>은 그러한 오류화된 이데올로기에 매몰돼 '죽은 아버지'로 전락한 상징적 아버지의 넋을 위로하는 치유서사에 치중하고 있다. 대부분의 서술에서 '화자'는 사건의 진위를 파고드는 분석자의 위치로 변모하면서, 당대 사건에 연루되었던 피분석자의 고백이나 진술을 유도하지만 그들의 저항과 검열자의 억압으로 인해 서술은 지연되고 진실은 은폐된다. 더불어 분석자의 피분석자를 향한 역전이 역시 진실을 은폐하는 요인으로 작용한다. 상징적 아버지의 이름으로 자행된 집단적 로맨스의 이면에는 검열과 같은 거세콤플렉스가 작용하기 때문인 것이다. 이처럼 현길언의 소설들은 오랜 세월 지나면서 왜곡되고 부풀려진 집단로맨스적 환영들로 인해 진실이 은폐됨을 분석자와 피분석자간의 서술담화를 통해 제시한다. 더불어 역사적 진실이란 집단로맨스적 환상에 빠진 집단적 주체들이 자신에게 유리한 쪽으로 이데올로기를 물질화하고 당사자를 우상화하는 이데올로기에 불과함을 역설한다.

5. 결론

<불과 재> <身熱> <우리들의 祖父님>등의 현길언 소설들은 일제시대와 해방이후 그리고 육이오의 혼란기를 거치면서 이데올로기에 매몰된 집단로맨스적 폭력에 의해 어떻게 역사적 진실이 물질화되는지 분석자와 피분석자간의 서술담화를 통해 보여주고 있다. 이때 '화자'는 사건의 진위를 파고드는 분석자의 위치로 변모하면서, 당대 사건에 연루되었던 피분석자의 고백이나 진술을 유도하지만 그들의 저항과 검열자의 억압으로 인해 서술은 지연되고 진실은 은폐된다. 더불어 분석자의 피분석자를 향한 역전이 역시 진실을 은폐하는 요인으로 작용한다.<불과 재>는 화자인 '나'가 한때 자신의 선망의 대상이었지만 '4·3 사건' 때 폭도로 몰려 마을사람들의 돌팔매에 의해 떼죽음을 당한 '고 선생' 일가족을 반영론적 관점에서 회상한다. '나'는 자신을 귀이 여겼던 할아버지와 할머니가 폭도들에게 죽음을 당한 이후 '공산당을 때려잡자'는 구호를 앞장서며 한때 선망의 대상이었던 '고 선생'을 처단하는데 앞장섰던 기억들을 회상한다. 이런 '나'의 반영적 서술은 분석자의 위치에서 당대 사건을 재구성하는 효과를 가져오지만, '할아버지'에 대한 가족로맨스적 환상에 치우치는 등 신빙성 있는 서술이라고는 단정하기 어렵다.

<身熱> 역시 일제시대 일제에 동조하며 입지적 인물로 부각되고 사후

'선구적인 시민상'을 받게 되는 '김만호'와 한글 교육에 앞장섰으나 사상범으로 몰려 낙오되는 '강성수'라는 대립적 인물을 등장시킴으로써, 역사적 진실의 오류를 파헤치고자 한다. 이런 점에서 역사의 진실을 파헤치려는<불과 재>의 주제와 유사하다고 할 수 있다. 또 두 작품 모두 많은 페이지가 진술과 보고형식의 요약서술을 취하고 있다는 점에서 유사하다. '기자'이자 화자인 '나'는 신문사 '사장'으로부터 '김만호'를 취재하라는 명을 받고 고향으로 내려와 그의 행적을 취재하지만, 당대 그와 연관된 지역주민들의 진술을 통해 진실과 많이 다름을 알게 된다. 더불어 '김만호'와 대립상태에 있던 '강성수'가 빨갱이로 몰려 비극적인 죽음을 맞았다는 사실을 알게되지만, 피분석자들의 저항으로 인해 진실은 은폐되고 서술적 진술은 지연된다. 이처럼 두 작품은 '4·3사건'이라는 역사적 사실을 다루었다는 점에서 교묘한 서술전략을 펼 수밖에 없는 주제를 가지고 있다. 이는 80년대라는 시대적 특성을 감안할 때 어느 정도 검열을 의식하고 있는 것으로 보인다. 이러한 서술적 지표로 볼 때 두 작품 모두에서 어느 정도 실제 작가 현길언의 전이된 욕망을 유추할 수 있다. '4·3사건' 당시 열 살 전후였던 작가의 경험으로 미루어 볼 때 작가의 무의식이 어느 정도 전이된 서술이라고 유추할 수 있다. 이처럼<身熱>이나<불과 재> 모두 화자가 분석자의 위치에서 당대 사건에 관여된 증인들의 진술을 요하지만 저항적 요소로 서술이 지연된다. 반면 <우리들의 祖父님>은 마을 사람들에 의해 빨갱이로 몰려 죽음을 당한 '신규'가 30여 년 후 자신의 아버지에게 빙의하는 극화된 고백양식으로 당대 사건에 연루된 마을사람들에게 자신의 억울함을 진술하고 있다. 당시 '마을 민보단 부단장이었던' '신규'는 빨갱이로 몰려 마을 청년들에게 떼죽음을 당했다. 이때 '신규'의 빙의는 당대 사건에 연루된 가족들과 마을 사람들을 피분석자의 위치에 놓는다. 재연된 신규의 고백진술은 당대의 사건이 집단로맨스적 환상에 빠진 마을사람들이 단지 자신들의 책임을 모면하기 위해 불분명한 추측과 심증으로 자신을 희생시켰던 것임을 토로하는 것이다.

이처럼 현길언의 <불과 재> <身熱> <우리들의 祖父님> 등은 모두 집단로맨스적 환상에 의해 마을사람들로부터 희생당한 개인이나 집단적 주체를 분석적 서술을 통해 밝히고 있다는 점에서 공통된 특성을 보여준다. 세분하면 <불과 재> <身熱>이 왜곡된 집단 이데올로기에 의해 이데올로기가 생산되는 과정에 치중하고 있다면 <우리들의 祖父님>은 그러한 오류화된 이데올로기에 매몰돼 '죽은 아버지'로 전락한 상징적 아버지의 넋을 위로하는 치유서사에 치중하고 있다. <身熱>의 말미에 '재종숙'은 당시 사건 당사자였던 '백종수의 수기'를 발견해 신문에 실을 것을 강요하지만 좌절된다. 또한 '장성환'이 죽은 후 남긴 '회고록'을 통해 사건의 진실은 밝혀지지만 이 역시 현실적인 벽에 의해 좌절된다. '장성환'의 기록에 의하면 '강성수'는 빨갱이가 아니라 오히려 공비들에 의해 죽음을 당했고, 오히려 "일제시대 독립운동을 한 애국지사"이다. 이러한 부분은 <우리들의 祖父님>에서의 '신규'의 억울한 누명과 같은 이치다. 현길언은 소설형식을 통해 역사적 진실이란 집단로맨스적 환상에 빠진 집단적 주체들이 자신에게 유리한 쪽으로 이데올로기를 물질화하고 당사자를 우상화하는 이데올로기에 불과함을 역설한다.

<불과 재>의 '고진국', <身熱>에서의 '강성수', <우리들의 祖父님>에서의 '죽은 아버지의 귀환' 등은 익명의 대중성이나 우리들 자신의 내면

에 도사리고 있는 죄의식을 환기하게 한다는 점에서 집단적 주체의 분신이라고 볼 수 있다. 이처럼 이데올로기는 사회의 한 복판에서 작동하고 있는 현실 그 자체고, 더불어 원초적 죄의식을 수반한다. <身熱>의 말미에 세워지는 '김만호'의 동상은 그런 집단적 주체의 죄의식을 환기하게 한다는 점에서 상징적이다. 역사란 역사성에 대한 윤리의식이나 도덕의식이 무엇이냐에 따라 진실은 달라진다.

　제주도라는 상징적 공간은 우리 역사에서 외세의 침입과 수난이 빈번했던 역사적 공간이다. 현길언의 소설들은 이러한 시점에서 자칫 잊혀질 수 있는 역사적 사건의 이면을 사명감에 입각해 끊임없이 성찰한 작가라고 볼 수 있다. 문학과 정치를 떼려야 뗄 수 없는 종속적 관계로 보면서 소설적 형상화를 통해 역사에 대한 끊임없는 의문과 문제의식을 제기하는 작가의 의지와 역사에 대한 윤리적 의식은 우리로 하여금 새로운 역사적 관점과 성찰의식을 일깨운다.

참고문헌

1. 기본자료

현길언, ≪우리들의 스승님≫, 문학과 지성사, 1985.

현길언 외, <우리들의 祖父님>, ≪80년대 대표 소설선≫2, 지영사. 1985.

현길언 외, <풍화하는 혼>, ≪'92 현대문학상수상소설집3「詩人과 도둑」≫, 현대
　　　문학, 1992.

2. 논문 및 단행본

김기석, 「역사적 진실 드러내기 : 현길언의 '우리들의 스승님'」, 『새가정』433, 새가
　　　정사, 1993. 140쪽.

김동윤, 「현길언 소설의 제주설화 수용 양상과 그 의미」, 『한국언어문화』3, 2006.

김창수, 「현길언 '전쟁놀이' '그 때 나는 열한 살이었다' '못자국」, 『창비어린이』3, 2003.

김형효, 『구조주의 사유체계와 사상』, 인간사랑, 1989; 2010.[개정]. 294쪽.

김형효, 『데리다의 해체철학』, 민음사, 1993. 32~33쪽.

박미선, 「4ㆍ3소설의 서술 시점 연구 : 현기영과 현길언의 작품을 중심으로」, 경희
　　　대학교 박사학위논문, 2009.

박미선, 「일인칭 서술상황에서의 시점의 네 가지 연구」 : 현길언의 '우리들의 조부
　　　(祖父)님'을 중심으로」, 『영주어문』6, 영주어문학회, 2003. 462쪽.

박연숙, 「현길언 역사동화 연구」, 경일대학교 석사학위논문, 2010.

박찬부, 『현대정신분석비평』, 민음사, 1996, 239~251쪽.

서경석, 「동북아 4국의 「문학과 정치」론 – 현길언, 『문학과 정치 이데올로』 – 」
　　　『본질과 현상』6, 본질과 현상, 2006.

양철수, 「현길언의 4ㆍ3소설 연구」, 제주대학교 석사학위논문, 2010.

오생근, 「현길언의 소설 – 삶의 진실과 사랑의 탐구」, 『본질과 현상』18, 본질과 현
　　　상, 2009.

유성호, 「이데올로기 비판과 사랑 옹호의 서사 : 현길언의 '잔인한 도시'론」, 『본질
　　　과 현상』23권, 본질과 현상, 2011, 264쪽.

이정우, 『사건의 철학』, 철학아카데미, 스토아 학파, 2003. 23쪽.

장윤식, 「제주 4 · 3사건 초기 '무장대의 조직과 활동 :「제주도인민유격대 투쟁보고서」의 분석」, 『4.3과 역사』5, 제주4.3연구소, 2005.

한혜경, 「제주4 · 3사건 기념의례의 형성과 구조」, 전남대학교 박사학위논문, 2008.

Freud, S. 김정일 옮김, 「가족로맨스」, 『성욕에 관한 세편의 에세이』, 열린책들, 1997;2003.[재간], 197~204쪽.

Freud, S. 이윤기옮김, 「토템과 터부」, 『종교의 기원』, 열린책들, 1997;2003.[재간], 203~240쪽.

Freud, S. 정장진 옮김, 「빌헬름 엔젠의 『그라디바』에 나타난 망상과 꿈」, 『예술, 문학, 정신분석』, 열린책들, 1997;2003.[재간], 82~84쪽. 참조.

현길언, 「제주학 연구 방법론 : 문학을 중심으로」, 『濟州島研究』14, 제주도연구회, 1997.

현길언, 김영화, <濟州說話를 통한 濟州島精神 考究 : 堂神 본풀이와 人物(壯士) 傳說을 中心으로>, 『논문집』12, 제주대학교, 1980.

현길언, 「저항사에서 수난사로: 제주 근 · 현대시에 대한 성찰적 인식」, 『본질과 현상』 28, 본질과 현상, 2012.

현길언, 「역사적 사실과 문학적 인식 : 李衡祥목사의 神堂 철폐에 대한 설화적 인식」, 『탐라문화』2, 제주대학교 탐라문화연구소, 1983.

Derrida, Jacques(1967). *Writing and Differance*. Trans. Alan Bass, Univ. of Chicago . Great Britain by TJ international Ltd... Press, 1978. p.79.

Žižek, Slavoj, *The Sublime Objeoct of Ideology*, Verso trans, prined and bound in Great by Bookmarque Ltd. Croydon, 1989, pp.44~48 참조.

이창동 소설에 나타난 가족분석담론 연구

-<소지>와<친기>를 중심으로-

1. 서론

　본 논문의 목적은 이창동의 소설<燒紙>와<親忌>[1]에 나타난 가족분석담론을 규명하는　것이다. '가족분석담론'은 정신분석학적 의미와 상통한다. 주지하다시피 프로이트에 의한 정신분석학은 분석자의 입장에서 환자의 무의식적 담론을 이끌어 내고 그것을 조사 분석하는 과정이다. 이 때 분석가는 환자 본인이 기억하고 있는 사실을 말하도록 유도하는 행위를 맡는다. 프로이트는 그 과정에서 환자들에게 내재된 다양한 은폐 기억들을 들추어낸다. 유아기 신경증 사례를 다룬 「쥐인간」이나 「늑대인간」 그리고 「다섯 살배기 꼬마 한스의 공포증 분석」, 또 편집증 환자의 사례를 다룬 「편집증 환자 슈레버」그외 「도라의 히스테리 분석」 등이 그 예이다. 이들 사례에 나타난 환자들의 증상은 유아기의 은폐기억과 연관돼 있고 또 그것이 대부분 가족구성원과 연관된다. 그중에서 '아버지'와 연관

---

1) <소지>는『실천문학』, <친기>는『창작과 비평』에 1985년 각각 발표 된 소설이다.

되는 경우가 대부분이다. 환자의 그러한 경험 흔적들은 파괴되지 않고 무의식의 핵심을 형성하면서 언젠가 언어로 표출되는데 이것이 신경증인 셈이다. 분석과정에서 환자들은 교묘하게 거짓말을 하거나 위장된 형태로 자신의 증상을 드러낸다. 이때 분석가는 환자들의 언어를 텍스트화 함으로써 분석하는 분석의 과정을 거치게 된다. 이를 프로이트는 '분석 작업'2)이라고 한다. 그 과정에서 환자의 언어만이 아니라 가족이나 기타 관여된 사람들을 역추적 하게 되는 것이다. 이러한 과정에서 정신분석학적 의미의 텍스트가 탄생하고, 개체 발생은 계통 발생의 반복이다라는 원리가 적용된다. 이때 분석가는 사건을 거슬러 올라가는 과정에서 환자가 기억하는 발생의 원인인 사건이 분명하지 않은 상태로 서술되고 있음을 밝혀낸다. 프로이트는 위의 많은 사례들이 환자들에 의해 대부분 날조되거나 틀린 기억인 경우가 많다는 것을 밝혀낸다. 정신분석학은 이러한 텍스트 과정을 통해 환자 본인이 그것을 인식하고 그것으로부터 빠져나오게 하는 정신분석의 근본적 목적에 이르게 하는 것이다.3) 이로 볼 때 문학텍스트는 서술자가 분석자의 위치에서 다양한 인물들의 발화를 이끌어내기 위해 플롯을 전개하고 어떤 귀결점에 이르게 한다는 점에서 상통한다. 이때 가면적 서술자인 작가의 의도가 서술자나 인물에 전이되는 경우가 많다. 그러나 프로이트에 있어 무의식의 본질은 완전히 분석될 수 없고 최

---

2) Sigmund Freud(1976b), 『꼬마 한스와 도라』, 김재혁 · 권세훈 옮김, 열린책들, 1997;2003. [재간]193~199쪽. 참조.

3) Sigmund Freud(1976b), 『꼬마 한스와 도라』, 위의 책 ; 『늑대인간』, 김명희 옮김, 열린책들, 1997;2003.[재간]; 『일상생활의 정신병리학』, 이한우 옮김, 열린책들, 1997;2003. [재간]; 『정신병리학의 문제들』, 황보석 옮김, 열린책들, 1997;2003.[재간]. 이상 전반적인 내용들을 참조하였음.

초의 사건은 언제나 미지수로 남듯이, 작가 또한 검열자나 분석자를 따돌리기 위해 묘사나 상징으로 위장하지만 근원적 의미에는 언제나 빗금 (initial line)'[4]이 존재한다. 주지하다시피 프로이트는 「빌헬음 옌젠의 『그라디바』에 나타난 망상과 꿈」이나 「레오나르드 다 빈치의 유년의 기억」을 통하여 작가의 몽상을 분석한 바 있다.[5] 본고는 이러한 관점에서 <소지> 와 <친기>에 나타나는 주인공들의 발화를 정신분석적 텍스트의 관점에서 고찰함으로써 가족분석담론의 의미를 규명할 것이다.

1983년도 <戰利> (『동아일보』)로 문단에 등단한 이창동은 이후 <燒紙> (1985) <親忌> (1985) <戰利> (1983) 등 분단이나 사상과 관련된 작품을 발표하였다. 광주항쟁으로 일컬어지는 80년대의 암울한 상황은 80년대 그의 소설에서 아버지를 중심으로 한 가족간의 불화나 갈등 양상으로 표면화된다. 이희승은 80년대를 '부권위기' 혹은 '남성주체의 위기의식'이 '피학적 자기노출'[6]로 드러나는 시기라고 말하고 있다. 그런가 하면 60년대와 80년대 민주화운동에 참여한 많은 사람들이 외상 후 스트레스 장애로 고통을 받는 현상을 조사한 논문도 있다.[7] 그런가하면 80년대는 노동문학이 본격화된 시기이기도 하다. 거대담론에서 이탈하여 노동현장을 맴돌거나 소시민적 삶에 안착하는 리얼리즘적 담론이 대두했던 시기이기도 하다.[8] 이러한 의미에서 85년에 『실천문학』과 『창작과 비평』

---

4) Lacan,Jacques, *The Four Fundamaletal Concepts of Psychoanalysis*. Alan Sherida. trans, 1978, New York: Norton.Lacan, p. 20.
5) 프로이트, 『예술, 문학, 정신분석학』, 정장진 옮김, 열린책들. 1997;2003.[재간].
6) 이희승, 「80년대 민주화운동 소재 영화의 민족주의와 탈식민적 욕망」『정치커뮤니케이션연구』, 정치커뮤니케이션연구, 2008. 163~164쪽. 참조.
7) 박영주 · 최정기 · 정호기, 「1960~80년대 민주화운동 참여자의 외상 후 스트레스 장애」, 『민주주의와 인권』14, 전남대학교 5.18 연구소, 2014. 77쪽 참조.

에 각각 발표한 이창동의 <소지> <친기>는 매우 의미심장하다. 이 텍스트에 등장하는 의기소침한 가부장의 모습이나 그로 인해 불화하는 가족구성원들의 모습은 80년대 민중들의 삶과 닮아 있다.[9] 90년대 이후 이창동은 <초록물고기> (1997) <박하사탕> (1999) <밀양> (2007) 등과 같은 영화를 통하여 이 같은 80년대의 '사회의 모순을 지적하여 그에 대해 관객들로 하여금 성찰의 순간을 갖도록 요구한다.'[10]

지금까지 이창동에 대한 연구는 영화와 서사와의 상관관계를 규명한 것이 대다수다.[11] 일부 연구논문에서 <소지> <친기>에 나타나는 가족 간의 갈등이나 인물들의 성향이 암울한 현실에 맞서 대립하기보다는 "도피지향적"[12]이라는 언급하고 있다. 이창동의 80년대 소설들은 불온한 사

---

8) 연세대학교 대학원 국문과, 「80년대 노동문학의 전개과정」, 『원우론집』17, 1990. 연대대학교 대학원 원우회.; 신두원, 「1980년대 문학의 문제성」, 『민족문학사연구』 50, 민족문학사학회, 2012.

9) 허아름, 「이창동 소설 연구 : 리얼리즘적 특성을 중심으로」, 한국교원대학교대학원 석사학위논문, 2008.

10) 주진숙, 「한국현대사회에 대한 기획으로서 이창동의 영화들」, 『영상예술학회』11 권, 영상예술연구, , 2007, 105쪽.

11) 강승묵, 「영화의 영상 재현을 통한 역사 구성 방식에 관한 연구」, 서강대학교대학원 박사학위논문, 2008; 주진숙, 앞의 논문; 최병학, 「이창동 영화를 중심으로 본 대학 기초교양교육의 방향」, 『교양교육연구』2, 한국교양교육학회, 2008; 이현승 · 송정아, 「이창동 작가론 : 윤리를 창조하는 '반복' 으로서의 영화 만들기」, 『한국콘텐츠학회논문지』12, 한국콘텐츠학회, 2012, ; 서인숙, 「이창동 영화탐구」, 『한국콘텐츠학회논문지』12, 한국콘텐츠학회, 2013 ; 심은진, 「영화와 문학 ; 이미지의 시간성: 바르트와 들뢰즈의 이미지론을 중심으로 살펴본 이창동의 「박하사탕」, 『불어문화권연구』14, 서울대학교 불어문화권연구소, 2004 ; 김형술, 「'영화로 읽는 세상' 판타지는 어떻게 일상에 스며드는가 - 이창동의 영화 『오아시스』」, 『관점21』 13, 게릴라. 2002.

12) 최지호, 「이창동 작품의 서사학적 연구-소설과 영화의 관계를 중심으로」, 『도솔논단』15, 도솔어문학회, 2001, 88쪽.

상이나 빨갱이에 연루된 아버지로 인해 트라우마를 간직한 채 불행한 삶을 영위하는 가족구성원들이 등장한다. 그런 아버지로 인해 남은 가족구성원들은 다양한 신경증적증후군을 안고 살아간다.

<소지>의 경우 사상문제로 행불된 아버지로 인해 남은 가족들은 사회적으로 부당한 처우를 받거나 감시의 대상이 된다. 또한 <친기>는 육이오 때 잠시 빨갱이에 연루되는 아버지로 인해 가족이 양분되고 피폐한 삶을 사는 가족이 등장한다. 이들 작품에서 자식들은 고아 아닌 고아적인 삶을 영위하면서 아버지의 존재를 부인하지만, 동시에 그런 아버지로부터 자유롭지 못하다. 이들 작품에서 주인공들은 '아버지'라는 존재의 불안정함을 경험한다. 존재이면서 비존재이기도 한 아버지가 어느날 그들 삶에 예고 없이 등장하고, 그런 유령화된 아버지의 귀환은 그들 삶의 균열을 깨고 흐트러뜨린다. 아버지라는 존재는 가족담론의 핵심에 있다. 또한 권력담론의 중심에 있는 아버지의 존재는 폭력이나 이데올로기의 표상으로 자리잡고 있다. 그의 소설에는 주로 반공이데올기에 연루된 아버지의 행불이나 칩거로 인해 가족간이 불화한다. 이러한 관점에서 이창동의 소설은 오랜 세월 그들 삶을 옥죄고 있는 이데올로기적 갈등의 실마리를 '죽은 아버지'를 피분석자로 놓은 가족구성원들의 분석담론을 통해 제시한다. 이창동의 소설에서 남은 가족들은 아버지로 인해 상징적 거세를 당하기도 하고 스스로 아버지를 부정하는 신경증적 증상으로까지 표면화된다. 이는 자식들 나름대로 아버지에 대한 환상에 빠지게 하는 원동력이 되고 혹은 아버지 그 자체를 부정하는 저항의 한 형식으로 표면화된다. 아비 부재는 아비 부재 그 자체로 끝나는 것이 아니라 다양한 물질로 의미화 됨으로써 또 다른 이데올로기의 근거를 남긴다. 여기에는 아비 부재

의 주체인 아버지의 진실이나 의미는 배재된 채 자식들은 그들 나름대로 왜곡된 아버지의 형상을 창조한다.

프로이트는 1919년 「매맞는 아이」라는 논문에서 히스테리와 같은 신경증 환자의 대부분은 '아이가 매를 맞는(어떤 아이가 맞고 있어요)' 가학적 환상에 빠진다고 하고 있다.13) 환자들은 대개 5,6세 이전에 이런 경험을 한다.14) 여기에는 필연적으로 쾌락이 수반되는 환상의 단계가 전개된다. 그 첫 번째 단계에서 아이는 '우리 아버지가 그 아이를 때리고 있어요'라고 자기가 미워하는 아이를 대체하는 환상에 빠진다. 두 번째 단계에서 아이는 매 맞고 있는 타자를 자신으로 변모시키면서 '나는 아버지에게 맞고 있어요.'라고 함으로써, 이전에 아버지로부터 억압받은 기억을 환기한다.15) 세 번째 단계에서 '아버지에게 맞고 있는 자신'을 '나는 아마 구경하고 있어요'라는 의미로 치환한다. 이 세 가지의 환상단계에서 때리거나 처벌과 모욕을 주는 사람은 예외없이 '아버지'라는 사실에는 변함이 없으나 오이디푸스 서사를 중심으로 한 담론 텍스트(Discourse Text)의 변형을 보여준다.16) 여기서 담론 텍스트는 '그 아이—나—구경'으로 재구성 (Reconstitution)된다는 사실이다.17) 여기에는 어버이 콤플렉스(Elternkomplex)로 인한 불안이 작용한다.18) 이런 의미에서 아버지란 존재는 분석의 과정에

---

13) Sigmund Freud(1976b), 「매 맞는 아이」, 『정신병리학의 문제들』, 앞의 책, 137~170쪽. 참조.
14) 위의 책, 138쪽. 참조.
15) 위의 책, 151쪽. 참조.
16) 위의 책, 152쪽. 참조.
17) 위의 책, 152쪽. 참조.
18) 위의 글, 145~147쪽. 참조; Julia Kristeva, 『반항의 의미와 무의미』, 유복렬 옮김, 푸른숲, 2002, 166쪽.

서 언제나 그 의미가 재구성되는 피분석자로 존재한다.[19]

부모나 교사에 의해 한 아이가 맞고 있는 장면을 본 아이는 '그 애'를 '나'로 동일화하는 담론 텍스트를 재구성하는 것이다. 이때 주체는 매 맞고 있는 아이를 자신으로 변모시키거나 혹은 타자화하면서 아버지에게 맞고 싶은 피학적 욕망과 가학적 욕망을 은연중에 드러낸다. '아버지'를 중심으로 한 유아기에서의 이 같은 환상 시나리오는 주체의 무의식적 욕망으로 자리 잡으면서 이데올로기적 원천으로 작용한다. 근친상간적 특성을 지니고 있는 변형적 시나리오는 아버지와의 동일화적 욕망의 원천인 동시에 죄의식과 애증에 기반한 양가성(Ambivalenz)적 성격을 띠고 있다. 이 같은 시나리오의 이면에는 주체의 아버지를 동경하는 동성애적 욕망과 동시에 자신의 쾌락을 방해하는 아버지를 죽이고 싶은 살해 욕망이 내포돼 있다.[20] 프로이트는 이 같은 환상의 단계에서 환자가 동성애적 태도를 보이는 것은 과거 아버지가 집안에서 미미한 존재로 각인된 모욕적인 동성애적 외상과 연관돼 있음을 밝혀낸다.[21] 이처럼 유아기 단계에서 어머니보다 아버지라는 존재에 의해 독립적인 주체가 된다. 주체는 계통발생학적으로 아버지의 명령과 금기와 복종이 무의식적 또한 양심의 형태로 남아 있으며, 나아가 양심의 요구와 실재적 수행 사이의 갈등은 죄의식으로 경험된다.[22] 여기서 주체는 그 같은 구조적 현실을 벗어나고자 신분을 탈색하는 가족로맨스적 환상을 꿈꾸기도 한다. 그래서 나름 시

---

19) Sigmund Freud, 앞의 책, 같은 페이지. 참조.
20) Sigmund Freud, 앞의 책, 178쪽; Julia Kristeva, 앞의 책, 170쪽. 참조.
21) Sigmund Freud, 앞의 책, 179쪽. 참조.
22) Sigmund Freud(1976b), 『정신분석학의 근본개념』, 윤희기 · 박찬부 옮김, 열린책들, 2003, 379쪽.

나리오를 구상하는데, 이는 자아의 경제적 메커니즘에 근거한다.

주체의 이 같은 욕망은 이데올로기적 욕망으로 자리 잡으면서 나아가 잔혹한 역사의 기반이 되는 것이다. 반면 주체는 자기 부정과 같은 신경증적 증상을 통해 아버지와의 동일화 혹은 탈피를 도모하는 일종의 히스테리적 증세를 표출한다. 신경증적 증상의 대부분은 이 같은 가족로맨스적 담론이 근거인 경우가 많다.[23] 흔히 오이디푸스적 요소를 배제하고 소설이 형성되기 힘들다고 할 만큼, 소설방식의 한 방편으로서 오이디푸스에 근거한 가족로맨스적 담론은 필연적인 것이다.[24] 가족로맨스는 흔히 '업둥이형(enfant trouve) 로맨스'와 '사생아형(batard) 로맨스'로 구분된다. 전자는 낭만적 환상에 근거한 것으로 현실에 수동적으로 반응하고 일종의 도피적 성격을 지닌다. 이에 반해 후자는 아버지의 존재를 부인하고 세계에 능동적으로 대항하는 경우가 많다.[25] 그 이면에는 동성애적 원천으로서의 아버지를 향한 사랑과 증오라는 양가성이 작용한다. 오이디푸스에 근거한 이 같은 메커니즘은 이데올로기적 원천으로 소급적용 되면서 사회적 의미로 확대되는 것이다. 더불어 모든 의미는 사후적, 즉 재구성된다는 것이며 여기에는 필연적으로 자신에게 유리하도록 시나리오를 구성하는 환상적 메커니즘이 존재한다는 사실이다.

---

23) 위의 책, 200쪽. 참조.

24) Marthe Robert, 김치수 · 이윤옥 옮김, 『소설의 기원, 기원의 소설』, 문학과 지성사, 1999, 69~71쪽. 참조,

25) 위의 책, 70쪽. 참조.

2. 아버지 담론 이끌어내기 방식으로서의 제의(祭儀)적 진술과 극적 진술

이창동의 <소지>와 <친기>는 같은 연도에 발표되고 '아버지의 죽음'을 중심으로 아버지와 가족구성원과의 갈등을 담고 있다는 점에서 유사하다. 행불 처리된 아버지의 죽음을 인정하는 제의(祭儀)형식을 통해 아버지로 인해 발생된 가족구성원들 간의 불화를 해소하고자 하는 <소지>와 달리, <친기>는 임종을 앞둔 아버지와 자식들의 극화된 서술방식을 통해 아버지와의 갈등과 묵은 감정을 청산하고자 한다. 전자는 가족구성원의 외부에 있는 '시누이'와 '그녀'가 분석자의 위치에서 '제의' 형식을 통해 과거를 반추하는 분석담론으로 전개된다. 반면 후자는 관찰자의 위치에 있는 화자 '나'가 아버지의 임종을 앞두고 배다른 형 '덕수'와 '누나'를 피분석자의 위치에 놓고 피의자인 아버지의 진술을 이끌어내는 극적 진술로 전개된다. 여기서 '아버지'의 진술을 이끌어내는 방식은 서로 다르다. 전자의 경우 유령화된 아버지를 피분석자의 위치에 놓고 가족들이 분석자가 되어 아버지의 진술을 재구성하고 분석한다. 반면 후자의 경우는 피의자이면서 임종 직전인 아버지의 현재적 진술을 바탕으로, 가족구성원 모두가 분석자이자 피분석자로서 과거 성장과정에서의 맹점이나 오류 담론을 밝혀낸다는 점에서 다르다. 이를 통해 지금껏 피의자로서 존재해 있던 아버지에 대한 조명이 엇갈린다.

먼저, <소지>는 육이오 때 '사상'문제로 행불된 남편으로 인해 불행한 삶을 영위해온 '그녀'의 관점으로 가족사가 전개된다. '그녀'의 관점이지만 서술 과정에서 '시누이'의 역할 비중이 트다. '경찰인 남편을 둔 시누이는 '오빠'를 끌려가게 했다는 죄의식을 안고 살아가는데, 그것은 귀신을 보는 히스테리적 증상으로 표면화된다. 반면 '그녀'는 증언적 화자로 등장한다. '그녀'는 남편의 생사를 안다는 남자들에게 끌려가 배다른 형제를 낳는다. 이후 '그녀'는 폭도들에게 당한 후유증과 떼죽음 당했다는 남편에 대한 풍문으로 환상과 환청에 시달리는 신경증가 된다. 그 같은 폭력에 대한 체험은 '그녀'에게 이빨통증이라는 히스테리적 증상으로 표면화되면서 삼십여 년 간 지속된다. '그녀'의 남편은 그런 식으로 오랜 세월 '그녀'와 '누이'한테 등장한다. 그런가하면 '그녀'의 아들 '성국'과 '성호' 또한 얼굴도 모르는 아버지란 존재의 영향을 받는다. '성국'은 경찰 시험에 사상문제로 떨어지고, '성호'는 사상운동에 관여한다. 등의 이유로 '시누이'는 가족 구성원 전체에 소급효과를 발휘하는 성국 아버지로 하여금 그의 죽음을 인정하는 '소지燒紙'를 제의한다. 이러한 시누이의 제의에 대한 제안은 오랫동안 자신뿐만 아니라 올캐와 조카들의 삶을 옥죄고 있는 '아버지'와의 부채를 청산하고 동시에 넋을 위로하자는 의미다.26) '시누이'의 시야에 빈번하게 출현하는 유령화된 아버지의 귀환은 그 자체로 증상의 출현이기 때문인 것이다. 여기서 '시누이'와 '그녀'는 분석자의 위치에서 '제의' 형식의 주체가 됨으로써 올캐와 '성국'과 성호'로 하여금 죽은 아비와 관계를 청산하는 반영적 진술을 이끌어내는 데 일조한다.

반면, 육이오 때 잠시 공산주의자로 살았던 까닭에 가족이 풍비박산되고 이후 사업실패로 반신불구가 된 아버지가 등장하는<親忌>역시 현실적으로 거세된 아버지와 그럼에도 소급되고 있는 아버지의 규율부터 놓여나고 싶은 자식들의 염원의지가 표명되고 있다. <친기>는 말 그대로

---

26) 죽은 아버지의 귀환을 저지하는 근본적인 대책은 상징적 채무를 해결해주는 일이다.
　　Slavoj Žižek, 『삐딱하게 보기』, 김소연 · 유재희 옮김, 시각과 언어, 1995,.63쪽. 참조.

아버지에 대한 애정과 증오를 동시에 드러낸다. 육이오 때 '종만(아버지)'이 잠시 빨갱이에 연루된 것이 그의 가족들을 죽음으로 몰아넣고 자식들을 고아 아닌 고아로 살게 하고 그 외의 가족들을 불신과 의심으로 일관하는 삶을 영위하게 하였다. 이와 같은 연유로 평생 고아로 살아온 '덕수'가 모친 제삿날 헤어진 '아버지'를 찾아옴으로써 사건이 발단된다. '덕수'의 진술은 사실 아버지에 대한 증언과 취조형식을 취하고 있다고 볼 수 있다. 직접화법으로 서술되는 '덕수'의 진술은 때로는 분석자의 위치에서 때로는 피분석자의 위치에서 '아버지'의 진술담론을 이끌어낸다. 더불어 '덕수'와 배다른 형제자매인 '나'와 '누나' 그리고 '어머니' 역시 분석자이면서 피분석자의 위치에서 극화된 진술담론을 펼친다. 이 같은 극화된 진술방식은 가족구성원들로 하여금 당대를 객관적으로 조응하게 하는 반영적 관점으로 몰아간다.

이에 서술자인 '나'는 아비 부재를 직접적으로 경험한 배다른 '형'과 아버지의 입장을 변호하는 '누나'와의 극화된 진술을 통해 기억담론의 오류를 바로잡고 아버지에 대한 이해를 새롭게 한다. 또한 역사적 주체로서의 아버지 역시 당대를 객관적으로 조명함으로써 잘못을 시인하고 바로잡는 분석담론의 주체로 이끌어낸다. 그로 인해 임종을 앞둔 '아버지'와 '자식' 간의 관계청산에 일조한다. 이처럼 <친기>는 모친 제삿날 헤어진 '아버지'를 찾아온 '덕수'의 진술을 통해 아버지는 물론 가족구성원 전체를 증언과 고백 형식으로 이끈다. 더불어 '덕수'는 물론 전체구성원이 왜곡해왔던 아버지의 역사와 세계를 재구성하는 기회를 얻는다.

이로 볼 때 두 작품에서 이루어지는 죽은 아비에 대한 분석담론은 증상의 원인인 아버지를 진술의 주체로 이끌어냄으로써 가족서사의 공백을 메우게 하고 있다. 그것은 역사적 주체이자 피의자로서의 아버지의 넋을 위로하고 긍정적으로 평가하는 일환이기도 하다. 더불어 피의자로서의 삶을 살아온 가족구성원들에 대한 치유서사의 기반이 될 수 있다. 청산되지 못한 역사의 반복으로 인해 끊임없이 등장하는 죽은 아비의 귀환은 피해자와 가해자가 명확하지 않은 역사반복의 원인을 낳기 때문인 것이다.

3. 재구성된 텍스트의 분석과 의미조명

<친기>에 나타난 다음 ①②③의 인용 글은 주인공 '덕수'가 오랜 세월 동안 아버지에 대해 갖고 있던 서사 텍스트이다.

①오늘이 음력으로 섣달 열엿샛날이구마. 이 날이 무슨 날인지 아능교? 알 턱이 없을 끼요. 오늘이 우리 어무이 죽은 날이요. 사변 나던 해 내가 일곱 살 묵었을 때이께네. 벌써 삼십오년 됐구마. 의외로 먼저 무너지기 시작한 것은 사내 쪽이었다.…(중략)…
(이창동, <친기(親忌)>, 73쪽).

②병들어 기동도 못하는 사람 도라꾸 짐칸에 실어서 친정에 우째 쫓아보냈능기요? 어데 말 좀 해보소. 도축장에 소 실어 보내듯이 도라꾸 짐칸에 가마때기 깔아 그 위에 눕히고 삼복더위에 겨울 솜이불 덮어가 떠나보냈지러요. 나는 안죽도 기억이 생생하구마. 경주 외갓집까지 도라꾸 카고 가는데 길가에 아카시아 나뭇가지가 철썩철썩 가시 회초리맨쿠로 때리대고……우리 어무이 그 두꺼운 이불 덮고도 덜덜 떨면서, 덕수야, 와 이리 춥노……덕수야, 와 이리 춥노, 와 이리 춥노, 내 눈까리에 흙 들어가기 전까지는 못 잊어뿔 기구마. 아이고오…… 불쌍한 우리 어무이…….

그는 허물어지듯 머리를 땅에 처박더니 마침내 덫에 치인 짐승처럼 비명인지 울음인지 모를 소리를 꺼억꺼억 내질렀다.

(이창동, <친기(親忌)>, 74쪽).

③참 꼴 좋구마. 우리 어무이 그러키 고생시키고 학대하고 쫓아내
더이. 겨우 요러키 되었구마. 빨갱이짓에 미처 처자식까지 버리더이
겨우 요모양 요꼴이구마.(후략) (이창동, <친기(親忌)>, 77쪽).

위 텍스트에 의하면 '덕수'는 7살 때 아버지에 의해 모친과 함께 버림받
은 고아이다. 더불어 그런 아버지는 빨갱이 짓에 미처 처자식까지 버렸다.
이 같은 '덕수' 진술은 시종일관 직접화법으로 증언형식을 취하고 있다.

④…(전략)…다락방에 누운 채 술에 취해 들어오는 아버지의 노랫
소리와 어지러운 발소리를 듣고 있노라면 내 가슴은 급하게 뛰기 시
작하는 것이었고, 우리 가족 중에 가장 먼저 죽어야 할 사람이 잇다면
그건 바로 아버지일 거라고 되네이곤 했었다.

(이창동,<친기(親忌)>, 79쪽).

반면 위 인용 ④는 서술자 '나'의 아버지에 대한 서사 텍스트이다. 이는
'나'의 기억에 의존한 진술이다.

⑤<u>나는 내 눈으로 본 건 아니지만 여기 증인이 계시니까틀림없어
요</u>. 원래 아버진 돌아가신 우리 외삼촌과 아주 막역한 <u>친구였다고 그
래요</u>. 함께 좌익인가 뭔가 쉽게 말하면 빨갱이짓을 <u>했다는 거죠</u>. 우리
아버지 빨갱이짓 하신 거야 알 사람 다 아니까 이젠 숨길 것도 없죠.
뭐. 그런데 육이오가 나던 해 빨갱이란 빨갱이는 다 잡아들인다고 해
서 두 분이 어딘가에 숨어서 피신을 하고 있었는데 어떻게 알았는지
<u>경찰이 들이닥쳤다는 거죠</u>.

그 이야기는 언젠간 나도 들은 적이 있었다. 은신처에서 두 사람이

붙잡혔는데, 무슨 이유에선지 외삼촌은 처형이 되고 아버지는 목숨을 건졌다는 이야기였다. 그러나 그것은 내가 이 땅에 태어나지도 않았던, 태어날지 어쩔지도 알 수 없었던 때의 일이었으므로 마치 소설 속의 이야기처럼 별로 실감을 느끼지 못했던 것으로 기억한다. 더구나 그 이야기가 이런 자리에서 이런 식으로 되풀이되리라곤 한 번도 상상하지 못했던 것이다.

누군가 경찰에 밀고를 했다는 거예요. 오빠 그게 누구라고 생각하세요? (이창동, <친기(親忌)>, 71쪽. 밑줄 필자).

그런가 하면 위 인용 ⑤는 '누나'와 '나'의 기억으로 엮어진 아버지에 대한 서사 텍스트이다.

'아버지'가 사건의 중심에 놓인 이 같은 분석담론은 가해자인 동시에 피해자인 아버지 행위를 담론화 한다. 이 진술담론은 '~라고 해요' 형식의 자유간접화법으로 풍문이나 간접경험에 의한 것으로 추측적 진술에 가깝다. ①②③의 덕수의 '증언'과 ④와⑤의 나와 누나의 '기억'과 '추측'을 중심으로 서사 텍스트를 구성하면 다음과 같다.

덕수의 증언	기억담론, 추측(나와 누나)
・빨갱이짓에 미친 아버지로 인해 '덕수 모친'은 친정으로 쫓겨가 죽고, 당시 7살이던 '덕수'는 고아가 되었다. (공백)	・당대 빨갱이 색출 작업 때 친구였던 '나'의 외삼촌과 '아버지'는 피신했다. ・'덕수(배다른 형)'의 외가쪽에서의 밀고로 인해 '나(정우)'의 외삼촌이 처형되고 '아버지'는 겨우 목숨을 부지하게 되었다. ・이후 '나'의 외숙모는 죽은 아버지로 인해 얼굴도 모른 자식들을 키우며 살아간다.

위에서 보듯, '아버지'를 중심으로 한 서사 텍스트는 담론 텍스트와 견주어 극명한 차이가 난다. 덕수의 증언은 7살 이후 많은 부분이 '공백'으로 처리되어 있다. 이 서사텍스트의 중심에 '덕수' 외가쪽의 아버지에 대한 밀고가 원인이 되었다는 왜곡된 정보는 '덕수' 가족의 불행한 가족사를 생산한 셈이다. 그러나 이러한 서사 텍스트는 이들 인물들의 극화된 진술담론을 통해 재구성됨으로써 새로운 의미가 창출된다. 특히 '누나'의 극화된 진술은 '아버지'의 입장을 대변하는 것으로 당대 사건의 본질을 새로운 의미로 재구성하는 효과를 생산한다. 이후 '누나'의 아버지 서사에 대한 진술담론은 3페이지에 걸쳐 계속된다. 이를 재구성하면 다음과 같다.

(누나의 증언)

'아버지'는 대단한 빨갱이짓에 미치기보다 수몰된 고향의 보상금을 가지고 시작한 미국 물건을 파는 사업을 시작으로 줄줄이 도산하면서 거덜나게 되었고 급기야 쓰러지게 되었다. 그로 인해, 재혼한 어머니와 이후 태어난 자식들은 쓰러진 아버지가 하루 빨리 돌아가시길 염원하면서 살아왔다.

'누나'의 증언과 아버지의 고백 형태의 극화된 진술은 아버지 김종만이 왜곡된 이데올로기와 자본주의 담론의 희생자임을 보여준다. 이 같은 상황은 아버지가 돌아가신다고 해서 아버지가 진 빚이 자식들에게 탕감되는 것도 아니라는 것이 이들 가족서사의 비극이다.

이후 계속된 어머니와 자식들을 향한 아버지의 폭행은 '나'를 비롯한 누나와 동생으로 하여금 '사생아 콤플렉스'를 낳게 하고 집을 나간 '동생'을 돌아오지 않게 하는 동인이 된다. 이로 볼 때 이들 가족의 애환은 그들이 아버지에 대해 갖고 있는 기억이 물질적으로 왜곡된 데 있다. '종만(아버지)'은 '덕수 외가쪽'의 밀고로 자신들의 불행이 시작되었다는 가족들의 오해에 대해 진술한다.

이 두 텍스트의 공백을 메우는 현실적 아버지의 진술은 다음과 같다.

> 너……너거 엄, 어마이가 미, 미, 밀고를 했느니 뭐니……하, 하는 소, 소리…… 귀담아 드, 듣지 마라. 사, 사, 사람이 너무 ……차, 착해서……<u>그, 그저 나, 날 사, 살 리겠다는 요, 욕심 때문에</u>……사이비였다. (중략) 한 여자도 사, 사, 사, 사랑하지 모, 모, 못하면서……우, 우째 이, 이, 인민을 사,사,사, 사랑한다꼬 그……그거 버, 벌써 자, 자, 잘못된 기……라……(이창동, <親忌->, 94~95쪽, 밑줄 필자).

위 인용은 아버지(김종만)의 진술이다. 남편을 빨갱이로 밀고한 '덕수 모친'의 입장은 불온한 사상에 물든 남편을 구하고자 하는 일환이었다는 것이다. 이는 아버지의 '빨갱이짓'에 초점이 맞춰져 있는 것이 아니라, 그로 인해 빚어진 잘못된 정보오류에 대한 분석인 것이다. 이는 이데올로기적 오인에 사로잡혀 한 가정을 지키지 못했음을 통한하는 아버지의 고백인 동시에, 자식들로 하여금 죄의식에서 벗어날 수 있도록 아버지 스스로 과거를 청산해주는 의미로 볼 수 있다. 또한 '아버지'의 임종에 맞춰 아버지를 찾아온 배다른 형 '덕수'의 행보 역시 잔혹했던 과거청산에 대한 가족들의 의지를 표명한다.

> <u>"니, 니, 니가……더, 더, 덕수라 마, 말이가?"</u>
> "와요? 살아생전에 다시 못 들어볼 이름인 줄 알았능교?"
> 두 사람은 한참 동안 서로 마주 보고만 있었다. 아버지는 벽에 등을 기댄 채 그저 턱을 덜덜 떨고만 있었고, 사내는 바위처럼 꿈쩍도 않는 자세로 아버지에게 시선을 박고 있었다.(후략) (이창동, <친기(親忌)>, 74쪽)

어려서 헤어져 몇 십년 만에 처음 찾은 아버지를 향해 '덕수'는 복받치는 설움을 내뱉는다.

…(전략)…우리 어무이가 어째 죽었는데. 얼매나 원통하게 죽었는데. 천애고아나 다름없는 날 받아 키워준 우리 외할무이한테 귀에 못이 박히도록 들었구마. 너그 어무이 죽은 거는 너그 아부지 때문이다. 너그 아부지 빨갱이에 미쳐가 너그 어무이 죽인 기다." 사내는 술기운과 흥분으로 번들대는 눈으로 아버지를 노려보았다. 핏발이 선 때문일까, 그 눈길은 날카롭다기보다 흡사 불붙는 듯했다.

"참 꼴 좋구마. 우리 어무이 그러키 고생시키고 학대하고 쫓아내더이, 겨우 요러키 되었구마. 빨갱이짓에 미쳐가 처자식까지 버리더이 겨우 요모양 요꼴이구마.(후략)

(이창동, <친기(親忌)>, 75~76쪽, 밑줄 필자).

'덕수'의 극화된 진술담론은 그가 아버지를 어느 정도 증오하고 열망하였는지에 대해 알게 한다. 더불어 아버지의 이런 극화된 진술담론 역시 자식들과 죽은 전처에 대한 고백적 효과를 표면화한다. 이러한 담론 텍스트를 중심으로 볼 때, '덕수'의 기억에 서사화된 아버지는 '외할머니의 원한'어린 통한이 물질화되어 극화되었던 셈이다. 다시 말해 '덕수' 아버지는 주변 사람들의 잘못된 정보로 물질화된 셈이다. 때문에 '천애고아'나 다름없었다고 진술하는 '덕수'의 진술담론은 아버지에 대한 열망을 은연중에 시사한다. '덕수'가 대면한 아버지는 한 줌 몸도 가누기 힘든 나약한 존재에 불과할 뿐, 증오의 대상도 열망의 대상도 이미 아니다. 지금껏 아버지가 아버지로서 존재했던 것은 물질화된 아버지의 힘이었다. 어떤 대상이 의미를 갖는 다는 것은 그 대상이 어떤 의미로 물질화되어 있을 때만이다. '덕수'에게 아버지는 자신과 자신 생모의 삶을 훼손한 증오의 대상이자 동시에 열망의 존재였던 것이다. 그것은 '덕수'로 하여금 아버지를 찾게하고 살게하는 원동력이었던 셈이다.

그런가 하면<소지>는 '남편'의 죽음을 인정하는 '시누이'의 제의담론을 통해 가족서사텍스트의 의미를 돌아본다.

<소지>에서 큰아들 '성국'은 아버지의 사상 문제로 인해 사관학교에 낙방하자 스스로 아버지를 거세한다. 얼굴도 모르는 추상적인 아버지로 인해 '성국'은 평생 거세당하며 살아왔던 것이다. 반면 동생 '성호'는 자신의 출세를 위해 아버지를 스스로 죽이는 형을 증오한다. '성국'은 자신의 앞날을 가로막고 아버지를 스스로 죽이는 부정의식을 통해 새로운 주체로 정립하고자 하는 반면 작은 아들 '성호'는 '죽은 아비'를 통해 아버지에 대한 동성애적 환상을 싹 틔운다. '성국'은 부친 살해 욕망을 가시화함으로써 상징적 동일시에 편입한다.27). 다시 말해 '성국'은 사회적인 네트워크에 진입하기 위해 아버지를 죽인다. 그런가 하면 '성호'는 죽은 아버지와의 동일화를 통해서만이 자신이 주체로 정립될 수 있다는 반성적 자각을 통해 새로운 주체로 정립될 것을 염원한다.

<소지>를 살펴보면 '성호'의 방을 수색하기 위해 들이닥친 경찰관은

---

27) 상징적 동일시(symbolic identification)란 주체가 상징적 질서인 큰 타자 속의 어떤 기표적인 특질과 동일시됨으로써 정체성을 유지함을 뜻한다. 라캉의 케보이(Che Vuoi)는 주체가 상징계에 떠도는 다양한 기표들 중 어떤 하나와 소급된 동일성을 유지함을 보여준다. 이때 기표는 떠도는 기표들과 매듭을 형성함으로써 하나의 통일된 장을 구축한다. 이 과정에서 주체는 자신이 보여지고 관찰되게 하는 지점과 동일시(Idealich)함으로써 승인을 받는다. 반면, 상상적 동일시(imaginary identification))는 자신이 원하는 이미지(Ich-Ideal)와 동일화한다. Žižek, Slavoj, *The Sublime Objoct of Ideology*, Verso trans(1989), prined and bound in Great by Bookmarque Ltd. Croydon, pp. 95~119.

어머니로 하여금 '삼십여 년 전' 소환된 '그녀의 남편(성국아버지)'를 환기하게 함으로써 진정 "자신이 무엇을 가장 두려워했던 가를 알"(이창동, <소지>,99쪽) 게 한다. 그것은 곧 '불순한 사상'이라는 이데올로기의 다름 아니었다. '그녀'는 비로소 그것을 깨닫고 '성호'가 보관한 상자를 태운다. 그러면서 불속에서 타들어가는 '글자'들이 남편이나 아들의 본질과 무관한 추상적 사물임을 비로소 인식한다. 또한 '그녀'는 '시누이'의 의견을 수렴하여 남편과의 묵은 관계를 청산하고자 결심한다.

이 같은 서사텍스트를 돌아보면서 '그녀'는 정작 자신이 그런 담론의 피의자였음을 스스로 인식한다. '그녀'가 정작 두려워한 것은 행불된 남편이 아니라 유령화 된 아비가 발휘하는 힘이었던 것이다. 죽은 아버지는 살아 있는 아버지보다 자식들을 훨씬 강하게 옥죄는 소급효과를 발휘하고 있는 것이다. 죽은 아비에 대한 소급적용은 '그녀'를 비롯한 가족구성원들 전체를 신경증적 증상으로 일관하게 했고 그것이 증상으로 표면화된 것이다. 이에 '시누이'는 이러한 가족증후군들을 해소하기 위해서 아버지의 죽음(시누이 오라버니)을 진정으로 받아들이고 위무함으로써 가능하다는 인식에 이른다. 또한 죽은 아비와의 관계청산을 통해서만이 가족구성원들이 새로운 주체로 정립될 수 있다는 인식에 이른다.

그렇다고 해서 죽은 아비에 의한 소급효과가 해소되는 것은 아니다. 죽은 아비는 여전히 죽은 아비로써 어느날 불현듯 이들 삶에 균열을 가할 것이다. 때문에 죽은 아비는 늘 죽은 아비로 등장할 것이다. 이러한 의미에서 <소지>는 역사적 과거로서 청산되지 않은 아비 죽음이 역사반복의 원천이 됨과 동시에 영원히 자식들에게 살아있는 아비로 그 힘을 발휘할 수 있음을 보여준다. 어느날 문득 자신들 앞에 홀연히 나타난 '죽은 아버지'는 진정한 의미에서의 '아비 살해'가 이루어지 않았음을 은연중에 보여주는 것이다. 또한 그 이면에는 죽은 아버지가 삶에 늘 내재해 있음을 우회적으로 드러낸다. 이 같은 유령화된 '아버지의 귀환'은 왜곡된 역사 청산에 대한 의지를 촉구하고 이들로 하여금 반복된 역사의 귀결점이나 발전으로 인도할 수도 있을 것이다.

이상으로 볼 때 <소지>와 <친기>에 드러나는 '아버지'를 둘러싼 잘못된 서사 텍스트가 가족로맨스적 환상의 시발점이 되었고, 그들에게 아버지라는 존재는 폭력의 대명사이자 불화의 원인으로 인식돼 왔던 셈이다.

이로 볼 때 <소지>에 비해 <친기>의 아버지에 의한 분석담론 효과가 훨씬 큼을 알 수 있다. 이해 비해 <소지>는 유령화된 아버지가 발휘하는 물질적 환상으로 인해 여전히 죽은 아비의 위력이 작용한다. 이것은 죽은 아비가 발휘하는 마력 때문이다. 그것은 또한 자식들의 아버지에 대한 채무상환이 제대로 이루어지 않음으로 인해 죄의식이 많이 작용하는 것이기도 하고, 무엇보다 당대 사건의 주체인 아버지의 본질적 진술이 부재하기 때문인 것이기도 하다. 따라서 아버지에 대한 텍스트는 근본적으로 변형된 텍스트에 의존할 수밖에 없고 그것은 또다른 서사 텍스트의 바탕이 될 것이다. 다시 말해 죽은 아비는 강력한 힘을 발휘하는 물질로써 존재한다. 채무 상환이 안 된 죽은 아비는 상징적 동일시의 원천인 동시에 자식들을 더욱 강하게 옥죄는 보이지 않는 물질적 힘을 발휘하기 때문이다. 그에 비해 <친기>의 아버지는 죽은 아비에 비해 그 물질적 힘은 약화돼 있으나 왜곡된 가족서사를 바로 잡는 증언적 아버지로 존재함으로써 과거청산을 가능하게 하고 가족구성원들로 하여금 가족서사를 텍스트의 관점에서 분석을 가능하게 했다는 데 그 의의가 있다고 할 수 있다. 이로 인해 가족담론의 주체들로 하여금 새로운 주체 정립이 가능하게 한다는 점에서 서로 다르다.

4. 아버지의 죽음을 위한 제의 의식과 속죄

앞 절의 내용은 <소지> <친기>의 가족구성원들을 옥죈 것은 아비 부재나 아버지의 존재 그 자체에 있는 것이 아니라 아버지로 표상되는 잘못된 가족서사텍스트의 다름 아니었음을 알게한다. 그것은 곧 가족구성원들 모두를 적대의식과 불신으로 일관하게 하였다.

> 더 올라래이. 높이높이 올라래이. 그녀는 문득 자신이 그렇게 되되이고 있는 것을 깨달았다. 고향에서 당제(堂祭)를 할 때는 이렇게 종이를 태워 올렸다. 죽은 혼백의 명복을 빌기도 하고 소원을 빌기도 했는데, 종이가 자르 살라져서 높이 올라갈수록 좋다고 했다. 헛거를 보고 있는 사람은 내가 아니라 바로 형님이요.언제까지 자식을 속이고 자기 자신까지 속이며 살라능고. 시누이의 목소리가 귓전을 두들겼다.…(후략)…(이창동<소지>, 128쪽).

위 인용은 <소지>의 '그녀'가 비로소 죽은 남편의 혼백을 위무하기 위해 제의를 올리는 장면이다. 아버지에서 아들로 이어지는 진정한 관계청산은 유령화된 '남편'의 죽음을 인정하는 제의를 올림으로써 가능하다는 인식인 것이다. 다시 말해 아버지의 진정한 죽음을 통해서만이 자식은 상징적 아버지로부터 자유로울 수가 있고 진정한 주체로 정립될 수 있는 것이다. 이는 '그녀'의 가족구성원들 전체가 그렇다고 할 수 있다. 때문에 아버지의 살해는 필연적이다. 이는 어머니와의 근친상간을 방해하는 원초적 아버지의 죽음으로서가 아니라, 부성적이며 상징적 권위의 대명사로서의 부친 살해의 의미이다.[28] 자식들의 아버지에 대한 진정한 이해는 아버지의 죽음을 인정함으로써 비로소 가능할 수 있다. 제의 행위는 또한 어떤 대상에 대한 진정한 인식을 가능하게 하고 비로소 그 대상을 객관적으로 인식할 수 있는 기회로 이끄는 것이다. 그것이야말로 가족구성원들로 하여금 '아버지 서사'에 대한 환상에서 벗어나고 사물의 본질을 냉정하게 인식할 수 있는 기회를 부여해주기 때문이다. 엄격히 말해 '성국'의 부친살해 욕망은 '아버지의 법'으로 자신을 거세하는 상징적 아버지에 대한 부정임과 동시에 상징적 동일시에 대한 부정이기도 하다. 다시 말하면 자신을 비롯한 불행한 가족서사의 원천인 아버지 역시 이데올로기 담론의 희생양이었음을 인식하는 것이다. 때문에 제의형식은 단순이 아버지의 넋을 위로하는데 있는 것이 아니라 아버지를 중심으로 한 집단적 주체에 대한 반성과 죄의식이 내포된 것이다.

> ①내겐 아버지가 없어요. 아버지란 사람이 지금 당장 살아서 저 문을 열고 걸어들어온다해도 난 일 없어요. 난 사관학교 떨어지고, 대학 포기하고, 동사무소 서기하면서부터, 아니 그 이전부터 내 손으로 아버지를 파묻었어요.
> ②형님이야말로 무엇이든 죽일 수 있는 사람이군요. 사관학교를 위해, 승진을 위해 모든 것을 아버지까지도 죽일 수 있는 사람이군요.
> (이창동<소지>, 124~125쪽)

---

28) 동물 상태에서 문화로의 이행이 일어나기 위해서는 필연적으로 부친 살해가 전제되어야 한다. Slavoj Žižek, 『까다로운 주체』, 이성민 옮김, 도서출판. 2005, 505쪽. 참조.

위 인용은 아비 부재를 둘러싼 가족간의 갈등이 첨예화되고 있는<소지>의 한 대목이다. '그녀'의 큰아들 '성국'은 스스로 부친 살해를 감행한다. 아버지를 죽임으로써만이 그 자신이 주체로 정립할 수 있기 때문인 것이다. 반면 작은 아들 '성호'는 "이념과 사상으로 처자식까지 헌신짝처럼 버린"(<소지>. 122쪽) 아버지와 동일성적 연대의식으로 이어져있다. '성호'에게 아버지란 언젠가 현실을 타개하고 새로운 무엇인가를 가져다 줄 희망이자 소망의식의 표상인 것이다. 이로 볼 때 '성국'은 아버지 자체를 부정하는 사생아형 로맨스에 가까운 반면, '성호'는 언젠가 자신의 신분을 탈색해줄 아버지에 대한 열망을 안고 있는 업둥이형 로맨스에 가깝다고 할 수 있다. 또한 '그녀' 또한 업둥이형 로맨스에 가깝다고 할 수 있다. 사망신고를 하지 않고 제사도 지내지 않는 행위는 언젠가 행불된 그가 나타날 것이라는 그래서 빨갱이라는 이데올로기적 오명을 벗고 그들 가족구성원들을 구출할 것이라는 업둥이적 로맨스인 셈이다. 그녀의 이 빨통증은 남편이 이미 부재하다는 현실을 인정하고 싶지 않은 것에 대한 반작용의 하나라고 해석할 수 있다. 그러나 아들 '성호'가 아버지와 닮아가는 현실을 바라보면서 '그녀'와 '시누이'는 남편이자 오라버니를 죽이기로 결심한다. 텍스트의 말미에 고질병의 원천이던 이빨을 빼서 던져버리는 '그녀'의 행위는 지금껏 거세 콤플렉스에 매몰된 자신들에 대한 진정한 인식으로 볼 수 있다. 더불어 이러한 인식은 왜곡된 이데올로기에 대한 청산이자 새로운 역사 창조의 시발점이 될 수 있다.

그런가하면<친기> 역시, 어느날 35년 만에 '아버지(김종만)'을 찾아온 '나'의 배다른 형 '덕수'는 이복 형제자매를 모아놓고 자신 어머니의 '제사'

를 지내자고 권유한다. '덕수'의 이런 행위는 과거를 청산하고자 하는<소지>에서의 '시누이'와 같은 의도로 해석된다.

> "지, 지, 지방(紙榜)은 ……주, 준비가 아, 안 되었나?"
> 그가 마지막으로 가방 밑바닥에서 물건을 꺼내놓았다. 사진틀이었다. 그것이 수저가 놓여진 뒤쪽으로 세워지자 아버지는 잠깐 망연한 표정을 짓더니 곧 "햐, 햐, 향 피워라"하고 지시했다. 그는 제상 앞에 꿇어앉아 향을 피웠다. (중략)
> "저, 저, 절 해, 해라……너, 너, 너거들도……"
> 아버지가 누나와 내게 말했다. (중략) 아버지는 고집스럽게 마루문에 기대어 앉아 우리들에게 까다로운 제례의 순서를 하나하나 지시하고 있었다.
> "무, 무, 묵념 해, 해라." (이창동, <친기(親忌)>, 86~87쪽).

위 인용은<친기>에 나타나는 제의의식이다. 제의행위를 통해 임종을 앞둔 '덕수 아버지'는 피의자의 위치에서 분석담론의 주체가 됨으로써 왜곡된 가족서사의 오류를 바로잡는데 일조한다. '아버지'는 죽기 전 고해성사를 하듯 온 힘을 다해 자식들을 전처의 제사상에 무릎을 꿇리며 전두지휘한다. '아버지'는 비로소 오랫동안 방치했던 자신의 조강지처였던 아내의 '제사'를 자식들로 하여금 준비하게 한다. 그리고 '배다른 형'의 이복동생인 '나'와 '누나'를 얼굴도 모르는 전처에게 절을 하게 한다. '아버지'의 이 같은 행위는 왜곡된 이데올로기로 인해 피폐한 삶을 살게 한 가족구성원들을 포함하여 당대 주체들에 대한 반성과 속죄 행위의 일환이다. 더불어 억울하게 생을 마감한 죽은 아내의 넋을 위로하고 자신으로 인해 아비부재라는 트라우마를 안고 살아온 자식들의 상처를 치유하는 일환으로 이해할 수 있다. <소지>의 제의가 죽은 아비의 귀환을 위한 제의라면, <친기>의 제의는 '덕수'의 모친을 죽음으로 이끈 이미 현재적 아버지의 반성과 속죄의 의미로 해석할 수 있다. 이는 나아가 외삼촌을 비롯하여 그 같은 왜곡된 가족서사의 중심에 있는 집단적 주체들의 속죄와 죄의식에 기반한다고 할 수 있다. 이는 이웃끼리 서로 적이 되어 왜곡된 죽음에 이르게 한 당대의 집단적 주체의 표상이다. 왜곡된 이데올로기와 정보는 오류화된 가족 서사텍스트의 바탕이 되었고, 이로 인해 당대 집단적 주체들로 하여금 사생아와 업둥이형 로맨스를 경험하게 하였다. 그리고 음모와 불신으로 가득한 사회 분위기를 조성하는데 영향을 끼쳤다.

지금껏 '제의담론'의 피분석자였던 아버지는 이러한 제의과정을 통해 본인은 물론이고 가족들 모두에게 새로운 의미로 각인되는 것이다. 반공 이데올로기로부터 시작된 가족서사 의 원천은 다름 아닌 '아버지'로부터 시작되면서 가족구성원들로 하여금 오랜세월 동안 보이지 않는 가족로맨스적 환상에 빠지게 하는 원동력이 되었던 셈이다. 사상범으로 몰린 아버지의 행불과 미귀환 그러한 아버지에 대한 거세와 애증관계를 사생아와 업둥이형 로맨스로 형상화한 것이<소지>라면, 반신불구로 등장하지만 죽은 아버지와 진배없는<親忌>의 아버지는 자식들로 하여금 현실적 아버지를 부정하게 하는 사생아형 로맨스에 빠지게 한다. 이는 80년대라는 시대적 담론에 비추어 볼 때 상징적 아버지에 대한 부정적 의미로 해석할 수 있다. <친기>의 '배다른 형'이라는 의미는 거시적 의미에서 당대를 살아왔던 모든 이들을 표상하는 상징적 의미로 해석할 수 있기 때문이다. 여기에는 그 같은 상징적 아버지를 향한 증오와 열망 또한 내재해 있다. 비로소 '배다른 형'인 '덕수'는 자신을 데려가 달라는 임종을 앞둔 '아버지'

의 청을 받아들이고, '나'는 그를 진정한 '형님'으로 받아들인다. 아버지는 비로소 자식들을 위한 진정한 죽음을 맞이하는 것이다. '배다른 형'의 등에 업혀가는 '아버지'를 '누나'는 울음을 터뜨리며 매달리고, '엄마'는 침착하게 대처한다. '아버지'의 임종이나 다름없는 이 같은 모습은 아버지의 죽음을 진정으로 인정하고 그와 더불어 아버지에 대한 상징적 부채를 청산하는 순간이다. 이로써 죽은 아버지는 산 아버지보다 더욱 강력한 힘을 발휘하는 원천이 되는 것이다. 아비 죽음에 대한 진정한 청산이 이루어지지 않을 때 그것은 또다른 폭력의 시발점이 되고 그로 인해 자식들은 아버지가 죽었으면 하고 열망하는 가족로맨스의 시점이 되었음이다. 담론의 관찰자인 '나' 역시 허구한날 반복되는 아버지의 폭력과 무능력을 이해할 수 없어했다. 그리고 그러한 아버지의 폭력에 무방비로 당하는 어머니를 이해할 수 없었다. 그것은 '나'로 하여금 아버지에 대한 부정과 연민 그리고 불화의 원인이 되었다. '나'에게 아버지는 이미 죽은 아버지나 진배없는 비물질적 존재였던 것이다. 그런 아버지가 '덕수'를 비롯한 가족구성원들의 분석담론을 통해 새로운 의미로 각인되는 순간인 것이다.

어렸을 때 나는 아버지가 허구한 날 왜 그렇게 술을 마셔야 하는지 이해하지 못했다. 또한 술에 취하면 왜 그토록 무서운 표정으로 어금니를 물고 몸을 떨며 화를 내는지 알 수가 없었다. 아버지는 '미국 놈들'을 욕하고 이승만을 욕하고 박정희를 욕했다. 눈에 띄는 모든 것이, 재봉틀을 돌리며 힘겹게 생활을 꾸려나가는 어머니의 찌든 모습과 우리 삼남매까지 그는 참을 수 없어하는 것이었다. 아버지는 생활에 무능했고, 그것을 부끄러워하고 자책하기보다 오히려 떳떳하다고 생각하는 듯 생활에 대해 철저히 무관심하려 애쓰는 것 같았다. 우리는 남

의 집 단칸 셋방을 무수히 옮겨다녔는데, 아버지는 한 번도 방을 구하
고 이삿짐을 부리는 데 신경을 써본 일이 없었다. 이사하지 전날 슬그
머니 집을 비웠다가 하루 이틀이 지나면 어떻게 찾는지 새로 옮긴 방
에 나타나곤 했던 것이다. (이창동, <친기(親忌)>, 77쪽)

위 인용은 지금껏 관찰자에 머물러 있던 '나'가 아버지와 살면서 한 번
도 반영적 관점에서 돌아본 적 없던 아버지에 대한 고백적 담론이다. 아
버지를 어려서부터 대면해 왔던 '나' 역시 시대를 향한 아버지의 분노와
방관을 이해할 수 없었다. 때문에 '나'는 아버지를 부정하고 증오했다. 그
렇지만 그 이면에 '나' 역시 전술과 같이 '아버지의 노랫소리와 어지러운
발소리를 듣고 있노라면 가슴이 급하게 뛰기 시작'하였고 동시에 아버지
가 죽었으면 하고 염원했다. 여기서 '나'나 '덕수'의 무의식에는 일종의 부
친 살해의식과 그런 살해의식에 대한 죄의식이 내재해 있다고 볼 수 있
다. 아버지를 증오하고 그러한 아버지를 부정함으로써 자신이 또다른 주
체로 정립하고자 하는 염원의식이 반영돼 있던 셈이다.

이는 나아가 반공이데올로기를 중심으로 보이지 않는 감시와 처벌의
메커니즘을 반복해온 시대적 열망이 반영된 것이라고도 볼 수 있다. 동시
에 동일성적 대상자로서의 상징적 아버지에 대한 열망이기도 한 것이다.

반면, 여섯 살 이전에 아버지와 헤어진 '배다른 형'에게 아버지의 얼굴
은 이미지로 존재하는 것이며, 그런 이미지화된 아버지의 얼굴이 실재라
고 믿어왔던 것이다.[29] 엄밀히 말해 평생 아버지를 증오하며 살아왔고 그

---

[29] 우리의 많은 기억들은 다 조작, 즉 사후적인 것이다. 예컨대, 디킨스의 <위대한 위산>에
서 아버지를 직접 본 적이 없는 '핍'은 아버지의 묘비로부터 단호한 아버지의 이미지를 환
유적으로 창조해낸다. 이 같은 환유적 아버지의 이미지는 근원적 오류일 가능성이 높다.

런 아버지를 부정하고 아버지로부터 벗어나고자 했던 '배다른 형'의 무의
식에는 '사생아 콤플렉스'가 내재돼 있다. 그렇게 배다른 형의 머릿속에
물질화되어 있던 아버지의 실제는 자식들에 의지하는 나약한 존재에 불
과한 것이다. 이를 통해 지금껏 자신의 아버지에 대한 기억이 오류화 된
재구성물임을 인식한다. 그런 기억의 이면에는 아버지에 대한 그리움과
열망이 내재돼 있다고 할 수 있다.

> 나는 그때까지 그가 누구인지 짐작조차 하지 못했다. 겉모습으로
> 봐서는 빚쟁이는 아닌 것 같았지만, 알 수 없는 일이었다. …중략…아
> 까부터 커다란 검은색 비닐 가방을 끼고 앉았는데, 나는 문득 구부정하
> 게 등을 구부리고 앉은 그의 모습이 왠지 몹시 낯익어 보인다는 생각을
> 했다.
> 아버지는 여전히 코를 골며 잠들어 있었다. 때 낀 이불을 감고 내던
> 져지듯 누워 있는 아버지의 모습은 지나간 당신의 생애 가운데 거의
> 대부분의 밤마다 우리에게 보여주었던, 술에 만취해서 세상 모르게
> 쓰러져 잠이 든 모습과 너무 흡사했고, 누운 자리에서 대소변을 받아
> 내면서 시시각각 죽음의 냄새를 풍기고 있는 육신과는 동떨어져 있는
> 듯한 뻔뻔스러울 정도로 태평스런 얼굴이었다. "
> (이창동, <친기(親忌)>, 71쪽).

<친기>에 나타나는 가족로맨스의 본질은 엄밀히 말해 '아버지의 임
종'을 앞에 두고 이루어진다는 점에서 다분히 프로이트의 원시부족의 아
버지를 연상하게 한다, 그것은 나아가 상징적 아버지에 대한 살해의 의도
를 내포하고 있는 것이다. '반공이데올로기'로 상징되는 거세콤플렉스는
'아버지'로 하여금 폭력으로 표출하게 하였고, 그런 의미에서 '나(정우)'를

비롯한 집나간 '동생' '누나' 그리고 '어머니'는 가장 가까운 이데올로기적 담론의 희생자가 된 셈이다. 또 '아버지' 역시 거세 콤플렉스로 표상되는 반공이데올로기의 일차적 희생자가 되는 셈인데, 그런 아버지의 이면에는 상징적 아버지에 대한 열망, 즉 집단로맨스적 환상이 내재돼 있었던 셈이다.

5. 결론

이글은 이창동의 <소지>와<친기>에 나타난 가족분석담론을 규명하고자 하였다. <소지>는 사상문제로 행불된 남편으로 인해 폭도들에게 성폭력을 당한 후 신경증자로 전락한 '그녀'와 얼굴도 모르는 아버지로 인해 감시와 처벌의 대상이 되어 왔던 '성국'과 '성호', 경찰인 남편으로 인해 이들 가족을 불행하게 한 죄의식에 사로잡혀 신경증자가 된 '시누이' 등의 관점을 통해 각인된 죽은 아비의 위력을 표면화한다. 여기서 '시누이'와 '그녀'는 분석자의 위치에서 '제의'의 주체가 됨으로써 '성국'과 성호'로 하여금 죽은 아비와 관계를 청산하는 반영적 서술을 이끌어내는 데 일조한다. 아버지의 죽음을 인정하는 진정한 제의의식은 가족구성원들로 하여금 죄의식과 연민에서 벗어나고 새로운 주체 정립에 대한 방향을 제시한다.

반면<친기>는 임종을 앞둔 아버지와 자식들 간의 극화된 서술방식을 통해 아버지와의 갈등과 묵은 감정을 청산하고자 한다. 모친 제삿날 35년 만에 헤어진 '아버지'를 찾아온 아들 '덕수'의 분석은 사건의 주체인 아버지를 비롯 가족구성원들로 하여금 증언과 고백의 극화된 진술로 이끈다.

아버지를 찾아온 배다른 형 '덕수'의 행보 역시 잔혹했던 과거청산에 대한 가족들의 의지를 표명한다. 이는 당대 사건의 본질을 객관적 관점에서 조응하는 기회를 제시한다. 뿐만 아니라 오해로 빚어진 잘못된 정보로 인하여 가족서사의 공백이 형성되었음을 인식하게 한다.

종합하면 <소지>와 <친기>에 드러나는 '아버지'를 둘러싼 잘못된 정보가 가족로맨스적 환상의 시발점이 되었다. 그들에게 아버지라는 존재는 폭력의 대명사이자 불화의 원인으로 인식돼 왔다. 그러나 그러한 아버지 역시 희생과 연민의 주체였음을 인식한다. <소지>는 유령화된 아버지의 귀환을 통해 억울한 누명을 쓰고 이데올로기의 희생자가 된 아버지의 넋을 위로하고 더불어 새로운 가족서사의 시발점으로서의 가능성을 제시한다. 이를 통해 진정한 아버지와의 화해는 진정한 아비 죽음을 통해 가능함을 보여주는 것이다. 반면 <친기>는 왜곡된 이데올로기로 인해 피폐한 삶을 산 현재적 아버지의 고백적 담론을 통해 아버지로 비롯되는 가족서사의 공백을 메움으로써 화해하고 치유하는 과정을 보여준다. 아버지의 고백은 이데올로기적 오인에 사로잡혀 한 가정을 지키지 못했음을 통한하는 것이며, 자식들로 하여금 자신과의 청산을 통해 죄의식에서 벗어날 수 있도록 이끄는 의미로 볼 수 있다.

이로 볼 때 <소지>에 비해 <친기>의 아버지에 의한 분석담론 효과가 훨씬 큼을 알 수 있다. 이해 비해 <소지>는 유령화된 아버지가 발휘하는 물질적 환상으로 인해 여전히 죽은 아비의 위력이 작용한다. 이것은 죽은 아비가 발휘하는 마력 때문이다. 그것은 또한 자식들의 아버지에 대한 채무상환이 제대로 이루어지 않음으로 인해 죄의식이 많이 작용하는 것이기도 하고, 무엇보다 당대 사건의 주체인 아버지의 본질적 진술이 부재하기 때문인 것이기도 하다. 따라서 아버지에 대한 텍스트는 근본적으로 변형된 텍스트에 의존할 수밖에 없고 그것은 또다른 서사 텍스트의 바탕이 될 것이다. 다시 말해 죽은 아비는 강력한 힘을 발휘하는 물질로써 존재한다. 채무 상환이 안 된 죽은 아비는 상징적 동일시의 원천인 동시에 자식들을 더욱 강하게 옥죄는 보이지 않는 물질적 힘을 발휘하기 때문이다. 그에 비해<친기>의 아버지는 죽은 아비에 비해 그 물질적 힘은 약화돼 있으나 왜곡된 가족서사를 바로 잡는 증언적 아버지로 존재함으로써 과거청산을 가능하게 하고 가족구성원들로 하여금 가족서사를 텍스트의 관점에서 분석을 가능하게 했다는 데 그 의의가 있다고 할 수 있다. 이로 인해 가족담론의 주체들로 하여금 새로운 주체 정립을 가능하게 한다.

이처럼 이창동의 소설들은 아버지로 비롯되는 이데올로기 그 자체의 의미보다 그것에 연유된 사람들을 분석자와 피분석자의 위치에 놓고 당대 사건을 객관적 관점에서 증언하고 고백함으로써 새로운 담론 텍스트를 구성하는 시발점을 형성한다. 더불어 이데올로기적 허구성으로 인해 당대 사건에 억울하게 연유돼 피폐한 삶을 살게 한 가족 서사 텍스트의 오류를 바로 잡고 새로운 주체로 정립할 것을 표명한다.

참고문헌

1. 기본자료

이창동, ≪소지≫, 재판;문학과 지성사, 2010.

2. 논저

강승묵, 「영화의 영상 재현을 통한 역사 구성 방식에 관한 연구」, 서강대학교대학원
　　　박사학위논문.2008.

김형술, 「 '영화로 읽는 세상' 판타지는 어떻게 일상에 스며드는가 – 이창동의 영화
　　　『오아시스』」, 『관점21』13, 게릴라.2002.

박영주 · 최정기 · 정호기, 「1960~80년대 민주화운동 참여자의 외상 후 스트레
　　　스 장애」, 「민주주의와 인권」14,전남대학교 5.18 연구소, 2014. 77쪽.

박찬부, 『정신분석비평』,민음사, 1996, 198~199쪽.

서인숙, 「이창동 영화탐구」, 『한국콘텐츠학회논문지』12, 한국콘텐츠학회. 2013.

신두원, 「1980년대 문학의 문제성」, 『민족문학사연구』50, 민족문학사학회, 2012.

심은진, 「영화와 문학 ; 이미지의 시간성: 바르트와 들뢰즈의 이미지론을 중심으로
　　　살펴본 이창동의 『박하사탕』」, 『불어문화권연구』14, 서울대학교 불어문화
　　　권연구소. 2004.

연세대학교 대학원 국문과, 「80년대 노동문학의 전개과정」, 『원우론집』17, 연대대
　　　학교 대학원 원우회.1990.

이현승 · 송정아, 「이창동 작가론 : 윤리를 창조하는 '반복' 으로서의 영화 만들기」,
　　　『한국콘텐츠학회논문지』12, 한국콘텐츠학회. 2012.

이희승, 「80년대 민주화운동 소재 영화의 민족주의와 탈식민적 욕망」『정치커뮤니
　　　케이션연구』, 정치커뮤니케이션연구,2008. 163~164쪽. 참조.

주진숙, 「한국현대사회에 대한 기획으로서 이창동의 영화들」, 『영상예술학회』11
　　　권, 영상예술연구, 2007. 105쪽.

Julia Kristeva, 『반항의 의미와 무의미』, 유복렬 옮김, 푸른숲, 2002. 166쪽.

Marthe Robert, 『소설의 기원, 기원의 소설』, 김치수 · 이윤옥 옮김, 문학과 지성사, 1999.

Sigmund Freud(1976b),『정신분석학의 근본개념』, 윤희기 · 박찬부 옮김, 열린책들,
　　　　　　 1997;2003.[재간], 379쪽.

　　　　　　 ,『정신병리학의 문제들』, 황보석 옮, 열린책들, 1997;2003.[재간].

　　　　　　 ,『꼬마 한스와 도라』, 김재혁 · 권세훈 옮김, 열린책들 , 1997;2003.
　　　　　　 [재간]. pp.193~199.

　　　　　　 ,『일상생활의 정신병리학』, 이한우 옮김, 열리책들, 1997;2003.[재간].

　　　　　　 ,『예술, 문학, 정신분석학』, 정장진 옮김, 열린책들. 1997;2003.[재간].

　　　　　　 ,『늑대인간』, 김명회 옮김, 열린책들. 1997;2003.[재간].

Slavoj Žižek,『삐딱하게 보기』, 김소연 · 유재회 옮김, 시각과 언어, 1995, 63쪽.

Slavoj Žižek,『까다로운 주체』, 이성민 옮김, 도서출판. 2005, 505쪽.

최병학,「이창동 영화를 중심으로 본 대학 기초교양교육의 방향」,『교양교육연구』2,
　　　　 한국교양교육학회. 2008.

최지호,「이창동 작품의 서사학적 연구-소설과 영화의 관계를 중심으로」,『도솔논
　　　　 단』15, 도설어문학회, 2001, 88쪽.

허아름,「이창동 소설 연구 : 리얼리즘적 특성을 중심으로」,한국교원대학교대학원
　　　　 석사학위논문, 2008.

Slavoj Žižek,(1989), *The Sublime Objeoct of Ideology*, Verso trans, prined and bound in
　　　　 Great by Bookmarque Ltd. Croydon, 2008. p.60. pp. 95~119.

Lacan,Jacques, *The Four Fundamaletal Concepts of Psychoanalysis*. Alan Sherida. trans,
　　　　 1978, New York: Norton.Lacan, p.20.

조정래의≪아리랑≫과 莫言의≪紅高粱家族≫에 나타난 탈식민지적 크로노토프 비교 연구

1. 서론

본고의 목적은 조정래의 <아리랑> (1995, 12권)과 중국 작가 모옌(莫言)의 <紅高粱家族>[1](1986)에 나타난 탈식민지적 크로노토프 비교 연구하는 것이다. 조정래의 <아리랑>은 1900년부터 1945년 광복까지의 조선민중의 치열한 항일투쟁사이다. 이에 <紅高粱>은 일본이 중국 동북 지역인 만주를 침략하는 과정인 1930년부터 전쟁이 끝난 시점인 1940년대 초반 그리고 화자가 고향에 돌아와 과거를 회상하는 시점인 1980년대까지의 '둥베이 현' 민중들의 목숨을 불사한 치열한 항일투쟁사이다. 이로 볼 때 1900년대 초반부터 45년까지의 시기는 동북아 정세에 있어 메이지 유신을 기점으로 일본의 산업자본주의에 입각한 제국주의가 두각을 드러내는 시점이다. 양국의 일본에 대항한 시공간적인 차이에도 불구하고 이

---

1) 이후 <紅高粱>으로 표기.

시기는 일본의 반도와 대륙 침략 야욕의 여전한 연장선에 있다. 따라서 이 시기는 두 나라의 민중에 의한 치열한 항일투쟁사를 생산한 분기점이라고 할 수 있다. 그리고 그러한 항일투쟁에 대한 의지와 극복이 양국의 끈질긴 민족성을 대변하는 한반도의 '김제평야'와 '둥베이 현'의 '붉은 수수밭'을 중심으로 펼쳐지고 있다. 두 작품에 나타난 피비린내 나는 격전지로서의 '김제평야'와 '둥베이 현'의 배경을 살펴보면 다음과 같다. 일찍이 김제평야는 기름진 땅을 중심으로 외세의 침입이 잦았고 후백제가 도읍으로 삼았던 지역이다. 당시 한반도가 처한 위기의 크로노토프를 상징적으로 제시하고 있는 김제, 전주, 군산, 익산 등의 '김제평야'는 곡창지대로서 한반도 민중의 7할을 먹여살리던 요충지다. (<아리랑>1권, 12쪽. 참조) 이는 일본군의 산업요충지로서의 쌀의 반출과 대륙진출의 기점으로 작용하였다. 이에 <紅高粱>의 '둥베이 현'은 텍스트 상 화자의 회상을 빌면 '지구상에서 가장 아름다'운 곳이지만 동시에 그들 민중의 강렬한 민족성을 대변하는 상징적인 곳이다. '둥베이 현'은 중국에 있어 신문물이 유입되기 이전 그들만의 반체제적인 문화와 민중성을 유지해온 탓에 외부의 침입이 잦았고 이에 민중들의 굴하지 않는 의협심이 강한 지역으로 정평이 난 곳이다. (<紅高粱>옮긴이 해설 참조) 이는 지형적 위치로 인해 일찍이 대륙과 열도의 빈번한 침략에도 굴하지 않고 맞서 대항한 한민족의 정서를 대변하고 있는 '김제평야'의 시공간성과 동일한 선상에 있다. 역사적으로 늘 외세의 침입에 노출되어야 했던 '김제평야'와 산악지대이면서 열린 공간이었던 '둥베이 현'의 '붉은 수수밭'의 지형적 특성은 일찍이 그들 민중들의 삶의 터전과 방어 요충지로서 작용하였던 셈이다. 동시에 그러한 시공간적 특성은 그들 민중의 민중성과 더불어 탈식민적 전략으로 작용하고 있다. 말하자면 그러한 시공간적 특성이 그들 민중들로 하여금 항일투쟁에 대한 의지를 발현하게 했다는 것이다.

이러한 의미에서 한국과 중국은 '간도대학살'이나 '난징대학살'과 같은 일본 제국주의 침략 만행의 최대 피해자이면서 그에 저항한 탈식민적 역사관을 공유하고 있다. <紅高粱>이 일제침략에 대한 '둥베이 민중'의 항일투쟁사라는 사실은 한국에 있어 지금까지 크게 부각되어 오지 않았다. 이는 아마 장이모우(張藝謀) 감독이 영화한 <붉은 수수밭>이 강한 인상으로 작용한 터일 것이다. 이러한 관점에서 두 작품에 나타난 항일투쟁사를 각국이 위치한 시공간성을 중심으로 비교 · 분석하는 것은 의미있는 일이라 생각한다.

한 · 중 양국에 있어 일본의 침략을 받은 시기는 새로운 담론 양식들이 생성되고 그것을 통해 극명한 갈등과 혼란을 담아내던 위기와 재인식의 시대였다. 당시대 각국의 민중들은 제국주의 폭력에 투쟁해야 하는 위기의 길목에 서지만, 그로 인해 민중들은 당대를 역사적인 시공간으로 인식하는 계기로 삼는다. 사실, 한 · 중 · 일 3국의 이념적 이데올로기적 갈등은 하루이틀의 일이 아니다. 그러한 갈등은 과거에도 현재에도 미래에도 지속될 것이다. 이러한 까닭은 엄밀히 말해 대륙과 반도와 열도라는 3국이 위치한 시공간성 때문이라고 보아도 무방할 것이다. 따지고 보면 일본의 침략야욕은 그들이 위치한 시공간적 위치에 근거한 것이라고 볼 수 있는 것이다. 이러한 시공간성은 19,20세기를 지배한 민족주의를 기반으로 침략과 투쟁이라는 이념적 이데올로기적 갈등의 고리를 생산하였다. 이는 더불어 식민지배담론과 그에 저항하는 피식민지배 담론의 중요한 요소가 되어왔다. 이로 볼 때 각각의 민족이 위치한 시공간성은 인간의 신념과 이데올로기를 생산하는 기본 요소이다.

이러한 관점에서 <아리랑>과 <紅高粱>에 나타난 시공간적 특성을 탈식민적 전략의 차원에서 살펴보는 일은 의미있는 일이라 사료된다. 이는 격동의 20세기를 경험한 한 · 중 양국의 역사적 사실을 새로운 관점에서 되새겨 볼 수 있는 의미있는 일이라 사료된다. 두 작품은 특히 일본이 제국주의의 정점을 찍은 무렵인 20세기 초 중반 그에 대항한 민중에 의한 투쟁의지를 그들 고유의 민중성과 민족정신의 바탕으로 형상화하였다는 점에서 의미가 크다.

일찍이 바흐친은 시공간성에 의한 인식작용의 개념을 크로노토프의 의미로 정립하였다. 이처럼 바흐친(M. Bakhtin)의 용어인 크로노토프 (chronotope, time space)[2]는 문학작품 특히 소설 속 인물들이 구체적으로 경험하는 시간성과 공간성을 의미한다. 문학에 있어 공간은 인간의 문학적 상상력을 구성하는 가장 일반적인 소재이지만 주어진 공간적 위치(a given country, city and so forth) '만으로는 사건의 구성요소가 되지 못한다.[3] 바흐친은 도스토예프스키의 다성악(polyphony)은 그가 속한 시대 (the epoch itself))에 의해서 창조된 것이라고 말한다.[4] 인간은 자신이 놓여있는 공간에 의해 시간의 부피를 체험한다. 이런 의미에서 공간은 '단순한 삶의 터전이나 배경이 아닌 상충하는 가치들이 서로 충돌하고 담론

---

2) Bakhtin, Mikhail, Trans Caryl Emerson and Michael Holquist. *The Dialogic Imagination* ed. by Univ. of Texas Press, 1984. p.84.

3) Bakhtin, Mikhail, 전승회 외 옮김, 『장편소설과 민중언어』, 창비, 1988, 279쪽; Bakhtin, Mikhail, *The Dialogic Imagination* ed. 위의 책, 1984. 100쪽.

4) Bakhtin, Mikhail, Trans. by Carl Eerson. *Problems of Dostoevsky's Poetics*. Univ. of Minnestota Press. p.27. 참조.

이 이루어지는 장소이다.[5] 특히 바흐친 예술미학에 있어 공간은 인간의 인식작용에 영향을 미친다. 바흐친은 근본적으로 문학작품 속에 투영되는 역사적인 시간과 공간의 복잡하고(complicated) 일정하지 않은(erratic) 역경에 착안해 크로노토프의 개념을 사용하였다.[6] 그리고 그러한 특성이 가장 잘 드러난 것이 소설이라고 본 것이다. 그런 만큼 도스토예프스키의 작품 속 인물들의 사변이나 특수한 개성은 '시간이 아니라 공간(of space, not time)'[7]이라는 범주와 그것의 경계 즉, 크로노토프적인 모험의 순간에 빛을 발했다. 도스토예프스키의 주인공들은 주로 문턱이나 계단 그리고 묘지와 같이 경계가 모호하거나 불확정적인 시공간에서 위기의 크로노토프를 체험했고 이는 또한 '상호모순적이고 사변적 인식에 의해 분해'되었던 것이다.'[8]

특히 소설은 문제적 개인이 자신을 찾아가는 여행의 과정이라고 밝힌 루카치(G. Lukacs)의 말처럼, 한편의 소설 속에서 주인공들이 체험하는 사건들은 "단지 개인적인 생활의 사실로서(as a fact of his personal life)"[9]만 존재하는 것이 아니라 한 시대 한 사회가 처한 역사성이 변증법적으로 생성된다. 총체성이 파괴된 시대에 탄생한 소설형식에서 주인공은 다각적으로 펼쳐지는 모험적 크로노토프를 통해 스스로 길을 찾아가야 한다. 그런 의미에서 소설의 주인공은 "언제나 찾는 자인 것이다."[10] 이때 주인

---

5) 박주식, 「제국의 지도 그리기」, 『탈식민주의 이론과 쟁점』, 앞의 책, 266쪽. 참조.
6) Bakhtin, Mikhail, *The Dialogic Imagination* ed. by Univ. of Texas Press, 앞의 책, p.84.
7) Bakhtin, Mikhail, Trans. by Carl Eerson. *Problems of Dostoevsky's Poetics*, 앞의 책, p.28.
8) 라스콜리니코프, 뫼시킨, 스타브로킨, 이반 카라마조프, 대심문관 등의 인물들이 그렇다. Bakhtin, Mikhail, *Problems of Dostoevsky's Poetics*. 앞의 책, 5쪽. 참조.
9) Bakhtin, Mikhail, *Problems of Dostoevsky's Poetics*. 앞의 책, p.27.
10) G. 루카치. 반성완 옮김. ≪루카치 소설의 이론』. 심설당. 1985. 65쪽.

공이 체험하는 시간은 역사적이고 자전적인 의미를, 공간은 사회적 관계와의 의미망을 통해 체험된다.[11] 이런 의미에서 시간과 공간이 날실과 씨실처럼 교차하는 지점으로서의 크로노토프는 당대의 인물들이 처한 역사적이고 사회적인 의미망 속에서 다양하게 창조되고 변모된다고 할 수 있다. 바흐친의 핵심개념인 카니발이나 다성악은 이러한 역사성, 즉 주인공들이 처한 당대의 비판적이고 모순적이고 갈등적인 문제들의 기반아래서 재현된 것이다. 말하자면 크로노토프는 그것을 체험하는 주체로 하여금 보다 생산적이고 발전된 주체로 변모하게 하는데 기여한다. 즉 '문턱의 크로노토프'나 '길의 크로노토프'와 같이 또다른 만남이나 모험을 기반으로 구성되는 크로노토프는 개인의 구체적 경험의 기초가 되며 이것이 나아가 가족과 민족이라는 공동체적 연대성을 이루면서 역사적인 개념으로 의미화된 된다. 이런 의미에서 구한말 '한반도'는 지극히 크로노프트적이라고 말할 수 있다. 이는 일제 침략에 의해 목숨을 불사하고 마을을 지켜낸 중국 '둥베이 향촌' 또한 같은 위치에 있었다고 말할 수 있다. 이런 의미에서 조정래의 <아리랑>이나 모옌의 <紅高粱家族>은 소설 형식을 통한 역사적 시간과 공간의 재현물이다.

크로노토프는 그것을 체험하는 민중들이나 민족들에 있어 부정적으로 작용하는 것만은 아니다. 일찍이 조남현은 1995년 『작가세계』(26호) 여름호 특집에서 <아리랑>에 재현된 조선민중의 삶을 단지 아프고 아리다는 표면적인 의미만으로 인식하는 것은 협소한 의미라고 한 바 있다.[12]

---

11) 오연희, 「황순원의 ≪日月≫ 연구」, 충남대학교박사학위논문, 1996. 15쪽. 참조.

12) 조남현, 「역사적 진실과 소설적 흥미의 상성(相成)—아리랑론」, 『작가세계』26권, 여름호. 1995. 82쪽.

중요한 것은 두 텍스트에 드러난 양국의 민중들은 그러한 위기의 크노로 프트에 직면해 그들 고유의 민족주의를 바탕으로 "목숨을 걸고 맞서 싸"[13]웠다는 점이다. 이러한 의미에서 두 작품에는 정체성에 기반한 각 나라의 민족주의가 잘 나타나 있다. 민족주의는 무언가 자신을 동일화시 켜주는 공동체적 연대성과 연계된다. 그런 까닭에 민족주의는 정체성, 귀 속의식, 연대성과 같은 용어와 밀접하다.[14] 이러한 민족주의의 힘은 민족 이 어떠한 위기에 처하거나 어려움에 직면했을 때 모험적 주체가 됨으로 써 민족의 일탈을 막고 단합된 힘으로 이끄는 원동력이 된다. 실제, 민족 주의는 진퇴냐 후퇴냐 하는 위기적 크로노포트의 길목에서 국가와 민족을 위한 이데올로기적 환상을 이끌어내고 총체성으로 이끄는 원동력이 된다.

본고는 이러한 점에 유념하여 두 작품에 나타난 당대 민중들이 어떠한 차 별화적 크로노토프의 위기에 직면하였고 이에 그것을 어떻게 헤쳐나갔는 지 그리고 그 토대는 무엇이었는지 두 텍스트를 중심으로 고찰할 것이다.[15]

2. ≪아리랑≫ 서사에 나타난 '평야'와 '부두' 크로노토프

1) 폭력과 항쟁의 시공간

<아리랑>의 서사는 민중들의 고달픈 삶을 상징적으로 드러내는 드넓

---

13) 위의 논문, 82쪽.
14) 위의 논문, 같은 페이지.
15) <아리랑>에서 본고가 다룰 내용은 일제침략이 시작된 1910년 무렵의 한반도 상 황과 새로운 민족주의가 제기된 8권을 중심으로 논지를 전개할 것이다. 두 텍스트 모두 방대한 사료를 바탕으로 한 소설이라는 점에서 제한된 지면에 포괄적인 주제 를 어필하기는 어려운 문제이므로, 남은 문제는 추후의 과제로 남겨둔다.

고 황량한 김제평야로부터 시작된다. 일본 대륙식민회사에 의해 하와이 사탕수수 농장의 '노예'로 돈 20원에 팔려가는 '방영근'이 황량한 '평야'한 복판에서 '감골댁'과 '지삼출'과 이별하는 장면은 당대 민중이 처한 상황을 잘 대변하는 예이다. 김제평야의 중심인 '전주'는 당시 한반도 인구의 '7할'을 먹여살리던 곡창지대였다. 그런 땅의 "주인이 슬슬 바뀌기 시작"(<아리랑>1권, 12쪽)하는 지점이었다. 쌀의 곡창지대로서의 '김제평야'는 그야말로 식민지 침략의 본거지로서 작용하며 이로 인해 이곳에 삶의 터전을 마련하고 있던 민중들은 소작농이나 부두노동자로 전락하거나 만주나 간도 등지로 삶의 터전을 옮기는 위기의 크로노토프에 처하게 된다. 이런 의미에서 당시 김제평야는 일본과 한반도 모두에게 '문턱의 크로노토프'로 작용한다. 말하자면 일본 식민지배자에게는 침략의 크로노토프로 작용한 반면 한반도 민중에게는 위기와 파멸의 크로노토프로 작용한다.

> 맞서 싸우는 수밖에 다른 도리가 없는 일이오. 싸우되 총 앞에 정면으로 대들지 말고, 소부대로 분산해서 포위망을 돌파하며 산으로 피하는 게 좋겠소. 우선위기를 모면하고 산에서 재집결하는 것이오. 내 생각은 이런데, 말씀들 있으면 하시오.(<아리랑>2, 40쪽).

위 인용은 '관군'과 '일본군'이 4백여 명의 의병을 향해 총을 쏘며 포위망을 좁혀오자 맞서 싸우던 의병대가 산악지대로 대피하는 장면이다. 이 시기는 일제에 의한 총독부의 조선 식민지배에 대한 욕망이 가시화되기 시작한 시점으로, 이에 대항하고자 하는 조선인들의 의병활동에 대한 인식이 조장되고 있는 교량대가 형성되던 시점이었다. '송수익' '최익현' 휘하의 의병으로 참여한 '지삼출' 일동은 '산악지대'로 일본군을 유인하기 위해 '내장산' 줄기를 넘어 '순창'에 이르렀다. '대창'이나 '연장'을 든 의병들의 사기는 높았다. 부대를 반으로 나눠 전남 담양으로 가던 '임병찬'의 부대는 일본군과 정면충돌 후퇴해 본대와 합류했지만 적들에게 둘러싸여 있음을 알게 된다. 일본군에는 조선 관군도 포함되어 있었는데 이들은 자국민이 자국민에게 총을 겨냥하는 모양세였다. 40여 명의 대원들은 의병대장 '송수익'의 지휘 하에 돌멩이를 정신없이 던지나 총성 대신 비명을 쏟기가 부지기수였다. 그런 가운데 적진을 혼란시킨 의병들은 산으로 도망을 치기 시작했고 총알은 뒤에서 날아왔다. 의병들은 적들을 따돌리고 동굴에 숨어들었다. 산악지대에서 일본군과 맞서 살육전을 벌인 의병들은 무더기로 전사하거나 동굴로 피신해 끝까지 투쟁했다. 그런 가운데 옥중에서 항거하다 별세한 '최익현'의 운구행차를 맞으러 가자는 일부 대원들의 의견에 '송수익'은 왜놈 헌병대와 합세해 토벌군들에게 총질을 한 진위대는 '더 이상 나라의 군대도 백성의 군대'도 아닌 매국노라고 지칭한다. 더욱 거세지는 '일본군경의 토벌작전'과 이에 맞서는 조선사람들 사이의 갈등과 내분이 증가되어 한성공격이 실패로 돌아가는 경우가 많았기 때문이다. 이처럼 당시 '동굴 크로노토프'는 자국내 이데올로기가 파생되는 시공간이기도 하였다. 그것은 아직도 평민신분을 내세워 이를 저지하는 유생 의병장들과 농민출신 의병들 사이의 신분적 갈등이 원인이었다. 이처럼 항일의병활동에 있어 '산악지대'나 '동굴' 크로노토프는 항일의병들에 있어 죽음의 크로노토프로 작용하기도 하지만, 민중들 내 신분적 갈등의 크로노토프로 작용하기도 하였다. 일제식민지배하에 한반도의 많은 민중들은 이처럼 '평야' 부두' '산악지대' '동굴'과 같은 위기와 갈등의 크로노토프에 노출되면서 일본의 잔혹성에 맞서 싸웠다.

당시 한반도 민중들은 무능한 조정대신들과 잠식해오는 일본 통감부의 계략 앞에서 이럴 수도 저럴 수도 없는 '문턱의 기로'에 서게 된다. 그럼에도 당시 한반도 농민들은 의병활동의 끈을 놓지 않았다. 그러한 가운데 의병의 감시가 심해지자 만주나 간도 등지의 중국 국경을 넘어 황무지를 개간하며 투쟁활동을 이어나갔다. 당시 삶의 터전을 잃고 일본의 삼엄한 경비 속에 국경의 경계선을 넘어야 했던 한반도 민중들로서는 그곳이 삶과 죽음의 크로노토프로 작용하였던 셈이다. 이러한 의병활동의 이동은 이후 일본군이 의병토벌대라는 명목으로 국내뿐만 아니라 해외 의병으로까지 감시를 확대하면서 '간도 대학살'등으로 이어지는 계기가 된다. 이러한 관점에서 <아리랑>12권 전반은 '안방'과 같은 안온한 시공간이 거의 등장하지 않고 '평야' '산악지대' '산자락' '만주벌판' 등과 같은 황량한 크로노토프가 많이 등장한다.

이러한 가운데 친일파를 대상으로 하는 민중항쟁도 일어났다. '일진회' 회장인 '백종두'를 중심으로 삼사백을 헤아리는 '일진회'원들이 황토현에 무장을 하고 모인 예가 그것이다. 이에 맞선 전주부민 오륙백 명이 모여 돌싸움을 하면서 충돌한다. 위기에 처한 일진회원들이 도망을 치기 시작했고 전주부민들은 더 쫓지는 않았다. 이 싸움은 '전주부민들의 일진회 배척요소'라는 소문을 퍼지게 했고, 전주의 관리며 양반들이 모여 친일파를 없애자는 명분을 만들었다. 싸움을 부추기고 지켜본 일본헌병 '쓰지무라'는 성안을 장악하기 위한 일보후퇴라는 논리를 내세운다. 이후 일진회를 배척하는 군중의 시위는 '평안남도 덕천과 맹산'같은 데서 잇달아 일어났다. 이는 통감부를 등에 업고 식민지배에 동조하는 일진회와 조선민중간의 싸움의 예이다. 이는 당시의 항일의병에 있어 자국내의 분열 또한 위기의 크로노토프로 작용했음을 의미한다. 이후 훈련원에서 이루어진 군대해산식을 계기로 조선군대가 일본군대에 방아쇠를 당기는 사건이 벌어지는데, 이를 계기로 '홍범도'가 이끄는 포수의병대가 생기면서 산맥을 중심으로 전국적으로 의병이 확산된다. 당시 본격적으로 의병에 참여한 대부분은 부두나 신작로 공사에 동원되었던 노동자 출신이거나 '화적, 포수, 노동자, 대장장이, 필묵장수, 승려'등이 많았다. '지삼출'은 '방영근'의 노임'20원'을 받아내려 '장칠문'에게 항의하다 폭력으로 감옥살이를 한 후 철도공사장 일꾼'으로 일하다 국내 · 외 의병활동의 최일선에 서게 되었다. '지삼출'은 당대 조선농민의 전형이다. 또한 일찍이 갑오농민 봉기에 참여했던 남편이 병을 얻어 죽은 뒤 홀로 아들들과 딸들을 책임져야 했던 '감골댁'은 식민지배자의 핍박을 피해 '간도'로 이주한 뒤 간도대학살 때 억울한 죽음을 맞지만, 막내 아들 '대근'은 '지삼출'과 '송수익'의 도움으로'만주 군관학교'에 입학, 의병활동의 최일선에서 활동하는 독립군 2세대가 되는데, 이 같은 '감골댁'의 가족사는 당시 조선민중의 전형적인 예이다.

'평야 크로노토프'는 이처럼 일본군에게는 조선인 수탈지로서 작용되었던 반면, 민중들에게는 '산악지대'로 이동해 저항하는 전략적 크로노토프로 작용한다. 당시 많은 한반도 항일의병들은 '산악지대'로의 일본군을 유인, 희롱하는 전략을 사용함으로써 전략의 요충지로 삼았다.

2) 신문명의 유입과 도시노동자로서의 시공간

'전주'나 '김제' 등의 지역은 평야와 산악지대를 중심으로 민중항쟁이 지속되었다면, '부두'를 중심으로 하는 군산시내는 농민에서 노동자로 전향한 도시노동자들을 중심으로 하는 항쟁의 본거지이기도 하였다. 1900년 초반 '군산부두'는 국권을 상실하고 식민지배의 통치 아래 핍박받는 민중의 삶이 그대로 재현되고 있다. 그중에서 김제평야의 중심인 전주는 생산된 쌀을 일본으로 수송하고 새로운 물품을 유입하기 위한 부두의 활성화와 이로 인해 부두노동자가 증가되고 있었기 때문에 다른 지역보다 근대적 문물이 빠르게 유입되고 있는 시점이었다. '군산 부두'는 '대륙식민회사'가 들어서 일본 문물이 유입되는 중심역할을 하였고, 반대로 땅을 강제로 빼앗긴 한반도 노동자들이 짐꾼으로 전락하여 근근히 삶을 영위하는 분위기였다.

군산부두는 밀물 때를 따라 활기가 넘치고 시끌벅적해졌다. 밀물을 타고 일본 배들이 다투어 몰려오는 것이었다. 군산포구도 서해안에 자리잡은 터라 썰물이 지면 거무튀튀하면서 윤기나는 뻘밭을 질펀하게 드러냈다. (중략) 마치 시계바늘이 돌 듯 아침과 저녁으로 어김없이 밀물이 져오면 부두는 크고 작은 배들로 북새통을 이루었다. 그런데 군산의 중심지를 일본사람들이 장악했듯이 부두에 밀려드는 거의 모든 배들도 일본배였다.(<아리랑>4, 189쪽).

위 인용은 당시 신문물의 교역지였던 '군산부두'의 한 장면이다. 당시 이곳을 중심으로 얼마나 많은 일본 배들이 드나들었는지 알게 한다. 이처럼 군산부두는 한반도에서 생산된 쌀의 대부분을 일본으로 보내고 또 일본으로부터 신문물이 도입되는 교역지점이었다. 또한 한반도에 거주할 일본인들이 이곳을 통해 들어왔다. '부두'를 통해 유입되는 물건과 사람들은 '미선소, 부두, 쌀창고, 수확, 우체국, 노동조합, 노동자'와 같은 새로운 낱말들을 생산하였고 도시는 조선인 민중의 의도와는 관계없이 그들만의 모습으로 변모되고 있었다. 이러한 위기는 당시 '군산부두'를 중심으로 빠르게 더욱 본격적으로 나타났다. '부두'의 개항을 통해 한반도에 입국한 일본인들은 군용 기지화를 위한 우체국, 전화, 철도, 전매사업 등을 실행해 나갔다. 이처럼 당시 '부두'는 신물의 유입과 새로운 식민지언어의 생산지였다.

소비품을 싣고 부두로 들어온 배들은 조선의 쌀을 가득 싣고 다시 떠났다. 이런 이유로 일본으로 쌀을 수출하는 중간역할을 하는 '백종두'의 미곡상은 더욱 바쁘게 돌아갔다. 조선은 이른바 정치적 식민지에 이어 소비와 생산의 경제의 식민지가 돼가고 있었고 이로 인해 자본주의의 유입이 본격화되었다. 거리에는 사쿠라가 심어지고 일본으로 쌀을 빠르게 실어 나르기 위한 신작로가 놓여지고, 호남평야를 잇는 철도공사를 두고 일본 재벌들 간의 경쟁이 벌어지는 혼란된 공간이기도 하였던 것이다.

이와 같이 <아리랑>에는 당대 한반도 민중의 위기를 상징하는 다양한 크로노토프가 존재한다. 특히 그러한 위기의 크로노토프는 한반도 농민과 노동자 등 피지배계층의 삶을 위협하는 계기로 작용하였다. 그리고 이들로 하여금 민중항쟁의 최일선에 나서게 하는 계기로도 작용하였다. 특히 '지삼출' '손판석'외 '감골댁'의 가족사를 중심으로 한 '농민'과 '노동자'의 전형은 이들 크로노토프의 중심에 있다. 그 예로 '미선소'는 감골댁의 딸들이 수난을 당하는 중요한 크로노토프로 작용한다. 그 외 '공사장' '경찰서' '당산나무' '뒷골목' 등은 단순한 배경이 아니라 보호받지 못하고 '문턱'에 서 있는 조선민중의 현실을 반영하는 공간이었다. 더불어 조선민중들의 식민지배자를 향한 투쟁과 증오와 복수심을 생산하는 본격적인

'항일투쟁'의 공간이기도 하였다. 일제의 식민지배에 따른 억압과 폭력은 한반도 민중들로 하여금 근대적 시공간의 변모에 따른 자본주의의 온상과 더불어 저항의식의 원천이 되고 이는 나아가 민중에 의한 항일투쟁의 원동력이 되었던 것이다.

이처럼 식민지 지배하 한반도는 다양한 담론이 혼종하면서 민중들의 민족의식의 변화를 예고하고 있다. 이는 당대 한반도 민중에게 있어 국내외적으로 다양한 이데올로기와 이질감이 복합된 새로운 민족주의의 태동이었다.

3.≪紅高粱家族≫서사에 나타난 '붉은 수수밭' 크로노토프

1)잉태와 파종의 원초적 시공간

<紅高粱>은 1939년 무렵 중국 산둥성 지방을 중심으로 펼쳐지는 일본군의 잔혹한 게릴라 작전에 대응하는 둥베이 향촌 민중들의 항일투쟁사이다. <紅高粱>의 서사는 둥베이 향촌 민중들의 정체성의 원천인 '붉은 수수밭'에 대한 화자의 몽환적 기억으로부터 시작된다.

①일찍이 저는 까오미(高密) 둥베이(東北) 향촌을 극진히 사랑했고, 다른 한편으로는 까오미 둥베이 향촌을 극도로 증오했지만, 장성한 후 마르크스주의를 열심히 학습한 뒤에야 비로소 저는 깨닫게 되었습니다. 까오미 둥베이 마을은 의심할 바 없이 이 지구상에서 가장 아름다우면서도 가장 초라하고, 세속을 초월했으면서도 한편으로는 가장 세속적이고, 최고로 성스러운가 하면 가장 추접스럽고, 최고의 영웅호걸도 있지만 가증스러운 철면피도 있어서 가장 술을 잘 마시는가

하면 사랑도 가장 멋지게 하는 마을이라는 것을, 이 땅 위에서 생존하는 제 부모나 친지들은 물론 고향 사람들도 수수를 즐겨 먹었기 때문에, 그들 모두 매년 많은 양의 수수를 파종했답니다.(중략) 수숫잎 부딪히는 소리는 은은하고 구슬퍼서 사람들에게 일종의 감동을 불러일으켰는데 그 수수들은 사람을 격정에 달뜨게 만들었습니다.… (중략)…

②어른과 아이가 나란히 달빛 세례를 받으며 수수밭 깊숙이 들어갔대요. 들판에 가득 채워져 있던 그 피비린내는 내 아버지의 영혼까지 적셔버려서, 뒷날 그보다 더욱더 격렬하고 잔인한 세월 속에서도 줄곧 아버지와 함께 했답니다.(<紅高粱>, 19~21쪽. 밑줄 필자[16])

위 인용은 <紅高粱>서사의 시작부분으로, ①은 화자가 고향인 '둥베이 향촌'을 떠났다가 1980년 후반쯤 돌아와 회상하는 장면이다. ②는 1939년 8월 짙은 안개로 장막이 쳐진 달밤 '위잔아오(餘佔鰲)'와 아들 '또우꽌(豆官)'이 일본군을 저격하기 위해 둥베이 향촌의 붉은 수수밭을 지나고 있는 장면이다. 이로 보아 당시 민중을 지휘했던 화자의 할아버지 '위잔아오'는 당시 14이던 아들 '또우꽌'까지 일본군을 무찌르는데 앞장 세웠음을 알 수 있다. 이런 이유로 화자의 할아버지인 '위잔아오'는 당시 마을 민중들을 이끌고 일본군을 무찌른 '초역사적인 영웅'으로 오랜 세월 동안 회자되고 있다. 이 텍스트의 전반에는 당시 민중항쟁의 생생한 증언

---

16) 我曾对高密东北乡极端热爱,增经对高密东北乡极端仇恨, 长大后努力学习马克思主义, 我终于悟到:高密东北乡无疑是地球上最美丽最丑陋, 最超脱最世俗,最圣洁最醒龊, 最英雄好汉最王八蛋,最能喝酒最能爱的地方,生存在这块土地上的我的父老乡亲们,喜食高密,每年都大量种植.(……)八月深秋无边无际的高粱红成汪的血海,高粱高密辉煌,高粱凄婉可人,高粱爱情激荡.(……)一老一小,便迎着月光,向高粱深处走去.那股弥漫着田野的腥甜味浸透了我父亲的灵魂,在以后更加激烈残约忍的岁月里,这股腥甜味一直随着他. 莫 言,<紅高粱家族>, 人民文学出版社(北京), 2007. 2~3쪽.

자인 화자의 아버지 '또우꽌'의 목소리가 퍼져있다. 화자는 그곳 둥베이 향촌의 민중역사에 있어 가장 핵심적인 역할을 해왔던 할머니와 또 그의 아버지와 할아버지를 중심으로 상상적 공동체의 관점에서 민중항일담론을 당시 교전에 참여했던 아버지 '또우꽌'의 목소리를 통해 보다 객관적으로 재현해내고 있는 것이다. ①과 ②의 서술에는 대략 40여 년의 시간적 간격이 공존함으로써[17], 교전의 직접 참여자인 아버지 '또우꽌'과 화자 사이의 연대성이 강조되고 있다. 이러한 텍스트의 서술방식은 화자로 하여금 민족적 상상력의 원천을 이끌어내는 계기로도 작용한다고 볼 수 있다.

인용 ①에서 보듯이 '붉은 수수'에 휩싸인 둥베이 향촌은 신화의 한 장면이나 '세속을 초월'한 원초적인 시공간으로 묘사되고 있다. 이곳은 과거 일본군 침략 시 피비린내 나는 전투가 펼쳐진 역사의 산현장이라는 의미에서 이곳 민중들에 있어 새로운 역사적 시공간으로로 정착된다. 특히 '붉은 수수밭'은 당시 교전에 참여했던 이곳 민중들의 수많은 시체가 매장된 곳이라는 점에서 더욱 그러하다. 당시 일본군은 붉은 수수밭을 전략기지화하기 위해 중국민중들을 길닦기에 동원하는 등 폭력행위를 일삼았고, 이에 마을 주민들은 스스로 전투태세를 갖춤으로써 매복전을 펼쳤다. 당시 가마꾼 출신으로 마을민중들을 진두지휘했던 할아버지와 농사꾼 출신의 평범한 민중들은 모쉐이 강 주변 붉은 수수밭을 둘러싸고 조용하고 끈질기게 매복전을 펼침으로써 일본군을 물리치는데 앞장섰다. 이러한 민중들의 투쟁정신은 그곳 민중들의 삶의 터전이자 정체성의 표상인 '붉은 수수'에 대한 상징성으로 표출된다. 당시 '붉은 수수밭'에 흩뿌려진 혹

---

17) <紅高粱>의 서사는 1923년 '위잔아오'가 단씨네로 시집을 오던 '따이펑리옌'을 당나귀 잔등에서 빼앗는 1923년부터 화자가 고향으로 돌아오는 1980년 즈음까지가 된다.

은 매장된 마을 민중들의 피는 '내 아버지와 민중들의 영혼'을 적서 '뒷날 그보다 더욱더 격렬하고 잔인한 세월 속에서도 줄곧 그곳 민중들과 함께 한다.' 이런 이유로 '붉은 수수밭'은 역사의 산 현장이자 마을 민중들의 정체성을 대변한다고 할 수 있다. 말하자면 둥베이 향촌은 사적인 공간이라기보다 아버지의 아버지로 이어오면서 당대 일본군과의 투쟁에 대한 증거인 동시에 둥베이 향촌 민중들의 동일성의 원천이라는 점에서 역사의 산 현장이자 이들 민중들에 있어 정체성의 원천인 것이다. 이때의 '수수'는 단순한 파종의 결과물이 아니라 마을 민중들의 영혼과 교감하는 초역사적인 어떤 의미를 함축하고 있다. 그러한 의미에서 ①은 마을 공동체가 '수수'를 파종하고 거두어들이는 목가적인 크로노토프를 상상하게 한다. 또 ②는 원초적 의미에서의 둥베이 향촌이 외부 침략에 의해 교전의 장으로 탈바꿈하면서 새로운 역사적 시공간으로 변모하는 의미를 내포하고 있다. 이는 위기의 크로노토프가 새로운 역사적 시공간의 의미를 내포하고 있는 예로 볼 수 있다.

그리고 그 중심에 '붉은 수수'에 대한 공동체적 원동력이 내재한다. 교전공간으로서의 '붉은 수수밭'은 당시 일본군과의 투쟁에 있어 죽어간 많은 민중들의 피의 의미와 연결돼 있기 때문이다. 이러한 의미에서 텍스트를 전체적으로 지배하고 있는 '붉은 수수밭' 크로노토프는 이 지방 민중들의 정서를 상징적으로 드러낼 뿐만 아니라 화자의 '둥베이 향촌'에 대한 민족적 상상력의 원천으로 작용한다.

또한 둥베이 향촌의 '붉은 수수밭'은 항일투쟁의 영웅이자 화자의 할아버지인 '위잔아오'와 '할머니' '따이펑리엔'의 로맨스가 시작되었던 장소라는 점에서 이들 가족서사의 원천이자 항일투쟁의 시발점이 되는 역사적 시공간의 의미를 상징적으로 내포하고 있다. 그로 인해 '나'의'아버지'가 잉태되었고 이는 둥베이 향촌의 새로운 서사가 시작되는 분기점을 이루었다는 점에서 이곳 민중들에게 있어'문턱의 크로노토프'라고 볼 수 있다.

> 나의 아버지는 천지의 정기를 받아 생겨났고, 고통과 광란의 결정체라고 할 수 있습니다. 당나귀가 드높은 소리를 지르면서 수수밭으로 기어들어왔고, 할머니는 미로 같은 천국에서 잔혹한 인간 세상으로 돌아왔죠. (<紅高粱>, 135쪽).

위 인용은 당시 문둥이였던 단씨네 부자에게 강제로 시집을 오던'따이핑리옌'이 가마꾼 '위잔아오' 할아버지에게 '수수밭'고랑에서 강탈당하는 장면이다. 그녀에게 그 순간은 단씨네로 가는 갈림길, 즉 문턱으로 작용하지만 '위잔아오'가 아닌 원래의 길로 갔다고 해도 그것은 자신의 의지가 아닌 탐욕한 부모의 선택에 의한 위기의 시공간이다. 그러한 위기의 크로노토프는 그녀 개인에게는 자신을 팔아넘긴 부모로부터의 이탈이자 '위잔아오'를 자신 삶의 동반자로서 과감하게 선택하는 계기로 작용한다. 그녀는 그러한 순간을 새로운 삶의 전환점으로 이용하면서 적극적으로 자신의 운명을 개척해나간다. 이후 두 사람은 민중들과의 화합을 시도하면서 단씨네 양조장을 새로운 방향으로 개척해 나가기 시작한다. 이 같은 '할머니'의 민중과의 단합정신은 둥베이 향촌을 원시적이고 목가적인 장소로 만드는데 일조하였고 이는 화자의 아버지인 '또우꽌'의 유년시절과의 기억과 연관된다. 사실 '따이핑리옌', 즉 할머니가 단씨네로 오기 이전의 둥베이 향촌은 악당들이 들끓는 황량하고 암흑적인 소굴이었다. 이 같은 황량한 공간이 할머니의 위기로 인해 새로운 크로노토프로 생성되었던 것이다. 말하자면 둥베이 향촌의 '붉은 수수밭'은 근본적으로 '나'의 할머니, '따이펑리옌'의 위기의 크로노프로부터 시작되었다. 이는 이후 민중항일투쟁의 교두보 역할을 했던 할아버지 '위잔아오'를 민중의 영웅으로 만드는 데 작용했고 나아가 할머니 자신 또한 민중항일투쟁에 앞장서게 되는 계기로 작용한다. 이로 인해 둥베이 향촌의 '붉은 수수밭'은 역사적 시공간의 의미로 변모된다. 그런 의미에서 '수수밭 고랑'은 할머니 자신에게 닥친 폭력적이고 불합리한 시간을 역사적인 시공간으로 변모하게 하는 원동력으로 작용했던 것이다.

결론적으로 말하면 할머니의 저항적 의지가 '아버지'을 잉태하였고 이는 나아가 둥베이 향촌을 상상적 연대성으로 묶는 창조적 의미로 발현되었다고 볼 수 있다. 그런 의미에서 화자에게 있어 고향인 둥베이 향촌은 단순한 시공간이 아니라 정체성의 원천이자 민족의 상징적 개념으로서의 상상적 공동체의 원천이다. 항일투쟁의 생생한 현장에서 죽어간 민중의 영혼을 교감하는 화자의 상상체적 연대성은 둥베이 향촌 민중들의 민족적 개념의 원천이다. 왜냐하면 그것은 서로의 동료들을 알지 못하고 심지어 그들에 관한 이야기도 듣지 못했지만 각자의 마음에 서로 친교하는 이미지가 살아 있는 진정한 의미에서의 민족의 개념으로 정의될 수 있기 때문이다.[18] 이러한 점에서 '붉은 수수'는 둥베이 향촌의 민중들의 '정체성'의 상징이며 그들의 '귀속의식'의 연대감을 마련해준다. 말하자면 그것은 부재하지만 영원히 현존해 있는 어떤 절대적 의미의 시공간으로 둥베이 향촌의 민중들을 인도한다. 이러한 의미에서 화자의 둥베이 향촌에 대한 기억은 근원적이고 원초적인 어떤 의미로 환원된다.

---

18) 베네딕트 앤더슨, 윤형숙 역, 『상상의 공동체』, 나남, 2002. 25쪽. 참조.

2)교전의 시공간

이처럼 원초적 공동체로서의 둥베이 향촌의 '붉은 수수밭'은 일본군의
침략에 의해서 교전의 장소로 바뀌면서 험난한 크로노토프의 여정에 서
게 된다.

> (전략)그때 위 사령관이 아버지의 손을 잡아끌고 수수밭 안으로 걸
> 어 들어가자, 삼백여 구가 넘는 고향 친지들의 시체들이—엉덩이가 서
> 로 포개지고 서로 팔을 베고 있는 주검들이—난잡하게 어질러져 있었
> 고, 선혈이 밖으로 흘러나와 쑥밭 한쪽을 드넓게 적시고 있었으며, 수
> 숫대 아래쪽의 새까만 흙을 멀건 진흙처럼 만들어 놓아 그들의 발걸
> 음을 더디게 만들었습니다.(중략) 피비린내가 점점 더 심해지는 와중
> 에 위 사령관이 큰 소리로 고함을 질렀답니다.
> 일본 개들! 일본 개 같은 년의 일본!
> (후략) (<紅高粱>, 20~21쪽, 밑줄 필자).

위 인용은 1939년 음력 8월 15일 '사백여 명의 일본군과 육백여 명의
위군(僞軍)'이 둥베이 마을을 포위하자 모쉐이 강 주변 사람들이 '수숫대'
속에 몸을 감추고 '복병전'을 펼치며 대항하는 장면이다. 민중봉기가 격렬
한 고장이었던 둥베이 현은 일본군 침략시 관군이 어느 정도 손을 든 상
태였지만 민중들은 마을을 지키기 위해 죽음을 불사하고 치열하게 의병
활동을 전개했다. 민중들의 영원한 고향이자 아름다움의 상징이었던 '수
수밭' 평원은 일본군이 침략하면서 '주검들이—난잡하게 어질러지고 선
혈이 밖으로 흘러나와 쑥밭'으로 탈바꿈한다. 광활한 '수수밭'은 언덕과
평원의 지대로 이루어져 일본군에게 노출되기 쉬워 죽음의 크로노토프로

작용하지만, 동시에 '수수밭 고랑' 사이에 심어진 '키 큰 수숫대'는 '매복전'을 하기에 적합해 전략요충지의 시공간으로 작용한다. 이런 의미에서 '붉은 수수밭'은 이들 원주민에게 삶과 죽음의 크로노토프로 작용하였다고 볼 수 있다. 일본군들에게 탈취한 총을 가지고 '나'의 할아버지와 아버지는 목숨을 바쳐 싸워 수십 명의 일본군과 위군을 살해했지만 더 이상 공격을 할 수 없어 후퇴한다. 마을 남쪽으로 퇴각하던 모쉐이 강 사람들은 일본인들의 기관총 사격세례를 받아 수백 명의 남녀가 수수밭에서 죽었다. 침략자들은 수숫대에 매복하고 있는 마을 주민들을 찾아내고 모든 집을 불태워 버렸다. '수숫대'는 이처럼 민중들의 몸을 숨겨주는 지줏대로서 기능하지만 그것이 또한 얼마나 위험한 보호막인가를 알 수 있다. 기껏해야 낡은 대포와 구식 리볼버나 브라우닝 같은 무기를 갖춘 둥베이 현 민중들은 기관총으로 중무장한 일본군들과 대항하다 죽어갔다. 죽어간 많은 민중들의 시체는 '붉은 수수밭' 고랑에 무더기로 묻혔고 더러는 모쉐이 강으로 던져졌다. 이러한 의미에서 '붉은 수수밭'을 위시한 모쉐이 강 일대는 일본군에 대항해 피비린내나는 교전을 벌인 민중들의 피의 장이자 역사의 산 현장이다. 이때 모쉐이 강이 둘러싼 '붉은 수수밭'은 이들 민중들에게 위기와 투쟁의 크로노토프로 작용한다. 이처럼 원초적 시공간으로서의 둥베이 향촌은 교전의 장소로 바뀌면서 수많은 민중들의 죽음을 증거하는 역사적인 시공간으로 변모한다.

"외삼촌들, 마침내 다가옵니다. 형제들, 준비하시오. 내가 총을 쏘라고 하면 일제히 총을 쏴야 합니다.

(중략)

일본 놈들의 세 개의 기관총이 자동차 위에 고정되어 있었고, 총소리는 무겁게 들렸으며, 마치 비 오는 밤에 울리는 음침한 개의 울부짖음과도 같았어요. 아버지는 내 할머니의 가슴에 두 개의 구멍이 뚫리는 것을 보았습니다. 할머니는 환희의 소리를 한 번 지르고는 땅에 꼬꾸라졌죠. (중략) 그 하얀 차삥, 파란 대파, 으깨진 계란들이 파란 잔디 위에 널부러졌죠. 할머니가 넘어진 뒤에 왕원이의 아내의 그 기다란 얼굴에서 붉은색과 노란색이 뒤섞인 액체가 튀어나와 아주 멀리까지 뿌려졌으며, 언덕 아래 수수에까지 뿌려졌습니다.

(<紅高粱>, 120~123쪽).

위 인용은 화자인 '나'의 할머니 '따이펑리엔(戴鳳連)'과 마을 아낙네들이 '수수밭' 고랑 사이에서 항일투쟁을 벌이는 마을 사람들을 위해 '차삥'을 만들어 오다 일본군 총에 맞아 죽는 장면이다. '할머니'와 귀머거리 '왕원이'가 포개진 시체에서 흘러나온 '붉은 색과 노란색이 뒤섞인 액체가 언덕 아래 수수에까지 뿌려'져 '강물'로 흘러들었고 이는 둥베이 현 민중들의 뇌리에 영원히 각인된다. 이는 이곳 민중들을 '외삼촌' '형제'와 같은 혈연적 의미로 묶어주는 생산적 크로노토프로 작용한다. 화자는 실제로 '수수의 붉은 색상'이 죽어간 민중들의 생생하게 살아있는 영혼처럼 느낀다고 술회한다.[19] 화자는 이처럼 아버지의 아버지의 아버지를 거슬러 항일투쟁이 치열했던 둥베이 향촌의 '붉은 수수밭'을 1939년의 시공간에서 생생하게 회상함으로써 당대의 순간을 물질화 한다. 둥베이 현의 '붉은 수수

---

19) <紅高粱>, 3쪽1. 참조.

밭'은 그들 민중에게 위기의 크로노토프로 작용하기도 했지만 '수숫대'에
몸을 숨김으로써 매복전을 가능하게 했다는 점에서 적의 사기를 떨어뜨
리고 방해하는 교전도구로 가능했다. 이런 점에서 '붉은 수수밭'은 '둥베
이 현' 민중들에 있어 삶과 죽음의 크로노토프로 작용했다. 이러한 크노
노토프의 시공성은 둥베이 현 민중들로 하여금 새로운 역사의 주체로 우
뚝서게 하는 장을 형성했다고 할 수 있다.

4. 다성적 하모니와 혼의 집결체로서의 '아리랑'과 '붉은 수수밭'

<아리랑>각 권에 등장하는 항일의병대원들이 부르는'아리랑'은 다성
적 하모니를 이루며 민중의 상상적 공동체의 연대감을 생성하고 투쟁의
지를 강화하는'민족혼'의 요소로 작용한다. 아래 인용은 그 한 예이다.

> 지삼출이 어깨를 흔들며 발을 굴렀다.
> 아리아리랑 아리아리랑 아리랑이 낫네으으
> 아리앙 웅 어어 웅 아르랑이 났네
>
> 김제 · 만경 아리랑이 굵은 목소리들에 실려 산골에 울리기 시작했다.
> (중략)
> 다섯 사람째로 노랫말이 이어지면서 그들의 가락은 서럽고 구성지
> 면서도 컬컬하고 어기차게 어우 러지고 있었고, 엮어진 어깨 어깨가
> 가락을 따라 덩실거리며 커다란 동그라미가 돌기 시작했다. 그들이
> 그려내고 있는 동그라미는 동네마다 솟아있는 당산나무의 풍성한 모
> 습을 닮아있었다. (후략). (<아리랑>2, 321쪽).

위 인용은 식민지배자의 의병토벌대에 대한 감시가 심해지자 '만주'로 거처를 옮기기 위해 지금껏 고락을 같이 해온 '송수익' 이하 여러 의병대원들이 후일을 기약하는 해산식을 하면서 춤에 곁들인 '아리랑'을 독립군가로 변조해 부르는 장면이다. 농민출신이면서 언제나 의병활동의 제일선에서 활동해온 '지삼출'이 '아리랑 노랫가락'을 선창하자 대장 '송수익'의 노랫말을 이으면서 끝이 난다. 의병활동의 선봉장인 '송수익'을 비롯 '지삼출' '손판석'을 비롯한 항일의병투사들은 이처럼 후일을 기약하며 눈물로 이별한다. 조선민중들은 이런 식으로 '아리랑'을 부르고 그 한을 달래면서 식민지배자의 눈을 가리면서 의병활동을 이어나갔다. '아리랑' 노랫가락은 피식민지배자로서의 웅분과 한을 삭히고 더불어 새로운 의지를 부여하는 생성의 크로노토프를 이루게 하는 원천으로 작용한다. 이러한 크로노토프적 시공간은 발화와 발화가 이어지는 또 다른 의미에서의 연속적인 시공간을 생산해내는 데 기여한다. 그것은 '아리랑'이 단일적이고 닫힌 언어가 아닌 것에 있다. 또한 지배층의 언어가 아니라 민중고유의 본성에 기인한 발화에 기인한다. 그것은 조선의병들을 화합과 희망으로 인도하는 상상적 공동체의 원천으로 작용하였다. 이는 국내의병활동뿐만 아니라 '만주, 간도' '하와이' 등 해외의병투사들의 의지를 북돋우는 기제가 되었다. 독립군들은 산이 험해지거나 행군 속도가 느려지면 으레 누군가 '나아가세 독립군아 어서 나아가세'라는 아리랑 곡조를 선창함으로써 화합을 이끌었다. 이는 자연스럽게 대원들의 합창을 유도해내는 기제로 작용하고 그들의 조국에 대한 독립의지를 북돋우는 역할을 하였다. 원래 '아리랑'은 술과 놀이판과 웃음이 '걸판지게 엉클어'지는 가운데 자신들의 서러웠던 일과 슬픈 일을 감추면서 이야기를 만들어가는 상상적 공동체의 원천이었다. 이러한 의미에서 '아리랑'의 다성적 하모니는 국내외 의병 대원들로 하여금 공동체적 연대성의 의지를 불태우고 나아가 민중들의 영혼을 응결하는 상상적 공동체의 원천으로 작용하였다고 할 수 있다. 기쁠 때나 슬플 때나 부르는 '아아리라앙 아아리라앙 아라리요오'하는 곡조 속에는 아버지에서 아버지로 이어지는 한민족의 수난극복에 대한 의지가 시공간을 초월해 이어져 있는 것이다. '노랫가락'의 형식을 취하고 있지만 엄밀히 살펴보면, 이것은 조선민중들만이 나누는 대화적 언어이고 영혼의 교감이다. '아리앙 으 어어 웅'하는 추임새에 감춰진 그 미묘한 뉘앙스 이면에는 식민지배자들이 알 수 없는 대를 이은 조선민중들만의 피와 영혼이 응결돼 있는 것이다. 그것은 단일의 언어가 아닌 다성적 의미가 내포된 열린언어이다. 그것은 '아리랑'이 지배층의 단일언어라기보다 민중에 의한 민중을 위한 민중의 언어에 가깝다는 의미이다.

'아리랑'의 독특한 구조는 이처럼 시공간을 초월해 우리 민족의 끈질긴 생명력과 함께 오랜 세월동안 구전되어 오면서 조선민중의 힘을 생산하고 단합하는 원동력으로 작용하였다. 더불어 그것은 한민족이 추구하는 영원한 상상적 공동체의 원초적 시발점이기도 하다. 「상실에 맞서는 애도, 우울증, 열락의 언어」'로 '아리랑'을 논한 김승희는 '아리랑은 나의 노래이자 집단의 노래요 내가 상실한 것에 대한 상실의 노래'라고 하면서 덧붙여 '자기 치유의 노래'라고 하고 있다.[20]

이런 의미에서 '아리랑'은 한반도 민중의 주체성과 정체성을 형성해주는 연결망이다. 이것은 한반도 민중들의 독립에 대한 의지와 참여를 자발

---

20) 김승희, 「아리랑의 정신분석─상실에 맞서는 애도, 우울증, 열락(jouissance)의 언어」, 『비교한국학』20, 국제비교한국학회, 2012. 85쪽. 참조.

적으로 이끌어 내는 호명자의 기제가 되었다고 할 수 있다. 말하자면 '아리랑'은 민중들로 하여금 스스로 민족공동체로서의 연대감이라는 묵언적 합의를 도출해내는 민족적 메커니즘의 원천이었다. 당시 '신흥무관학교'를 중심으로 만주나 간도에서는 이러한 의미에서의 새로운 민족주의의 개념이 대두된다. 그것은 민족의 정체성에 바탕을 둔 것으로 식민지 지배 이전 왕권주의로의 결집을 의미하는 것이 아니라 비판과 성찰에 바탕을 둔 '민족자결주의'에 기반을 둔 새로운 투쟁형식의 개념이었다. 이는 식민 지배담론에만 맞서는 것이 아니라 자본가와 노동자 간의 저항적 의미 또한 내재되어 보다 다양한 의미가 내포된 민족주의 개념이었다. 이러한 민족주의 개념들은 역사발전의 새로운 전환기를 맞는 계기가 되었고 이에 대한 공론이 해외파들을 중심으로 분분하게 이루어졌다. 그 예가 181개 단체의 노동자 농민으로 구성된 '조선노동총맹'이었다. 여기에는 '민족개조론'을 주창한 이광수, 독립선언서를 작성하고 이후 '일선동조론(日鮮同祖論)'을 쓴 최남선, 또한 이들 모두에 대립하는 신채호가 주장하는 민족주의 관념이 복잡하게 얽히고 설키게 된다.[21] 그러나 중요한 것은 과거 지배계급의 이데올로기를 무화하고 갑오농민 봉기를 포함한 다양한 이질성을 포용하는 민족공동체로서의 민족주의 개념이 제기된 것이다. 이처럼 일제 식민지 하 위기의 한반도 조선민중들은 그들 스스로 국경의 경계를 넘어 '민족혼'에 바탕을 둔 새로운 의미의 민족주의의 개념을 생성해 내었다. 당시 의병활동대원들을 양성하는 중심이었던 신흥무관학교는 이러한 민족주의 개념을 주지시켰다.

---

21) 조정래, <아리랑> 8권, 56쪽. 참조.

그에 반해 <紅高粱>에 나타난 중국 둥베이 민중들의 민족정신의 원천은 '붉은 수수'에 깃든 민족의 드높은 기상임을 알 수 있다.

> 아버지! 강가로 내려가서 물을 마셔서 뱃속의 과자를 퍼지게 해요.
> (<紅高粱>, 173쪽).

위 인용은 둥베이 현 민중들 스스로가 '화자'의 큰할아버지이자 항일투쟁의 선봉에 섰다 죽어간 '루어한'의 피가 섞인 고량주를 마시고 일본군과 맞닥뜨릴 계획을 세우는 장면이다. 할머니는 하나 뿐인 손주와 아들(나의 아버지)을 일본군과의 전투에 기꺼이 동참하게 하였다. 이런 점에서 둥베이 현의 '붉은 수수'는 그들 민중들의 피와 눈물과 한의 응결체이기 이전에 그곳 민중들의 씩씩한 기상을 보여주는 상징적 매체이다. 이는 우리의 '아리랑'이 우리민족의 피와 눈물과 한 이전에 한민족 고유의 불의에 굴복하지 않는 투쟁정신과 씩씩한 기상을 상징하는 것과 유사하다. 모옌은 붉은 수수밭을 중심으로 항일매복전을 묘사하면서 마을 주민들의 항일투쟁에 대한 의지를 붉은 색과 대비시킴으로써 민중들의 용기있는 기상과 민족의식의 숭고함을 보여주고자 한다. 여기에는 화자의 둥베이 향촌에 대한 상상체적 연대감이 작용하였다고 볼 수 있다. 이런 의미에서 '붉은 수수'는 그들 민중의 꺼지지 않는 투쟁과 의지의 상징이다. 더불어 둥베이 향촌은 그들 민중의 되돌아갈 어떤 상상적 공동체의 현존이다.

또한 둥베이 현 민중들은 일본군과 합세한 관군에게도 복종하지 않았다. 이는 순수한 민중으로 집결된 조선민중의 항일투쟁과 유사하다. 당시 둥베이 향촌 민중들의 힘을 모으고 이끈 것은 그들을 지배한 지배이데올로기가 아니라 '위잔아오' '루어한' '왕원이'와 같은 최하층민에서 비롯되었다는 점은 조선민중의 항일투쟁과 닮아 있다고 볼 수 있다. 이는 양국에 있어 '아버지의 아버지의 아버지'로부터 이어진 정체성에 기반한 고유의 민족정신이 그들 민중의 승리로 이끈 원동력임을 보여주는 의미이다. 그것은 곧 식민지배자나 자국의 지배 논리에 예속되지 않는 민중들의 본성과 고유한 투쟁정신인 것이다.

5. 결론

지금까지 조정래의 <아리랑>과 모옌의 <紅高粱家族>에 재현된 탈식민적 크로노토프를 살펴보았다. <아리랑>에는 피식민지배자로서 전락한 한반도와 민중의 고달픈 삶을 상징하는 다양한 위기의 크로노토프가 존재한다. 드넓고 황량한 김제평야로부터 텍스트가 시작되듯이, '평야' 크로노토프는 한반도 민중에게 위기로 작용한다. 특히 '전주'는 쌀의 곡창지대로써 그러한 위기의 크로노토프에 직접적으로 노출된다. 거기에 '군산부두'는 신문물의 유입장소로써 식민지배담론의 중심지가 된다. 이에 민중들의 항일투쟁은 '산악지대'나 '동굴'등지에서 이어나갔다. 당대 김제평야를 중심으로 생산된 크로노토프는 한반도 농민과 노동자에게 위기로 작용하였고 더불어 민중항쟁의 요지로 작용하였다고 볼 수 있는 것이다. 그 외 '공사장' '경찰서' '당산나무' '뒷골목' 등은 단순한 배경이 아니라 보호받지 못하고 '문턱'에 서 있는 조선민중의 현실을 반영하는 공간이었다. 더불어 조선민중들의 식민지배자를 향한 투쟁과 증오와 복수심을 생산하는 본격적인 '항일투쟁'의 공간이기도 하였다. 특히 '아리랑'의 다성적 하모니는 국내외 의병대원들로 하여금 공동체적 연대성의 의지를 불태우고 나아가 민중들의 영혼을 응결하는 상상적 공동체의 원천으로 작용하였다고 할 수 있다.

반면 둥베이 현 민중들의 항일투쟁의식을 다룬 <紅高梁家族>에는 '붉은 수수밭'을 중심으로 일제침략에 맞선 그곳 민중들의 민족의식이 내재돼 있다. 그런 민중들의 힘은 둥베이 현 민중의 상징인 '붉은 수수'가 함축하고 있는 어떤 원초적인 의지와 씩씩한 기상에서 비롯되었다고 볼 수 있다. 그것이 항일투쟁의 영웅인 '위잔아오'를 중심으로 둥베이 현 민중들의 지배이데올로기에 예속되지 않는 투쟁정신을 이끌어낸 원동력이 된 것이다. 둥베이 향촌의 '붉은 수수밭'은 그들 민중에게 위기의 크로노토프로 작용하지만 '수숫대'에 몸을 숨김으로써 매복전을 가능하게 했다는 점에서 적의 사기를 떨어뜨리고 방해하는 교전도구로 가능했다. 이런 점에서 '붉은 수수밭'은 둥베이 현 민중들에 있어 삶과 죽음의 크로노토프로 작용했다. 이는 둥베이 현 민중들을 '외삼촌' '형제'와 같은 혈연적 의미로 묶어주는 생산적 크로노토프로 작용한다. 이런 의미에서 '붉은 수수'는 그곳 민중들의 항일투쟁에 대한 넋이면서 피의 상징이다. 더불어 둥베이 향촌은 그들 민중의 되돌아갈 어떤 상상적 공동체의 현존이다. 이러한 의미에서 모옌은 붉은 수수밭을 중심으로 항일매복전을 묘사하면서 마을 주민들의 항일투쟁에 대한 의지를 붉은 색과 대비시킴으로써 민족의식의 숭고함을 보여주었다.

일제 식민지배하 조선민중들의 넋이 '아리랑'의 노랫가락에 강물처럼 흐르고 있다면, 둥베이 향촌의 '붉은 수수'는 그곳 민중들의 넋이 되어 모쉐이 강을 흐르고 있는 것이다. 이러한 의미에서 '아리랑'과 '붉은 수수'는 양국 민중들의 정체성을 형성하고 아울러 민족정신을 강화하는 요소로 작용함으로써 항일투쟁에 대한 의지를 불태운 가장 중요한 요소라고 할 수 있다. 더불어 그것은 곧 식민지배자나 자국의 지배 논리에 예속되지 않는 민중들의 본성과 고유한 투쟁정신의 일환인 것이다.

이상을 통해 볼 때 두 민족이 지향하는 민중성이나 민족주의 개념은 다르게 나타나고 있음을 알 수 있다. 김제평야를 중심으로 하는 <아리랑>은 근대성에 기반한 새로운 주권주의적 민족주의가 태동되고 있는 반면, <紅高粱家族>에 등장하는 둥베이 향촌은 원초적 시공간 지향으로서의 전통적 민족주의를 내재하고 있었다고 볼 수 있다. 그런 의미에서<아리랑>에서의 민족주의가 보다 유동적으로 작용하였다고 볼 수 있다. 이는 한반도에 대한 일제 식민지지배담론이 본격화됨에 따라 한반도 민중의 항일투쟁담론이 만주 간도 등지로 확대된 데 원인이 있다. 따라서 그에 따른 다양하고 이질적인 민족주의 개념으로 변모되었음을 의미한다.

참고문헌

1. 기본자료

조정래, ≪아리랑≫1-12권, 해냄, 1995.

莫 言, 박명애 옮김, ≪홍까오량 가족≫, 문학과지성사, 2007.

_____, ≪红高梁家族≫, 人民文学出版社(北京), 2007.

2. 논저

김승희, 「아리랑의 정신분석-상실에 맞서는 애도, 우울증, 열락(jouissance)의 언어」,
    『비교한국학』20, 국제비교한국학회, 2012(81~102).

박주식, 「제국의 지도그리기」, 『탈식민주의 이론과쟁점』, 문학과지성사, 2003 (256~283).

오연희, 「황순원의 ≪日月≫ 연구」, 충남대학교박사학위논문, 1996.

이경원, 「탈식민주의의 계보와 정체성」, 『탈식민주의 이론과 쟁점』, 문학과 지성사,
    2003(23~58).

조성윤, 「한국 근대 민중의 민족문제 인식과 대응」, 『역사와 현실』1, 한국연구연구회,
    1989(87~103).

모옌(莫言) 후지이 쇼조(藤井省三) 대담, 「전기(傳奇)적 세계를 통해 바라본 중국 민
    중의 에네르기」, 『중국현대문학』27, 2003.12(309~322) 한국중국현대문학
    학회.

3. 단행본

G. 루카치. 반성완 옮김. 『루카치 소설의 이론』. 심설당. 1985. p.65.

고모이 요이치, 『포스트콜로니얼』식민지적 무의식과 식민주의적 의식, 송태욱 옮김,
    삼인, 2012.

데이비드 허다트, 조만성 옮김, 『호미 바바의 탈식민지적 정체성』, 앨피, 2011.

미하일 바흐찐, 전승희 외 옮김, 『장편소설과 민중언어』, 창비, 1988..

박흥순, 『포스트콜로니얼 성서해석』, 예영 B&P, 2006.

베네딕트 앤더슨, 윤형숙 역,『상상의 공동체』, 나남, 2002.

조정래 특집,『작가세계』26권, 작가세계, 1995.

Bakhtin, Mikhail, Trans Caryl Emerson and Michael Holquist. *The Dialogic Imagination*
ed. by Univ. of Texas Press, 1984. p.84.

_____ , Trans. by Carl Eerson. *Problems of Dostoevsky's Poetics*. Univ. of Minnestota
Press. 1984.

아버지 찾기 서사로서의 최상규 소설

1. 서론

최상규(1934~1994)는 『문학예술』(1956)에 <포인트>와 <斷面>이 발표되면서 작품활동을 시작한 작가로 장용학, 오상순과 더불어 인간의 실존[1]문제를 천착한 작가이다. 그는 1956년부터 1994년 타계할 때까지 장편 9편을 포함하여 총160여 편의 작품을 남겼지만, 크게 부각되지는 못한 실정이다. 그러나 40여 년간 꾸준한 작품활동을 해왔고 그가 남긴 이론이나 작품성이 현대문학에 끼친 영향을 간과할 수 없는 실정이다.

그의 작품에서 주인공들은 주로 자신이 처한 환경으로부터 갑작스런 '소환'을 당하거나 자신의 권리가 '박탈'되는 부조리한 현실에 직면하는 경우가 대부분이다. 최상규의 작품 활동이 주로 전후 시대와 90년대로 이어지는 것을 감안한다면, 소설 속에서 묘사되고 있는 주인공들의 병리현상은 전후의 현실과 더불어 급속한 산업혁명과 도시화를 경험한 당대 산

---

1) 이대영, 「한국 전후실존주의 소설연구」, 충남대박사학위논문,1998 ; 이정윤, 「최상규 소설연구」, 경원대 박사학위논문,1997.

업일군들의 심리적 내면에 각인된 심리적 외상의 일종으로 파악할 수 있다. 역사의 현장에서 아버지는 언제나 역사의 중심으로 혹은 증인으로 부각되어 왔다. 역사적·사회적 변화에 따른 아버지의 존재는 최상규의 소설에 이르러서 개인사와 더불어 전가족의 병리현상으로 구조화되는 특성을 보여주고 있다. 그리고 그러한 병리현상은 당대의 현실에 토대를 두고 있음을 추측하게 한다. 최상규의 소설에 빈번하게 등장하는 '아버지에 대한 실체'2)는 결국 주체의 존재론적 물음과 연관된다. 아버지의 존재는 개인이전 역사의 공동체적 운명과 연관되어 왔다. 많은 문학 작품들 속에서 역사의 질곡으로 인한 아버지의 부재와 미귀환은 소설 형성의 요인이 되어 왔다.3)

최상규는 인간의 실존 문제가 이데올로기로부터 파생됨에 주목한 작가이다. 그의 텍스트에서 주인공들은 역사성에 저항하기보다는 그것을

---

2) '부자관계'는 최상규의 많은 작품에서 빈번하게 드러나는 주제다. 그 한 예로 다음과 같은 대목을 들 수 있다. "…전략…아비가 먼저 죽고 다음은 자식의 차례다. 그 자식이 또 자식을 낳고 아비 노릇을 한다. 또 비슷한 일이 벌어진다. 그런데 세상에는 제 자식에게 아무 뜻도 가지고 있지 않은 놈들이 있다. 더없이 못한 아비들이다. 또 아비의 처사에 대해서는 아무 생각이 없는 놈들이 있다. 이 또한 더없이 못난 아비들이다. 부자간이란 그래서는 안된다". 최상규. ≪그 어둠의 終末≫, 기린원. 1980, 199쪽.
3) 근대문학의 효시로 알려져 있는 이광수의 ≪무정≫으로부터 30년대의 염상섭의 ≪삼대≫ 채만식의 ≪태평천하≫로 대표되는 가족사소설에서 아버지는 전통적 가부장적 제도의 몰락을 상징하는 기표로 인식되어 왔다. 이후 하근찬의 <흰종이 수염>이나 임철우의 <아버지의 땅>과 같은 5,60년대의 작품들은 전쟁으로 인한 아버지의 상실을 주로 다루어 왔다. 이후 장용학의 ≪원형의 전설≫이나 최인훈의 ≪광장≫에 이르면서 아버지란 이데올로기를 표상하는 상징적 기표로 부각된다. 이후 산업화와 도시화에 따른 7,80년대의 변화 속에서 아버지의 존재는 '죽은 아버지'라는 문화적 주체의 상징 기표로 작용한다. 이후 김훈의 ≪빗살무늬 토기에 대한 추억≫ ≪칼의 노래≫에 이르러서는 강력한 왕권에 대한 열망으로 표출된다.

표충적으로 수용함으로써 자신의 빈 구멍(결여)을 대면하게 하는 모습을 보여주고 있다. 즉 아버지로 상징되는 이데올로기나 규범의 폭로보다는 그로 인해 오인된 그 자체를 유지해야 하는 당위성을 역설적으로 표출하고 있다. 실제 최상규가 끊임없이 거론하고 있는 아버지 상은 강한 힘을 가진 가부장적 아버지가 아니라 도착증적이고 왜곡된 아버지의 형상에 집중되어 있다. <가멸법> <동소체> <손의 의미> <대합실>등은 상징계로부터 거세된 아버지의 모습을 보여주고 있다. 이후 7,80년대 이후 발표된 <캄팔야의 향연> <새 공화국의 고지> <대합실> <독야행> <마지막 주말>과 같은 작품에서는 집단의 우두머리가 주인공으로 등장하고 승화된 고도의 세계를 지향하는 주인공의 모습을 보여주고 있기는 하다. 이 같은 작품들의 이면에는 후기자본주의적 주체로서의 아비 상실에 따른 고아의식 내지 주체의 위기의식이 내포되어 있다고 볼 수 있다. 이같이 변모된 아버지의 모습들은 주체 개인의 병리현상이라기보다는 후기자본주의가 생산한 '잉여'적 생산물이라는 데 본고의 주안점이 있다. 이로 볼 때 최상규 소설에 등장하고 있는 아버지 상은 동시대의 다른 소설에 나타나고 있는 아버지의 모습과 다른 형상을 하고 있다.

역사적으로 볼 때 아버지란 존재는 사회적으로 늘 소환되는 위치에 있어왔고, 이러한 소환으로 인한 아버지의 미귀환은 가정구성원들의 정체성적 변화를 야기하였다. 오늘날 근대문명은 '아버지 살해'로부터 시작되었다는 프로이트의 주장대로 부친살해는 죄의식과 동시에 강력한 문명의 동인으로 작용하였지만 그로 인해 인간 개체에게 근친상간이라는 금지와 아버지와의 동일시적 욕망이라는 양면성을 각인하게 하였다. 이러한 논리의 이면에는 자식으로부터 죽음을 당해야 하는 가혹한 아버지의 운명과 더불어 그러한 아버지를 살해4)해야 하는 역사적 동인으로서의 아들의 운명이 함께 내재되어 있다는 사실이다. 다시 말해 아들에게 죽음을 당한 아버지는 죽은 후 아들에게 신격화를 당함으로써 더욱 강한 힘을 발휘하는 아버지로서 모습을 드러내고, 아버지를 죽인 아들은 아버지를 죽였다는 죄의식을 토템 공호제를 통해 면제받고자 한다. 아버지에 대한 이 같은 죄의식의 양면에는 더욱 강력해진 법으로 아버지 이름에 복종해야 한다는 마조히즘(masochism)과 동시에 그로부터 벗어나고자 하는 사디즘(sadism)적 욕망이 잠재되어 있는 것이다.5)

---

4) 프로이트는 「토템과 터부」에서 다음과 같은 가설을 제시한다. 자식들은 아버지를 죽인 후 토템동물을 아버지와 동일시함으로써 아버지에 대한 죄의식에서 벗어나는 일종의 화해를 한다. 이로써 아버지는 보다 강한 아버지로 다시 태어난다. 이후 자식들은 사회가 분열될 때마다 토템동물 공호제를 통하여 살해의 범죄를 반복하는 정당성을 성취한다. 이러한 초자아적 아버지는 인간의 역사적 사건과 깊은 관계를 갖게 된다. 여기서 토템은 결국 신의 개념으로 대체되지만, 처음에는 아버지의 ―대리에서 파생된 것이다. 이 아버지는 다시 인간의 모습을 회복한다. 반면에 이러한 초자아는 생물학적 요소를 함께 갖게 되는데, 그것은 초자아의 기원이 파괴와 공격충동을 갖는 이드의 발현물이라는 데 있다. 이처럼 초자아의 형태는 죄의식과 공격성이라는 양가성에서 비롯된다. 이후 오이디푸스적 사건은 인간의 빙하기에 나타난 문화적 발전의 유산과 더불어 개체와 종의 발달에 중요한 요소로 작용한다. 프로이트, 이윤기 옮김, 『종교의 기원』, 열린책들, 2003, 64~379 passim ; 프로이트, 「자아와 이드」, 『정신분석학의 근본개념』, 열린책들, 2003, 378~379쪽. 참조.

5) 토템동물(아버지)에게 잡아먹일 것이라는 거세공포는 원시적 구순 조직에 그 기원을 두고 있다. 다시 말해 아버지에게 얻어맞고 싶은 욕망은 사디즘(파괴적)적 단계에서 나온 것이다. 이 같은 거세공포는 이후 부인되지만, 성기기 조직의 침전물로서 마조히즘적 환상의 내용으로 되돌아온다. 마조히즘은 결국 주체의 욕망이 환상과 허구라는 현상으로 되돌아옴을 의미한다. 문화적 억압은 때로 물러선 파괴본능이 자아에서의 마조히즘의 강화요소로 등장하기도 하고 (변환) 초자아에서의 사디즘의 강화요소로 등장하기도 한다. 프로이트, 윤회기박찬부 옮김. 「마조히즘의 경제적 문제」, 『정신분석학의 근본개념』, 위의 책, 424~425쪽. 참조

따라서 아들은 그 아버지를 부정함으로써 더욱 강력한 힘을 가진 아버지를 만드는 메커니즘을 생산한다. 이때 아버지는 '토템의 아버지'처럼 아들에게 무서운 힘을 발휘하는 상징적 역할을 완수하게 된다. 여기서 '죽은 아버지'는 텅 빈 기표에 지나지 않는다. 다시 말해 문명이란 결국 그런 '텅 빈 아버지'를 토대로 이룩한 실제 없는 허상이라는 의미로 함축된다. 이러한 바탕위에서 주체란 결국 빈 기표의 향유로 이어지는 '왜곡, 환영, 오류'의 다름 아니다. 이러한 원리는 결국 후기자본주의적 주체의 물신화 과정과 연계된다. 후기자본주의를 표상하는 상품 혹은 돈은 해골의 다름 아니며, 그것은 결국 사회적 주체가 만들어낸 '왜곡' '환영' '오인'에 불과한 것이다.

<포인트>에서부터<새벽기행>에 이르기까지 최상규 소설에 반복적으로 드러나고 있는 현상은 주로 내적세계에 침잠하며 유아기로 퇴행[6]하는 연약한 남자 주인공들의 심한 자기분열이다. 본고는 최상규 소설에 등장하는 이같은 주인공들의 병리상황을 오이디푸스 콤플렉스에 기반을 둔 현대 남성적 주체의 히스테리적 상황임을 밝히고자 한다. 최상규의 소설의 구조적 특징은 주로 아버지와 아들의 관계에 많은 비중이 적용되고 있

---

6) <단면> <창을 열자> <제일장> <포유도> <동소체> 등의 전후소설에는 주로 유아기로 퇴행하는 주체의 모습이 부각되고 있다. 아내의 아랫도리에 오줌을 싸거나(<단면>) 아내 스스로 젖꼭지를 자르는(<창을 열자>) 그로데스크한 장면이 자주 나타나고 있다. 또한 <포인트>에서 아버지는 자살하고 아들은 아버지로부터 수많은 책을 물려받고 군밤장수의 향취를 통해 아버지를 기억한다. 그리고 주인공을 호명하는 군(軍)은 아버지의 상징적 거세의 의미를 지닌다. <야수>에서 아들은 아버지를 죽인다. <손의 의미>에서는 누나를 정부로 삼는 아버지의 모습이 나타난다. 이후 <대합실>과 같은 7,80년대의 작품들에서는 도착지도 목적지도 없이 어디론가 도주하고 달리는 익명적 주체들이 등장하고 있다.

다. 프로이트의 히스테리적 사례에서 보면 그들의 발병 원인은 대개 아버지와의 동일시적 욕망이 잠재되어 나타난 현상이다.[7] 이에 본연구의 목적은 후기자본주의 시대에 직면한 주체들의 도착화된 욕망이 거세불안에 따른 신경증적 불안의 일면임을 밝히는 것이며, 나아가 상징적 아버지에 대한 부정임과 동시에 강력한 힘을 가진 기원적 아버지에 대한 열망임을 밝히는 것이다.

2. 질환으로의 도피[8]

<악령의 늪>(1994)은 80년대 운동권에 참여했다가 고문 후유증으로 실어증에 걸린 '장리백'과 그로 인해 실직을 하고 알코올에 의지하며 집안에만 칩거하는 아버지, 이로 인해 가족의 생계를 담담하게 책임지고 있는 어머니를 비롯한 가족의 삶을 담고 있다.[9] 이 작품은 80년대 운동권에 참여했던 '장리백'이 출옥 후 심한 자기분열에 빠지는 내용을 다루고 있다. 같이 운동권에 참여했으나 '장리백' 혼자만 옥고를 치른데 대한 죄의식으로 그를 물심양면으로 돌보는 친구 '이유한'과 애인 '박월주'를 통해 한 가족의 몰락과 주인공의 상태를 조명하고 있다. '장리백'의 아버지는 '아들

---

7) 「편집증 환자 슈레버」「쥐인간」「늑대인간」과 같은 사례들에서 보면 이들의 잠재된 욕망은 유아기 시절에 아버지에게 사랑받고 싶은 욕망에서 연원되는 것이 대부분이다.

8) 프로이트가 「히스테리 발작에 관하여」에서 현실이 괴롭거나 무서울 때 위안으로서 도피하고자 하는 개념으로처음 사용하였다. 프로이트, 황보석 옮김, 「히스테리 발작에 관하여」, 『정신병리학의 문제들』, 열린책들, 2003, 9쪽.참조.

9) <광장과 삼각>(1960)도 부자간의 갈등을 다루고 있는데, 어머니를 잃고, 자기 세계만 침잠하는 아버지와 그런 아버지로 인해 아웃사이더가 되는 '유진식'을 다루고 있다.

은 이미 자신의 아들이 아니라 자신의 아들이지 못하게 한 자들의 아들
'이라고 친구 이유한에게 말한다.(<악령의 늪>, 116쪽) 이러한 서술은
텍스트의 성격이 다분히 역사적 의미를 내포하고 있음을 의도하고 있다.
운동권 아들을 둔 이유로 회사에서 실직한 아버지와 아들, 이때 그 가정
을 책임져야 하는 몫은 아내이자 어머니에게로 부각되지만 최상규 소설
에서 어머니의 목소리는 미미하다. 시골 후배의 집에 칩거하고 있는 '장리
백'의 문제로 집을 방문한 '이유한'에게 아버지는 다음과 같은 말을 한다.

> "우리 집은 망했다. 살아 있는 남자 2대가 다 바보가 되어 버렸다.
> 이렇게 될 줄은 몰랐다. 그래도 세상에는 우리만의 몫이 남아 있는 줄
> 알았다. 그런데 알고 보니 우리 몫은 없다. 애당초 세상은 배부른 자들
> 의 것이었다. 그런데, 배고픈 자는 배를 채우기 위하여 애를 쓰고, 배
> 부른 자는 먹은 것을 소화시키기 위하여 그들을 주무르며 주인 노릇
> 을 하고 있다. 그리고 우리는 그 중간에서 안주하는 행운조차 잃었다.
> …(후략)… (<악령의 늪>, 120쪽)

'장리백'의 아버지가 말하는 '남자 2대'에는 과거의 아버지와 그 아버지
를 토대로 미래를 개척해야 할 현재의 아버지가 함께 거세되어 있다는 의
미가 함축돼 있다. 이는 역사성의 상실인 동시에 현대를 상징하는 집단적
아버지에 대한 상징적 거세의 의미를 함축하는 말이다. '장리백'에게 역사
란 자신을 옥죄는 '감금'의 의미를 갖는다. 오랜만에 거리에 나온 '장리백'
은 자신을 끊임없이 따라다니는 보이지 않는 감시의 눈과 위협하는 목소
리를 인식한다. 이 같은 거세공포로 인하여 '장리백'은 거리에서 오줌을
싸는 상황에 직면한다. 아내의 무릎에 오줌을 싸고나 유두를 자르는 도착

화된 현상들은 <斷面>을 비롯한 최상규의 소설 곳곳에 드러난다. 가로수를 안고 멍해있던 그는 '도와드릴까요?'라는 행인의 말에 '잠깐 현기증'이 났을 뿐이라고 응답한다. 이는 히스테리 발작의 일종인 순간적인 '보행불능'[10]적 상태를 의미한다. 이 같은 보행불능은 상징적 거세의 일종으로 볼 수 있다. 그와 동시에 고문 후유증으로 인한 '실어증'이 치유되는데, 이는 외상으로 인한 신경증환자가 고착 당시와 같은 비슷한 강도의 또다른 외상을 경험하게 될 경우 처음의 증상이 사라지고 대체된 다른 증상의 히스테리가 발작됨을 보여주는 한 예이다.[11] 칩거상태에 있던 '장리백'은 오랜만의 외출에서 누구에게도 보호받을 수 없는 '유아적' 상태에 직면한다. 자신을 괴롭히는 끝없는 '환청'은 불안에 직면한 주체가 느끼는 일종의 거세위협에 대한 공포이다. 이는 자신을 고통스럽게 하는 무엇인가로

---

10) '보행불능'이나 '무의식적인 방뇨' 현상은 히스테리 증상의 대표적인 예이다. 프로이트가 상담한 많은 히스테리 환자들 중에는 주로 '보행불능'의 증세를 보인 환자가 많다. 특히 프로이트는 '엘리자베트 폰 R양'에게 나타난 보행불능의 상태에 대하여 이같은 통증을 수반하는 보행불능의 상태가 왜 히스테리적 증상으로 나타나는지에 대한 원인을 규명하지 못하고 있다. 프로이트, 『히스테리 연구』, 김미리혜 옮김, 열린책들, 2003. 193쪽 ; 『정신병리학의 문제들』, 앞의 책, 77쪽.

11) 히스테리 증상은 일종의 전환(Konversion) 현상이다. 다시 말해 외상성 경험으로 인한 심리적 불안감이 다른 어떤 것으로 대체되어 나타나게 되는 것이다. <늑대소년>에 나타나는 동물 공포증은 아버지에 대한 동성애적 소망 충동이 동물에 대한 불안 히스테리로 전환되어 나타난 예이다. 늑대소년의 경우는 어려서 아버지에 대한 소망, 즉 동성애적 충동의 일부가 장기(자기애가 대상애가 되는 과도기))에 남아 이후 히스테리에 걸린 것 같은 양상을 취한 것이라고 프로이트는 말한다. 늑대소년에게 중요한 영향을 끼친 것은 아버지와의 관계이다. 그것이 이후 늑대 공포증으로 전환된 예이다. 늑대소년의 아버지에 대한 동성애적 소망은 성장해서 그리스도에 대한 사랑으로 승화된다. 늑대소년의 경우 도착된 오이디푸스 콤플렉스임에도 불구하고 아버지가 거세자가 되고 유아기적 성생활을 협박하는 사람이 된 경우이다. 프로이트, 김명희 옮김, 『늑대인간』, 열린책들, 2003, 280~341쪽. 참조.

부터 끊임없이 옥죔을 당하기 때문에 나타나는 히스테리적 발작의 일종으로 볼 수 있다.[12] 이후 '장리백'의 행동은 '여자에 대한 탐닉'으로 전환한다. 상징계로부터 자신을 가면화하고자 하는 리백의 행위는 일종의 도피적 성격을 띤다. 거세위협에 대한 강박증은 후배의 방에서 후배의 여자에 탐닉하고 이어 하숙집 주인인 과부의 방에 칩거하는 등의 '도착'[13] 형태로 드러난다. '남의 여자'에게 탐닉하는 주인공들의 기이한 행동은 최상규 소설에서 반복적으로 나타나는 현상이다. 이것은 신경증적 억압에 의한 일종의 도착증적인 충동의 일환으로 볼 수 있다.[14]

<형성기>에서도 주인공들의 기이한 행동은 계속된다. 이 작품은 아버지와 삼촌을 사이에 두고 벌어지는 기묘한 가족관계를 조명하고 있다. 주인공 한지수는 비정상적인 삼촌을 감싸는 아버지를 이해할 수 없다. 여자의 나체 사진에 탐닉하는 도착증적 병리현상을 보이는 삼촌과 한 방을

---

12) 심한 저항을 보이던 신경증적 증상이 극도의 위험스런 상황에 직면하게 말끔히 사라지는 현상을 '마조히즘'의 한 성격으로 시사한다. 이것은 한 형태의 고통이 다른 형태의 고통에 의해 다른 증상으로 대체됨으로써 이전의 증상이 해소되는 것인데, 프로이트는 이를 토템동물(아버지)에게 잡아먹일 것이라는 원시적 구순 조직의 기원으로 보고 있다. 프로이트, 윤희기박찬부 옮김. 「마조히즘의 경제적 문제」, 『정신분석학의 근본개념』, 앞의 책, 424쪽. 참조

13) 프로이트에 의하면 히스테리 발작은 흔히 꿈의 왜곡된 형태와 비슷하게 나타난다. 이러한 히스테리의 전형적 특성들은 '반쪽 마비' '시각 장애' '간질' '환각'의 형태 등으로 나타나는데, '심리적 외상'은 히스테리의 가장 강력한 요인으로 작용한다. 히스테리는 주로 '복합적인 신경증의 한 요소로 나타난다.' 프로이트, 『히스테리 연구』, 앞의 책, 340쪽. 참조.

14) 오이디푸스 콤플렉스를 원만하게 수용한 일반인은 아버지의 법을 규범화하면서 강력한 초자아를 형성한다. 그러나 정상인도 일상생활에서 강력한 초자아 형태의 거세 위협을 느끼게 되면 유아기의 고착화된 행동을 보이게 되고 나아가 도착적인 성에 집착하게 된다.

쓰는 한지수는 삼촌과 미묘한 애증관계를 형성한다. 또한 한지수는 후배를 통해 알게 된 서동환의 여자에 탐닉한다.

최상규에 소설에서 공통적으로 드러나는 주인공의 여자에 대한 도착화 현상은 지극히 사도마조히즘(Sadomasochism)적인 성격을 갖는다. <형성기> <악령의 늪> <加減法> 등에서의 여자에 대한 탐닉은 은닉된 것이 아니라 지극히 의도적이다. 외출했던 친구나 후배가 곧 들이닥치리라는 것을 의식하면서 벌어지는 주인공의 행동은 자신의 행동으로 하여금 그들에게 비난받고 그로 인해 철저히 자신이 부서지는 것을 즐기는 듯한 행동을 취한다. 후배의 여자, 형의 여자. 친구의 여자에 탐닉하는 모습은 혼자 여자를 쟁취함으로써 아들에게 죽음을 당한 기원적 아버지를 연상하게 한다. 주인공들의 '평면적이고 고착화된' 표정이나 언술은 프로이트의 히스테리적 발화를 연상하게 한다. 무표정한 주인공들의 행동이나 표정은 주인공이 처한 부조리한 상황을 더욱 극적이게 하는 언술효과를 산출한다. 비틀린 주인공들의 언술작용은 프로이트의 히스테리적 발화의 특성이다. 이와 같은 주인공의 행동은 마조히즘적 특성을 내포하는 것으로 지극히 양가적이다. 이것은 다분히 오이디푸스적인 성격을 내포하고 있다.

최상규 소설의 가장 큰 특성의 하나는 '위치 바꿈'이다. 예컨대 <加減法>에서 주인공은 '나의 여자'를 '그의 여자'로, '친구의 여자'를 '나의 여자'로 바꾸는 위치 전도 현상이 나타나고 있다. 이 같은 주·객 전도는 히스테리적 환상에서 빈번하게 일어나는 양가적 현상이다.[15] 친구를 자기

---

15) 히스테리의 본질은 무의식적 환상을 통해 소망을 실현하고자 한다. 그래서 그들은 종종 자신의 성적 만족에 도달하기 위해 남성을 여성으로, 여성을 남성의 위치에

로 대치하여놓고 친구가 자기의 아내와 성교하기를 바란다. 이때 주인공은 그 친구를 자기라고 상상한다. 이 같은 주체와 객체에의 위치 전도는 히스테리적 환상의 양가적 특성에서 발현된다. 양가성이란 오이디푸스기에 기원을 두고 있다. 자아는 리비도 충동의 첫 번째 대상인 부모를 자아 속에 내투사시킴으로써 초자아를 발현시킨다. 이때 자아가 초자아를 두려워하는 데서 죄의식이 발생하고, 그러한 죄의식은 부모에게 얻어맞고 싶은 사디즘과 마조히즘의 양가적 특성으로 주체에게 각인된다.16) 히스테리의 본질이 양가적인 것은 이와 같이 주체 형성의 기원에 바탕을 두고 있기 때문인 것이다. 동시에 그것은 잃어버린 기원에 대한 애증과 증오의 원천이기도 하다. 히스테리란 본질적으로 잃어버린 것에 대한 향유적 갈망이다. 때문에 히스테리자의 목적은 자신의 증상을 통해 고착하기를 원하거나 향유하고자 한다. 이때 환자는 환각, 환상, 환청과 같은 무의식적 메커니즘을 통해 자신의 소망을 충족하고자 한다.

최상규 소설에서는 의식적으로든 무의식적으로든 아버지에 대한 강한 살해 욕망이 분출되고 있다. <乾坤>은 아홉 자식을 낳아 놓고 재산을 탕

놓음으로써 성적 만족에 도달하고자 한다. 이 가운데 자신을 여성의 위치에 놓는 남성주체의 무의식적 환상은 동성애적 충동이 발현됨으로써 일어나는 현상이다. '편집증 환자 슈레버'는 그러한 예의 하나이다. 프로이트, 「히스테리성 환상과 양성 소질의 관계」, 『정신병리학의 문제들』, 앞의 책, 68~69쪽. 참조 ; 프로이트, 「편집증 환자 슈레버」, 『늑대인간』, 앞의 책, 166~171쪽. 참조

16) 마조히즘 환자는 질책을 통해 속죄받아야 한다는 것 때문에 적절하지 못한 행동을 해야 하고 자신의 이익에 반하는, 현실세계에서 자신에게 널려있는 좋은 전망을 망쳐 놓아야 한다. 그래서 급기야는 자기 자신의 현실적 존재 자체를 파괴해야 한다. 이러한 죄의식은 아버지에 대한 일종의 효심이자 애정이다. 프로이트, 「마조히즘의 경제적 문제」, 『정신분석학의 근본 개념』, 앞의 책. 431쪽. 참조.

진한 무능력한 아버지에 대한 원망이 아버지 살해 욕망으로 분출되는 내용을 담고 있다. 군에서 지뢰 폭발로 인해 한쪽 다리를 잃은 기수는 말을 잃은 채 침묵으로 생을 연명하고 있는 아버지에 대한 원망을 늘어놓는다. '부채'만 떠안긴 아버지, 거기다 자신이 낳아 놓은 아홉 자식까지 맏아들 기준에게 부담을 지우는 아버지의 무능력을 가혹하게 비판한다. 이후 아버지의 갑작스런 죽음과 더불어 마을의 가뭄이 해소되고 농토는 물바다로 변해버린다. 그런 와중에 기수는 한쪽 다리로 몸을 이끌고 시체를 묻으면 부자가 된다는 용마루 골로 아버지의 시체를 옮긴다. 이러한 기수의 행동에는 아버지를 거세한 데에 대한 죄의식과 그런 아버지에 대한 부채를 청산하고자 하는 죽은 아버지에 대한 자의식이 내재되어 있다고 볼 수 있다. 일종의 가족 소설로 볼 수 있는 이 작품에서 아홉 자식을 낳은 어머니에 언급이 미미한 것은, 최상규의 여타 소설이 그렇듯 작가의 아버지에 대한 강한 인식을 알 수 있다.

<건곤> <악령의 늪>을 비롯한 최상규의 대부분의 작품에서 주인공과 관계를 형성하고 있는 삼촌이나 후배 그리고 친구와 형제들은 모두 당대 사회의 이데올로기를 표상하는 아버지의 상징적 의미를 지니고 있다. <형성기>에서 주인공은 아버지의 삼촌을 감싸는 이유가 계모에 대한 속죄의식에 있음을 알게 된다. 아버지는 계모에 대한 죄책감으로 계모의 아들인 삼촌을 거둔다. 나는 그런 아버지에게 "그러면 아버지의 속죄를 위하여, 아버지의 아들을 희생해도 좋다고 생각하십니까?"라고 반박한다. 특히 <악령의 늪>에서 '장리백'은 끊임없이 자신을 위협하는 거세의 목소리를 인식하는데, 여기서 '목소리'의 상징성은 다분히 상징적 아버지의 목소리를 환기하게 한다. 상징적 아버지는 원초적 아버지를 거세시킨

장본인 동시에 자신을 희생함으로써 강력한 문명의 토대를 형성한 초자아의 상징이기도 한 것이다.

3. 반영론적 서사구조를 통한 아버지 찾기로의 담론

<새벽기행>(1989)은 지금까지 최상규 작품에 나타난 인물들의 다양한 신경증적 증후들은 응축하는 의미를 가지고 있다. 1장 도입서사와 11장은 1인칭 관찰자시점으로 (서술적 자아)서술된다. 이어 2장과 10장까지는 주인공의 내적욕망이 투사된 '꿈'의 형식으로 서술된다. '꿈'으로 유추되는 서술방식은 히스테리 증상의 하나인 '환각'적 성격으로 볼 수 있다.17) 이는 주인공으로 하여금 자신의 근원인 아버지 어머니와의 관계를 돌아보게 하는 반영론적 의미를 지님과 동시에, 이를 통해 무의식 속에 억압된 자신의 원초적 욕망을 재현하는 메커니즘으로 활용되고 있다.18) 다시 말해 <새벽기행>은 내부서사로서의 '그를 통해 자신의 근원을 객관적으로 응시하는 '탐색서사'인 셈이다. 이는 주체의 '환각' 증상을 통해

---

17) 프로이트는 꿈은 종종 발작을 대신한다고 말한다. 여기서 꿈은 히스테리적 소질에서 가장 많이 나타나는 '환상'의 성격을 지니고 있다. 환상이란 원초적 상황으로 되돌아가기 위한 퇴행적 성격을 갖고 있기 때문에(즉 성적 성격) 도착증적 행위의 발생기제와 연관이 깊다. 즉 히스테리자들의 '무의식적 환상은 성도착자들의 의식적 만족 행위와 일치한다.' 이때 환자는 환상을 통한 가학과 피학적 만족을 유도한다. 이는 환상이 성본능의 가학적 피학적 구성 요소와 연관되기 때문이다. 프로이트, 『정신병리학의 문제』, 앞의 책, 65~79쪽. 참조.

18) 프로이트에게의 무의식이란 고유의 것이 아니라 이미 다른 세력들과 결합된 것으로, 무의식 자체가 하나의 이데올로기군과 결합된 것이다. J. Derrida. *Writing and Differance*. Trans. Alan Bass, Univ. of Chicago . Great Britain by TJ international Ltd... Press, 1978. 265쪽. 참조.

독자를 분석자의 위치에 놓는 사후서사의 의미를 지니고 있다.

<새벽기행>의 '나'는 어느 아침 출근길에 갑자기 자신 앞에 나타난 또 다른 '나'를 대면한다. 일상적인 삶을 반복하던 '나'에게 어느날 불쑥 나타난 '또다른 나', 즉 '그'에 대한 정체는 주인공으로 하여금 과연 나는 누구인가에 대한 의문을 제기한다. 과연 나는 진짜 나인가. 박탈된 주체는 어느날 홀연히 고아의식에 직면한다. 지금껏 존재의 일부로 군림해온 가족 구성원들조차 정작 자신의 존재를 증명하는데 몰인정하다. 이러한 상황에서 '내가 나'일 수 있는 정체의 근원은 무엇인가. 그렇다면 과연 '나'의 근원은 어디로부터 연원되는가에 대한 것이 이 작품의 테마이다. 존재에 대한 본격적인 탐구는 아버지에 대한 기억으로 환원된다.

'그'는 복제인간이다. '그'는 'Q'라는 유령적 존재에서 파생된 복제물이다. 여기서 '그' '나'는 진짜가 아닌 닮은꼴(semblance), 즉 오인된 주체로 존재한다. 이 오인된 주체는 오인된 주체 그 자체로 존재할 때 존재의 가치를 지닌다. '그' 혹은 '나'라는 존재는 '누군가의 아버지일 때' 존재자가 된다. '나' '그' 'Q'는 자본주의가 잉태시킨 잉여물, 즉 사물화된 주체로 존재한다. '나'는 '그'이면서 동시에 '나'가 아니다. '나' '그'라는 주체의 본질은 오인된 주체의 응시를 통해서만 존재할 뿐이다. '사물'은 다른 '사물'과의 관계를 통해서만 교환가치로서의 의미를 지닌다. <새벽기행>에서 '나'는 '그'를 통해서 비로소 자신의 존재를 응시한다. '나'는 텅 빈 주체이다. 본래적 '나'는 존재하지 않는다. 여기서 주체는 오직 사물화된 자본주의적 메커니즘으로서 존재한다. 후기자본주의적 사회에서의 주체는 이처럼 사물화된 주체로 존재하기 때문에 도착화에 빠지기 쉽다. 이는 결국 주체의 죽음 혹은 파멸을 야기한다.

복제인간은 결국 아버지의 부재를 증명한다. 복제인간은 자본주의의 메커니즘이 생산한 사물화의 표상이다. 여기에는 오직 도착화된 형태로서의 사물화가 존재할 뿐 마조히즘의 경제적 가치로서의 '잉여'성이 존재하지 않는다. 때문에 복제인간은 과거와 현재와 미래를 잇는 뿌리의 상실을 의미한다. <새벽기행>에서의 동일화적 부정은 근대성이 이룩해놓은 합리적인 주체로서의 자기의 부정이다. 이는 선험적 자아로서 되돌아가야 할 원초적 고향의 상실과 연관된다. <새벽기행>의 '나'의 위기의식은 여기에서 비롯된다. 돌아갈 시원성을 상실한 것. 따라서 그 시원으로 돌아가고자 하는 열망의 발현인 것이다. '나'는 개별적 주체가 아니라 집단적 주체로 상정할 수 있다. <새벽기행>을 비롯한 최상규 소설에 등장하는 주체들의 모습은 21세기를 대표하는 집단적 자아의 표상이다. 사회와 가정, 주변부로부터의 일탈과 소외는 어느 특수한 한 개인의 문제가 아니라 정신적 위안으로의 고향, 즉 선험적 자기위안의 장소와 현존재로서의 존재의 기반을 갈구하는 현대를 살아가는 모든 개인의 문제로 귀결되는 것이다. <새벽기행>은 과거로의 회귀이자 근원의 탐색인 아버지에 대한 기원의 갈망이 내재된 텍스트이다. '나'의 알 수 없는 충동의 근원은 사실상 아버지와의 향유를 갈망하는 근원적 갈망인 것이다. 이때 아버지는 주이상스적 아버지가 아니라 강력한 초자아적 힘을 보유한 '죽은 아버지'인 것이다.

집단적 초자아를 바탕으로 하는 근대문명은 '아버지의 살해'를 통해서 이룩된 것이고, 그러한 역사적 과정 속에서 현대인들이 느끼는 소외는 필연적이다. 왜냐하면 그것은 수많은 집단적 아버지들을 희생한 대가로 이루어진 것이고, 그러한 아버지가 남긴 '잉여'는 부채(負債)의식으로 남아 자식을 옥죄기 때문인 것이다. 역사는 수많은 아버지를 죽인, 즉 '죽은 아버지'에 대한 질투와 증오와 희생을 통해서 이루어진 것이다. '나'는 또다른 무수한 '나'의 복제물인 '그' 'Q'를 통해서만 주체의 동일성을 획득한다. 아버지의 이름이라는 가면을 벗어버리는 순간 주체는 무서운 블랙홀에 갇힌다. 프로이트가 말한 것처럼 꿈의 본래적 의미는 영원히 찾을 수없다. 꿈은 꿈의 형식으로만 존재하기 때문이다.

언제 어떻게 자기의 존재가 박탈당할지 모르는 현대적 주체의 위기감은 최상규 소설 곳곳에 나타난다. <함정>에서 주인공은 어느날 자신을 '부장님'이라고 부르는 익명의 사람들에게 소환당한 채 선채로 이동된다. '자신이 누구인지' 혹은 지금까지 '자신을 얽어매고 있는 모든 관계'에 대해 아무도 해명해주지 않는다. 자신도 모르게 익명의 공간에 '내 던져진' 그는 보호자를 잃은 어린아이처럼 울고만다. 이는 '아버지 부재'의 시대를 살고 있는 현대적 주체의 고아의식을 보여준다. 자신의 주머니에서 '김××'란 명함을 발견함으로써 자신이 누구인가를 어렴풋이 인식하지만 그는 그것을 바다에 던져버린다. 그는 자신이 '오인'되었다는 사실을 간과한다. '실제로 존재하는 바대로' 보는 순간 그 존재는 무화되어 버린다[19]는 지젝의 말처럼 그는 자신이 오인되었다는 사실을 아는 순간 해체된다는 것을 잘 알고 있다. 후기자본주의 사회에서 '증상'이란 주체의 존재 조건이다. 이데올로기란 왜곡된 본질을[20] 폭로하기보다는 '거짓의 가장 실질적인 형태로 간주'[21]함으로써, 그것을 더욱 강력하게 부정하는 것이다.

---

19) 슬라보예 지젝, 이수련 옮김, 『이데올로기라는 숭고한 대상』, 인간사랑, 2002, 61쪽.
20) 지젝의 용어로 '냉소적 이성주의'에 해당한다. 지젝은 고전적 이데올로기를 전복하는 개념으로 아이러니와 풍자를 통해 공식지배의 담론을 웃음거리로 만드는 키니시즘(Kynicism)과 구별하는 '냉소주의'를 주장하고 있다. 위의 책, 60~64쪽. 참조.

4. 동성애적 욕망으로의 승화

박탈당한 주체가 여관에서 홀로 나흘을 보낸 뒤 제일 먼저 찾아가고자
하는 곳은 죽은 아버지의 산소이다. 이후 만나게 되는 '뒤로 걷는 노인'은
승화된 아버지의 분신이다.

> ①그것은 내가 난생 처음 보는 아버지의 무력하고 얼빠진 모습이었
> 다. 그것은 아무것도 보이지도 않고 들리지도 않고 생각하지도 않는
> 상태였다. 그저 한 덩어리의 물체로 놓여 있는 것이었다. 그때 나는 처
> 음으로 거기에서 아버지의 죽음을 보았다.(<새벽기행>, 82쪽)
> ②웃방의 사나이들은 분노했다. 그리고 그들은 자기들 나름대로,
> 미래의 시체의 장례절차를 의논하기 시작했다. 그들은 안방의 시끄러
> 운 합창에 맞서 목청을 돋구었다. 그들은 돌연히 그때부터 시체를 열
> 렬히 사랑하기 시작한 것이었다. (<새벽기행>, 79쪽)

예문 ①은 화자의 아버지의 죽음에 대한 회상으로 지극한 연민을 보여
준다. 프로이트의 '토템과 타부'를 연상하게 하는 ②의 예문은 아버지 임
종에 대한 주인공의 회상이다. 이 작품에서 주인공은 아버지의 임종을 지
켜보지 못했다는 이유로 자책한다.<새벽기행>에서 주인공은 '아버지가
기억될 수 없는 형태만 남기고 사라졌다 (<새벽기행>, 86쪽)는 사실에
경악한다. 그것은 자기가 '여태껏 본 적이 없는 비약하기 없는 촉루'일 뿐
으로서의 아버지였던 것이다. 이 같은 아버지에 대한 연민은 아버지의 임
종을 지키지 못했던 죄의식적 강박관념으로 남는다. 이는 결국 '꿈'의 형
식을 통해 자의식을 회복하고자 하는 것으로 나타난다.[22] '나'는 자신의

---

21) 위의 책, 63쪽.

반복되는 일상을 탈피하기 위해 교묘하게 '꿈'이라는 환상적 공간으로 자신을 도피시킨다. 환상이라는 '불가능한 응시'(23)를 통하여 자신의 정체성을 확인하고자 하는 것이다. 주인공의 이 같은 응시의 이면에는 아버지와의 관계를 통해 자의식을 회복하고자 하는 소망충족이 내재된 것이다.

<새벽기행>에서의 '아버지의 제사'는 매우 중요한 의미를 내포하고 있다. 남겨진 자식들에게 '죽은 아버지'는 자식들을 분열시킨다. 이러한 분열의 이면에는 아버지에 대한 속죄의식이 내재되어 있다. 프로이트의 「토템과 타부」에서 죽은 아버지는 자식들에게 죄의식을 유언으로 남김으로써 살아 있을 때보다 더욱 강력한 '죽은 아버지'로 존재한다. '나'는 아버지의 기일이 다가오자 '그'를 찾아가 어머니의 뜻에 따라 추도예배를 준비하라고 부탁한다. 이것은 무의식적 자아의 내면에 아버지에 대한 동경이 내재되어 있음을 추측하게 한다. 이 무의식적 자아는 '나'의 잠재적 욕망의 다름 아니다. 아버지 살해는 자식들에게 죄의식을 낳음으로써, 더 큰 위력을 발휘하는 '죽은 아버지'로 존재함으로써 역사의 반복을 되풀이하게 한다. 이로써 문명화된 주체가 감당해야 정신적 전락은 아버지와의 동일시적 욕망과 그로 인한 죄의식과 연민인 것이다.24)

---

22) 이러한 증상은 프로이트의 「쥐인간」과 비슷하다. 「쥐인간」에서 아버지에 대한 죄의식은 아버지의 죽음을 인정하지 않는 강박신경증적 현상으로 나타난다. 실제로 그의 죽음은 아버지가 죽은 후에 심해졌다. 프로이트, 「쥐인간」, 『늑대인간』, 앞의 책, 29쪽. 참조.

23) 슬라보예 지젝, 김소연 · 유재희 옮김, 『삐딱하게 보기』, 시각과 언어, 1995. 49쪽.

24) 기독교는 인간이 자기 아버지와 실질적으로, 육체적으로 근친상간적으로 융합하는 것을 동성애를 노출시켜서 승화한 것이라고 볼 수 있다. 그리스도의 살해는 그의 자식을 통해 죽음으로써 예수의 수난이라는 표상을 자식에게 부메랑처럼 지우는 어떤 죄의식을 갖게 한다. 크리스테바, 「유일신에 대한 신앙」, 『사랑의 정신분석』, 김인환 옮김, 민음사, 1999, 81쪽. 참조.

<새벽기행>을 비롯한 최상규의 많은 작품들에서 가장 많이 나타나는 소제가 아버지와 아들의 관계, 그리고 아버지의 임종이다. <동소체>[25]에서도 아버지의 임종이 등장한다. 죽어가는 아버지를 지키고 있던 동생 대신 돌아온 형이 대신 아버지의 임종을 지키고, 동생은 형의 애인을 겁탈한다. 여자는 아침에 도망을 가지만, 여기서 '형'과 '동생'은 여자를 사이에 두고 쟁취하는 토템족의 공호제적 형제가 된다. 특히 최상규 소설에서 '형과 형수'와의 근친상간이 자주 등장되는데(<창을 열자> <건곤> <동소체> <포유도> 등) '여자를 공동'으로 취하는 이 같은 형태는 기원적 아버지와의 동일시를 의미한다. 이는 또한 아버지에 대한 양가적 특성을 의미한다. 즉 아버지의 여자를 취함으로써 아버지에 대한 죄의식을 유발하고 그로 인해 속죄 받고 싶음에 대한 양가적 욕망이 근친상간의 형태로 드러난 것이라고 볼 수 있다. <새벽기행>의 주인공이 아버지에 집착하는 것은 상징적 아버지의 죽음에 대한 소망이 내재된 것이며(즉 현실에 대한 부정), 그러한 아버지의 금지와 명령에 대해 벗어나고자 하는 양가성이 함께 내재된 것이라고 볼 수 있다. 후기자본주의적 사회에서 사물화된 주체들은 강력한 아버지와의 동일화를 갈망하면서도 동시에 그로부터 벗어나고자 하는데서 신경증적 주체가 된다.

　이 같은 의미에서 <새벽기행>에서의 '아버지의 제사'는 후기자본주의적 주체가 감당해야 하는 양가적 특성을 표면화하고자 하는 작가의 의도를 엿보게 하는 대목이다. 다분히 우울증적 면모를 보이고 있는 주체의 아버지에 대한 애도는 '아버지 부재'로 연유되는 현대적 주체의 상실감에서 비롯된 것이라고 볼 수 있다. 이것은 강력한 아버지와의 동성애적 욕

---

25) 다이아몬드와 흑연과 같이 동일한 원소이나 각각 다른 홑원소적 물질을 말함

망을 드러낸 것이라고 볼 수 있다.26) 여기서 아버지의 산소는 상징적 주체로서의 상실감에 대한 대치물로 작용한다.27) 최상규의 여타 소설들이 그렇듯이 주인공들은 모두 사회에서 낙오된 아버지와의 관계에 포커스가 맞추어져 있다.28) 사회와 가족으로부터 외면당한 주체는 여관에서 홀로 나흘을 보낸 뒤 자아에 대한 탐색여행을 떠나는데, 제일 먼저 찾아가는 곳은 아버지의 묘소이다. 이 추모의 장소에서 주인공은 자신의 대학입학

---

26) 히스테리란 주체로 하여금 잊혀진 충격에 대한 최초의 문제, 즉 근본의 문제를 제기한다. 이때 상실된 자기애의 대상을 외부에서 찾는 과정에서 동성애적 충동이 발현된다. 프로이트, 황보석 옮김, 「히스테리성 환상과 양성 소질의 관계」, 『정신병리학의 문제들』, 앞의 책, 60~69쪽. 참조.

27) 이 장면은 프로이트의 「늑대인간」에서 늑대소년이 어질 적 자신의 경쟁대상자이자 사랑의 대상이었던 누나의 죽음에 대한 대치물로 누나가 죽은 지 수개월이 지난 후에 자기의 우상이었던 시인의 무덤을 찾아 눈물을 흘리는 것과 유사하다. 이는 누나가 죽었을 당시에는 슬픔을 느끼지 않다가, 수개월이 흐른 후에 평소 아버지가 죽은 누나의 작품을 그 위대한 시인의 작품에 비교하고 했었다는 것을 의식한 행동이다. 늑대소년의 어릴 적 숭배대상은 아버지였다. 늑대소년은 아버지의 사랑을 유도해 내기 위해 나쁜 행실을 의도적으로 취한다. 그것은 곧 아버지와의 동일화를 유도해내기 위한 일종의 피학대적 성적 쾌감이었던 것이다. 프로이트는 이 같은 늑대소년의 행동이 가학적-항문기의 성격을 가지고 있다고 보고 있다. 늑대소년은 자위행위를 통해 누나와 가정교사를 유혹하는 행동을 취하는데, 이를 통해 소년은 자신의 성기가 매를 맞는다는 환상을 가지게 된다.이 능동적인 환상을 통하여 소년은 자기 자신을 수동적 위치에 놓는 목표를 가지게 된다. 이것이 환상 자체가 띠고 있는 양가성이다. 소년의 가학적 행동은 아버지를 성적 대상으로 여기는 아버지와의 동일화를 위한 욕망이다. 이러한 양가성은 '가학적 항문기'에 바탕을 둔 것으로 자신이 매를 맞는다는 피학대적 현상으로 나타난다. 프로이트의 '늑대인간'이나 '쥐인간' 등에 나타나는 사례를 통해 보듯이 주로 경쟁 상대의 형제와의 관계를 통해 신경증적 증상이 발현된다. 이것을 프로이트는 가족로맨스라 하였다. 프로이트, 김명희 옮김.『늑대인간』, 앞의 책, 218~221쪽. 참조. ;프로이트, 「토템과 타부」,『종교의 기원』, 앞의 책, 379쪽. 참조,.

28) <제일장> <위대한 자식> <겨울잠행> ≪악령의 늪≫은 모두 무능한 아버지와의 관계에 초점이 놓여 있다.

때의 아버지, 아버지 친구와의 술자리 등, 아버지에 대한 기억을 상기한다. 이러한 아버지에 대한 회상은 결국 자신의 존재를 다시 인식하고자하는 자기동일성의 기본적 메커니즘으로 연결된다. 또한 이는 죽은 아버지를 환기함으로써 오이디푸스 콤플렉스로부터 놓여나고 싶은 내적 욕망이 투사된 것이라고 볼 수 있다. 죽은 아버지에 대한 부채의 청산은 아버지의 법을 소급적으로 받아들이는 반복을 통해 이루어질 수밖에 없는 것이다.29) 주체는 반복을 통해 아버지의 법을 소급적으로 받아들일 때만이 아직 상징화되지 않은 외상으로부터 놓여날 수 있다. 이는 역설적으로 아버지의 법을 거부하면 도착증과 같은 정신병적 주체가 될 수밖에 없음을 의미하는 것이고, 아버지의 법을 수용하면 스탈린과 같은 도착증적 파시즘으로 이어질 수밖에 없는 역설을 동시에 함유하는 것이기도 한 것이다.

<새벽기행>의 '나'는 이후 우연히 거리에서 '모래헤엄'치는 여자를 만나고 그녀를 통해 '뒤로 걷는 노인'과 조우하게 된다. 여자와의 모든 것을 허용하는 노인은 사실상 그의 분신적 의미를 지니고 있다. 이것은 사실상화자의 아버지에 대한 동성애적 욕망을 드러내는 것이다. 다시 말해 '모래 헤엄'치는 여인은 아버지와의 동일화를 위한 매개의 의미를 지닌다. '뒤로 걷는 노인'은 원시적 아버지에 대한 은유로, 아버지와의 열망을 추구하는 화자의 무의식적 욕망에 해당한다. 이것은 아버지에 대한 더욱 강력한 열망의 한 형태로 볼 수 있다. 이는 혼자 여자를 쟁취함으로써 자식들에게 죄의식을 유언으로 남기는 토템적 아버지의 의미를 지니고 있다. 이 노인은 사실 80년 6월 발표된 <뒤로 가기>(1980.6)에 나타난 바 있

---

29) 죽은 자를 아웃하는 일은 가능하지 않다. 삶의 의미가 사회적 구성물이라면 죽은 후에도 의미는 멈추어버리지 않고 계속된다. 클로디아 가드, 강수영 옮김, 『레즈비언 선택』, 인간사랑, 2004, 375~380쪽.

다. 최상규 소설에서 '노인'은 가상적 인물로 기원적 아버지로 상징된다. 80년 광주항쟁이라는 역사적 현실을 맥락에 놓고 볼 때, '뒤로 걷는 노인'은 기원적 아버지에 대한 열망인 것이다. 여기서 '모래 헤엄치는 여인'은 이러한 아버지와의 동일화를 욕망하기 위한 상징계로의 통합화 과정의 매개로 작용한다. 다시 말해 '모래헤엄 치는 여자'는 아버지 살해의 동인인 성욕 즉 에로스적 욕망이며. 노인은 모든 여자를 독자적으로 차지한 집단적 살해의 동인으로서 작용한다. 이런 의미에서 '모래헤엄을 치는 여자'는 노인과 내가 공유하는, 즉 원시사회에서 포로로 잡힌 일처다부제[30]의 여자와 동일시된다.

7, 80년대에 발표된 <대합실> <독야행> <마지막 주말> <최후의 강>과 같은 작품들은 오지 않는 배와 무엇인가를 막연하게 기다리는 주인공들의 모습이 나타난다. 또한 홍수로 집을 쓸어버리고 새로이 성을 만들고자 하는 원시적 공동체에 대한 향수가 드러나기도 한다. 이로 볼 때 최상규 소설에 빈번하게 등장하는 '뒤로 걷는 노인'에 대한 향수는 기원적 아버지에 대한 은유로 볼 수 있다. 다시 말해 '뒤로 걷는 노인'은 '자신이 죽은 줄도 모르는 계속 살아있는 외설적 아버지'인 것이다.

<새벽기행>을 비롯한 8,90년대에 발표 된 <악령의 늪> <겨울잠행> 등은 시대적 컨텍스트와 연계해 있다. 여기에서 아버지들은 모두 부권적 지위를 상실하고 도태된 인물들이다. 부권상실은 그의 텍스트의 주

---

30) 프로이트는 유아기의 무력함과 그것이 불러일으키는 아버지에 대한 동경에서 종교적 욕구가 유래한다고 보고 있다. (~The derivation of religious needs from the infant's helplessnes and the longing for the father aroused by it seems to me incontrovertible~), S.Frend, *Civilization and Its Discontents*, By James, Strachey. New York:Norton. 1989), p.20.

인공들을 일종의 허무주의 내지 시니시즘으로 일관하게 하는 동인으로 작용한다. 이것은 초자아적 권위로 일관되어야할 아버지의 본질적 의미가 상실되거나 변질되었음을 역설하는 것이다. 이때 주체들은 퇴행과 같은 환상적 메커니즘에 의존하거나 '이데올로기로의 한 형태인 냉소주의'[31]로 일관하게 된다.

<새벽기행>은 '아버지의 부재'에 따른 현대적 주체의 상실감과 그로 인한 아버지와의 동성애적 욕망이 내재된 텍스트라고 볼 수 있다. 정부관계로 밝혀진 노인과 여인이 유리벽 밖으로 사라지는 순간 화자는 자신이 속해 있는 일상성보다 더 가혹한 실재계를 직면한다. 결국 주체는 일상성을 벗어나고자 하는 무의식으로의 도피를 통해 상징적 아버지의 결핍을 확인할 뿐이다. 의식을 깨우는 빗소리는 화자로 하여금 도착화된 무의식의 영역에서 상징계로 귀환하게 하는 일종의 '보호막'으로 작용한다. 텍스트의 마지막 부분에서 주인공은 자신의 아들이 이미 죽은 아들이 되어 자신을 빗겨가는 것을 목격한다. 이는 '근원적인 적대감'[32]으로 살아가야 할 후기자본주의 주체들의 숙명을 의미한다. '뒤로 걷는 노인'은 기원적 아버지의 권위에 대한 그리움의 표상이자 미래의 부정적 시간을 잇는 시발점이 되는 것이다. <그 어둠의 終末>을 비롯한 최상규의 소설에서 자주 언급되는 익명의 '노인'은 이처럼 기원적 아버지의 의미를 지닌다.

<새벽기행>은 상징적 아버지에 대한 거세 위협적 불안과 외설적인 죽은 아버지에 대한 열망이 내포된 양가적 아버지의 특성을 보여준다. 이것은 또한 집단성과 익명성으로 대변되는 후기자본주의 사회에서 아버지

---

31) 슬라보예 지젝, 위의 책, 60쪽.
32) 권택영, 『잉여쾌락의 시대』, 문예, 2003, 129쪽.

란 이름의 가면을 벗어버리는 순간 '도착증적인 파시즘으로 퇴행'[33]함을 보여주는 것이다. <새벽기행>의 '나'의 위기의식은 이렇듯 '아버지의 부재'로 일컬어지는 후기자본주의 도착화 된 욕망의 한 재현이라고 볼 수 있다. 이로 인해 비틀리고 왜곡된 형상, 때로는 의도적인 냉소주의로 일관해 보이는 듯한 최상규 소설에서의 신비성은 오이디푸스적 아버지가 남긴 '잉여'이다.[34] 이 잉여성은 또 다른 주체의 재생산을 위해 남겨지고 오인되어야 '본질' 그 자체이다. 이는 또한 돌아갈 수 없는 근원점으로의 퇴행이자 아버지와의 향유를 갈망하는 현대적 주체의 비의이기도 한 것이다.

5. 결론

지금까지 최상규 소설에 등장하는 주인공들의 도착화된 병리현상이 현대적 주체의 히스테리 특성과 아울러 현대적 주체의 '아버지 열망'과 연관됨을 밝히고자 하였다.

<악령의 늪> <형성기> <건곤> <加減法> <새벽기행> 등에 나타나는 주인공들의 신경증적 불안의 원인은 후기자본주의 시대를 살고 있는 현대적 주체의 거세공포에 기인한다. 거세불안에 따른 다양한 신경증적 증후군들은 상징적 아버지에 대한 부정임과 동시에 강력한 힘을 가진 기원적 아버지에 대한 열망인 것이다.

'나의 여자'를 '그의 여자'로, '친구의 여자'를 '나의 여자'로 바꾸는 것과 같은 <加減法>에서와 같은 위치 전도 현상은 히스테리적 환상에서 빈번하게 일어나는 양가적 현상의 일환으로, 이는 오이디푸스기에 그 기원을

---

33) 권택영, 위의 책, 64쪽.
34) 위의 책, 97쪽. 참조.

두고 있다. 이러한 양가성은 주체 형성의 기원에 바탕을 둔 것으로, 그것은 결국 기원적 아버지에 대한 애정과 증오의 원천인 것이다. 최상규 소설의 많은 부분은 '부자 관계'에 조명되어 있다. 아버지 살해, 동성애적 욕망, 원시적 공동체에 대한 향수 등은 결국 아버지와의 동일시적 욕망이 잠재된 것이라는 것이 본고의 주안점이다.<새벽기행>에 나타나는 복제 인물로서의 '그'는 오인된 주체의 표상물이다. 이때 주체는 오인된 주체로 존재할 때 블랙홀의 심연에서 벗어날 수 있다.

이와 같이 최상규의 소설에서 빈번하게 등장하고 있는 '위치 바꿈' '익명성' '기다림' 등의 개념들은 주체의 '오인'을 유도한다. 이것은 자본주의에서의 사물화와 유사한 개념이다. 전쟁, 군부독재, 산업화와 도시화에 따른 병리현상이 잉여적 주체를 생산하는 메커니즘으로 작용하였다. 현대사회에서 주체란 오인된 존재로 살아갈 수밖에 없고, 그것을 인식하는 순간 끝없는 불랙홀로 추락한다. 주체는 근본적인 결핍으로 존재하는 것이다. <새벽기행>에서 '나'는 자신의 근원을 증명해줄 아버지의 존재를 부재로써 인식한다. 자신의 근원이며 기원적 아버지와 동일시적 의미를 갖는 '뒤로 걷는 노인'은 결국 텅 빈 기표로 환유된다.

따라서 후기자본주적 주체란 '누군가의 아버지이거나 남편'으로 사물화 되고, 그로 인한 끝없는 잔여물을 생산하기 때문에 증상들은 존재의 필연적 요소로 작용한다. 이때 존재의 본질은 베일 속에 가려져 끝없는 기표의 그물망을 형성하고, 그러한 잔여물은 억압, 불안, 소외 등과 같은 일상적인 삶의 증상들을 파편화한다.

참고문헌

1. 기본자료

최상규, ≪악령의 늪≫.문학사상사. 1994.

_____, ≪새벽기행≫. 예림기획, 1999.

_____, ≪형성기≫. 중판:서울;1975. 삼성출판사.

_____, ≪그 어둠의 종말≫. 기린원. 1980.

_____, ≪밤의 끝에서≫외 최상규 전집. 삼성출판사. 1985.

2. 논문 및 단행본

권택영, 『잉여쾌락의 시대』. 문예. 2003.

이대영, 「한국 전후실존주의 소설연구」」 충남대박사학위논문. 1998.

이정윤, 「최상규 소설연구」. 경원대 박사학위논문. 1997.

Derrida, Jacques, *Writing and Differance*. Trans. Alan Bass, Univ. of Chicago . Great
    Britain by TJ international Ltd... Press, 1978.

Žižek, Slavoj, 이수련 옮김.『이데올로기라는 숭고한 대상』. 인간사랑. 2002.

_____, 김소연 · 유재희 옮김,『삐딱하게 보기』. 시각과 언어. 1995.

Freud, Sigmund, 김미리혜 옮김,『히스테리 연구』. 열린책들. 2003.

_____, 황보석 옮김.『정신병리학의 문제들』, 열린책들. 2003.

_____, 윤희기 · 박찬부 옮김.『정신분석학의 근본 개념. 열린책들. 2003.

_____, 이윤기 옮김.『종교의 기원』. 열린책들. 2003.

_____, 김정일 옮김.『성욕에 관한 세편의 에세이』. 열린책들. 2003.

_____, 김명희 옮김.『늑대인간』. 열린책들. 2003.

S.Freud, *Civilization and Its Discontents*. By James, Scrachey, New York:Norton. 1989.

Kristeva, Julia,『사랑의 정신분석』. 김인환 옮김. 민음사. 1999.

Card, Claudia, 강수영 옮김.『레즈비언 선택』. 인간사랑. 2004.

이호철의 ≪서울은 만원이다≫를 통해 본
'돈'의 행방 찾기와 의미

1. 서론

김동인의 <감자>를 비롯 60년대 이전의 한국문학에서도 '돈'은 인간 탐욕의 상징으로 작용하고 개인의 운명을 결정하는 소재로 등장한다.[1] 논자에 의하면 30년대의 돈은 '다분히 등장인물의 개인적인 것'인 반면, 6, 70년대의 돈은 '인간군상들을 짓밟는' '거대자본巨大資本'으로 등장한다.[2] 상업자본주의가 본격화되면서 돈은 인간의 신분을 변화시키는 이데올로기로 탈바꿈한다. 한국문학사에서 '돈'의 행방을 다룬 것으로는 염상섭의 <삼대>(1936)가 있다. 주지하듯 <삼대>에서 조부 '조의관'의 금고열쇠가 비열한 형태를 띠면서 2대 '조상훈'으로부터 손자인 3대 '조덕기'로 옮겨간 바 있다. 조부 '조의관'은 자신의 돈이 수평적 구도보다는 수

---

[1] 이병렬(2003), 「한국 현대소설에 나타난 인물의 권력 양상―단편소설을 중심으로」, 『현대소설연구』 제18집, 18쪽, 86쪽. 참조.
[2] 위의 논문, 87쪽. 참조.

직적 구도로 계승되기를 염원했다. '조덕기'로 계승된 조부 '조의관'의 부富 세습은 60년대 한국사회의 지평을 보여준다. 다시 말해 <삼대>에 나타난 돈의 행방은 이후 정치적 혼란기와 더불어 전통적 중산층이라는 부르주아 계층을 형성하는데 많은 영향을 끼친다.3) '조의관'의 돈이 손자 '덕기'에게로 가지 않고 아들 '상훈'에게로 흘러들어갔다면 그 돈은 좀 더 일찍 탕진되었을 수도 있다. '덕기'로 세습된 부는 이후 자신의 재산이 온전히 보전되기를 염원했던 조부 '조의관'의 의도를 절충한 중간자적 입장에서 유지되어 왔다고 할 수 있다.

1960년대는 4·19와 5·16이라는 정치적 대격변기를 바탕으로 근대화라는 경제적 소용돌이를 함께 경험했던 시기이기도 하다. 장용학, 손창섭, 오상원, 박경리를 통해 알 수 있는 50년대 한국문학이 전쟁과 상흔으로 얼룩진 인간 실존의 문제에 천착해 있었다면, 60년대는 '경제적 근대화'라는 이념에 의해 자본주의가 본격화된 무렵이고 더불어 사회의 계층적 구조화가 본격화된 시점이다.4) 또한 소지주계층으로 유지되어 오던 기존 중산층이 몰락하고 '돈'을 중심으로 한 상업자본주의의 형성과 더불어 새로운 중산층의 태동이 이루어졌던 시기이다.5) 사실 문학사에서 60

---

3) 주지하듯 한국문학사에서 염상섭 문학의 의의는 중산층 계층을 유형화하였다는 점이다. 염상섭 자신이 중류계층이었다는 점과 주로 서울 중류층 가정이 소설의 모형이 되었다는 점에서 그러하다. 그리고 그 중심에 '돈'이 연관되었다는 점에서 중요한 의의를 지닌다. 이는 30년대 한국 중산층의 전형성을 보여준다.
4) 강진호는 60년대의 리얼리즘이 근대화의 부정성에 맞서는 존재 형식으로 등장하고 있다고 밝히고 있다. 강진호(1997), 「1960년대 리얼리즘 소설考」, 『현대소설연구』 제6집, 한국현대소설학회, 302쪽. 참조.
5) '소시민'의 사전적 정의는 자본가와 노동자의 중간 계층에 속하는 것으로 오늘날, '중산층'의 개념이다. 이 중산층에 대한 담론은 다양한 개념을 내포한다. 시대에 따라 다양한 의미의 개념을 내포하며 또한 각국의 특성에 따라도 다르다. 논자들에 의

년대는 50년대의 전후문학과 산업자본화된 7,80년대 이후의 문학을 잇는 분기점 역할을 해왔음에도 불구하고 문학사에서 소홀이 취급되어 온 감이 있다. 이호철은 60년대 문학의 정점에 있고 당대의 계층 분화를 구체적으로 보여준 작가이다. 요컨대 염상섭의 <삼대>가 '돈의 보전과 배분'에 중점을 둔 것이라면, 이호철의 <서울은 만원이다>는 본격화된 자본주의에 입각한 '돈'의 불가시성을 다루고 있다고 할 수 있다.

이호철은 <탈향>(1955, 『문학예술』)으로 문단에 데뷔한 이후 <판문점>(1961) <나상>(1961) <닮아지는 살들>(1962) <소묘>(1964) <부시장 부임지로 안 가다>(1965) <어느 理髮所에서>(1966), <公僕社會>(1968), <자유만복> <소시민>(1961) <서울은 만원이다>(1966) <인생대리점>(1969) <비를 기다리는 女子> (1980) <이단자>(1976) 등 많은 작품에서 인간을 규정하는 것은 이념이 아니라 삶의 본질 그 자체에 있음을 보여준다.

그는 장용학, 손창섭 등 50년대의 작가군에서 나타나는 '알레고리'적 '뒤틀림'[6]을 벗어나 구체적인 삶의 현장을 리얼리즘[7]적 측면에서 세밀하게 묘사하고 있다. 뿐만 아니라 60년대 최인훈이 전쟁과 분단적 현실을

하면 한국에서 본격적인 중산층의 개념이 쓰여진 것은 '1950'년대부터다. 이후 60년대 '자영업주 소상공인'을 중심으로 본격적으로 태동되었으며, 개념이 정착된 것은 70년대 이후라고 할 수 있다. 그러다가 1970년대는 화이트 칼라와 불루 칼라로 확대되었다. 동아국어사전 연구회(1991), 『동아새국어사전』, 동아출판사, 1180쪽 참조; 홍두승, 2005 참조; 조동기(2006), 「중산층의 사회인구학적 특성과 주관적 계층의식」, 『한국인구학』 제29권, 한국인구학회, 90쪽. 참조.

6) 구재진(1998), 「이호철 「소시민」 연구 −1960년대 문학에 나타난 근대성 연구(1)」, 『현대소설연구』, 한국현대소설학회, 82쪽. 참조

7) 위의 논문, 84쪽. 참조.

이데올로기적 관점으로 투영하였다면, 이호철은 삶의 구체성을 소시민적 관점으로 투영한다.[8] 인간의 삶을 결정하는 것은 자신이 어떤 계층에 놓여있는 것인가이다.

이른바 60년대 '서울의 풍경'[9]을 그렸다고 할 수 있는 이호철 문학의 근본은 인간 삶의 당면한 현실과 역사적 본질이다. 예컨대 부산에서 부두 노동자 및 잡일을 하던 작가의 경험은 '완월동 제면소'라는 국수 공장을 소재화한 <소시민>의 '나(박씨)'로 투영되어 있는데, 여기서 그는 '이상과 현실' 사이에서 갈등하지만 결국 현실적 논리에 순응한다. '주인 마누라'와의 기형적 관계가 그렇고 추상적 이상화로 몰락되어가는 '정씨'가 그렇다. 여기서 '나'가 인식하는 것은 남북 이데올로기가 아니라 인간을 둘러싼 구체적인 삶의 본질 자체가 곧 역사적 근원이라는 것이다. 따라서 인간 삶의 구조적 본질성은 이데올로기라는 추상성에 있는 것이 아니라 세태 혹은 시대의 변화에 순응할 수밖에 없는 역사적 개인에서 비롯된다. 인간은 오직 거기에 순응할 뿐이다. 인간을 움직이는 커다란 동인은 구조의 이면 속에 내재된 보이지 않는 이데올로기이고, 이것을 구조화하는 것은 이념이 아니라 '돈'이라는 것이다. 인간이 만든 제도란 결국 '돈'이 어디에 있는가, 혹은 어디로 튈 것인가와 같은 '돈의 행방'에 의해 결정된다. 그리고 이 돈의 행방은 권력과 동일화된다. 50년대 이전 한국 사회에서 '땅'을 많이 소유한 사람이 부자였다면 60년대 이후는 돈을 많이 소유한

---

8) 류경동은 「세태의 재현과 불온한 유령들의 소환」이란 글에서 <소시민>은 '사실주의적 방법과 현실 비판적 태도를 통해 삶의 특수성을 극복한다'고 하고 있다. 류경동 (2008), 『계레어문학』 제41집, 계레어문학회, 460쪽.

9) 조남현(2007), 「한국현대작가들의 '도시' 인식방법」, 『현대소설 연구』제35집, 한국 현대소설학회, 7쪽.

사람이 부의 상징이 된다. 요컨대 돈의 불가시성이 결국 계층을 형성화하고 사라지는 것이다. '돈'으로 유령화된 이데올로기가 사회구조에 내재화되면서 이념보다 더한 권력적 메커니즘을 생산한다. 그의 작품에는 삶의 터전을 잃고 월남한 사람들이 근대화되어 가는 한국 사회에 뿌리 내리는 여정이 작품 곳곳에 배어 있다. 또한 이 같은 뿌리내리기는 비단 월남한 사람들뿐만 아니라 돈을 벌기위해 서울로 올라온 시골사람들을 통해서도 보여준다. 이때 자신의 굴레를 벗기 위한 유일한 조건은 '돈'을 손에 쥐는 것이다. 이들을 소시민으로 규정하는 것은 이념이 아니라 돈이다. 즉 '돈'이란 어느날 빈민층으로 전락하게 하거나 새로운 중산층으로 급부상하게 요인으로 작용한다.

60년대의 서울은 지방에서 올라오는 뜨내기들로 넘쳐난다. 반공 이데올로기가 팽배해 있긴 해도 그것은 극히 소수에게 제한되는 실정이었고 지방에서 올라온 빈민층들은 입에 풀칠을 하기 위해 상업자본과 결탁할 수밖에 없었다. 이호철 문학은 60년대를 관통하는 세태적 흐름을 탈향, 이념적 입장에서 견지하고 있기도 하지만, 보다 근본적인 것은 삶의 본질성이다. 시대와 역사의 흐름 앞에서는 이념도 관념도 무력할 수밖에 없음을 보여준다. 그의 소설에는 과거 소지주 계층으로 형성된 중산층의 몰락과 상업자본을 중심으로 새로운 신분으로 탈바꿈하는 중산층이 많이 등장한다. 이중 <소시민> <서울은 만원이다> <닮아지는 살들>의 몰락 중산층은 전자의 예이고, <인생대리점> <비를 기다리는 女子> <어느 이발소에서> <소묘> 등에 나타나는 중산층은 후자의 예이다. 이중 몰락 중산층은 과거 땅을 소유하였거나 장사로 중산층이 된 서울토박이들이다. 전통적 중산층의 몰락은 동시에 새로운 중산층의 태동을 의미한다. '중산층'은 사회를 구조화하는 지표다.

'돈'에 의한 자본주의적 유령화는 사회의 계층적 분화를 촉진한다. 이에 '돈'은 기존의 전통적 이데올로기를 해체하면서 새로운 가치로 작용하기 시작한다. '돈'이 언급되지 않는 소설은 거의 없을 정도로 '돈'은 사회 · 윤리적 지표이다. 원하든 원치 않든 돈의 본질은 어디론가 흘러가는 것이고, '돈'이 누구에게 있는가, 어떻게 쓰여지는가, 그리고 어디로 갈 것인가는 중요한 사회적 지표로 작용한다. '돈'의 효용성과 기능은 이처럼 사회적이고 역사적인 의미를 작용한다. 60년대의 시대적 변화는 이처럼 새로운 가치와 욕구로 신분을 상승하고자 하는 소시민들의 욕망이 많이 투영된다.

<서울은>[10]을 통해서 보면 60년대 서울을 중심으로 형성되는 상업자본주의는 주로 다방, 오비 홀, 창녀촌, 신용금고와 같은 상업자본을 중심으로 거대자본을 형성한다. 이러한 상업자본은 빈민층을 구조화하면서 유령화된 거대권력으로 작용한다. 이 같은 자본주의적 메커니즘은 중심부와 주변부를 더욱 이원화하면서 네트워크화한다. 이러한 네트워크의 이면에는 '타자의 시선'이 존재한다. 에마뉘엘 레비나스(E. Levinas)에 의하면 인간이 향유하고자 하는 모든 동일성의 영역에 이러한 '타자'의 시선이 숨겨있다. 그리고 이 '동일성'의 영역에는 '즐김과 누림'과 같은 향유가 내포된다. 여기에는 '환원'될 수 없는 타자의 '불가시적' 시선이 내재되어 있다. 레비나스는 이를 '계시'라로 부른다. 이것은 '역사, 사회, 문화, 심리학적 의미로 환원될 수 없는' 어떤 고유한 의미를 지닌다.

인간은 욕망의 동인이다. 산업자본주의가 야기하는 물신적 메커니즘

---

10) 1966. 2. 8~10. 31. 동아일보 연재. 이하 <서울은>으로 표기.

은 끝없는 인간의 욕망을 부추긴다. '욕망(desire)'이란 만족을 모르는 추상적 실체다. 프랑스의 철학자 자크 라캉은 욕망이란 근본적으로 채워지는 것이 아니라는 의미로 '미끄러진다'고 하였다. 이때 이 인간의 욕망을 부추기는 '대상 a'[11]가 바로 욕망의 대상이다. 욕망의 대상인 이것은 채워질 수 없는 인간의 근원적 결핍인 동시에, 인간으로 하여금 그것을 찾을 수 있다는 환영, 즉 오인을 유도한다. 자본주의에서 이 '대상a'는 '화폐'로 대체된다. 이때 '화폐'는 '어떤 특수한 실체로 이루어진 것처럼' 물신적 가치를 유발한다. 교환행위의 '대상'인 '상품'은 '화폐'를 단위로 어떠한 가치를 보유하고 있는 것처럼 '잉여성'을 유발한다.[12] 다시 말해 인간 욕망이 생산한 잉여는 끝없는 생산으로 이루어지고 이 생산은 자본주의의 메커니즘을 생산한다. 일찍이 프로이트(S. Freud)는 쾌락원칙에서 산출되는 잉여성을 경제성과 연관시킨다.[13]

본 논문의 목적은 이호철의 <서울은 만원이다>[14] 에 나타난 '돈'의 양

---

11) 인간은 4세를 전후해서 상징계, 즉 규범이 지배하는 사회적 구조에 편입되면서 그 이전 어머니와의 안락한 관계를 포기한다. 이때 포기의 대상인 어머니의 잔여물을 라캉은 '대상 a'로 규정한다. 이 '대상a'는 욕망의 동인이 되면서 인간으로 하여금 끝없이 그것을 추구하게 한다. 이 '대상a'의 존재는 후가자본주의에 있어 사물화의 동인으로 작용함으로써 끝없는 생산적 메커니즘으로 작용한다. Lacan, Jacques, trans. Bruce Fink, *The Instance of the Letter in the Unconscious*, Ecrits, New York: Norton, 2002, pp. 150~160 ;trans. Alan Sheridan, *The Four Fundamental Concepts of Psychoanalysis*, New York: Norton, 1978, pp.105~119.
12) Žižek, Slavoj(1989), *The Sublime Object of Ideology*, 이수련 옮김(2002), 『이데올로기라는 숭고한 대상』, 인간사랑, 40~44쪽.
13) 어린아이가 실패나 장난감을 던지는 행위를 반복하는 것은 그것이 사라지면서 남겨지는 경제효과에 의한 것이다. Freud, Sigmund.(1976b), The complete Psychological Words of Sigmund Freud, Vol. 11, 윤희기 · 박찬부 옮김,(2003), 『정신분석학의 근본개념』, 열린책들, 2003, 140~148쪽. 참조.

상을 통해, 그것이 어떠한 양상으로 거대자본을 형성하며 60년대 사회의
계층적 구조화에 기여하는지 살펴보는 것이다. 이는 <소시민>에 한정
되어 있던 이호철 문학의 지평을 폭넓은 관점에서 바라볼 수 있는 계기를
마련할 것이다. 50년대 이전의 전통적이고 정치적인 관념성을 탈피하고
자 '소시민'이라는 용어 대신 '중산층'이라는 용어를 사용한다. 여기서 중
산층은 상업자본주의적 의미에 가까운 개념이다.15)

2. '돈'의 행방과 유령화된 자본주의

<서울은>는 '통영'에서 상경한 '길녀'를 중심으로 60년대 서울의 모습
이 전경화된다. 창녀의 삶을 살고 있는 '길녀'는 친구 '미경'과 더불어 자
신의 주변을 맴도는 남자들을 통해 점점 병들고 피폐해져간다. 갈수록 부
조리하고 삭막한 현실들이 이들 삶으로 표면화된다. 이러한 삶의 중심에
는 상업자본주의의 일컬어지는 '돈'의 유령성이 자리잡고 있다. 엄밀히 말

14) 이하 페이지만 기록
15) 우리나라의 계층 분류 방식은 각각의 연구자와 따라 다르게 나타나지만, 대체로
'개별 직업집단의 교육과 소득수준'으로 구분하는 것이 지배적이다. '직업과 계급
은 다름에도 계급적 성격을 내포하고 있기 때문에 논란의 여지'가 있다, 다음은 김
영모(1985)의 분류다. 이 표를 보면 '구중산층'과 '신중산층'의 개념이 다르게 나타
나고 있다. 김영모에 의하면 '중산층'이 감소하는 양극화 현상이 일어나고 있다.

자본가 계급	노동자 계급	구 중산층(중간계급)계급	신 중산층 계급
고용주 (기능공이나 노동자 제외)	기능공, 노동자중 자영자, 판매,농·축산물 의 종사원	진직종(기능공, 노동자 제외)고용주(기능공 노동자 출신)	전문, 기술, 행정, 관리, 사무직에 종사하는 직원

홍두승(1989), 「職業과 階級－集落分析을 통한 階級 分類」, 『한국사회학』제22집
(겨울호), 한국사회학회, 26~30쪽. 재인용 참조.

해 <서울은>의 핵심은 '돈을 찾아서'이다. '길녀, 미경'의 주변을 맴도는 이북 출신이자 사기꾼인 '남동표'가 추구하는 것은 '돈'이다. 또한 월부 책장수 '기상현'이 추구하는 것도 실상 '돈'이다. 여기서 '돈'은 자신의 모습을 드러내지 않으면서 이들의 관계를 규정짓는다.[16] 이 소설의 표층구조는 '사라진 기상현의 금고 속 돈 팔만원'의 행방에 관한 것이다.

월부 책장사로 벌어들인 '기상현'의 책상 서랍 속 '돈 팔만원'이 사기꾼 '남동표'의 수중으로 흘러들어 간다. 같이 살림을 차리자는 '길녀'를 이리저리 피하던 '남동표'는 '길녀'를 통해 기상현의 주소를 알아내고 찾아간다. '무역촉진협회 총무 국장'이라는 명함을 들고 '기상현'을 찾아간 '남동표'는 어수룩한 그에게 접근한다. '남동표'는 자칭 '사기꾼'이라고 자처하지만 '기상현'은 그것을 진심으로 받아들이지 않는다. 온갖 번지르한 유머와 거짓말로 '기상현'을 휘어잡은 '남동표'는 나흘 째 그의 집에 머물다가 '기상현'의 돈 '팔만 원'을 들고 줄행랑친다. 다음은 '남동표'를 찾기 위해 파출소에서 '기상현'이 진술하는 내용이다.

> 얘기를 대강 듣고 나자, 그 순경은 새삼스럽게 기상현의 얼굴을 가로세로 찬찬히 훑어보며 말했다.
> "당신 정신 있소?"
> ......
> '아니, 우릴 어디 병신으로 알고 있는거요, 뭐요, 아, 그거야 당신이

---

16) 자본주의에서 '돈, 즉 화폐는 단순한 경제적인 분석의 대상에 머무는 것이 아니라, 인간관계와 사회, 문화, 삶 전체를 변형시킨다.' 때문에 화폐에는 '사회, 문화 등의 복잡한 세력관계가 내재해 있다.' 다시 말해, '화폐야말로 오늘날의 자본주의 사회에서 가장 기본적인 커뮤니케이션 수단이다.' 홍성일(2003), 「화폐의 의미소통 구조에 관한 연구」, 서강대 석사학위논문 참조.

가져가라고 내준거지, 어떻게 봐서 그게……하, 나 참, 세상에 오래 살 자니 별사람 다 보겠군. 도리어 당신부터 잡아넣어야갔수다. 생사람 도적 만들어 놓은 죄로…… (…중략…)

"게다가, 사흘이나 지난 다음에, 그것도 그 관할 파출소에 신고하지 않고, 하필이면 여기까지 기어나와서 신고할 것이 뭐요. 누굴 시험해 보자는거요, 뭐요. 당신 우선 돈 찾을 생각보다 청량리 병원부터 먼저 가봐야겠수다. (…중략…)

"하여간에 그럼 조서나 꾸며 봅시다. 그래, 그 새끼 이름은 뭐야."

여기부터 반말짓거리였다.

"모릅니다."

"뭐, 몰라? 너 정말 누굴 놀리는 거야, 뭐야."

순경은 들었던 펜대를 놓고 다시 기상현의 얼굴을 찬찬히 뜯어보았다. 가상현도 얼결에,

'길녀라는 여자를 아는 남자인 건 확실합니다. (…중략…)

"그래, 그 길녀라는 애는 어디 사니."

"서린동 골목에 방을 얻고 있었는데 얼마전에 이사를 갔어요."

"어디로?"

"글쎄, 그것만 알면."(83~85쪽. 밑줄 필자).

'길녀라는 여자를 아는 남자인 건 확실'하다는 이유만으로 '남동표'를 삼일 동안이나 자신의 방에서 잠을 재워준 '기상현'을 경찰은 '정신' 나간 사람 취급을 한다. '무역촉진협회이사'[17]로 행세하고 다니는 '남동표'는 내용은 없고 기표만 떠돌아다니는 유령화된 자본주의의 표상이다. '기상 현'은 자신을 피해 이사를 간 '길녀'를 찾기 위해 '남동표'에게 호의를 베풀

---

17) 남동표의 본래 이름은 '석표錫杓'로, 이후 떠돌이 생활을 하면서 '동국東國'으로 바꾸었다가 근래에 들러 '동표東杓'로 고친다. 이호철, <서울은>, 10쪽. 참조.

다가 사기를 당하고, 그런 '남동표'를 찾기 위해 '길녀'를 찾아나선다. 도망간 '남동표' 때문에 볼모가 된 '길녀'는 '기상현'을 피해 '서린동 영감의 첩'이 되어 '다옥동'집으로 들어간다. 그런가 하면 '기상현'의 돈의 움켜쥔 '남동표'는 또 다른 '돈'을 찾아 '상호신용금고'에 들어간다. '남동표-길녀-서린동 영감-상호신용금고'로 관계화 되는 '기상현의 돈'을 둘러싼 표층 구조는 누가 피해자이고 가해자인지 분간할 수 없는 피라미드 관계를 형성한다.[18] 본질을 파헤칠 수 없는 이 같은 악순환적 구조는 현상만을 쫓은 자본주의의 본질을 그대로 투영한 것이다.

피라미드 구조는 '거대자본'의 본질적 메커니즘이다. 문제는 이 같은 거대자본이 빈민층과 몰락 중산층을 중심으로 생성된다는 것이다. 밑바닥 생활을 면치못하는 '기상현'의 돈 '팔만원'은 사실은 거대자본의 밑천으로 탈바꿈한다. 지푸라기라도 잡는 심정으로 찾아온 '남동표'에게 '서민금융' '석구복'은 투자금으로 '십만원 내외' 혹 그것이 안되면 단돈 '오만원 내외'라도 집어넣으면 그것에 대한 이자를 매월 지급해주겠다는 식으로 미끼를 던진다. 원전 '팔천원'을 '삼만 육천원'으로 만든다는 감언이설로 인간 욕망을 자극하는 '서민금융'은 '남동표'와 같은 빈민층을 향해 던지는 악질적인 미끼인 것이다. 결국 '기상현'의 돈은 '남동표'를 통해 '서민금

---

18) 이것은 에드거 앨런 포((Edgar Allan Poe)의 <도둑맞은 편지>의 예로 보아도 알 수 있다. 이 작품에서 왕은 감추어진 여왕의 편지가 가까이 있음에도 찾지못하고 온갖 방법을 동원해 뒤진다. 그 귀중한 편지가 설마 열려진 공간에 있으리라고는 생각못한다. 편지는 여왕에서 장관에게로 장관에서 뒤팽(탐정)에게로 넘어가게 되는 기표의 연쇄로 이루어진다. 이때 편지의 내용은 중요하지 않다. 다만 기표가 산출하는 네트워크의 효과 속에서 편지의 본질은 원 내용과 상관없이 더 큰 효과를 발생시킨다.

융'으로 흘러들어간다. "뭐니뭐니 돈 장사가 첫째(61쪽)"라는 '석구복'의 연설은 이 같은 피라미드 구조의 악순환을 그대로 표층화하는 것이다. 서민들의 돈을 갈취하기 위한 '서민금융'은 말 그대로 거대자본의 유령화된 얼굴의 표상이다.

이러한 모순적 구조는 <소시민>에서도 나타난다. '정씨'는 이상과 현실 앞에서 갈등하지만 결국은 현실과 타협하지 못하고 무너져버리고 만다. '정씨'에 비해 '김씨'는 '이승만 정부'와 결탁하여 현실에 순응하고자 하는 모습을 보여준다. '정씨'의 무너짐뿐만 아니라 이 작품은 중산층의 쇠락도 함께 투영하고 있다. '소지주' 출신으로 서울 중산층의 표상이던 '제면소 주인'의 쇠락은 기존 서울 중산층의 몰락과 새로운 자본주의의 태동을 보여주는 예이다. 권력과 결탁하여 자신의 상업 자본을 형성하여 가는 '김씨'의 부상은 전통적인 가치가 자본주의라는 새로운 가치로 순환되는 것임과 동시에 역사에 순응하는 자만이 사회의 계층적 구조 속에 편입될 있음을 의도하는 것이다.

'기상현'의 본래 목적은 착실하게 돈을 모아 '길녀'와 행복한 삶을 영위하는 것이다. 기상현의 이 같은 소박한 꿈은 '돈 팔만원'으로 인해 갈수록 요원해만 간다. 사기꾼 '남동표'를 찾아다니느라 급급하던 '기상현'은 자신의 본분을 잃어버리고 '길녀'가 살던 서린동 영감집으로 이사한다. 그러면서 룸펜 법학도와 오비 홀로 드나들면서 법학도에게 중매를 주선하기도 한다. 그러다가 급기야는 자신을 다시 찾아온 '남동표'와 형님 아우 하면서 한 이불 속에서 지내기까지 한다.

이렇게 해서 '기상현'은 서울 중산층의 삶속으로 휩쓸려간다. '기상현'이 몸담고 있는 주변계층의 성분을 보면 서울 토박이 중산층인 '서린동 영감집'과 이북출신으로 몰락 소지주 출신인 '금호동 영감집' '룸펜인 법학도' '사기꾼 남동표' '월부책장수 기상현' '창녀 길녀와 미경' 등이다. 이들은 서울 중심부로 편입되지 못한 '몰락 중산층'이면서 '빈민층'이다. 이들 구조를 보면 빈민 계층인 '길녀와 기상현'을 중심으로 등쳐먹는 모순 구조를 생산한다. 다시 말해 이들은 사회의 비생산층에 편입된다. 자신의 돈을 들고 튄 '남동표'를 잡기 위해 '길녀'가 거주했던 '서린동 영감'집으로 이사를 하는 '기상현'이나, 이 '기상현'의 돈을 들고 튄 '남동표' 그리고 서린동 영감의 첩으로 들어간 '길녀'나 모두 비생산적 주변부적 계층이다. 그럼에도 정작 이들에게는 '구조의 본질'을 인식하려는 의도가 보이지 않는다. 다시 말해 이들은 자신들의 계층성을 인식하지 못하고 주변주에서 맴돌 뿐이다. '기상현'과 '남동표'는 그 어느 계층에도 속하지 않는 동일한 빈민 계층이다. 사람이 '만원'인 서울은 일일이 이름을 거론하기보다는 자신이 속해 있는 계층에 의해 대우받는다. "다이아 반지 백금 반지를 빌어 끼고 밍크 외투를 빌어 입고 충무로에 있는 전파상회쪽 사람들에게는"(58쪽) 이름도 묻지 않고 물건을 내주는 세상이다. '돈'이 사람과 사람을 연결하고 관계와 권력을 형성한다.

이처럼 <서울은>는 이로 보건대 60년대의 상업자본주의는 주변부와 중심부가 서로 소통되지 못하는 비정상적인 계층 구조를 중심으로 형성되었다고 할 수 있다. '기상현'의 어수룩함은 자신의 계층을 탈피할 수 없는 오랏줄로 작용된다. 자본주의에서는 돈을 훔쳐간 '남동표'보다 돈을 훔쳐가도록 방관한 '기상현'에게 잘못이 있게 된다. 사실 '남동표'는 처음부터 '기상현'의 돈을 노리고 접근한 것은 아니다. 전세비용을 마련하고 같이 살기를 원하는 '길녀'를 피해서 궁여지책으로 찾아간 사람이 '기상현'

이다. 어쨌든 '돈'은 늘 인간 욕망을 자극한다. 은행에 보관하지 않고 책상 서랍속에 넣어둔 '팔만원'이 '남동표'의 욕망을 자극하는 것은 당연지사다.

넓디넓은 장안에 그 많은 돈은 어느 구석에들 처박혀 있는지 그리 많이도 안 바라고 제 몸 하나 편하게 건사해갈 돈을 찾아 온 거리를 미친 듯이 해발아 다니다가 지쳐서 잠시잠시 이렇게 들르는 듯하였다. (13쪽)

요 근래에 서는 건물만도 <u>뉴 코리아 호텔 · 대한항공 · 대한일보 그리고 대한화재</u>, 십층 건물들이 연방 올라서고 있다. 부자집은 첫째만 찾지 않아도 여기저기 많은 것 같다. 그러나 이런 부자집은 과연 어느 정도로 어느만큼이나 부자들인지 길녀로서는 전혀 종잡을 수도 없었다. 그저 써늘하게 무서워지기부터 하였다. (15쪽. 밑줄 필자).

유령화된 자본주의는 '거대한 빌딩'이라는 기표로 자신의 얼굴을 드러낸다. 이때 '돈'은 더욱 추상적 실체로 관념화된다. 이러한 관념화는 무서운 계층적 논리를 내재화하고 있다. 거대자본의 추상적 실체인 '뉴 코리아 호텔 · 대한항공 · 대한일보 그리고 대한화재' 등은 사실 '길녀'와 같은 빈민계층에게는 자신을 옥죄는 유령일 뿐이다. '등쳐먹고 사기치'는 것이 다반사인 자본주의적 구조화는 '누가 사기를 치고 또 당한 사람인지'조차 밝혀낼 수 없는 구조적 모순은 더욱 심층화된다. 이 같은 구조적 모순은 또 다른 거대 권력으로 작용하면서 주변부적 삶을 옥죄는 오랏줄로 태동된다.

50년대의 문학이 이념적 사고에 의해 인간의 운명을 좌우되는 것을 보여주었다면, 60년대는 유령화된 자본주의가 인간을 옥죄면서 계층화하는 모습을 표면화한다. 60년대 서울 중심에는 감히 소시민들은 접근할 수 없는 유령화된 기표가 횡행하게 떠돈다. 이 같은 유령화는 '길녀, 미경, 남동표, 기상현'등을 자신의 계층성을 탈피하지 못하고 거대자본의 메커니즘 속에 가두는 결과를 초래한다. 그들은 자신의 계층성을 벗어날 수 없음은 물론이고 더욱 더 중심부 밖으로 내몰린다.

> 사실은 요즘 사람들이란 속을 까뒤집고 보면 다 어슷비슷하였다.
> 제아무리 지나간 시절의 집안 지체나 내세우며 자존심 하나만은 살아
> 있다고 떵떵거리던 자도, 돈줄이 공짜로 얻어 걸리는 것을 마다할 사
> 람이 있을 것인가(151쪽)

이러한 관점에서 <서울은>은 비가시적인 '돈'의 흐름이 집단을 어떻게 계층화하는지를 보여주는 전형적 소설이다. '길녀' '미경' '남동표' '기상현'은 돈을 쫓아 서울로 상경하지만, 정작 이들이 편입될 곳은 그 어디에도 없다. 뿐만 아니라 이들은 자신의 계층성을 탈피할 수 없다. 여기서 '돈'은 교환행위의 수단이라기보다 계층을 구조화하는 매개물이다. 이념과 윤리가 배재된 '돈'의 추상적 물질성은 오직 내용 없는 기호들이 횡행하는 익명성을 배태해 낸다. 자본주의에서 '자본'이란 '별 내용도 없이 오직 화폐'라는 형태로 외재화된다.[19] <서울은> 이 같은 구조적 모순으로서의 자본주의적 체제가 60년 서울에서 횡행하고 있었음을 보여준다.

> 서울은 넓다. (…중략…) 그러나 이렇게 넓은 서울도 삼백 칠십만이
> 정작 살아보면 여간 좁은 곳이 아니다. 가는 곳마다, 이르는 곳마다 꽉

---

19) 가라타니 고진(1990), マルクスその可能性の中心, 김경원 옮김(1999), 『마르크스 그 가능성의 중심』, 이산, 28~31쪽.

꽉 차 있다. <u>집은 교외에 자꾸 늘어서지만 연년이 자꾸 모자란다.</u> 일자리는 없고, 사람들은 입만 까지고 약아지고, 당국은 욕사발이나 먹으며 낑낑거리고, 신물들은 고래고래 헛소리만 지른다.

<u>거리에는 사철 차들이 붐비고 여관마다 다방마다 음식점마다, 술집·극장·당구장·바둑집이 우굴우굴한다.</u> 입으로는 못살겠다고 저저금 아우성인데, 다방도 음식점도, 바둑집도, 당구장도, 삼류극장도 늘어만 가고 있다.

대관절 서울의 이 수다한 사람들은 모두가 무엇들을 해먹고 사는 것일까.

하긴 돈을 찍어내는 곳이 서울의 조폐공사이니까 어차피 조폐공사에서 가장 가까운 거리에 있는 자들이 큰 땡을 잡게 마련일 것이다. 그리고 이렇게 가까운 거리에 있는 사람들이란 잘 아시다시피 그렇고 그런 사람들이다.

그렇게 한 가운데 들어앉은 몇 안되는 사람들로부터 바깥으로 향하여 불꽃이 튀어나가듯 혹은 물이랑이 퍼져나가듯 몇 겹으로 층이 둘러싸인다.

첫째 그룹, 둘째 그룹, 셋째 그룹, 이렇게 수십 겹이 둘러싸인다. <u>첫째 그룹이나 둘째 그룹에 가까이 속하면 속할수록 위엄이 늠름하고 혈색은 좋으나 돈맛은 더 알아서 외곬으로 영악해진다.</u> 천신만고로 얻은 현 지체를 유지하려고 전전긍긍이다.(21~22쪽. 밑줄 필자).

빈민층을 통과한 소자본은 '여관 다방, 음식점, 오비 홀, 빠아, 당구장' 등이 즐비한 중심부로 흘러들어감으로써 또다른 얼굴로 유령화된다. 중심부로 흘러간 소자본은 소비 중심 형태로 변모되면서 거대자본화 되고 또 다른 계층을 양산한다. 중심부로 갈수록 '혈색'과 '늠름'함은 좋아지고 '영악'해지는 것도 더하고 그럴수록 '큰 땡' 즉 '거대자본'의 강도는 강해진다. 여기서 전통적 중산층의 개념은 사라지고 유령화 된 자본이 어디에 있느냐에 따라 형성되는 새로운 시민계층이 양산되는 것이다. 그리고 이들 '중산층'을 움직이는 구조 역시 거대 자본으로 위장된 거대한 피라미드 구조에 의한 계층화인 것이다.

3. 중산층의 통해본 '돈'의 변모 양상

<서울은>는 60년대 중산층과 빈민층의 삶을 전형적인 관점에서 보여주고 있다. <서울은>는 크게 세 계층으로 분류된다. 먼저 '길녀, 미경, 남동표, 기상현' 등을 포함한 빈민계층이다. 다음으로 소지주 출신으로 전통적인 중산층인 '서린동'과 '금호동' 영감집이다. 마지막으로 '외과의사, 운전수, 신문기자. 피부 비뇨기과 의사, 기관원' 등으로 분류되는 소득에 의해 형성된 새로운 중산층이다.

> 주인집은 몇 대를 내려오는 <u>서울장사치였던</u> 모양으로, 집 귀퉁이에 담배가게 겸 조그마한 잡화상을 벌여 놓고는 있으나 근처에 집채를 예닐곱이나 갖고 있어 주로 그 집세로 살아가는 듯, 쉰 남짓 된 주인은 매일 바둑집에나 나가 앉았고, 시내 이류대학을 나온 큰 아들은 삼년 계속 고시를 응시했으나 번번이 미끄러졌다. 늘 한약 달이는 냄새가 가시지 않고 제사다, 누구 생일이다 하는 날엔 갈비를 몇 짝씩 사들이고 손님을 청하여 밤늦도록 뚱땅거리고 하였다.(7쪽. 밑줄 필자).

'길녀'가 세들어 살았던 서울 서린동 영감집은 "몇 대를 내려오는 서울장사치"로 말 그대로 서울의 전형적인 중산층이다. 이에 비하면 룸펜 '법학도' 지망생을 아들을 둔 금호동집은 이북에서 내려온 소지주 출신의 중산층이다. 서린동집과 금호동집은 부동산으로 중산층의 생활을 가까스로 유지해간다. 가족들 중 일정한 직업을 가진 사람이 없음에도 어느 정도 중산층의 삶을 유지한다. 이들의 생활터전은 과거에 보유하고 있던 집과 부동산이다. '서린동 영감'은 축첩생활을 하느라 상당한 거금을 축내는데 이를 충당하는 방식은 부동산을 처분해서이다. 이 같은 재산 축내기는 아들 '법학도'도 한 몫 한다. '금호동'집 딸과 우여곡절 끝에 결혼한 법학도는 결혼자금과 처남들 사업자금을 조달하기 위해 아버지로 하여금 부동산을 팔도록 부추긴다. 두 처남은 일명 '백수'로 당구장이다 뭐다 해서 동분서주하지만 사업자금만 날린다. 이 같은 삶의 형태는 '금호동'집도 크게 다를 바 없다. 이 같은 생활방식은 '서린동'과 '금호동' 집으로 하여금 점차 빈민층으로 내몬다.

아들을 '법학'공부를 시킴으로써 사회의 중산층으로 거듭나길 바라는 서린동 영감집은 새로운 변화에 부흥하기보다 과거 안일한 삶을 유지하는데 급급하다. 딸 뻘 되는 창녀 '길녀'를 첩으로 삼았다가 길녀가 집을 나가자 바로 포주 '복실 어멈'을 데리고 사는 서린동 영감의 퇴락한 삶은 세태의 변화에 부흥하지 못하고 몰락하는 전통적인 중산층의 전형성을 보여준다. 요컨대, 서린동과 금호동은 토지를 중심으로 형성된 소지주층으로 새로운 자본주의적 메커니즘인 생산성에 기여하지 못함으로써, 몰락 계층으로 변모해가는 양상을 보여준다. 이러한 양상은 <삼대>의 '조덕기'에게 이미 배태된 것이었다. 진보와 보수 그 어디에도 편승하지 못하던 그의 중도적 기질로 미루어 볼 때, 당대 20대였던 '조덕기'가 30여 년이라는 세월을 통해 어떠한 형식으로 변모해 있었는지는 어렵지 않게 추론된다. 서린동과 금호동집 영감은 이러한 면에서

'조덕기'와 닮아 있다. 이들은 모두 새로운 변화에 부흥하지 못하는 전통적 중산층의 한계성을 보여준다.

　이렇듯 지주 계층을 중심으로 형성되었던 서울의 중산 계층은 서서히 무너지고 그 자리에 산업화와 도시화로 무장된 물신화된 자본주의가 새로운 시민 계층을 형성한다. 이렇게 볼 때 60년대는 새로운 역사의 분기점이 형성되고 있었던 것으로 보인다. 이호철의 소설의 많은 곳에서 무너져가고 있는 전통적 중산층의 모습이 투영되고 있다. 가부장적 제도의 쇠퇴, 가족 구조의 해체, 새로운 가치관과 인간형 등 세태에 순응할 수밖에 없는 역사적 관점을 보여준다. 박태원의 <천변풍경>에서 보는 바와 같이 30년대 서울 청계천변을 중심으로 농촌에서 도시로 유입되는 이주 계층과 서울 토박이의 삶을 버리고 시골로 낙향하는 도시중산층의 모습을 볼 수 있었다. 반면 <서울은>은 이북이나 시골에서 올라온 서민들의 '뿌리내리기'로 대변할 수 있다. 이들은 중심부로 편입되지 못하고 중산층으로 부류되는 과거의 소지주 계층에 편입되면서 기존 중산층의 '소시민'적 사고관에 편입된다.

　이호철의 소설에 등장하는 '중산층'적 모습은 대체로 다음과 같다. <소시민>의 '제면소 주인 내외', <서울은>의 '서린동과 금호동집', <판문점>에 등장하는 '진수 가족' 등은 60년대 중산층의 모습이다. 이에 <인생대리점>의 '은행장집', <닮아지는 살들>의 '영희 아버지와 가족' 등은 70년대를 표상하는 중산층의 모습이다. 유독 이호철의 소설에는 중산층이 많이 등장한다. <비를 기다리는 여자>에 등장하는 은행장인 '길영아'의 아버지 '길국환'도 그 한 부류다. 이러한 작품들의 공통된 특성으로는 과거 축적된 재산을 기반으로 경제적 안정을 유지하고 있다는 것, 식모와 운전수가 등장한다는 것, 적당한 사회참여를 보여준다는 것, 사회적으로 저명한 직업을 가지고 있다는 점 등이다. 특히 '식모'와 '운전수'가 많이 등장한다. 이러한 기표는 일상성, 상투성과 같은 중산층의 속성을 잘 보여준다. 논자들은 '소시민 작가'[20]라는 아호가 붙어버린 이호철의 '소시민'에 대한 정의적 함수로 '구체성과 현실성'을 들고 있다. 이것은 이른바 '정치적 무관심'으로 일관되는 '나른함' '무사안일주의' '사소함' 등과 같은 '소시민적 일상성'이다.[21] 이러한 소시민적 일상성은 당대 중산층의 몰락으로 이어지고 새로운 계층의 중산층적 개념으로 정립된다.

오늘날의 중산층은 '소비'의 주체로, 사회적 소비를 충동화한다는 점에서 영향력을 행사한다. 오늘날 능동적인 소비의 주체 세력으로 등장한 중산층은 이렇듯 60년대 소지주 계층의 몰락과 함께 형성된 것이다. 이들 중산층은 두 부류로 나눌 수 있다. 하나는 쇠락하고 있는 전통적 중산층이고 다른 하나는 새롭게 부상되는 중산층이다.

'소시민'은 엄격히 말해 한국 사회의 새로운 중산층 계층의 등장을 의미하는 것이며, 이는 또한 자본주의의 표상으로 인식되는 '돈'과 불가분 관계를 맺고 있다. 작가의 '돈'에 대한 의식은 부산 부두의 한 국수공장을 배경으로 한 <소시민>에 어느 정도 나타나고 있다. 이른바 '잉여화된' 미국의 자본이 전쟁을 통해 한국으로 유입되었고 그러한 잉여화된 화폐가 한국 사회에 새로운 계층을 형성해나간다. 잉여자본에 의한 급속한 자본주의는 한국에 이른바 '소시민'이라는 '새로운 계층' 형성에 이바지 한다.[22] 다시 말해 이는 구시대의 몰락과 더불어 새로운 계층적 변화로 이

---

20) 김택호, 앞의 논문, 94쪽.
21) 위의 논문, 96쪽. 참조.

어진다. 이러한 잉여적 자본주의는 이른바 '천민 자본주의' '소시민적 자본주의' '속물적 자본주의'와 같은 말을 양산한다.[23] 미국의 잉여자본으로 형성된 한국적 자본주의는 본격적으로 산업화와 도시화라는 명명으로 한국 사회에 급속도로 파급되었고 이러한 자본주의의 세례를 직접적으로 받은 계층이 서울을 중심으로 중심부로 편입되지 못한 서민 계층이다.

한국에서 본격적인 중산층의 개념이 정착된 것은 도시화가 진행된 70년대 이후라고 할 수 있다. 경제적 안정을 누리는 계층들이 늘어나면서 중산층의 표상이라고 할 수 있는 냉장고, 피아노, 자동차 등이 대거 등장한다. 이에 높은 삶의 질을 만끽하는 가정주부들이 소설에 등장한다. 중산층은 삶의 질은 변화시키고 이는 역학적으로 사회의 구조적 변화의 결과인 것이다. 이는 7,80년대의 소설에 나타난 여성들의 변화된 모습을 통해서 알 수 있다. 중산층의 변화가 여성 삶에 많은 영향을 주기 시작했고 이후 가정과 가족 관계에 많은 변화를 일으키고 나아가 사회 전체의 구조적 변화로 이어지기 시작한 것이다. 이것은 한국의 중산층 형성에 소비적 성향이 많은 여성의 역할이 중요하게 작용하였음을 말하는 것이다.

---

22) 이동근, 앞의 논문, 375쪽. 참조; 김태호(2005), 「일상에 억압된 소시민들에 대한 풍자」, 『한중인문학연구』 제14집, 한중인문학회, 92쪽.

23) 강진호(1997), 「이호철 「소시민」 연구」, 『민조고문학사연구』 11호, 민족문학사학회, 창작과 비평사; 구재진(1998), 「이호철 「소시민」 연구–1960년대 문학에 나타난 근대성 연구(1)」, 『현대소설연구』 제8집, 한국현대소설학회, 82쪽. 참조; 류경동(2008), 「세태의 재현과 불온한 유령들의 소환」, 『계레어문학』 제41집, 계레어문학회, 460쪽.

4. 타자성으로서의 '돈'

<서울은>에서 '길녀'를 찾는 사람들의 부류를 보면 다음과 같다. 부잣집 막내아들이자 의과대학생인 귀공자, 모기관원이라 자칭하는 사람, 평안도 사투리를 쓰는 운전수, 피부비뇨기과 중년의사, 건달이자 브로커인 남동표, 월부 책장수 기상현 등이다. 이들은 중산층으로 표상화되는 당대의 계층적 지표이다. 그럼에도 불구하고 이들 '중산층' 역시 사회의 전체적인 구조 속으로는 파고들지 못한다. 익명적 기표를 통한 철저한 계층적 구조는 오직 물신적 관계로만 의미를 부여받는다. 다시 말해 '제각금 하고 다니는 형색이나 명함'만이 자신의 계층성을 대변한다. 앞절에서 밝힌 '무역촉진협회이사' '남동표'라는 명함으로 호되게 당한 '기상현'의 예 또한 그것이다.

'서린동 영감'이 '길녀'와 새살림을 차린 '도옥동 집'은 명실상부한 당대 중산층의 표본이다. '변호사인 맏아들, 대학 전임강사인 둘째 아들, 미국 유학가 있는 셋째 아들, 영문 불문과를 나오고 자신과 비슷한 계층으로 시집을 간 딸'들로 이루어진 '도옥동집'은 '서울 토박이 알부자집'이다. 이들은 비동질 계층인 '길녀'에게 눈길도 주지 않는다. 자신과 동일화될 수 없는 계층임을 인식한 '길녀'는 결국 '미경'이 있는 종로로 흘러들어간다. 이때 '미경'이나 '길녀'는 중산층으로부터 영원히 배재된 '타자'인 것이다. '기상현' 또한 자신의 돈 '팔만원'을 끝내 온전히 회수하지 못한다. '돈'의 본질은 레비나스의 타자성처럼 '환원되지 않는 외재성'이다.[24] 이것은 또

---

24) Emmanuel Levinas(1963), De L'existence à L'existant, 서동욱 옮김(2003),『존재에서 존재자로』, 민음사.

한 돈의 본질인 추상성이다. 다시 말해 '비가시성'으로서의 돈은 단순환 교환가치를 떠나 사회의 구조적 메커니즘을 형성한다.

'길녀'는 하루하루 올라가는 초고층 빌딩들의 주인이 누구인지 가늠조차 할 수 없다. 유령화된 기표가 횡행하는 서울은 모든 것을 기표의 동일성 속으로 포섭할 뿐이다. 이때 각각의 개인은 윤리적 주체로서의 타자성을 상실하고 동일화된 기표의 논리 속에 함몰된다. 이 같은 기표의 표층 이면에는 무서운 타자의 시선이 내재돼있다. 그리고 기표에 의미를 불어 넣는 것은 묵인화된 사회적 함의로서의 시선, 즉 윤리성이 배제된 타자성이 개입된다. 예컨대, '서린동 영감'의 아들인 '법학도'는 번번이 떨어지면서도 고시를 포기하지 않는다. 이는 '법관'이라는 기표가 함의한 타자성인 것이다. 이 타자성은 '명예, 부, 권력'과 같은 상징적 힘을 지님으로써 주체성을 동일화한다.

그러나 <서울은>에 등장하는 주인공들, 이른바 밑바닥 삶을 살지만 '남동표'를 향한 순정을 간직한 '길녀'나, 은행간부의 딸을 낳지만 얼굴조차 보지 못한 채 결국 돈을 쫓다 죽는 창녀 '미경', '길녀'를 향한 '기상현'의 사랑, 유령화된 돈을 쫓지만 결국 지방의 어느 허름한 여관에서 노숙자 신세가 되는 '남동표'나 모두 끝내 기표의 동일성을 획득하지 못한다. 익명성으로 위장화된 자본주의적 얼굴은 모든 것을 기표의 동일성 속으로 포섭한다. 이때 각각의 개인은 윤리적 주체로서의 타자성을 상실하고 동일화된 기표의 논리 속에 함몰된다. 이 같은 동일성의 영역 안에는 주체의 동일성을 규정하는 타자로서의 돈이 숨어있다. 그러나 어떤 주체이든 그러한 동일성의 영역으로 환원될 수 없다. 그것은 우리 '밖에서' '유한성의 테두리를 깨뜨리고 우리의 삶에 개입'함으로써, '강자의 힘보다 더 강하게 우리의 자유를' 구속하기 때문이다.25) 여기에는 묵인화된 사회적 함의로서의 시선, 즉 윤리성의 배제로서의 타자성이 개입된다. 진정한 동일성은 타자성이 함유하고 있는 '윤리적 요구'에 응함으로써 실행된다.26) 그러나 자본주의의 물신화는 이처럼 타자성이 함유해야 할 윤리성을 무시하고 모든 것을 물신적 의미로 동일화함으로써 주체를 소외시킨다. 이것은 자본주의적 물신화가 함유한 비윤리성이다.

요컨대, 이호철은 새로운 계층적 구조로 변모하는 60년대의 서울의 형태를 자본주의적인관점으로 투영한다. <소시민>이 60년대 부산을 중심으로 전통적인 가치를 표상하는 '정씨'와 새로운 가치와 결탁하여 자신의 이상을 실현시키는 '김씨'를 통해 60년대 한국사회의 계층적 변화의 태동을 보여주었다면, <서울은>은 '길녀'를 비롯한 빈민 계층이 중심부로 편입되지 못하고 더욱 저급한 현실 논리에 지배당하고 조정됨으로써 주변화되어가는 과정을 보여준다. 전자가 이상과 현실이라는 이분법적 논리 속에서 어느 정도의 비동일적인 가치가 적용되는 사회라면, 후자는 돈이라는 동일적 가치로 계층화되고 획일화되어 가는 사회구조를 보여준다. 때문에 전자에는 패배주의로 점점 무너져가는 한 인물을 바라보는 월남민의 시선을 통한 연민과 감상주의가 작품의 저변에 깔려 있다. 반면 후자에는 자본주의라는 획일적 논리로 무장화된 계층구조의 냉혹함을 보여준다. 모든 것을 기호화하고 추상화해버리는 자본주의의 논리 속에서 '길녀'나 '남동표' '기상현'과 같은 이방인들은 중심부로 편입되지 못하고 부유한다.

---

25) 강영안(2005), 앞의 책, 145~153쪽. 참조.
26) 위의 책, 145~153쪽. 참조.

5. 결론

지금까지 이호철의 <서울은>에 나타난 60년대 '돈'의 양상을 살펴보았다. 이를 통해 60년대는 근대화라는 명목화에 새롭게 대두된 상업자본주의에 의해 전통적 중산층이 무너지기 시작하고 새로운 계층적 분화와 가치관이 형성되었음을 알 수 있었다. 주인공인 창녀 '길녀'가 세들어 살았던 서울 '서린동 영감집'이나 법학도 지망생을 둔 이북 출신의 '금호동 영감집'이나 모두 전통적인 중산층이다. 부동산으로 현상을 유지하기 바쁜 이들 중산층의 삶은 사회의 구조적 생산성에 기여하지 못하는 한계를 보이면서 무너질 수밖에 없는 구조로 나타나고 있다. 이에 서울 중심부를 중심으로 유령화된 자본주의가 사회의 구조적 형태로 자리잡기 시작하고 있다. 그리고 이러한 변화의 중심에는 빈민층을 중심으로 한 피라미드 형태의 유령화된 '거대자본'이 형성되고 있다.

사실 <서울은>의 가장 큰 핵은 월부책장수 '기상현'의 책상 서랍속 '돈 팔만원'에 대한 행방이다. 이 '돈'이 사기꾼 '남동표'의 수중으로 흘러 들어 가면서 시작된다. 이 '돈'은 '기상현-남동표-길녀-서린동 영감-서민신용금고'라는 표층구조를 생산한다. 최종 지점인 '서민신용금고'는 '거대자본' 형성의 시발점이자 유령화된 자본주의의 핵인 것이다. 이러한 표층구조로만 보면 누가 피해자이고 누가 가해자인지 알 수 없다. 이것이 유령화된 형태의 '돈'의 상징성인 것이다. 피해자와 가해자를 알 수 없는 이 같은 피라미드 구조는 '길녀'와 '미경'은 물론 '기상현'과 '남동표'를 비롯한 빈민층으로 하여금 자신의 신분을 타파할 수 없는 오랏줄로 작용한다. 이처럼 피라미드 구조는 '거대자본'의 본질적 메커니즘으로 작용하면서 상업자본주의의 시발점을 이룬다. 이처럼 '돈'으로 유령화된 자본주의는 60년대 서울 중심부로 하여금 소시민들은 접근할 수 없는 대형빌딩으로 점철된 유령화된 기표가 횡행하게 떠돌게 한다. 이 같은 유령화는 이들 빈민층으로 하여금 자신의 계층성을 탈피하지 못하고 거대자본의 메커니즘 속에 가두는 결과를 초래한다. 그들은 자신의 계층성을 벗어날 수 없음은 물론이고 더욱 더 중심부 밖으로 내몰린다.

이로 보건대 60년대의 상업자본주의는 주변부와 중심부가 서로 소통되지 못하는 비정상적인 계층 구조를 형성하였다고 할 수 있다. 이념과 윤리가 배재된 '돈'의 추상적 물질성은 오직 내용 없는 기호들이 횡행하는 익명성을 배태해 낸다.

'기상현'은 자신의 돈을 찾지 못하고 그의 돈을 가로챈 '남동표' 역시 그 '돈'을 소유하지 못한다. 여기서 기상현의 돈은 유령화된 형태로 이리저리 흘러다니면서 결국은 거대상업자본으로 탈바꿈하면서 또다른 형태로 유령화된다. 유령화된 기표가 횡행하는 서울은 모든 것이 익명성으로 대체된다. 익명성으로 위장화된 자본주의적 얼굴은 모든 것을 기표의 동일성 속으로 포섭한다. 이때 각각의 개인은 윤리적 주체로서의 타자성을 상실하고 동일화된 기표의 논리 속에 함몰된다. 밑바닥 삶을 살지만 '남동표'를 향한 순정을 간직한 '길녀'나, 은행간부의 딸을 낳지만 얼굴조차 보지 못한 채 결국 돈을 쫓다 죽는 창녀 '미경', '길녀'를 향한 '기상현'의 사랑, 유령화된 돈을 쫓지만 결국 지방의 어느 허름한 여관에서 노숙자 신세가 되는 '남동표'나 모두 끝내 기표의 동일성을 획득하지 못한다. 그리고 이같은 기표의 표층 뒤에 숨겨진 이면에는 무서운 타자의 시선이 내재돼있다. 그리고 이 기표에 의미를 불어넣는 것은 묵인화된 사회적 함의로서의 시선, 즉 윤리성의 배제로서의 타자성이 개입된다. 예컨대, '서린동 영감'의 아들인 '법학도'는 번번이 떨어지면서도 고시를 포기하지 않는다. 이는 '법관'이라는 기표가 함의한 타자성인 것이다. 이 타자성은 '명예, 부, 권력'과 같은 상징적 의미를 지님으로써 주체성을 동일화한다. 이렇듯 지주계층을 중심으로 형성되었던 서울의 중산 계층은 서서히 무너지고 그 자리에 산업화와 도시화로 무장된 물신화된 자본주의가 새로운 시민 계층을 형성한다. <서울은> 이와 같이 유령화된 자본주의가 60년대 서울을 중심으로 사회의 구조적 형태로 자리잡기 시작함을 보여준다.

요컨대, 이호철은 새로운 계층적 구조로 변모하는 60년대의 서울의 형태를 자본주의적인 관점으로 투영한다. <서울은>은 '길녀'를 비롯한 빈민 계층이 중심부로 편입되지 못하고 더욱 저급한 현실 논리에 지배당하고 조정됨으로써 주변화 되어가는 과정을 보여준다. 또한 돈이라는 동일적 가치가 계층화되고 획일화되어 가는 60년대 사회의 구조적 모순을 보여준다. 자본주의라는 획일적 논리로 무장화 되어가는 계층구조의 이면에는 윤리성이 배제된 타자성이 개입된다. 모든 것을 기호화하고 추상화해버리는 자본주의의 논리 속에서 '길녀'나 '남동표' '기상현'과 같은 이방인들은 중심부로 편입되지 못하고 부유함을 보여준다.

참고문헌

이호철(1985), ≪서울은 만원이다≫, 중앙일보사.

_____ (1976), ≪異端者≫, 創作과批評사.

_____ (1979), ≪소시민≫, 庚美文化史.

_____ (1969), ≪人生代理店≫, 國民文庫社.

_____ (1980), ≪비를 기다리는 女子≫, 主婦生活 5月號 特別附錄.

논저

가라타니 고진(1990), マルクスその可能性の中心, 김경원 옮김(1999), 『마르크스 그 가능성의 중심』, 이산, 28~31쪽.

강영안(2005), 『레비나스의 철학—타인의 얼굴』, 문학과 지성사, 145~153쪽.

강진호(1997), 「1960년대 리얼리즘 소설考」, 『현대소설연구』 제6집, 한국현대소설학회.

강진호(1997), 「이호철 「소시민」 연구」, 『민족문학사연구>』11호, 민족문학사학회, 창작과 비평사.

구재진(1998), 「이호철 「소시민」 연구—1960년대 문학에 나타난 근대성 연구(1)」, 『현대소설연구』 제8집, 한국현대소설학회, 82쪽. 참조.

김태호(2005), 「일상에 억압된 소시민들에 대한 풍자」, 『한중인문학연구』 제14집, 한중인문학회, 92쪽.

동아국어사전 연구회, 『동아새국어사전』, 1991, 동아출판사, 1180쪽.

류경동, 「세태의 재현과 불온한 유령들의 소환」, 『계레어문학』 제41집, 계레어문학회, 2008, 460쪽.

이동근, 「이호철의 『소시민』에 나타난 자아심리와 작가의식 연구」, 『한국학논집』 제37집, 371~375쪽.

이병렬(2003), 「한국 현대소설에 나타난 인물의 권력 양상—단편소설을 중심으로—」, 『현대소설연구>』18, 한국현대소설학회.

조남현(2007), 「한국현대작가들의 '도시' 인식방법」, 『현대소설연구』 제35집, 한국현대소설학회. 7쪽.

조동기(2006), 「중산층의 사회인구학적 특성과 주관적 계층의식」, 『한국인구학』 제29권, 한국인구학회, 90쪽. 참조,

홍두승(1989), 「職業과 階級－集落分析을 통한 階級 分類」, 『한국사회학』 제22집 (겨울호), 한국사회학회.

홍두승(2005), 「한국사회발전과 중산층의 역할」, 『한국사회학회기타간행물』, 한국 사회학회, 2005.

홍성일(2003), 「화폐의 의미소통 구조에 관한 연구」, 서강대 석사학위논문, 8쪽.

Emmanuel Levinas(1963), *De L'existence à L'existant*, 서동욱 옮김(2003), 『존재에서 존 재자로』, 민음사.

Žižek, Slavoj(1989), *The Sublime Object of Ideology*, 이수련 옮김(2002), 『이데올로기라 는 숭고한 대상』, 인간사랑, 40~44쪽.

Freud, Sigmund.(1976b), *The complete Psychological Words of Sigmund Freud*, Vol. 11, 윤 회기 · 박찬부 옮김,(2003), 『정신분석학의 근본개념』, 열린책들, 2003, pp. 140~148.

Lacan, Jacques, trans. Bruce Fink, *The Instance of the Letter in the Unconscious* , *Ecrits*, New York: Norton, 2002, pp.150~160.

Lacan, Jacques, trans. Alan Sheridan, *The Four Fundamental Concepts of Psychoanalysis*, New York: Norton, 1978, pp.105~119.

서정인의 <강>에 나타나는 소통양상 고찰

1. 서론

소설을 구성하는 중요한 요소로서는 이야기(내용)를 전달해주는 서술자와 이야기를 구성하는 등장인물과 배경, 시간 그리고 이야기를 청취하는 청자 혹은 독자가 있다. 하나의 서사물이 의미를 생산하기 위해서는 '누가 무엇을 어떻게 얘기하느냐'하는 서술자의 태도가 중요한 의미를 갖는다. 이것은 이야기를 전개해나가는 사람의 서술방식에 의해 의미가 달라지기 때문이다. 다시 말해 서술자가 어떠한 태도를 지니느냐에 따라 서사의 내용은 달라진다. 소설은 무엇에 관한 이야기이다. 이때 이 무엇이란 스토리, 즉 내용이다. 그리고 이 내용은 이야기 하는 사람의 이야기 방식, 즉 형식에 의해 의미를 생산하게 된다. 전통적으로 소설이란 내용과 형식(plot)으로 구조화된 하나의 서사물이다. 이런 서사물의 구조화된 형식은 현대소설로 접어들면서 다양한 담론을 제시하고 그것을 풀어나가는 의미 생산의 장으로 존재하게 된다. 말하자면 현대소설은 다양한 담론 형성의 장인 것이다. 이로 인해 독자 스스로 담론을 해석하고 판단하는 열린 구조의 한 형식으로서의 소설의 위상을 갖게 된다.

이때 서술자는 독자가 눈치 채지 못하게 다양한 제스처를 취한다. 권위적 서술자가 있는가하면 외부의 위치에서 인물이나 사건을 관찰하는 반영자적 서술자도 있다. 또한 서술자가 이야기 세계의 안에 혹은 밖에 위치할 수 있다. 이러한 서술자의 위치는 스토리에 영향을 줄 뿐 아니라 소설의 미학에 영향을 끼친다. 이는 서사가 기본적으로 다양한 담론 주체의 욕망을 언어로 전달하는 매개체이기 때문이다. 서사란 이처럼 담론 층위 간의 소통행위를 전제한다. 한 편의 서사에는 다양한 서사층위가 내재하고 각 층위에는 담론 주체의 욕망이 내재한다. 이들 층위의 소통 양상은 또한 서사의 의미구현에 직접적으로 영향을 준다.

즈네트, 발, 리먼 캐넌 등은 주인공 화자를 '초점자'라는 용어를 씀으로써 서술 화자와 구별한다. '말하기'가 서술수준이라면 초점화자는 '누구의 시선으로 바라보는가' 하는 서술대상의 문제를 야기한다.[1] 말하기와 보여주기로서의 서사물은 사실 이들 계층들의 이데올로기적 문제와 연관된다. 그러한 이데올로기의 문제는 계층들간 소통의 문제에 영향을 준다. 말하자면 소통담론으로서의 서사학은 바흐친이 말한 것처럼 '당대의 반영으로서의 사회적 소통양식과 밀접한 연관[2]'을 맺게 되는 것이다.

---

1) 프랭스, 슈탄젤, 채트먼 등은 주로 서술과 서술대상이라는 이원적 관계로 파악하는 데 반해 즈네트, 발, 리몬 캐넌 등은 이야기 되는 서술대상을 이야기와 담론, 파블라와 초점화, 이야기와 텍스트로 구분하는 삼원적 관계로 파악한다.하나의 이야기를 언어의 중개적 개념으로 파악한 이원적 구분에 비해 삼원적 구분은 이야기 자체를 텍스트라는 내적 담론의 대상으로 파악하는 것이다. 현대소설학회,『현대소설 시점의 시학』, 새문사, 1996, 21쪽. 참조.
2) 바흐친,『대화적 상상력』, 김욱동 옮김, 1988, 225쪽. 참조.

소통의 과정에 있어서도 서술자와 독자의 개입 여부만으로 파악될 수 없는 것은, 소설이란 여러 담론들의 상호연관성을 이루면서 다양한 텍스트의 층위들을 구성해내는 소통형식이기 때문이다. 서사란 이처럼 담론 층위간의 소통행위를 의미한다. 이러한 소통의 과정은 채트먼의 도식3)에서 보듯이, 외적담론의 주체인 실제작가와 실제독자, 내적담론주체인 서술자, 등장인물, 청자 그리고 이 모두를 아우른다고 볼 수 있다. 발이나 리몬 캐넌 그리고 채트먼은 서사를 크게 스토리와 그 스토리와의 인과적 관계인 파블라로 나눈다. 그리고 이를 구성하는 언어기호 전체를 텍스트로 지칭한다.4) 텍스트란 단일한 언술행위가 아니라 문화와 사회와 역사를 포함하는 언어기호로, 다수의 연대와 담론 관계를 형성한다. 당대의 반영인 소설형식은 당대를 지칭하는 이데올로기는 물론 다양한 계층들 간의 이데올로기가 충돌하는 하나의 장이다.

바흐친이 말했듯이 소설이란 당대의 사회 이념적인 모든 것을 언어적으로 묘사하는 것이다.5) 이것은 다시 말해 당대를 표상하는 다양한 주체들의 욕망이 그들이 사용하는 언어 속에 혼용되어 나타나기 때문이다. 이는 소설이 다양한 사회적인 담론들을 반영하는 사회적 실천 행위로서의 언술임을 의미한다. 소설에 등장하는 담론 층위는 다양하다. 실제 작가 (이에 대응하는 실제 독자), 그와 구별되는 인격적 실체로서 작품의 규범

---

3) 채트먼,최상규 옮김, 『원화와 작화』, 예림, 1998, 202쪽.
4) 텍스트의 즐거움을 피력한 롤랑 바르트는 언어의 기표적 범주에 속하는 텍스트는 사회적 관계의 투명성은 아닐지라도, 적어도 언어 관계의 투명성은 구현한다고 말한다. 텍스트는 언어들이 자유롭게 순환하는 공간이다. 바르트, 김희영 옮김, 『텍스트의 즐거움』, 동문선, 1997, 37－47쪽. 참조.
5) Bakhtin, Mikhail. Trans Emerson and Michael Holquist. *The Dialogic Imagination ed.* Univ. of Texas Press, 1984, p. 407. 참조.

을 관장하는 내포작가(→이에 대응하는 내포독자)[6], 서술화자(→이에 대응하는 청자) 등이다.

이와 같은 담론 층위의 양상을 바흐친과 채트먼의 입장에서 보면 다음과 같다. 바흐친에 의하면 작가와 독자는 서로 상호의존하면서(이 경우 내포작가와 독자 포함)등장인물들의 여러 발화들은 주체의 사회적 실천 행위로서의 언술로 전환하게 된다. 이에 바흐친은 작가의 목소리가 텍스트에 직접 개입한다는 입장이다. 이에 채트먼은 실제 작품을 창작한 실제 작가, 작가의 제2의 자아로서의 내포작가, 서술상황의 표면에 나타나는 화자와 인물(담화참여자)과의 거리양상이 의미소통에 영향을 주게 되는 내적 담론 층위의 양상으로 나눈다.[7] 텍스트에서 중요한 것은 무엇보다 담론[8]들의 심층에 작동하는 '새로운 인식론적 배치'(푸코)가 무엇인지 그리고 그것이 어떻게 표출되는지를 주목하는 것이다. 담론은 '파롤' 또는 '담화'의 개념으로 대체하는 경우도 있는데, 푸코는 그것을 어떤 일정한 법칙들의 질서 안에서 무엇을 말하기 위한 일종의 언표행위라고 본다.[9]

---

6) 내포적 작가는 작가의 실 인생과는 다른 사상이나, 신념, 정서 등을 작품속에서 구체화할 수 있고 작품을 일관되게 규범화하는 인격적 실체로서 실제 작가와 구별되는 제2의 자아를 말한다. Wayne Booth, 최상규 옮김, 『소설의 수사학』, 새문사, 1985, 95쪽. 참조.

7) 채트먼, 『원화와 작화』, 앞의 책, 197쪽. 참조.

8) '담론(discourse)'이란 '말(언어)'를 매개로 어떤 상황을 표출하는 주체와 대상간의 의사소통 행위이다. 20세기에 들어서 소쉬르, 바흐친, 푸코, 알튀세르, 페쇄, 채트먼, 즈네트, 바르트, 리쾨르로부터 담론의 영역이 확대됨에 따라 이는 단순한 의사소통이라기보다는 대화성이라는 폭넓은 의미로 확장된다. 즉 담론은 발화자와 수신자간에 이루어지는 단순한 상호소통뿐만 아니라 경쟁과 대립을 통한 담론주체들의 폭넓은 의미창출이 중요한 관건이 된다.

9) 여기서 언표란 기호와 문장으로 대응되는 디스코오스를 의미한다. 폴 리쾨르, 『해석이론』, 김윤성, 조현범 옮김, 서광사, 1996;2003;3쇄), 33~34쪽, 참조 ; 미셸 푸

이때 이 '무엇'인가는 서사적 본질로써 소통 양상에 따라 드러나기도 감추어지기도 한다. 따라서 소통행위 그 자체가 바로 서사의 의미를 결정짓는다고 할 수 있다.

서정인(1936~)[10]의 소설에는 다양한 인간군상들 간의 담론 표출양상이 두드러지게 표면화하고 있다. 첫 창작집인<강>에는 그들 인간군상들의 암울한 현실인식[11]이 나타난다.[12] 7,80년대 이후 발표된 <철쭉제> <붕어> <달궁> 등의 작품에서도 소시민들의 눈에 비친 사회·이념적 타락상이 나타나고 있다.[13] 본고는 서정인의<강>을 중심으로 당

코,『담론의 질서』, 이정우 옮김, 서강대학교출판부,1998;2002;4판, 13~14쪽.
10) 서정인의 주요 작품집은 다음과 같다. <강>(1976) <가위>(1980) <토요일과 금요일 사이>(1977)연작장편 ≪달궁≫(1987) ≪달궁 둘≫(1988) ≪달궁 셋≫(1990) ≪봄꽃 가을 열매≫(1991) ≪해바라기≫(1992) ≪붕어≫(1994) ≪물치≫(1996) ≪가위≫(1977) ≪베네치아에서 만난 사람≫(1999) 등이 있고, 그 외 르네상스시대와 이탈리아 시대의 역사를 패러디한 ≪말뚝≫(2000)과 ≪용병대장≫(2000) 등이 있다.
11) ≪강≫(1976)에는 <강> <가위>(1977) <나주댁>(1968) <미로>(1967)와 같은 단편이 실려 있다.
12) 그의 소설에 등장하는 인물계층은 주로 소시민들이다.
김현, 「셰계인식의 변모와 의미」, 『전체에 대한 통찰』. 나남,1990; 우찬제, 「대화적 상상력과 광기의 풍속화」, 『세계의문학』, 1988.겨울; 백지은, 「서정인 소설의 다성성 연구」,고려대학교대학원 석사학위논문,1999; 윤효진, 「서정 소설의 서술자 양상 연구」, 중앙대학교대학원 석사학위논문, 2002; 원자경, 「현대 소설의 대화양상 연구」, 서강대학교대학원 석사학위 논문,2001.
13) 서정인의 후반기 소설에 속하는 「벌판」 「철쭉제」(1986) ≪달궁≫ 연작, 1987,1988,1990, ≪봄꽃 가을 열매≫(1991) 등에 이르면 언어의 뒤틀림 같은 다소 실험적인 소설형식을 보여준다. 황종연, 「말의 연기와 리얼리즘-서정인, ≪붕어≫해설 중에서」,1994, ; 김경수, 「언어의 이데올로기와 소설의 연행」, 『현대소설의 유형』(솔,1997); 강상희, 「말과 삶의 현상학」, 『한국문학대계』, 동아출판,1995 ; 김만수,「근대소설의 관습들에 대한 부정과반성」, ≪물치≫해설. 솔,1996 ; 이남호, 「80년대 현실과 리얼리즘」, ≪달궁≫해설, 민음사,1987; 김태환, ≪용병대장≫, 해설, 문학과 지성사, 2000.

대 암울한 현실인식에 나타난 담론주체들의 소통 양상을 살펴보고자 한다. 이는 언어적 현실에 기반한 당대의 문화·사회적 의미를 읽어낼 수 있는 지표가 될 수 있을 것이다.

2. 제한된 초점화자를 통한 소통구조의 불합리성

<강>은 68년 『창작과 비평』에 발표된 작품으로, '군하리' 혼례에 참석하는 세 사람의 이야기이다. 배경은 이들이 탄 버스안과 도착 후 숙소의 일부이다. 이들 주인공의 내면은 제시되지 않고 다만 서술자가 이들을 관찰하는 지극히 객관적인 관찰자 시점이 지배적이다. 때문에 화자가 서술하는 이들에 대한 정보는 지극히 제한적이다.

> 사내 1 : ①"눈이 내리는군요"
> 버스 안, 창 쪽으로 앉은 사나이는 얼굴빛이 창백하다. 실팍한 검정 외투 속에 고개를 웅크리고 있다. 긴 머리칼이 귀 뒤로 고개 위해 덩굴 줄기처럼 달라붙었는데 가마 부근에서는 몇 낱이 하늘을 향해 꼿꼿이 섰다.
> 사내 2: ②"예, 진눈깨빈데요."
> 그의 머리칼 위에 얹힌 큼직큼직한 비듬들을 바라보고 있던 옆엣사람이 역시 창 밖으로 시선을 던진다. 목소리가 굵다. 그는 멋내는 것을 좋아하는 모양이다. 하얀 목도리가 밤색 잠바 속으로 그의 목을 감싸 넣어 주고 있다. 귀 앞 머리 끝에는 면도 자국이 신선하다. 그는 눈발 빗발 섞여 내리는 창 밖에 관심을 모으기 시작한다. 버스는 이미 떠날 시간이 지났는데도 태연하기만 하다.
> 사내 3: ③ "뭐?아, 진눈깨비! 참 그렇군."
> 그들 등뒤에는 털실로 짠 감색 고깔모자를 귀밑에까지 푹 눌러쓴 대단히 실용적인 사람이 창문 쪽에 않은 살찐 젊은 여자에게 몸을 기

댄다. 그녀는 검은 얼굴에 분을 허옇게 바르고 있다. 그는 창문 유리에 이마라도 대야 되겠다는 듯이 목을 쑥 뽑고 창 밖을 내다본다.…(후략)…잠바를 입은 앞자리의 사내가 뒤를 돌아본다. 그는 그의 행운이 부럽다. 그러나 뒤에 앉은 사내는 "정말이지 이건 진눈깨빈데!"라고 중얼거리면서 열심히 창 밖을 내다볼 뿐 누가 뒤를 돌아보는 것 따위에는 흥미가 없다. "정말이지 진눈깨비야."

　　사내 1: ④"형은 어디서 입대허셨소?"

　　외투 속에 웅크리고 있는 사람은 진눈깨비에 원한이 있다. 그는 신용산에서 입대했었는데 그때도 이렇게 진눈깨비가 내리고 있었다. 진눈깨비가 내리는데도 "입대'를 생각하지 못하는 것은 이해할 수 없는 일이다. …(중략)…⑤"나는 시골에서 입대했었단 말이요."

　　잠바를 입은 사람은 조금 볼멘소리다. 그는 뒤돌아보던 자세 그대로 고개만 약간 돌려서 옆엣사람을 쳐다본다. …(후략)…

　　(<강>, 84~86쪽)

위 인용은 세 명의 주인공이 '군하리'행 버스 안에서 바라보는 '진눈깨비'에 대한 상념이다. 주인공들의 발화만 간추리면 다음과 같다.

　　사내 1 : "눈이 내리는군요."

　　사내 2 : "예, 진눈깨빈데요."

　　사내 3 : "뭐? 아, 진눈깨비! 참 그렇군"

　　사내 3 : "정말이지 이건 진눈깨빈데!"

　　사내 3 : "정말이지 진눈깨비야."

　　사내 1 : "형은 어디서 입대허셨소?"

누구의 발화인지 정확한 지표가 제시되지 않는다. '눈이 내리는군요'라는 '사내 1'의 발화는 타인의 호응을 유도해내고자 하는 의미보다는 혼자

중얼거리는 '빈 말'에 가깝다. 이어 '예, 진눈깨빈데요'라는 발화 역시 '사내 1'의 발화에 호응하기 보다는 내면적 중얼거림에 가깝다. 각각의 발화 다음에 서술자의 묘사가 길게 언급되는 것은 발화와 발화대상자 사이의 상황을 유추하게 한다. 뒤에 연속되는 '사내 3'의 발화 역시 대응되지 못하고 허공을 맴도는 빈 발화에 가깝다. 그리고 이어지는 느닷없는 '사내 1'의 발화. 이들의 발화에서 발화의 주체와 발화의 대상이 명확하지 않다. 이로 인해 각각의 발화는 의미 생성에 기여를 하지 못한다. 지문으로 보면 '사내 1'은 '외투 속에 웅크린' 사람이다. 사내 2는 '잠바를 입' 고 있다. 또 '사내 3'은 '고깔모자를' 쓰고 있다.

이들은 혈연이나 지연적 그리고 그 어떤 공통된 이데올로기로도 묶여져 있지 않다. 이들을 발화로 이끄는 것은 오직 '진눈깨비'라는 외적 현상이다. 그리고 이를 바라보는 세 사람의 관점 또한 개별적이다. 그러나 이 '진눈깨비'는 '군 입대'라는 화제로 전환되는데 기여한다. 그러나 "형은 어디서 입대허셨소?"라는 '사내 1'의 발화는 호응을 유도하지는 못한다. 이는 이어지는 "외투 속에 웅크리고 있는 사람은 진눈깨비에 원한이 있다"라는 서술자의 간섭 때문이다.

이처럼 이 텍스트에서 발화는 더 이상의 의미구조를 생산하지 못하지 못하고 미끄러진다. 여기에는 서술화자의 간섭이 작용한다. 각각의 발화 사이에서 서술화자는 이들 인물들의 소통을 방해하고 지연하는 기제가 되고 있다. ⑤의 발화는 불만스러운 목소리가 섞여 있다. 그러나 불만스럽기는 '고깔모자의 사나이'도 마찬가지다. '그는 기피자'였던 관계로 '논산'이라든가 입대라든가'(<강>, 86쪽)의 얘기만 나와도 불쾌하다. 그럼에도 불구하고 '김씨'와 '이씨'는 '군입대' 얘기를 하고 있다. 그래서 옆자리에 앉은 여자에게 '어디까지 가세요?'라고 묻는다. '군하리까지 가요.'라는 여자의 발화 다음에 '미스타 김은 어디서 입대를 하셨오?'라는 '이씨'의 발화가 섞인다. 이들의 발화 양상을 통해 볼 때 '사내 1'은 정감적인 사람, '사내 2'는 신사적인 사람, '사내 3'은 약간 호들갑스러운 사람으로 묘사된다. 또한 서술자는 인물의 외양을 통해 사람을 판별하는 양태를 보이고 있다. <강>은 이렇듯 인물들의 발화와 서술자의 발화가 서로 어긋나는 언술상의 불일치를 보여준다. 더불어 서로에게 무관심하게 등을 돌리고 개별화되어 가는 당대 사람들의 모습을 재현하고 있다고 볼 수 있다. 여기서 서술자 또한 과거 '말하기' 형식의 언술구조보다는 '보여주기'에 가까운 서술형식을 통해 당대의 양상을 재현하고 있다고 보아야 한다.

이러한 서술자의 묘사적인 태도는 독자들로 하여금 인물들의 발화를 유추하게 하는데 적잖은 방해요소로 등장한다.

이 텍스트에 등장하는 '박씨'는 하숙집 주인이며 전직 교사이며 병역 기피자이다. '이씨'는 세무서 직원으로 '박씨'에 의하면 '뻔뻔스럽고' 거기다가 '자기가 아주 잘났다고 생각'한다. 또 거기다가 '여자만 보면' 웃음을 띠우는 바람둥이 기질을 가진 소유자다. '김씨'는 늙은 대학생으로 자신이 원하는 꿈을 상실했다고 스스로 자조하는 허무의식이 배어 있다. 이들에 대한 정보는 '서술자, 박씨, 김씨, 이씨' 등 다양한 시선으로 제공되지만 다 다르게 묘사된다. 이때 주체는 타인의 시선에 노출되면서 바라보여지는 대상으로 존재한다.

'김씨, 이씨, 박씨'는 각자 자기만의 사회를 바라보는 의식을 갖고 있지만, 공통점도 있다. 어떤 거대한 명분을 가지고 있지 않은 소시민이라는 것이다. 이들은 사회에 대한 불만과 자조 그리고 그들 나름대로의 허위의식을 가지고 있는 것으로 보인다. 또한 서로에 대해 관심이 없고 오직 피상적으로 사물을 바라보는 점도 존재한다. 이로 보건대 사물화에 진입해 가는 60년대 중반의 사회현상을 작가는 카메라의 렌즈와 같은 서술기법을 통해 그대로 투영하고 있다고 볼 수 있다.

앞의 서술에서 보듯이 서술자의 시선은 '버스 안의 창 쪽으로 앉은 사나이'에게서 '그의 머리칼 위에 난 비듬을 바라보고 있던 옆엣사람에게로 옮아간다. 이는 카메라의 렌즈와 같이 서술자가 초점을 여기저기 이동하고 있음을 나타내는 지표이다.[14] ①②는 버스의 한 자리에 동승한 '이씨'와 '김씨'에 대한 묘사이다. 그러다가 ③에 오면 '이씨'와 '김씨'의 뒤쪽에 앉아 있는 '박씨'에게로 시선이 옮아간다. 여기저기를 이동하던 카메라의 렌즈는 ④에 와서 '외투 속에 웅크리고 있는 사람'에게로 고정된다. 이때 서술자는 각각의 초점화자를 통해 현실을 보여주려고 하지만 인물의 내면적 지각에는 이르지 못하고 있다. 위에서 보듯 서술자의 발화는 줄곧 '하다' '~있다' '하다' 등의 묘사체에 가까운 발화 억양을 유지하고 있다.

---

14) 시점이란 전통적인 서사에서는 말하는 화자와 보는 이의 시각 둘 다를 지칭해 왔다. 그러나 시점이란 어떠한 사건이든지 간에 누군가의 사물을 보는 특정한 각도'에 의해 제시된다는 점에서 서술화자와 초점화자는 구분되어야 한다는 이론이 발을 비롯한 여러 이론가들에 의해 제기된다. 초점화자는 엄밀히 말하면 영화가 대상을 향해 렌즈를 투사함으로써 시각화하는 기법적 특성이다. 따라서 초점화는 보는 주체와 보여지는 대상 사이의 관계를 뜻한다. 다시 말해 사물을 지각하는 초점화자는 구체적인 성분들이 보여지는 지점이므로 인물들 간에 형성되는 권력의 구조를 통찰하는 데 중요한 의미를 갖는다. 그래서 어떤 사람을 초점화할 때 초점화의 주체가 지각하지 못한 것에 대해서 독자나 인물이 모두 해답을 제시하지 못할 수 있다. 또는 독자는 해답을 아는데 인물이 알지 못할 가능성도 있다. 발, 한용환 · 강덕화 옮김, 『서사란 무엇인가』, 문예, 1999, 181~200쪽. 참조.

때문에 독자는 초점화자가 무엇을 지각하는지 알지 못한다. 이는 초점화자가 자신의 내면을 드러내고 있지 않기 때문이다.

<강>은 이처럼 세 명의 초점화자를 직시해서 사건의 본질을 파악하려고 하지만 이들의 냉소적인 시선으로 인해 전체 서사에 기여하지 못하는 소통구조를 갖고 있다.

버스 안내양과 수작하는 '이씨', 전직 초등학교 선생이었던 하숙집 주인 '박씨' 등은 모두 익명으로 서술된다. '학생, 공무원, 선생, 버스 기사와 안내양, 버스 안에 동승했던 술집 여자' 등은 60년대 말 한국의 보편적 신분을 드러내는 지표이다. 이들이 당대 전형적인 소시민의 군상이라고 유추했을 때 이들의 시선은 하나같이 무미건조하고 삐딱하다고 볼 수 있다. 이로 보건대, '대학생'이라는 선입견과 '공무원과 선생'에 대한 시선이 그리 곱지 않음을 알 수 있다. 이는 또한 기표와 기의가 일치하지 않은 당대의 언어적 현실을 보여준다고 볼 수 있는 것이다.

3. 언술상의 불일치로 나타난 언어적 현실

① "네가 잘나 일색이냐."

"내가 못나 박색이냐."

"돈이 좋아 일색이고, 돈이 없어 박색이지."

"옳고!"

술상을 가운데 두고, 선생은 누워 이는 주사는 앉아 있다. 여자는 그 사이에 있다. 선생이 천장을 향해서 소릴 지른다. 옳고! (<강>, 99쪽.)

② "아녀요, 여긴 이모부 댁이에요. 저이 집은 요, 월출리예요, 요기서 삼십 리나 들어가요."

가난한 대학생. 덜컹거리는 밤의 전차. 피곤한 승객들, 목쉰 경적소리. 종점에 닿으면 전차는 앞뒤 아가리를 벌리고 사람들을 뱉어 낸다.

사람들은 어둠 속으로 빠져들어간다.…(후략)…

(<강>, 97쪽)

위 인용 ①은 '이씨'와 '박씨'가 잔치에 참석한 뒤 '군하리'에서 묶기로 하고 술집에서 술을 마시는 부분이다. ②는 혼자 여인숙에 남은 '김씨'의 발화부분이다. 서술자는 주로 '이씨 와 박씨'의 내면은 직접화법에 의존하고 있는 반면 '김씨'의 발화는 관찰자적인 진술로 제시한다. '김씨'의 관점은 주관적이고 비판적인 진술 쪽으로 치우치는 경향이 많다. 이 텍스트에서 자기의 목소리를 가장 드러내지 않고 있는 것은 '김씨'다. '박씨와 이씨'는 버스에 동승한 여자와 끝없이 대화함으로써 서사에 기여한다. '김씨'의 언술은 대체적으로 서술자의 간접발화에 의존하고 있는 반면, '이씨와 김씨'의 발화는 직접화법에 의존하는 경향이 많다.[15] 다시 말해 '김씨'의 지각은 대체로 서술자의 관찰자적 시점과 동일화되고 있다. '눈이 내리는군요'라고 소설의 첫 부분을 시작한 것으로 보아도 서술자는 '김씨'와 동일성을 취하고 있다. '박씨 이씨'의 비판적 현실인식에 비해 대학생 '김씨'는 관조적 현실인식적 태도를 보여준다. 이것은 서술자의 '김씨'에 대한 시선이 외적초점화 형식을 취하고 있기 때문이다. 보통 서술의 시작은 서술화자가 등장해서 이야기를 제시하는 것이 일반적인데 여기서는 '김씨'

---

15) 모든 언어는 작용면에서 일종의 자유간접화법이 된다. 다시 말해 자유간접화법은 여러 목소리의 공존을 의미하며 이것은 텍스트 내 다성현상을 만들어낸다. 자유간접화법에서는 화자의 텍스트와 행위자 텍스트 간의 간섭이 일어난다. 화자텍스트와 행위자텍스트 사이의 간섭은 광범위한 변화를 일으킨다. 자유간접화법에서 화자 텍스트는 행위자 텍스트보다 우위에 있게 된다. 리먼 캐넌. 최상규 옮김 『소설의 현대시학』, 예림기획. 1999, 201~202쪽. 참조.; 발, 앞의 책, 246~256쪽. 참조.

를 초점화자로 내세워 서술한다. 때문에 '김씨'는 서술자의 작인인 내포작가에 가깝다고 볼 수 있는 것이다. 이때 서술자는 '김씨'라는 가면을 쓴 채 '이씨와 박씨'를 투영 이데올로기적 현실을 투영하고 있는 것이다. 이는 감시적 현실에 대한 위장이라고 볼 수 있다. 때문에 각각의 인물들은 자신의 속내를 드러내지 못하고 '딴 소리'를 지껄이는 것이다. 이는 일종의 '~채 하는 서술'이라고 볼 수 있다. 서술자와 인물, 인물과 인물을 중심으로 한 <강>의 소통구조는 인물의 내면으로까지 확대되지 못하고 있다.

버스에서 같이 동행했던 여자는 '김씨'가 대학생이라는 사실을 알고 그가 잠자는 방에 들어온다. '김씨'도 혼례에 같이 참석했던 '박씨'와 '이씨'와 동행하지 않고 그들로부터 자신을 소외시킨다. '김씨'는 침구를 가지고 들어온 여인숙 소년에 자신을 투사한다. 초점화자의 역할을 하는 '김씨'의 세상을 보는 눈은 냉소적이고 부정적이다. 뿐만 아니라 당대의 지식인으로써 고뇌하는 모습이 부재하다. 이는 '박씨'나 '이씨' 또한 같다. 이들 모두는 현실에 대한 진지한 대화를 거부하고 상대에 대해 알려고도 하지 않고 오직 '타자'의 시선을 곁눈질하는데 급급하다.

각각의 발화는 타인의 발화와 교감하지 못하고 있고 의도적으로 묵살하기까지 하고 있다. 세 사람의 주인공은 한 공간에 있지만 서로 분산되어 각자의 관념에 갇혀있다. 이러한 언술상의 불일치는 다음의 장면에서 더욱 심화된다.

①미스타 김은 어디서 입대를 하셨오?
②잠바를 입은 사나이는 옆엣 사람이 무감동하게 창밖만 내다보고 있는 것이 마음 속에 꺼림칙하다. 그가 질문을 한 것은 이 쪽의 대답을

들고 싶어서가 아니라 자기 자신의 논산판(版)—또는 입대판—을 내어
놓기 위해서였는지도 모른다.

③"나?아, 나!, 난…."

④그는, 외투 속에 웅크리고 있는 사람 김씨는 입대하던 날의 광경
을, 그것이 조금 전에 문득 떠올랐을 때완 달리, 말하고 싶은 생각이
없어졌다.

⑤"그래요? 그건 참 재미있게 되었는데! 우리도 거기까지 가거든요."

⑥모자를 쓴 사람이 모자 밑으로 손가락을 집어넣어 머리를 긁적거
리면서 여자 쪽으로 조금다가 앉는다. 여자는 행복한 표정이다. 그 여
자는 바라는 것이 지극히 작음에 틀림없다. 아마 그 여자를 행복하게
해 주는 일은 쉬울 것이다.

⑦"아, 이 눔의 버스는 떠날 줄을 모르나!"

⑧잠바를 입은 사나이는 울적하다. 그는 승강구 쪽을 흘겨본다. 차
장은 아마 점심이라도 먹고 있는 모양이다.

⑨"이, 차 어디로 가나?"

⑩검은 색안경을 쓴 사람이 고개를 뒤로 발딱 젖히고 차안을 두리
번거린다. 그러나 아무도 대답해주는 사람이 없다. 그는 제출에 이상
하다는 듯이 고개를 갸우뚱해 보이고 차의 문이 만들어 주는 좁은 시
야 밖으로 사라져 버린다.…(후략)…(<강>, 126~127쪽)

①은 '미스타 김은 어디서 입대를 하셨오'라는 '이씨'의 발화이다. 이에
③은 '나? 아, 난! 난…'하고 얼버무리는 '김씨'의 발화이다. ②는 그 사이
에 끼어든 서술자의 발화이다. 이어 ④ 역시 '김씨'를 논평을 하는 서술자
의 발화이다. 그리고 ⑤의 느닷없는 "그래요? 그건 참 재미있게 되었는데!
우리도 거기까지 가거든요."과 같은 '박씨'의 끼어들기식 발화가 이어진
다. 이어 ⑥에서 ⑩까지의 발화 또한 서술자의 논평과 인물들의 느닷없는

발화가 끼어들기 식으로 전개되고 있다. 이처럼 각각의 발화는 앞 장의 예처럼 불협화음으로 일관한다. 여기에는 '감색외투니 외투 속에 몸을 웅크린 남자'와 같이 서술자가 인물을 정보를 제한하고 있는 것이 한 몫 한다. 이는 독자의 독해를 방해하는 효과를 산출한다.

서사적 맥락으로 의미를 산출하면 다음과 같다. '이씨'는 세무서 직원으로 '박씨'집에 하숙을 한다. 그리고 '이씨' 옆에 동승한 '김씨'는 '늙은 대학생'이다. '군하리'의 결혼식에 참석하고 '박씨'와 '이씨'는 술집으로, 대학생 '김씨'는 '서울집'이라는 여인숙에서 취해 자게 된다. 버스에 동승했던 여자가 이들 앞에 나타난다. 여자는 '박씨'와 '이씨'를 통해 '김씨'가 대학생이라는 정보를 알고 여인숙에서 잠을 자고 있는 '김씨'의 모습을 뜯어보며 잠자리를 다독여준다. 이것이 이 작품의 결말이다.

이때 텍스트의 의미생산은 언어의 본질적 특성에서 비롯되는 것이 아니라 발화주체의 담화를 독자가 해독함으로써 이루어진다. 말하자면 ㉮의 발화는 ㉯의 발화에 의해서, 즉 'A'는 'B'의 발화에, 'B'는 다시 'C'의 발화에 전치되는 언술작용을 보여준다. 타인의 언술을 의도적으로 방해하는 듯한 이 같은 언술작용은 언어를 규정하는 이데올로기적 질서에 어느 정도 동조해야 하고 그것을 하나의 투쟁적 산물로 상정하는 일종의 담론 전략에서 비롯된다고 볼 수 있다. 누구의 발화인지 구별하기 힘든 언술상의 불일치는 도덕, 윤리가 상실되어가는 언어적 현실을 의도적으로 폭로하면서, 또한 그것과 적당히 타협할 수밖에 없는 폭력적 현실을 드러낸 것이라고 볼 수 있다.

<강>의 이 같은 언술구조는 소통되지 않는 현실을 리얼리즘적 측면에서 표출한 것이라고 볼 수 있다. 플라톤의 모방론 이래 현대소설은 더

이상의 모방이 불가능하게 되었다. 총체성의 파괴와 부재는 묘사해야 할 현실 자체를 이미 부재하게 하였기 때문이다. 플라케에 의하면 현대작가들은 형상을 묘사하는 것이 아니라 형상만을 제시할 뿐이다.[16] 소설은 더 이상 현실을 베끼거나 재생산하는 것이 아니라 또 다른 현실을 창조해내야 하는 과제에 직면했다.

4. 부유하는 주체 그리고 새로운 리얼리즘적 현실인식

<강>의 텍스트적 특성은 다음과 같다. 배경이 '버스 안'에서 시작된다는 것, 그리고 그 버스 안에 타고 있는 사람들의 정체성이 분명하지 않다는 것, 그들의 여정지인 '군하리'가 필연적 목적지는 아니라는 것, 주인공들의 관계가 서로 모호하다는 것 등은 20세기 현대적 주체의 모습을 그대로 묘사한 것이다. '포스트 이데올로기적인 사회에서 살고 있'[17]는 현대적 주체들은 '안'도 '밖'도 아닌 경계에 서 있다.<강>은 어디를 가고 있는지조차 알 수 없는 세 명의 인물을 통해 20세기 현대적 주체의 소외 양상을 보여주고 있다. 이의 가장 큰 원인은 기표와 기의가 일치하지 않는 언어적 현실에서 기인한다. 자신의 발화가 타인의 발화에 호응되지 못하고 타인의 발화가 내 발화와 호응하지 못한다. 여기서 주체는 동일성을 잃고 소외될 수밖에 없다.

<강>에서 '김씨'는 늙은 대학생으로 세상에 대해 부정적인 면모를 보

---

16) 이에 따라 소설은 리얼리티를 의미하는 것이 아니라 리얼리티 그 자체로서의 세계를 제공하게 된다. 위르켄 슈람케, 원당희·박병화 옮김, 『현대소설의 이론』, 문예, 1998, 235~236쪽. 참조.
17) 슬라보예 지젝, 이수련 옮김, 『이데올로기라는 숭고한 대상』, 인간사랑, 2002. 64쪽.

인다. '박씨'는 전직 교원이고 하숙집 주인으로 버스 옆자리에 탄 여자에게 은근하게 수작을 부리는 범속한 인물이다. 반해 '이씨'는 '세무서 직원'으로 세 사람 중 가장 능동적이고 속물적 주체로 '동일성적 주체'의 모습을 보여준다. '이씨'에 비하면 '김씨'는 자신의 정보를 아끼는 소극적 주체라고 할 수 있다. 여기에 '박씨' 역시 세간의 이목을 적당히 의식하며 그렇다고 자신을 감추지도 터놓고 드러내지도 않은 채 어느 정도 사회에 순응하는 '동일성적 주체'의 모습을 보여준다. '이씨'가 능동적 주체인 것은 '세무서 직원'이라는 호명적 주체의 위치에 있기 때문이다. 반면 '김씨'의 주체의식은 허무와 비관된 주체의식을 보여준다. 이러한 면모는 최소한 어떤 사물이나 인물에 대해 끊임없이 성찰하고 있음을 나타내는 지표다. 이러한 '김씨'의 특성은 이부자리를 가지고 들어온 '소년'을 통해 자신의 현재와 미래를 응시하고 예견한다는 점에서도 그러하다. 이는 자신의 호명해줄 사회에 대해 시니컬한 입장을 취하는 일종의 '비동일성적 주체'의 면모를 보인다.

각각의 인물은 기표를 획득하지 못하고 누구의 관점에서 보느냐에 따라 달라지는 유동적이고 사물화된 주체의 모습으로 투영된다. 루카치는 소설이 '문제적 개인이 자신을 찾아가는 여행'[18]이라고 말한 바 있지만, 현대소설에 오면 문제적 개인은 사라지고 자신을 찾아가고자 하는 로맨스조차 이미 부재하는 상황이 되어 버렸다. 서정인의 소설은 공간성과 시간성 자체가 배제되고 있다.<강>의 서사는 '군하리'로 가는 '어느 버스' 안에서 주로 이루어진다. 이 공간은 소설의 인과적 요소에 크게 영향을

---

18) 게오르규 루카치, 반용환 옮김, 『소설의 이론』, 심설당, 1998;중판, 86쪽.

미치지 못하는 임의적 배경이다. 예컨대 '군하리'는 소설의 의미생산에 기여하는 바가 없다.<강>을 비롯한 서정인의 대부분의 작품에서 시공간적 배경은 주로 '어떤 길목'에서 '어디로 가는 도중'에서 이루어지고 있다. 도시화와 산업화로 인해 수많은 사람들이 자신들의 둥지를 잃어버리고 황량한 어딘가에 또다시 둥지를 틀어야하는 현실조건을 작가는 '군하리'라는 임의적 공간을 통해 재현하고 있다. 냉담한 현실을 인식하는 주인공들의 모습을 통해 투영하고 있다. 이때 언어기호는 의미대상을 더 이상 지칭하지 못한다.

<강>에서 '김씨, 이씨, 박씨'는 고유명사가 아닌 익명의 주체들을 표상한다. 이들은 끊임없이 과거의 어느 부분을 상기하지만 그것은 이미 흘러간 과거이다. 이들의 기억 속에 공유되고 있는 '진눈깨비'라는 기표는 그나마 이 텍스트에서 유일하게 그들을 공통점으로 묶는 지표이다. 그 외에 이들의 발화는 의미를 획득하지 못하고 부유한다. 언어란 텅 빈 기표이며 공허 그 자체가 된다. '언어적 의미의 상실은 주제의 부재 이는 저자의 부재로 이어진다.'

그렇다고 '진눈깨비'가 긍정적인 발화를 이끌어내지는 않는다. "외투 속에 웅크린' 남자에게 진눈깨비는 '원한'이 서린 추억일 뿐이다. '잠바를 입은' 사내에게 진눈깨비는 '뭐가 뭔지도 모'른 채 '화물칸'에 실려 간 기억을 상기한다. 또한 '고깔모자'를 쓴 사나이에게 진눈깨비는 돌이키고 싶지 않는 '기피자'와 연관되는 언어기호다. 이들이 찾아간 '군하리'라는 공간 역시 의미생산에 기여하지 못하고 60년대를 표상하는 언어기호일 뿐이다.

'군하리'와 이들 세 인물은 60년대 말 주변부로 밀려나는 소시민의 양상을 그대로 투영한 것이라고 볼 수 있다. 말하자면 '이, 박, 김 그리고 술집여자' 등은 도시화와 산업화를 경험하는 그로 인해 주변부로 밀려날 수밖에 없는 당대 전형적인 소시민들의 모습이다. 이들이 찾은 '군하리'는 시골의 안온함을 찾아볼 수 없다. 술집이 있고 여인숙이 있는 것으로 보아 도시와 시골의 중간을 연상하게 하고 밤의 풍경은 을씨년스러운 낯선 분위기를 재현한다. 다시 말해 '군하리'라는 공간은 도시화와 농촌화가 상호 공존하는 어정쩡한 분위기를 연출한다. 이때 주인공들은 '안'도 '밖'도 아닌 경계에서 부유하는 주체들로 전락한다. 급속화된 산업사회는 그들을 본래적인 삶의 터전에서 축출하는 결과를 산출하였다. 어디론가를 떠날 수밖에 없었던 당대의 주체들은 목적지를 잃고 부유할 수밖에 없었던 냉엄한 현실을 고스란히 자신의 몫으로 받아들여야 했다.<강>은 이 같은 주체의 현실인식을 보여준다. 이로 볼 때, 소설의 형식 역시 지금까지의 전통적 리얼리즘의 방식에서 벗어나 새로운 형식으로 존재할 수밖에 없는 것이다.

그들은 두 걸음 나아가고 한 걸음 물러서면서 서울집으로 향한다. 서울집은 그날따라 조용하다. 술 마실 사람들이 아마 딴 곳으로 몰린 모양이다. 대문을 활짝 열어 놓고 맞아 주지 않는 것이 그들에게는 불만이다. 전깃불이 들어오지 않는 촌락의 밤은 한결 더 어둡다. 그들은 고함을 지르면서 주먹으로 문짝을 친다.
"술 파시오."
"돈 버시오."
"손님이요."
그러자 대문짝 비슷하게 생긴 여러 개의 문짝 들 중에서 맨 가엣것이 삐걱 소리를 내면서 열리더니 사람의 머리가 하나 쑥 나타난다.
"웬 사람들이슈?"

"돈 주께 술 파시오."

"하하, 여기선 술을 안 파는데요. 이 다음 집에 가보슈."

"여기선 뭘 파우?"

"여긴 여인숙이요."

"정말 그렇군, 간판이 없는데, 낮에 본 간판 말야."

"여인숙 간판은 있을 거 아뇨?"

"아, 간판 없이 손님을 받죠."

"그럼 대문이라고 따놔야지."(<강>, 5쪽)

위 인용은 혼사가 끝난 후 서울로 가는 버스가 끊어져 '군하리'에서 숙소를 마련하기로 하고 술을 마시기 위해 낮에 본 '서울집'이라는 간판을 찾아가는 상황이다. 여기서도 '서울집'이라는 언어기호는 그들의 기대를 배반한다. 그들이 술집이라고 알고 찾아간 '서울집'은 술집이 아니라 '여인숙'이었던 셈이다. '여인숙'이라는 언어기호의 의미를 벗어나 '술 파시오' '돈 버시오' '손님이요'로 표명되는 발화는 언어기호의 불일치를 그대로 드러내는 지표이다.

이들 발화의 특성은 언어의 다층성을 나타내는 지표로 작용한다. 다양한 계층에 속하는 등장인물들의 말이 표층적으로 서로 간섭당하고 충돌함으로써 상호소통적 담론보다는 대립적 담론을 구성하고 있다. 전통적 소설에서 권위적 담론으로 일관하던 서술자가 여기에서는 '~한 모양이다' '~하고 있다' '모양이었다' 등과 같이 인물들의 눈치를 살피는 조심스러운 태도를 취한다. 이러한 소통담론의 심층에는 산업화와 이데올로기적 담론 속에 갇힌 사회구조의 이면이 내재되어 있다고 볼 수 있다.

검은 색안경을 쓴 사람이 고개를 뒤로 발딱 젖히고 차 안을 두리번 거린다. 그러나 아무도 대답해 주는 사람이 없다. 그는 제풀에 이상하다는 듯이 고개를 갸우뚱해 보이고 차의 문이 만들어 주는 좁은 시야 밖으로 사라져 버린다. ①잠바를 입은 사나이는 적이 마음이 풀린다. 색안경은 사치품일까, 필수품일까, 대부분의 경우, 필수품은 아닐 것이다. 그런데도 뻔뻔스럽게 길거리에서 파는 백 원짜리로 사치를 하려고 하다니! 그는 이천 원짜리를 사려다가 너무 비싸서 천 원을 주고 중고를 산 바 있다. 그것은 지금 그의 호주머니 속에 들어 있다. 눈만 하얗게 쌓인다면 언제든지 꺼내서 코 위에 걸칠 수 있다.

②김씨는 색안경을 낀 사람을 보면 장님을 생각한다. 그는 한때 자기가 검은 안경을 쓰고 장님이 되어 안마쟁이 노릇을 하는 상상에 사로잡힌 적이 있다. 전투에서 눈이 부상당한다. 육군병원에 입원한다. 눈에는 붕대가 감겨져 있다. 애인이 찾아온다. 그러나 지극히 작은 차이로 인해 만나지 못한다. 장님이 되어 색안경을 낀다. 지팡이로 밤의 아스팔트 위를 더듬으로 퉁소를 분다. 창문 여는 소리가 들려 온다. 여자가 그를 부른다. 귀에 익은 목소리다.

③"집이 거기쇼?"

고깔모자를 쓴 사람은 색안경이라면 질색이다. 그에게 색안경을 쓴 사람은 형사다. 그리고 형사는 기피자를 단속한다. …(중략)…

④여자의 웃음 소리는 김씨의 상상을 망쳐버린다. 그는 장님이 되는 생각을 비장한 마음 없이는 하지 못한다. 그런데 그 생각이 바야흐로 절정에 도달하고 있을 때 갑자기 킬킬거리는 여자의 웃음소리가 들려 온다. 살찐 여자. 그리고 그는 안마쟁이, 그러나 그는 별로 서운치 않다. (강, 87~88쪽)

위 인용은 버스안을 기웃거리는 '검은 색안경'을 낀 사람에 대한 시선이다. ①은 '잠바를 입은 사나이'의 관점으로 생활용품과 관련하여 생각하고 있다. ②는 '김씨'이 관점이다. 그는 '검은 색안경과 관련하여 전투에서 부상당한 자신이 안마쟁이가 되어 색안경을 끼고 밤거리를 헤매는 장면을 상상한다. 그리고 ③에 오면 시점은 '고깔모자'에게로 옮겨진다. '고깔모자'를 쓴 사나이는 '박씨'다. 박씨에게 '색안경'은 '기피자를 단속하는 형사'일 뿐이다. ④에 오면 느닷없이 '여자의 웃음소리'가 개입된다. '검은 색 안경'을 매개로 잠바를 입은 사나이, 고깔모자를 쓴 사나이, 김씨, 여자, 서술자의 목소리가 서로 혼성되어 일관된 서술을 교란하고 있다. 여기서 '검은 색 안경'이라는 언어기호는 주체의 경험과 현실적 상황에 따라 의미가 각각의 의미가 달라지고 있다. 이쯤 되면 '검은 색 안경'의 본질적 의미는 퇴색하고 문맥만 전경화된다. 이들의 발화는 현실을 어떤 상태로 가상화하는 것이다.

이로 볼 때 김씨, 이씨, 박씨는 산업사회를 살고 있는 부유하는 주체들을 표상하는 언어기호일 뿐이다. 따라서 언어란 더 이상 지시대상을 지칭하지 못하고 상황에 따라서 전혀 다른 문맥을 형성한다. 언어란 고정된 지시기호가 아니라 임의적이다. 이처럼 언어가 고정된 기호가 아니고 나아가 지시대상을 지칭하지 못할 때 현실과 이상, 주체와 대상 간의 경계는 파열된다. 이러한 서술전략은 이분법적 사고와 대립되는 것으로 스토리와 담화로 이루어지는 서사구조 자체를 해체하는 것이 된다. 이것은 나아가 통합되지 못한 사회적 현실을 모순된 언어적 양상을 통해 재현한 것이다.

5. 소설담론 형식으로서의 텍스트의 내·외적 소통구조

서정인은 언어의 소통구조를 중시한 작가이다. <강>은 외적현실을 바라보는 자의 관점에 따라 다르게 인식됨을 보여준다. 그리고 이러한 주관적 인식이 외적대상과 불화할 수밖에 없다는 의미이기도 하다.

서정인 소설의 주인공들은 하나같이 어디론가를 향해 가는 것으로 시작한다. 그럼에도 불구하고 가는 목적지가 분명하지 않을뿐더러, 처음의 의도와는 다른 길로 빠져버린다. 이것은 실제와 현실, 이론과 실제, 사실과 허구를 표현하는데 있어 언어가 얼마나 무력한가를 보여주는 저항의 형태이고, 대결 양상을 그 자체를 소설 담론 형식으로 보여주는 것이라고 하겠다.

모든 서술은 서술자의 중개를 거쳐서야만 이해가 가능하게 된다. 독자는 때때로 인물들의 발화 속에서 서술자의 목소리를 의식하지만 문맥상에서 시점이 자주 바뀌는 것으로 보아 이때 인물들의 목소리는 내포작가의 전략임을 눈치 챌 수 있다. 이때 이야기세계 내 존재하는 피서술자는 이야기 밖에 존재하는 내포독자와 밀착될 수밖에 없게 된다. 따라서 서술주체는 내포독자가 된다. 때로 인용표지 없이 이어지는 발화의 내용이 스토리와 관계없이 그때그때의 상황에 따라 반어적으로 제시되는 것도 내포독자를 가정한 발화이기 때문이다.

이처럼 내포독자에 의해 이루어지는 서술담론은 내포작가와의 공통된 이해, 인식, 가치관을 바탕으로 하기 때문에 실제독자는 소외감을 느끼게 된다. 내포작가의 반어적 언술은 내포독자의 묵인에 의해 암암리에 강화되고 이때 내포작가와 내포독자사이의 심리적 거리는 밀착되고, 실제독자에게 전달되는 메시지의 효과는 간접화 된다. 즉 '메시지'는 내포작가와 내포독자와의 공통된 가치 기준에 의해 평가되기 때문에 <강>의 담론이 사실상 타자성을 포괄하고 있음에도 불구하고 실제 독자와의 소통관계는 감소된다고 볼 수 있다. 이는 내포독자와 실제독자 간의 담론 불균형으로 인해 심리적 거리가 멀어지는 담론구조로 되어 있기 때문으로 볼 수 있다. 다시 말해 소설의 외적소통은 실제작가와 실제독자 간의 소통에서 이루어진다. 또한 내적소통체계의 주인공인 내포작가와 내포독자와의 밀착은 보여주지만 외적소통체계와의 단절을 야기한다. 텍스트는 내적소통체계와 외적소통체계가 동일성을 취할 때 긍정적인 의미를 가질 수 있는데, 이러한 소통체계 간의 불일치는 실제독자와의 소통단절을 야기한다.

이러한 관점에서 볼 때 <강>은 당대의 암울한 현실을 서사상의 소통구조의 불합리성을 통해 보여주고 있다. 이 텍스트는 어떤 인물이나 주제를 전경화시키는 단선적 시각보다는, 다양한 인물들의 담론이 상호교차하면서 의미를 생산하는 이데올로기적 장을 제시한다. 서정인 소설에서의 이 같은 의미화 작용은 언어기호가 더 이상 의미를 생산하지 못한다는 언어기호에 대한 부정성을 전제하고 있다. 이때 의미는 언어기호 그 자체에 내재해 있는 것이 아니라 타인과의 상호작용을 통해 의미를 생산한다.<강>을 비롯한 서정인의 여타 소설이 실제독자와 원활하게 소통하지 못함은 작가의 리얼리즘적 현실에 대한 투영이 언어적 현실로 드러나 있기 때문이다.

6. 결론

지금까지 본고는 서정인의 <강>에 나타난 담론주체들 간의 소통양상을 고찰함으로써 언술상의 불일치로 나타나는 언어적 현실을 밝히고자 하였다. 소설은 다양한 인물들의 담론이 상호교차하면서 의미를 생산하게 되는 하나의 이데올로기적인 장이다. <강>은 '김씨, 이씨, 박씨'라는 세 명의 초점화자를 를 통해 이들 사이에 오고가는 무미건조한 대화와 사물에 대한 엇갈리는 시선을 제시한다. 다양한 계층에 속하는 등장인물들의 말이 표층적으로 서로 간섭당하고 충돌함으로써 상호소통적 담론보다는 대립적 담론을 구성하고 있다. 전통적 소설에서 권위적 담론으로 일관하던 서술자가 여기에서는 '~한 모양이다' '~하고 있다' '모양이었다' 등과 같이 인물들의 눈치를 살피는 조심스러운 태도를 취한다. 이러한 소통담론의 심층에는 산업화와 이데올로기적 담론 속에 갇힌 사회구조의 이면이 내재되어 있다고 볼 수 있다. 서정인 소설의 주인공들은 하나같이 어디론가를 향해 가는 것으로 시작한다. 그럼에도 불구하고 가는 목적지가 분명하지 않을뿐더러, 처음의 의도와는 다른 길로 빠져버린다. 이것은 실제와 현실, 이론과 실제, 사실과 허구를 표현하는데 있어 언어가 얼마나 무력한가를 보여주는 저항의 형태이고, 대결 양상을 그 자체를 소설 담론 형식으로 보여주는 것이라고 하겠다.

<강>의 텍스트적 특성은 다음과 같다. 배경이 '버스 안'에서 시작된다는 것, 그리고 그 버스 안에 타고 있는 사람들의 정체성이 분명하지 않다는 것, 그들의 여정지인 '군하리'가 필연적 목적지는 아니라는 것, 주인공들의 관계가 서로 모호하다는 것 등은 20세기 현대적 주체의 모습을 그대로 묘사한 것이다. '포스트 이데올로기적인 사회에서 살고 있'는 현대적 주체들은 '안'도 '밖'도 아닌 경계에 서 있다. <강>은 어디를 가고 있는 지조차 알 수 없는 세 명의 인물을 통해 20세기 현대적 주체의 소외 양상을 보여주고 있다. 이의 가장 큰 원인은 기표와 기의가 일치하지 않는 언어적 현실에서 기인한다. 자신의 발화가 타인의 발화에 호응되지 못하고 타

인의 발화가 내 발화와 호응하지 못한다. 여기서 주체는 동일성을 잃고 소외될 수밖에 없다.

각각의 인물은 기표를 획득하지 못하고 누구의 관점에서 보느냐에 따라 달라지는 유동적이고 사물화된 주체의 모습으로 투영된다. 서정인의 소설은 공간성과 시간성 자체가 배제되고 있다. 이 작품의 배경인 '군하리'는 소설의 인과적 요소에 크게 영향을 미치지 못하는 임의적 배경이다.<강>을 비롯한 서정인의 대부분의 작품에서 시공간적 배경은 주로 '어떤 길목'에서 '어디로 가는 도중'에서 이루어지고 있다. 도시화와 산업화로 인해 수많은 사람들이 자신들의 둥지를 잃어버리고 황량한 어딘가에 또다시 둥지를 틀어야하는 현실조건을 작가는 '군하리'라는 임의적 공간을 통해 재현하고 있다. 냉담한 현실을 인식하는 주인공들의 모습을 통해 투영하고 있는 것이다. '진눈깨비'라는 기표는 그나마 이 텍스트에서 유일하게 주인공들을 공통점으로 묶는 지표이지만 이마저 서로 다른 의미를 지칭한다.

'군하리'와 이들 세 인물은 60년대 말 주변부로 밀려나는 소시민의 양상을 그대로 투영한 것이라고 볼 수 있다. 말하자면 '이, 박, 김 그리고 술집여자' 등은 도시화와 산업화를 경험하는 그로 인해 주변부로 밀려날 수밖에 없는 당대 전형적인 소시민들의 모습이다. 이들이 찾은 '군하리'는 시골의 안온함을 찾아볼 수 없다. 술집이 있고 여인숙이 있는 것으로 보아 도시와 시골의 중간을 연상하게 하고 밤의 풍경은 을씨년스러운 낯선 분위기를 재현한다. 급속화된 산업사회는 그들을 본래적인 삶의 터전에서 축출하는 결과를 산출하였다. 어디론가를 떠날 수밖에 없었던 당대의 주체들은 목적지를 잃고 부유할 수 밖에 없었던 냉엄한 현실을 고스란히 자신의 몫으로 받아들여야 했다.<강>은 이 같은 주체의 현실인식을 보여준다.

　<강>의 담론이 사실상 타자성을 포괄하고 있음에도 불구하고 실제독자와의 소통관계는 감소된다고 볼 수 있다. 이는 내포독자와 실제독자 간의 담론 불균형으로 인해 심리적 거리가 멀어지는 담론구조로 되어 있기 때문으로 볼 수 있다. 텍스트는 내적소통체계와 외적소통체계가 동일성을 취할 때 긍정적인 의미를 가질 수 있는데, 이러한 소통체계 간의 불일치는 실제독자와의 소통단절을 야기한다.<강>을 비롯한 서정인의 여타 소설이 실제독자와 원활하게 소통하지 못함은 작가의 리얼리즘적 현실에 대한 투영이 언어적 현실로 드러나 있기 때문이다.

참고문헌

1. 기본자료

서정인, ≪철쭉제≫』, 동아출판사, 1996.

2. 단행본 및 논저

강상회, 「말과 삶의 현상학」,『한국문학대계』,동아출판, 1995.

김경수, 「언어의 이데올로기와 소설의 연행」,『현대소설의 유형』,솔, 1997.

김만수, 「근대소설의 관습들에 대한 부정과반성」,≪물치≫,솔, 1996.

김태환,『용병대장』,문학과 지성사, 2000.

김현, 「세계인식의 변모와 의미」,『전체에 대한 통찰』,나남, 1990.

Bakhtin, Mikhail. 전승희 외 옮김.『장편소설과 민중언어』. 창비. 1988.

_____, Trans Emerson and Michael Holquist. *The Dialogic Imagination* ed. by
    Univ. of Texas Press, 1984.

게오르규 루카치, 반성완 옮김,『소설의 이론』, 심설당, 1998.

롤랑 바르트, 김희영 옮김,『텍스트의 즐거움』, 동문선, 1997.

미셸 푸코, 이정우 옮김,『담론의 질서』, 서강대학교출판부,1998;2002;4판

믹 발, 한용환, 강덕화 옮김,『서사란 무엇인가』. 문예, 1999.

바흐친, 김욱동 옮김,『대화적 상상력』, 1988.

백지은, 「서정인 소설의 다성성 연구」,고려대학교대학원 석사학위논문,1999.

빌 애쉬크로프트, 이석호 옮김『포스트 콜로니얼 문학이론』, 민음사, 1996.

슬라보예 지젝, 이수련 옮김,『이데올로기라는 숭고한 대상』,인간사랑, 2002

우찬제, 「대화적 상상력과 광기의 풍속화」,『세계의 문학』,1988. 겨울.

원자경, 「현대 소설의 대화 양상 연구」, 서강대학교대학원 석사학위 논문, 2001.

웨인 부스, 최상규 옮김,『소설의 수사학』새문사, 1985.

위르켄 슈람케, 원당희 · 박병화 옮김,『현대소설의 이론』, 문예, 1998..

윤효진, 「서정 소설의 서술자 양상 연구」,중앙대학교대학원 석사학위논문, 2002.

이남호, 「80년대현실과 리얼리즘」(≪달궁≫, 민음사, 1987.

이호규, ≪이호철 소설 연구≫, 새미, 2001. 168쪽 참조.

시모어 채트먼, 최상규 옮김, 『원화와 작화』, 예림, 1998.

폴 리쾨르, 김윤성, 조현범 옮김. 『해석이론』, 서광사, 1996; 2003; 3쇄

황종연, 「말의 연기와 리얼리즘 ─ 서정인, 『붕어』해설 중에서」, 1994, 현대소설학회,

　　『현대소설 시점의 시학』, 새문사, 1996.

제2부 존재론

윤대녕 소설에 나타난 환영적 메커니즘

1. 서론

1990년 『문학사상』으로 등단한 윤대녕은 1994년 창작집 <은어낚시 통신>을 시작으로 <남쪽계단을 보라>(1995)를 비롯한 많은 중·단편의 작품을 발표한 바 있다.[1] 2000년대에 주로 많은 작품을 발표한 윤대녕은, 도시적인 감성과 환유적 이미지를 드러내는데 익숙하다. 현재 왕성하게 작품 활동을 하고 있는 관계로 그에 대한 평가는 아직 본격적으로 이루어지지 않고 있지만, 대략 '신화적 상상력'[2]과 '포스트모더니즘'[3]적 관

---

1) 『많은 별들이 한곳으로 흘러갔다』(1999), ≪제비를 기르다≫(2007), ≪옛날 영화를 보러갔다≫(1995), ≪미란≫(2001), ≪눈의 여행자≫(2003), ≪사슴벌레 여자≫(2001), ≪호랑이는 왜 바다로 갔나≫(2005), ≪누가 걸어간다≫(2004), ≪장미창≫(2003), ≪그를 만나는 깊은 봄날 저녁≫(2003), ≪대설주의보≫(2010) 등이다.

2) 이소연, 「윤대녕 소설의 원형 심상 연구」, 고려대학교 석사논문, 2005; 윤숙영, 「윤대녕 소설의 원형적 이미지 연구」, 『동국어문학』15호, 2003; 민혜숙, 「신화적 상징을 통한 윤대녕 소설 읽기」, 『現代文學理論硏究』29, 현대문학이론학회, 2006; 김소원, 「영원회귀 속에 숨겨진 존재론적 음성 : 보르헤스를 통해 본 윤대녕」, 『世界文學比較硏究』6, 세계문학비교학회, 2002; 남정희, 「윤대녕 소설과 신화적 상상력」, 『우리文學硏究』16, 우리문학회, 2003; 김지선, 「동아시아 상상력, 오늘의 비평에도

점으로 나눌 수 있다. 후자의 관점은 '다원적', '이미지 중심', '부유', '떠돎' '순간성', '시뮬라크르', '기이함', '여행', '길위에서' 등의 파편적인 이미지에 편중되어 있다. 기존의 이 같은 평가는 당대성에 근접한 윤대녕 소설의 특성을 어느 정도 규명했다는 데 의의가 있다. 그럼에도 불구하고 표층적 현상만을 다루고 있다는 인상을 지울 수 없다. 이에 본고는 윤대녕 소설의 구조적 메커니즘을 밝힘으로써, 당대성과의 연관관계를 밝히고자 하였다.

윤대녕 소설들은 대부분 1990년대 이후에 발표된다. 때문에 후기자본주의라는 당대성에 기반해 있다고 볼 수 있다. 그의 소설속에서 주인공들은 고유명사로 대두되기보다는 대부분 익명 상태로 대면하고 헤어진다. 또한 지속적이 아닌 일회적 만남을 유지한다. 이런 만남의 형태를 구체적으로 표현하면, 평소 익숙하고 사소한 어떤 대상이 어느날 주인공의 눈에 들어온다. 이를테면 '여자' '소' '말' '나무' '집' '은어' 등인데 이들은 유령처럼 홀연히 나타났다가 사라지는 사물화의 형태를 보인다.[4] 주인공의 의

유효한가?; 내 안의 '불안'과 만나다 : 윤대녕 소설 '호랑이는 왜 바다로 갔나」, 『中國語文學誌』 24, 중국어문학회, 2007.
3) 김정자, 「윤대녕론 : 흩어지는 존재들과 다원적 자아」, 『한국문학이론과 비평』 6, 1999; 채명식, 「윤대녕의 '천지간'분석」, 『한국문학연구』 22, 동국대학교 문학연구소, 2000; 이수민, 「윤대녕 소설에 나타난 시각적 표상 연구 : 프로이트, 라캉의 정신분석학을 중심으로」, 단국대학교 석사논문, 2010; 최창용, 「윤대녕 단편소설 연구 : 포스트모더니즘의 성격을 중심으로」, 가톨리대학교 석사논문, 2002; 김영성, 「타자로서의 기억과 소설의 시점 : 윤대녕의 '사슴벌레 여자'에 나타난 시점 변화를 중심으로」, 『비교한국학』 17, 국제비교한국학회, 2009; 강상대, 「실종된 자아를 찾는 '실종' : 윤대녕론」, 『檀國文學』 11. 단대출판부, 1996; 정현숙, 「윤대녕 소설의 공간과 토포필리아(Topophilia)」, 『강원문화연구』 24,강원대학교 강원문화연구소 ,2005.
4) 사물화의 개념을 프로이트의 본능(tribe)과 억압(Verdrängung) 메커니즘을 관련해

식에 등장하는 사물들은 전혀 연관성이 없음에도 어떤 이미지를 생산한다. 그리고 주인공들은 그러한 표상물에 빈번하게 현혹되는 모습을 보여준다. 예컨대, <천지간>에서의 '나'는 어떤 '여자'에게 무작정 끌린다. 이때 '여자'는 주인공을 유혹하는 사물로서의 의미를 지니게 된다. 윤대녕 소설을 아우르는 지표가 '환영'이라면, 이것은 후기자본주의 형태에서의 물신적 메커니즘과 상통하기 때문이라고 할 수 있다. 말하자면 어떤 사물을 통해 자신의 일상을 돌아보고 그로 인해 내면의 어떤 것을 끄집어내고자 하는 인접성, 다시 말해 환유적 메커니즘이 윤대녕 소설의 특성이라고 말할 수 있다.

'사물화' '파편화' 등이 후기자본주의를 지칭하는 개념들이라면, 윤대녕 소설은 이에 걸맞는 특성을 보여주고 있다고 할 수 있다. 윤대녕 소설을 지칭하는 용어 중 하나가 바로 '시'적 특성이다. 이것은 그의 소설이 어떤 필연적 구조에 의해 서사화되기보다는 인접성적 특성, 즉 이미지가 강하게 작용하기 때문이라고 할 수 있다. 그러다보니 엄격한 플롯보다는 문맥의 흐름에 의해 사물과 주변을 구조화하는 파편화적인 특성이 크다고 할

살펴보면 다음과 같다. 본능은 자신의 충동을 분출하면서 저항에 부딪히게 된다. 그러면서 여러 형태의 대체물을 형성한다. 이때 본능적 충동은 다양한 억압적 메커니즘을 생산함으로써 원래의 증상을 회피한다. 이 메커니즘은 주체로 하여금 원 대상을 두려워하기보다는 대체된 대상을 두려워하게 만드는 사물화적 증상을 야기한다. 다시 말해 사물화란 무의식의 재현이다. 이때 재현된 대상은 원 대상보다 강한 힘을 산출한다. 이러한 재현적 메커니즘은 경제적 원칙에 입각한 것으로 주체에게 있어 욕망의 동인으로 작용한다. 이는 자본주의사회에서의 물신적 메커니즘과 동일한 효과를 산출한다. 후기자본주의에 있어 상품의 본질적 의미보다 포장된 효과가 중요시되는 이유가 여기에 있다고 할 수 있다. S. Freud, "본능과 그 변화(Tribe und Triebschicksale)", 『정신분석학의 근본개념』, 윤희기 · 박찬부 옮김, 열린책들, 1997; 2003,[재간], 101~153쪽, 참조.

수 있다. 주인공을 비롯한 주변 인물 또한 타자와 접맥하기보다는 동떨어진 인물이 많은 편이다. 인간을 이해하는 첫 번째 약호는 언어이다. 20세기 후반 구조주의가 무너지면서 언어의 지시성, 명료성과 같은 특질이 해체됨에 따라 언어를 통해 인간을 묘사하고 보여주는 자체가 매우 어려운 실정이 되어버렸다. 엄격하게 말해 윤대녕 소설에 드러나는 파편화적인 특성은 현실과 조우하지 못하는 언어적 장애의 한 유형을 보여주고 있다고 할 수 있다.

주체를 이해하는 가장 큰 도구가 언어라고 본 야콥슨은 인간의 언어를 수평측과 수직측으로 구분한 바 있다. 인간이 어떤 언어를 사용할 때 먼저 '은유적 사고과정을 거치고', 그것을 토대로 '인접적' 사고를 하게 된다. 그러면서 야콥슨은 언어요소를 매끄럽게 연합하지 못하는 사람의 예와, 한 언어를 다른 언어로 치환하지 못하는 사람의 예를 들어, 전자를 인접성(contiguity disorder)의 장애, 후자를 유사성의 장애(similarity disorder)로 지칭하였다. 인접적 장애를 가진 사람은 수평축의 손상으로 인해 언어를 선택하고 대치하는 수직적 차원, 즉 은유적 성향이 강하게 된다. 때문에 그 언어에 부합되는 편집증적 사고에 머무르게 되는 경향이 많다. 반면 유사성의 장애를 가진 사람은 수평축이 발달되어 있어 특정한 사슬 내에서 말들을 바꾸지만 한 언어를 다른 언어로 바꾸지는 못하는 경향이 있다. 그는 실어증 환자들이 가끔 이 같은 언어적 장애에 갇혀 '섬망, 혼돈, 치매'와 같은 기능 장애를 발생한다고 하고 있다.[5] 소쉬르 이래 우리는 언

---

4) R.Seldon, *A Reader's Guide to Contemporary Literary Theory*, Prentice Hall/Harvester Wheaatsheaf, 1997, pp.78~80. 참조.

어기호란 자의적인 특성을 가진 사회적 체계이며 인간의 사고를 드러내는 도구라는 것을 인정한다.

자본주의사회에서 언어는 인간을 사물화된 형태로 은유화한다. 다시 말해 주체는 기표의 동일성으로 획일화된다. 윤대녕 소설의 인물들은 일회성적이고 동일화된 자본주의의 논리로 재현된다. '소설가, 시인, 기자, 화가 ' 등의 익명화된 형태로 관계맺는 주인공들의 만남은 지극히 일회성적이며 오직 기표가 야기하는 물신적 메커니즘에 의해 문맥화된다. 이때 인물들은 '눈짓'이나 '이미지'로 서로를 교환함으로써 문맥을 생산한다. <천지간>, <소가 여관으로 들어오다> 등에서의 만남의 형태가 그렇다. 이는 당대성에 기반한 작가의 후기자본주의적 관점으로 이해할 수 있다.

과거 미시권력의 개념이었던 '무의식'이나 '욕망' 등은 후기자본주의시대에 와서는 유령처럼 떠돌고 있다. '소비 질서와 생산 질서가 서로 얽힌 조작'의 형태로 자본주의의 기호를 본 보드리야르처럼, 기호는 자의적이다. 때문에 '기호는 기호에 의해 보호 받으며 존재'한다.[6] 다시 말해 기호는 기호가 의도하는 내용과는 상관없이 서로를 용인한다. 언어기호가 의미를 갖는 것은 언제나 '낱말들의 배후에서이다.'[7] 소쉬르에게 있어 '자의성'은 '무언가 유사 및 자연적 형상화의 관계를 간직하는 것이고' 이로 인해 진정한 '문자는 없'다.[8] 다시 말해 자의성이란 언어기호의 외재적 특성을 기반으로 하는 것이다. 때문에 소쉬르의 입장에서 보면 언어는 무엇보다 '내적 체계가 지닌 순수성을 보호하고 나아가 복원해야 하는 것이다.[9]

---

6) Baudrillard, 『소비의 사회』, 이상률 옮김, 문예출판사, 1991, 24쪽 참조.
7) Derrida, 『그라마톨로지에 대하여』, 김용권 옮김 ,동문선, 2004, 65쪽 참조.
8) 위의 책, 66쪽 참조.
9) 위의 책, 68쪽 참조.

데리다는 언어기호는 '소쉬르에게도 타락·탈선의 의복이고 변질과 위장의 옷이다'라고 말함으로써, 문자언어의 왜곡성을 꼬집는다.[10]

이 같은 언어기호의 왜곡성을 프로이트의 꿈텍스트와 대조하면 유사한 구조를 갖는다. 프로이트의 꿈 텍스트에서 보면 주체의 욕망은 외현적인 꿈 텍스트와 잠재적인 꿈 텍스트 위에 위치한다. 이때 주체는 자신을 욕망을 '기호의 메커니즘'에 의해 교묘하게 위장시킴으로써 자신의 욕망을 타자화한다. 여기서 중요한 것은 꿈의 잠재적 내용이 아니라 꿈 작업 그 자체이다. 지젝은 프로이트의 꿈 작업을 마르크스의 '상품 형식의 비밀'과 연관시킨다. 다시 말해 상품의 진정한 본질은 상품의 내용이 아니라 구조화된 상품형식 그 자체에 있다.[11] 여기서 중요한 것은 상품의 내용이 아니라 그것이 발휘하는 '매혹의 힘'이다.[12] 상품의 매혹성이야말로 상품의 교환을 가능하게 하는 잉여성의 원천이다. 지젝에 의하면 자본주의가 열광하는 상품은 그 자체로 빈 것이지만, 현대 소비적 주체들은 그것이 빈 것임을 앎에도 그것이 함유하고 있는 듯한 환영 그 자체를 즐긴다. 이로써 '상품'은 원래의 사실보다 더욱 실재적인 듯한 환영을 자아내게 되는 것이다. 후기자본주의에 열광하는 주체는 상품의 내용보다는 상품이 만들어내는 환영을 즐긴다. 이때 자본주의의 메커니즘은 환영을 야기하는 구조적 메커니즘을 이용한다. 때문에 환영은 심층에 내재된 무의식적인 기호로서가 아니라 기호 그 자체로서 의미를 지닌 것처럼 표층을 활보하며 자본주의라는 거대한 권력적 메커니즘을 이룬다. 소비자는 사

---

10) 위의 책, 70쪽 참조.
11) Žižek, 『이데올로기라는 숭고한 대상』, 이수련 옮김, 인간사랑. 2002, 35~39쪽 참조.
12) 위의 책, 41쪽 참조.

물의 본래적 의미를 향유하기보다는 사물 그 자체를 생산하는 환영적 메커니즘을 즐긴다.[13]

　마찬가지로 언어나 수사학 또한 의사소통을 전제하는 것이 아니라 불합리한 현실을 재현하는 하나의 도구로 다루어진다. 경험에 기반한 현실을 다루기에 현실은 우리가 더 이상 다룰 수 없도록 파편화되어 있고 불확정적이다. 때문에 언어의 자의성은 물론이고 문학 자체에 내재해 있는 구조 또한 텍스트의 내에 있는 것이 아니라 문맥에 따라 형성된다. 파롤은 랑그에 의해 구조화되는 것이 아니라, 발화상태에 의해 의미가 결정된다. 다시 말해 '무의식'은 심층이 아니라 표층에 의해 구조화된다.

2. 인접적 오류에 의한 환영적 메커니즘 : <천지간>을 중심으로

　<천지간>에서 '나'는 '외숙모'의 부음을 듣고 광주로 내려가던 중 터미널에서 우연히 마주친 '그 여자'에게 끌려 완도행 버스를 타게 된다. 외숙모의 부음을 듣고 나서 '나'는 '하얀색과 백색'의 이미지로 연상되는 '외숙'을 떠올린다. 외숙에게 '흰색'은 같은 색이면서 다른 색이다. 다시 말해 동일성이면서 비동일성을 함축하고 있다.

　일상적 통념에서 검은 색은 흰 색이 있기 때문에 기의를 획득한다. '흰색과 검은색'이 환유적이라면 '백색과 흰색'은 은유적이다. 즉 유사성이다. '그 여자'를 따라 완도행 버스에 동승한 화자는 흰색에 대한 관념에서 벗어나지 못한다. '나'는 유년시절 물에 빠져 허우적대던 생사의 갈림길에서 '흰빛'을 본 경험을 갖고 있다. 그때 화자가 물속에서 본 '흰빛'은 '죽음'

---

13) 요란한 상품의 포장이 그렇다.

과 등가성을 갖는다. 이후 화자가 의식에서 깨어났을 때 자신을 구한 친구가 '거적때기'에 자기 대신 누워있음을 본다. 그리고 자신이 보았던 '흰빛'은 '푸른빛과 보랏빛'으로 변해 있었다. 이후 화자는 군에서 지뢰를 밟으면서 그 '흰빛'을 다시 보게 된다. 그리고 어느날 '박물관'에서 '조선백자'를 보면서 그 흰빛을 다시 떠올리는데 이때는 황홀감으로 다가온다. 이렇듯 화자의 '흰빛'에 대한 관념은 경험에서 비롯된다. '흰빛'으로 연상되는 '죽음 관념'은 이후에도 줄곧 '물 =뇌관=조선 백자=감성돔=청환석=여자' 등의 서로 연관성을 갖지 않는 어휘로 관념화된다. 엄밀히 말해 이들은 '죽음'과는 별개지만 화자의 관념적 사고로 인해 '죽음'이라는 환유적 이미지로 대체되고 있는 것이다. 말하자면 외숙모의 부음 소식은 흰색을 구분 못하는 외숙에 대한 관념으로 이어지고, 이러한 인접성은 일반화된 죽음의 의미를 생경하게 만듦으로써 죽음에 대한 인식을 더욱 부각시키는 효과를 자아내게 된다. 이는 환유적 오류의 소치이다.

  <천지간>의 '기이함'은 텍스트의 문맥이 형성하는 이 같은 구조적 메커니즘에 의한 것이다. 그렇다면 '나'의 관념적 사고는 어디서 기반하는가? 라는 의문이 생긴다. '흰색'은 죽음과 등가성을 갖는 것이 아니라 생사를 포함하는 양가성에 기반해 있다. 이 양가성에는 자신을 구하다 죽은 '친구'에 대한 죄의식이 반영돼있다. 이러한 반영의식으로부터의 도피는 '그 여자'라는 대상에 함몰되는데, 이는 자신의 죽음외상을 극복하고자 하는 의식 행위의 일환으로 볼 수 있다. 화자의 이 같은 의도적 행위는 텍스트의 의미를 더욱 낯설고 환영적인 특성으로 이끈다. 화자의 '그 여자'에 대한 이끌림이 다소 생경하고 도착증적인 면모를 보이는 것은 이렇듯 유년시절의 '죽음 외상'에서 벗어나지 못한, 그로 인한 은유적 관념의 고착

화에서 기인된다. 여기서 '나'는 죽음이라는 거세콤플렉스에서 벗어나기 위해 그와 상반되는 '흰빛' 이미지를 떠올림으로써 죽음을 무화하고자 한다. 텍스트의 말미에서 '나'는 여자와의 관계를 통해 여자의 몸속에 잉태된 아이를 살리기 위해 자신이 호명되었음을 알게 된다.

또한 '그 여자'라는 언어기호는 '죽음과 삶'을 함께 내재화하는 기호이다. 채명식은 <천지간>의 '기이함'이 '아버지'가 부재된 채 출생한 화자의 '숨겨진 전생'과 연관된다고 보는데14) 그렇다면 '그 여자'의 잉태된 아이가 '나'의 환생이고, 이로 인해 '그 여자'는 '나'의 모친일 가능성을 갖게 된다. 이는 역으로 '나'는 '그 여자'의 자식이면서 남편이고, 동시에 죽음이면서 삶인 '차연差延'적 의미를 갖게 된다. 윤대녕 소설이 일상적 주제임에도 낯설게 느껴지는 것은, 일상적 시간에 내재한 인접적 오류 때문이다. 이는 일상성에 내재된 삶과 죽음의 혼재성을 의미하는 것이기도 하다.

이 텍스트에서 '화자'의 어린 시절 경험한 죽음에 대한 외상이 '원초적 외상'으로 작용하고 있다. 다시 말해, 화자의 어린 시절 외상이 이후 성장과정에서 주체의 경험적 사실과 부합되면서 다른 의미로 전환되고 있다. 프로이트는 '늑대인간'의 경험을 들어 '원초적외상'은 주체가 어른이 된후 어려서 목격한 부모님의 침실 장면을 현실에 기초해 재구성하였다고 함으로써 '사후성'이라는 의미를 적용한다. 이때 '원초적 대상'이란 '완전한 부재'가 아니라 환영을 일으키게 하는 어떤 장면에 대한 각인이면서 다른 의미를 생산하는 메커니즘의 원동력으로 작용한다. 이때 '원초적 대상'은 근원적 사실과는 많이 다르다. 이것은 이후의 경험적 사실이 작용

---

14) 채명식, 앞의 논문, 303쪽 참조.

되기 때문인 것이다. 때문에 원의미란 '이미 없는' 것이다. 여기서 중요한 것은 '원초적 의미'가 아니라 그것이 야기하는 환영적 메커니즘이라는 사실이다.

이는 다시 말해 인류 혹은 인간 주체의 어떤 근원적 부재와 연관될 것이다. 환유적 그물망은 역사적 시간의 접합체이다. 그것은 어머니와의 분리 그리고 이후의 오이디푸스적 주체가 체험한 시 · 공간적 접합물이다. 동시에 '서른두 해'라는 화자의 역사적 시간을 고려해볼 때 그 시기는 자본주의화가 본격화될 즈음이고 모든 것이 사물화된 어떤 시점에 주체가 있게 된다. 때문에 '화자'가 연상하는 어린 시절의 '죽음외상' 역시 자신이 이후에 환영적으로 구성한 장면 묘사의 부분이 작용되었다고 볼 수 있다. '외숙의 죽음'은 '그 여자'라는 환영적 대상으로 대치되는데, 이는 화자의 어린 시절 경험한 '죽음외상'이 표상화된 것이라고 볼 수 있다. 이 죽음외상에는 친구의 죽음에 대한 '애도'적 의미와 '거세'적 공포라는 양가성이 작용된다.

윤대녕 소설에 나타나는 주인공들은 후기자본주의 시대를 살고 있는 지극히 일상적인 도시인들이 대부분이다. 소설가, 시인, 기자, 화가 등이 대부분이지만 이들에게 공통적으로 나타나는 현상은 주변 세계와 동떨어진 듯한 모습을 보여준다. 이를 야콥슨이 말한 은유와 환유 축에 대입하면 '유사성적 장애'에 가깝다. 이를 테면 어떤 여자를 우연히 맞닥뜨린다. 이후 '여자'는 수시로 주인공의 시야에 들어온다. 이때 '여자'는 'A'가 되기도 하고 'B'가 되기도 한다. 이때 '여자'는 여자라는 본질적 기의로 행세하는 것이 아니라, '죽음' 이미지로 치환된다. 다시 말해 '여자'라는 기호를 '죽음의 돌연성이나 낯선' 이미지로 구체화한다. '여자'라는 언어기호에는 '죽음'이 부재함에도 그것은 '죽음'이라는 환영을 자아낸다. 다시 말해 '여자'와 '죽음'은 유사성적인 의미로 연결되는 것이 아니라 문맥적 의미로 구체화하는 것이다. 이것은 본연적으로 환유적 특성이지만, 엄밀하게 말해 자본주의의 특성인 '사물화'의 한 단면이라고 볼 수 있는 것이다.

이는 야콥슨의 언어로 말하면 '유사성적 장애'로 나타나는 현상이다. 이때 '여자'는 주체의 무의식을 자극하는 타자성의 출현이다. 후기자본주의를 살고 있는 현대인들은 느닷없이 출현되는 이 낯선 타자성[15]에 환호하면서 때로 그로 인해 야기되는 어떤 불안감에 시달리면서 살고 있다. 그것은 주체의 무의식을 자극하면서 끝없는 환영에 시달리게 하는 요인으로 작용한다. "가슴속에서 무엇이 쑤욱 빠져나가는 듯한 차디찬 느낌이 엄습"[16]한다는 말이 바로 그것이다. <소는 여관으로 들어오다>에서 화자는 '금영'이라는 비구니 여자를 찾아 청평사로 가는 도중, 차안에서 우연히 '밀짚모자'여자와 동행하고, 그 여자와 밤을 보낸다. 여기서 '금영'은 소가 되어 물속으로 들어간 그녀의 환생한 '생모'로 나타난다. 이후 '금영'은 자신과 동행하던 중에 사라지고, 이후 그녀는 자신과 동행한 사실조차 기억하지 못한다. 이때 '여자'는 '생모=밀집모자' 등으로 대치되는데, 엄밀히 '금영'은 화자의 환영이라고 할 수 있다. 뿐만 아니라 <그를 만나는 깊은 봄날 저녁>, <소가 여관으로 들어오다>, <국화옆에서> 등등의 작품에서 화자는 언제나 '여자'의 환영에 시달린다. <눈과 화살>에서 화자는 행방불명된 '박무현'이 어느날 미루나무 숲속으로 사라지는 환영을 본다. 어떤 대상에 대한 환영을 보는 증상은 그만의 세계에서 헤어나오지

---

15) 자본주의 사회에서 이 타자성은 상품화된 어떤 물질을 의미한다.
16) 윤대녕, <은어낚시통신>, 문학동네, 1994, 195쪽 참조.

못하는 언어적 장애의 한 유형으로 대부분 주변과 단절된 생활을 하고 있는 사람에게 나타나는 보편적 특성이다.

'여자' '환영'은 윤대녕 소설의 핵심어다. 작가는 왜 그토록 이 두 단어에 집착하는 것일까. '환영'은 이미 '부재라는 사실'을 단적으로 드러낸다. 이때 '부재'는 '환영'을 통해 어떠한 의미를 생산한다는 점에서 사물화의 특성을 전적으로 드러내는 지표다. 환영이 없다면 기의도 없다. 이러한 의미에서 윤대녕 소설은 오인화된 사물화의 현상을 통해 자본주의적 제도하에서의 주인공들의 오인된 현실인식을 보여주고 있다고 할 수 있다.

3. '사로잡힘' 속에 내재된 주체의 동일화적 욕망

<천지간>에 나타난 화자의 무의식적 연상을 통한 '죽음 엿보기'는 프로이트의 「늑대인간」과 '매맞는 아이'를 연상하게 한다. 이 텍스트는 '죽음'을 '일상'이라는 인접성에 문맥화함으로써 낯설게 하기라는 효과를 생산한다. '죽음'이란 어느날 문득 비동일성적인 어떤 것으로 다가온다. <천지간>의 화자는 '외숙모의 부음'이라는 비동일성을 통해 일상성을 체험한다. 이때 나의 시야에 들어온 사람이 '그 여자'다. 텍스트 표현에 의하면 '어깨를 부딪침으로써' 인식하게 된 것이다. 이때 정말로 부딪쳤는지 안부딪쳤는지는 중요하지 않다. 다만 화자인 나는 시각적 환영을 통해 그렇게 느꼈을 뿐이다. 때문에 '보았다'는 말은 정확한 표현이 아니다.

'나'가 터미널에서 우연히 본 '그 여자'가 자신을 유혹하고 있다고 생각하고 무엇에 홀린 듯이 쫓는 장면은 다분히 프로이트의 '늑대인간'을 떠올리게 한다. 프로이트의 「늑대인간」은 '유혹 시나리오'다. '늑대인간'의 화

자는 꿈속 장면에서 본 늑대가 자신을 유혹하고 있다고 여김으로써 환영 시나리오를 엮어낸다. 주지하다시피 이 '늑대인간'은 거세콤플렉스에 기반해 있다. 그리고 이 시나리오는 화자가 어려서 경험한 자신을 돌보아주던 '누나'의 '죽음'과 연관돼 있다. '늑대인간'의 화자는 어려서 이 누나로부터 보살핌을 받는 중에 그녀로부터 '성적 유혹'을 받았다는 것에 대한 죄의식을 가지고 있다. 이후 화자는 그 누나의 죽음과 관련해 자신의 '거의 슬픔을 느끼지 않았다고'고 술회한다. 화자는 이후 몇 개월 후 누나가 죽은 마을에서 멀리 떨어진 곳에 있는 한 시인의 무덤에서 '슬픔에 찬 눈물'을 흘린다.[17] <천지간>에서 '나'는 '외숙모'의 죽음을 '흰색'으로 치환하고, 이어 '그 여자'로 대치하는 환영 시나리오를 구상한다. 그 여자의 의도와 상관없이 일연의 우연성을 기화로 화자는 그녀가 자신을 따라오라고 유혹하고 있다고 믿는 것이다. 믿음은 환영이지 사실은 아니다.

'나'는 이 같은 우연성을 핑계로 문상지로 가고자하는 자신의 의도를 의식적으로 지연한다. 이때 이 우연성은 우발적인 것이 아니라 어느 정도 의도적이다. 무언가 핑곗거리를 찾기위해서 어쩌면 의도적일 수 있는 제스처를 취함으로써 '죽음'이라는 문자적 의미로부터 일탈하고자 한다. 이어 '나'는 '그 여자가' 자신을 보고 있지 않음에도 보고 있다고 문맥화한다. <천지간>의 '나'의 죽음에 대한 인식은 결국 거세콤플렉스로 인한 불안 의식이며, 이로 인한 인접적 오류는 '죽음'이라는 관념을 따돌리기 위한 의도적인 도피이고 지연이다. 거세컴플렉스란 남성적 동일화[18]에 대한 다른 이름이다.

---

17) S.Freud, "늑대인간 ; 유아기 신경증에 관하여(Aus der Geschhichte einer infantilen Neurose)", 『늑대인간』, 김명희 옮김, 열린책들, 1997; 2003[재간], 218쪽 참조.
18) Žižek, 앞의 책, 436쪽 참조.

여자가 나를 보고 있음을 깨달은 것은 노란빛의 잔상이 좀 길데 동공에 남아 있다 싶어 그녀가 사라진 곳을 눈으로 슬쩍 더듬고 있을 때였다. 그녀는 터미널 입구에 우두커니 서 있었다. 나와는 한 10여 미터쯤 떨어져 있었을까. 얼마든지 제 시선을 다른 데로 빗댈 수 있는 거리의 유동성 때문인지 그녀는 제법 대담한 얼굴로 나를 주시하고 있었다. 혹시나 싶어 주위를 둘러보았으나 암만해도 <u>그녀의 눈에서 벗어날 방법이 없었다</u>. 저 여자가 왜 가던 길을 멈추고 나를 바라보고 있는 것일까? 뒤미처 내가 검은 양복을 입고 있다는 사실을 깨달았으니 혹시 그 때문이라고 해도 그 <u>바라봄</u>의 순간은 넘 길었다.

　(<천지간>, 26쪽, 밑줄 필자).

　'그녀의 눈에서 벗어날 방법이 없었다'라는 문맥은 '그 여자'의 직접적 시선에 의해서라기보다 나의 응시적 시선에 의한 '사로잡힘'임을 알게 한다. 다시 말해 이 상황은 나의 의식에 '내'가 사로잡힌 것, 즉 사물화된 '내'가 된다. 이때 나의 진정한 욕망은 그 사로잡힘 속에 갇히고 싶은 타자로서의 욕망이다. 이는 다시 말해 주체의 전도된 욕망을 간접적으로 보여주는 기호이다.

　인접적 오류를 통한 주체의 무의식적 욕망은 '나'로 하여금 홀연 터미널 안으로 사라지는 그 여자의 뒤를 쫓아가게 한다. 이때 '나'는 '그 여자'가 자기를 '손짓'하는 의미로 받아들인다. 그녀의 무표정한 얼굴에서 외숙모의 얼굴을 보게 되어서라고 당위성을 전제하지만, 이는 명백한 인접적 오류, 다시 말해 환영에 기인한다. 이 같은 인접적 오류는 '여자=죽음'이라는 환유적 이미지를 생산하면서 무수한 사물화된 메커니즘을 생산한다.

"나와 눈이 마주치가 그녀가 대뜸 이랬다.

"미안하지만 맥주 한잔 사줄래요?"

말하자면 나더러 도로 엘리베이터에 타라는 얘기였다. 말물은 튼 적이 없으니 그녀가 나를 안다고 할 수는 없었고 나 역시 그녀에 대해서 아는 바가 전혀 없었다. 직장 여성 같지는 않았는데 여기 사는 사람들의 신분이야 모두 베일에 가려져 있어 짐작할 방법이 없었다.

~거기서 더 멈칫거릴 수가 없어 나는 일단 엘리베이터에 올라탔다.

(<찔레꽃 기념관>, 172쪽).

위 인용으로 볼 때 화자는 '그녀'와 의도적으로 접맥하려고 한다. 윤대녕 소설에서 이 같은 발화의 특성은 매우 빈번하다. 주체가 주변과 교우하지 못할 때 언어는 더 이상 의미를 생산해내지 못하게 되고 이는 존재적 불안으로 이어진다. 주변과 고립된 주체는 기의를 생산하기 위해 환영을 꾀하게 되고 이때 보게 되는 것은 전도된 현실이다. 이때 환영은 의도된 것이다.

이러한 의미에서 라캉은 '남자들과 여자들 사이에는, 그들이 남자이고 여자인 한에서 그 어떤 직접적인 관계도 없다'라고 하면서 "성적 관계 같은 그런 것은 없다(il n'y a pas de rapport sexuel)"라고 하고 있다.[19] 남성과 여성은 마치 상대방에게서 무엇인가를 찾을 수 있다고 혹은 찾을 수 있는 것처럼 믿고 행동하지만, 엄격히 말해 남자를 규정하는 것은 여성이 아니라 남성적 자질 그 자체이다. 여성은 남성의 죽음욕망의 동인으로 작용할 뿐이다. <천지간>에서 '나'가 '그 여자'에 덧씌워진 죽음 환영을 보는 것은 이 같은 소치이다. 화자는 텍스트의 초입에서 '내가 그 여자를 보고 있'

---

19) Fink, 앞의 책, 40쪽 참조.

는데 '그 여자가 나를 보고 있'다는 환영을 일으킨다. 표면적으로는 '그 여자'를 욕망하는 것 같지만, 사실은 그녀에게 덧씌워진 죽음을 열망한다. 여기에는 상징적 주체의 동일화적 욕망과 그로 인한 소외의식이 내재돼 있다.

> "그렇죠. 병원에 가는 게 두렵습니다. 틀림없이 선고를 받을 것 같아서 말이죠. 차라리 모르는 상태에서 급거(急去)하는 편이 낫죠. 아, 뭐 하나 편하게 느껴지는 게 있으니까. 갑자기 해운의 주인공이라도 되면 도무지 불안해서 못 살겠다는 느낌. 이해하시죠? 그렇잖아도 사실은 매일매일 일정한 정도는 항상 불안에 시달리며 살고 있죠. 장래문제, 건강문제, 교육문제, 집문제(저는 지금 14평짜리 아파트를 전세내 살고 있습니다), 직장문제, 바로 어제 잃어버린 은행카드문제(네, 전화신고는 해뒀습니다) 기타 온갖 잡다한 문제로 아침에 눈을 뜰 때부터 잠이 드는 순간까지(잠인들 어디 편합니까) 그야말로 사는 일은 매순간 고문을 늘 당하는 일입니다.
> (<그를 만나는 깊은 봄날 저녁>, 236쪽, 밑줄 필자).

> 무언가 우리를 구속하고 감시하고 지배하는 힘이 우리들 사이서 꿈틀거리고 있다는 생각이 들지 않아요? 마치 그물처럼 퍼져 우리들 사이에 작용하고 있다는 생각이 들지 않아요? 또 우리가 그런 정체 모를 힘의 일부이거나 그 힘의 생산자라는 생각이 들지 않아요? 가령 오늘 우리를 만나게 했던 힘의 정체는 무엇일까요?
> 글쎄요. …… 공포가 아닐까요?
> (<그를 만나는 깊은 봄날 저녁>, 252쪽).

위 인용은 <그를 만나는 깊은 봄날 저녁>의 부분이다. 여기서 화자는 언젠가 우연히 '어디서 받은지도 모르는' 명함 속의 주인공인 '남기수'를 불러낸다. 어색한 상태에서 당구를 치고 오징어불고기를 겸한 소주를 마시고 두서없는 얘기를 늘어놓는다. 그들은 그들을 지배하는 거대한 익명적인 힘의 '공포'에 대해서 두서없는 대화를 늘어놓는다. 이 공포란 '상징적 거세'[20]에서 기인된다. 자본주의 사회에서 명함은 상징적 질서의 규범과 동일화되는 기호다. 이 기호는 어느날 흔적도 없이 사라질 수 있다는 '상징적 거세' 공포를 유발한다. 이런 의미에서 '남자의 본질은 필연적으로 '남근'을 열망하는 것이고, 그에 대한 상징은 아버지의 존재로 함축한다. "아버지가 없다면, 남자는 아무것도 아니게 될 것이고, 형식이 없게 (inform)이 될 것이다"라는 라캉의 테제는 정당하다.[21] 때문에 '여자는 존재하지 않'거나 '혹은' '여자 그 자체를 위한 기호나 여자 그 자체의 본질은 없다.'[22]

윤대녕 소설에서 여성화자보다 남성 화자가 많이 등장하는데 이때 여자는 실체가 아닌 몽상적 인물로 등장한다. 윤대녕 소설에서 '여성'은 기호 즉 환유적 이미지로 존재한다. 다시 말해 의미를 가지기 위해서가 아니라 구조적 메커니즘을 야기하는 물신성으로 존재한다.

---

20) 상징적 거세란 프로이트의 '심적 현실'에서 비롯된 것으로, 존재하지 않지만 여전히 그것이 야기하는 환영에서 벗어나지 못하는 것을 의미한다. 이것은 성적 차이에 대한 구분이 없음에도 불구하고 여전히 사회, 즉 상징적 질서 속에서 적용되는 성적 차이를 의미한다. Žižek, 『까다로운 주체』, 이성민 옮김, 도서출판, 2005, 443~444쪽; Butter, *The Psychic Life of Power*, Stanford University Press, 1997, p.92. 참조.
22) Fink, 앞의 책, 53~66쪽 참조,
22) 위의 책, 같은 페이지.

4. 무생물적 상태로의 회귀 욕망

<은어낚시통신>의 시작은 '나'의 어린 시절 기억으로 시작된다. '울진 왕피천'에서 은어낚시를 했던 아버지가 집에 돌아왔을 때 어머니는 여름 무더위 속에서 '나'를 낳았다. 이후 아버지는 '이놈이 크면 함께 은어낚시를 가야지'라고 말한다. 사실 이 텍스트의 모든 주제는 이 서두에 집약돼 있다고 보아도 무방하다. 어느날 '나'는 '64년생'으로 구성된 '은어낚시통신' 모임에서 '그녀'를 만난다. '나'는 어린날 '왕피천' 등지에서 아버지와 함께 했던 낚시기억을 떠올리면서 '그녀'도 비슷한 시기에 그와 같은 장소에서 낚시를 했다는 사실을 알게 되는데, 이를 통해 두 사람은 '언젠가 서로 비껴 지나갔'[23]을 지도 모른다는 생각을 하게 한다. 그러면서 불현듯 '제가 태어난 하구로 돌아가 알을 낳고 죽'는 은어처럼 자신들도 '바닷길을 함께 회유하고 있는' 것이라는 생각으로 이어진다.[24] 이로 본다면 봄에 바다에서 돌아와 여름 내내 강물을 거슬러 오르며 회유하는 은어처럼 '나' 또한 언젠가 근원으로 돌아갈 날로 회유하고 있는 중인 것이다. 이는 우리 모두는 자신의 근원지로 돌아가기 위해 우연을 가장한 필연을 반복하고 있는 반성적 자각인 것이다. 그리고 그들은 맹렬하게 몸을 섞는 장면이 나오는데, 이때 이들의 행위는 회귀를 위한 일종의 죽음욕망적 성격을 띤다.

> …전략…하동−여름에 물에서 벌거벗고 노는 아이−가 떠올라 나는 슬몃 웃음을 터뜨렸다. 원래 하동이란, 강 따위의 물 속에 사는 상상의 동물로 모양은 사람과 비슷하고 소리는 어린아이 울음소릴르 닮

---

23) 윤대녕, <은어낚시 통신>, 같은 책, 62쪽.
24) 위의 책, 61쪽.

은 짐승이라고 한다. 이런 엉뚱한 생각을 하고 있는 사이 그녀가 다그
쳐 물었다. (<은어낚시 통신>, 61쪽).

은어는 수만 번의 반복을 경유해서 자신의 실존을 죽음으로 증명한다.
이때 은어는 자신의 실존을 위해 목숨을 건 도전을 감행한다. 그것이 은
어의 실존이고 존재이유다. 물살을 거슬러 오르는 은어는 그 물살의 그물
망 속에서 사물화된 존재로서의 자신의 환영을 본다. 그리고 그러한 환영
이 자신의 근원으로 회귀하는 원동력이 되는 것이다. 은어의 반복행위는
사물화된 자신의 환영을 통해 가능하며, 이를 통해 자신의 최종목적지를
도달하는 것이다. 은어는 반복행위를 통해 최종적으로 자신의 근원으로
회귀한다. 그 최종종착지는 죽음이면서 생인 그런 지점이다. 만약 '환영'
이 없다면 은어는 실존을 증명할 수 없다. 때문에 환영은 죽음이면서 생
이기도 한 구조적 메커니즘이다. 다시 말해 은어는 '산란이전'으로의 상
태로 돌아감으로써 완전한 자신을 찾는 것이며 그것은 또다른 자신을 분
화하는 시발점을 이룬다. 버틀러(J.Butter)는 라캉에게 있어 '오인'으로 작
용하는 상징적 법질서가 바로 존재이자 실존의 이유임을 주장한다.[25] 다
시 말해 은어의 위험을 감수한 반복행위는 환영적 메커니즘에 기반해 있
다. 이처럼 봄이 되면 거센 물살을 거스르며 회귀하는 '은어'는 물의 그물
망을 통해 펼쳐지는 사물화된 환영을 통해 자신을 실존을 증명한다.
　그로 인해 은어는 상징적 질서를 점유하고 자신의 최종안착지인 암수
구별이 없는 무성적 공간에 도달한다. 이 텍스트에서 아버지가 낚시한
은어는 매우 은유적이다. 이때 은어는 아버지의 욕망을 은유하고, 그 근

---

25) Butter, 앞의 책, 97쪽.

원적 욕망 역시 남녀 구분 없는 무성의 상태를 열망한다고 볼 수 있다. 버틀러에 의하면 인간은 태어나면서 자신의 한 성을 상실하고 평생 동안 그 잃어버린 성에 대항 애착이 작용한다. 때문에 주체가 평생 열망하는 것은 반쪽 이전의 상태, 즉 문화적 금기 이전의 상태이다. 다시 말해 성 구분이라는 이데올로기가 적용되기 이전의 상태를 열망한다는 것이다. 그러기 위해서는 우리 또한 위험을 감수하고 물을 거슬러 올라오는 '은어'처럼 회귀를 반복해야 한다. 이로 볼 때 우리의 삶 또한 봄이 되면 거센 물살을 거스르며 회귀하는 '은어'와 다를 바 없다.

일찍이 프로이트가 오늘날 문명이 인간의 이성의 억압한 결과하고 한 것처럼, 윤대녕 소설 속에 나타난 주인공들의 진정한 욕망은 금기화되기 이전의 상태에 대한 열망이다. 그의 소설에 나타나는 주인공들이 어느 하나의 대상에 몰입하거나 정착하지 못하는 방황의 연원은 여기에 있다. 이들은 회유를 꿈꾸는 회유성 동물처럼 금기 이전의 상태, 즉 원초적 상태로의 회귀를 꿈꾸는 것이다. 이는 또한 경험이전의 상태를 의미한다. '남녀' 모두 잉태되는 순간 '무성의 성'을 상실하고, 암수라는 상징적 질서의 구조에 편입된다. 윤대녕 소설에 등장하는 주인공들은 모두 자본주의의 메커니즘에 익숙한 도시인들이다. 기자, 작가, 화가, 은둔자 등의 기호는 자본주의의 소외를 대신한다. 자본주의의 메커니즘은 어쩔 수 없는 소외를 야기하고 이들의 진정한 욕망은 '은어'와 같은 무성적 상태로의 회귀를 열망한다. 이러한 의미에서 '은어'는 죽음충동을 상징하며 이는 나아가 언어기호 이전의 기원에 대한 열망을 담고 있는 것이다.

이로 볼 때, 윤대녕 소설속에서의 남자의 여자를 향한, 여자의 남자를 향한 시선은 여기에 기반해 있다. 이때 남녀 각각은 자신의 '이성적인 성'

을 배제한다. 남자를 보완하는 것은 여성성이 아니라 남성적 동일함이다.26) 때문에 여성 또한 여성이 되기 위해 떠맡아야 하는 상실은 남성성의 포기가 아니라 역설적이게도 바로 그녀가 온전히 여성이 되는 것을 영원토록 가로막는 어떤 것의 상실이다.27)

> 이제 당신도 돌아오기 시작하는 거예요. 당신은 지금까지 너무 먼 곳에 가 있었던 거예요. 그러다간 돌아오는 길을 영영 잊어버리게 될지도 몰라요.
> 정말 나는 지금까지 내가 있어야 할 장소가 아닌, 아주 낯선 곳에서 존재하고 있었다는 생각이 차츰 들기 시작했다. 이를테면 삶의 사막에서, 존재의 외곽에서. (…중략…) 아녜요. 더 거슬러 와야 해요. 원래 당신이 있던 장소까지 와야만 해요. (<은어낚시 통신>, 79쪽).

위 인용은 '은어낚시통신' 모임에 '나'를 초대한 '그녀'의 발화이다. '그녀'는 자신처럼 '나'도 빨리 돌아올 것을 회유한다. 여기서 '그녀'도 '나'도 어떤 온전한 합일을 꿈꾸지만 그것이 이미 자신들의 존재로부터 멀리 떨어져 있어서 그런 것처럼 인식한다. 그러면서 '그녀'는 '당신이 있던 장소까지 '나'를 더 거슬러 올 것을 종용한다.' 여기서 '그녀'와 '나', 즉 여성과 남성을 온전한 존재로 거듭나게 하는 것은 떨어져 있어 가능한 것이다. 말하자면 이들 존재의 두려움은 너무 떨어져 있어 두려운 것이 아니라, 너무 가까이 있어 두려운 것이 된다. 떨어져 있어 야기하는 사물화적 환영. 그것이 곧 그들 존재의 가치를 획득하는 일이 될 수 있다. 남자와 여자는 서로 상대방의 성이 결코 온전할 수 없게 만드는 대속적 장애물로서

---

26) Žižek, 같은 책, 436쪽 참조.
27) 위의 책. 같은 페이지. 참조.

기능한다.[28] 남성성, 여성성을 온전하게 실현하게 하는 것은 동일성에 대한 환영적 메커니즘에 의한 것이다. 때문에 상대방에 대한 환영이 없다면 남자와 여자는 존재하지 않는다. 다시 말해 환영을 통한 '거듭나기'를 통해서만 가능한 것이다. 윤대녕의 소설에서 여자는 늘 남자의 사랑을 배반하고, 우연을 우연이 아닌 필연으로 끝나게 하는 이유가 여기에 있다.

자본주의적 가치에서 여성의 본성은 '생산'의 개념으로 작용한다. 다시 말해 여성성은 어떤 결정론에 의해 좌우되기보다는 여성이라는 성적 본질, 즉 물신적 메커니즘에 의해 의미를 생산한다. 여성의 본질은 규정되는 것이 아니라 사물화됨으로써 가능하다. 때문에 여성은 영원히 회귀될 수 없는 불가능의 세계를 함축한다. 더불어 끝없는 생산적 메커니즘을 획득한다.

<제비를 기르다>에서 화자의 어머니는 '강남갔던 제비가 돌아오는 날' 태어났다. 이후 어머니의 생애는 대부분 '강남'이라는 은유적 세계에 머무른다. 어머니는 아버지도 가족도 아닌 오직 '자신만'의 세계를 그리워하면서 세월을 보낸다. 어머니에게 제비가 돌아오고 떠나가는 시간은 '영혼'이 되돌아왔다가 떠나는 시간이다. 여기서 어머니의 절대고독은 아버지의 바람기도 아니고 오직 그 무엇으로도 채워질 수 없는 '부재'의 시간 때문이다. 이로 인해 아버지 또한 어머니 못지않은 고독의 시간을 보내게 된다. 아버지와 어머니는 서로에게 채워질 수 없는 그 무엇으로 남는다. 두 사람은 서로의 결핍을 보완하는 존재가 아니라 결핍을 확인하는 존재로 존재한다.

---

29) Žižek, 『까다로운 주체』, 앞의 책, 440쪽 참조.

절대고독을 피해서 아버지는 자주 술집작부 '문희'를 만나러 가고 어느 날 어린 화자도 동행하게 된다. 이로 인해 '나'는 작부 '문희'를 기억하게 되는 것이다. 여기서 '술집 작부' 문희는 이를 데 없이 어둑한 환영의 이미지를 만들어낸다. 이후 '나'는 애인을 면회하고 돌아오는 또다른 '문희'를 어느날 차안에서 만나게 되면서 유년시절의 작부 '문희'를 떠올린다. 그녀와 태국으로 여행을 다녀오고 난 다음 어머니에게까지 선을 뵌다. 어머니에게까지 소개한 문희와 '푸껫' 여행으로까지 이어지지만 결국 헤어진다. '문희'는 자신이 '작부 문희'에 지나지 않는다는 것을 인식하고, '나'는 애써 그것을 부정하지 않는다. 문희를 어머니에게 처음 데려가던 날 어머니는 '처녓적'자신의 모습과 닮은 문희를 보고 놀랐다고 말한다. 여기서 어머니는 아버지와 자식인 '나'를 정착하지 못하게 하는 동인으로 작용한다. 어머니는 그들을 끊임없이 밖으로 내몰면서 그들로 하여금 무엇인가를 찾아나서게 만들고, 때로 끝없는 환영속을 헤매도록 유인한다. 애써 자신과 문희를 동일화하는 어머니의 세계는 아버지는 물론이고 아들인 '나'마저 그 결핍을 채워줄 수 없는 존재로 만든다. 이때 어머니의 세계는 인접성 장애에 가깝다. 어머니는 '제비＝강남＝영혼'의 고착화된 도착중적 상태에서 벗어나지 못한다. 뻣뻣한 어머니의 자세는 히스테리적 주체에게서 나타나는 무표정의 모습을 연상하게 한다. "여자는 영원의 나라를 왕래하는 철새 같은 존재"[29]라는 의식으로 고착화된 어머니의 세계는 그녀 혼자만이 꿈꾸는 세계이다. 어머니의 이 같은 의식은 결국 아버지를 다른 여자에게 보내는 결과를 낳는다. 문희 또한 나를 버리고 다른 남자

---

30) 윤대녕, 《제비를 기르다》, 창비, 2007, 57쪽.

와 결혼하지만 실패한 인생을 살게 된다. 3번째 결혼식을 올리고서야 오랜 방황을 끝내고 정착하는 문희를 보고나서 나는 비로소 마음으로부터 문희를 떠나보낸다. 이후 나는 이제는 할머니가 돼버린 작부 문희를 찾아가서 "나중에 영원의 나라에 가거든 다시 태어나지 말고 그곳에 오래 머무르라고"30) 취중 진담 같은 소리를 한다. 이로써 화자인 '나'는 비로소 어머니의 그물망에서 벗어나는 전망을 보여준다. 여기서 어머니가 의도하는 '영혼의 나라'란 금지가 적용되기 이전인, 무생물적 상태로의 회귀를 의도하는 지표이다.

'환영'이란 더 이상 A=A가 아닌 다른 것으로 보인다는 사실에 대한 은유이다. 윤대녕의 소설은 언어기호가 더 이상 일치하지 않는다는 것에 대한 역설이다. 예컨대 <소가 여관으로 들어오다>에서 '소=여관'은 근본적으로 언어의 자의성을 상실하는 개념이다. 그럼에도 불구하고 이것이 생산적인 의미를 갖는 것은 언어의 축어적 의미 즉 '기호'이기 때문인 것이다. 기호란 근본적으로 의미보다는 환영성을 야기하는 추상적 개념이기 때문인 것이다. 때문에 그의 소설에 빈번하게 등장하는 '은어'나 '연어'를 '모성회귀'의 관념으로 받아들여서는 안 된다. '은어' 혹은 '연어'는 그것이 함유하고 있는 환영적 메커니즘이야말로 은어를 은어이게 하고 연어를 연어이기 하는 동인인 것이다. '은어'에는 이미 '은어'가 존재하지 않는다. 다만 봄이 되면 거센 물살을 거스르며 회귀하는 환영적 메커니즘만이 존재한다. 자본주의를 살고 있는 우리는 이미 '과거로의 회귀'를 꿈꾸지 않는다.

---

31) 윤대녕, 위의 책.

5. 일상에 혼재한 소멸과 잉태의 시간

윤대녕 소설의 인물들은 상대방의 성에 집착하지 않는다. 그들이 집착하는 것은 산란을 위해 회귀를 반복하는 은어처럼 희미하게 투영되는 자신도 알 수 없는 존재의 흔적에 대한 환영이다. 그리고 그러한 존재의 흔적은 황폐하다 못해 괴기하다. 이는 존재의 흔적이란 것이 이미 지극한 일상이 되어버린 현실속에 내재된 낯섦이기 때문인 것이다. 언어의 지시적 의미가 존재하지 않고 기호의 유희만이 난무한 현실속에선 현실과 환영의 경계가 무의미하기 때문인 것이다. 때문에 이러한 불확정적인 영역에서 누구다 디아스포라적 환영에 빠질 수밖에 없게 된다. 윤대녕 소설의 기괴성은 여기에서 비롯된다. 의미가 사라져버린 현실에선 파편화된 기호의 유희만이 난무한다. 경계가 무너진 세계에서는 오이디푸스적 아버지에게 억압당해 있는 유령들이 판을 치기 때문에 현실은 한없이 삭막하다. 후기자본주의에서 오이디푸스적 아버지는 자본주의적 사물화로 대체되고 물신적 메커니즘이 생산해내는 환영이 난무한다.

<불귀>에서 화자는 '중학교 교사'를 하고 있던 착실한 여동생이 불현듯 사표를 내고 '산속'으로 사라져 버린 것에 대해 의아해하며 불가시적인 것과 가시적인 것의 차이가 존재하지 않는다는 사실 앞에 망연한다. 화자는 동생이 거주했던 '청라'를 찾아가면서 지명이 함유하고 있는 '푸른 비단 같은 도시'를 연상하지만, 정작 그곳은 '전염병이 휩쓸고 지나간 마을' 같이 적막하고 협소한 곳일 뿐이다. 이후 화자는 동생 '여진'을 찾아 사찰을 한 달간 헤매지만, 마지막으로 주인공이 깨우친 것은 그녀가 다시는 돌아오지 않는, 아니 '돌아올 수 없는 것'임을 어렴풋이 깨닫는다. 그러나

정작 화자가 체험한 것은 우리가 넘겨다보지 말아야 할 '블랙 홀'[31]이다. 여기서 화자는 '불가시' 영역에 대한 금지의 의미를 깨닫는다. '돌아온 이곳'과 '여진이 가 있는 곳'[32]이란 무경계 개념으로 볼 때는 크게 다를 바 없다. 마찬가지로 죽음과 삶의 경계 또한 크게 다를 바 없게 된다. 때문에 <천지간>의 화자가 '여자'에게 죽음을 보는 것은 지극히 정상적이다. <카메라 옵스큐라>에서 우연히 만나 여관에서 함께 잠자리에 든 여자는 "누군가가 나를 쫓아오고 있었어요. 아까 말예요"[33]라고 말한다. 환청인 듯 속삭이는 여자의 고백은 이어 자신이 "사람을 죽였다고, 그래서 쫓기고 있다고"[34]한다. 여기서 '여자'는 '실체'가 아닌 환영으로 나타난다. 전생의 한 순간인양 혹은 미래의 어느 한 순간인양 실체이면서 실체가 아닌 그런 모습으로 환시된다. <천지간>에서 내가 터미널에서 그녀를 보는 것은 순식간이다. 그것은 인과성을 띤 어떤 모습으로 다가오는 것이 아니라 즉시적 어떤 모습으로 출현된다. 또한 시공간적인 측면에서 보면 현재의 시간이기도 하고 전생의 시간이고 다가올 시간이며 삶과 죽음이 겹쳐지는 순간이다. 윤대녕의 소설 속에서 일상적 시간이란 삶과 죽음이 혼재하는 시간이다. 일상적 시간에 삶과 죽음이 혼재할 때 그 시간은 낯설어진다. 그것은 존재이면서 비존재인 그런 시간이 된다. 때문에 일상적 눈으로 보이지 않는 것이 때로 환영처럼 나타나기도 하는 것이다. 이로 인해 일상적 삶의 모습에서 죽음과 또다른 삶의 잉태를 보는 것은 당연한 것이다. <천지간>의 '그 여자'에게는 죽음과 삶이 함께 혼재한다. <소는

32) 윤대녕, <불귀>, ≪은어낚시통신≫, 문학동네, 1994, 108쪽.
33) 위의 책, 109쪽.
34) 윤대녕, <카메라 옵스큐라>, ≪은어낚시통신≫, 문학동네, 1994, 200쪽.
35) 위의 책. 같은 페이지.

여관으로 들어오다>에서 화자는 비구니 '금영'으로부터 '밀짚모자 여자'
와 '환생한 생모'인 환영을 동시에 본다. '금영'은 삶과 죽음의 시간을 혼
재하는 기호다. 또 <제비를 기르다>에서는 현재의 '문희'에게서 과거
'작부 문희'의 모습을 떠올린다. 그것은 시원점이기도 하고 자신의 모태이
기도 한 것이다. 그로 인해 현재의 문희로부터 과거의 문희를 떠올리는
것은 당연하다. <불귀>에서도 동생 '여진'은 존재이면서 비존재인 추상
적 기호이다. 이로 본다면 환영은 또다른 만남에 대한 가능성이다. 환영
은 실재에 대한 부인이면서 가장 강력한 긍정이다. 환영은 주체의 타자를
향한 욕망이 구조화되는 스크린이다.[35]

　<천지간>, <소는 여관으로 들어오다>, <제비를 기르다>, <불귀>
를 비롯한 윤대녕의 일련의 소설 속에서 '여자'는 구체적 대상으로 실존하
지 않는다. 무형의 어떤 개념, 즉 '빔(sūnya)'을 상징한다. <제비를 기르
다>에서의 '어머니'와 '두 문희', <천지간>에서의 '그 여자', <불귀>에
서의 '여진' 역시 그렇다. 그들에게는 표정이라는 것이 없다. 주변과 불화
하는 듯한 그들의 모습은 살아있는 실체라기보다 화자의 관념적 투사물
에 가깝다. 이들은 환영이면서 실재이고 '존재이면서 비존재'[36]의 기호의
의미를 상징한다. 이로 볼 때 윤대녕 소설에서 삶과 죽음의 시간은 동시
적이다. 나의 삶은 누군가의 죽음을 전제한 것이고 나의 죽음 또한 누군
가의 삶을 대신한 것이다. 때문에 스쳐지나가는 우연은 우연일 수 없게

---

35) 지젝은 히치콕의 <이창>과 <현기증>의 예를 들면서 환영이란 대체물을 찾기
　　위한 구성물이자 보호장치임을 말한다. Žižek, 『이데올로기란 숭고한 대상』, 앞의
　　책, 208~210쪽 참조.
37) 도올 김용옥, 『달라이라마와 도올의 만남』, 통나무, 2002, 668쪽 참조.

된다. 그것은 삶을 죽음으로, 죽음을 삶으로 환유하는 시원적 시간인 것이다. <천지간>에서 '그 여자'의 잉태는 삶과 죽음의 시간을 혼재한다. '여자'는 삶을 죽음이게 하고 죽음을 삶이게 하는 무수한 메커니즘을 생산한다. <제비를 기르다>에서의 어머니가 '여자'를 '영원'의 기호로 보는 것은 이 같은 소이다. 때문에 윤대녕 소설에서 남성은 여성을, 여성은 남성을 정면으로 응시하지 않는다. 정면적인 응시는 그 응시적 시점이 완전한 무라는 것을 확인하는 지점이다. 라캉의 응시적 개념에서 주체가 살아남을 수 있는 방법은 서로를 직시하는 것이 아니라 서로를 빗겨봄으로써 가능하다. 그들의 시선이 일치할 때 그것은 곧 '무(nothing)'의 다름아님을 알기 때문에 그들의 빗겨봄은 의도적이다. 그들의 만남은 늘 결렬될 수밖에 없는 것은 이러한 이유에 기인한다. 그들은 의도적으로 만남을 연기하고 회피한다. 이 연기된 제스처는 표면적으로 대화하지 않지만 묵언으로 가정된 혹은 예상된 만남을 이미 내포하고 있다. 이는 끊임없는 시원에 대한 갈망이고 가능성이다. 때문에 그들은 현실에 안주하기보다는 떠나기를 서슴잖고 그 떠난 장소에서 또다른 누군가와 만남을 거부하지 않는다. 그것이 또다른 생에 대한 가능성이기 때문인 것이다.

6. 결론

지금까지 자본주의적 메커니즘의 하나인 사물화의 관점을 통해, 윤대녕의 <천지간>, <그를 만나는 깊은 봄날 저녁>, <찔레꽃 기념관>, <은어낚시통신>, <소는 여관으로 들어오다>, <제비를 기르다>, <불귀> 등을 살펴보았다.

<천지간>은 '외숙모의 부음'을 접한 '나'가 상가에 가던 중 '그 여자'가 시야에 들어오는 데서 시작된다. 이후 화자는 외숙모의 죽음을 흰색이라는 환유적 이미지로 대체한다. 여기에는 유년시절 물에 빠져 죽을 뻔했던 생사의 갈림길에서 경험한 '흰빛'에 대한 관념적 오류가 작용한다. '흰빛'으로 연상되는 '죽음 관념'은 이후에도 줄곧 '물＝뇌관＝조선 백자＝감성돔＝청환석＝여자' 등의 서로 연관성을 갖지 않는 어휘로 대체된다. 다시 말해 이들은 '죽음'과는 별개지만 화자의 관념적 사고로 인해 '죽음'이라는 환유적 이미지로 대체되고 있는 것이다. 불현듯 시야에 들어온 '그 여자'를 따라가는 나의 행동은 결과적으로 '그 여자'의 잉태된 아이를 구하는 것이 된다. 이것은 실은 '내'가 '그 여자'를 따라가는 것이라기보다 나의 의식에 '내'가 사물화된 형태를 갖는다. 다시 말해 '그 여자'의 응시 속에 사로잡히고 싶은 '나'의 전도된 욕망이 표출된 것이다. 왜냐하면 '그 여자'의 잉태된 아이는 곧 '나'의 전생이면서 미래이기 때문인 것이다.

이처럼 윤대녕의 소설속에서 언어적 기호는 하나의 의미에 고정된 것이 아니라 '삶과 죽음' '현생과 죽음이후의 생' '과거와 현재' '흰색과 검은색' 등이 혼재하는 양면성을 보여준다. 이 같은 언어적 양면성은 윤대녕 소설의 주인공으로 하여금 인접적 오류를 발생시키고 이로 인해 독자는 일상성을 낯선 어떤 것으로 인식하게 한다. 일상적 시간에 삶과 죽음이 혼재할 때 그 시간은 낯설어진다. 그의 소설에는 일상적 눈으로 보이지 않는 어떤 것이 때로 자주 혼령처럼 주인공의 시야에 나타나는 장면이 빈번하다. <천지간>의 기이함 또한 여기서 비롯된다.

윤대녕 소설에서 이 같은 환영적 메커니즘은 빈번하게 나타난다. <소는 여관으로 들어오다>에서 화자는 비구니 '금영'에게서 '밀짚모자 여자'

를 보고 '환생한 생모'를 본다. 이때 '금영'은 삶과 죽음의 시간을 혼재하는 기호다. 또 <제비를 기르다>에서 화자는 현재의 '문희'에게서 과거 '작부 문희'의 모습을 떠올린다. <불귀>에서도 동생 '여진'은 '존재'이면서 '비존재'이다. <은어낚시 통신>의 '나'는 어린 날 '왕피천' 등지에서 아버지와 함께 낚시기억을 떠올린다. 이어 '나'는 어느날 '은어낚시통신'이라는 모임에서 만난 '그녀'를 통해. 그녀도 그와 비슷한 시기에 같은 장소에서 은어낚시를 즐겼다는 것을 알게 된다. 이를 통해 '나'는 '그녀'와 어디선가 서로 비껴갔을 지도 모른다는 생각을 하면서, 불현듯 우리 모두 또한 자신의 근원지로 돌아가기 위해 우연을 가장한 필연을 반복하고 있는 것은 아닌지 생각한다. 봄이 되면 거센 물살을 거스르며 회귀하는 '은어'는 물의 그물망을 통해 펼쳐지는 사물화된 환영을 통해 자신을 실존을 죽음으로써 증명한다. 이 사물화된 메커니즘은 은어를 은어이게 하는 동인이다. 은어가 이러할 진대 우리 인간 역시 이 같은 반복적 메커니즘을 통해 새로운 존재로 거듭난다. 나의 삶이 누군가의 죽음을 전제한 삶이고, 나의 죽음 또한 누군가의 삶을 가능하게 하는 것일 때, 일상은 일상으로만 끝나지 않는다. 그것은 삶과 죽음이 혼재된 근원적 시간으로 가능하다.

<천지간>, <소는 여관으로 들어오다>, <제비를 기르다>, <불귀>를 비롯한 윤대녕의 일련의 소설 속에서 '여자'는 구체적 대상으로 실존하지 않는다. <제비를 기르다>에서의 '어머니'와 '두 문희', <천지간>에서의 '그 여자', <불귀>에서의 '여진' 등이 그렇다. 그들에게는 표정이라는 것이 없다. 주변과 불화하는 듯한 그들의 모습은 살아있는 실체라기보다 화자의 관념적 투사물에 가깝다. 삶과 죽음은 동시적이다. 때문에 스쳐지나가는 무수한 '찰나적인 만남' 역시 우연일 수 없게 된다. 그것은

'무로 돌아가는 동시성'적 순간, 즉 시원적 회귀의 시발점이다. 그것은 삶과 죽음이 혼재된 그런 시간으로 존재한다. 때문에 일상에서 죽음을 보는 것은 그렇게 기이하지 않다. 그것은 무수한 태어남을 전제한 시간이기 때문인 것이다. 그것은 누군가 나를 대신해 태어난다는 환영적 메커니즘에 기반해 있는 것이다.

윤대녕 소설의 미학은 후기자본주의의 특성인 이 같은 환영적 메커니즘을 당대성인 자본주의적 관점에 기반해 적절하게 활용한 데 있다. 윤대녕의 많은 작품들은 사물화된 일상을 낯설게 인식하게 한다. 유령화된 기호들이 판치는 사물화된 자본주의에 익숙한 현대인들은 누구도 그 사물화의 본질을 알고자 하지 않는다. 왜냐하면 그것의 본질을 알아채는 순간 그것이 곧 완전한 죽음이라는 것을 너무나 잘 알기 때문인 것이다.

참고문헌

1. 자료

윤대녕, ≪천지간≫ 1996이상문학수상작품집, 문학사상사, 1996.

_____, ≪은어낚시통신≫, 문학동네, 1994.

_____, ≪누가 걸어간다≫, 문학동네, 2004.

_____, ≪제비를 기르다≫, 창비, 2007.

2. 논문 및 단행본

강상대, 「실종된 자아를 찾는 '실종' : 윤대녕론」, 『檀國文學』 11. 단대출판부, 1996.

김소원, 「영원회귀 속에 숨겨진 존재론적 음성 : 보르헤스를 통해 본 윤대녕」, 『世界文學比較硏究』, 세계문학비교학회 6, 2002.

김영성, 「타자로서의 기억과 소설의 시점 : 윤대녕의 '사슴벌레 여자'에 나타난 시점 변화를 중심으로」, 『비교한국학』 17, 국제비교한국학회, 2009.

김용옥, 『달라이라마와 도올의 만남』, 통나무, 2002.

김정자, 「윤대녕론 : 흩어지는 존재들과 다원적 자아」, 『한국문학이론과 비평』 6, 1999.

김정자, 「윤대녕론 : 흩어지는 존재들과 다원적 자아」, 『한국문학이론과 비평학회』 6, 한국문학이론과 비평학회, 1999.

김지선, 「동아시아 상상력, 오늘의 비평에도 유효한가? : 내 안의 '불안'과 만나다 : 윤대녕 소설 '호랑이는 왜 바다로 갔나'」, 『中國語文學誌』 24, 중국어문학회, 2007.

남정희, 「윤대녕 소설과 신화적 상상력」, 『우리文學硏究』, 우리문학회 16 , 2003.

민혜숙, 「신화적 상징을 통한 윤대녕 소설 읽기」, 『現代文學理論硏究』 29, 현대문학이론학회, 2006.

윤숙영, 「윤대녕 소설의 원형적 이미지 연구」, 『동국어문학』 15, 동국어문학회, 2003.

이소연, 「윤대녕 소설의 원형 심상 연구」, 고려대학교 석사논문, 2005.

이수민, 「윤대녕 소설에 나타난 시각적 표상 연구 : 프로이트, 라캉의 정신분석학을 중심으로」, 단국대학교 석사논문, 2010.

임진수,『환영의 정신분석』, 현대문학, 2005.

정현숙,「윤대녕 소설의 공간과 토포필리아(Topophilia)」,『강원문화연구』24, 강원
대학교 강원문화연구소 ,2005.

채명식,「윤대녕의 '천지간'분석」,『한국문학연구』22,동국대학교 문학연구소, 2000.

최창용,「윤대녕 단편소설 연구 : 포스트모더니즘의 성격을 중심으로」, 가톨리대학
교 석사논문, 2002.

J.Butter, *The Psychic Life of Power*, Stanford University Press. 1997, p. 92.

J.Derrida,『그라마톨로지에 대하여』, 김용권 옮김, 동문선, 2004.

S.Freud, "본능과 그 변화(Tribe und Triebschicksale)",『정신분석학의 근본개념』, 열
린책들, 윤희기 · 박찬부 옮김, 1997; 2003[재간].

_____, "늑대인간; 유아기 신경증에 관하여(Aus der Geschhichte einer infantilen
Neurose)",『늑대인간』, 김명희 옮김, 열린책들, 1997; 2003[재간].

B.Fink & S. Žižek eds,『성관계는 없다』, 신형철 외 엮고 옮김, 도서출판, 1995, 40쪽.

R.Seldon, *A Reader's Guide to Contemporary Literary Theory*, Prentice Hall/Harvester
Wheaatsheaf, 1997.

J.Baudrillard,『소비의 사회』, 이상률 옮김, 문예출판사, 1991.

S.Žižek,『까다로운 주체』, 이성민 옮김, 도서출판, 2005.

_____,『이데올로기라는 숭고한 대상(The Sublime Object of Ideology)』, 이수련 옮김,
인간사랑, 2002

박상륭의 ≪잠의 열매를 매단 나무는 뿌리로 꿈을 꾼다≫에 나타난 존재론적 사유

- <두 집 사이> 연작을 중심으로 -

1. 서론

박상륭(1940~)은 1963년 『思想界』에 <아겔다마>로 작품 활동을 시작한 이래 2008년 <雜設品>까지 주로 관념적 의식을 탐구해 왔다. 박상륭 작품에 대한 연구는 70년대까지 주로 단편의 형식으로 이루어졌으나, 90년대 중반 이후 <칠조어론>을 중심으로 본격적인 연구가 이루어지기 시작하였다. 특히 2000년대 이후에는 학위논문에서 중요하게 다루어지기 시작하였다. 기존 연구 방법을 살펴보면 다음과 같다.

첫째, 형이상학적 관념으로서의 죽음에 대한 연구이다.[1] 둘째, 모더니

---

1) 임금복(1996), 「한국 현대소설의 죽음의식 연구-金東里·朴常隆·李淸俊 작품을 중심으로」, 성신여자대학교 박사학위논문; 신성환(1998), 「박상륭 소설 연구-초기 중·단편을 중심으로」, 한양대학교 석사학위논문; 김진수(1990), 「죽음의 신화적 구조-박상륭의 『죽음의 한 연구』론」, 『문학과 사회』 겨울호; 이현이(2000), 「박상륭 소설연구」, 경희대학교 석사학위논문; 김명신(2001), 「박상륭 소설연구」,

즘과 니체의 형이상학적 관점에서의 연구를 들 수 있다.[2] 셋째, 박상륭 작품 전반에 나타난 관념성에 대한 연구를 들 수 있다.[3] 넷째, 정신분석학적 연구를 들 수 있다.[4] 다섯째, 기호론, 문체론, 신화론적 관점에 대한 연구가 있다.[5] 그 외 서사구조의 형식에 대한 연구가 있다.[6] 이처럼 박상륭 텍스트에 대한 논의는 죽음과 종교, 근대에 대한 극복, 정신분석, 기호 문체론, 신화론, 서사성에 대한 연구 등 다양한 관점으로 확대되고 있다. 이외에도 '학술담화' '주석달기' '에세이'[7]와 같은 다양한 평가로 이루어지고 있다. 이같은 평가는 박상륭의 소설의 주인공들이 지나치게 관념의 문제

연세대학교 박사학위논문.

2) 김정란(1990), 「사유의 호몬쿨루스」, 『작가세계』 가을호; 김정현(2000), 『니체의 몸 철학』, 문학과 현실사; 변지연(2002), 「박상륭 소설 연구-근대 극복의 양상을 중심으로」, 동국대학교 박사학위논문.

3) 신성환(1998), 「박상륭 소설연구-초기 중 단편을 중심으로」, 한양대학교 석사학위논문; 김정자(1998), 「박상륭 소설의 '죽음'변이 양상 연구」, 부산대학교 석사학위논문; 김주연(1992), 「관념소설의 역사적 당위-최인훈, 이청준, 박상륭 등과 관련하여」, 『문학정신』 6월호.

4) 길경숙(2005), 「박상륭 소설의 정신분석학적 읽기」, 한양대학교 박사학위논문; 박정수(2001), 「현대 소설의 환상적 상상력 연구」, 서강대학교 박사학위논문; 박정수(2001), 「현대소설에 나타난 환상의 세 모습」, 『한국문학과 환상성』, 예림.

5) 우남득(1993), 「<南道>연작의 상호 연구」, 『구조와 분석』II, 도서출판; 서정기(1995), 「≪칠조어론≫ : 말씀의 마을, 피학과 가학의 형이상학」, 『문학과 사회』 봄호; 임우기(1993), 「'매개'의 문법에서 '교감'의 문법으로- '소설문체'에 대한 비판적 검토」, 『문예중앙』 여름호.

6) 김주성(1989), 「죽음의 한 연구의 신화적 요소 연구」, 중앙대학교 석사학위논문; 민혜숙(2006), 「朴常隆 『南道』 連作의 原型 批評的 研究」, 서강대학교 석사학위논문; 최재준(1993), 「죽음의 한 연구론」, 동국대학교 석사학위논문.

7) 김경수(1990), 「삶과 죽음에 대한 연금술적 탐색」, 『작가세계』 가을호, p.359. 변지연(2002), 「박상륭 소설 연구-근대 극복의 양상을 중심으로」, 앞의 논문, 8쪽; 졸고(2007), 「박상륭 소설 연구」, 강원대학교 박사학위논문, 1쪽.

를 추구하고 있기 때문이다.[8] 이처럼 박상륭의 소설읽기란 '암호 해독'에 가까운 것이라고 할 수 있다.[9]

박상륭에 대한 기존의 연구는 이원론적 사유에 기반해 있는 서구 형이 상학에 대한 근대적 주체의 존재론적 문제와 연관된다. 언어, 종교, 철학, 신화 등의 문제는 궁극적으로 죽음과 맞닥뜨려야 하는 존재론적 문제로 박상륭은 주인공의 인식을 통해 이러한 문제를 진지하게 탐구한 것이라 고 볼 수 있다.

이처럼 박상륭 문학은 현대적 주체의 인식론적 문제를 화두로 삼고 있 다. 지각, 판단, 의식, 체험, 직관, 반성, 사유와 같은 근·현대의 철학의 주 요 개념들은 사실상 주체의 인식론적 관점과 관련된 것이다. 이 같은 인식 론적 관점은 이성적 합리성에 대한 주체의 존재론적 믿음이 바탕이 되고 있다. 그것은 인간 주체의 존재의 끝없는 추구이자 질문이라고 할 수 있다.

데카르트, 칸트, 후설로 이어지는 내면성의 철학은 '나'를 중심으로 한 인식의 범위를 한정하고자 하였다.[10] 생각하는 행위와 존재하는 것의 당

---

8) 박상륭 관념적 소설에 대한 장르적 규명을 다루는 것도 의의 있는 일이라 생각된다.
9) 진형준(1986), ≪열명길≫ 해설, 문학과 지성사, 413쪽; 김진수(1990), 「죽음의 신화 적 연구-박상륭의 ≪죽음의 한 연구≫」, 『문학과 사회』 겨울호, 167쪽.
10) 내면성의 철학은 데리다를 비롯한 해체철학자들에게 맹렬하게 비판된다. 데리다 에 의하면 전통 철학은 '그리스적 원천을 기초로 하는' '상상력'적 철학이다. 그것 은 로고스적 사유를 바탕으로 하는 폭력이며 광기이다. 데리다는 또한 이어 '데카 르트, 루소, 라이프니치, 헤겔 등의 저자 이름에 어떠한 것을 창시한 사람이라고 생 각하는 것은 경솔하다고 보면서, 이들은 우리에게 하나의 담론과 하나의 역사적 총체성의 분절을 생각하기 위해 혹은 지금까지 제안된 개념들을 문제 삼기 위해 단지 포착된 것이라고' 말하고 있다 그러면서 그 또한 어떠한 뚜렷한 개념도 생산 하지 않을 것을 강조한다. 이같은 의미에서 데리다는 사물의 '~이다'라는 개념에 대해, '잘못 명명된 사물이다'의 의미로 '× ×'라는 표기를 사용한다.J. Derrida,

위성을 바탕으로 하고 있는 이성적 주체는 오직 주체 그 자신을 문법적 지위로 내세우는 우월성과 이분법적 잣대를 담보하고 있다. 어떤 것을 확실하게 인식하기 위해서는 '나'라는 주체가 있어야 한다. 이는 주체를 확실하게 내세움으로써 대상에 대해 견고한 우위를 확보하고자 하는 것이다. 현대철학에서 이러한 인식의 문제는 인식적 범위 밖의 문제를 어떻게 할 것인가에 대한 문제를 제기한다. 이로써 인식론은 인간의 인식능력에 대한 한계, 그로 인한 불확실 개념들의 문제를 야기하였다. 이러한 예의 하나로 직관적 의식을 담보하고 있는 후설의 의식현상학은 주관성의 한계로 인하여 데리다에 의해 비판을 받기도 하였다.

박상륭의 <죽음의 한 연구>와 <七祖語論> 그리고 근래에 <雜說品>에 나타난 사유의 기본 틀은 바로 인간의 인식 문제에 관한 것들이다. 주지하다시피 박상륭 소설의 주인공들은 현실적으로는 존재하지 않는 관념적 인물들이 대부분이며, 소설적 공간 또한 추상적이다. 이러한 배경들은 오직 인식의 관점에서만 구체성을 띠는 추상적 존재들이다. 이처럼 철저하게 관념적 인물과 공간을 통해서 그의 문학이 추구하는 것은, 인간은 정신과 육체를 가진 존재라는 것이다. 이때 정신의 본질이 추구되지 않은 채, 육체만 비등하게 된다면 정신은 쇠약하고 몸만 비대해진 '공룡', 즉 '눈이 하나인 외눈박이 공룡에(오늘날 대중) 불과하다'는 것이다. 박상륭은 자신의 소설에 대해 쏟아지는 '지적 오만' '추상적' '관념적 견해나 사고'에 대해 항변한 바 있다. 2003년 출간된『신을 죽인 자의 행로는 쓸쓸

Trans. Alan Bass(1978), *Writing and Differance*, Univ. of Chicago. Great Britain by TJ international Ltd. Press, pp.98~192 참조; 슬라보예 지젝, 이성민 옮김(2005), 『까다로운 주체 The Ticklish Subject』, 도서출판, 75~81쪽. 참조.

했도다』에서, 박상륭은 '일상성의 언어로 표현되는 구체적 영상(concrete image)만이 실사적(Rūpa, 色)'[11]인 것이라고 주장하는 것에 대해 불편한 심기를 보여주었다. 박상륭에게 있어 진정한 실사란, 인간 존재에 대한 근본적인 성찰과 관련될 때 가능한 것이다. 인간이란 언제나 더 나은 것으로 향하고자 하는 '의지'를 지니고 있다. 이때 인간 의지는 '진화론'으로 나타나고 있다. 오늘날 '우주를 통찰할 수 있는 신비'는 인간의 이성이 아니라, 모름지기 의지를 바탕으로 하는 '진화의 덕분'이라는 것이 그의 견해다. 박상륭에게 진화란, 무명의 잠에서 벗어나는 것, 즉 안을 깨우치기이다. 그에 있어 안을 깨우친다는 것은 곧 밖을 깨우치는 것이다. 이는 남김 없는 상태로 진화되는 것, 즉 초극적 삶을 이루는 것이다. 때문에 박상륭은 이분법적 구도를 배격하는 '중도론', 즉 니르바나의 세계를 지향한다.

소설이 인간 존재를 탐구하는 것이라고 볼 때, 작품에서 인식을 통한 인간정신의 구현은 소설의 본질과 관련된다. 박상륭은 텍스트에서 '초극적 삶'이 가능하다고 믿는다. 그의 말대로 오늘날 다양한 소설 표현법은 인간정신에 대한 믿음이자 규명일 수도 있을 것이다. 따라서 인간의 본질적인 문제를 탐구하기 위해서는 당연히 존재에 대한 근본적인 성찰로부터 시작되어야 할 것이다.

본고는 박상륭의 <잠의 열매를 매단 나무는 뿌리로 꿈을 꾼다>(2002)[12]를 중심으로, 인식론적 관점에 입각한 주체의 존재론적 사유를 고찰

---

11) 박상륭(2003), ≪神을 죽인 자의 행로는 쓸쓸했도다≫, 문학동네, 89쪽.

12) 박상륭(2002), ≪잠의 열매를 매단 나무는 뿌리로 꿈을 꾼다≫, 문학동네. 이하 <잠의 열매>로 표기. 이 작품은 ≪칠조어론≫ ≪죽음의 한 연구≫ ≪열명길≫ ≪아 젤다마≫와 같은 이전의 작품에 대한 주석적 의미, 그리고 그에 따른 박상륭의 사유가 전반적으로 함축되어 있다고 볼 수 있다.

하고자 한다. '늙은네'로 지칭되는 주인공의 사유가 의식의 끝없는 연장선 상에서 이루어진다는 점, 이것은 내면성, 의식을 중심으로 하는 반성적 사유의 일환이다. 자아의 타자화를 통한 주인공의 인식작용은 아무 곳에 서도 위로받을 수 없는 현대적 주체의 존재론적 상황과 연관된다. 이러한 주체의 정신활동을 분석함은 현대적 주체가 당면한 반성적 주체로서의 존재론적 사유를 규명하는 것이 될 것이다. 이러한 반성론적 관점은 현대 철학에서의 존재론과 연관된다. 존재론적 인식이란 플라톤의『국가론』에 나오는 비유처럼, '동굴 밖의 그림자'를 통하여 사물의 세계를 인식하는 죄수의 의식과 같은 것이다. 죄수가 사물을 인식하는 것은 언제나 대상의 반사적 이미지에만 머무른다. 때문에 '존재(Sein)'란 근본적으로 '비실재성' '비현존'이다.13) 그러므로 존재론적 인식이란 언제나 인식적 대상이 전제되는 반성적 인식인 것이고, 그것을 인식하고자 하는 의식은 그 대상의 본질에는 이르지 못하고 '현상'14)만을 보게 되는 것이다. 이것은 후설의 '현상학(phénoménologie)'을 연상하게 한다. 후설의 현상학에 있어 의식이란 '어떤 대상'15)'에 대한 의식의 동일성'16)을 의미한다. 이러한 의식과 대상 사이의 동일성을 데리다는 맹렬하게 비판한다. 대상에 대한 의식의 환원성이 가능하다고 믿는 후설에 대해, 데리다는 의식이란 '不正確(anexact)'한 것이라고 말한다.17) 때문에 의식이 대상을 의식화할 때 그것

---

13) J, Derrida, 김상록 옮김(2006),『목소리와 현상』, 인간사랑, 82쪽.

14) '현상'이란 의식의 인식적 대상이다. 후설은 '인식하고자 하는 대상에 대한 의식의 근원적 직관'에 가치를 둔다. 그런 의미에서 후설은 근원적 직관에 가까운 '현재', '현전(現前)'에 비중을 둔다. J, Derrida, 김상록 옮김(2006), 앞의 책, 11쪽. 참조.

15) J, Derrida, 김상록 옮김(2006), 위의 책, 26쪽.

16) 어떤 대상이나 본질에 대한 의식의 일치성을 의미한다.

17) J.Derrida. Trans. Alan Bass(1978), 'Genesis and Structure' and Phenomenology, 앞의 책,

의 근원성은 주관성으로 환원될 수 없다.[18]

인식이란 근본적으로 반성적이다. 반성론적 관점에서 주체의 사유는 '존재로서의 존재자를 사색한다.' 이때 '존재자는 이미 존재자로서 직시되어 있다.'[19] 여기서 '존재자'란 보이지 않는 존재의 본질 속에 이미 뿌리로서 은폐되어 있는 것이며, 이는 또한 존재자의 사색이 자신을 향해 있지는 않다는 것을 인식하는 것이다. 이처럼 '인식'이란 이미 타자의 사유를 기반으로 하는 것임을 의미한다. 따라서 존재자에 대한 또 하나의 존재자는 필연적인 것이다. 이때 존재자의 존재자에 대한 성찰은 곧 '안의 사유'인 것이다. 다시 말해 '안의 사유'란 후설의 말처럼 "'지금'과 '바로 전' 사이를 다리 놓는 간격이'"[20]며 반성적 시간이다. 이는 또한 근원적 시간에 대한 '자기 분열'[21]이기도 하다. 이것은 자기를 대상화하는 존재론적 성찰이다. 다시 말해 자기를 대상화하는 반성적 인식은 자기와 대상 사이에 존재하는 비동일성적 인식으로 인하여 조화로움을 이룰 수가 없다. 이처럼 반성적 사유는 지금의 서구 형이상학의 이분법적 사고에 대한 비판이며 동시에 그 불가능성에 대한 인식이다. 박상륭 텍스트에 나타난 존재론적 성찰은 서구 형이상학에 대한 반성론적 사유에 대한 인식이라 할 수 있다.

---

p.203 참조.

18) 데리다의 후설에 대한 비판은 영어로 번역된 데리다의 *Writing and Difference* 에 수록된 *'Genesis and Structure' and Phenomenology'*를 참조하였다. 또한 김형효의 해석에 많이 의존하였다. 김형효(1993),『데리다의 해체철학』, 민음사, 29~60쪽. 참조.

19) 하이데거, 최동희 옮김(1987),『形而上學이란 무엇인가』, 서문당, 18쪽. 참조.

20) 소광희(2001),『시간의 철학적 성찰』, 문예, 453쪽. 참조.

21) 위의 책, 같은 페이지.

2. 허무주의 극복을 위한 존재론적 인식

<잠의 열매>는 반성을 통한 주체의 인식을 통해, 반성적 자아와 반성되는 자아와의 사이에 존재하는 시간과 소외의식을 다루고 있다. <잠의 열매>는 <평심>에 수록된 <두 집 사이>(제1,2,3의 늙은 아해)의 연작이다. 여기서 '두 집'이란 이승과 저승, 생과 사, 짐승과 인간과 같은 관념적 의미를 내포하는 것으로, '제4의 늙은 아해' '제5의 늙은 아해' '제6의 늙은 아해'로 상징되는 '중음 여행 중인'[22] 늙은네의 인식을 통하여 주인공과 세계 사이에 존재하는 단절, 예컨대 소외나 불안을 죽음이라는 시간적 인식을 통해 직시하는 주체의 모습을 보여주고 있다.

<두 집 사이> 연작에서 보여주는 주인공들이나 배경은 박상륭 텍스트의 특유의 원초적 시공간적 이미지에서 탈피해 하릴없는 주인공(늙은네)이 도시의 변두리 공원이나 '13평 아파트먼트'를 배회하거나 침잠하는 모습을 보여줌으로써, 기존의 관념적 인물에서 보다 보편화된 현대 주체의 체험적 인식의 과정을 보여준다.

'제4의 아해'는 혼자 무의미하게 인근공원을 산책하다가 아무 곳에서도 자신을 환영해주지 않는다는 자책에 빠져 공원 어디 벤치 같은 것에라

---

22) 여기서 '중음'(中陰)이란, '죽음과 재생' 사이의 중간 상태'로, '뫼비우스'의 띠처럼, 얼핏 보기에 겹쳐진 것처럼 보이는, 그 어떤 부분에 불과한 것'이다. 이때 '중음 너머의 세상이란 다름아닌 이승'이다. 죽음의 관점에서 자연계에 모든 현상은 '자기 아닌 것은 하나도 없'고 동시에, '그 어느 것도 자기인 것은 없'다. 박상륭의 사유는 언제나 삼원론적이다. '이승·중음·저승' '윤회·전생·환생' '과거·현재·미래' '나기·죽기·갈아듦' '부상·중천·함지' '초승·보름·그믐'과 같은 경계론적 사유는 이원론적 서구형이상학에 대한 역설의 의미가 담겨 있다. 박상륭, <잠의 열매>, 80쪽. 참조.

도 '호곤' 함을 느낄 수 있는 곳에 자신을 누이고 싶어하지만, 그의 인식은 끝없는 침잠의 나락으로 떨어진다. 노인네는 '소속되고 싶음에의 열망'을 지니지만 자신은 이미 그런 '유의법(有爲法)'(<두 집 사이>(제4의 늙은 兒孩), 19쪽)의 세계로부터 멀리 떨어진 것 같은 '무상(無常)'(<두 집 사이>(제4의 늙은 兒孩), 19쪽)을 느낀다. 여기서 늙은네의 발화는 대단히 반어적이다.

> 유상(有常), 유위법(有爲法)밖에 모르는 저들께 그것은, 참아낼 수
> 도, 이해할 수도 없는 것이었음은 짐작되고도 남는다. 인식하며 산다
> 는 한 유정, 사람을 빼놓은 모든 유정은, 필멸이 그들의 운명임에도,
> '살기'라는 한 가지 법(法)밖에 몰라 그렇다(박상륭, <잠의 열매>, 19쪽).

여기서 '유위법'의 세계란 현실적 공간이 아닌 관념적 공간, 즉 인식의 공간으로 존재한다. 이는 또한 늙은네의 고뇌가 존재론적 사유에 입각해 있음을 말하는 것이다. 여기서 늙은네는 '나는 생각한다, 그러므로 나는 존재'(<두 집 사이>(제5의 늙은 兒孩), 52쪽)하는가에 대해 반문한다. 사유하는 것이 먼저냐, 존재하는 것이 먼저냐, 그렇다면 과연 나는 존재하는 것인가와 같은 끝없는 늙은네의 인식은 반성적 주체의 그것이다. 늙은네의 데가르트적 명제에 탐닉하는 이면에는, 전통철학에 대한 향수가 내재되어 있음을 느끼게 한다. '중심도 아니고, 변두리도 아닌' '우주적 무소속이 싫고 아프고 춥고 고달파서' '어디엔가 삽입되어져 버리고 싶은'(<두 집 사이>(제4의 늙은 兒孩), 30쪽)과 같은 관념적 언어들은 우수어린 현대적 주체의 고뇌를 염두에 둔 것이다. 늙은네는 끝없이 '무소속'(<두 집 사이>(제4의 늙은 兒孩), 30쪽)에 대한 사유로 일관한다. 이것은

현대적 주체의 그 어디에도 안주할 수 없고 회귀할 수 없는 '근원성'[23]에 대한 상실, 그로 인한 부재의식을 대변하는 것이다.

늙은네의 이러한 인식 작용은 자아의 내적 성찰에 의한 '비상에의 의지'(<두 집 사이>(제4의 늙은 兒孩), 30쪽)이며 자아동질성을 克復하기 위한 존재의 한 방안이다. 이 자아의 내적 성찰이란 다름 아닌 자아의 인식 작용의 한 일환이다. 이는 자신의 내면을 들여다보는 것으로 자아의 '안'을 통해 자아의 '밖'을 성찰하고자 하는 것이다. 그러나 자아의 '안'과 '밖'을 통한 늙은네의 자아동질성의 극복은 현실적으로 불가능하다. '자아동질성'이란 타자에 대한 반항적 의지가 개입될 때 비로소 획득되는 것이다. 그러나 늙은네는 그러한 의지가 개입될 타자성이 상실되어 있다. 그것이 늙은네가 '무소속'(<두 집 사이>(제4의 늙은 兒孩), 30쪽)에 대한 사유에 치우쳐 있기 때문이다. 늙은네의 인식이 이러한 사유에 기반해 있다면 타자를 통한 자아동질성의 회복은 불가능한 것이다.

이처럼 늙은네의 상념은 어떤 구체성(사실성)을 획득하고 있지 못하므로 해서 '사실과 허무' 즉, '자아와 타자' 사이의 경계가 무너져버린 그로 인한 허무주의로 일관되고 있다. 이것은 곧 언어에 있어서의 기표와 기의가 일치하지 못함, 그런 허무에의 깨달음인 동시에 당위론적 존재로서의 언어적 주체로의 열망인 것이다. 이것은 존재의 가장 절실한 깨달음인 실존적 인식에 기반해 있는 것이기도 하다. 그러나 늙은네는 생에 처음으로 자유에의 열망을 갖기 시작한다. 자유란 세계, 즉 대상으로부터 자신을 분리하여 세계를 곧 자신이 의식하여야 할 대상으로 보는 것이다. 이것은

---

23) J. Derrida, Trans. Alan Bass(1978), 앞의 책, p.198 참조.

곧 자유에의 의지이며 진정한 허무주의의 극복을 위한 자아의 내적 성찰 의식에 기여한다. 그러나 여기서 늙은네의 자아와 타자 사이의 동질성 극복을 위한 인식작용은 또 한 번 분리된 주체로서의 허무의식에 직면한다. 세계와 분리된 주체, 그래서 그 어딘가에도 소속될 수 없음, 그런 무소속에 대한 사유로 하루하루를 보내던 늙은네는 인근공원을 산책하다가 어떤 처자를 죽이고, 그 처자와 '시간(屍姦)'을 하다 복상사(腹上死)'(<두 집 사이>(제4의 늙은 兒孩), <잠의 열매>, 31쪽)한다. 이는 허무주의의 극복을 위한 비극적 허무주의의 일환으로 이해할 수 있다.[24]

여기서 늙은네는 소멸이라는 존재론적 사유에 도달할 수밖에 없다. 이에 표출되는 것이 불안의식이다. 이때 주인공은 자신의 불안을 직시함으로써 자신은 결국 죽음을 향해 서있는 존재임을 알게 되는 고독한 실존의 모습을 보여준다. '죽음'이란 자신의 실존을 가장 정면적으로 마주하게 되는 타자인 동시에 실존을 가장 본질적으로 인식하게 되는 동인인 것이다. 다시 말해 이 불안이야말로 늙은네로 하여금 존재자로서의 존재를 대면하게 되는 어떤 '절박'의 상태, 즉 본래성에 직면하게 한다.[25] 이때 늙은네

---

24) 일반적 '허무주의'란 문법과 같은 언어적 관념 속에서 헤어나오지 못하는 습관화된 관습을 뜻한다. 이때 허무주의는 생성이 아닌 완전한 삶의 종말을 의미한다. 그러나 비극적 허무주의란 분열된 자아와 타자 사이에 존재하는 순수한 허무주의와는 다르다. 염세적이고 비관적인 허무주의는 삶의 분열을 가속화하지만, 자아의 동질성을 극복하기 위한 비극적 허무주의는 자아의 의지가 개입된 허무주의의 극복을 위한 의미를 갖는다.

25) 본래성이란 현존재가 아직은 자기를 상실하지 않거나 상실하거나를 선택할 수 있는 본질적인 상태를 의미한다. 현존재란 죽음과 더불어 자기 스스로의 '가장 고유한' 상태, 즉 가장 근원적인 실존인 불안, 본래성에 직면하게 되는데, 이는 다른 현존재와의 모든 교섭이 끊어진 절박인 상태에 직면함을 의미한다. 이것은 존재자의 불안, 즉 현존재에 있어 '가장 근원적인 개시 가능성'의 그것이다. 하이데거는 『존

에게 세계는 더 이상 익숙한 그 무엇이 아니라 낯설고 기이한 절대 고독의 형태로 인식된다. 다시 말해 늙은네는 자신을 둘러싼 '죽음'이라는 시간성을 통해 자신의 본래성, 즉 '존재자'를 확인한다. 여기서 늙은네는 자아의 타자화를 통해 자신의 불안을 직시하는 관념적 수행자로서의 모습을 보여준다.

3. 반성적 주체가 인식하는 비존재적 시간으로서의 '현재'

'제5의 늙은 아해'라는 부제가 붙은 <두 집 사이>는 세든 방에서 방위 감각을 잃고 있는 늙은네의 상념을 다루고 있다. 늙은네의 상념은 겨우 웅크릴 수 있는 작은 방에서 '어디가 머리를 둬 다리를 뻗을까 궁리'하다가 결국은 '한 방위를 잃고, 그에 따라 남은 세 방위'마저 잃어버렸다는 인식에 도달한다. '고정관념'을 탈피하고자 하는 서술자의 발화가 표면화되어 있지만, 이 역시 '제4의 아해'처럼 '중음 여행' 중인 늙은이의 상념을 다룬 것으로, 자아인식에 기초해 있다.

> …(전략)… 분명히 있어야 될 문이나 숭늉그릇이 없어지고, 이제 그는 이 평면 벽의 미궁에 빠지게 된다. 이차원의 세계로 풍 빠져내린 것

재와 시간』에서 現存在(Dasein)를 두 가지로 규정한다. 즉 인간의 실존은 다른 현존재와의 관계로 규정되는 것이고, 다른 하나는 자신이 세계와 어떠한 관계에 놓여 있는 가를 생각함으로써 자신의 고유함을 인식하는 것이다. 여기서 전자는 타인의 방식으로 자신을 규정함으로써 공존재로의 非本來性에 직면하는 것이고(하이데거는 이것을 '世人(타인)'이 '일상성'의 존재양식을 지정하는, 혹은 예속되는 것이라고 한다.) 후자는 일상에서 벗어나 자신과 정면으로 대결함으로써 本來性에 직면하게 된다. 이때 진정한 자기 자신의 발견은 '불안'과 직면할 때만이다. 하이데거, 전양범 옮김(1992), 『존재와 시간』, 시간과 공간사, 252~260쪽. 참조.

이다. 그 미궁은 다름아닌, 방위, 또는 방향에 대한 그의 고정관념 자
체였을 것이다. 그러고도 늙은네가 더 못 참을 일은, 이 방에서는, 동
서남북이라는 네 방위 중의 하나가, 자기의 눈이, 깜냥껏 시퍼렇게 뜨
고 보는 앞에서 실종을 해버리는, 그 불쾌한 경험인데, 늙은네가 자기
의 방향감각에 의해서든, 또는(이제는 집어치워버린) 지남철에 의해
서든, 그쪽 구석(角)이 동쪽이며, 저쪽 구석이 서쪽이고, 그러면 이쪽
구석이 마땅히 남쪽이 된다고 하고, 마지막으로 북각(北角)을 정리해
내려 하면, 거기 마땅히 있어야 할 그 방위가 민틋하게 깎여 없어져, 보
이지도 느껴지지도 않는다는 그것이다 (박상륭, <잠의 열매>, 36쪽).

위 예문에서 늙은네는 자신이 놓인 방위를 인식하는 순간 그 방위는
'실종을 해버리'고 마는 그래서 '보이지도 느껴지지도 않는다는' 그런 인
식에 도달한다. 이러한 늙은네의 인식은 우리가 현상 속에서 무엇인가를
지각하는 순간 그것이 실재라고 생각한다는 것이고, 그 지각된 것이 결국
은 하나의 관념을 형성한다고 하는 인식한다. 관념이 의식 활동의 직접적
인 대상이 되는 것은 분명하지만, 인식이란 어떤 대상을 인식하는 순간
이미 자신이 인식한 그 근원적 시간(현재)의 점에서 동떨어져 있거나 밀
려나 있다. 그러므로 어떤 대상이 관념화될 때, 그 대상은 '근원'의 경계로
부터 끊임없이 멀어질 수밖에 없게 된다.[26) 근본적으로 의식대과의 동일

---

26) 데리다가 후설의 선험성을 해체하고자 하는 것은 관념적 현존에 대한 의식의 동일
성, 즉 내면화이다. 어떤 대상에 대한 최초의 인식은 그것을 인식하는 순간 자신이
그것을 감지했던 그 현재성에서 이미 멀어진 것이라는 것이다. 데리다에 의하면 서
구의 형이상학이야말로 로고스를 말씀의 진리인양 복종하는 자아동일성의 원칙에
근거해 있다. 이러한 자아동일성은 로고스를 목소리의 현전으로 인식하는 존재론
자들의 인식에 근거해 있다고 보는 것이다. 존재론자들은 목소리야말로 '의식의 생
생한 현전'이라고 생각한다. 이는 목소리(음성언어)가 의식의 '現前(présence)'과 가
장 가깝게 있기 때문인 것이다. 그러나 데리다에 의하면, 목소리란 그 자체가 이미

성이란 처음부터 인식의 현재를 담보하는 것이 아니라, 과거의 현재와 미래의 현재가 실타래처럼 엉켜 현재의 현재라는 비존재의 시간의 일점에서 다시 재인식된다. 이때 주체의 의식 속에서 구성되는 '현재'란 '부재'이면서 '존재'인 그런 관념성의 한계를 갖는다. 이때 서술자는 객관화된 늙은네를 통해 타자화된 자아의 본질을 직시한다. 다시 말해 늙은네는 서술자의 또 다른 분신, 즉 반성되는 자아의 다름 아님을 말하는 것이다. 따라서 반성적 자아와 반성되는 자아와의 사이에는 시간적 단절이 존재하게 된다. 반성이란 시간적 인식을 통한 자아의 고유한 내적 성찰이다. 즉 자아는 스스로 죽음이라는 존재상황을 매개로 자신을 시간적 존재자로 구성하고자 하지만, 자아에게 있어 존재의 극 일점, 즉 자신의 존재 상황은 포착되지 않는다. 여기서 자아와 세계 사이의 단절이 존재하게 되는 것이다. 그것은 그 극점의 '순간', 즉 '현재'는 이미 비존재로서의 시간이기 때문인 것이다.

이처럼 철저하게 타자화된 주체를 관음증적인 시선으로 응시하는 늙은네의 사유는 '자아의 객관화'를 통한 존재론적 인식에 기반해 있다. 이때 이 관음증은 '밖을 깨우치기'(<混紡된 상상력의 한 형태 2>, 166쪽)위한 일환으로 그 '안쪽을 들여다보는' 것이다. 이때 '안'의 사유란 타자의식에 직면한 자기통일성적 주체를 의미한다.

이때 늙은네는 '세계 내적 존재'[27]로서 존재자적 불안(Angst)의식에 직

자기 자신에게조차 조금 늦게 들려지는 것이다. 목소리란 이미 들려지는 순간, 보이지 않는 공명음에 의하여 진동을 형성함으로써 듣는 이에게 조금 나중 들려지는 것이고 동시에 의식에 의한 흔들림을 경험한다는 것. 이러한 데리다의 논리에 의하면 존재론자들이 주장하는 의식의 현전이란 있을 수 없게 된다. J. Derrida, 김상록 옮김(2006), 앞의 책, 26쪽. 참조; 김형효(1993), 앞의 책, 29~60쪽. 참조.

면하게 된다. 다시 말해 주체는 시간의 유한성을 상징하는 죽음을 인식하고, 죽음을 통해 불안이라는 존재론적 사유에 직면한다. 죽음은 실존적 주체가 인식할 수밖에 없는 절대 고독의 본질인 것이다. 이때 불안은 자신이 죽음[28]을 향해 있는 존재자라는 것을 인식하게 하고 동시에 현존재로서의 자신을 정면으로 직시하게 되는 동인으로 작용한다. 이때 늙은네는 시간의 유한성을 통하여 동일화될 수 없는 한계에 직면한다. 이것은 곧 존재론적 주체가 당면할 수밖에 없는 절대고독이다. 인간은 시간과의 동일성적 인식에 있어 근본적으로 '소외'의식을 느낄 수밖에 없는 운명론적 존재인 것이다. 다시 말해 주체는 즉자와 대자적 존재로서의 동일성을 획득하지 못하고 오직 의식의 내재적 존재자로 존재하는 부조리한 주체인 것이다 이처럼 늙은네의 사유는 타자 의식으로서의 반성적 주체의 모습을 형상화하고 있다.[29]

---

27) 하이데거의 말로 '현존재'의 실존범주를 의미한다. 이때의 현존재는 본래성과 비본래성의 무차별적 가능성의 조건으로서 '항상 실존'한다. 따라서 '世界內存在'란 '무엇인가의 안에서' 존재하는 것이라기보다, '무엇무엇과 친숙해 있다'는 '현존재의 형식적, 실존적' 의미를 갖는다. 이때 존재자는 세계 내부에서 이미 존재자로서 개시되어 있는 경우이다. 이는 다시 말해 두 개의 사물적 존재, 예컨대, 의자가 벽에 접해 있다는 식의 그런 사물적 관계를 의미하는 것이 아닌, 경험되거나 식별되었다 하더라고 간취될 수 없는 그런 인식적 관점에서의 이미 존재해 있는 그런 존재자를 의미한다. 다시 말해 현존재가 처한 고유한 의미에서의 실존범주를 의미한다. 하이데거, 최동희 옮김(1987), 앞의 책, 88~95쪽. 참조.
28) 죽음은 '세인(타자와 더불어 생활하는 현존재)-자기와의 모든 연관을 단절시켜서 현존재로 하여금 가장 독자적 자기이게 한다. 즉 죽음은 현존재로 하여금 본래적 가능적 존재로 실존하도록 한다.' 소광희(2001), 앞의 책 , 574쪽. 참조.
29) 진정한 반성적 사유란, 즉자와 대자적 인식을 통한 활동성이 각기 주관적 대상과 객관적 대상으로서 정립된 상을 가지면서 동시에 분리된 것으로서 존립되어야 한다. 여기서 분리된 각 부분은 각기 자기를 둘러싼 일체의 제약으로부터 해방된 이성적

반성론적 사유란 근본적으로 '존재자에 대한 또하나의 존재자'를 기반으로 한다는 점에서 관념적일 수밖에 없다. 반성하는 자아와 반성되는 자아와의 사이에는 시간이라는 유한성을 바탕으로 소외와 단절의식이 전제된다. 다시 말해 반성이란 '시간성을 가장 근원적으로 인식하는 것'[30]이다. 이는 또한 의식 현상학의 문제를 표명하고 있다.

4. 선험적 주체로서의 인식의 한계성

'제6의 늙은 兒孩'라는 부제가 붙은 <두 집 사이>도 죽음 여행에 빠진 늙은네의 상념을 다루고 있다. 여기서 늙은네의 상념은 '죽음도 삶도 결국은 그 실다움'에 도달할 수 없다는 인식에 도달한다. 여기에 이르면 어느 것이 '실'이고 어느 것이 '환'이냐가 문제되는 것이 아니고, 인식하고 있는 주체가 자신이 아니라 다른 누구라는 인식에 이르게 된다. 그것은 다름 아닌 타자인식에 근거한다. 다시 말해 자기란 지금껏 '어떤 모르는 타인의 머슴살이만 해온 것'이 아닌가 하는 것이다. 이때 자기가 인식하고 있는 그 자체야말로 자기(늙은네)의 것이 아닌 타자의 것이라는 인식일 것이다. 반성적 사유로서의 주체는 기본적으로 자아의 내재성이라는, 즉 내면적 사유자로서의 주체의 모습을 보여주는 것이라고 볼 수 있는 것이다.

칸트에 의하면 '인식의 수단이란 직관이다.' 그리고 이 '직관은 대상이

의식을 통하여 절대자를 산출하는 것이 된다. 그러나 이때 이 양자 간에서 필연적으로 발생하는 분열과 소외로 인해 진정한 동일성을 획득하지 못한다. 그것은 오직 끝없는 대립과 통일이라는 존재론적 양립성을 통해서만 성립될 수 있다. 임석진(1992), 『변증법적 통일의 원리』, 청아출판사, 40~41쪽. 참조.

30) 소광희(2001), 앞의 책, 453쪽. 참조.

주관적 심상을 통해 우리에게 주어지는 한에서만 성립한다.'[31] 이때 대상이란 인간의 주관적 감성의 아포리한 형식에 의하여 제약된다. 늙은네의 사유는 지극히 관념적이라는 의미에서 '명음(self−evidence)'한 의식을 중심으로 하는 선험적 인식에 기반해 있으면서, 동시에 경험적 주체의 자의식에 기반한 타자인식에 근접해 있다. 늙은네는 그러므로 타자화된 주체의 인식을 통해 자신의 음성을 자신이 듣는 형상을 하고 있을 뿐, 발화되지 않은 육성은 지극히 허무적인 느낌을 자아낸다. 발화(말)란 곧 의식의 산물이기 때문에 발화되지 않은 말은 관계를 형성할 수 없고 지극히 내면화된 자기애에 머무를 수밖에 없는 것이다.

여기서 '늙은네'라는 익명성은 20세기 이후 자아동일성에 기반해 있는 이성적 주체로서의 현대적 주체의 모순을 대변하는 대명사라고 볼 수 있다. '중음'적 경계를 통한 무한한 내적인식에 기반해 있는 주체(주인공)의 발화는 사실상 타자(서술자)의 발화에 의해 간섭을 받음으로써 문법적 주어의 위치를 흩뜨리고 있다. 따라서 '늙은네'로 지칭되고 있는 발화는 인식적 주체의 익명성을 전제하는 것이며, 이는 또한 모든 발화는 타인의 발화라는 바흐친의 말처럼 주체 혹은 저자의 부재라는 현대적 주체를 표면으로 상정하고 있다. 젊어서 무언가 눈에 보이지 않는 이념을 찾아 안개 자욱한 골을 찾아 헤매는 각설이는 어느덧 환갑에 가까워진 늙은네로 변모하여 돌아와 있지만 그에게 확실하게 인식된 것은 없다. 여기서 늙은네의 상념이 지극히 우수적인 것은 실체 혹은 진리에 대한 인식의 불가능성에서 기인한다.[32] 이것은 곧 늙은네가 갖는 자의식이 선험적 주체가 갖

---

31) 소광희(2001), 앞의 책, 340~341쪽. 참조.
32) '제7의 늙은 아해'의 상념은 '수라(Sura, 神)'에 대한 지극히 반어적인 육성을 담고 있다.

는 인식의 한계성에 기반한 것이며, 또한 지금껏 서구형이상학이 자아의 동일성적 개념으로 전제해온 직관적 의식, 즉 선험적 의식의 부재를 말하는 것이다. 그래서 늙은네가 도달한 인식은 '내어다보기'(<두 집 사이> (제7의 늙은 兒孩)', 91쪽)만 했다는 것에 대한 자의식이다. 이 '내어다보기'란 안에의 인식, 즉 자아인식에 이르지 못했다는 것을 의미하는데, 늙은네는 이제 '들여다보기'를 통해 자아동일성을 성취하고자 하는 것에 이른다. 다시 말해 늙은네의 자의식은 "밖을 대상화"[33]하여 그 내면을 들여다보기에 이른 것이다.

데카르트의 코기토 이후 이성은 주체의 확고한 위치를 대변하는 것으로 자리잡아 왔지만, 20세기 이후의 근대적 사유는 '생각하는 주체'란 어디까지나 '생각하는 나', 즉 인식의 대상이라는 인식으로 확대된다. 여기서 '나의 인식'이 나의 본연적 의식에 의한 것이 아니라, 내 안에 이미 다른 것, 즉 '생각'이라는 것이 침투해서 생긴 반사적 인식이다. 이것은 인식이란 이미 그 자체가 이미 타자화된 인식임을 말하는 것이다. 명증한 직관적 인식을 목표로 하는 후설의 선험성은 '해체주의'의 창시자인 데리다에 의해 신랄한 비판을 받는다. 데리다가 서구의 로고스중심주의를 맹렬하게 비판한 이면에는, 근본적으로 생각하는 대상과 인식 사이에 시간적 간격이 존재함으로써 자아동일성에 이르지 못한다는 반론이 내재된 것이다. 자아동일성을 바탕으로 하는 로고스중심주의는 로고스를 음성의 상징인 '소리'와 동일시함으로서 음성중심주의를 탄생시켰고 이것이 '구조주의'의 발판이 되었다고 보는 것이다.

---

33) 박상륭(2003), ≪신을 죽인 자의 행로는 쓸쓸했도다≫, 문학동네, 107쪽.

늙은네는 '한시 반 때도 빼꼼하게 비워주는 법 없이' '외로움이 자기의 뼈에다 구멍을 내는 소리를 듣는'(<두 집 사이>(제7의 늙은 兒孩)', 59쪽) 다. '늙은네'는 철저하게 '현재화'된 시간을 통해 존재자로서의 자신을 성찰한다. 이때 존재자로서의 주체는 자신과 가장 직접적으로 현전해 있는 시간, 즉 '지금'과 마주한다. 그리고 이 '지금'은 비현재적 시간, 즉 타자화된 시간이다. 의식의 흐름과 같은 형태를 취하고 있는 늙은네의 발화는 마치 자기 자신의 목소리를 듣는 것과 같은 이치에 도달하지만, 그것은 결국 완전한 자의식에는 이르지 못한다. 목소리로 전해지는 어떤 의미란 듣는 이로 하여금 듣는 순간 관념의 의미를 형성하고, 듣는 사람은 이 관념에 의한 의식에 동화된다.[34] 이때 늙은네가 회복할 수 있는 '현재성'은 비시간, 즉 '죽음'의 시간을 역행함으로써만 가능한 것이 된다.

이로 볼 때, 무수한 관념적 의식으로 일관하고 있는 늙은네의 인식 또한 서구의 형이상학적 진리에 대한 사유의 일환이라고 볼 수 있다. 다시 말해 늙은네의 인식은 데카르트를 비롯한 무수한 형이상학에 대한 사유를 기반으로 하고 있다. 따라서 늙은네의 인식은 자기의 명증한 인식에 의한 것이 아니라, 수많은 외부의 것들이 의식에 들어와 새긴 '흔적'의 일부분에 불과한 것이다. 명증한 의식을 바탕으로 자아동일성에 이르고자 하는 늙은네의 존재론적 인식은, 결국 동일성적 인식에 대한 한계의식을 표명하고 있다. '늙은네의 주검'을 통한 서술자의 인식 또한 자의식에 기반한 것이 아니라 '다른 사람의 말'이 자아 속에 들어와 만든 관념일 뿐인 것이다. 이렇듯 존재론적 인식은 자아의 타자화를 통해 이루어진다. 이것

---

34) J. Derrida, 김용권 옮김(2004), 앞의 책, 44~48쪽. 참조.

은 곧 의식의 자기동일성을 부정하는 그것이다. 자아동일성적 관념은 자아를 대상화하는 거리를 통해 형성되는 것이지, 모든 것을 '일점 근원'으로 인식하는 자의식적 관념과는 구별된다.

5. 역진화를 통한 소멸과 생성, 그리고 접점의 시간

시간성을 상실하고 세든 삼각형의 방에서 방향 감각을 잃고 무중력적 상태에 빠진 <두 집 사이>(제5의 늙은 兒孩)'에서 주인공은 시간성의 회복을 위한 존재론적 사유에 도달한다. 자신을 옥죄고 있는 그것이 실은 시간의 축이라는 것이다. 늙은네의 무중력은 사각형의 한 각이 실종됨, 즉 시간의 축에서 이탈을 의미한다. 그것은 곧 죽음에 직면한 늙은네의 사유를 의미하는 것이다. 이때 늙은네는 서술자의 타자화된 자아임을 추측하게 한다. 서술자는 시간 역시 '과거 · 현재 · 미래'가 뒤집히는 모래시계의 시간이며, 삶 또한 '나기 · 늙기 · 죽기'라는 삼각형의 꼴이라는 인식에 도달한다. 사각형에서의 한 각의 상실은 어떤 '점'에의 인식으로 인해 되살아날 수도 있고 무한히 확장될 수도 있다. 이때 '점'이란 이쪽도 저쪽도 아니면서 언제나 어떤 대상으로의 변모를 함의한 '상태'를 의미한다. 박상륭 식의 역설적 인식이 이루어지는 것 또한 이 '점'에 대한 역설적 인식에 있다.

늙은네는 '오각꼴 건물'에 세 든 상태다. 그런 늙은네에게 '오각꼴'이란 고정된 인식의 틀을 새롭게 인식하는 계기로 작용한다. 그(늙은네)에 의하면, '세상의 네 방위'란 '고정적 관념'에 의한 것이며, 그것은 '남근과 요니(女根)'(46쪽)라는 '상극'적 질서체계이다. 이 체계는 불의 상징으로서의

'상향한 삼각형(△)'과 물의 상징으로서의 '하향한 삼각형(▽)'이 각각 합쳐진 것이다. 이때 역행한 삼각형이 합쳐지는 '점'은 무한 가능성을 함의한 어떤 '접점'이다. 이처럼 상극적 질서로 이루어진 우주적 시간은 영겁회귀하는 모래적 시간에서 탈피해 '과거 · 현재 · 미래'가 뒤집히는 역행적 시간으로의 진화를 의미한다. 그것은 곧 죽음과 삶의 生成이 이루어지는 접점, 즉 중음적 시간에 대한 사유를 전제하는 것이다. 이때의 중음적 시간은 존재자의 허무의식의 극복을 위해 존재한다는 것이며, 이는 또한 정신과 육체 그 어느 한 곳에 중점을 두지 않는 역의 균형을 위한 것이라는 것에 목적이 있다. 이것이 박상륭 문학이 성취하고자 하는 '역진화'에 대한 진화론적 사유의 핵이다. 역진화[35]란 다시 말해 "시간을 없애버리"(<신을 죽인>, 122쪽)거나 "과거의 시간을 뒤집어 미래의 시간으로 올"(<신을 죽인 자의 행로는 쓸쓸했도다>, 122쪽)림으로써 가능한 그런 뒤집힘에 의한 시간을 의미한다. 박상륭 사유에서 '중음'의 시간이 의미하는 것은 이처럼 시간에 대한 인식적 전환과 연관된다.

박상륭 사유의 핵심인 역진화는 역의 균형을 위한 상극적 질서를 위한 진화와 퇴행을 의미하는데, 자연적 진화론과는 구별된다, 그에 의하면 자연은 무명의 형태에서 벗어나지 못한 꿈의 형태인데 반해 인간은 자연에서 도약된 상태라는 것이다. 이때 도약의 근거란 '고통'을 통한 진화인데,

---

35) 역진화란 자연적 도태를 벗어나기 위한 진화의 원동력을 의미한다. 그러기에 박상륭에게 '고통', 즉 '몸의 우주'는 무수한 진화의 원동력이다. 인간이 영겁회귀의 과정을 벗어나는 것은 '몸의 우주'를 벗어나는 역진화를 통해서만 가능하다. 따라서 '몸의 우주'는 '말씀의 우주'로 도약하는 것이고, 이 '말씀의 우주'에 대한 개벽은 '마음의 우주'로 개벽하는 역진화를 통해서 가능하게 된다. '말씀의 우주'와 '마음의 우주'는 아래 주석을 참조하기 바람.

고통을 통해 자아인식에 이르고, 인간은 이같은 인식에 눈떠 오관을 가진 존재가 되었다는 것. 그래서 안을 들여다보기란 자아인식에의 결과가 된다. 이러한 결과는 과거, 현재, 미래라는 직선적 시간에 의한 것이 아니라 상생에 기반한 역진화, 즉 깨우침에 의해 더 나은 미래로의 발전을 이룩한다는 진화론적 의미가 전제된 것이다.

그의 텍스트의 주제라고 볼 수 있는 '몸·말씀·마음'의 복합체인 '맒'36)이란 어느 한 영역을 의미하는 것이 아니라 어디까지나 '중도적 영역', 즉 '중음'을 의도한다. 이때 중도적 영역이란 모든 것을 의미의 '중심'에 놓고 사유하는 이성적 주체에 대한 영역 허물기의 한 일환이다. 그의 텍스트에서 각설이패들이 등장하는 초기의 작품이나 이후, <죽음의 한 연구>(1975)나 <칠조어론>(1990~1994)에 나타나는 주인공들 역시 모두 일정 경계의

---

36) 박상륭 소설에서 '맒'이란 '몸·말씀·마음'의 개벽을 위한 대우주론적 고뇌를 의미한다. 이때 '몸'이란 인간이나 우주를 감싸고 있는 '물질' 그 자체를, '마음'이란 사물이나 인간이 원천적으로 가지고 있는 '불성', (박상륭(2005), ≪小說法≫, 현대문학, 327~329쪽) 즉 깨우침을, '말씀'이란 인간과 신 사이를 중개하고 있는 '언어', 즉 로고스logos를 기저로 하는 사유이다. 박상륭의 근본적 사유는 '二陽一陰'인데, 이때 '二陽'은 '복수링감'의 형태를 띠고 있는 '로고스'를 상징한다. 이는 다시 말해 인간의 우주에서 인식적 사유의 기본이 되는 로고스를 상징하는 것으로, 우주는 이 로고스에 대한 '오독'과 '오문현상'으로 인해 황폐화되어 있다는 것이 박상륭의 사유의 틀이다. 이때 로고스란 신의 '몸 입음'의 욕망에 의해 '역신/처용의 처/처용'과 같은 간음의 형태인 '성령/마리아/요셉'의 형태를 띰으로써 '몸'을 입은 것인데, 이에 의해 인간의 우주는 오문과 오독으로 점철될 수밖에 없다는데서 시작하고 있다. '간음'의 형태란 어차피 한번 매개된 개념이다. 그러므로 박상륭 텍스트에서 이 '말씀의 우주'를 개벽함은 우주의 횡적 질서에서 벗어나는 것이 되는 것이고 그는 또한 우주의 오독이나 오문 현상에서 벗어나 '마음의 우주'를 개벽하는 것이 된다. 때문에 '마음의 우주'란 '말씀의 우주'에서 벗어나 그 자체가 하나의 '존재자', 즉 '개별체'로서 존재하는 것이 된다.

영역을 벗어난 '문턱'의 사유를 보여주고 있는 것은 우연이 아니다.

중음적 시간이란 '한 번도 존재해보지 못한' '자궁적 시간(모래시계)'으로 통시태와 공시태가 접점을 이루는 시·공간적 의미를 갖는다. 이러한 시공간은 상극적 질서를 통한 어떤 접점을 이룸으로써 자아와 대상 간에서 필연적으로 발생할 수밖에 없는 자기 소외의 극복을 위한 통합된 질서를 구축하게 한다. 이 상극적 질서의 한 접점, 즉 '점(vija)'에의 인식을 박상륭은 '말[言語]'이라고 하는데, 그것은 다름 아닌 '수사학적 언어기호'로의 몸 입음을 의미한다. 그것이 박상륭이 지향하는 '말씀의 우주'를 개벽하는 한 방안인 것이다.

이로 볼 때, '제6의 늙은 아해'가 도달한 소멸 의식은 결국 방위의 잃음, 곧 존재의 극점을 찾아내지 못한 데 있다. 그것은 '자아'를 인식했음에도 불구하고, '순간과 영원이 갈리는 그 일점에 생성적 의미로서의 '존재'로 이행되는 자아동일성이 이루어지지 못했음을 의미한다

이 접점의 시간은 '시간의 삼세(과거, 현재, 미래)가 '극소의 시간' 이라는 일점에로 무너져내'리기를 반복하는 죽음과 재생에 기반한다. 그러므로 중음적 시간은 정지를 허용하지 않는 끝없는 상생에 기반해 있다. 박상륭 식으로 말해, 이 중음에 잘못 들어 헤어나오지 못한다면 그것은 곧 죽음이다. 따라서 중음은 벗어나기 위해 있는 것이지 머무는 곳이 아니다. 그것은 끝없는 다시 태어나고 싶음에의 의지를 잉태하고 있는 하나의 子宮이다.

다시 말해 '중음'이란 '살입음에의 욕망'이다. 이 살입음에의 욕망이야말로 다시 태어나고 싶음에의 욕망이고, 이 욕망은 살욕과 성욕으로 표면화되어 나타난다. 따라서 그의 소설에 나타나고 있는 무수한 살해는 결국

다시 태어나고 싶음에의 욕망, 즉 화현의 의미로 나타난다. 이때 이 '화현에의 의지'는 역행, 즉 역바르도[37)의 귀환을 통해서 이루어진다는 것, 거기에 박상륭 문학의 본질이 있다. 따라서 그에게 '공'이라는 화두는 '무가' 아니라 '있음'의 근원이 된다.

박상륭에게 '있음'과 '없음'은 대립되는 개념이 아니라 '한 몸이면서 머리가 두 개인' 바룬다새로 형상화된다. 이 바룬다새는 '장로의 손녀딸'을 사이에 둔 '육조'와 '칠조'의 모습으로 형상화되는데, 이것이 곧 '이양일음 二陽一陰'의 원칙인데, 이것은 우연의 소산이 아니다. 박상륭 소설을 관념소설이라고 규정하는 것은, 우주의 형상을 바르도란 눈에 보이지 않는 관념적 공간인 뚤파를 통하여 추체험하게 한 데 있다. 뚤파란 탄트라리즘에서 정신집중을 통해 자기가 원하는 어떤 '생각의 몸'이나 혹은 물질적 몸을 만들어내는 관념적 형상을 의미한다. 즉 자기 속에서 생각을 분리해내는 것을 보여주는 관념적 형상은 목소리는 있되 얼굴은 없는 '대중'의 모습으로 형상화된다. 이때 대중은 목소리는 있되 얼굴은 없는 구상적 우주의 추상적 우주로의 전치[38)와 같은 뚤파의 형태로 인식된다.

---

37) 박상륭은 '바르도'의 의미를 '역바르도' '꿈바르도' '몸바르도' 등으로 사용하고 있다. 바르도란 죽음도 삶도 아닌 중간 단계(사이)'를 의미한다. 박상륭에게 있어 이단어가 중요한 의미를 갖는 것은 그의 텍스트의 주제인 '진화론'과 연관되고 있기때문이다. 그에게 있어 진리란 어떤 대상에 대한 깨우침을 의미하는 것이고, 진리의 깨우침은 비극적 허무주의를 극복하고 또 다른 대상으로서 진화를 거듭하는 것이다. 따라서 '역바르도'란 산 죽음 속에서 삶을 일으키는 의지가 작용됨으로써 되돌려진 시간, 즉 이승적 시간을 의미하는 것이다. '몸바르도'란 악테온 콤플렉스에 비유되는 말로, '사냥개를 데리고 사냥을 하던 악테온이 →아르테미스 여신 목욕을 훔쳐보다 수사슴으로변한→사냥개에게 먹히고→사냥물(죽기)'와 같은 '먹고 먹히기'와 같은 프라브리티 순환 구조를 의미한다.

38) 박상륭(1999), ≪산해기≫, 문학과 지성사, 179~185쪽. 참조.

박상륭의 사유에서 인식의 끝없는 의미작용은 깨우침을 통한 역바르도[39]의 귀환을 의미한다. 안의 사유에만 머물면 그것은 내재적 주관적 인식에 끝나는 것이지만, 바르도를 통한 진화론적 사유로 이어질 때 진정한 자아동일성이 극복되는 것이다. 그의 텍스트에서 주인공들이 '몽상'이나 '상념'에 기반해 있는 것은 자아에의 인식을 통해 '어미'의 요니가 아닌 옆구리를 박차고 솟구칠 수 있는 초극적 의지를 실현하기 위함이다.

박상륭 텍스트에서 '관념'은 '몸과 말씀'의 우주로부터 깨어나 진정한 역 바르도의 세계에 진입하고자 하는 것이다. 어떻게 보면 박상륭에게 '기호'는 몸과 마음을 옥죔으로써 자유에의 의지를 박탈하는 족쇄에 불과하다. 이는 인식에의 확장을 가로막는 방해물임과 동시에 진리의 본질을 흐린다. <칠조어론>1에서 촛불승은 장로 손녀딸의 가야금 소리를 통해 인식의 확장을 체험한다. 박상륭에게 '화두'란 '의문'과 '선답'의 연결고리를 갖는데, 이것은 돈오의 성취를 통해 안을 들여다보기 위한 것이다, '자신을 환하게 관할 수 있'(<칠조어론>2, 237쪽)다는 것은 수사학적 언어의 '매개'없이 언어나 진리의 본질을 꿰뚫어 볼 수 없다는 것을 의미한다. 즉 지금까지 이원화되고 관념화된 언어 기호는 결국 주체를 기호의 틀 속에 붙들어 맴으로써 급기야는 '곪아터지도록' 한 것이지만, 이 몸 없이는 인식 또한 존재하지 않는 다는 역설이 성립되고 있다.

이 같은 다원론적 인식은 이원론에 기반한 "습관적 사고"(<칠조어론>2, 237쪽)를 지워없애는 것이고, 이것은 나아가 우주의 문법적 구조

---

39) 박상륭은 이것을 '초인의 의지'를 통해서 이루어질 수 있다고 본다. 초인이란 그의 말로 '生中死', 즉 '산 죽음에서 삶을 일으키'기에 의해 탄생된 '산인간'을 말함이다, 박상륭, ≪신의 죽인≫, 122쪽. 참조.

를 해체하는 것이다. 이러한 논리로 보면 몸(기호)은 인식의 확장을 방해하는 걸림돌이 아니라, 주체를 존재이게 하는 관념적 당위성의 한 영역에 속하는 것이다. 이처럼 박상륭에게 몸(기호)은 주체를 허무주의의 나락으로 빠지게 하는 동인인 동시에 존재의 기반이다. 몸을 입지 못함은 의미를 배태하지 못한 언어적 기호와 같은 것이 된다. 이때 '몸'은 언어기호 대한 은유로 작용한다. 즉 그에 의하면 '살은 입은 뚫파야 말로 진짜'(<잠의 열매>, 104쪽)인데, 인간이 그 '암컷 속에 잉태되어진 그것을 울타리 안에 가둬놓고 그로부터 깨어나지 못'할 때, 삶은 "그 '살'로써 죽어가"(<잠의 열매>, 107쪽)는 허무주의에 빠지고 종말을 향한다.

박상륭의 사유에서 '몸'을 통한 인식작용은 우주의 진화론적 의미와 연관된다. 다시 말해 '몸'이란 유정들의 진화의 장소로서, '말씀의 우주' 즉 링감에 의해 둘러싸인 미진화된 존재가 된다. 따라서 '마음의 우주에의 개벽'은 로고스로 상징되는 '말씀에의 우주에의 개벽'을 통해 '몸의 우주'를 개벽함으로써 '마음에의 우주를 개벽'하는 것이다. 그러므로 몸은 끝없이 '모험을 찾아 길 떠나는 왕자'(<混紡된 상상력의 한 형태>1)인 동시에 끝없는 자기 부정이자 고행이다. 이 고행은 또한 진화를 위한(파괴) 몸(기호)으로의 회귀를 전제한다. 이때의 회귀는 대지를 기반으로 하지만 이것은 영원한 안락을 의미하는 상상계적 자궁이 아니라 가학성과 피학성이 상생하는 파양적 형태로 존재한다. 박상륭이 인식적 사유를 통해 궁극적으로 도달하고자 하는 것은 '말씀의 우주(언어)'를 통해 '몸의 우주로의 개벽'이라는 진화론적 과정을 반복함으로써 '마음의 우주'라는 진리의 궁극성에 도달하고자 하는 것이다. 이때 마음의 우주에의 개벽이란 그러므로 자아에게 인식적 대상, 즉 존재론적 사유의 핵심이 된다. 그것은 또한 자아가 영원히 도달할 수 없는 그런 관념적 인식이기도 하다. 왜냐하면 인간은 '살 입음에의 욕망'에 의해 영원히 자신의 운명을 짊어져야 하는 그런 존재이기 때문인 것이다.

6. 결론

본고는 박상륭의 <두 집 사이> 연작을 중심으로, 주인공의 관념적 인식을 통한 주체의 존재론적 사유에 대해 고찰하고자 하였다. <두 집 사이> 연작은 늙은네의 존재론적 사유를 통하여 타자 의식으로서의 반성적 주체의 모습을 형상화하고 있다.

<두 집 사이> 연작에서 '제4의 늙은 아해' '제5의 늙은 아해' '제6의 늙은 아해' 로 상징되는 늙은네의 사유는 즉자와 대자적 존재로서의 자아동일성을 획득하기 위한 현대적 주체의 존재론적 실존의식에 기반을 두고 있다. 근린공원을 산책하다가 어떤 처자를 죽이고, 그 처자와의 시간을 통한 복상사를 하는 한계상황에서 자신을 무의미 대상으로 규정하는 '제4의 늙은 아해', '초라한 세든 방에서 방위(方位) 감각을 잃고 무중력 상태에 빠져 있는 '제5의 늙은 아해', '죽음도 삶도 결국은 그 실다움'에 도달할 수 없다는 인식에 도달하는 '제6의 늙은 아해', 이들의 인식은 자아의 타자화를 통한 자아동일성을 위한 자기규정의 한 형태에 속한다고 볼 수 있다. 이때 주인공들은 자아와 대상 사이에 존재하는 단절을 통하여 자신의 불안을 직시하는 고독한 실존의 모습을 보여준다. '늙은네'는 이곳도 저곳도 아닌 중음적 사유를 통해 존재론적 사유에 직면한다. 늙은네는 의식의 흐름의 하나인 중음에 드는 관념적 사유를 통하여 '과거 · 현재 · 미래'라

는 직선적 시간에서 탈피한 역행적 시간을 통해 존재자의 의미를 회복하고자 한다. 이때 중음이란 다름 아닌 '영역 허물기' 한 일환이며 근대 이성적 주체의 전도를 의미한다. 이로 보면, 중음적 시간은 죽음과 삶의 생성이 이루어지는 접점의 시간이자 존재론적 의미의 회복으로 이어진다. 여기에는 인간의 죽음을 향해 있는 존재론적 불안이 전제된다. 이때 불안은 자신이 죽음을 향해 있는 존재자라는 것을 인식하게 하고 동시에 현존재로서의 자신을 정면으로 직시하게 되는 동인으로 작용한다. 늙은네는 철저하게 '현재화'된 시간을 통해 존재자로서의 자신을 성찰한다. 이때 존재자로서의 주체는 자신과 가장 직접적으로 현전해 있는 시간, 즉 '지금'과 마주하지만 그것은 오직 타자화된 시간의 다름 아니다. 늙은네가 추구하는 '깨어나기' 안 들여다보기와 같은 관념적 사유는 서구 형이상학에 대한 반성적 주체의 인식을 담고 있다.

박상륭의 사유에서 인식의 끝없는 의미작용은 깨우침을 통한 역바르도의 귀환을 의미한다. 안의 사유에만 머물면 그것은 내재적 주관적 인식에 끝나는 것이지만, 바르도를 통한 진화론적 사유로 이어질 때 진정한 자아동일성이 극복되는 것이다. 그의 텍스트에서 주인공들이 '몽상'이나 '상념'에 기반해 있는 것은 자아에의 인식을 통해 '어미'의 요니가 아닌 옆구리를 박차고 솟구칠 수 있는 초극적 의지를 실현하기 위함이다.

박상륭의 화두인 '이양일음'의 법칙은 '몸의 우주'로의 확장과, 로고스로 상징되는 '말씀의 우주(언어)'의 개벽을 통해 '마음의 우주'라는 진리의 궁극성에 도달하고자 하는 것이다. 이 '마음의 우주'에 의한 개벽은 '화현에의 의지'를 통한 역바르도의 귀환을 통해서 이루어진다는 것이며 그것은 끝없는 상생의식에 기반한다. 마음의 우주에의 개벽이란 끝없는 자아의 인식 작용에 의해 이루어진다. 이는 동시에 자아가 영원히 도달할 수 없는 영역 너머에 대한 인식이면서 삶의 한 동인이라는 것. 그러나 그러한 화현에의 의지가 허무주의 극복의 한 방안이라는 것이 박상륭 문학의 본질이라고 볼 수 있다.

참고문헌

1. 기본자료

박상륭(1990), ≪七祖語論≫1, 문학과 지성사.

_____(1991), ≪七祖語論≫2, 문학과 지성사.

_____(2002), ≪잠의 열매를 매단 나무는 뿌리로 꿈을 꾼다≫, 문학동네.

_____(2003), ≪신을 죽인자의 행로는 쓸쓸했도다≫, 문학동네.

_____(1999), ≪산해기≫, 문학동네.

_____(2005), ≪小說法≫, 현대문학.

2. 논저

길경숙(2005),「박상륭 소설의 정신분석학적 읽기」, 한양대학교 박사학위논문.

김경수(1990),「삶과 죽음에 대한 연금술적 탐색」,『작가세계』가을호.

김명신(2000),「박상륭 소설 연구」, 연세대학교 박사학위논문.

김정란(1990),「사유의 호몬클루스」, <작가세계> 가을호.

김정자(1998),「박상륭 소설의 '죽음'의 변이 양상 연구」, 부산대학교 석사학위논문.

김주성(1989),「죽음의 한 연구의 신화적 요소 연구」, 중앙대학교 석사학위논문.

김주연(1992),「관념소설의 역사적 당위-최인훈, 이청준, 박상륭 등과 관련하여」,
    『문학정신』6월호.

김진수(1990),「죽음의 신화적 구조-박상륭의『죽음의 한 연구』론」,『문학과 사회』
    겨울호.

민혜숙(2006),「朴常隆「南道連作의 原型批評的 研究」, 서강대학교 석사학위논문.

박정수(2001),「현대 소설의 환상적 상상력 연구」, 서강대학교 박사학위논문.

변지연(2002),「박상륭 소설 연구』-근대 극복의 양상을 중심으로」, 동국대학교 박
    사학위논문.

서정기(1995),「≪칠조어론≫:말씀의 마을, 피학과 가학의 형이상학」,『문학과 사
    회』봄.

신성환(1998), 「박상륭 소설 연구 – 초기중 · 단편을 중심으로」, 한양대학교 석사학
　　위논문.

우남득(1993), 「<南道>연작의 상호 연구」, 『구조와 분석』 II, 도서출판.

이현이(2000), 「박상륭 소설 연구」, 경희대학교 석사학위논문.

임금복(1996), 「한국 현대소설의 죽음의식 연구－金東里 · 朴常隆 · 李淸俊 작품을
　　중심으로」, 성신여자대학교 박사학위논문.

임우기(1993), 「'매개'의 문법에서 '교감'의 문법으로」, 『문예중앙』 여름.

최영자(2007), 「박상륭 소설 연구」, 강원대학교 박사학위논문.

최재준(1993), 「죽음의 한 연구론」, 동국대학교 석사학위논문.

3. 단행본

김정현(2000), 『니체의 몸 철학』, 문학과 현실사.

김형효(1993), 『데리다의 해체철학』, 민음사, 29~60쪽.

데카르트, 이현복 옮김(1997), 『방법서설』, 문예, 186~187쪽.

소광희(2001), 『시간의 철학적 성찰』, 문예, 453쪽.

진형준(1986), 『열명길』 해설, 문학과 지성사, 413쪽.

슬라보예 지젝, 이성민 옮김(2005), 『까다로운 주체 The Ticklish Subject』, 도서출판,
　　75~81쪽.

임석진(1992), 『변증법적 통일의 원리』, 청아출판사, 40~41쪽.

J. Derrida, *Writing and Differance*, Trans. Alan Bass(1978), Univ. of Chicago. Great
　　Britain by TJ inter－ nationa Ltd. Press. 266~270쪽.

_____, 김용권 옮김(2004), 『그라마톨로지에 대하여』, 동문선. 44~48쪽.

_____, 김상록 옮김(2006), 『목소리와 현상』, 인간사랑, 26쪽.

페터 뷔르거, 이기식 옮김(2005), 『관념론 미학 비판』, 대우학술총서.

하이데거, 최동희 옮김(1987), 『形而上學이란 무엇인가』, 서문당, 18쪽.

_____, 전양범 옮김(1992), 『존재와 시간』, 시간과 공간사, 252~260쪽.

박범신의 ≪주름≫에 나타난 죽음 담론 고찰

1. 서론

본고의 목적은 박범신(1946~)의 장편소설<주름>(2015)에 나타난 죽음 담론을 고찰하는 것이다. 박범신의<주름>(2015)은 1999년 '문학동네'에서<침묵의 집>이라는 제목으로 간행되었던 장편소설을 '랜덤하우스'에서 재출간한 작품이다.[1] 1973년<여름의 잔해>(<중앙일보>신춘문예)로 등단한 박범신은<죽음보다 깊은 잠>(1979), <풀잎처럼 눕다>(1986), <침묵의집>(1999), <외등>(2001), <더러운 책상>(2003), <나마스테>(2005), <촐라체>(2008), <고산자>(2009), <은교>(2010), <소소한 풍경>(2014) 외에도 다수의 작품을 펴낸 바 있다. 박범신은 최인호와 더불어 70년대 대중소설의 선두에 있었다. 박범신의 작품에는 시대와 불화한 주체들이 우울한 멜랑콜리에 휩싸인 채 현실과 저항하기를 포기하는 듯한 인물들이 많이 등장한다.[2] 특히<죽음보다 깊은 잠> <풀잎

---

1) 박범신은 ≪주름≫ 후기에 당시 2600여 매였던 소설을 1500여 매 이하로 아프게 깎아 냈다고 술회하고 있다. 여기서 '주름'은 '시간의 주름'을 의도한다.

처럼 늙다>와 같은 작품에는 이러한 특성들이 두드러지고 있다.3) 근래에 들어 영화화된<은교>에 대한 연구가 증가하고 있기는 하지만 박범신에 대한 연구는 전반적으로 미흡한 편이다. 이것은 아마도 그가 왕성한 활동을 하는 생존해 있는 작가라는 점이 작용한 것으로 사료된다. 박범신의 작품들은 내밀한 묘사 위주의 '탐미적' 색체가 강하다.4) 근래에 들어서는 과거의 향수를 추구하는 인물들이 많이 등장한다. 특히<더러운 책상>이나<은교>에는 청년시절의 자아를 반영하는 '어린시절의 자아'가 등장한다.<더러운 책상>의 후기에서 밝힌 "그는 죽었지만 죽지 않는다"5) 라는 의미는 아마 순수함을 추구했던 청년시절의 자아에 대한 반영일 것이다. 이 같은 현실인식은 노년으로 접어들은 작가의 현재적 시간에 대한 반추와 나아가 유한적 존재로서의 인간이 궁극적으로 도달할 '죽음'에 대한 탐구로 이어지고 있다.

<주름>은 인간이 궁극적으로 도달해야 할 죽음 담론을 제시한다. 텍스트의 주인공인 50대 중반의 '김진영'은 '죽음 자체에 깊이 사로잡혀 있는'6) 한 여성('천예린')에 매혹되어 죽음에 대한 어떤 인식에 도달한다. 이때 '그녀'는 비본래성의 삶을 살던 '그'로 하여금 타자성을 일깨우고 자신 실존의 본질인 죽음과 대면하게 하는 계기로 작용한다. 이 텍스트는 이러한

2) 김은하, 「남성적 "파토스(pathos)"로서의 대중소설과 청년들의 反성장서사 −박범신의 70년대 후반 소설을 중심으로」, 『동양문화연구』15, 영산대학교 동양문화연구원. 2013.
3) 김은하, 위의 논문. 참조.
4) 김병덕, 「환멸의 세계와 탐미적 서사−박범신론>, 『한국문예창장』8 , 한국문예창작학회. 2009.
5) 박범신, ≪더러운 책상≫, 문학동네. 2013, 365면.
6) 임철규, 「죽음의 미학:안티고네의 죽음」, 『현상과 인식』2, 한국인문사회과학원, 1978, 97쪽.

인식에 근거 죽음의 본질이 무엇인지에 대한 극렬한 물음을 전제한다.

삶의 지향점은 죽음이다. 죽음은 끝이 아닌 또 다른 삶의 시작이라고 누군가 말한다. 죽음은 경험할 수 없는 불가능성의 가능성이다.[7] 죽음은 무엇으로도 대체할 수도 없는 가장 구체적 현존이고 부정성이기 때문이다. 동시에 철저히 개별적인 것이다. 그런 의미에서 죽음 너머에 아무것도 없다면 우리는 절망에 도달할 것이다. 때문에 죽음은 절대적 타자로 존재해 있어야 한다. 본고는 이 같은 죽음담론을 바탕으로 텍스트의 두 주인공을 통해 죽음 담론의 의미를 파헤치고자 한다. 탐미적 경향이 강한 작가인 만큼 죽음 역시 미학적으로 처리하려고 애쓴 흔적이 역력하다. 두 주인공의 죽음을 억지로 포장하거나 미화하는 개념이 아니라 존엄한 존재자로서의 '죽음' 본질과 대면하는 주인공들의 모습을 보여준다.

동서양을 막론하고 모든 사유의 원천은 죽음이라는 아포리아이다. 이는 인간의 존재 자체가 죽음에 대한 저항인 동시에 실현 가능성의 어떤 것과 연관돼 있기 때문일 것이다.[8] 죽음에 대한 연구는 이러한 관점에서 인간의 존재론적 허무를 어느 정도 극복가능하게 하고 돌아보게 하는 긍정적 의미를 제시한다.[9] 죽음을 삶의 한 경험으로서 심각하게 고려할 때

7) 레비나스, 『타인의얼굴』, 강연안 역, 문학과지성사, 2005, 154쪽. 참조

8) 위의 책, 154쪽. 참조.

9) 유정선, 「죽음의 미학과 글쓰기: 『오후의 죽음』을 중심으로」, 『인문과학연구』22, 2009 ; 김지혜, 「김영하 소설의 죽음 연구」, 『한국문학연구』46, 동국대학교 한국문학연구소, 2014 ; 박선영, 「김종삼 시에 나타난 '죽음'의 은유적 미감 연구」, ≪韓國文學論叢≫, 한국문학회, 2013 ; 조선영, 「미학,예술학의 안과 밖;미학과 정신분석학: 라캉의 순수욕망 및 근본환상 이론을 중심으로」, 『美學 · 藝術學研究』, 한국미학예술학회, 2011 ; 김유진, 「죽음의 미화, 숭고의 미학 ―김응하 서사를 중심으로」, 『국문학연구』25, 국문학회, 2012 ; 원종흥, 「죽음의 美學」(삶의 죽음), 『인문과학 연구 논총』11, 명지대학교 인문과학연구소, 1994 ; 최홍근, 영화 「베니스에서의 죽음」에서 본 동

우리는 가장 근본적인 실존의 한 신비에 마주치게 된다.[10] 죽음의 본질을 알 수 있는 사람은 없다. 그것은 우리를 두렵게 한다. 이는 죽음이 본질적으로 그 의미를 은폐하고 있기 때문이다. '죽음의 본질이 만천하에 드러나게 될 때 죽음의 관념은 아무것도 아니게 된다'[11]라는 가라타니 고진의 말처럼 죽음은 그 자체에 내재된 관념적인 어떤 것으로 인하여 우리를 두렵게 한다. 이는 죽음이 우리와 가장 인접해 있는 동시에 어느 날 우리에게 불현 듯 가해지는 절대적 타자이기 때문이다. 그리고 분명한 것은 우리의 삶은 죽음의 지연이라는 점이다. 본고는 이 같은 죽음담론을 전개함에 있어 하이데거(M. Heidegger)와 레비나스(E. Levinas) 그리고 라캉(J. Lacan)의 개념들을 차용하여 내용을 전개할 것이다.

죽음 담론은 '죽음'이 존재(Da Sein)하느냐 존재하지 않느냐(Nichtsein)하는 물음으로 시작한다.[12] 인간이 존재한다는 것은 '세계 내 존재(In-der-Weit-sein)', 즉 주어진 범주 안에서 다른 존재자들과 맺는 관계를 전제한다.[13] 인간은 자기 자신과 관계를 맺고 있으며 자기 자신을 실현시킬 가능성을 가지고 있다는 점에서 실존하고 있다.[14] 인간은 이러한 관계 속에서 자기를 상실하며 본래의 자기가 아닌 비존재인 방식을 취하면서 살아가다가 어느 날 문득 공포와 불안을 느낀다. 이것이 일상인이 살아가는 방식이다. 이는 인간의 삶이 '죽음'이라는 존재자와 관계맺은 존

양적 예술관의미적탐험」, 『한국학연구』26. 고려대학교 한국학연구소, 2007 ;임철규, 앞의 논문.
10) 임철규, 앞의 논문, 94쪽.
11) 가라타니 고진, 김경원 역, 『마르크스 그 가능성의 중심』, 이산, 1999, 126쪽. 참조.
12) 하이데거, 전양범 역, 『존재와 시간』, 시간과 공간사. 1992.
13) 소광희, 『시간의 철학적 성찰』, 문예출판사, 2001, 56쪽. 참조.
14) 임철규, 앞의 논문, 98쪽. 참조.

재자이기 때문일 것이다. 하이데거는 이를 '현존재(Dasein)'[15]로서의 인간으로 규정하였다. 이러한 의미에서 우리의 존재란 존재자의 존재를 이미 전제한다. 존재자라는 것은 결국 초월적 현존을 의미한다.

레비나스의 관점으로 의미를 파악하자면, 존재자와 존재의 관계는 서로 독립적인 것이 아니라 이미 계약을 맺고 있다. 다시 말해 존재란 '있음(being)'이라는 사실이다.[16] 하이데거에 의하면 인간은 존재 자체가 초월이다. 인간은 이미 자기 밖에 있기 때문이다. 반면 레비나스는 존재자와 존재자의 엄격한 구분을 거부한다. 삶은 그 자체가 목적일 뿐 전체성 속의 한 부분으로 자리하지 않는다. 인간은 무엇을 위해서가 아니라 사는 것 그 자체가 목적이라는 것이다.[17]

현존재로서의 인간은 비본래성을 잃고 일상인으로 전락하여 살고 있지만 언젠가는 본래성에 직면한다. 때문에 존재 그 자체가 불안으로 규정된다고 볼 수 있다. 이는 유한성이라는 시간성 상에 놓여있기 때문이다. 그런 의미에서 하이데거는 시간성(Zeitigkeit)의 차원에서 존재를 규명한다.[18] 시간 자체가 영원으로부터 이해되기 때문이다. 하이데거가 규정한 시간성은 미래, 과거, 현재의 의미를 모두 지니는 개념으로 여기에는 주관적, 객관적, 내재적, 초월적이니 하는 모든 시간적 개념을 포괄한다. 그럼에도 근본적으로 이러한 시간개념 또한 우리가 인식하는 비본래적인

---

15) 현존재란 우리 삶속에 타자와 함께 있는 존재, 즉 '세계－내－'존재'를 말한다. 소광희, 앞의 책, 536쪽. 참조.
16) 존재는 가장 보편적인 개념이지만, 동시에 정의가 불가능한 개념이다. 다시 말해 존재란 어떤 이해나 인식작용 속에 더불어 있는 개념인 동시에 현존재 속에 이미 '주어져 있다.' 하이데거, 앞의 책, 4~30면. 참조; 레비나스, 위의 책, 같은 페이지.
17) 레비나스,『타인의 얼굴』, 앞의 책, 144~145쪽. 참조.
18) 하이데거,『존재와 시간』, 앞의 책, 426쪽. 참조.

시간성 속에서 출발하기 때문에 근원적이며 본래적인 개념으로 시간성을 술어하기는 어려운 문제이다.

현존재가 자신의 목적을 향해 기투(企投)하는 일은 도래할 시간 속에 근거를 두는 것이다.[19] 그것은 현존재가 존재할 수 있음을 비로소 가능화하기 때문이다. 하이데거에 있어 존재는 '죽음으로 향한 존재(Sein zum Tobe)'이다. 죽음은 도래할 어떤 시간이라는 점에서 그것은 현존재가 존재할 어떤 것에 대한 가능화이다. 때문에 하이데거는 현존재란 자신이 죽음에 이르는 존재라는 의식을 통해 자신의 존재를 소유하고 미래를 기획할 수 있다고 한다. 말하자면 죽음은 실존론적 현상이다. 현상적으로 명확히 접근할 수는 없지만 그것을 탐구할 때마다 스스로에게 고요한 현존재를 순수하게 실존론적으로 정위하게 한다.[20] 때문에 죽음은 현존재에게 있어 자신의 주도권을 주장할 수 있고 다른 모든 것을 가능하게 한다.[21] 반해 레비나스의 사유에서 죽음은 '절대로 알 수 없는 것'이고 모든 것을 불가능하게 하는 어떤 사건으로 그것은 이미 주체에게서 벗어나 있다.[22] 레비나스는 고통의 경험을 죽음과 관련짓는다. 다시 말해 고통 속에는 가까워진 죽음에 대한 호소가 있으며 그것은 피난처가 없음에도 불구하고 고통을 넘어서는 또다른 공간이 있음을 감지한다. 우리가 이성의 빛으로는 알아낼 수 없는 것이 죽음이라는 것이다.[23] 죽음은 현존재를 떠나 다른 어떤 곳에 있는 초월적 존재자를 향해 있기 때문이다. 이처럼 존

---

19) 위의 책, 427쪽. 참조.
20) 위의 책, 319~320쪽.
21) 레비나스,『존재에서 존재자로』, 앞의 책, 107쪽. 참조,
22) 위의 책, 107쪽. 참조,
23) 위의 책, 106쪽. 참조.

재란 죽음과 관계맺고 있음을 부정할 수 없다. 우리는 죽음을 통해 존재의 당위성을 인식할 수 있다.

2. 존재의 본래성을 깨우치는 죽음 환영

<주름>은 평범한 가정의 가장이자 회사의 중요한 직책을 맡은 비본래적인 삶을 살던 '그'가 하루아침에 모든 것을 팽개치고 연상의 여류시인에게 매혹돼 잠적하는 것으로 시작한다.

'그'는 1997년 IMF 바로 직전 모 주류회사의 50대 중반 이사였다. 흠이라면 융통성이 없을 정도로 근면성실 한 것을 빼고 그는 그야말로 가족을 위해 동분서주하는 평범한 샐러리맨이었다. 그러나 '그'의 말처럼 '삶이란 끝이 없고' '삶이 계속되는 한' '악마의 손길 같은 어두운 변수는' 지속된다. 어느 비 오는 저녁 퇴근길 동료가 쥐어준 '노란 우산'은 그로 하여금 지금껏 살아온 모든 것을 버리게 하는 변수로 작용한다. 사실 그 이전에도 이런 변수는 있었는데 다만 그가 눈치채지 못했을 뿐이다. 우리는 이 순간을 그 앞에 어떤 사건이 개입되어 있다고 볼 수 있다. 비본래적인 삶 속에는 우리가 눈치 챌 수 없는 본래적인 어떤 것들이 항상 끼어있는데 다만 우리는 그것을 인식하지 못할 뿐이다. 당시의 '그'는 연일 쓰러지는 부도회사들의 소식을 접한 후 우울해지기 시작했고, 급기야 '어느 비 오는 아침' 와이셔츠의 단추가 떨어지자 아내에게 느닷없는 화를 냈다. 그리고 자신은 '실패한 인생'이라는 자조로 이어지고 있는 즈음이었다. 이는 '그'가 비본래적인 삶에 불안을 느끼고 최초로 자신의 실존에 대해 회의하는 지점이다.

그날도 비가 내리고 있었다. 마감 시간까지 당좌 결제를 체크하느라 잔뜩 지쳤는데도 부사장이 난데없이 소집한 회의에 참석하느라 퇴근을 거의 9시 무렵이 돼서야 …(중략)…

어머, 이사님 우산이 없으신가봐요.

글쎄, 비 오는 줄 모르고 사무실에 두고 나왔네.

이거 쓰세요. 우린 둘이 함께 쓰고 가면 되는걸요.

그럴까. 하고 얼결에 우산 하나를 들었는데, 우산 빛깔이 밝은 노란색이었다. 나는 우산을 펴 들려다가 너무 밝은 빛깔에 멈칫하고 스톱모션이 되었다. 스무 살쯤 된 처녀들이나 쓰면 어울릴 법한 날렵하고도 화사한 우산이었다.

하지만 밤인데 뭐 어떨라구. 좀 민망하긴 했으나 나는 곧 스톱모션을 풀로 우산을 펴 들었다.…(중략)…

한 소녀가 내 곁을 지나 골목 안으로 들어갔다.

소녀라고, 나는 생각했다 걷기 시작한 지 10여 분쯤 뒤였다. 내 등 뒤에서 홀연히 나타난 골목 안쪽으로 한순간 사라진 소녀는. 내가 쓰고 있는 우산과 같은 빛깔의 모자까지 달린 노란 우의를 입고 있었다. 소녀는 장감장감, 마치 어린 나비가 춤추듯 걸었으며, 일시에 골목 안쪽으로 사라졌다.(<주름>,60~62쪽).

위 인용은 '그'가 여류 시인인 '그녀'를 처음 맞닥뜨리는 장면이다. 이 단순한 사건은 일회의 사건으로 끝나지 않는다. 그로 하여금 수렁으로 빠져들게 하는 계기가 된다. 이 낯선 타자와의 대면은 단순한 사건이 아니라 비본래적 삶을 살던 그로 하여금 존재에 대해 회의하고 일상성을 벗어나는 계기로 작용한다.24) 이후 '그'는 홀린 듯 '그녀'를 따라 미술학원으로

---

24) 레비나스에 의하면 존재는 얼굴(face)을 통해서 우리 자신 앞에 나타난다. 이때 얼굴은 하나의 명령으로 다가온다. 레비나스,『타인의 얼굴』, 앞의 책, 146~149쪽. 참조.

들어가고 그것이 지금껏 살아온 그의 모든 것을 홀연히 사라지게 한다. 그러나 삶은 자주 그런 오인적 인식으로 인해 치명타를 입는다. '그'가 '그녀'를 '소녀'로 오인하지 않았으면 미술학원으로 따라 들어가지도 않았을 것이고 아무 일도 일어나지 않았을 것이다. 비 오는 저녁 퇴근길 '그'의 손에 누군가 쥐어준 '노란 우산', 그리고 나타난 '노란 우의'를 입은 '소녀'는 그의 본래적 삶에 대한 은유의 의미로 작용한다. '중년신사'와 '노란 색 우산'이라는 이질적 요소는 그의 비본래적 삶에 균열을 가하고 그 속에 내재된 죽음에 대한 은유의 다름 아니다. '노란 우의를 입은 소녀'가 사실상 중년의 여류시인이자 불치의 병을 잠재하고 있는 '천예린'이라는 의미에서 '노란색'은 죽음에 대한 은유의 의미를 내재하고 있다고 볼 수 있다. 이러한 은유적 요소들은 '그'로 하여금 삶의 본래성을 일깨운다. 말하자면 비본래적 삶을 살던 한 중년 남성의 일상에서 이러한 은유적 요소들은 그로 하여금 세계내 존재로서 낯선 이면을 발견하는 계기로 작용한 것이다. [25] 엄격히 말해 그것은 비본래적인 삶 속에 깃들어 있는 '죽음'에 대한 환기라고 볼 수 있다.

'그'가 '그녀'를 따라 어두운 미술학원으로 따라 들어간 것은 비본래적 삶 속에 가시화된 죽음환영에 대한 은유라고 보아도 무방하다. 왜냐하면 '죽음'이란 일상적 시공간의 어떤 틈새를 통해서만 표상될 수밖에 없는 타자이기 때문이다. 이런 의미에서 '노란색'의 은유는 빛의 스펙트럼 속에 내재된 낯선 타자성, 즉 어떤 불가시적인 존재자를 상상하게 한다. 이런 의미에서 '그'가 대면한 노란우산이나 노란우의는 '세계내 존재'로서의

---

25) 은유는 이질적인 층위와의 상호충돌을 통해 새로운 의미를 창출하고 긴장의 극대화를 이루어 낸다. 박선영(2013), 앞의 논문, 342쪽. 참조.

'그'로 하여금 존재의 본래성을 일깨우고 동시에 그런 존재를 규명하는 어떤 존재자의 의미로 표상된다. 이 같은 표상적 은유는 그로 하여금 균열된 자아를 인식하게 한다. 그런 의미에서 '그'는 '그녀'에게 처음부터 홀려 있었다. 동시에 그러한 환영은 시베리아를 거쳐 혹한의 북극해까지 이어지는 죽음 여정으로의 원동력으로 작용한다. 그리고 그것은 우리의 존재 너머 어떤 '존재자'가 존재한다는 인식을 가능하게 한다.26) 우리의 삶은 이런 의미에서 그런 '존재자'를 향한 투쟁의 연속이라고 볼 수 있다. 존재는 그런 존재자 너머에 있는 무엇과 엮어있고 그런 의미에서 존재는 투쟁 그 자체라고 볼 수 있기 때문이다.27) 존재자는 본질적으로 낯선 타자이며 자주 우리를 거역함으로써 본래성을 일깨운다.28)

이런 의미에서 '그'가 맞닥뜨린 '노란색' 은유는 죽음과의 인접성으로 이어진다. 말하자면, 비 오는 저녁의 어둠과 밝은 미술학원 속의 노란 우산은 죽음과 삶이 인접함을 보여주는 것이고, 이는 죽음과 인접한 우리의 삶 전체를 비유하는 것이라고 보아도 무방하다. 보편적 개념으로 볼 때 검은색과 흰색은 죽음과 인접하는 기호이다. 작가는 이러한 보편적 관념을 깨고 '노란색'이라는 은유적 이미지를 통해 본래성을 일깨운다. 다시 말해 그것은 죽음의 미학적 오브제인 셈이다. 직장동료가 '노란색 우산'을 주었다는 것은 우연이 아닐뿐더러, 나타난 '노란색 우의' 또한 우연이 아니다. '노란색'은 옐로우 카드의 의미를 함축하는 것으로 존재의 불안과 연관되기 때문이다. 이 같은 노란색 은유는 '그녀→나의 일상적 삶의 파

---

26) 레비나스, 『존재자와 존재』, 앞의 책, 29쪽. 참조.
27) 위의 책, 30~31쪽. 참조.
28) 위의 책, 30쪽.

괴→죽음 여정' 등으로 이어지는 시간 여정을 도래하게 한다. 말하자면 그것은 어느날 불현듯 '그'의 비본래적 삶에 타자로 인접함으로써 그의 존재를 위험에 빠뜨린다. 우리가 '세계-내-존재'에 있다는 것은 이는 곧 죽음이라는 존재자 안에 내재돼 있음을 의미한다.

존재란 이처럼 죽음이라는 절대적 타자의 응시에 사로잡혀 있음을 의도한다. 라캉의 언어로 말하면 스크린 속에 사로잡힌 주체, 즉 $ 를 의미한다. 이것을 표식하면 다음과 같다.

$ ◇ a(노란색 우산→노란색 우의→천예린……죽음)

위의 도식으로 말하면, 'a'는 '그'를 움직이게 하는 허구적 동인이다. 여기서 '그녀'는 '그'로 하여금 죽음에 대한 응시를 이끌어내는 동인이다. 말하자면 '그녀'는 죽음에 대한 환유적 기표이다. 이때 '◇'은 주체를 사로잡는(caught) 그럼으로써 거부할 수 없는 매혹의 그물망이다.[29] 다시 말하면 '노란색'으로 은유되는 응시의 구도 속에는 환원될 수 없는 타자의 불가시적인 절대성, 즉 죽음의 의미가 내재해 있다. 말하자면 '그'는 그러한 죽음의 그물망 속에서 사로잡힌 주체가 되는 것이다. 이때 '그녀'는 응시 구도 속에 내재한 '대상 a'의 개념으로 이해할 수 있다. 텍스트 말미에서 이 '대상 a'는 고향집 산 비탈 흐드러진 복사꽃 주변에 있는 어머니의 묘지로 환유된다. 텍스트의 결론에서 '그'와 '그녀'는 그들이 그토록 찾아헤매

---

29) 라캉은 홀바인의 그림 속에 나타난 응시의 시선을 통해 사로잡힌 주체의 위험성을 설명한다. 말하자면 그림 속에 불가시화 된 응시의 시선은 주체를 그림 속으로 불러들여 붙잡는다. Lacan,Jacques(1973),Alan Sherida trans, *The Four Fundamental Concepts of Psychoanalysis*. New York: Norton, 1978, p.92.

던 세계의 중심이 결국은 '빈 공허'임을 알고 절망한다. 따지고 보면 '빈 공허'로 인식되는 세계의 중심, 즉 스크린(screen)은 우리를 혹은 우리의 삶을 유혹하는 미끼인 셈이다. 이는 우리 삶의 실질적인 의미가 이루어지는 곳으로 우리로 하여금 끝없는 오인적 인식을 가능하게 한다. 이곳은 이러한 환유적 기표들의 의미작용이 이루어지는 실재적인 중핵(kernel)이자 우리 삶의 본질인 셈이다.[30] 이런 의미에서 존재란 존재 자체만으로 위험하고 불온한 존재이다. 왜냐하면 존재란 존재자에 시선에 늘 노출당해 있기 때문인 것이다. 반면 우리는 물질화된 스크린 속에 위치한 우리 자신이 빈 공허임을 결코 알지 못한다.[31]

> 그래.
> 나는 비로소 깨달았다,
> 그녀가, 나를 부르고 있어.(<주름>, 185쪽)

위 인용처럼 '그'는 '그녀'가 자신을 '손짓해 부르고 있다'고 이후에도 계속 술회하고 있다. 이러한 오인은 '그'가 '그녀'를 따라 미술학원에 들어간 첫날도 그렇고, 이후 그녀가 자신을 버리고 아프리카 케냐로 잠적했을 때도 계속된다. '그녀'의 흔적을 추적하는 '그'의 긴 여정은 쫓고 쫓기는 주종관계처럼 보이지만 그것은 사실상 삶과 죽음에 대한 주종관계로 대체된다. 그가 그녀에게 몰아된 것은 자신에게 덧씌워지고 있는 거세콤플렉스

---

30) Žižek, Slavoj, *The Sublime Objeoct of Ideology*, Verso trans, prined and bound in Great by Bookmarque Ltd. Croydon, 1989, p.78, 참조.
31) Lacan, Jacques, 위의 책, p. 95. 참조. 라캉의 유명한 정어리 통조림에 관한 일화는 빛(light)의 지점에서 응시당하고 있는 주체가 한 작은 점(spot)에 불과함을 보여준다. 여기서 '빛은 주체를 옭아매는 대타자의 의미로 이해된다.

에 대한 불안의식이 작용하였다고 볼 수 있다. 이는 '그'가 '그녀'에게 몰아되던 시점을 돌아보게 한다. 50대의 '그'가 가족을 버리고 실종한 때는 IMF 한파가 몰아치던 1997년 즈음이었다. '그'는 그때를 이렇게 서술한다.

①내가 50대가 됐을 때 솔직히 말해 나는 인생의 본문을 다 써 버린 것 같은 느낌에 사로잡혔다.(<주름>, 48쪽).

②정부가 외한 시장의 개입을 실질적으로 포기하여 1달러 환율이 1,000원을 돌파한 그해 10월 17일이 IMF시대의 개막을 알리는 가시적 기점이라고 하지만, 그보다 한 달여 전부터 나는 이미 우리의 경제 사정이 심상치 않게 돌아가고 있음을 눈치채고 있었다. 회계와 자금 담당 업무를 오랫동안 맡아 돈의 흐름에 관한 내 몸은 일종의 예민한 풍향계와 한가지였다. 한도가 부도를 낸 것은 1월이었고 진로그룹은 4월…(후략)…(<주름>, 57쪽).

③가족들은 나를 다만 돈 버는 사물처럼 취급했고, 또 그렇게 살아 온 것 또한 부인할 수는 없었다. 그러나 이제 나는 변화할 생각이었다.(<주름>, 73쪽).

위 인용 ①②③에서 보듯 '그'가 거세콤플렉스를 느낄 만한 정황은 충분히 포착된다. 사실 거세의 그물망 속에 사로잡힌 '그'는 전술한 바처럼 자신이 응시에 구도 속에 사로잡힌 줄 알지 못한다. 모 주류회사 회계담당 이사자로서 또 한 가장의 가장으로서의 책임감과 압박감 이런 비본래적인 것들은 그를 옭아매는 그물망이었다. 그러나 '그'는 '그녀'와의 여정을 시작한 선택한 순간 그 같은 타자의 시선에서 벗어나고자 하는 의지가 작용한다. 다시 말해 존재의 본래성을 인식하기 시작한 것이다.

<주름>은 이처럼 '그'와 '그녀'가 죽음이라는 절대적 타자성을 인식하면서 존재의 기원을 찾는 여정으로 전개된다.

3. 환원불가능한 응시적 지점과 열락으로서의 죽음

다소 긴 아래 인용은 '그녀'의 죽음 과정과 주검이 된 '그녀'를 마주하고 앉아있는 '그'의 모습이다. 사실 이 부분은 '그녀'의 죽음 이후 자신의 본질적 자아에 대한 '그'의 통렬한 반영이다.

①나는 그녀를 벗겼고, 따뜻한 물수건으로 전신을 닦아내기 시작했다. 저승꽃이 온몸을 뒤덮고 있었으니 신기하게도 열꽃이나 종기는 없었다. 다만 밭을 대로 밭은 그녀의 전신은 뼈에 가죽만 씌워놓은 듯 앙상했다. 처음 만날 때만 해도 젊은 유모 같았던 젖가슴은 바람 빠진 풍선처럼 쭈글쭈글했고, 아랫배 역시 쪼그라들어 피부가 두 겹 세 겹 겹쳐 있었으며, 사타구니의 보랏빛 중심은 짚불의 삭은 새같이 꺼져 내려앉아 있었다.

②한때 나의 본능을 매일 불길처럼 태웠던 그곳은, 털조차 대부분 빠져 달아났기 때문에 육질이 빠진 죽은 닭 볏 같은 음순에 덮인 그곳은, 언제나 꽉 차 있다고 상상했던 그곳은, 그저 살이 찢어진 상처의 더러운 혼적처럼 보일 뿐이었다.

텅 빈⋯⋯자유가 거기 잇네. 침묵의 방이⋯⋯

⋯(중략)⋯

나는 그녀가 시키는 대로 그녀의 사타구니에 한참이나 귀를 대고 있었다. 그곳에선 아무 소리도 들리지 않았다. 그곳은 ⋯⋯우리 중심은 ⋯⋯텅 비어 있어. 당신은 나를 ⋯⋯ 이 천예린을 사랑한 게 아닐는지 몰라. 내 자궁을 빌어⋯⋯붙임의 생을⋯⋯벗어나고 싶었겠지⋯⋯ 상대를 잘못 고른 거애⋯⋯라고 또 그녀가 말했다. ⋯(중략)⋯ 당신은 충분히 창조적인 인생을 살았어요. 나는 그러나 아무 말도 하지 않았다. ⋯(중략)⋯

자신의 시신을 묻지 말고 두었다가 봄이 오면 태워 올혼 섬 북단의 들꽃들 위로 유골을 뿌려달라는 말도 그녀는 했다.

영, 영……원……

그녀가 마지막에 한 말은 그것이었다.

③내가 그녀의 소원대로 우리가 늘 나란히 앉아서 바이칼 호를 내려다보곤 했던 평상 위로 그녀를 안아다 앉혔을 때, 그녀는 이미 숨이 끊어져 있었다. 나는 향기 나는 자작나무 잔가지로 화관을 만들어 그녀의 머리에 씌워 주었다. 자전거 탄 부랴트 남자는 보이지 않았다. …(중략)…

봄이 오기 전까진 누구도 이곳에 오지 않을 것이었다. 나는 낮엔 대체로 그녀 곁에 앉아서 눈 쌓인 바이칼을 바라보며 지냈고 밤엔 진 안에 들어가 난로에 장작을 쟁여놓고 잠들었다. 바이칼에 눈이 덮여 있어요.……라든지, 눈이 많이 내리니 흰옷 입은 선생님을 저승의 시종들이 알아볼지 모르겠네요.……라고 간간히 그녀에게 말을 걸기도 했다. 그녀의 표정은 편안하고 고요했다.

(<주름>, 417~419쪽).

①은 '그'의 '그녀'의 죽음을 위한 하나의 제의과정으로 볼 수 있다. 이는 '죽음'이라는 절대적 타자에 도달하기 위해 넘어야 하는 '고통'의 단계이다.[32] 텍스트에는 '그녀'를 고통스럽게 하는 종기와 '그'가 그것을 빨아주는 장면이 나오는데 이는 죽음의 본질에 도달하기 위한 최후의 단계처

---

32) 프로이트의 사유를 들어 설명하면, 정신현상은 경제성의 원칙에 의거 일정량의 고통량을 넘어서게 되면 고통의 양은 죽음처럼 연기된다. 다시 말해 도래할 현전의 어떤 가능성을 유예하는 것이다. 이를 프로이트는 쾌락원칙이라 하였다. 정신현상은 고통을 야기시킨 요인을 유예시키면서 자기를 보호하는 메커니즘을 발현시키는데, 이 과정에서 고통을 야기한 연기의 기원은 무엇인지 알 수 없는 미해결 상태로 남아 반복의 원천으로 작용한다. 프로이트는 이를 생물학적 본능으로서의 죽음충동으로 설명하였다. Sigmund Freud, 「정신적 기능의 두 가지 원칙」, 『정신분석학의 근본개념』, 윤희기 · 박찬부, 열린책들.1997;2003재간, 11~22쪽. 참조.

럼 보인다. 레비나스는 고통의 경험을 죽음과 관련짓는다. 다시 말해 고통 속에는 가까워진 죽음에 대한 호소가 있으며 그것은 피난처가 없음에도 불구하고 고통을 넘어서는 또다른 공간이 있음을 감지한다. 우리가 이성의 빛으로는 알아낼 수 없는 것이 죽음이라는 것이다.[33] 죽음이 무엇인지 알 수 없기에 그것은 두렵고 신비한 것이라는 레비나스의 담론에 따르면 죽음은 우리가 닿을 수 없는 어떤 곳에 위치한다.

'그'가 '그녀'를 처음 만났을 때 '그녀'는 이미 시한부를 선고받은 상태였다. 그런 '그녀'는 죽음이라는 존재자와 대면해 있던 존재로써 자신을 조여오는 유한적 시간에 대한 공포를 극복하기 위해 세계의 중심을 찾아나서는 여정을 시작한다. 그런 '그녀'였기에 때론 오만하고 때론 관념적 철학에 빠진 듯한 초월적 면모를 보여준다. '그녀'는 섭씨 1°C의 바이칼 호수의 중간 불멸의 공간에 자신의 주검이 안치되기를 염원했다. 이는 그녀가 죽으면서 남긴 말처럼 불멸을 염원하는 '그녀'의 염원인 셈이다. 그녀는 자신의 존재를 소유할 수 있다고 믿었다.[34]

아브젝트(abject)함의 극치를 보여주는 ②의 부분에서 '그'는 그들이 추구해온 세계의 중심이 텅 비어있음을 경험한다. 세계의 '중심'은 곧 존재의 의미를 규정하는 것일진대 그것이 존재하지 않는다면 존재의 의미 또한 부재함을 의도하는 것이다. 왜냐하면 존재란 그들이 추구하던 스크린 저 너머에 있는 것이 아니라 '현존재'와 관계맺고 있는 현실 그 자체에 존재하기 때문인 것이다.

'그'는 이러한 '그녀'의 죽음을 지켜보면서 존재에 대한 통렬한 인식에

---

33) 레비나스, 『타인의 얼굴』, 앞의 책, 106쪽. 참조.
34) 위의 책, 107쪽. 참조.

이른다. 절대적 타자로서의 죽음이 '텅 빈 공허'에 불과하다면 존재는 결국 아무것도 아닌 것이 된다. 이러한 허무주의로서의 죽음담론은 그래도 여전히 존재에게 아포리아를 남긴다. 죽음은 여전히 '우리가 알 수 없는 것' 그래서 '그 정체를 알 수 없는 것(insaisissable)'이다.[35] 존재가 없다면 존재는 결국 완전한 무에 도달할 것이기 때문이다. 이것이 죽음이란 여전히 무엇인가 있는 듯한 아포리아를 남기면서 초월적 현존으로서 존재해 있어야 하는 이유이다.

③은 '죽은 그녀'를 살아 있는 '그'가 대면하고 있는 모습이다. 이는 '존재자와 존재'가 정면으로 응시하는 담론을 제시한다. 바이칼 호가 내려다보이는 곳 평상 위에 동결된 그녀의 주검에 화관을 씌우고 존재자의 형상인양 바라보고 있는 '그'의 모습은 마치 초월적 존재자와 대면하고 있는 듯하다. '그녀'의 주검은 대타자의 스크린이 되어 여전히 '그'를 지배한다. '그녀'의 주검에는 고통에 몸부림치던 그녀 죽음의 구체성은 보이지 않는다. 오로지 죽음의 관념만이 남아 '그'를 지배할 뿐이다. 여기서 '그녀'의 죽음은 물질화되어 있다.

'그'와 '그녀'가 '캅카스 산맥과 타클라마칸 사막과 텐산 산맥과 중앙아시아와 동시베리아와 바이칼'까지의 여정이 가능했던 것은 물질화된 이데올로기가 작용하였기 때문이다. 그 같은 오인적 인식이 없었던들 죽음에 대한 물질적 관념은 생산하지 못했을 것이다. 그들의 죽음에 대한 관념은 죽음에 대한 통렬한 인식과 물질성을 생산했다.

---

35) 위의 책, 106쪽. 참조.

중심이 ……텅 비어 있더라.

아버지는 그렇게 말했다.(<주름>, 372쪽).

위 인용은 '아버지'가 '그녀'와의 여정 끝에 보게 된 세계에 대한 인식이다. 그들이 중심이라고 생각하는 곳에 도달했을 때 그곳은 온갖 경계가 사라진 상태였다. 그것은 곧 '텅 빔'이었다. 그들은 비로소 자신들이 '중심'에 대한 관념에 갇혀왔음을 깨닫는다. 이 부분은 라캉의 통조림 일화를 연상하게 한다. 그들은 그것을 보고 있었지만 그것은 결국 그들을 보지 않았다. 응시의 지점인 스크린은 주체가 결코 도달할 수 없는 빈 공백, 즉 죽음을 의미하는 것이다. 존재론적 의미에서 존재는 거기가 아닌 바로 여기에 있는 것이 된다. 그럼에도 그들로 하여금 시베리아를 거쳐 혹한의 북극해까지 이어지는 여정의 원동력으로 작용한 것은 그러한 중심에 대한 환상이 작용한 결과이다. 이러한 의미에서 그들이 도달하고자 한 '세계의 중심', 그것은 곧 그들의 오인적 인식에 의한 환영의 다름 아니다. 그곳은 존재이면서 비존재인 의미로 주체로 하여금 끝없는 응시의 시선을 자아내는 그런 곳으로 작용한다. 이러한 중심의 부재는 주체로 하여금 그곳을 열망하게 원동력이라는 점에서 물질적 생산의 원동력이자 향유의 구심점인 셈이다. 이러한 의미작용은 서구의 형이상학이 추구해온 로고스중심주의나 기원에 대한 의미로 유지되어 왔다. 죽음 그 자체와 사투하는 '그녀'는 자신을 지배했던 세계에 대한 환영적 시선을 거두고 오롯한 실존의 존재로만 남고자 한다. 이로써 '그녀'는 관념적 환상에서 벗어나 자유로운 영혼이 되고자 하는 것이다. 이것이 '그녀'가 인식한 죽음의 본질이자 존재론에 대한 인식이다. '죽음'의 실체 즉 본질은 이처럼 현존재 그 자체로만 남는다.

반면 '그'의 죽음에 대한 본질적 인식은 소멸의식으로 이어진다. 이는 '그'로 하여금 바타이유의 죽음을 연상하게 하는 에로티시즘에 빠지게 한다. '그'는 죽음에 매혹돼 있었다고 보는 편이 옳다. 어머니의 바다로 환유되는 휘영청 달밤 복사꽃 바다에 빠져 죽은 것이 그것이다. '그'는 '그녀'가 찾아 헤맸던 설산 샹그릴라가 북극해가 아니라 자신의 고향집이었다는 것은 인식한다.

한번 꽃 보러 와라……라는 말은 결과적으로 아버지가 이승에서 내게 남긴 마지막으로 남긴 말이었다.

나는 두 눈을 깜짝깜짝했다. 햇빛인지 꽃빛인지 사방에서 순백의 광채가 달려들어 어디를 보아야 할지 알 수 없었다. 복숭아밭이 끝나는 곳에 어머니의 묘지가 있었기 때문이었다. 어머니의 묘지는 그러나 복사꽃에 가려 전혀 보이지 않았다. 방문을 열고 들여다보았다.

나는 흐트러진 이부자리, 뽑혀 나온 아버지의 머리칼 따위를 상상하고 있었다. 복상사라면, 아버지는 당신에게 닥친 죽음의 열꽃들이 어떻게 산화하는지 그 현장에 흔적을 남겼을 터였다. 그러나 나는 이내 고개를 갸웃했다. 이게 어찌된 이린가. 방안은 완벽하게 정돈되어 있었다. …(중략)…이건 뭐가 잘못된 거야.

안방이 아냐. 당신이 숨을 거둔 건 여기였어.

나는 휘청하면서 복숭아 가지 하나를 무의식적으로 붙잡았다. 꽃잎들이 일제히 떨어졌다. 평상 위엔 아버지가 평소 사용하던 주전자와 찻잔 따위가 흩어진 채 놓여 있었고, 구겨진 담요가 한 자락을 땅바닥으로 내려뜨린 채 깔려 있었으면, …(중략)…

아, 버, 지……

어머니의 묘지는 꽃그늘 너머 지척이었다. 평소의 아버지와 부합되

는 것은 아니지만, 어쨌든, 어느 대목에선가. 내부의 숨은 걱정을 이기
지 못하고 평상 밑에 장렬히 쓰러져 눕는 아버지의 모습이 환영으로
선연히 보였다. 죽음을 향해 부나비같이, 뛰어드는 나의 아버지가 바
로 그곳에 있었다.(<주름>, 395~398쪽).

위 인용은 아버지가 복상사한 장소를 돌아보는 아들 '김선우'의 서술이
다. 아버지는 의도적 죽음을 택했다. 아버지는 죽기 위해 고향집을 찾았
고 죽기 위해 에로티시즘을 선택했다. '복사꽃'은 그런 의미에서 '아버지'
로 하여금 죽음환영에 이르게 한 '대상a'인 셈이다. '대상a'란 다시 말해 주
체가 강압적인 정언명령을 수락한 대가로 생산된 잉여물이다.36) 이 잉여
물은 어느 날 죽음본능으로 환기된다. '한번 꽃 보러 와라'라는 말은 다분
히 환유적이다. '아버지'는 평소 복사꽃 피는 고향집 산자락 언저리를 그리
워하였다. 고향집 산자락은 죽음과 인접해 있다는 의미에서 그것은 아버
지의 '죽음'과 인접한다. 할머니의 묘소와 어머니('그'의 아내)의 묘소가
모두 복사꽃 주변에 인접해 있기 때문이다. 아버지('그')는 그런 복사꽃이
만발한 어머니의 바다에서 열락(悅樂, jourssance)37)하는 죽음을 선택한다.

---

36) Žižek, Slavoj, *The Sublime Objeoct of Ideology*, Verso trans, prined and bound in Great by
Bookmarque Ltd. Croydon, 1989, pp.88~89, 참조.
37) 이는 영어의 'enjoyment'의 개념을 라캉이 불어로 표기한 것으로 '향략' '환락' '회열'
등의 의미를 갖는다. 성적의 의미를 내포하는 이 향락은 항상성을 유지하는 프로이
트의 쾌락원칙을 위반한다. 이는 더 이상 쾌락이 아닌 고통을 수반한다. 다시 말해
향락이란 자신의 만족으로 얻는 고통에 대한 절묘한 표현이다. 어머니와의 향유를
의미하는 이 개념은 상징적 구조에 의하여 주체에게 금지된 것이지만 주체의 욕동
의 원천이 된다. 딜렌 에반스, 김종주 외 옮김, 『라깡의 정신분석사전』, 인간사랑,
1998. 432쪽.

그녀의 중심은 바다보다 넓고 뱀 구멍보다 좁고 그리고 우물보가 깊었다. 내가 죽으면……나를 따라 ……당신……정……말 죽을 수 있어……라고, 그녀가 숨을 헐떡이며 묻고, 그럼요……죽고 말고요……당신의 우물속에서……피 흘리며 죽겠어요……라고, 내가 화답했다. 영원히……당신 곁에 있겠어요…………라고도.……영원히……라는 낱말에서 나는 곧 광포한 오르가슴에 도달했다. 코피가 주르륵 흘러나왔다.(<주름>, 319쪽).

위 인용은 죽음에 도달한 '그녀'와의 마지막 정사를 '그'가 떠올리는 장면이다. 이는 죽음에 도달하기 위한 사디즘적 정사에 가깝다. '그'는 '그녀'의 바다에 빠져 '그녀'와 영원히 함께 하는 시간을 꿈꾸었다. 이런 의미에서 '그녀'는 '그'의 어머니의 환영과 인접한다고 할 수 있다. '그'는 완전한 소멸이라는 절대적 공포에서 해방되기를 원했고 그로 인해 열락에 도달하는 죽음미학을 선택했다.[38] 그것은 어머니의 바다로 돌아가는 것.이며 이를 통해 새롭게 잉태되고자 하는 죽음욕동의 한 부분인 것이다. 이는 결국 새로운 시간성으로의 회귀욕망인 동시에 유한적 존재로서의 자기를 죽이고 어머니와의 근친상간을 통하여 새로운 시간성의 차원으로 회귀하고자 하는 의미를 지닌다. 이로써 '그'는 일상적이고 유한성적인 시간의 개념을 초월해 새로운 존재로서 거듭나고자 한다.

---

38) 이는 라캉의 죽음욕동(pulsion du mort)으로 간주된다. 라캉에 의하면 안티고네의 맹목적인 욕망은 죽음 일반에 대한 욕망이 아니라 교환과 환원이 불가능한 주이상스 지점으로서의 자신의 고유한 존재성 그 자체를 겨냥한다. 조선영, 앞의 논문, 51쪽. 참조.

4. 시간의 주름과 존재론적 인식

<주름>은 '그녀와의 만남-떠남-그녀의 죽음-돌아옴-나의 죽음'
이라는 '시간 여정'으로 함축되고 있다. 이는 결국 '시간의 주름'으로 바꾸
어 말할 수 있다.

'시간의 주름'은 오롯한 물리적 시간의 합이 아니다. '주름'은 홀로 설
수 있는 자존적 실체가 아니라, 차이가 있었기 때문에 생기는 결과일 뿐
으로, 경계선이기도 하지만 동시에 차이를 연결시키는 접선이기도 하
다.39) 이런 의미에서 '시간의 주름'은 시간과 공간의 합일적 개념을 내포
한다.'주름'은 영원성의 개념에서 보면 '흔적(trace)'에 지나지 않는 것이
다. 해체주의 이론가인 데리다의 관점에서 보면 '흔적'은 사라지는 것이
아니라 복원되는 것이다.40) 인간의 존재론은 결국 시간의 주름과 직결된
다. 이때의 시간은 영속의 시간이 아니라 영원적 의미의 초시간이다.41)
이것은 인간 삶을 일상성의 시간으로만 보는 것에 반하는 개념이다. 이러
한 의미에서 하이데거는 죽음은 실존에 속해 있는 것으로 인간 존재의 가
능성을 규정한다고 하고 있다.

> 무엇이 남는 게 있어 죽이고, 또 떠날 것인가. 그녀가 죽음에의 북
> 진을 하고 있다는 걸 알고 난 다음 내가 서늘하게 확인한 것 중 하나
> 는, 누구든 생의 중심이라 할, 죽음에의 북진을 언제나 멈출 수가 없다
> 는 것이었다. 그녀는 처음부터 알고 떠났지만 나는 아무것도 인식하

39) 김형효, 『데리다의 해체철학』, 민음사, 1993. 136쪽. 참조.
40) 자크 데리다, 김용권 옮김, 『그라마톨로지에 대하여』. 동문선. 2004. 56쪽. 참조.
41) 소광희, 앞의 책, 579쪽. 참조.

지 못하고 떠나온 것만 다를 뿐이었다. …(중략)…시간은 돌이킬 수 없이 사멸의 북행길로 우리를 몰고 와 마침내 북극해 밑 5000여 미터, 절대고독의 그 심연으로 우리를 밀어 넣고 만다는 것을 나는 이제 알고 있었다. 나 또한 그 대열에서 한 번도 이탈하지 않은 인생이었다.(<주름>, 259쪽).

위 인용은 '그녀'를 쫓던 '그'가 천신만고의 여정 끝에 혹한이 몰아치는 스코틀랜드의 최북단 북극해 5000여 미터의 절대고독의 한 장소에서 상봉하는 부분이다. 그런 '그'에게 '그녀'는 아랑곳없는 비웃음을 보낸다. '그녀'를 죽이기 위해 달려왔지만 '그'는 정작 자신을 찌른다. '그'가 죽이고 싶었던 것은 '그녀'가 아니가 자신의 비본래적인 자아였음을 비로소 알게 된 것이다. 비본래적 자아란 유한성 속에 갇힌 시간적 존재로서의 자신인 것이다. 이로써 그는 비로소 자신 삶 속에 내재돼 있던 실존을 정면으로 응시한다.

시간성의 차원에서 보면 현존재는 도래할 미래의 시간으로 우리에게 인식된다. 도래할 미래의 사건이란 결국 죽음이라는 존재자로 귀결된다. 그러나 시간적 차원에서 미래는 현재의 흔적이 내재된 것이다. 이런 의미에서 현존재는 시간성의 차원에서 보면 소멸하는 것이 아니라 영원한 시간성의 차원에서 존재하는 것이다. 그렇다면 존재는 다가올 미래의 시간 선상에 놓여 있는 흔적에 불과하다. 다시 말해 '현존재'란 자기지우기를 통해 또다른 시간성의 차원으로 존재할 수 있다. 이로 인해 '죽음'은 아무 것도 아닌 것이 아니라 흔적의 상태로 남아 반복되는 것이다. 죽음의 본질은 존재하지 않는 것이 아니라 연기로써만 존재하는 어떤 현전이다.

결론적으로 아프리카의 케냐를 시작으로 '북진'을 거듭하는 '그녀'와 그런 '그녀'를 쫓아가는 '그'의 긴 레이스는 아프리카와 유럽과 북극해까지 이어진다. 시한부로서의 '그녀'는 죽음을 시간을 지연시키기 위해 여정을 감행해야 했던 것이다. 반면 '그'의 '그녀'를 향한 맹목적인 숭배는 본래적 자아를 찾는 계기가 된다.

어쨌든 아버지는 그녀의 영혼으로부터 자유로워진 게 틀림없었다. 아버지의 영혼은 자유로워졌겠지만, 아버지가 천예린과 당신의 끝에 대해 말하지 않았으므로, 나는 두 분의 관계를 여전이 일부분만 이해하고 있었다.(<주름>,392~393쪽).

위 인용은 '그'의 아들인 '내'가 그들의 죽음을 반추하는 내용이다. '나'는 그런 '아버지'의 죽음 이후 우리의 육신이 "어떤 형상의 집속에 갇혀있"(<주름>, 410쪽)었을지 모른다는, 그래서 "침묵의 은유"(<주름>, 410쪽)에 갇혀있다는 인식에 이른다. 아버지는 열락의 죽음을 통해 그러한 추상적 형상으로부터 해방되었다고 볼 수 있다. 이는 또 다른 시간성의 차원으로 잉태를 염원하는 그런 어떤 것에 대한 인식이다. '그녀'의 죽음을 통해 '그'는 비로소 '그녀'로부터 해방되었고 온전한 현존재로써 자신과 대면하였던 것이다. 동시에 '나'는 그런 '아버지'의 죽음을 통해 비로소 아버지를 용서하고 아버지의 시간으로부터 해방된다.

한 여자에게 매몰돼 가정과 자식과 직장을 버리고 북극해의 심연을 향해 떠났던 '그'는 타자화 된 죽음을 통해 비로소 존재의 본질로서 자신을 성찰하고 통렬한 인식에 도달하는 시간을 갖는다. 이때 동시에 죽음이란 북극해라는 멀고도 먼 심연의 세계에 존재해 있는 것이 아니라 우리 삶과 관계맺고 있는 여기에 존재해 있다는 인식이다. '세계의 중심이 텅 빈 심연'임을 당연하다. 왜냐하면 세계의 중심은 거기가 아닌 여기, 바로 현존재로서의 삶 안에 내재된 것이기 때문이다. 이러한 의미에서 인간의 현존재는 시간에 대한 피에로가 아니라 시간을 극복하려는 의지를 통해 새로운 시간성으로 이어질 수 있다. 죽음과 삶이 불멸하는 원형의 심연은 어디에도 존재하지 않는다. '그녀'는 자신의 죽음이 '바이칼 호수 심연'에 동결되기를 염원했지만, 그것이 결코 영원으로 이어지지는 않을 것임을 죽는 순간 인식한다. 생물학적 의미에서 보면 죽음은 부패의 시간을 거쳐야만 생성(生成)의 시간으로 이어질 것이기 때문이다. 죽음의 역겨움과 터부를 '그녀'의 죽음을 통해 형상화한 <주름>은 이처럼 죽음의 본질이 우리의 삶의 본능과 직결돼 있음에 대한 통렬한 인식을 보여준다.

5. 결론

지금까지 박범신의<주름>에 나타난 죽음의 의미를 고찰하였다.<주름>은 주인공들의 죽음에 대한 인식을 통해 인간이 궁극적으로 도달해야 할 죽음담론과 그를 통한 존재의 당위성을 인식하게 한다. 어느날 불현 듯 '김진영' 앞에 나타난 '천예린'은 비본래성의 삶을 살던 '그'로 하여금 타자성을 일깨우고 자신 실존의 본질인 죽음과 대면하게 하는 계기로 작용하였다. '그녀'는 시한부 삶을 선고받은 상태였다는 점에서 '노란 우의'는 삶에 인접한 '죽음' 환유로써, '그'로 하여금 존재에 대해 회의하고 죽음이라는 절대적 타자를 인식하는 표상으로 작용한다. 이는 '죽음'이란 우리의 일상적 시공간의 어떤 틈새를 통해서 낯선 타자성으로 표출됨을 보여준다.

'천예린'이라는 한 여류시인을 통해 '죽음'이라는 관념을 통렬하게 응시하게 하는 이 텍스트는 죽음이 존재의 당위성과 관계맺고 있다는 인식을 통해 존재론에 한걸음 나아갈 수 있음을 인식하게 한다. 두 주인공인 '천예린'과 '그'는 유한성의 시간 속에 갇혀 있는 피에로이고 어릿광대인 셈이지만, 죽음의 극복을 향한 의지작용이야말로 인간의 존재론적 허무를 어느 정도 극복하게 하고 돌아보게 하는 긍정적 의미를 제시한다. 이러한 의미에서 죽음이 함축하고 있는 물질성은 현존재로 하여금 의지작용의 원천으로 작용한다. 부용산이 우뚝 솟아 있는 고향집 만개한 복사꽃 산자락에서의 복상사를 꿈 꾼 '그'는 그곳에 '죽지 않는 나라가 꿈같이 펼쳐져 있다고' 믿는다. 탐미적 경향을 추구하는 작가인 만큼 이 부분은 죽음에 대한 미학적 인식이 느껴진다. 일체의 고통을 수반한 쾌락을 넘어서는 어떤 단계에서 과연 죽음은 복사꽃이 만개한 산자락의 고요처럼 침잠해 현존재로 하여금 영원성의 세계에 도달할 수 있게 할 것인가.

이것은 '그'가 '천예린'의 죽음을 통해서, 또 그들이 추구한 중심의 텅 빔에 대한 죽음의 여정을 통해 통해서 얻은 인식이다. 이는 또한 그들이 죽음에 침잠하면 할수록 죽음에 대한 공포가 극도에 달해 이로부터 도망치고자 하는 불안의식이 작용한 것인지도 모른다. 그들이 추구하고 찾아 헤맸던 중심의 텅 빔은 자칫 영원으로서의 회귀를 지향하는 현존재에 있어 허무주의로 인식될 수 있다. 이러한 이유로 '그'는 열락의 죽음을 통해 죽음에 이르는 과정을 보여준다. 그것은 복사꽃이 만발한 어머니의 바다에서 열락하는 향략적 죽음이다. 이는 금지된 어머니와의 향락을 통한 죽음으로써 죽음의 공포를 극복하기 위한 자기충족적 향락에 기반을 둔 것이다. 이는 어쩌면 지금껏 그의 존재를 규정했던 아버지의 법과 이에 상응하는 타자성을 가로질러 오직 생물학적 의미만이 남는 죽음충동의 일환으로 보인다. 이것은 현존재로서의 존재가 절대적 타자로 군림하는 죽음에 대한 공포로부터 놓여나는 유일한 방법일지 모른다. 왜냐하면 존재자와 존재 사이에 존재하는 그 절대적 소외를 극복하는 방법은 불가능하기 때문이다. 때문에 작가가 의도한 시간의 주름과의 화해는 영원히 불가능한 것인지도 모른다.

'아버지'는 이 같은 열락의 죽음을 통해 유한성을 극복하려는 의지를 보여주었다. 나'는 그러한 '아버지'의 죽음 이후 우리의 육신이 "어떤 형상의 집속에 갇혀 있"었을지 모른다는, 그래서 "침묵의 은유"에 갇혀있다는 인식에 이른다. '그녀'의 죽음을 통해 '그'는 비로소 '그녀'로부터, 또 죽음의 시간으로부터 해방되려고 하였듯이, 화자 또한 그러한 '아버지'의 죽음을 통해 비로소 아버지를 용서하고 아버지의 시간으로부터 해방되고자 한다. 이러한 모든 인식들은 또다른 시간성의 차원으로 잉태를 염원하는 그런 어떤 것에 대한 인간의 의지를 통해서만이 죽음의 공포와 유한성을 극복할 수 있음을 생각하게 한다. 인간의 존재론은 결국 시간의 문제와 직결된다. 죽음은 경험할 수 없는 불가능성의 가능성이기 때문이다. 동시에 그것은 현존재를 규정하는 어떤 가능성 또한 함축하고 있다. 죽음은 무엇으로도 대체할 수도 없는 가장 구체적 현존이고 부정성이지만, 죽음 너머에 아무것도 없다면 우리는 절망에 도달할 것이다. 때문에 그럼에도 불구하고 죽음은 절대적 타자로 현존해 있어야 한다.

'죽음'은 아무것도 아닌 것이 아니라 흔적의 상태로 남아 반복되는 것이다. 이를 통해 존재는 불멸로 이어질 수 있다는 어떤 가능성으로 이어진다. 죽음을 우리 삶의 한 부분이 아닌 낯선 타자로만 인식한다면 죽음은 더욱 두려운 관념으로 다가올 것이다. '그'와 '그녀'가 찾아나선 세계의 중심은 거기가 아닌 여기, 바로 현존재로서의 삶 안에 내재돼 있다. 죽음의 역겨움과 터부를 '그녀'와 '그'의 죽음을 통해 형상화한 <주름>은 이처럼 죽음의 본질이 우리의 삶의 본능과 직결돼 있음에 대한 통렬한 인식을 보여준다.

참고문헌

1. 기본자료

박범신, ≪주름≫, 한계레출판, 2015.

_____, ≪침묵의 집≫, 문학동네. 1999.

_____, ≪더러운 책상≫, 문학동네. 2013.

2. 단행본

가라타니 고진, 김경원 역(1999),『마르크스 그 가능성의 중심』, 이산. 1999. 126면.

김형효,『데리다의 해체철학』, 민음사, 1993. 136쪽.

딜렌 에반스, 김종주 외 옮김,『라깡의 정신분석사전』, 인간사랑, 1998. 432쪽.

마르틴 하이데거(1935), 전양범 역,『존재와 시간』, 시간과 공간사. 1992. 319~426면.

소광희,『시간의 철학적 성찰』, 문예출판사. 2001. 56~536면.

에마뉘엘 레비나스, 강연안 역,『타인의 얼굴』, 문학과지성사. 2005. 106~154면.

에마뉘엘 레비나스, 서동욱역,『존재에서 존재자로』,민음사. 2003. 19~107면.

자크 데리다, 김용권 옮김,『그라마톨로지에 대하여』. 동문선. 2004.

제라르 즈네트, 권택영 역,『서사담론』.교보문고. 1992. 221~225면.

지그문트 프로이트, 윤회기 · 박찬부 역,「정신적 기능의 두 가지 원칙」,『정신분석학
　　의 근본개념』,열린책들. 1997;2003재간. 88~89면.

3.논문

김병덕,「환멸의 세계와 탐미적 서사-박범신론」,『한국문예창장』8 , 한국문예창작
　　학회. 2009.

김유진,「죽음의 미화, 숭고의 미학 -김응하 서사를 중심으로」,『국문학연구』25,국
　　문학회. 2012.

김은하, 「남성적 "파토스(pathos)"로서의 대중소설과 청년들의 反성장서사 -박범신
　　의 70년대 후반 소설을 중심으로」,『동양문화연구』15,영산대학교 동양문화
　　연구원. 2013.

김지혜,「김영하 소설의 죽음 연구」,『한국문학연구』46, 동국대학교 한국문학연구소. 2014.

박선영,「김종삼 시에 나타난 '죽음'의 은유적 미감 연구」,『韓國文學論叢』, 한국문학회. 2013.

임철규,「죽음의 미학:안티고네의 죽음」,『현상과 인식』2,한국인문사회과학원, 1978, 94~97면.

원종홍,「죽음의 美學」(삶의 죽음),『인문과학 연구 논총 』11, 명지대학교 인문과학연구소. 1978.

유정선,「죽음의 미학과 글쓰기:『오후의 죽음』을 중심으로」,『인문과학연구』22. 1994.

조선영,「미학,예술학의 안과 밖;미학과 정신분석학: 라캉의 순수욕망 및 근본환상 이론을 중심으로」,≪美學·藝術學硏究≫,한국미학예술학회, 2011, 51면.

최홍근,「영화 「베니스에서의 죽음」에서 본 동양적 예술관의미적탐험」,『한국학연구』26.고려대학교 한국학연구소. 2007.

4. 국외자료

Lacan, Jacques(1973), Alan Sherida. trans,*The Four Fundamental Concepts of Psychoanalysis*. New York: Norton. 1978.

Žižek, Slavoj, *The Sublime Objeoct of Ideology*, Verso trans, prined and bound in Great by Bookmarque Ltd. Croydon. 1989.

윤후명 소설에 나타난 반영적 사유와 존재론적 인식

1. 서론

윤후명(尹厚明, 1946~)[1]은 1967년 경향신문 신춘문예에 시로 등단했다. 이후 1979년 한국일보 신춘문예에 소설로 등단하면서 <敦煌의 사랑>(1983) <원숭이는 없다>(1989) <별까지 우리가>(1990) <협궤 열차>(1992) <여우사냥>(1997) <오늘은 내일의 젊은 날>(1996) <새의 말을 듣다>(2007) 등의 소설집을 발표했다. 그의 작품 속에서 주인공들은 어떤 사물이나 존재의 근원에 대해 탐색한다. 예컨대 <돈황의 사랑>에 수록된 작품들에서 주인공은 '소녀, 공룡, 열차, 모래강, 꼬리, 새, 사막, 폐허, 미륵, 늪' 등과 같이 어떤 대상에 대해 사색하고 탐색하는 관념적 특성을 보여주고 있다. <원숭이는 없다>에 수록된 <돌사자의 길로 가다>에서는 아내와 온천 여행을 떠난 주인공이 아내와의 일상보다는 '미륵'이나 '늪'에 대한 환상이나 탐색으로 일관하고 있다. 인물들의 이 같은 행위는 단순한 환상이나 현실도피가 아니라 그것이 결국은 존재의 어떤 근원

---

1) 평론의 형태를 빼고는 아직 본격적인 연구는 이루어지지 않은 편이다.

임을 일깨운다. <섬>이라는 작품에서도 화자는 아내와 이혼하고 정처 없이 떠돌다 어느 날 거제도로 가는 배를 타게 되고 그곳에서 '그'를 알게 되는 단순한 스토리로 구성된다. 그런 가운데 화자는 어느 날 길가에 핀 '엉겅퀴 꽃' 하나에도 역사의 비극이 새겨져 있다는 것을 깨닫게 된다. 이러한 깨달음은 일상성 속에 내재된 존재의 근원적 인식을 통해서 가능할 수 있다.[2] '20세기를 살고 있는 잠든 아내의 얼굴에서 미이라가 된 미래의 시간을'[3] 보듯 윤후명 소설 화자들은 보이지 않는 어떤 근원적 가치를 찾음으로써 존재의 가치를 규명하고자 한다. 이러한 사유는 지금까지 알고 있는 기존 언어에 대한 고정성을 흩뜨리고 그 인식을 새롭게 하고 있다. 윤후명의 주인공들은 이처럼 어떤 대상에 대해 끝없이 사색하고 그를 통해 타자로서의 자신과 직면한다. 이러한 반영의식은 유한성적 주체로서의 부재의식을 극복하는 것이면서 또 다른 자신으로 회귀하는 것임을 보여준다. 한 개별적 주체를 이해하는 가장 보편적인 방법은 리쾨르(Ricouer)의 주장과 같이 글쓰기나 기호와 같은 출력물의 해석을 통해 가능할 수 있다. 딜타이(Dilthey), 슐라어마허(Schleiermacher)등을 비롯한 해석학자들은 텍스트를 통해서만이 개인과 더불어 역사에 대한 이해가 가능함을 제시한다.

데리다에 의하면 모든 명제들이란 초월적 기의에 의한 것이 아니라 '어떤 흔적'과 밀접하게 종속되어 있다. '실제적인 것이란 어떤 흔적'으로부터

---

2) 존재(存在, Dasein)란 '있다' 혹은 '이다'이다. 하이데거의 말처럼 이 개념은 '무엇'에 대한 탐구적인 물음을 전제한다. Heidegger (1953), Sein und Zeit, 전양범, 역,『존재와 시간』, 시간과공간사. 23~28쪽, 참조.
3) 윤후명, <돈황의 사랑>, 95쪽, 참조.

도래하고 첨가된다. 텍스트는 타자의 흔적에 대한 흔적이다. '텍스트 바깥은 없다(Il n'y a pas dee hors−texte)'라는 데리다의 명제[4])는 모든 것은 텍스트의 흔적이지 고유한 그 무엇이 아님을 말한다. 텍스트의 저자는 고유명사가 될 수 없다. 오직 어떤 흔적에 대한 결과물이다. '글쓰기 이전에는 어떠한 기호도 없다'고 한 데리다의 주장은 여기서 비롯된다. 고정성 고유성 단독성 등을 부정하는 데리다의 이 같은 사상은 문자적 고찰에서 비롯된다. 여성, 영혼, 글쓰기, 무의식과 같은 이성중심주의에서 뒷전으로 밀려났던 비이성적인 자질들이 사실 글쓰기의 연원이고 텍스트를 이루는 의미소들인 것이다. 글쓰기는 이런 자기 자신에 대한 '고통스러운 질문'이요 '반영(reflects)'이다.[5]) 때문에 글쓰기는 글쓰기를 통해 끝없이 자기를 '부인(deny)'하는 것이다.[6]) 이러한 과정을 통해 주체는 결코 '환원 불가능한 타자'로서의 자신과 대면하게 된다.[7]) 글쓰기는 결국 이런 자기의 '자취 지우기'를 통해 또 다른 얼굴(face)로서의 자신을 대면하는 끝없는 '차연'적 의미작용이다. 다시 말해 글쓰기는 주체의 현전現前에 대한 '차이'나 '자취'만을 남길 뿐이다. 이로 인해 글쓰기는 말소된 자기 자신을 구제하려는 반복이다.[8])

시간과 공간의 의미작용인 '차연(différα nce)'은 데리다의 용어이다. 데리다는 프랑스어인 'différance'와 영어의 'différence'가 발음할 때는 'a'와

---

4) Derrida(1967), *De la grammatologie*, 김용권 역, 『그라마톨로지에 대하여』, 동문선, 281~282쪽, 참조.
5) Derrida. (1978), *Writing and Differance*. Trans. Alan Bass, Univ. of Chicago . Great Britain by TJ international Ltd... Press, 1978. 남수인 역, 79쪽, 참조.
6) 위의 책, 127쪽, 참조.
7) 위의 책, 128쪽, 참조.
8) Derrida(1972), *La voix et le phénomène*, 『목소리와 현상』, 김상록 역, 인간사랑. 79쪽. 참조.

'e'의 차이가 나타나지 않지만 글로 씌어졌을 경우에는 그 '차이'를 드러난 다는 점을 예로 들어 차연의 의미작용을 설명한다. 로고스중심주의를 해 체하기 위해 사용한 이 용어의 의미는 '소리' 즉 언어가 그 자체로 의미를 완전히 드러내 줄 수 없는 모순점을 안고 있음을 우회적으로 말한다.[9] 왜 냐하면 '의식'이란 '어떤 대상과의 관계맺음'을 통해 나타나는 것이고, 이 로 인해 의식이란 언제나 언어화된 어떤 것으로 표출되기 때문에 언어 이 전의 것이 될 수 없다.[10] 그러나 때로 '목소리'가 '현전의 파수꾼'으로 '위 장(僞裝)'하기 때문에 우리는 의식 대상의 동일성에 대해 의심하지 않는 다는 것이다. 다시 말해 의식의 지표인 '현재'는 소리와 가장 가까운 질료 가 되는 셈이지만, 그 '현재'란 사실상 '조금 전'의 과거가 연기(緣起)된 것 이다. 이로 보면 미래의 시간 역시 연기된 현재의 시간이다. 따라서 어떤 의미로 보면 모든 시간은 죽은 시간이다. 따라서 의식의 시간인 현재는 조금 전의 과거와 '차이'를 발생시키고 이 차이는 '현재'적 시간을 미래로 '연기'시키는 차연적 과정을 발생하게 하는 것이다. 차연이란 이처럼 조금 전의 현재가 미래로 연기된 것이다. 때문에 시간성은 존재론적 인식의 근 원을 이룬다. 이에 글쓰기는 과거적 시간의 현재적 반영이자 미래적 시간 으로서의 어떤 가능성을 지향한다. 다시 말해 글쓰기란 자신의 어떤 근원 점을 향한 반영이고 가능성이다. [11]

현존재인 인간은 의식적이든 무의식적으로든 "세계-내-존재(世界內 存在, In-der-Weit-sein)"에 존재하고 있으며 이로 인해 삶과 존재방식

---

9) Llewelyn(1986), 『데리다의 해체철학』, 서우석 · 김세중 역,문학과 지성사, 20~23 쪽, 참조; Derrida(1978), 앞의 책, 41~441쪽, 참조.
10) Derrida(1972), 앞의 책, 26쪽. 참조.
11) Derrida(1978), 앞의 책, 79쪽, 참조.

에 회의를 품으면서 진정한 '실존(Existenz)'을 꿈꾸고자 한다.[12] 하이데거의 말처럼 현존재는 항상 다른 존재자들과의 관계를 통해 새로운 주체로 거듭날 수 있다. 이것은 근원적으로 소멸된 자기 자신에 대한 가능성이다.[13] 인간을 규정하는 것은 비본래적인 삶이 아니라 과거와 현재 그리고 미래를 잇는 무수한 보이지 않는 메커니즘에 의해 교류된다. 이때 글쓰기는 비본래적인 자기를 떠나 과거와 미래의 시 · 공간과 교류를 통해 새로운 존재로 거듭나는 교류방식인 것이다. 하이데거는 '자신의 고유한 존재를 문제 삼는 것을 실존'[14]이라고 한다.

21세기 후기자본주의적 메커니즘에 익숙한 주체들은 더 이상 물신의 이면성에 집착하지 않는다. 그들은 그것을 향유한다. 후기자본주의적 메커니즘은 라캉의 상징계에 의해 배척당했던 상상계를 향락의 대상이라는 이름으로 부활한다.[15] 오이디푸스 콤플렉스는 주체에게 외상적 증후군을 남김으로써 '실재의 현존', 즉 부재를 현존으로 각인하는 역설을 낳았다. 목소리, 냄새와 같은 일련의 상상계적 산물이 남긴 잉여물은 부재를 현존으로 더욱 확실하게 각인하게 하는 효과를 생산한다. 다시 말해 부재는 "존재의 차원과 관련된"[16] "나는 존재한다"[17] 말의 역설이다. 어떤 사물이나 존재의 근원에 대한 부단한 인식은 주체의 존재론적 사유임과 동

12) Heidegger(1953), 앞의 책, 74쪽, 참조.
13) Derrida(1972), *La voix et le phénomène*, 앞의 책, 84쪽. 참조.
14) Heidegger(1953), 앞의 책, 87~104쪽, 참조.
15) Žižek, Slavoj(1989), *The Sublime Object of Ideology*, 『이데올로기라는 숭고한 대상』, 이수련 역, 인간사랑. 273~279쪽, 참조.
16) 위의 책, 278쪽;
17) Žižek, Slavoj(1994), *The Metasttases of Enjoyment*, 이만우 역, 『향락의 전이』, 인간사랑, 278쪽, 참조.

시에 일회성화되어 가는 현대적 주체들에게 하나의 각성의식을 제공한다. 사물이나 대상을 인식하는 행위란 그 자체로 이미 하나의 존재론적 사유가 된다. 본고는 윤후명 소설 속에 나타나는 주인공들의 반영적 사유가 결국은 주체의 존재론적 인식의 근거와 연관됨을 고찰하고자 한다.

2. 근원적 부재, 그 시발점으로의 여정 -<하얀 배>

95년도 이상문학상을 수상한<하얀 배>는 중앙아시아에 거주하는 한국인 3세 소년 '류다'가 '한국교육원'에 쓴 한편의 글이 소재가 된다. 그리고 그 소년 '류다'를 찾아가는 서술자의 여정을 다루고 있다. 소년 류다의 글은 존재의 근원에 대한 인식이다. 이때 '류다'의 글쓰기는 존재론적 인식의 근원점이 된다. 그리고 이러한 인식의 근원점은 아버지의 아버지의 고향이었던 조선에 대한 향수로부터 비롯된다. 황량한 사막과 먹을 것이 부족한 초원에 살고 있는 소년에게 '할아버지의 고향'이 있는 '한국'은 '내가 흐르고 뒷동산이 있고 어디나 무척 아름'(<하얀 배>, 25쪽)다운 그런 곳으로 존재한다. 이 텍스트는 '중앙아시아'라는 '사막'의 상징성을 통해 고향의 현존을 부각한다. 부재를 상징하는 '사막'은 모든 것의 시작이고 끝인 어떤 철학적 의미를 담고 있다. 그것은 존재이면서 비존재인 그런 시공간성을 갖는다. 불모한 사막에서의 사유는 모든 대상을 현존화한다. 다시 말해 사막의 불모성은 대상을 추상화하고 그로 인해 관념의 오류에 빠지게 한다. 그러나 이는 역설적으로 존재의 사유가 되는 것이다. 그러기에 소년 류다에게 '고향'은 온전한 의미로 현존해 있어야 한다. 그것은 그의 근원점인 동시에 회귀할 장소이기 때문인 것이다.

그러나 이때 소년이 찾는 할아버지의 고향, 즉 자신의 근원점이라고 믿는 그 고향은 본래적 근원점이 아니라 그 근원으로부터 멀리 와 있는 어떤 시원점에 불과하다. 그것은 한국인 1세니 2세니 3세니 하는 시간적 원류를 거쳐 헤아릴 수 없는 먼먼 기억들이 공유된 '흔적'의 산물이다. 그러기에 그것은 황폐하고 불모한 사막을 찾는 여정과 흡사하다. 이때 아버지와 그 아버지의 현재적 시간 의식 속에 내재하는 근원적 고향은 이미 부재하기에 더욱 현전(présence)화되는 어떤 것이 된다. 다시 말해 무수히 집약된 과거의 시간과 그들이 현존해 있는 현재—과거[18]의 직물짜기(la texture)에 의해 만들어진 고향인 것이다.

> 저리로 가면 시베리아가 되고 거기서 더 가면 원동 땅, 거기까지 가면 고향은 다 가는 건데…….
> 한 아주머니가 들판을 바라보며 한숨을 쉬었습니다.
> 말이야 쉽지요. 거기가 얼마나 멀다고.
> 그래도 애들은 쉽게 가겠지요.(윤대녕, <하얀 배>, 25쪽, 밑줄 필자)

위 인용은 류다가 쓴 글의 내용 중 한 부분이다. '저리로'는 '거기서'로, 이 '거기서'는 다시 '거기까지'로 현존으로서의 '고향'을 차연화한다. 다시 말해 '아주머니'의 '애들은 쉽게 가겠지요'라는 말이 그것이다. 시간적 지표로 보여주는 아주머니의 무의식 속에 각인된 고향에 대한 인식은 원초적 의미로서의 고향의 부재를 드러낸다. 이때 원초적 의미로서의 '고향'은

---

18) 시간과 공간성의 차이로만 나타나는 '흔적'이란 절대적 과거, 즉 근본적으로 환원 불가능한 것이다. 오직 경험의 분절(articulus)인 심적 자취만을 통해서 나타날 뿐이다. 그것은 또한 어떤 과거와의 관계일 뿐이다. 이러한 불가능성은 우리를 어떤 절대적 과거로 돌려보낸다. Derrida(1967), 앞의 책, 122~124쪽, 참조.

‘류다’에게로 차연되면서 그 현존성이 지연된다. 왜냐하면 ‘저리’ ‘거기’라는 시간적 지표는 ‘현재’적 시간의 미래로의 ‘연기’인 것이고, 이 ‘현재’적 시간은 또한 ‘조금 전의 과거’가 ‘연기’된 죽은 시간이기 때문인 것이다. 이때 원초적 의미로서의 고향은 이미 그 원의미로부터 밀려나 있는 어떤 ‘시간’인 것이다. 때문에 ‘거기’로 표상되는 그 지점에서 이미 류다의 ‘고향’은 ‘언제나 이미(toujours déjà)[19]’ 부재하는 현전(présence)으로 존재해 있는 것이다. 이때 소년의 고향 또한 그 근원과 점점 멀어지게 된다.

아버지의 아버지의 기억 속에 각인된 ‘내가 흐르는 뒷동산’은 이미 문자화된 고향이다. 다시 말해 ‘사할린에서 블라디보스토크’를 거쳐 ‘중앙 아시아’ 초원에 강제 이주된 할아버지가 기억하는 ‘조선’ ‘고려’라는 명칭은 ‘한국’이라는 현재적 시간 속에서 이미 죽은 문자인 것이다. ‘조선’ ‘고려’ ‘한국’이라는 동일성적 의미를 가진 단어는 당대(현재)를 의식하는 사람들의 ‘영혼’과 ‘관념’ 등이 결합됨으로써 문자화된 어떤 곳이다. 문자화란 현재의 시간의식에 의한 각인이다. 말하자면 아버지의 아버지가 기억하는 ‘현재’적 시간은 이미 ‘과거적 현재’가 차연된 어떤 시간, 즉 문자적 고향인 것이다. 이 텍스트에서 ‘고향’의 의미를 가장 뚜렷하게 부각하게 하는 것은 소년 류다의 글이다. ‘소년 류다’의 고향이 가장 생생하고 근원적인 의미를 갖는 것은 그것이 ‘조금 전의 과거’에 가장 근접한 시간적 지점이기 때문이다. 소년 류다에게 고향은 아버지와 그 아버지의 아버지의 시간이 문자화된 시간이다. 즉 이 문자화된 ‘고향’은 이미 원의미로부터

---

19) 데리다는 ‘언제나 이미’라는 하이데거의 말을 현전(現前, présence)의 의미로 사용한다. 이는 ‘생생한 현전의 순수성이 아닌 사후적으로 재구성된 의미로서의 시간에 속한다.

멀어져 있다는 의미를 내포한다. 데리다에 의하면 '문자로 씌어진 기표'는 이미 '파생'된 다시 말해 오염된 어떤 것이다.[20] 소년 류다의 고향에 대한 인식은 그 아버지의 아버지가 인식하는 고향보다 훨씬 생생한 의미를 지닌다. 이는 그 아버지의 아버지가 평상시 입버릇처럼 말하던 '목소리'의 영향이 크다. 다시 말해 소년의 고향은 그 아버지의 아버지의 '목소리'를 통해 문자화된 어떤 것이기에 더욱 생생하게 각인된다. 왜냐하면 '목소리'는 사물의 자연적 상태를 반영하는 최초의 기표'[21]이기 때문인 것이다. 이는 또한 소년 류다의 고향이 원의미로부터 가장 멀어진 '현전'임을 의미하는 것이기도 하다.

모든 고향은 사후적 결과물이다. '고향'이란 수많은 시 · 공간 속에서 부풀려지고 추상화된 그런 어떤 현존이다. 그것은 이질적인 것의 집합체, 즉 관념으로만 존재할 수 있는 그런 곳이다. 그곳은 '레닌과 스탈린, 러시아, 블라디보스토크, 사할린'과 같은 황폐하고 불모한 언어들에 의해 만들어진 환상적 의미를 내포한다. 이 같은 환상성은 고향의 현존을 더욱 뚜렷하게 각인시킨다. 이때 '고향'이라는 고유명사는 현존이 아니라 현전되는 어떤 것이 된다. 원초적 근원은 어디에도 존재하지 않는다. 존재는 비존재와의 직물짜기를 통해서 현전화될 뿐이다. 이것은 할아버지가 평소 머릿속으로 그려보던 그 고향 역시 이미 존재할 수 없는 부재일 뿐이라는 것을 환기하게 한다. 아버지와 아버지의 아버지의 '고려'나 '조선'이라는 언어 속에서 이미 그들의 근원적 고향인 '한국'은 그 자체로 부재하는 것이다. '고려' '조선' '한국'으로 불려지는 언어적 현실속에 이미 동질

---

20) Derrida(1967), 앞의 책, 29쪽. 참조.
21) Derrida(1967), 앞의 책, 28~29쪽. 참조.

화될 수 없는 무수한 이질성이 함께 존재해 있다는 의미인 것이다.

이들 문자들 사이에는 시간으로 환산할 수 없는 수억 년이라는 시·공간이 교차한다. 말하자면 '고려'와 '한국' 사이에는 '낙타 가시풀'과 '양귀비꽃'과 같은 문자로 은유할 수 없는, 그래서 아버지와 아버지의 아버지 그리고 '소년 류다'에게로 연류되는 무수한 시공간성이 전제되기 때문이다. '레닌과 스탈린, 러시아, 블라디보스토크, 사할린'과 같은 이질적인 언어들은 '한국' 언어인 "안녕하십니까"라는 그 미세한 울림 속에 이미 내재되어 있다.[22] 다시 말해 "안녕……하십……니까……"(<하얀 배>, 24쪽)라는 그 불완전한 파롤[23]의 울림 속에는 할아버지와 아버지 그리고 그 윗대로 공유되는 헤아릴 수없는 시·공간이 함축되어 있다. 때문에 "……"은 흔적이면서 기호이고, 소리이면서 문자이다. 이 기호 속에는 '소년 류다'의 영혼뿐 아니라 아버지의 아버지는 물론이고 근원을 알 수 없는 누군가의 영혼이 잠재되어 있다. 때문에 이성언이이기도 하고 감성언어이기도 하고 부재이면서 근원이기도 한 이 언어는 양면적이고 이질적이다. 이때

---

22) 데리다에 의하면 낱말(vox)은 이미 의미 및 소리의 단위이고, 개념과 목소리의 단위이다. 다시 말해 문자는 이미 '생각–소리'의 대리표상으로 그것이 불러일으키는 매혹 때문에 문자 자체에 대한 고찰이 미흡하다. 데리다는 아리스토텔레스의 "목소리가 내는 소리들은 영혼의 상태들을 나타내는 상징들이고, 씌어진 낱말들은 목소리가 내는 낱말들의 상징이다."라는 말을 인용한다. 이것은 문자가 어떻게 표음문자에 의해 오염되어왔는가 그리고 문자에 대해 의심하는 일을 멈추어왔는가에 대해 비판하는 의미를 담고 있다. Derida(1967), 앞의 책, 62~64쪽, 참조.

23) 소쉬르에 따르면 파롤이란 랑그와 맺는 수동성을 전제된다. 언어의 근본적인 무의식이 랑그 속에 뿌리내림으로써 의미작용의 기원을 구성한다. 다시 말해 파롤의 활동은 언제나 랑그라는 원천으로부터 나올 수 있고, 또 나오게 되어 있다는 것이다. 이에 데리다는 파롤 행위 속에 이미 공간화, 즉 공백, 구두점, 간격 등과 같은 휴지가 일반화되기 때문에 이미 랑그와 파롤 사이에는 '차이' 만이 존재한다고 말한다. Derrida(1967), 앞의 책, 126쪽. 참조.

'한국' '민족'이라는 언어는 '동일성'이라기보다 '비동일성'적 문자이다.

요약하면, 윤후명의<하얀 배>에서 '그곳(고향)은' 아버지와 아버지의 기억 속에서 가장 근원적인 것이 된다. 그 근원점은 한국이라는 공간적 지점이 아니라 기억, 즉 의식인 것이다. 모든 것이 관념화되지 않고서는 글도 기억도 부재다. 윤후명의 소설들이 어떤 사물에 대한 근원점이나 이면에 집착하는 의도는 아마 여기에 있을 것이다. 그것은 존재의 근원, 그 시발점으로 가는 여정이기 때문인 것이다. 윤후명 소설들 속에서 주인공들의 긴 여정은 여기서부터 시작된다. 그러기에 주인공들은 불모지의 미세한 먼지, 소리 하나에 의미를 부여하기를 멈추지 않는다. 그것은 존재의 근원이 과거와의 맥락을 찾는 것인 동시에 미래로 이어지는 또다른 창조적 시간의 시발점이다.

3. 끝없이 반복되는 '모래 시간', 그 지평적 인식 － <敦煌의 사랑> <누란의 사랑>

존재의 근원성에 대한 작가의 집요한 관심은 <돈황의 사랑>에서 드러난다. '아파치족이 아버지란 말의 변신'이고 '인디언이 아시아에서 건너간 몽고족의 일파'(<돈황의 사랑>, 28쪽)라는 것, 그리고 그 몽고족이 인디언이고 그것이 우리로 이어진다는 사실은 작가의 존재의 근원에 대한 집요한 의식을 보여준다. 작가의 '고대'의 유물에 대한 관심은 그것에 내재된 그 어떤 미세함에 보이지 않는 근원적 원류가 잠재되어 있다는 의식에서 비롯된다.

<敦煌의 사랑>은 서역에 있는 '돈황 석굴'이라는 고대 유물을 조명함

으로써 그것에 내재된 근원 의식을 보여준다. 서역에서 신라인 '혜초'가 '사자춤'을 추는 것으로 연상되는 이 작품은 그 가면 속에 가려졌을 고독한 '넋'이 벽화에 그대로 반영되어 있다고 믿는다. 더불어 서역에서 발견된 사자가 우리의 봉산 탈춤에 등장하는 사자라는 강한 의구심을 갖는다. 화자에 의하면 '타시켄트'나 '사마르칸트' 등의 서역지방에서 전래된 '속독'과 같은 놀이가 고려나 조선시대의 '산대잡회山臺雜戱'나 '나례잡회難禮雜戱'라는 것. '사자춤'이 우리의 '봉산 탈춤'과 '역신' '공후인'과 같은 연관된다. 다시 말해 '사자춤' '봉산 탈춤' '역신' '공후인'과 같은 개념들은 시·공을 초월한 근원성과 연관된다. 이를 통해 민족이나 집단과 같은 고유한 본질은 개체의 특수성이 아닌 시·공을 초월하는 어떤 집단적 메커니즘에 의해 형성됨을 인식한다. 이들 작품에서 작가는 '몽고족'의 근원성을 제시한다.

자신이 쫓던 사자가 신라와 서역을 건너간다는 믿음, 서역에서 신라인 '혜초'가 '사자춤'을 추는 것으로 연상되면서 그 가면 속에 가려졌을 '고독한 얼굴' 그리고 그 '넋'이 벽화에 그대로 반영되어 있다고 믿는 화자의 상상력 속에서 우주의 모든 것이 텍스트의 의미를 갖는다. <敦煌의 사랑>은 돈황 석굴에 대한 극화와 갖가지 고대 유물에 대한 보고와 탐구에 대한 텍스화라고 할 수 있다. 이 같은 고대 유물과 유적에 대한 인식작용이 그것이 오늘날 우리의 근원의식과 연계돼 있는 것이다.

　　동종의 무늬에서 천녀의 모습을 보는 순간 나는 나도 모르게, 하 이
　　것이로구나, 하고 중얼거렸다. 도무지 막연하던, 뿌연 시야가 환히 밝
　　아왔다. 가슴에 공후를 안고 있는 비천상이 구체적으로 어떻다는 것
　　은 아니었다.(중략) 그런데 가슴에 안고 있는 악기가 공후인 것을 알아
　　보자, 문득 천녀는 신묘한 공후 소리와 함께 살아 내려오는 것처럼 여

겨졌다. 그것은 단순한 종의 무늬가 아니었다. 나는 하늘이 둥근 공명 통(共鳴筒)처럼 울려 주는 소리를 들을 수 있을 것 같이 생각되었다. 그것은 살아 있는 선녀였다.(후략) (<돈황의 사랑>, 62~63쪽, 밑줄 필자.)

위 인용은 화자가 잡지사 시절에 '단절의 현장'에서 다루었던 '공후'의 전래 상황에 대한 인식이다. 동료 기자가 기사화하고자 했던 '상원사 동종'에는 서역에서 들어온 '공후'를 안고 하늘을 날고 있는 '비천상飛天像'의 그림이 새겨져 있다. 그림 속의 선녀가 가슴에 안고 있는 악기가 바로 '공후'라는 것이다. 늘상 보아오던 그 그림속에 있는 것이 공후라는 것을 몰랐다는 사실, 그것이 '단순한 종의 무늬가 아니'라는 사실은 사물을 보는 직관이 부족했다는 것에 대한 역설을 담고 있다. 화자의 말대로 그것은 죽은 선녀가 아니라 '살아 있는 선녀'다. 그것은 평범한 일상 속에 죽음이 함께한다는 사실에 대한 일깨움이자 반영적 의식을 말한다. 이는 영혼과 같은 직관적 의식의 필요성에 대한 역설이다. 이는 또한 사물의 근원점을 추적하다 보면 민족이나 집단의 고유한 본질은 존재하지 않는다는 것에 대한 새로운 인식이다.

<누란의 사랑>에서 '누란樓欄'[24]은 윤후명 소설에 자주 등장하는 배경이다. 별로 관계가 없는 사건들이 알 수 없는 어떤 느낌이나 감정 혹은 기류에 의해 서로 연관됨을 보여준다, 메마른 일상 생활, 동해안으로의 여름 휴가, 태풍, 홍수, 바닷가에서 죽은 사람, 사일구, 자신의 의족 어머니, 정신대 등의 환유적 개념들이 서로 접맥된다. '의미없는 동서생활을 계속해' 오던 나는 여자에게 안주할 수 없어 결국 그 여자를 떠난다. 현대

---

24) 서역의 고대 유적 도시(윤후명, <누란의 사랑>, 490쪽)

적 주체의 모습을 뭉뚱그린 이 작품에서 '나'는 서역 먼 길에서 일생을 보낸 '아버지'의 인생과 동궤에 있다. 깊은 '늪' 같고 그래서 곁을 주지 않고 표독스럽기만 하던 어머니의 차가움은 늘 '나'를 겉돌게 하고 '고아'아닌 고아로 겉돌게 한다. 화자의 이 같은 방황은 일생 자신을 냉랭하게 대해오는 어머니 영향이 크다. 일본군에 의해 한쪽 다리를 잃고 의족에 의지해 살아가는 어머니, 고양이를 끼고 사는 어머니, 어머니의 남자 김씨 등은 '나'를 불모의 삶으로 내모는데 영향을 끼친다. 여기서 어머니는 '뱀의 아가리'와 같은 거세의 이미지로 작용한다. 그런 어머니는 내가 여자를 데리고 가서야 '광복군 밀정'이었다는 아버지, 그 아버지는 낯선 서역 만리에서 뿌리 없는 삶을 살다가 사막에서 죽었다는 사실, 이후 아버지의 죽음 이후에야 서역 만리로 아버지를 찾아나선 어머니는 결국 남편을 만날 수 없었던 그 한을 삭이며 사느라 불모한 인생을 살 수밖에 없었다. 이후 '나'는 '소라 고등이 천년이 지나면 파랑새'가 되어도 그것이 '우리의 삶'에 아무것도 아니라는 소멸의식에 절망한다. 그것은 결국 '밀정'이라는 이름으로 평생 불모한 땅에서 생을 마감한 아버지의 죽음이 아무 의미 없다는 말과 같은 것이다. 이후 '나'는 유명 작가의 시를 통해 여자와 마지막을 보낸 여관 뒤에 피었던 양파꽃과 파꽃의 차이를 인식한다. 그러면서 '나'는 불안정하고 불모할지라도 살아가다보면 사막에서 양파꽃이 피듯 어느날 '소라가 새'로 변하는 역사적 시간의 근거를 이룬다고 인식한다. 여기서 '나'는 불모한 사막의 땅, '누란'에 핀 '양파꽃과 파꽃'을 통해 하나의 의미를 부여한다. 냉랭한 불구의 어머니, 폐허에서 광복군 밀정으로 일생을 마감한 아버지를 통한 소멸의식은 어느 날 폐허에서 핀 파꽃의 소생을 통해 새로운 인식으로 다가오게 된다.

모래강은 아직 멀었는가. 영원히 멀다. 그러니까 나는 타인이 되는 길을 택해야 할 것이다. 머나먼 모래강을 향하여 영원히 가기 위해서, 범아(汎我)를 얻기 위해서, 신발에 새끼줄이라도 동여 매고서.

(<돈황의 사랑>, 145쪽, 밑줄 필자)

끝없는 불모의 땅 '사막'과 그리고 '누란', 그곳은 아버지의 영혼이 잠들어 있는 곳인 동시에, '나'의 근원 일부가 함께하고 있다. 이럴 때 무수한 사막의 땅 '누란'에는 또 다른 '나'가 그곳에서 숨쉬고 있는 것이다. 그러할진대 일상은 이미 의미 없는 일상이 아니다. 때문에 '나'의 일상은 끝없이 반복 되는 '모래의 시간'을 쌓는 것이라는 인식을 하게 된다. 그것은 또 다른 '나'의 탄생이자 소멸이기 때문이다. 또한 이는 새로운 존재의 시작이자 근원이다. 이럴 때 존재란 추상성이 아니라 우리일상 속에 깃든 사소한 구체성에서 비롯된다.

4. 시·공간적 의식으로의 지평 열기 - <협궤열차>

1) 반영적 시간을 통한 일상적 시간으로의 회귀

<협궤열차> <돈황의 사랑> <별까지 우리가> <섬> <하얀 배> 등에 거론되는 '동굴' '공룡' '상어' '고래' '섬' '호수' '항구' '선실'과 같은 어휘들에 주인공들이 유달리 집착하는 이유 또한 그것이 존재의 어떤 근원과 연결됨을 보여준다. 그의 소설에서 주인공들은 거대한 이데올로기나 무슨 공명심을 추구하지 않는다. 그들은 사물의 이면에 미세하게 감추어져 있는 그 어떤 기류를 찾고자 한다. 그리고 이것은 그 어떤 기류를 찾아 떠나는 여정과 연관된다. 그러나 그러한 긴 여정은 어떤 근원성에 미치지

못한다. 다만 역사의 본질이나 한 인간의 토대를 구축하는 과정을 보여줄 뿐이다. 시작과 끝이라는 명료한 의미로 부각되지 않은 윤후명 소설속의 서사가 약한 것은 이 때문이다. "나는 내가 죽은 사람으로 바라보았을 때 비로소 살기 시작했다."[25]는 루소의 말처럼, 그의 소설속 주인공들이 사물을 관념화하는 그 지점에서 그들은 부활한다. 그것은 주인공들이 어떤 근원이나 본질과 연계되고 있음을 보여준다.

<협궤열차>(1992)는 연작소설이다. '환청 증세'로 입원해 있던 '류'라는 여자가 외박을 나왔다는 데서 시작되는 <사랑의 먼빛>은 이후 <외로운 그리핀>까지 7개의 연작으로 구성되어 있다. '류'는 '나'의 옛 여인이며 윤후명 소설속의 여자를 아우른다. '류'는 심증만 가는 어떤(신경증) 증세로 병원을 들락날락할 뿐 아니라 화자인 '나'와의 관계는 모호한 실정이다. 그녀의 '외박'으로 시작되는 작품은 '나'와 그녀와의 관계가 윤곽으로만 설정되어 있을 뿐 중심스토리는 주로 '나'의 사물에 대한 반영론적 관점이 주가 되고 있다. '류'의 예고없는 방문에 주인공은 그녀가 밑도끝도없이 내뱉은 '외박'이라는 단어의 의미에 대해 반추한다. '외박'은 그것의 본래적 의미보다 '8할'이 '섹스'로 연관된다는 것, 이러한 언어에 대한 이질성으로 사람을 대할 때 그 본질적 의미는 없어져 버린다. 이때 '외박'이라는 단어는 함축하고 있는 본래의 의미와는 다른 의미, 즉 이질성으로 전도된다. 언어는 그 본래성을 배반하면서 언제나 보는 이의 주관이나 시점에 의해 의미가 전도된 채 관점화되고 우주화된다는 것이다.

---

25) Rousseau, Jean-Jacques(1952), *Les Confessions*, 『고백록』. 김봉구 옮김. 박영률출판사, 243쪽.

류가 경미한 환청 증세로 입원했다가 나와서 다시 들어갔다는 말을 듣는 순간 아름답다는 것은 슬픈 것이다라는 생각이 불현듯 되살아났다. 되살아났다고 하는 것은 나는 전에도 종종 그렇게 생각했었고, 또 나뿐만이 아니라 많은 사람들이 그렇게 생각했었음을 알기 때문이다. 하지만 그 말이 되살아났다고 해도 그녀를 한번도 아름답다고 여겨본 적'이 없었다. 추하다고 여겨본 적이 없는 것처럼, 그녀는 뭔가 다른 종류의 여자였다.(<협궤열차>, 8쪽)

'나'는 '류'라는 여자가 '한번도 아름답다고 여겨본 적'이 없음에도 불구하고 그녀가 '입원했다가 나와서 다시 들어갔다는 말을 듣는 순간 아름답다는 것은 슬픈 것이다'라는 생각을 한다. 여기서 '슬프다'는 '아름답다'의 의미로 환유된다. 그로 인해 '나' 자신조차 그녀에 대해 가지고 있는 마음이 어떤 것인지도 알 수 없는 채로 대한다.

'류'를 통한 과거로의 인식은 그녀가 어느날 자신의 방으로 찾아왔던 과거로 거슬러 올라간다. '류'는 친구가 그림을 그리고 자신이 시를 쓴 시화의 내용을 궁금해한다. '나'는 자신이 과거에 쓴 시 구절에서 '개승냥이'를 반추한다. 그에 의하면 '개승냥이'는 '승냥'이와 '이리'라는 의미의 '시랑(豺狼)'이라는 어려운 이름을 가지고 있지만 실은 '개를 닮은 늑대'일 뿐이다. 이것이 '개승냥이'가 된 것은 '늑대'가 '개'를 닮았기 때문이라는 것. 그래서 '개승냥이=늑대'라는 공식이 성립하고 '승냥이'와는 관계가 없게 된다. 이후 화자는 한 문학단체가 주관한 충남 안면도로 '여름문학캠프'를 가는데, 화자는 이곳에서 '안면정육점'이라는 간판을 보고 인간과 동물의 양면성을 생각한다. 또한 자신이 '인간'과 '짐승'의 두 얼굴을 가진 가면을 쓴 인간은 아닐까하고 반추한다. 이러한 반영적 인식으로 세상을 볼 때 모두가 타인이고 모든 인과관계가 '부질없는 짓거리'로 인식될 뿐이다. 화자의 다음과 같은 인식이 그것이다.

'협궤열차'는 이제는 사라져버릴 위험성에 처한 과거 '수원과 인천(송도)'를 잇는 협소한 열차다. 이것은 화자로 하여금 '과거'로의 시간여행을 떠나게 한다. 한 잡지사의 청탁으로 남해안 삼천포 일대를 가게 된 화자는 그곳에 대한 인상기를 쓰면서 그곳이 '공룡발자국'이 최초로 발견된 곳임을 알게 된다. 그리고 무시무시한 공룡이 어떻게 소멸될 수 있었을까에 대한 생각을 하면서 다시 한번 모든 것이 부질없는 일임을 확인한다.

지금 이 세상에서 아웅다웅하며 살고 있는 모든 것들이 가뭇없이 사라져버리는 것은 시간 문제다. 부귀니 영화니 명예니 하는 따위 모두 다 부질없는 짓거리다. 그러므로……나는 또다시 이런 청소년적인 깨달음으로 뻐끔뻐끔 담배연기만 피워 올리고 이는 것이었다. 우리들 각가지 문제로 간절히 애태우며 살고 있는 인간들도 머지 않아 흔적도 없이 소멸하고 말 것이다.(<협궤열차> 22~23쪽)

모두가 타인이며 '부질없는 짓거리'라는 일상성적 인식으로 보면 모든 인과관계는 타자일 뿐이다. 이를테면 다음과 같은 구절이다.

우리가 공간을 달리하여 있다는 것, 이를테면 우리의 감각으로 직접 확인할 수 없는 것의 존재를 믿을 수 있을까. (<협궤열차>, 122쪽)
…(전략)˝자기 자신이 어떻게 하여 그 네거리 포장마차에 와서 앉아 있게 되었는지도 도무지 알 길이 없었다. 세상의 모든 사람들과 마찬가지로 자기 자신도 영원한 타인이었다. (<협궤열차>, 124쪽)

화자의 이 같은 소멸인식은 그 원래의 의미와는 아무런 상관도 없는 '개승냥이'를 통해 새로운 인식으로 전환된 것이다. 화자는 남해안 일대를 돌아보던중 전신전화국에서 '각산'에 대한 자료를 찾다가 다음과 같은 대목이 눈에 띄게 된다.

> 승냥이똥에는 인(燐)이 섞여 있어서 불빛이 푸르고 밤에도 멀리까지 보인다. (<협궤열차>, 26쪽)

위 인용의 의미로 보면, 화자는 '승냥이똥'이라는 단어에 무수한 시 · 공간이 공존해 있음을 인식한다. 그것은 무수한 시간과 공간, 그리고 그러한 시 · 공간의 무수한 확장은 '우주'와 연계되어 있다. 이때 '승냥이똥'에는 무수한 이질성이 복합되어 있음을 물론이다. 승냥이는 개와도 상관없고 오직 '개'를 닮아서 '개승냥이'라는 이름을 가진 오래된 동물 속에 '고대', 즉 과거와 현재 그리고 생명으로 이어지는 미래라는 우주적 시간이 내포된 것이다. 승냥이똥과 공룡발자국을 통한 우주로의 이 같은 인식적 확장은 '협궤열차'라는 상징적 의미와 연결된다. 이때 '협궤열차'는 일상, 즉 현재적 시간인 동시에 과거와 미래를 잇는 연장선적 의미를 지니고 있다. 이에 대한 화자의 인식은 다음과 같다.

> 나는 봉화대에 오르는 불은 당연히 횃불같은 거겠거니 했었다. 대낮에는 연기를 하늘 높이 피워 올려야 했을 것이었다. 그런데 전혀 상상할 수 없었던 게 거기 있었다. 새로운 사실을 알게 되었다는 기쁨보다 내가 이 세상을 향해 보고, 느끼고, 판단하는 잣대가 형편없는 것에 지나지 않다고 느껴서 한심스럽기까지 했다. 나는 지극히 짧은 지식을 가지고 살아가고 있었다. 내가 붙잡고 있는 것은 한낱 단순한 고정

관념 몇 개뿐이란 말인가. 나는 어둠속을 헤매고 있는 것이었다. 그것
을 간단하게 밝혀 알려준 승냥이똥!(<협궤열차>. 26~27쪽)

요약하면 <협궤열차>는 과거 '수원과 인천(송도)'를 잇던 '협궤열차'
를 통해 '공룡의 소멸'과 같은 사라져버릴 것에 대한 소멸의식을 다루고
있다. 화자의 이 같은 인식은 현재적 시간의 과거적 시간으로의 반영을
통해 소멸의식에서 회복될 수 있음을 보여준다. 다시 말해 현재적 시간은
과거로의 시간과 연계되면서 이것은 또한 '우주' 혹은 '죽음'과 같은 우주
론적 시간의 의미로 확장된다. 이때 '소멸'은 단순한 절멸이 아니라 또다
른 시간을 이미 잉태하고 있다. 이것은 부정과 긍정, 현재와 과거, 죽음과
삶을 통한 우주론적 시간으로의 확장을 의미한다. 이때 현재적 '나'는 소
멸되는 '나'가 아닌 무수한 과거적 시간의 집합체이면서 미래적 시간의 지
편을 여는 '나'이다. '협궤열차'는 고대의 시간을 의미하지만, 그것은 무한
대로 이어지는 과거와 현재 그리고 미래를 잇는 접합체이다.

> 열차니 배니 하는 탈것들은 공연히 사람의 마음을 들쑤시는 데 뭐
> 가 있다. 시간과 공간을 옮겨 주기 때문이다. 시간을 당겨주고 공간을
> 넓혀준다. 새벽 협궤열차는 시간과 공간을 열며 앞으로 향하여 나아
> 갔는데, 나는 그 작은 열차에 의탁해 과거로 나아가고 있는 나를 본다.
> (<협궤열차>, 127~128쪽)

이럴 때 일상적 시간은 단순명료하거나 표면적이지 않다. 그것은 현재
적 시간을 사색하고 반영하는 관념적 사고를 통해 확장된다.

> 자기 자신이 어떻게 하여 그 네거리 포장마차에 와서 앉아 있게 되
> 었는지도 도무지 알 길이 없었다. 세상의 모든 사람들과 마찬가지로

자기 자신도 영원한 타인이었다. 진정한 자기 모습은 무엇 속에서만 있을 듯했지만 그것은 이름도 모를 사람의 희미한 사진 같은 것이었다. (<협궤열차>, 124쪽)

죽음이 살아있다는 것은 지구가 이 우주, 아니 저 광대한 우주에 속해 있다는 사실을 깨닫는 것만큼 무시무시한 일이다. 그런데 이것은 내가 장갑이라는 것을 아무리 추운 겨울에도 끼지 않는 습성을 가졌다는 것과 무관하지는 않을 것이다. (<협궤열차>, 121~122쪽)

때문에 일상적이고 잡다한 현실적 시간은 고뇌와 번민이라는 존재론적 시간의 성찰을 통해서만이 새로운 시간으로 전환될 수 있음을 보여준다. 화자의 위 인용과 같은 관념적 인식은 여기에서 기인한다. 이러한 우주론적이고 존재론적 시간으로의 확장은 '류'에 대한 새로운 인식을 통해 일상적인 시간으로 환원된다. 이렇듯 이 작품은 '류, 공룡, 열차, 황량한, 사막, 모래강, 꼬리, 서해안, 코끼리새, 뿔각새, 폐허, 그리핀'과 같은 환유적 접맥성을 가지면서 나아가 우주론적이고 존재론적인 의미로 의미가 중첩된다. 다시 말해 이 작품은 이제는 사라져버렸지만 과거의 향수를 간직하고 있는 규모가 협소한 열차 '협궤열차'를 타고 과거로의 여행을 떠나는 시간여정을 보여준다. 이때 화자는 일상적 여행을 떠나는 것이 아니라 사라져버린 과거 유적지와 그곳에서 만나게 되는 모든 사물로의 여행을 감행한다. 이로 볼 때, 화자는 우주로의 여행을 통해 '일상적 시간'으로 회귀의 의미를 함축한다. 이것은 부정을 통한 긍정, 과거를 통한 현재로의 새로운 인식이다. 이러한 화자의 인식은 일상성에 대한 새로운 인식의 계기가 된다.

우리가 공간을 달리하여 있다는 것, 이를테면 우리의 감각으로 직접 확인할 수 없는 것의 존재를 믿을 수 있을까? 저 어디엔가 살고 있는 예전의 애인을 그리워하고 있을 때, 문득 누군가가 말한다. "아니, 뭐? 그 여잘 그리워해? 임마, 제작년에 죽어서 화장을 했다구, 벽제에서," 어차피 우리의 그리움이란, 사랑이란 이와 같은 것이다.(중략) 우리들. 어루만질 수 있는 몸뚱이를 가진 현재 안에서만 <사랑>이라고 말할 수 있는 인간이라는 어럿광대들.(후략) (<협궤열차>, 122~123쪽)

이를 통해 화자는 '승냥이똥'과 '공룡발자국'을 통해 과거, 즉 '고대'를 통해 '현재'를 반추하고, 그로 인한 반영적 의식을 통해 '류'에 대해서도 뭇사람들이 그녀에 대해 수근대는 그것으로 인식해 왔음을 반성한다.

2) 직관의식을 통한 역사적 시간의 회복

<협궤열차>에 나타난 반영론적 관점은 <하얀 배>에서 화자가 인식하는 존재론적 시간과 부합된다. 이처럼 윤후명 소설은 대부분 반영론적 시간을 통해 존재적 가치를 추구한다. 그리고 이 작품에서 화자의 반영론적 시각은 지금까지 표면적으로만 대해온 '류'에 대한 반추로 이어진다.

나는 류에 대해 뭔가 모르게 소홀했던 점에 나는 사과한다. 정신병원에 대한 내 선입견 때문일지도 모른다. 그런데 지금 나는 류, 그녀와 간이역에 서 있다. 그녀는 이제 병원 따위에는 가지도 않는다고 말하고 있었다. 꽤 오랫동안 소식이 없던 그녀는 전혀 딴 여자가 되어 있었다. 아니, 그것이 그녀의 본래의 모습이었다. 그런데 그때는 왜 그랬을까. (<협궤열차>, 37쪽)

'류'에 대한 옛기억은 있지만, 일명 불면증 혹은 신경증적인 증상으로 병원을 들락날락하고, 뭇사람들이 그녀에 대해 가지고 있는 그 정도로 그녀를 대해오던 화자는 그녀('류')의 남편이 5 · 18 광주항쟁 당시 자신과 상관없는 그 일에 울분을 느껴 직장을 때려치우고 전전긍긍하다 자신의 귀를 자르고 병원에 있다는 사실을 알게 된다. 그럼에도 불구하고 잡지사나 출판사를 전전긍긍하기는 하지만 뚜렷한 명문없이 시간을 죽이고 있는 자신을 반성한다. 이후 '류'가 어디론가 사라지고 그녀를 찾아다니던 화자는 어느날 홀연히 거리에서 만난 여자와 기약없는 지하생활(동거)에 들어간다. 이후 동거녀를 떠나 홀연히 친구와 함께 서해안 반월공단 경비로 일을 하기도 한다.

연작 전반에 걸쳐 '류'에 대한 구체적인 정보는 제공되지 않는다. 홀연히 나타났다 사라지고 돌아오면 만나곤 하는 '류'를 비롯한 '동거여자'는 엄밀히 보면 구체적인 대상이 아니라 어디까지나 화자의 관념이 만들어낸 추상적 여자에 가깝다. 다음과 같은 대목에서 더욱 그렇다.

> 사실 처음부터 그녀는 언제나 떠나고 있는 느낌을 갖게 하는 여자였다. 그래서인지 그녀와 남남이 된 지금도 그때 일시 새삼스러워진다. 동굴은 무슨 놈의 동굴이람 하고 못마땅하게 여기면서도 그녀의 별난 행동이 내게 주었던 아픔을 생생하고 기억하고 있는 것이다.
> 사실 나는 아직도 그녀가 동굴 속에 있다는 생각을 지워버릴 수가 없다. 살아가는 과정 속에서 어떤 특별한 인상이 우리를 지배한다는 것을 슬픈일이다. 그러나 나는 그녀를 생각하면 동굴속에 웅크리고 있는 어떤 모습이 어른거린다. (<협궤열차>, 185쪽)

여기서 '류'는 화자의 상상 속 여인이며 염원이라는 유추를 하게 한다. 화자는 '류'를 통해 그 어떤 근원적 회귀를 꿈꾸고 있는 것이다. 화자는 '류'가 자신을 '신성'한 호수로 데려다 주기를 염원하는 것이다. 그로 인해 정화되고 새로운 영혼으로 태어나기를 염원하는 것이다.

> …(전략) "호수를 찾아야만 돼⋯⋯나는 생각했다. 망막 속으로 다시
> 금 호수가 펼쳐졌다.(중략) 호수를 찾아서⋯⋯류를 찾아서⋯⋯
> <협궤열차>, 197쪽)

또한 화자는 '잿머리 성황제'에서 '그리핀'이라는 말을 듣는다. '그리핀(황금새)'에 대한 화자의 끈질긴 추적은 결국 그것이 우리의 전통 '솟대'와 연관됨을 알게 된다. 그러면서 화자는 '솟대'를 '여자'와 연관시킨다. 작가는 '여성성'을 고대와 현재 그리고 미래적 시간을 잇는 창조적 관념과 연결시키고 있다. 예컨대 '누란의 미이라'를 생각하면서 고조선의 '여옥'을 떠올리고, 할아버지가 가르쳐준 '공후인'의 노래를 기억하고 있는 소녀를, 그리고는 불현듯 잠자고 있는 아내의 발 밑에서 미이라가 된 먼 훗날 혹은 미래나 고대의 시간을 상상하는 것이다. 윤후명의 일련의 작품들에 등장하는 주인공들의 사물에 대한 환상이나 착각은 순수한 의식의 현전에 의한 것이 아니라, 아버지와 아버지, 어머니의 어머니로 이어지는 무수한 과거가 집약된 '현재'적 시간의식에 의한다. 이러한 현재적 시간의식은 또한 무수히 차연된 미래적 시간관과의 지평을 염원하는 의미를 내포하고 있다.

윤후명의 소설들에서 화자들은 언제나 현대를 살아가는 모습을 보여주고, 그런 가운데 과거를 돌아보는 반영적 시간을 통해 무엇인가 새로운 의미를 탐구하는 형식을 보여주고 있다. 그리고 그러한 인식작용이 어떤

거대한 이데올로기로부터 비롯되는 것이 아니라, 일상성 속에 깃든 미세한 어떤 조류에서 비롯됨을 보여준다. <돈황의 사랑>에서 화자가 그렇고 <누란의 사랑>에서 화자도 그렇다. 그것은 현재화될 수 없고 계량화될 수 없는 직관적 의식에서 기인하고 있다는 사실이다. 윤후명의 소설속에서 이 같은 시간의식은 '환상' '착각' 등의 개념으로 서술된다.

> 나는 '아'하는 말이 거의 입밖까지 튀어나왔다. 바로 앞에 있던 그가 무슨 소리인가 들었는데 잘못 들었나 하고 얼굴을 약간 돌렸을 정도였다. 나는 재빨리 내 입을 틀어막고 얼굴을 반대쪽으로 돌렸다. 등대……수평선……항해사…… 그런 낱말들이 내 머리를 어지럽게 스쳐지났다. (중략) 나는 그날밤 마치 머나먼 항해를 하고 있다는 착각 속에 잠들 수 있었다는 것을 나는 그제서야 비로소 알 수 있었다.
> (<오늘은 내일의 젊은 날>, 70~71쪽)

<오늘은 내일의 젊은 날>은 96년도에 발표된 장편소설이다. 여기서도 화자는 '섬, 수평선, 등대'와 같은 추상적 개념들이 '한 권의 책'(<오늘의 내일의 젊은 날>, 68쪽)에 나와있는 것보다 '삶'이라는 구체적인 현실 속에 이미 내재된 것임을 인식한다. 그리고 이러한 의식은 명료한 이성적 의식보다 사물에 대한 어떤 초월적 직관의식에서 비롯된다. 이 직관의식이란 의식의 순간적 흐름이다. 이것은 또한 아무런 불순물이 없는 순수한 '현재'를 뜻하지 않는다. 다시 말해 '순수한 의식의 현재'란 이미 부재하고, 내가 의식하고 있는 '현재'는 무수한 과거의 현재가 연기된 어떤 지점이기 때문인 것이다.

그것은 또한 직관이라는 인식을 습관할 때 가능한 것이다. 일회성되되어 가는 자본주의적 메커니즘 속에 윤후명 소설이 갖는 의의가 여기에 있

는 것이다. 작가의 이 같은 글쓰기적 작업은 부단히 대상에 대한 의식화로부터 시작되고 존재론적인 성찰의 결과이다. 그리고 그것은 끝없는 혼적의 과거와 소통하는 것이고 나아가 미래에 대한 지평을 이루는 것이다. 현재적 시간 속에 수억 수천 만 년이라는 억겁의 시간을 헤아릴 수 있는 인식 작용, 그것만이 일회성적이고 사물화되어가는 자본주의적 메커니즘을 극복하는 방안이자 의미다.

5. 결론

본고는 윤후명 소설에 나타나는 주인공들의 반영적 사유가 왜 주체의 존재론적 인식의 근거가 되는지를 밝히고자 하였다. 그의 작품 속에서 주인공들은 어떤 사물이나 존재의 근원에 대해 탐색한다. 그리고 그것이 결국은 존재의 어떤 근원임을 일깨운다. 우리의 존재를 규정하는 것은 거대한 이데올로기라기보다 길가의 이름 모를 풀이나 꽃과 같은 것에 길들여진 영혼의식에서 비롯된다. 놓치기 쉬운 사물의 일상성 속에 내재된 보이지 않는 미세한 조류가 결국은 존재의 어떤 근원적 가치와 연결돼 있음을 보여준다. 예컨대 <섬>이라는 작품에서 길가의 '엉겅퀴꽃'은 수억만 년 시·공간을 초월한 역사의 어떤 비극적 인식을 함유하고 있다. 혹은 20세기를 살고 있는 잠든 아내의 얼굴에서 미이라가 된 미래의 시간을 보는 것 또한 이와 같은 맥락이다.

<하얀 배>는 불모한 사막 몽고에 거주하는 한국인 3세인 소년 '류다'의 관점을 조명함으로써 아버지의 아버지의 '고향'과 몽고족이라는 '민족'의 근원성을 제시한다. 무수한 과거 시간의 집약과 그들이 현존해 있는 현

재적 시간속에서 '고향'과 '민족'이라는 정체성은 원초적이 아니라 수많은 직물짜기로 형성해낸 추상적 어떤 것이 된다. 그럼에도 불구하고 그것은 이미 부재하기에 더욱 선명한 어떤 것이 된다.

<敦煌의 사랑>은 서역에 있는 '돈황 석굴'이라는 고대 유물을 조명함으로써 그것에 내재된 근원 의식을 보여준다. 서역에서 신라인 '혜초'가 '사자춤'을 추는 것으로 연상되는 이 작품은 그 가면 속에 가려졌을 고독한 '넋'이 벽화에 그대로 반영되어 있다고 믿는다. 더불어 서역에서 발견된 사자가 우리의 봉산 탈춤에 등장하는 사자라는 강한 의구심을 갖는다. 이는 또한 화자가 잡지사 시절에 '단절의 현장'에서 다루었던 '공후'의 전래 상황과 연결된다. '사자춤' '봉산 탈춤' '역신' '공후인'과 같은 개념들은 시 · 공을 초월한 근원성과 연관된다. 이를 통해 민족이나 집단과 같은 고유한 본질은 개체의 특수성이 아닌 시 · 공을 초월하는 어떤 집단적 메커니즘에 의해 형성됨을 인식한다.

<협궤열차>는 7개로 구성된 연작소설이다. '환청 증세'로 입원해 있던 옛 여인 '류'라는 여자가 외박을 나왔다는 데서 시작되는 이 작품은 과거 '수원과 인천(송도)'를 잇던 사라져버릴 위험에 처한 '협궤열차'를 통해, '공룡의 소멸'과 같은 사라져버릴 것에 대한 소멸의식을 반영론적 관점으로 보여준다. 예컨대 어느날 자신의 방에 온 '류'가 자신의 벽에 걸린 시화의 그림을 궁금해한다. 예전에 자신이 쓴 시화의 한 구절인 '개승냥이'를 통해 그것이 늑대와는 다른 '개를 닮은 늑대'일 뿐이라는 사실을 반추한다. 작가는 이를 통해 '승냥이똥'이라는 단어에 무수한 시 · 공간이 공존해 있음을 인식한다. 화자의 이 같은 인식은 현재적 시간의 과거적 시간으로의 반영을 통해 소멸의식에서 회복될 수 있음을 보여준다.

<누란의 사랑>역시 별로 관계가 없는 사건들이 알 수 없는 어떤 느낌이나 감정 혹은 기류에 의해 서로 연관됨을 보여준다. 냉랭한 불구의 어머니, 폐허에서 광복군 밀정으로 일생을 마감한 아버지를 통한 소멸의식은 어느 날 폐허에서 핀 파꽃의 소생을 통해 새로운 인식으로 다가온다. 서역 먼 길에서 일생을 보낸 '아버지'의 인생과 '나'의 인생이 동궤에 있다는 것이 그것이다. 끝없는 불모의 땅 '사막'그리고 '누란', 그곳은 아버지의 영혼이 잠들어 있는 곳인 동시에, '나'의 근원 일부가 함께하고 있다. 이로써 삶은 소멸이 아니라 끝없이 반복 되는 '모래 강'인 것이다. 그러할진대 일상은 이미 의미 없는 일상이 아니다. 그것은 새로운 존재의 시작이자 근원이며, '소라가 새'로 변하는 역사적 시간의 근거를 이룬다. 이럴때 존재란 추상성이 아니라 우리일상 속에 깃든 사소한 구체성에서 비롯된다.

윤후명의 소설들에서 화자들은 언제나 현대를 살아가는 모습을 보여주고, 그런 가운데 과거를 돌아보는 반영적 시간을 통해 무엇인가 의미를 탐구하는 그런 형식을 보여주고 있다. <하얀 배> <돈황의 사랑> <누란의 사랑> <협궤열차>등의 일련의 작품들은 모두 길가의 이름 모를 풀나 꽃과 같은 미세한 사물에 대한 직관적 사유를 통해 존재의 어떤 근원성을 탐구하고자 한다. 존재의 자각에 대한 이 같은 성찰의식이야 말로 일회성화 되어가는 자본주의적 메커니즘 속에서 윤후명 소설이 갖는 의의라고 할 수 있다. 작가의 이 같은 존재론적 성찰은 대상에 대한 부단한 의식화의 결과이다. 현재적 시간 속에 수억 수천 만 년의 억겁의 시간을 헤아릴 수 있는 인식 작용, 그것만이 일회성적인 소멸의식을 극복할 수 있는 방안이자 의미다.

참고문헌

1. 기본자료

윤후명(1983),≪敦煌의 사랑≫, 문학과지성사.

윤후명(1992),≪협궤열차≫, 도서출판.

_____(1987),≪우리시대의 작가－윤후명≫, 동아.

_____(1995),≪1995 이상문학상 수상작품집－하얀 배≫, 문학사상사.

_____(1996),≪오늘은 내일의 젊은 날≫, 작가정신.

2. 논저

Derrida,*Jacques, La voix et le phénomène*, 1972,『목소리와 현상』, 김상록 역, 인간사랑.

_____, *De la grammatologie*, 1967.『그라마톨로지에 대하여』, 김용권 옮김 . 동문선.

_____, *Writing and Differance*. Trans. Alan Bass, Univ. of Chicago. Great Britain by
   TJ international Ltd... Press, 1978.

Llewelyn, John, *Derrida on the Threshold of Sense*, 1986,『데리다의 해체철학』서우석 ·
   김세중 역, 문학과 지성사.

Rousseau, Jean－Jacques, 1952, *Les Confessions*,『고백록』. 김붕구 역, 박영률출판사.

Žižek, Slavoj, *The Sublime Object of Ideology*, 1989,『이데올로기라는 숭고한 대상』, 이
   수련 역, 인간사랑.

_____, *The Metasttases of Enjoyment*, 1994,『향략의 전이』, 이만우 역, 인간사랑.

Heidegger, Martin, *Sein und Zeit*, 1953,『존재와 시간』, 전양범 역, 시간과공간사.

윤대녕 소설에 나타난 사물화적 양상으로서의
'죽음환영' 고찰

1. 서론

 윤대녕은 존재의 근원을 탐색한 작가로 친숙하다.[1] 그의 작품에는 '은
어, 물고기, 바다, 눈, 여행, 여자, 유령, 기시감旣視感' 등과 같은 상징적인
소재가 많이 등장한다. 이러한 소재들은 '영원' '시원' '회귀' '우연' '기시
감' '존재적 불안' '인연'과 같은 윤대녕 문학이 탐구하는 주제들과 상통한
다.[2] 윤대녕 소설은 시장자본주의에 배경을 둔 사물화적 특성과 무관할
수 없다. 예컨대, 자본주의 시장논리로 '나'에게 일방적인 취재명령을 내

---

1) 올해로 등단한 지 20여 년이 돼가는 그는 ≪옛날 영화를 보러 갔다≫(1994) ≪코카콜라
  애인≫(1999) ≪사슴벌레 여자≫(2001) ≪미란≫(2001) ≪사슴벌레 여자≫(2001) ≪호
  랑이는 왜 바다로 갔나≫(2001) ≪눈의 여행자≫(2003) 등의 장편소설 외 많은 단편
  작품을 발표한 바 있다.
2) 김주언, 「형이상학의 소설, 소설의 형이상학─윤대녕의 소설세계」, 『국문학논집』20,
  한국문학연구학회, 2011; 박혜원, 「윤대녕 소설의 신화적 상상력」, 『어문론총』46, 한
  국문학언어학회, 2007.

리는 <눈의 여행자> 의 에이전시의 'k'는 그런 사물적 메커니즘의 불가시성을 상징한다. 여기서 '나'는 'k'의 사물화된 대상이고, 'k'는 보이지 않는 또 다른 사물화 대상이다. 이렇듯 '나' 'k' 모두 사물화된 물질로 존재하고 이들은 자신들의 본질적 의미로부터 소외된다.

이러한 의미에서 윤대녕 소설은 자본주의 메커니즘의 원동력인 사물화적 원리에 유효한 틀을 제공한다. 윤대녕 소설의 일반적 특성은 어떤 대상이 홀연히(이것이 끊임없이 욕망의 대상이 되고 있다는) 등장하고 그것이 과거의 어떤 만남과 필연적으로 연결된다. 말하자면 이 낯선 대상이 플롯을 지배한다고 할 수 있는데, 그것으로 인해 주인공들은 파편화된 현실을 인식하고 때로는 블랙홀과 같은 미지의 세계로의 여정을 반복한다. 예컨대, 동명이인同名異人의 여인이 등장하는 2001년 출간된 장편소설 <미란> 에는 제대 후 제주도에서 만난 첫사랑 '미란'에 대한 어떤 끌림으로 인해 방황하는 남성주인공이 등장한다. 제대 후 어느날 화자는 혼자 제주도로 여행을 가게 되고, 그곳 바에서 어둡고 우울한 느낌의 한 여자에게 매혹된 후 오랫동안 그녀에 대한 환영(illusion)에서 헤어나지 못한다.[3] 그녀에 대한 환영은 결국 죽음으로 귀결되고, 화자는 자신이 그토록 열망하던 그녀가 결국 '폐허' 그 자체였음을 눈으로 확인한다. <미란> 에서 화자는 자신을 가두고 빠져나오지 못하게 하던 첫사랑의 환영이 결국 공허한 폐허였음을 확인하고 절망한다. 또 화자는 때 묻지 않은 고결한 기품의 신라 왕족 후예로 등장하는 아내의 어머니, 즉 '장모'에 깊은 인상을 받

---

3) 이러한 현상은 <옛날 영화를 보러갔다> 에서도 드러난다. <옛날 영화를 보러갔다> 에서 화자는 "낯선 지하술집"에 앉아서 "유리문 밖으로 어떤 여자가 스윽 지나가는 것을 홀린 듯 바라"본다. 윤대녕, <옛날 영화를 보러갔다>, 30쪽. 참조.

지만, 그녀마저도 자살한다. 이는 현상계에 존재하는 모든 사물이나 대상이 그 본질적 의미를 지니고 있지 못하다는 허무주의를 내포하기도 하고 더불어 사물의 이면에 가려진 존재의 양면성을 부각하기도 하는 것이다. <대설주의보>의 '해란', <남쪽계단을 보라>의 '세회', <사막의 거리, 거리의 사막>의 '그녀(박채희)', <피아노와 백합의 사막>의 '그녀(이영주)', <꿈은 사라지고의 역사>의 '윤주', <오대산 하늘 구경>의 '연미' 등의 여성 인물 또한 죽음 환영과 무관하지 않다. 그의 소설에 빈번하게 등장하는 이 같은 죽음 '환영'은, 예컨대 <천지간>에서 '환영'은 결국 텍스트의 말미에서 죽음환영이었음으로 드러난다.[4] 주지하다시피 <천지간>에서 숙부의 부음지로 향하던 주인공은 이유도 없이 묘령의 여인을 따라가고 결국은 그것이 그녀의 내재된 죽음환영이었음을 안다. 이 같은 죽음환영은 주인공으로 하여금 맹목적으로 어떤 대상에게 끌리게 하는 사물화적 효과로 작용한다. 이처럼 윤대녕 소설에서의 주인공들은 어떤 대상의 홀연한 끌림에 내몰리는 경우가 빈번하다. 이렇듯 누군가에 덧씌워진 죽음은 환영적 사물로 둔갑하면서 주인공들로 하여금 의도하지 않은 어떤 곳으로 내몬다. 다시 말해 윤대녕 소설에서의 죽음의 여러 양상들은 환영적 대상으로 사물화되면서 주인공을 그들 자신도 알 수 없는 어떤 곳으로 이끄는 치명적인 힘을 발휘한다.

'환영'은 그 본질적 의미에서 존재 자체가 발휘하는 사물화적 효과이지 사물의 본질은 아니다. 그것은 '오인(misrecogniition)'[5]에 바탕을 두고 있

---

4) 졸고, 「윤대녕 소설의 환영적 메커니즘」, 『현대문학연구』44, 한국문학연구학회, 2011.
5) Žižek, Slavoj, *The Sublime Objeoct of Ideology*, Verso trans, prined and bound in Great by Bookmarque Ltd. Croydon, 1989, pp.20~28. 참조.

는 물신적(fetishistic) 메커니즘의 원동력이기 때문인 것이다. 말하자면 환영이란 물신적 숭배를 이끌어내는 사물화적 원동력, 즉 사물에 대한 '불가능한 응시이고 환상(fantasy)이다.'6) 그리고 그러한 차원이 만들어내는 물신적 대상이 바로 환영인 것이다.7) 죽은 자들의 귀환이라는 토템의 신화에서 죽은 아버지는 죽은 후 더욱 강력한 힘을 발휘하는(redoubling) 상징적 법의 대리자로서의 기능을 지닌다.8) 이는 부정의 부정을 반복하는 사례이다. 이처럼 사물화란 물신숭배의 효과이다. 주지하다시피 물신성은 전통적 마르크스의 개념에서 비롯된다. 상품의 생산은 노동력을 기반으로 하지만, 노동자는 노동력의 본질을 인정받지 못하고 도구적 수단으로 전락한다. 이때 노동자는 생산물로부터 소외되고 생산물이 본질인양 숭배된다. 이 같은 전기마르크스의 개념은 시장자본주의로 본격화되면서 물질적 이데올로기로 자리잡는다. 그리고 이러한 양상은 모든 문화의 영역으로 확대되면서 인간 삶을 지배한다. 사물화란 다시 말해 사물과 사물 간의 '네트워크 효과'9)가 '사물과의 등가물인 것처럼 오인'10)하게 하고 그와 더불어 어떤 증상을 만들어내는 것이다. 이것이 생산의 논리로 적용하고 또다른 환상적 효과를 야기함으로써 물신적 메커니즘을 생산한다. 만약 이때 사물 자체가 야기하는 어떤 효과가 없다면 그것은 생산에 기여하지 못할 것이다. 더불어 주체가 사물화적 상황을 인식하고 그것을 변화시

---

6) Žižek, Slavoj, 『삐딱하게 보기』, 김소연, 유재희 옮김, 시각과 언어,1995, 49쪽.

7) 이를 지젝은 '물신주의적 환영(fetishistic illusion)에 의해 조종당하고 있다'고 했다. Žižek, Slavoj, *The Sublime Objeoct of Ideology*, 앞의 책, p.28. 참조.

8) Žižek, Slavoj, 『삐딱하게 보기』, 앞의 책, 58쪽. 참조.

9) Žižek, Slavoj, *The Sublime Objeoct of Ideology*, 앞의 책, p. 54.

10) 위의 책, p. 54.

키려는 노력과 실천적 의지가 없다면 의미생산에 기여하지 못할 것이다. 다시 말하면 사물화에 대한 의지가 곧 사물화적 원동력의 본질임과 동시에 반복의 원천인 것이다.

일찍이 프로이트는 모든 생명체는 이전의 상태를 회복하려는 경향이 있고 이것이 생명체로 하여금 어떤 본능적 의지를 작용하게 한다고 하였다.[11] 그리고 그러한 의지가 발전의 원동력이라고 본 것이다. 이러한 의지는 생명체 내에 내재한 어떤 충동(Trieb)에 의한 것이고, 이것이 개체로 하여금 역사적으로 습득하게 하고 반복됨으로써 죽음에 기여한다.[12] 삶적 본능은 전반적으로 죽음본능(Todestriebe)[13]에 기여하지만, 그것에 기여하는 구성적 역할로서의 여타 본능들과 대치상태가 되면서 안정을 추구하고자 어떤 긴장상태를 야기한다. 이에 기여하는 성적본능(Erostriebe)은 분화된 생식세포의 결합에 이바지한다.[14] 이는 생물체가 원초적으로 어떤 결핍을 타고 나는 것이라는 데 기반한다. 이로 인해 생물체는 유기체를 결합시키려는 본능을 반복하고 그로 인한 대체물 형성은 유사한 상태를 반복하는 동인이 되는 것이다. 이런 이유로 생물체는 본능적으로 역사적으로 습득된 자기보존기능(Selbsterhaltungsrrieb)에 의해 삶과 죽음본능을 반복하는 것이다. 결과적으로 삶 자체가 죽음을 반복하기 위한 과정이 되고 이에 반복강박적인 의지가 작용한다. 이때 의지를 발현시키는

---

11) S.Freud,「충동과 그 변화(Tribe und Triebschicksale)」,『정신분석학의 근본개념』, 열린책들, 윤희기 · 박찬부 옮김, 1997; 2003[재간], 309쪽. 참조.
12) 위의 책, 311쪽. 참조.
13) 프로이트는「쾌락원칙을 넘어서」에서 '죽음본능(Todestriebe)'이라는 용어를 처음 사용한다. S.Freud, 위의 책, 304~320쪽, 참조; Freud, Sigmund. trans James, Strachey. *Beyond the Pleasure Principle*. New York:Norton. 1989. pp.40~56.참조.
14) 위의 책, pp.310~316. 참조.

'충동'은 보다 복잡하고 추상적인 생물체내의 어떤 의지에 의해 비롯된다는 것을 유추하게 한다. 이러한 의미에서 죽음본능은 생물체에 내포된 의지 결과이다. 다시 말해 죽음본능이 없다면 삶본능은 없다. 때문에 죽음본능은 생명체 내부의 반복적 메커니즘의 원천이다. 프로이트는 이를 '쾌락원칙을 넘어서'라는 가설로서 제시한다. 갓난아이는 어머니의 부재를 잊기 위해 실패줄 던지기를 반복한다. 갓난아이는 어머니가 남긴 최초의 부재가 쾌감이 되어 돌아옴을 경험하고 던지기를 반복한다. 이 같은 쾌락적 메커니즘을 프로이트는 '쾌락원칙을 넘어서'에서 생물체에 내재한 삶본능에 대한 의지(will)로 보았다.15) 다시 말해 생물체를 움직이는 근본원동력은 삶본능에 대한 의지이고, 그러한 의지는 죽음충동에 대한 반작용으로 발생한다. 죽음충동은 죽음 너머에 무엇인가 있을 것 같은 끝없는 환영을 자아냄으로써 주체로 하여금 그것으로 나아가게 하는 것 사물(Thing) 그 자체인 것처럼 작용한다. 이러한 의미에서 죽음이 '충동'의 결과물이라는 것은 매우 의미있는 말이다. 충동의 본질은 완전한 만족이 아니라 또다른 메커니즘의 원동력이라는 데 있다. 그러한 의미에서 충동은 '결핍의 재생산'이다.16) 더불어 그러한 의지는 반복을 통해 잉여물을 남기고 그 잉여물은 사물의 본질을 오인하게 하는 원동력이 된다. 이로 볼 때 의지란 실천의 원동력이라는 마르크스의 사물화적 개념에 부합한다. 그리고 그러한 의지를 반복하게 하는 동력, 그것은 곧 "끌리기에 피하고 싶은"17) '삶본능이면서 죽음본능'이 혼합된 그런 것이다. 18) 말하자면 죽

---

15) 위의 책, pp.269~313. 참조.
16) Žižek, Slavoj, 『삐딱하게 보기』, 앞의 책, 25쪽. 참조.
17) 권택영, 「죽음충동이 플롯을 만든다.: 돈 데릴로의 ≪백색소음≫」, 『영어영문학』
    47권1호,2001. 142쪽.

음충동은 곧 삶충동의 다른 이면이다. 그러면서 불구하고 그것은 마치 본질인양 네트워크를 형성하면서 끊임없는 환영을 자아낸다.19) 이렇듯 마르크스의 물신화나 프로이트의 반복강박 이론은 곧 자본주의 본질인 소비적 메커니즘의 원동력으로 작용하면서 오늘날 물신적 메커니즘을 이해하는 데 유효한 틀을 제공한다.

이러한 논리에서 윤대녕 소설에 빈번하게 드러나는 '죽음환영'은 그러한 사물화적 논리에 유효한 틀을 제공한다고 할 수 있다. 본고는 이러한 관점에서 윤대녕의 <호랑이는 왜 바다로 갔나>와 <눈의 여행자>를 중심으로 주인공들에 인접한 죽음환영이 사물화와 어떤 연관성을 갖는지 살펴보고자 한다. '성수대교 참사' 현장을 목전에서 경험한 화자의 죽음에 대한 성찰을 통해 존재의 본질을 보다 심도 있게 파헤친 <호랑이는 왜 바다로 갔나>와 원시적 나르시시즘에 대한 동경이 주된 모티브로 활용되고 있는 <눈의 여행자>는 윤대녕의 작가로서의 세계관이 가장 많이 표출되고 있다고 할 수 있다. 이들 소설에서의 죽음환영은 인간존재를 근원적으로 사물화한다. 윤대녕 소설에 빈번하게 드러나는 '시원' '존재'와 같은 핵심 어휘가 죽음환영과 어떠한 연관성을 갖는지 살펴볼 수 있는 기회가 될 것이다.

2. 사물화 개념으로서의 죽음환영

윤대녕 소설에 빈번하게 등장하는 '죽음환영'은 주인공들의 일상적 삶

---

18) 권택영, 위의 논문, 같은 페이지, 참조.
19) Žižek, Slavoj, *The Sublime Objeoct of Ideology*, 앞의 책, p. 53.

에 균열을 가하고 존재적 불안을 야기하는 사물화적 효과를 생산한다. <호랑이는 왜 바다로 갔나>와<눈의 여행자>는 인물, 소재, 주제 등이 서로 닮아 있다. 먼저 화자인 남성주인공의 '여정'을 주제로 하고 있다는 점에서 그렇다.<호랑이는 왜 바다로 갔나>는 심연의 표상인 '호랑이'를 잡기 위한 남성화자의 '바다'로의 여정을 담고 있고,<눈의 여행자>는 눈 속에 버려진 아이를 찾아달라는 재일동포 여자의 편지를 받은 화자의 일본 아키타 현의 '설원' 여정을 담고 있다. <호랑이는 왜 바다로 갔나>의 주인공 '영빈'은 어느 날 텔레비전 속에서 발견한 호랑이를 찾아 '바다'로 떠난다. 반면<눈의 여행자>의 화자인 '나' 역시 어느 날 텔레비전 속에서 아이의 울음소리를 듣고 '설원'을 헤맨다. 이들 주인공들이 텔레비전이라는 자본주의 상징물 속에서 낯선 대상을 발견한다는 점에서 다소 작위적이지만 텔레비전 자체가 현대적 주체의 욕망의 산물이라는 점에서 사물화적이다. 이는 텔레비전이 환영적 표상의 원천이기 때문이다. 이러한 관점에서<호랑이는 왜 바다로 갔나>의 주인공 '영빈'의 시야에 투영된 '호랑이 환영'은 내재된 자신의 죽음환영에 대한 반영물임이 드러난다. 그러한 사물화는 주인공들의 일상에 균열을 가하고 동시에 그로 인해 정제된 삶에서 어떤 의지를 발현하게 한다는 점에서 반영적 의미를 지니는 것이다. 더불어<눈의 여행자>에서의 '바다' '설원' '죽은 아기' 등과 같은 모티브는 무의식적 사물화의 원동력이다. 설원 속에서 들려오는 죽은 아이의 울음 소리는 무의식적 자아의 원동력임과 동시에 이는 내래할 자신의 죽음환영에 대한 반영물의 다름 아니다. 삶과 죽음, 존재와 비존재로 대립되는 인자는 서로의 인자에 혼란을 야기하고 때로 치명적일 만큼 사물적 환영을 야기한다.[20]

더불어 두 작품은 주인공들에게 인접한 죽음을 통해 그것이 자신 내면의 죽음본능의 낯선 얼굴임을 인식하고 이를 통해 삶에 대한 의지의 기반으로 삼는다. 때문에 윤대녕 소설에서의 현재적 시간 인식은 과거의 어느 시점과 사물화적 효과로 나타나고 이것이 서사의 중요한 의미를 제공한다.

이러한 의미에서 <호랑이는 왜 바다로 갔나>는 성수대교 참사 당시 우연히 현장을 함께 목격한 '영빈'과 '해연'이 9년 만인 2003년 2월 우연히 조우遭遇하는 것으로 시작한다. 이런 겉이야기들은 속이야기와 연결되지 못하고 현실을 흐트러뜨리고 삶에 균열을 가하는 사물화적 양상으로 파편화된다. 이후 겉이야기는 화자 '영빈'이 '해연'과 이도저도 아닌 관계를 유지하면서, 불현듯 호랑이를 잡기 위해 2004년 2월 무렵부터 제주도에 머물면서 낚시로 소일을 하고 가끔 죽은 어머니와 요양원에서 죽음을 기다리고 있는 아버지를 상기하는데 치중해 있지만, 속이야기는 어느날 불현듯 주인공 앞에 나타난 일본인 여성들과 그녀들의 죽음을 중심으로 전개된다. 이를 통해 '영빈'은 자신의 현재적 시간이 우연의 결과가 아니라 지나간 연대와 어떤 보이지 않는 끈으로 연결됨 것임을 인식한다.

'영빈'이 호랑이를 처음 본 것은 1988년 올림픽이 열리던 해 발전소 시찰프로그램에 참여했을 때였다. 그때 그는 핵연료봉 탱크 안에 웅크리고 있는 호랑이를 본다. 이후 그는 요양원에 계시던 아버지가 "호랑이도 가뭄이 들면 산을 떠나 바다로 간다"(<호랑이는 왜 바다로 갔나>, 70~71쪽)라고 어린 자신에게 내뱉던 말을 상기한다. 어느날 불현듯 '영빈' 앞에 가시화된 '호랑이'는 9년 전 성수대교 참사 현장에 대한 목격과 죽은 어머

---

20) Žižek, Slavoj, 『삐딱하게 보기』, 앞의 책, 82쪽. 참조.

니 그리고 요양원에 있는 아버지에게 닥칠 죽음에 대한 사물화인 것이다. 말하자면 '호랑이'는 '영빈'으로 하여금 '바다'로의 여정을 떠나게 하고 그러한 바다로의 여정은 과거의 기억을 환기하고 사물 하나 하나에 의미를 부여하는 과거로의 시간여정으로 이어진다.

> 영빈은 신발과 양말을 벗고 족적을 따라 그대로 걸어가보았다. 영빈은 키에 비해 발이 작은 편이었다. 그런데 잠시 후 신기한 일이 벌어졌다. 방금 벗어놓은 신발처럼 화석이 발에 딱 들어맞았다.⋯(중략)⋯ 순간 무어라 말할 수 없는 전율이 영빈의 온몸을 휘감았다. ⋯(중략)⋯ 자신의 존재가 비롯된 최초의 시점으로 돌아와 있음을 느꼈다. 무언가 막 다시 시작되려고 하는 태동의 절대시점으로 말이다. ⋯(중략)⋯ 숨이 차 오르는 가운데 영빈은 다시 눈을 감고 영원을 느껴보았다. 지금 서 있는 곳이 어디든 바로 이 지점에서 삶을 다시 시작해보고 싶다는 열망에 휩싸여. 그것은 마치 하늘의 계시처럼 영빈의 마음을 흔들어놓고 있었다(<호랑이는 왜 바다로 갔나>, 70~71쪽).

2004년 2월 6일 '영빈'은 남제주군 일대에서 아시아 최초로 발견된 5만 년 전 사람 발자국 화석을 취재한다. 위 글에서 주인공 '영빈'은 취재지에서 발견한 화석이 잃어버린 자신의 발처럼 꼭 들어맞음을 보고, 마치 자신의 영원과 조우하고 있는 듯한 심정을 느꼈다고 술회하고 있다. '영빈'은 5만년이라는 시간이 자신의 현재적 시간과 닿아있는 것이고 더불어 자신은 '영원'과 조우한다고 인식한다. '자신의 존재가 비롯된 최초의 시점' 그것이 자신의 존재의 '절대시점'이라는 인식인 것이다. 이는 자신의 존재가 생명체의 발현과 연관돼 있는 것이라는 시원으로의 추구의지가 작용된 것으로 이해할 수 있다. 5만 년 전 사람 발자국이 사물화되어 자신

의 현재적 시간과 맞닿아 있을 때 현재적 시간은 또 다른 기원의 시발점
이 되는 것이다.

 '영빈'은 또한 자신 앞에 홀연히 나타난 '혜연'과 일본인 여성 '히데코'가
자신 과거의 어떤 기원적 시간과 연결돼 있음을 알게 된다. '히데코'의 할
머니는 일정강점기 시절 한국에서 여학교 교사를 지낸 일본인 할아버지
와 결혼했다. 아흔에 가까운 할머니의 집요함이 '히데코'를 한국으로 오게
한다. 더불어 '영빈'은 '히데코'가 자신이 우연히 만났던 '사기사와 메구무'
와 동급생이었음을 안다. '사기사와 메구무'는 1993년 1월 초부터 3월초
까지 한국에 머문 적이 있고, 그녀를 책에서 본 적이 있던 '영빈'은 4,5년
전 일본 신주쿠에서 그녀를 우연히 마주치고 한 번에 알아본다. 이후 그
녀와 대화를 나누고 헤어진다. 1987년 동급생이었던 '히데코'와 '사기사
와 메구무'는 한국계 할머니의 피를 물려받았다는 이유로 친하게 된다.
1993년 1월부터 3월 무렵 '사기사와 메구무'는 서울에서 한국어를 배울
무렵 우연한 거리에서 자신의 소설을 읽고 알아보는 '영빈'과 조우하고 한
카페에서 불안이나 경계인 등과 연관된 대화를 나누고 헤어진다. 이로 볼
때 '사기사와 메구무'나 '히데코'의 몸에는 그녀들의 할머니의 시간이 이
미 각인돼 있다. 그것이 누적됨으로써 한 인간 개체를 생물학적으로 형성
한다. '영빈'과 스치듯 지나간 '사기사와 메구무'는 '히데코'와의 사물화로
이어지고 그것은 더불어 과거 그녀들의 한국인 할머니와 사물화적 관계
로 이어지고 있다. 다시 말하면 기원이 기원으로 이어지는 이 같은 '영빈'
의 사물화적 인식은 소박한 일상적 현재가 필연적으로 과거의 어느 시원
적 시간과 물질적 관계로 형성돼 있음에 대한 인식인 것이다. 더불어 이
는 확연한 논리로 설명할 수 없는 어떤 끌림에 의한 것이다. 윤대녕 소설

속에 빈번하게 등장하는 홀연한 끌림은 이처럼 존재의 어떤 지점과 사물적으로 연결돼 있다. 그것은 불가시적인 어떤 의미를 내포함으로써 주체로 하여금 거역할 수 없는 어떤 곳으로 인도하고 그것이 환영으로 표출되는 것이라 볼 수 있다.

<호랑이는 왜 바다로 갔나>로 되돌아가면, 이후 '영빈'은 제주도로 내려와 많은 시간을 낚시로 소일하면서 항상 일정해 보이는 물때에도 알 수 없는 어떤 힘이 작용해 조금씩 변함을 알게 된다. 그러한 변화는 몸으로 느끼지 않으면 알 수 없는 미세한 것으로, 한곳을 향한 끈질긴 집념과 광기가 아니면 포착할 수 없는 것이다. 이는 똑같은 일상의 반복이지만 이 또한 조수간만의 차이처럼 어떤 '끌림'일 수 있고 더불어 어떤 필연적인 결과에 도달할 것이라는 성찰의식인 것이다. '바다'란 무한한 사물화를 유도함으로써 수만 년의 시간 동안 그 본질을 드러내지 않으면서 변화를 야기하는 것이다. 이로 볼 때 '영빈'은 물고기를 잡는 것 또한 단순한 행운이 아닐진대, 누군가를 우연히 만나고 헤어지는 일 또한 무의미하지 않다는 인식에 이르는 것이다. 이처럼 '영빈'은 강박증처럼 자신을 억누르는 유한적 시간에 대한 탈피구로 사물의 본질성에 대해 의문을 제기하고 사물 하나하나에 의미를 부여한다. 그리고 그러한 의지는 삶본능의 동인으로 작용한다.

'영빈'은 '히데코'와의 만남을 상기한다. '히데코'를 피하는 '영빈'의 행동은 이후 '히데코'의 자살로 유추할 때, '낯익음'이라고 술회한 '영빈'의 발화로 보아 내면에 잔재한 죽음본능의 일환으로 볼 수 있다. 사실 '영빈'은 자신을 향한 그녀의 유혹을 의도적으로 모른 척하는데 이는 '영빈'의 시각에서 본 '히데코'나, '히데코'의 시각에서 본 '영빈' 모두가 '죽음'과 환

유적으로 연계돼 있기 때문인 것이다. '우리 모두 가자밋과에 속한다'
(<호랑이는 왜 바다로 갔나>, 119쪽)는 '히데코'의 말처럼 존재란 스스
로에게 혼재한 타인의 흔적을 통해 인식할 수 있는 것이다. 그러기에 타
자를 본다고 하지만, 그 봄은 가시적 의미를 넘어 응시의 의미를 내재한
다. 흔히 몸짓이나 시선은 불가시적 의미를 내포한다.[21] 윤대녕 소설에
나타나는 남녀간의 우연적 끌림은 죽음본능을 의도하는 은밀할 행위로
표면화되면서 사물화적 분위기를 연출한다. 다시 말해 윤대녕 소설에서
빈번하게 의도되는 남녀간의 은밀한 눈길은 단순한 만남의 의미를 넘어
주인공들을 죽음과 삶의 경계로 내모는 대립적 인자로 표면화된다. 그것
은 동일성적 질서를 흐트러뜨리고 일상적 삶의 균열을 가하고 주체로 하
여금 자신도 알 수 없는 어떤 본원적 이끌림으로 인도한다.

　이로 볼 때 한국계 할머니의 피가 흐르는 '히데코'와 '사기사와 메구무'
를 비롯한 모든 생명체가 근원적으로 어떤 보이지 않는 사물적 습득에 의
해 본능적으로 회귀에 대한 의지를 발현하고 있음을 보여준다. 이러한 의
미에서<눈의 여행자>와<호랑이는 왜 바다로 갔나>는 주인공들로 하
여금 사물화적 시간의식을 통해 자신을 돌아보고 성찰하는 근원적 의지

---

21) 그것은 의식으로부터 배제된 어떤 것으로 문맥화될 수 없는 심적언어로써 고유한
　　의미체를 갖고 있지 않지만 주체를 변모하게 하거나 때로는 위협한다. 이는 그것
　　이 존재의 근원과 연관돼 있기 때문이다. 그것은 생명의 원혼적에 대한 인자를 함
　　유하고 있다. 주체에게 최초로 각인된 인상(impression)은 형상 그대로 이미지에 투
　　영되지 않는다. 의미란 의식속에서 체험되지 않은 흔적으로 체험될 뿐 결코 '현재'
　　적 의미로 복원되지 않는다. "현전 일반이 최초의 것이 아니고 재구성된 것이다
　　'라는 데리다의 말은 이를 의미한다. Derrida, Jacques(1967). *Writing and Differance*.
　　Trans. Alan Bass, Univ. of Chicago . Great Britain by TJ international Ltd... Press,
　　1978. pp. 264~270. 참조.

로 인도하게 한다. 이때 '바다' '눈' '아이' '여성'과 연관된 원시적 기표들은 사물화적 효과를 산출한다. 예컨대, '바다'는 빛의 효과에 의해 사물의 본질을 빗겨가도록 투과한다. 바다는 인간으로 하여금 무수한 사물화적 영감이나 환영을 자아내고 근접하게 하는 것이다. 누구도 바다의 본질을 알 수 없다. 그것은 죽음을 넘어서는 대타자의 영역이기 때문인 것이다.

'바다'로 호랑이를 잡으러 간<호랑이는 왜 바다로 갔나>의 '영빈'은 결코 호랑이를 잡지 못한다. 폭풍이 몰아치는 바다에서 '영빈'은 호랑이 환영의 본질을 알기 위해 노력하지만 결코 보지 못한다. 그러던 어느날 '영빈'은 제주도에서 바다의 물때를 관찰하고 낚시에 전념하다가 바위틈에 웅크리고 앉은 호랑이를 잡으려고 안간힘을 쓰다 물에 빠져 죽을 고비를 넘긴다. 다음날 '영빈'은 두 명의 낚시꾼이 실종됐다는 지방뉴스를 접한다. 그가 잡으려고 한 '호랑이'는 다름 아닌 '죽음환영'이었던 셈이다. 이처럼 '영빈'은 타자의 죽음, 즉 바다에 인접한 죽음의 죽음, 즉 부정의 부정이라는 사물화적 양상을 통해서 죽음의 본질에 다가간다. 죽음은 결코 정면으로 응시할 수도 없을 뿐만 아니라 그 같은 죽음환영이라는 사물화적 양상을 통해 그것을 엿보는 것이다. 이때의 죽음환영은 죽음의 본질을 가리면서 더욱 강력한 물신적 메커니즘을 생산한다. 윤대녕 소설에서 빈번하게 드러나는 '죽음환영'은 이처럼 일상과 사물 본연에 내재한 존재의 본질에 대한 사물적 메커니즘으로 작용한다. 그것은 주체로 하여금 물신적 숭배를 이끌어내면서 또 다른 반복적 메커니즘으로 작용한다.

주체란 것이 이처럼 삶과 죽음본능의 혼용물이라면 삶은 죽음본능의 반동이고 죽음본능은 삶충동의 반동이라는 정반합의 원리에 이르게 된다. 때문에 죽음본능은 인간존재를 근원적으로 사물화한다. 말하자면 죽음본능이 있기에 삶충동이 발현되기 때문인 것이다. 반면 죽음의 본질은 그런 사물화를 넘어섬으로써 가능하다.[22] 그 과정에서 존재는 필연적으로 소외를 동반한다. 누군가 현실 속에서 그 대상을 붙잡는 순간 그것을 상실하기 때문이다. 다시 말해 그것은 환상의 버팀대로서만 존재한다. 이처럼 죽음본능은 주체로 하여금 결코 그 죽음의 본질을 볼 수 없게 하는 사물로서만 존재다. '사물화'란 누구든 표면적인 실체로서 그 대상을 붙잡았다고 생각하는 순간 그것을 상실하기 때문이다. 다시 말해 그것은 환상의 버팀대로서만 존재한다.[23] 사물화는 이처럼 필연적으로 소외를 동반한다.

3. 원초적 나르시시즘에 대한 향유와 근원의식

<호랑이는 왜 바다로 갔나>는 '바다'라는 근원적 공간을 통한 주인공의 시원으로의 추구의지를 보여준다. 반면<눈의 여행자>는 원초적 나르시시즘에 대한 무의식적 추구의지를 표면화한다. 원초적 나르시시즘이란 엄밀히 말하면 죽음본능의 다른 말이다. 죽음을 향한 자아의 자기보존본능은 자아가 대상리비도를 철회함으로써 원초적 나르시시즘에 대한 향유의지로 발현되는 것이다.[24]

---

22) 상품화를 통해 주체를 사물화시키는 데 반해 총체성의 개념은 그런 파편화와 사물화의 개념을 넘어섬으로서만이 가능하다. 하정일, 「후기자본주의와 근대 소설의 운명」, 『현상과 인식』19, 한국인문사회과학원, 1995, 34쪽. 참조.

23) Žižek, Slavoj, 『삐딱하게 보기』, 앞의 책, 72쪽 참조.

24) 자아의 발달은 근원적인 나르시시즘에서 멀어져야 가능하지만 동시에 그것은 원래의 나르시시즘의 상태로 돌아가려는 강한 욕구를 낳게 된다. 리비도의 과도한 집중은 자아를 피곤하게 하고, 따라서 대상리비도의 후퇴, 즉 대상 리비도가 자아

<눈의 여행자>에서 화자인 '나'는 죽은 아이를 찾아달라는 재일교포 여자의 편지를 받고 일본 아키타의 설원 여정을 감행한다. 설원을 헤매던 '나'는 그곳에서 죽은 아이의 목소리를 환청으로 듣는다. <눈의 여행자>는 책 서두와 말미에서만 '그'의 시점이고 속이야기는 '나'의 시점으로 서술된다. '그'의 시점이 의식이라면 '나'의 시점은 무의식으로의 여정이라고 할 수 있다. 애초 '나'는 '나'의 영감을 움직이는 한 짐승 때문에 글을 쓰고 싶은 욕구를 가지고 있었다. 슬그머니 왔다가 사라지는 영감 속의 그 짐승은 오직 눈 속에만 산다. 혹시나 그 짐승을 볼 수 있을까 싶어 '나'는 재일교포 여성인 '박양숙'의 아이를 찾아달라는 부탁을 승낙한다. 숫자놀이 책을 보낸 그 여인은 '나'로 하여금 책속에 쓰여진 여정을 그대로 반복할 것을 부탁한다. 그녀 부탁을 들어주기 위한 여정이지만 '나'를 움직이게 한 것은 엄밀한 의미에서 나의 무의식이다. '나'와 '외사촌 누이' 사이에는 근친상간으로 태어난 '수'라는 아들이 있다. 이러한 의미에서 재일교포 '박양숙'에게 들리는 아이의 울음소리는 '나'의 아들 '수'의 울음소리를 연상하게 한다. 일본 아키타의 폭설 속에서 '나'는 책속의 여정을 그대로 반복한다. '나'는 그녀가 묵던 방에서 그녀가 듣고 보았을 도깨비 환영과 아기 울음소리를 듣는다. 그러한 과정에서 화자인 '나'가 경험하는 수 미터가 넘는 아키타의 폭설, 붉은 빛의 역 풍경, 마귀할멈 같은 식당 할머니, 도깨비 환영과 아기 울음, 낡은 호텔과 희미한 불빛 속에 드러나는 눈 세상 등은 주체가 원시적으로 경험한 죽음환영에 대한 반영물로 이해할 수 있다. 다시 말해 일찍이 자신이 원시적으로 경험한 죽음의 잉여물인 것이다.

로 되돌아와 나르시시즘의 형태로 변형되어야만 행복할 수 있다. S.Freud, 「나르시시즘 서론」, 『정신분석학의 근본개념』, 앞의 책, 82쪽. 참조.

눈이 내리는 걸 보고 있으니 묘한 기분이 듭니다. 분명 존재하면서
도 존재하지 않는 것처럼 보여요. 봄이 되면 푸른 하늘로 감쪽같이 사
라져버려 흔적조차 남질 않잖아요. 겨울에 왔다 봄에 슬그머니 떠나
버리는 사람처럼 말입니다.

… (중략)…

눈이나 비나 안개나 다들 꿈같은 거죠. 우리들 존재처럼 결국은 실
체가 남지 않으니까요 (<눈의 여행자>, 34~35쪽).

그러한 의미에서 <눈의 여행자>의 '눈'은 문명화된 경계 저쪽에 대한
원초적 나르시시즘의 의지의 발현인 것이자 매개체이다. 경계의 저쪽은
죽음 이전 의 상태, 즉 모든 생명체가 돌아가야 할 분리이전에 대한 강박
적 의지를 발현하게 하고 동시에 삶본능의 원천이기도 하다. 그것은 존재
이면서 비존재이고 무이면서 유인 사물화적 원동력이다. 이는 또한 의식
속에 우리가 염원하는 무의식이 인접해 있다는 사실을 일깨운다. '나'는
그녀의 아이가 잉태되었던 방에 묶는데, 이로써 '나'는 자신의 무의식적
자아를 경험한다.

<눈의 여행자>는 이처럼 자본주의 물질문명을 벗어난 원시적 설원
풍경을 통해 주체의 원초적 나르시시즘에 대한 향유 의지를 표면화하고
있는 것이다. 동시에 그것은 죽음본능에 대한 사물화이다. 고원과 호수와
유황온천 그리고 정령처럼 돌아다니는 여인들과 아기 울음, 이 같은 정경
들이 정령처럼 떠도는 오마가리 역을 거쳐 아가카 현으로 향하는 신칸센
열차가 비추는 설원 풍경은 죽음에 대한 사물화적 효과를 생산한다. 그것
을 작가는 '지금껏 한 번도 경험하지 못한 아름답고도 슬픈 전율'(<눈의
여행자>, 91쪽)이라고 묘사하고 있다. 그 전율은 곧 아기울음에 대한 환

청으로 이어진다. 이는 '나'의 원초적 자아를 연상하게 한다. 설원으로 가득한 숲속의 온천은 다름 아닌 어머니의 자궁에 대한 은유인 동시에 언어 이전의 장소이다. '나'는 '설위표'를 잃어버리고 황망한 설원을 헤맨다. 그곳은 곧 죽음과 인접한 장소인 것이다. 그럼에도 불구하고 '나'는 그곳에서 불안보다는 안온함을 느낀다.

> 설위표가 몇 개째였지?
> 나는 그녀의 귀를 찾아 가까이 대고 속삭였다.
> 몰라요. 생각이 안 나요.
> 그럴 터이었다. 여긴 설위표가 꽂혀 있는 지대가 아닌 것이다. 차츰차츰 눈 높이가 올라오고 있었지만 이상하게 걷는 데는 불편함이 없었다. 아래서 눈을 밝는 소리조차 들려오지 않았다. 그러나 어느 순간 나는 완전한 적막 속에 들어와 있음을 깨달았다. 어제 그 지점과 가까운 곳까지 와 있었던 것이다. 보이는 건 여전히 흐릿한 삼나무 숲 그림자와 눈덩이뿐이었으나 느낌으로 그렇게 알 수 있었다. 그녀가 손 아귀에 힘을 주며 속삭였다.
> 이상해요. 장화 속이 따뜻해요.
> 그럼 얼추 다 온 것이다.
> 춥지도 않아요. 인큐베이터 속 같아요
> (<눈의 여행자>, 122~123쪽).

온천 탕에서 알게 된 '사와구치 아이'는 '나'를 설원 속으로 유혹한다. '인큐베이터 속 같'다고 말하는 그녀의 말처럼 그것은 단순한 설원 속 정경이 아니라 '고래 뱃속' 혹은 '어머니의 자궁' 혹은 자신의 근원점과 인접한 곳이다. 숫자놀이로 표기된 '박양숙'의 여정을 반복하고 있는 '나'의 여정은 말 그대로 죽음으로의 여정인 것이다. 설원 속에서 들려오는 아기의 울음은 곧 '나'의 울음으로 이어진다. 이로 볼 때 '아기의 울음'은 곧 자신의 무의식적 자아와 닮았다고 볼 수 있는 것이다. 다시 말해 설원 속 아이의 울음은 곧 무의식적 자아의 표명인 것이다.

'나'는 다음 날 맑은 정신으로 '사와구치 아이'를 보고 한국에서 그녀를 만났으면 '전생에 일본에서 만났던 그 여자네'"(<눈의 여행자>, 131쪽)라고 말을 걸었을 것이라고 말한다. 이런 의미에서 '나'의 일본 설원 속 여정은 죽음의 매혹이거나 죽음 세계로의 여정이라고 볼 수 있는 것이다. 이같은 죽음환영은 주체가 일찍이 경험한 원초적 나르시시즘에 대한 향유와 연관되는 것이다. 원초적 나르시시즘이란 이처럼 상징계의 규범이 미치지 않는 죽음 심연을 내포한다.

> 오늘이 바로 그 전생인지도 몰라. 과거와 미래라는 것도 결국은 현재라는 시간에 한 줄로 묶여 있는 거잖아. 영원이란 이름으로 살다 보면 오늘이 어제고 내일이 오늘인 경우가 허다해. 사람들은 그렇다는 걸 잘 모르지(<눈의 여행자>, 131쪽).

'전생에 만났던 자신'이 맞냐며 묻는<눈의 여행자>의 '사와구치 아이'에게 '나'는 '현재/과거, 미래'는 대립되는 개념이 아니라 혼재해 있는 것이라고 말한다. '현재'는 과거 혹은 전생에 찬탈당한다. '남성'은 '여성'에 의해 찬탈당한다. 존재는 비존재에 의해 찬탈당한다. 왜냐하면 그런 것들은 존재 그 자체에 은밀히 내재해 있기 때문인 것이다. 때문에 죽음은 늘 삶을 흔드는 것이다. '나'의 행선지를 따라 반복되는 아키타현의 온천과 긴 동선들은 흡사 죽음의 동굴처럼 '흰색과 검은색만으로 존재한다'(<눈의 여행자>, 85쪽). 이항대립적 의미에서 흰색은 검은색이 있어 본질적 의미를 지닌다. 이러한 의미에서 '삶'은 '죽음'을 함유한다. 때문에 죽음과 인접한 삶은 불안할 수밖에 없다. 더불어 그러한 불안의식이 원초적 나르시시즘에 대한 회귀의식으로 사물화된 것이다.

어느 날 텔레비전 속에서 발견한 호랑이를 찾아 떠나는<호랑이는 왜 바다로 갔나>의 '영빈'의 불안의식 역시 이 같은 의미로 이해할 수 있다. 생물체의 본질은 근원적으로 죽음과 삶의 갈림길에서 비롯된 것이고 이를 통해 끝임없이 자신이 분리돼 나온 그곳으로 회귀하려는 반복적 의지를 발현한다. 금기가 없고 본능적 의지에 의한 향유만이 존재하는 그곳은 근친상간으로서의 어머니 젖에 대한 금지의 기원이 내재돼 있다. 죽음영역인 그곳은 생물체로 하여금 끝없는 사물화적 열망을 자아낸다. 이 같은 열망이 생물체의 무의식을 구성하고 이후 생물체로 하여금 그곳으로 회귀하고자 하는 근원적 의지를 발현하는 것이다.

주체는 삶본능이 죽음본능과 인접해 있는 관계로 늘 불안하다. 이 같은 경계의 위험성을<호랑이는 왜 바다로 갔나>의 등장인물인 '사기사와 메구무'는 다음과 같이 말한다.

> 흔들리며 중심을 유지하는 게 줄타기라면 그게 리얼리티의 조건일 수도 있겠죠. 위험한 경계이기도 하고요. 저 역시 경계로 몰리는 듯한 느낌을 받을 때가 있습니다. 만약 그것이 능동적으로 선택한 시점이라면 당연히 리얼리티가 형성되겠죠.… (중략)… 하지만 경계인으로 사는 건 쉬운 일이 아닙니다.
> (<호랑이는 왜 바다로 갔나>, 101~102쪽).

'사기사와 메구무'가 의도하는 '위험한 경계'란 일상성에 내재한 타자성을 의도할 것이다. 이를테면 '사기사와 메구무'나 '히데코'는 '영빈'에게 있어 죽음인 동시에 삶을 혼용한 기표이다. 그런 의미에서 모든 존재는 존재 스스로에게 타자다. 말하자면 '영빈'은 '영빈' 스스로에게 이미 타자이다. 그 중 한 빈번한 예가 죽음본능에 대한 두려움일 것이다. 이후 '영빈'은 그녀들의 자살 소식을 통해 그것을 인식한다. 이처럼 존재란 다른 '존재와의 뛰어넘을 수 없는 심연'적 경계에 의해 인식된다. 다시 말해 존재란 '죽음환영'을 통해 인식되고 동시에 그러한 죽음환영을 통해 삶에 대한 의지를 발현할 수 있다.

그런 만큼 '죽음 환영'이란 존재에 있어 필연적일 만큼 '현혹적일 수 있다.'[25] 이러한 의미에서 존재란 비존재를 인접한다. 그것은 '자신의 빈구멍을 대면하는 것이다.'[26] 다시 말해 존재는 고유한 본질이 아니라 타자의 욕망의 대상이 됨으로써 의미를 지닌다. 수많은 혼용물의 결합체로서의 인간은 자신 속에 내재돼 있는 자신도 알 수 없는 타자의 욕망의 대상으로 존재해 있는 것이다. 아이는 엄마의 욕망 너머를 충족시키는 대상이 되기 위해 끝없이 요구한다. 기실 아이는 자신의 욕망을 충족시키기 위해 무언가를 요구하는 것 같지만 실은 타자의 욕망 너머 대상이 되기를 욕망하는 것이다.[27]

---

25) 조르주 바타이유, 『에로티즘』, 조한경 옮김, 민음사, 1997, 12쪽. 참조.

26) Žižek, Slavoj, *The Sublime Objeoct of Ideology*, 앞의 책, p. 63.

27) 김상환 · 홍준기 엮음, 「라깡과 프로이트 · 키에르케고르」, 『라깡의 재탄생』, 창작과 비평사, 2002.74쪽, 참조.

4. 반복된 의지 표명으로서의 죽음본능

<눈의 여행자>에서 '나'는 눈속에서 울고 있는 어린아이를 찾아나섬으로써, 존재 너머의 세계를 응시한다.

> …(전략)…작은 아이 하나가 눈 속에서 서성이는 소리, 잠꼬대하는 소리, 때로 울고 있는 소리 를 눈 속에 서 분명 들은 덕이 있었던 것이다. 그 숨막힐 듯한 적막 속에서.
>
> 그때마나 나는 이런 불가해한 의혹에 사로잡혀 있었다. 나라는 존재도 이 무량히 퍼붓는 눈송이중의 하나가 아닐까(중략)그리고 어느 따뜻한 봄날이 오면 우리 모두는 이 세상에서 흔적 없이 사라져버린다. (<눈의 여행자>, 231쪽).

여기서 '나'는 '울고 있는 아이'가 다름 아닌 자기 자신이었음을 깨닫는다. 자신은 이 세상에 존재해 있던 수많은 눈송이 중의 하나였으며 그렇게 해서 자신 또한 결국 소멸해버리 말 것이라는 인식에 도달한다. 그렇다면 '나'가 그렇게 집착해 하는 아들 '수' 또한 자신의 존재의 흔적이 되리라는 것이다. 인간은 결국 계통적 습득을 통한 삶과 죽음의 혼용된 생물체이고 그것이 끊임없이 기원으로 회귀하려는 죽음본능으로 발현된다는 유추를 가능하게 한다. 죽음본능은 그 자체로 존재하면서 또 다른 대체물 형성을 가능하게 하는 것이다. 왜냐하면 죽음본능은 채워질 수 없는 욕망의 동인이기 때문이다. 따라서 죽음본능의 발현은 대체물을 형성하고 그와 유사한 상태를 반복하는 동인인 것이다. 이는 모든 생물체가 근원적으로 결핍된 존재이기에 가능하다. 프로이트 식으로 말하면 생물체는 분리 과정에서 소외를 경험하고 그러한 이유로 '원억압'이라는 돌이킬 수 없는 운명적 존재로 태어난다.[28] '원억압'이 존재하는 이상 그것은 끝없는 부정의 부정을 통해 가장 근원적 지점으로의 반복을 실행할 것이기 때문이다.[29]

이러한 의미로 볼 때<눈의 여행자>의 '죽은 아이'에 대한 환청은 '나'의 무의식적 자아의 환영물이고 이는 생물체 본연의 죽음본능에서 비롯된 것이라는 귀결에 이른다. 죽은 아이를 찾기 위한 '나'의 여정은 결국 '나'의 존재에 대한 탐색이었음을 인식하는 것이다. '나'는 죽은 아이의 이빨을 눈 속에 하나씩 묻으면서 재일교포 여성의 여정을 그대로 반복한다. 텍스트 말미에서, '나'는 공항트랩에서 골치를 썩이던 이빨을 빼서 던져버리고 돌아서는 순간 자신보다 먼저 탑승하는 아이의 환영을 보는 서술이 제시된다. 죽은 아이를 찾아 눈 속을 헤맨 '이종희' 아내의 아이는 결국 '나'의 또 다른 전생이거나 후생일 수 있는 것이다. 더불어 '나'는 힘든 여정 끝에 아들 '수'를 만나지만 '수'가 자신의 '구원'임을 인식하면서 돌려보낸다. 아들 '수' 또한 다른 누구의 전생이면서 후생으로 이어질 것이기 때문인 것이다.

이러한 의미에서<호랑이는 왜 바다로 갔나>의 '영빈'은 이후 '해연' 아버지가 절명한 추자도로 가서 낚시에 전념한다. 이것은 그의 본능에 내재된 죽음본능을 삶본능으로 극복하고자 하는 의지의 작용으로 읽을 수 있다. '영빈'은 어느 날 '환생'한 여인을 연상하게 하는 80센티미터가 넘는 빛깔이 영롱한 참돔을 잡지만, '히데코'의 영상을 떠올리고 다시 바다로

---

28) 김상환 · 홍준기 엮음, 「라깡과 프로이트 · 키에르케고르」, 『라깡의 재탄생』, 앞의 책, 291쪽. 참조.
29) S.Žižek, 『까다로운 주체』, 이성민 옮김, 도서출판, 2005. 125쪽. 참조.

돌려보낸다. 그러면서 또 다른 생으로 태어날 것을 희구한다. 이때 '영빈'은 바다 깊은 곳에서 울리는 호랑이 울음소리를 듣는다. 그리고 다음날 영빈은 '해연'으로부터 임신소식을 듣는다. 참돔은 곧 호랑이로 가시화되고 그것은 자신의 내면에 도사리고 있던 또 다른 전생 혹은 후생이었던 셈이다. <호랑이는 왜 바다로 갔나>의 서사는 2004년 '영빈'의 현재적 시간으로부터 1990년 '사기사와 메구무'라는 일본인 여성이 소설가로 등단하는 시간과 일제강점기까지로 이어진다. '영빈'이 올림픽이 나던 해 시찰단에서 호랑이를 처음 본 것, '영빈'의 아파트로 이사오는 '해연'을 목격하는 것, '해연' 아버지가 실족사하는 것, '영빈'과 '해연'이 술집에서 우연히 한 여자(히데코)를 스쳐가는 것, '해연'이 '히데코'를 알게 되는 것, 이후 '해연'의 집에서 세 사람이 만남을 갖는 것, 일제강점기 시절 히데코의 일본인 할아버지가 한국인 여교사와 결혼하는 것, '히데코'로부터 '사기사와 메구무'의 얘기를 듣는 것 등의 각 인물들의 개별적 시간은 '영빈'의 현재적 시간과 조우되지 못하고 그냥 스쳐만 갈 뿐이다. 이러한 서사들은 개별적 사건이지만 빗겨가듯 보이지 않는 틈새로 이어진다. 죽음본능은 일상적으로 '보고' '스치'면서 나타나는 환영적 대상과 경계해 있다. 이는 마치 자신의 기원을 목격하고도 그것이 무엇인지 모르는 프로이트의 늑대인간처럼 현상 그 자체에 있게 되는 것이다. 환상의 기본적인 패러독스는 자신의 기원을 응시한 그 시점 자체에 있게 되는 것이다.[30]

이러한 의미로 볼 때 성수대교가 무너지던 1994년 '해연'을 만난 것, 그리고 체험한 타인들의 죽음은 또 다른 필연적 시간의 원천이었던 셈이다.

---

30) 응시로서의 주체가 그 자신을 앞질러 자신의 기원을 목격하는 이처럼 시간적인 단락 속에 존재한다.

그러나 중요한 건 '영빈'이 주변에 인접한 죽음을 단순한 소멸로 치부하고 의지를 작용하지 않았다면 그것은 허무주의로 전락했을 것이다. 누군가를 만난다는 것, 무엇인가를 체험한다는 것은 이 같은 무수한 우연적 시간의 결과인 것이다. 반면 이 우연적 사건들을 그냥 지나치거나 의미없는 것으로 치부할 때 그것은 곧 소멸 그 자체로 전락하는 것이다. 이럴진대 모든 사물은 일회성적 소멸이거나 무의미하지만은 않다는 사물화적 의지와 실천이 요구되는 것이다. 이러한 의미에서 사물화는 능동적 참여와 실천적 의지를 발현하게 한다는 점을 간과해서는 안 되겠다. 인간을 사물화하고 도구적 수단으로 전락하게 한 사물화의 원천이야말로 삶충동의 원천이자 새로운 발전의 원동력인 셈이다.

<호랑이는 왜 바다로 갔나>의 주인공 '영빈'과 '해연'은 그러한 사물화적 성찰에 대한 시간을 통해 비로소 그들 일상에 인접한 죽음환영의 무의미성을 극복한다. 이는 '죽음'이 결코 소멸이 아니라는 것, 그와 더불어 허무하지도 않다는 인식이다. 이는 더불어 무릇 존재란 어떤 대상에 대한 의지가 작용하는 한 끝없이 반복될 것이고 더불어 발전적 시간으로 창조될 수 있다. 이처럼 윤대녕의 소설들은 존재의 궁극적 도달점인 '죽음환영'에 대한 사물화적 인식을 제시함으로써 만물의 본질에 내재한 허무주의를 극복하고자 한다. 동시에 우리는 윤대녕 소설에 이렇듯 빈번하게 드러나는 '죽음환영'이 곧 윤대녕 소설의 미학적 효과로 작용함을 알 수 있다.

윤대녕 소설에서 죽음환영은 이처럼 사물화적 요인과 맞물려 있다. 전쟁이라는 외부적 요인에 의해 죽음을 경험하고 그로 인해 내면에 잠재된 낯선 대상을 맞닥뜨리는 외상적 증후군이 표층을 이루고 있는 것이 5,60년대의 죽음이었다면,[31] 70년대의 죽음은 '통과제의'와 '재생'적 의미[32]

로 고찰되고 있다. 반면 윤대녕 소설에서의 죽음은 물질적이다. 죽음은 금기가 아니라 일상 속에 깊이 내재해 있는 어떤 것으로 환영이며 실체이다. 말하자면 본능에 내재된 어떤 의지의 작용인 것이다. 때문에 죽음은 죽음본능의 작용이고 끝없는 실천적 의지를 작용하게 하는 동인이다. 또한 존재이면서 비존재이다. 말하자면 죽음본능은 삶과 차별화되지 않고 삶 속에 혼용된 그래서 의미작용의 원천인 그런 어떤 것으로 의미를 지닌다.

'성수대교 참사' 현장을 목전에서 경험한 화자의 죽음에 대한 성찰을 통해 존재의 본질을 보다 심도있게 파헤친 <호랑이는 왜 바다로 갔나> 와 원시적 나르시시즘에 대한 동경이 주된 모티브로 활용되고 있는 <눈의 여행자>는 이처럼 죽음환영이 삶본능의 본질에서 비롯됨을 보여준다. 이러한 관점에서 윤대녕 소설에서의 죽음환영은 인간존재를 근원적으로 사물화한다. 그럼으로써 존재란 수많은 타자의 혼용물이라는 인식과 동시에 이를 통해 새로운 주체로 거듭남을 보여준다.

5. 결론

지금까지 윤대녕 소설에 빈번하게 드러나는 '죽음환영'은 곧 윤대녕 소설의 미학적 효과로 작용함을 살펴보았다. 윤대녕 소설에서 빈번하게 드러나는 '죽음환영'은 주체의 죽음본능에 대한 외재화로 작용하는 동시에

---

31) 구재진, 한국 현대 소설의 무의식과 욕망 연구－1950년대 소설을 중심으로,『한국 현대문학연구』14, 한국현대문학회, 2003 ; 1950년대 손창섭 소설에 나타난 주체 와 죽음, 語文學論叢, 2006, 국민대학교 어문학연구소.

32) 심영덕, 「현대소설에 나타난 죽음의 一考察」－<화수분>, <무녀도>, <죽음의 한 연구> , 『嶺南語文學』21집,

그러한 '죽음환영'은 일상과 사물 본연에 내재한 존재의 본질에 대한 사물화적 효과로 작용한다. 이는 사물화가 능동적 참여와 실천적 의지를 발현하게 한다는 점에서 그렇다. <호랑이는 왜 바다로 갔나>와 <눈의 여행자>의 주인공들은 그들의 일상에 인접한 죽음환영을 통해 내면의 죽음본능의 낯선 이면들을 마주한다.

<호랑이는 왜 바다로 갔나>의 주인공 '영빈'은 9년 전 성수대교 참사 현장을 목격한 바 있다. '영빈'은 어느날 홀연히 주변에 나타난 두 일본인 여성의 죽음과 단란하던 가정이 파괴되고 그로 인해 방랑생활을 하던 '아버지'에게 닥칠 죽음 등을 통하여 자신과 인접해 있는 죽음환영을 인식한다. 이러한 죽음환영은 '호랑이'로 가시화되어 나타난다. 어느날 불현듯 '영빈' 앞에 가시화된 '호랑이'는 그 같은 죽음환영에 대한 사물화인 것이다. 그것은 곧 자신에게 도래할 죽음환영에 대한 사물화적 인식인 것이다. '영빈'은 폭풍이 몰아치는 바다에서 그러한 호랑이 환영의 본질을 알기 위해 노력하지만 결코 보지 못한다. '영빈'은 죽음의 죽음, 즉 부정의 부정이라는 사물화적 양상을 통해서 죽음의 본질에 다가간다. '영빈'은 이 같은 강박증처럼 자신을 억누르는 유한적 시간에 대한 탈피구로 사물의 본질성에 대해 의문을 제기하고 사물 하나하나에 의미를 부여하기 위한 의지를 발현한다. 죽음본능을 극복하기 위한 '영빈'의 삶본능에 대한 의지는 '바다'를 통한 사물화적 인식으로 표면화된다.

2004년 2월 6일 남제주군 일대에서 아시아 최초로 발견된 5만 년 전 사람 발자국 화석을 취재한 '영빈'은 수만 년 전의 시간이 자신의 현재적 시간과 닿아있는 것이고 더불어 자신은 '영원'과 조우한다고 인식한다. '영빈'의 이 같은 사물화적 시간의식은 자신을 돌아보고 성찰하는 근원적 의

지로 인도하게 한다.

더불어 이 같은 '영빈'의 사물화적 인식은 '바다'를 통한 사물화적 의식으로 표면화된다. '영빈'은 항상 일정해 보이는 물때에도 알 수 없는 어떤 힘이 작용함을 통해, 그것이 결국은 바다의 본질임을 알게 된다. 이를 통해 일상의 삶 또한 그런 의지작용의 결과라는 사물화적 인식에 도달한다. '바다'를 통한 '영빈'의 이 같은 사물화적 의식은 똑같은 일상의 반복이지만 바다의 조수간만의 차이처럼 어떤 '끌림'일 수 있고 더불어 어떤 필연적인 결과에 도달한다. 더불어 죽음환영은 일상속에 혼재함으로써 끝없는 삶충동의 의지를 발현하게 하는 원동력임을 안다. 그런 이유로 '영빈'은 강박증처럼 자신을 억누르는 유한적 시간에 대한 탈피구로 사물의 본질성에 대해 의문을 제기하고 사물 하나하나에 의미를 부여기 위한 의지를 발현한다. 이는 사물화가 능동적 참여와 실천적 의지를 발현하게 한다는 점에서 그렇다. 이처럼<호랑이는 왜 바다로 갔나>에서의 죽음환영을 극복하기 위한 '영빈'의 삶본능에 대한 의지는 '바다'를 통한 성찰 의식으로 표면화된다.

반면 '그'와 '나'의 시점으로 서술되는<눈의 여행자>는 눈 속에서 울고 있는 어린아이를 찾기 위해 일본 아키타 현의 설원을 헤매는 '나'의 여정을 다루고 있다. 이때 '어린아이'는 반영적 자아이다. 또한 누이와의 근친상간으로 낳은 아들 '수'와 '설원'의 상징성은 자신과 인접한 전생 혹은 후생일 것이라는 믿음을 가능하게 한다. 이 밖에 <눈의 여행자>는 수 미터가 넘는 아키타의 폭설, 붉은 빛의 역풍경, 마귀할멈 같은 식당 할머니, 도깨비 환영과 아기 울음, 낡은 호텔과 희미한 불빛 속에 드러나는 눈 세상 등 자본주의 물질문명을 벗어난 때 묻지 않은 설원 풍경 등을 통해 화자의 시원으로 회귀하고자 하는 원초적 나르시시즘에 대한 의지를 읽게 한다. 이 같은 원초적 나르시시즘에 대한 회귀의지는 동일성적 질서를 흐트러뜨리고 일상적 삶의 균열을 가하고 주체로 하여금 자신도 알 수 없는 어떤 본원적 이끌림으로 인도한다. 그리고 그러한 의지는 삶본능의 동인으로 작용한다. 더불어 그러한 삶본능의 원천은 죽음본능이라는 반동성에서 비롯함을 보여준다.

이로 볼 때 죽음본능의 대체물인 죽음환영은 인간존재를 근원적으로 사물화한다. 죽음본능이 충동의 결과물이라는 것은 사물화적 의미에서 매우 유효한 말이다. 왜냐하면 충동의 실제 의도는 완전한 만족에 있는 것이 아니라, 그러한 메커니즘인 죽음환영을 생산하는 원동력이기 때문인 것이다. 이러한 관점에서 윤대녕 소설은 인간 본연에 내재한 죽음본능이 삶본능의 동인임과 함께 새로운 의지를 발현하게 하는 원동력임을 죽음환영을 통해 보여주고 있다. 이러한 관점에서 윤대녕 소설은 사물화된 현대적 주체의 소외 양상을 '시원' '회귀'와 같은 사물화적 인식을 통해 극복하고자 한다.

참고문헌

1. 기본문헌

윤대녕, ≪남쪽계단을 보라≫, 세계사, 1995.

_____, ≪옛날 영화를 보러갔다≫,문학동네, 2008.

_____, ≪호랑이는 왜 바다로 갔나≫, 문학동네, 2010.

_____, ≪대설주의보≫, 문학동네, 2010.

2. 논저 및 단행본

구재진, 「한국 현대 소설의 무의식과 욕망 연구-1950년대 소설을 중심으로」,『한
　　　국현대문학연구』14, 한국현대문학회, 2003, p.369.

_____, 「1950년대 손창섭 소설에 나타난 주체와 죽음」, 語文學論叢, 2006,국민대
　　　학교 어문학연구소.

권택영, 「죽음충동이 플롯을 만든다: 돈 데릴로의 ≪백색소음≫」,『영어영문학』47
　　　권1호,2001. 142쪽.

김미연,「주이상스:남성의 쾌락을 넘어서」,『페미니즘과 정신분석』, 여성문화이론
　　　연구소 정신분석세미나팀, 여이연, 2003, 182쪽.

김상환 · 홍준기 엮음,「라깡과 프로이트 · 키에르케고르」,『라깡의 재탄생』,창작과
　　　비평사, 2002. 81~211쪽.

김주언, 「형이상학의 소설, 소설의 형이상학-윤대녕의 소설세계」,『국문학논집』20,
　　　한국문학연구학회, 2011.

김형효,≪구조주의와 사유체계와 사상』, 인간사랑, 1989;2010[개정판], 359~367쪽.

박완규,「결핍존재로서의 인간의 욕망과 도덕」,『汎韓哲學』17권, 범한철학회, 1998.
　　　70~71쪽.

박혜원, 「윤대녕 소설의 신화적 상상력」,『어문론총』46, 한국문학언어학회,2007.

심영덕,「현대소설에 나타난 죽음의 一考察」-<화수분>, <무녀도>, <죽음의 한
　　　연구> ,『嶺南語文學』21집,

조르주 바티이유,『에로티즘』, 조한경 옮김, 민음사, 1997, 17쪽.

졸고,「윤대녕 소설의 환영적 메커니즘」,『현대문학연구』44, 한국문학연구학회, 2011.

S.Freud,「본능과 그 변화(Tribe und Triebschicksale)」,『정신분석학의 근본개념』, 열린책들, 윤희기 · 박찬부 옮김, 1997; 2003[재간], 269~316쪽. 참조.

Žižek, Slavoj,≪삐딱하게 보기』, 김소연, 유재희 옮김, 시각과 언어,1995, 49쪽.

하정일,「후기자본주의와 근대 소설의 운명」,『현상과 인식』19, 한국인문사회과학원, 1995, 34쪽.

Derrida, Jacques(1967). *Writing and Differance*. Trans. Alan Bass, Univ. of Chicago . Great Britain by TJ international Ltd... Press, 1978. pp.40~56;p.309.

Freud, Sigmund. trans James, Strachey. *Beyond the Pleasure Principle*.New York:Norton. 1989. pp.40~56.

Žižek, Slavoj, *The Sublime Objeoct of Ideology*, Verso trans, prined and bound in Great by Bookmarque Ltd. Croydon, 1989, pp.20~28.

박상륭의 ≪죽음의 한 연구≫ 연구

−데리다의 '해체'를 중심으로−

1. 서론

박상륭(1940~)은 1963년 『사상계』에 <아겔다마>로 등단한 이래 30여 편의 단편과 6편의 중편, 두 편의 장편을 발표하였다.[1] 박상륭의 텍스트는 셀 수 없을 정도로 계속되는 무수한 쉼표의 사용, 단락 없음, 의미의 난해성 그리고 끝도 없이 이어지는 말잇기식 언술 등이 일반적인 문법의

---

[1] 그의 초기의 단편인 <뙤약볕>연작(1966. 1867. 1969), <남도>연작(1969. 1970. 1973) 등은 원초적 배경으로서의 우주적 불모성이 다루어지고 있다. 이후 1969년 캐나다로 이민하기까지 한국에서 <아겔다마>(1963), <유리장>(1971), <열명길>(1968) 등을 발표하였다. ≪죽음의 한 연구≫(1975)는 이후 캐나다에서 완성한 장편소설이다. 이후 ≪칠조어론≫(1~4권, 1990−1994)에서는 죽음과 삶의 재생적 관점을 우주 인류사와 접맥하여 중도론, 신화론, 역진화론으로까지 폭넓게 통찰하고 있다. ≪칠조어론≫ 이후의 텍스트들은 근대적 담화로서의 인간의 본질적 특성을 주로 묘사하고 이전의 텍스트에 대한 주석을 덧붙여서 서술하고 있다. 이러한 점은 기 생산된 자신의 텍스트에 대한 독자에 대한 배려로 보인다. 이후 출간된 작품으로는 ≪평심≫(1999), ≪산해기≫(1999), ≪잠의 열매를 매단 나무는 뿌리로 꿈을 꾼다≫(2002), ≪신을 죽인자의 행로는 쓸쓸했었다≫(2003) 등이 있다.

해체와 더불어 스토리와 서사로 이어지는 소설의 장르적 특성을 해체하고 있다. 이같은 박상륭 텍스트의 주제의식은 이미 논자들에 의해 거론된 바와 같이 '죽음의식'이다. 박상륭은 '죽음'을 '우주'라는 거대한 텍스트의 경계선에 놓고 고뇌한다. 그는 죽음을 대속양적 희생제의[2]로 파악한다. 그의 텍스트에 나타나는 무수한 죽음의 연쇄는 우주의 소멸과 재생에 대한 프라크리티(Prakriti)[3]의 법칙을 표상한다. 특히 <죽음의 한 연구>에서부터 <칠조어론>의 거대 텍스트로 이어지면서 제기되는 '육조'와 '촛불승(칠조)'의 죽음은 다양한 종교적 함의를 배태하고 있다. 박상륭에게 '육조→칠조(촛불승)→팔조→구조'로 대체되는 제의적 죽음은 '그 지우기 대상의 바꾸기에 의해'[4]우주의 질서가 유지되는 문화적 표상일 뿐이다. 이러한 희생제의에 의해 탄생된 것이 기독교적 법륜[5]이라는 것이 그의 지론의 요점이다. 그의 텍스트는 대부분 이 우주적 진리, 즉 말씀의 진리에 대한 자기부정[6]으로 이어진다. 이 자기부정은 기독교적 말씀의 진리에 대한 우주의 잠 깨우기로 박상륭 식으로 '아담의 무의식 깨우기(의식

---

2) 박상륭, ≪칠조어론≫1, 문학과지성사. 1990.

3) 박상륭의 텍스트에서 프라크리티와 푸르샤는 핵심용어이다. 박상륭은 이 용어를 몸과 혼의 개념으로 쓰고 있다. 이 용어는 불교에 영향을 미친 산키아(Sankhya) 학파의 용어이다. 인도 육파학파의 하나인 산키아는 '수數의 철학'이라 불리운다. 이 산키아는 이원론이다. 프라크리티는 우주를 이루는 복합적인 물질을 의미한다. 이에 반해 푸르샤(Purusha)는 무수한 수의 개별적이고 빗물적인 영혼을 의미한다. 보르헤스. 『보르헤스의 불교강의』, 108~111쪽. 참조.

4) 박상륭, ≪칠조어론≫1, 47쪽.

5) 박상륭, ≪칠조어론≫1, 위의 책, 52쪽.

6) 자기부정이란, 사물이나 본질의 이면에 함축된 또 하나의 의미를 뜻한다. 박상륭은 이 부정성을 '잃어버린 원초적 질료의 자기 찾기의 첫걸음이' 되는 것이라고 말한다. 박상륭, ≪칠조어론≫3, 22쪽.

화)'[7]로 이루어진다. 다시 말해 자기지우기는 말씀의 진리에 대한 해체이다. 앞의 말은 뒤의 말에 의해 끝없이 지워지며 또다른 의미로 산종된다.

이로 보면 박상륭의 텍스트는 음성중심주의와 서구의 형이상학을 탄생하게 한 구조주의[8]에 대한 해체의 의미를 담고 있다. 구조주의는 기본적으로 의미를 구조의 중심에 두는 일관된 조직체계를 의미하는 것이다. 모든 것을 의미의 중심에 두는 구조주의적 담론은 데리다로부터 맹렬한 비판을 받는다.[9] 주지하다시피 데리다는 해체주의 학자로 널리 알려져 있다. 데리다에 의하면 의미의 중심은 중심의 밖에도 있을 수 있는'기원

---

7) 박상륭, ≪칠조어론≫ 1, 위의 책, 87쪽.

8) 구조주의의 탄생 배경을 살펴보면 다음과 같다. 1960년대 이전 서구는 1,2차 세계대전을 전후해서 제국주의와 파시즘을 탄생시켰다. 이로 인해 인간의 전체성의 회복에 대한 욕망이 60년대의 프랑스혁명으로 급부상하게 된다. 이러한 인간성 회복에 대한 전망이 다름 아닌 구조주의를 탄생시켰다. 다시 말해 인간을 규정하는 모든 것은 인간자신도 알 수 없는 어떤 구조적인 체계에 의해 움직이는 것이지 인간 개체 나아가 민족 등이 다른 개체들이나 민족들보다 우월해서가 아니라는 사상이 대두된 것이다. 다시 말해 구조주의는 이러한 인간관에 대한 반성에 바탕을 둔 것이었다. 그러나 체계를 규정화하는 구조, 즉 시스템은 모든 것을 이원화하는 대립관계를 탄생하게 하였다. 구조주의를 탄생시킨 소쉬르의 언어학이나 레비 스트로스의 문화인류학은 모두 이러한 인간회복과 반성에 대한 성찰의식이 담겨져 있는 것이다. 데리다는 이러한 구조주의가 서구 형이상학에 바탕을 둔 음성중심주의와 이성중심주의를 탄생시킨 원인이 되었다고 맹렬히 비판하였다, 소두영, 『구조주의』, 민음사, 1984, 1~85쪽. 참조.

9) 데리다는 구조주의 학자인 르네 지라르, 조르주 플렝, 루시엥 골드만, 츠베탕 토도르프, 롤랑 바르트, 자크 라캉 등이 참석한 미국의 존스 홉킨스 대학에서 열린 "비편의 언어와 인문학"이라는 주제의 국제 심포지움(1966년 10월 18일에서 22일까지)에서 구조주의 학자인 레비 스트로스를 맹렬히 비난함으로써 주위를 놀라게 하였다. 당시 데리다의 논문은 「인문학의 언술행위의 있어서의 구조, 기호, 그리고 유희 Structure, Sign, and Discourse of the Human Sciences」였다. 김성곤, 『포스트모던소설과 비평』, 열음사, 1993, 67쪽. 참조,

이나 종국, 원초(α rché)'[10]적인 것들을 부정하게 하고 의미는 언제나 중심으로 회귀한다. 데리다는 의미는 중심이 아니라 중심의 바깥, 즉 이들 중심을 고정화시키는 기원의 부재로부터 의미작용의 장이 발생함으로써 생산됨을 역설한다. 그러면서 그는 민족학이나 유럽의 문화기와 같은 민족중심주의의 전제들은 오직 자신의 것을 해체하고 탈중심화하는 순간에 진정한 민족중심주의를 자신들의 담론 안에 받아들이게 됨을 역설한다.[11] 데리다에 있어 중심을 지탱하는 것은 구조의 중심이 아닌 구조의 밖에서 이루어지는 대체들의 유희다. 데리다의 이러한 이론적 맥락은 수많은 서구의 형이상학적 텍스트들을 다시 읽음으로써 전개된다. 그 중에서도 소쉬르의 구조주의적 언어관과 루소의 대리보충에 대한 개념은 해체적 이론의 기본 틀로써 작용한다.

데리다의 해체주의는 이처럼 모든 의미를 구조의 중심에 두고 체계를 규정화하는 중심의 해체로부터 시작된다. 그러면서 데리다는 해체의 기본적 메커니즘으로 중심의 의미를 산종시키는 문자의 의미화작용에 초점을 둔다. 음성중심의 서구의 형이상학은 알파벳을 중심으로 하는 표음문자로 대변되지만 데리다의 생각에 이 표음문자란 단지 수단일 뿐 발화 자체가 지시대상과의 구체적인 연관성을 갖지 않은 것이 된다. 이로 보면 소리 중심의 소쉬르의 언어적 기호는 한낱 환상이라는 것이며 구조를 이

---

10) Jacques Derrida. *Writing and Differance.* trans. by Taylor & Francis Group. Univ. of Chicago. 1978. p. 440.
11) 데리다는 '중심'을 규정하는 것은 기본적으로 불가능하다고 본다. 그에 의하면 중심의 부재는 중심을 대체하는 기호들의 유희로 채워지고 반복된다. 이로 인해 중심은 다른 기호들의 반복적인 대체에 의해 끝없는 결여를 반복한다. J. Derrida, *Writing and Differance.* 앞의 책, p. 365. 참조,

루는 내적 체계와는 별개의 의미가 되고 만다. 이처럼 데리다의 해체주의
는 음성중심의 근원적 현존성을 해체하는 것이며 이것은 직관적 의식을
바탕으로 하는 현존의 형이상학 자체를 부정하는 것이 된다. 데리다에 의
하면 자기동일성을 바탕으로 하는 형이상학은 문자학에 의해 침탈당하거
나 해체될 수밖에 없는 운명을 지니고 있다. 데리다는 원천적으로 표음문
자든 그림문자든 상형문자든 그것은 원래 빔으로부터 시작된다. 문자란
처음부터 대상의 복제로부터 시작된다. 그러한 과정에서(대상을 문자로
옮길 때) 원래의 대상과의 차이가 발생한다. 이렇듯 문자라는 것은 이전
텍스트에 대한 끊임없는 '차이'를 발생시킨다. 대상을 문자로 옮길 때 그
것을 옮기는 자에 의해 의미가 첨가되거나 또는 원래의 의미가 삭제되기
도 하는 보충대리의 원리가 작용하게 될 수밖에 없기 때문에 '차이'의 발
생은 필연적이다. 이처럼 데리다의 해체주의는 기존 서구 형이상학을 지
탱하여온 의식 중심의 현상학과 로고스 중심의 음성주의를 해체하는 것
을 바탕으로 한다.

　이로써 데리다는 기본적으로 기존의 이성중심주의가 믿어왔던 '말(목
소리)'을 '글쓰기'로 대체함으로써[12] 기존에 주변부로 머물러 있던 '부호'
나 '흔적'을 통해 '글쓰기'가 언어이전의 원초적 행위임을 규정짓는다. 또

---

12) 데리다는 바람, 숨, 영혼 또는 정신을 의미하는 히브리어의 'ru α h'의 어원을 상기시
　키면서, 글쓰기란 인간의 고독에 의한 체험이라고 하고 있다. 이는 글이란 자신의
　내면과는 다르게 표출된다는 것에 의미를 둔 것이다. 데리다에게 글쓰기는 대문자
　로서의 책이 존재하지 않는다는 것만이 아니라 의미 또한 책이 만들어지기 이전인
　그 원 바탕의 상태로도 돌아갈 수 없는(선행할 수 없는)그런 것이다. 그러나 이성중
　심주의는 실체의 존재를 현존(presence)으로 표시하고, 글쓰기는 목소리를 전달하
　기 위한 도구로 여긴다는 것이다. J. Derrida, 위의 책, 9~10쪽. Vincent B. Leitch
　Deconstrucive Criticism, by Columbia Univ. 1983. p. 25~26. 참조.

한 데리다는 인간의 '자연' 상태란 '문화(문자)'에 의해 대리보충(supplement)되어 가는 것이고 이로 인해 자연은 자연 자체로의 본성을 잃어가게 된다는 루소의 견해에 주목한다. 이로써 자연은 진리로서의 본래의 본성을 잃어 가게 된다. 루소에 의하면 오히려 문화(문자)가 음성언어를 대리보충한다.

본고의 목적은 통사파계와 같은 문법적 일탈과 다양한 담론으로 텍스트를 의미화하는 박상륭의 <죽음의 한 연구>를 해체주의적 관점에서 살펴봄으로써 죽음의 관념성이 어떻게 의미화되고 있는지를 고찰하고자 한다. <죽음의 한 연구>는 박상륭 소설13)의 큰 줄기를 형성하는 '죽음'

---

13) 김주성, 「≪죽음의 한 연구≫의 신화적 요소 연구」, 중앙대학교대학원석사학위논문, 1989.

신성환, 「박상륭 소설연구-초기 중 단편을 중심으로」, 한양대학교대학원석사학위논문, 1998.

김정자, 「박상륭 소설의 '죽음' 변이 양상 연구」, 부산대학교대학원석사학위논문, 1998.

김명신, 「박상륭 소설연구」, 연세대학교대학원 박사학위논문, 2000.

_____, 「그리스도의 '수난'과 '죽음' 이미지의 소설적 구현으로서의 박상륭 소설」. 『국제어문』제21집,

변지연, 「박상륭 소설 연구」-근대 극복의 양상을 중심으로」, 동국대학교대학원 박사학위논문, 2002.

_____, 「박상륭 소설에 나타난 '몸'의 의미」, 『한국문학평론』(2003, 봄호),

길경숙, 「박상륭 소설의 정신분석학적 읽기」, 한양대학교박사학위논문, 2005.

지금까지 박상륭에 대한 연구는 두 개의 큰 종교적 차원, 즉 불교의 "해탈"과 기독교의 "구원"적 차원에서 다루어져 왔다. 그에 대한 연구는 90년대 이후 평론과 서평에서 다루어지다가 본격적인 연구는 2000년대 이후 김주성, 신성환, 정해성, 김명신, 변지연 길경숙 등에 의해 본격적으로 이루어진다. 기존 연구의 주안점은 다음과 같다.

첫째, 형이상학적 관념으로서의 죽음의식이다. 둘째, 종교적 담론이다. 셋째, 니체의 사유와의 접목이다. 넷째, 환상적 상상력이다. 전반적으로 동대의 다른 작가들에 비해 활성화된 연구는 아니지만 그에 대한 연구는 앞으로 다각적인 면에서 증폭될 것이라는 예견이다.

의 관념성이 '도마뱀'이라는 와선형적 이미지를 통해 형상화되고 있다. 이 와선형은 중심을 형성하는 개념이 아니라 일탈을 함축한다는 점에서 그의 텍스트를 해체주의적 관점에서 분석될 수 있는 근거를 제시한다.

2. 탈중심적 이미지로서의 와선형적 죽음

박상륭의 소설에서는 주로 떠돌이이자 장돌뱅이인 화자 '나'가 각지를 떠돌면서 유랑민들과 겪게 되는 화두의 '장'이 형성되고 있다. 이러한 주인공들의 방황은 구조의 중심에서 이탈되고 소외된 자들이라는 점에서 탈중심적 개념을 함축한다. <죽음의 한 연구> 또한 떠돌이 화자인'나(육조)'가 '유리'라는 추상적 공간에서 40일 동안 죽음의 구도화를 이루는 과정을 형상화하는 내용을 다루고 있다. 이 텍스트는 주인공인 육조가('나') 유리로 들어오면서부터 시작된다. 창부의 아들로 태어난 '나'는 어느 날 스승의 가르침에 인도되어 유리로 추방된다. '나'는 유리의 입구로 들어서면서 스승의 죽음을 본다. 죽음에 대한 관념적 이미지로 형상화 되는 스승의 이미지는 '나'로 하여금 우주 만물이나 주체의 근원에 대한 인식을 일깨운다. 이와 같이 이 텍스트는 한 도보승의 구도화 과정을 통해 죽음의 본질적 의미를 관념적으로 제시한다. 여기서 스승의 '죽음'은 개별적이라기보다 대우주를 아우르는 거대담론, 즉 텍스트의 의미를 갖는다.

텍스트는 '길의 크로노프트'를 통해 스승의 죽음을 제시한다. 길의 시공간에서 이루어지는 내용을 분절[14]하면 다음과 같다. 이는 '나'의 40일

---

14) 여기서 '분절'이란 의미는 주인공이 구도화를 성취하기 위해 필연적으로 경험해야 되는 자아의 분열과정을 의미한다. 그것은 살해이든 죽음이든 자아의 정립을 위해선 필연적 과정이다.

간의 구도화에 이르는 과정과 부합한다. 육조에게 주어진 40일을 장과 날짜순으로 제시하면 다음과 같다. 본 연구에서는 이 날짜를 독립 시퀀스로 그 세부적 과정을 종속시퀀스로 분절하였다.

A] 제1장

{1}

①나는 유리로 가는 동구 입구에서 유리를 막 떠나는 한 노인을 만난다.

②노인은 머물던 유리라는 곳의 습성을 이야기하면 길에 넋을 놓고 바라보고만 있다.

③또아리 쳐진 채 죽은 노인의 와선형의 죽음을 본다.

④노인이 길을 한 꾸리에 감고 죽었다는 것을 인식하고 그 얼굴에서 자신의 죽은 얼굴을 본다.

⑤노인네가 자신의 스승이었음을 알게 되고 그것은 곧 자신의 분신으로 여겨진다.

⑥자신으로부터 떠나라고 호통치던 스승과의 옛일을 회상한다.

⑦유리의 입구에 도착한다. 스승의 오랜 친구이던 또 하나의 늙은 고혼을 만난다.

{2}

①황폐하고 공포스런 유리를 느끼며 장옷 입은 중 하나를 만난다. 그로부터 내면의 강한 유혹을 느끼고 그로부터 도망친다.

②나는 좀 전에 도망친 그와 동행하고 있다는 것을 느끼고 그를 살해하기로 마음먹는다. 나의 손에 내팽개쳐진 그의 장옷을 벗기고 그가 유리의 수도부임을 안다. 그녀와 동침함으로써 동정을 잃는다. 그러면서 껄끄럽기만 했던 자신의 양수가 닦여진 것만 같이 느낀다.

③수도부에게 존자와 촛불승에 대한 얘기를 듣고 헤어진 뒤 수도가 가르쳐준 샘가로 벗은 몸을 씻으러 간다.

④비계덩어리의 존자승과 외눈승을 만나 재담을 나누다 존자가 속

세의 아귀다툼인 먼지나 티끌이 않을 자리가 없는 승임을 깨닫는다.

⑤존자승을 죽이고 도망가는 외눈승을 쫓아가 마저 죽인다.

⑥존자승과 외눈승을 죽인 나는 이들이 나의 허상인 것만 같이 느끼며 쫓긴다.

⑦나는 갯가에 살던 어린 시절의 창녀였던 어머니를 그린다. 어머니가 죽자 어머니의 남자였던 그(스승)를 따라 나서 불머슴이 됨을 회상한다. 나는 밤마다 그(스승)가 덮치는 꿈을 꾼다.

⑧유리의 풍경에 혼미해 있던 장옷 입은 죽은 스승을 만난다. 스승은 자신을 바위를 밀어 떨어뜨려죽이라고 종용한다. 그에게 해골을 유산으로 받는다.

{3}

①나는 바위를 밀어 장옷 입은 사내를 압살하여 살해한 뒤 장옷을 벗겨보고 그가 스승임을 알게 된다.

②나는 아버지이자 스승인 죽은 그로부터 도망친다. 나체로 다니던 자신의 몸에 나뭇가지에 벗어놓은 옷을 걸친다.

③나는 도보고행승이 죽었던 유리로 다시 돌아와서 입었던 옷을 벗어 갈갈이 찢는다. 나무도 돌이나 풀도 온갖 자연도 벗고 있는데 옷을 입어 무언가 은폐되지 않았다는 부끄러워서였다.

④나는 동침했던 수도부를 찾아 거적문을 열고 들어갔다가 동침중인 수도부와 촛불중을 만난다.

⑤나는 촛불중에게 촌장을 만나고 싶다고 말하자 촛불승은 유리는 형벌의 장소이며 이곳에서는 모두 장옷으로 가리고 다니기 때문에 누구인지 모르며 마른늪에서 고기를 낚는자가 아마 촌장일 것이라고 한다.

⑥압사한 스승이 유리의 오조 촌장임을 알게 된다.

⑦마른 늪에서 수도부와 대화하고 어린 날을 생각하며 사색에 잠긴다.

{4}

①마른늪에서의 수도부와 대화, 생활, 마른 늪에서 출렁거리는 호

수를 본다.(환영)

②촛불중을 만난다. 그와의 대담에서 고양이를 본다.

{5}①나는 마른 늪 부근에 거처를 마련하고 벌판을 도보하며 사색한다.

{6}

①나는 죽은 스승의 장옷을 몸보시로 취한다.

②나는 거적문의 유혹을 느끼며 촛불중을 찾아 성교한다.

{7}①거처에 굴을 파고 암컷, 요니의 환상을 보며 명상한다.

{8}①촛불중으로부터 해웃값(화대)을 받고 수도부와 함께 샘을 찾아 목욕한다.

{9}①나는 전갈과 거미의 교미관계를 통해 관념적 망념에 빠진다. (암컷과 수컷의 구별은 애초부터 모호하고 수컷은 암컷을 통해 유아로 환생하며, 암컷은 수컷을 휩싸고 있는 요니)

B] 제2장

{10}①양극을 갖는 타원형의 고기에 대해 명상한다.

{11}

①양극을 갖는 타원형의 형체에 대한 밤의 몽상이 계속된다.

②둔덕을 거닐며 밤새도록 몽상이 계속된다. 장옷 속의 편암함을 느끼며 샘가로 간다.

③수도부로부터 읍의 장로와 손녀딸 얘기며 유리의 일상사적 얘기를 듣는다. 샘가에 목욕을 한다.

{12}①꿈에서 죽은 자신을 본다. 고기가 되어 유영하는 꿈이 계속된다.

13}①수도부를 통해 어머니를 생각하고 양극을 갖는 타원형에 대한 관념이 펼쳐진다.

{14}

C] 제3장

{15}

①유리를 떠난다. 읍으로 통해지는 길의 입구에서 교회당과 읍의 풍경을 감상하며 상념에 잠긴다.

②교회당에서 고양이를 목 졸라 죽인다.

③읍의 판관과의 대면이 이루어진다.

④고양이의 죽음에 대해 읍사람들과 실갱이를 하다가 읍의 장로와 촛불중과의 만남이 이루어진다.

⑤육조와 읍사람들과의 집회가 즉흥적으로 이루어지고 육조는 장로네 사랑방으로 거처를 정한다.

{16}①장로네 사랑방에서 깊은 잠을 잔다. 촛불중과 장로의 손녀딸과 읍의 어제 만났던 사람들을 만나 대면하고 그들로부터 집회를 부탁받는다.(수도부와 비교)

{17}①나는 오십오 페이지에 달하는 집회연설을 한다.

{18}①교회 공사판에서 바를 정자를 매기는 일과 등짐을 져 나르는 일을 한다. 장로의 큰 아들이었던 목사의 바람기 많은 딸의 유혹에 넘어가 동침한다.

{19}①장로의 손녀딸이 공사장으로 찾아오고, 목교 아래서 목사의 딸이 건달들로부터 몰매맞고 있는 것을 목격 대신 그들로부터 몽둥이 찜질을 당한다.

{20}①목사의 딸을 만나 사죄를 받고 노동자의 집에 식사초대를 동행한다.

{21}①장로의 집을 방문한다. 읍에 남아서 새로 짓는 교회에 혼을 영도하는 일을 맡아달라고 하는 장로의 청을 거절하고 유리로 돌아가겠다고 한다. 장로로부터 유리로 돌아감은 죄로 인한 죽음이 준비되었다는 말을 듣는다. 장로의 집에서 유리로 돌아가기 위한 준비를 마친다. 장로 손녀딸의 가얏고 소리를 듣고 흔들린다.

{22}

①장로의 손녀딸과 동행하여 유리를 향한다.

②유리에 도착해서 수도부의 임종을 맞는다.

D] 4장

{23}①죽은 수도부가 바르도에 처한 지 이틀 째 그녀를 위한 몽상적 제의(장례식)를 치른다.

{24}①명상적 제의 계속한다.

{25}①명상적 제의 계속한다.

{26}①명상적 제의 계속한다.

{27}①수도부의 장례를 마친 육조는 허탈해한다.

{28}①촛불중이 찾아와 예형적 절차를 설교하고 간다. 육조로 하여금 죽음 날짜와 죽는 방법에 대한 선택권이 주어진다. 도망쳐도 증거가 없다고 함으로써 죽음의 이탈에 대한 여지를 남긴다.

{29}①촛불중이 다시 찾아오고 자신의 임무를 말하며 자신은 육조를 연모했음을 고백한다. 몽상

{30}①촛불중 촛농으로 육조의 시력을 거세한다. 촛불중의 상념과 육조의 상념이 반복된다.

{31}①육조의 소리와 촉감에 대한 명상. 목사의 환속한 딸과 장로의 손녀딸이 찾아와 삼일 같이 지낸다.

{32}①장로의 손녀딸, 촛불중, 목사의 바람난 딸의 방문 계속된다.

{33}①육조와 장로의 손녀딸과의 여든 네 가지에 달하는 격렬한 성교를 한다.(성교는 죽음의 연구로 변해진다는 것, "사람이 지닌 원초적 영상 속에는 언제나 짐승의 얼굴이 근저를 이루고 있어 온 사실은 참으로 이상하다.") －일종의 수업(기모으기)

②촛불중에 인도되어 유리를 떠나 형장으로 향함 포 파악(육조는 형장 입구에서 큰형장지기 패와의 씨름대적이 벌어짐, 육조는 걱정하는 촛불중의 손을 잡으며 촛불중에 대한 뜨거운 감정을 느낌 사라수두 그루임을, 큰형장지기와의 대적에서 선으로 이긴다.

E] 제5장

{34}①큰형장지기 패배 자인, 육조의 발에 입맞춤, 촛불중에게 해골을 유산으로 남김, 관곽으로 나무에 매달림으로써 죽음을 맞이한다.

{35}①가사 상태에서 몽상한다.

{36}공란

{37}①가사 상태에서 몽상한다.

{38}①가사 상태에서 몽상한다.

{39}①몽상한다. 처음엔 소리였다가, 소리 자체가 소리를 삼켜, 소리가 소리가 아니게 하는 소리,

{40}①몽환의 상태에 빠진다.

'육조'의 구도화 과정은 만남과 떠남의 크로노프트로 이어진다. 따라서 제1,2장과 제3장은 만남과 떠남의 크로노프트적 과정에 해당하는 것이다. {1}에서는 '노인'과 '길'이 '와선형적 죽음'으로 암시된다. 이 암시는 또한 자기 자신과의 동일시로 연결된다는 점에서, '길'은 나와 노인을 연결하는 크로노프트적 시공성으로 이어짐을 전제한다. 따라서 '노인'은 '나'의 과거나 도래할 자신의 미래라는 시공간적 관념으로서의 '현재'적 의미를 갖는다. 이 '현재'적 시공간성은 '자기 지우기'를 통해 또 다른 자신의 현전을 만나고 다시 지우는 그런 의미화의 과정으로 이해할 수 있다. 그러나 각각의 의미화 과정은 그 분절 과정에서 조금의 흔적을 남긴다. 이 흔적은 자기의 돌이킬 수 없는 소멸의 위협이나 그런 것들에 대한 불안 등이 내재된 요소들이다.[15] {2}의 '나'는 '유리'의 입구에서 한 동구승을 만나게 되고, 이후 그가 스승인지를 모르고 압살시키는 통과의례를

---

15) 흔적에 대한 사유는 로고스 중심주의의 파괴적 효과 속에서 나타나며 동시에 통상적인 의미에서의 글쓰기 일반에서 성찰될 수 있다. J. Derrida. *Writing and Differance.* 앞의 책, p. 289.

겪는다. 존자승과 외눈승을 만나 즉흥적으로 살해하게 되는 과정은 길이라는 시공간성 위에서 경험되어지는 모험의 크로노프트이다. {3}에서는 압살한 노인이 유리의 오조촌장이며 자신의 스승임을 알게 된다. 이후 수도부와 '촛불승'을 만나고 마른늪에서 고기를 낚는다. {4}마른 늪에서 고기를 낚기 위하여 노력을 하던 중 마른늪이 호수로 출렁거리는 환영을 본다. 이어{5}는 마른 늪에서 사색에 빠진다. {6}은 촛불승과 성교한다. 팔조를 임신한다. {7}은 거처할 굴을 파고 '촛불승'과 수도부를 생각하다 요니의 환상을 본다. 이 요니의 환상은 겉으로 드러난 것이 아닌 허상이다. {8}은 촛불승으로부터 화대를 받는다. 이어{8}에서{14}까지는 '촛불승'의 명상과 사색이 계속된다. 여기까지가 제1장과 제2장으로 연쇄되는 분절 시퀀스이다. 여기서 오조(스승)의 죽음은 곧 육조가 창조되는 출발점이 됨을 의미하는 것이다.

{15}에서는 '나'가 유리를 떠나 읍에 도착하고 교회에서 고양이를 죽이고 장로네 사랑방에 거처하게 된다. {16},{17}은 읍에서 장로와 읍민의 부탁으로 집회를 통한 연설을 한다.{18}은 공사판에서 노동을 한다. {19},{21}까지는 노동판에서의 삽화와 주민들과의 만남이 전개된다. {22}는 장로의 손녀딸과 유리를 향해 떠난다. 여기까지가 제3장의 크로노프트에 해당한다. 이 제3장의 크로노프트는 고행의 의미를 지닌다. {23}은 유리로 돌아온 촛불승이 수도부의 임종을 보게 되고 그녀를 위한 명상적 제의를 시작한다. {24}와{27}까지는 육조의 사색이 계속된다. {28}은 '촛불승'이 찾아와 '육조'의 죽음에 대한 절차를 의논하고 돌아간다. {29} '촛불승'이 '육조'를 연모했음을 고백받는다. {30}'육조'는 '촛불승'에 의해 눈을 거세당한다. {31}과{33}에서는 장로의 손녀딸과 삼일을 보낸다. 여기까

지가 제4장이다. 이 제4장은 수도부와 자신의 죽음을 위한 명상의 연속이다.

이어 제5장인 {34}와{40}은 촛불승의 가사상태에서의 죽음이 몽환적으로 제시된다.

이상이 <죽음의 한 연구>에 대한 분절 시퀀스이다. 이 텍스트는 '나'라는 1인칭 관찰자가 죽음의 타자화를 통해 동일시적 경험에 도달하는 길의 시공성을 보여준다. 각각의 시퀀스에서 체험되는 '나'는 동일한 주체가 아니라 의식의 대상들을 통해 변화하는 주체로서의 모습을 보여준다. 여기서 주체는 '길의 시공성'을 통해 다양한 주체들의 '죽음'의 이미지를 체험한다. 나는 유리로 들어가는 길목에서 스승(타인)의 죽음을 통해 자신의 죽음에 대한 이미지(아우라)를 보게 된다. 이러한 죽음의 이미지는 도보승과 존자승과 외눈승을 죽임으로써 다양한 체험으로 의미화된다. 이로써 '나'는 스승의 죽음 후 '육조'라는 이름으로 변모한다. '육조'는 어디를 가나 자신의 목소리를 앞서고 있는 스승 5조의 목소리에 반박 당한다. 유리의 길목에서 체험한 뱀이 똬리를 틀고 있는 듯한 환상적 아우라는 바로 스승의 목소리와 동일시된다. 이로써 '육조'는 존자승과 외눈승은 살해함으로써 스승의 목소리를 지워버린다. 존자승과 외눈승에 대한 살해는 스승, 즉 현존에 대한 부정이다. 다시 말해 존자승과 외눈승은 자신을 부수고 깨뜨리는 방해요소들로 이해하면 될 것이다. 이는 또한 시간적 의미에서 유한성적 존재자로서의 소멸의식이 내포된 것이다. 이렇듯 '육조'의 체험은 현존의 부재에 대한 깨달음으로 인식된다. 각 시퀀스적 분절은 주로 이러한 인식의 과정인 '만난다' '본다' '알게 된다'라는 동사로 분절된다. 그러므로 각각의 분절은 이 같은 의미화 과정에 도달하기 위한 하나의 의미소이다. 이렇듯 이 텍스트는 전반적으로 죽음에 이르는 구도화 과정이 주가 되고 있다. 이를 위한 고행과 제의가 그 내용이다.

'나'는 '유리'라는 동구 입구에서 만난 한 노인이 와선형으로 또아리 쳐 죽는 장면을 본다. 여기서 노인의 죽음은 '길'과 '뱀'이라는 관념과 결합한다. 따라서 이 텍스트에서의 시간은 '길의 크로노토프'인 선조적 시간관념과 간텍스트적으로 연결되고 각각의 분절은 '죽음'이라는 의미화에 도달하기 위한 관념의 한 장임을 텍스트는 보여준다. 이는 '스승의 죽음→나의 떠남→고행→명상→나의 죽음'이라는 E, D, C, B, A의 타원형적 구조로 의미화된다. 이것은 결국 맨 처음 자신이 보았던 와선형적 스승의 죽음과 동일시됨으로써 중심으로 의미가 소급되는 사후적 담화16)를 형성한다. '만나고 죽이고 떠남 그리고 돌아옴'이라는 서술형적 문법구조는 또 다른 죽음의 반복이라는 서술형으로 연계된다. 따라서 '스승'의 죽음은 결국 맨 처음 자신이 보았던 와선형의 죽음으로 연결되는 구조를 갖는다. '길의 크로노토프'를 통한 이러한 죽음의 반복성은 규정화할 수 있는 시간적 개념이 아닌 노인과 아이, 삶과 죽음의 공존을 통해 체험됨을 보여주는 것이다. 문화적 규범에 의해 주체를 종속시키는 것이 물리적 시간개념이라면 시간개념을 무화함으로써 무한한 확장적 체험을 가능하게 하는 것이 시공성의 개념이다.17) 이런 의미에서 '나'가 살해한 것은 한 개별체

---

16) 이 사후성(Nachträglichkeit)의 개념은 프로이트의 발견에서 유래된 것으로 원상태로 회귀가 불가능한 환원불가능성을 의미한다. 다시 말해 그것은 맨처음의 본원적 의미로 돌아갈 수 없는 흔적의 개념으로 의미화되는 것이다. 데리다는 이 프로이트의 개념을 차이를 이루다라는 의미인 '연기(différer)'의 개념으로 쓴다. J. Derrida, *Writing and Differance*. 앞의 책, pp. 255~258. 참조.

17) 데리다는 *Writing and Differance*라는 책에서 프루스트의 소설은 끝이 시작을 형성하는 식으로 구성되었다고 보면서, 주인공은 자신이 내내 되고자 했으나 결코 자신이 원하던 욕망을 이루지 못한 채 텍스트의 초입에 등장했던 맨 처음의 자신으로

가 아니라 자신을 옥죄는 물리적인 시간이나 일상적 욕망과 같은 것이라고 볼 수 있다. 여기서 '나'는 '나'를 죽이는 과정을 통해 또 다른 '죽음으로의 회귀'를 꿈꾸는 명상적 제의를 실행하고 있는 것이라고 이해할 수 있다. 이로써 '나'는 '육조'로 다시 태어난다. 이후 <칠조어론>에서 다시 태어나는 '촛불승'은 그런 '육조(나)'의 전신으로 이해하면 될 것이다. 이렇듯 '나'의 죽음은 박상륭의 텍스트와 상호연관을 맺음으로써 박상륭의 전텍스트들과 간텍스트적으로 연결된다. 이로 보면 스승의 죽음이 종결되었던 그곳(길)에 이미 육조의 죽음이 잉태되어 있었던 셈이다.

데리다의 의미에서 보면 텍스트란 누군가에 의해 다시 씌어지고 원 의미가 해체됨으로써 또 다른 의미를 생산한다. 이로 보면 '나'라는 주체는 '육조'로 씌어지고, 이는 <칠조어론>의 '촛불승'의 이미지로 다시 씌어진다. 스승의 '죽음'은 명확한 죽음으로 의미화되지 않고 주인공들의 몽환적인 의식[18]의 흐름을 통하여 인식된다. 이때 의식은 순수 의식이 아니라 세계 속에 존재하는 여러 경험적 현상들에 의해 해체되면서 다른 의미로 대체되는 혼합적 의미를 지닌다. 이로 인해 불투명하고 단절적인 의식의 흐름에 의해 텍스트가 플롯화되고 있다. 때문에 박상륭의 소설들은 그 자체가 여타 소설들과 차별화되고 의식 자체에 대한 부정성을 내포하고 있다. 때문에 '나'는 전통적 소설에 나타나는 죽음의 개별성과는 다른, 개체와의 상호작용을 통해 죽음의 관념성을 인식한다.

이와 같이 박상륭의 텍스트에서 '죽음'의 관념성은 기호들의 대체가 끊

돌아감을 분석한다. 이때 주인공의 시간은 절대적인 동시성에 존재해 있다. J. Derrida,, *Writing and Differance.*, 앞의 책, p. 41. 참조.
18) J. Derrida. *Writing and Differance.* 앞의 책, 266~268쪽.

임없이 이루어지는 텍스트의 개념으로 의미화 된다. 그것은 무한히 의미가 확장되는 대체들의 유희와 초월적 시니피에의 부정으로 이루어진다. 다시 말해 와선형적 이미지로 나타나는 '스승'의 죽음은 단선적 인 죽음을 부정하고 또 다른 이미지로 '회귀'되는 로 생산적 의미를 내포한다는 것이다. 서두에서 제시된 스승의 '와선형'적 죽음이 파편화화 된 '도마뱀'의 이미지와 연결되는 것은 이 같은 크로노프트적 시공성에 입각해 있기 때문이다. 말하자면 와선형은 시작과 끝이 무한대로 이어지는 시공간성의 이미지를 내포하는 것이다. 때문에 '스승'의 죽음은 '나'의 죽음을 이미 배태하고 있었다. 이는 또한 또 다른 존재의 시작이었던 셈이다.

박상륭 텍스트에서의 이 같은 의미화 작용, 즉 '오조'나 '육조' '칠조'와 같은 익명적 개념 또한 현존으로서의 주체를 지워버리는 의미를 내포한다. 주체 혹은 존재는 이런 개념으로 보면 이미 부재인 것이다. 때문에 주체란 언제나 타자의 흔적으로서만 존재하는 것이 된다.

3. 타자에 의한 흔적으로서의 주체

<죽음의 한 연구>에서는 '길의 크로노프트'가 여러 번 등장된다는 점에서 이 텍스트는 모험이나 만남이 주제로 연결된다. 따라서 서사적 사건과 사건에 따른 인물들의 행위보다는 모험이나 만남의 과정에서 이루어지는 공간성이 계기적 시간보다 우위에 있게 된다. 따라서 인물의 행위보다 목소리가 우위에 있게 되는 것이다. '유리'라는 공간은 '빈민굴'이거나 또는 이승과 저승의 경계에 있는 듯한 '무덤'적 이미지를 자아낸다. '만남'의 크로노프트로는 육조의 사십일 간의 구도화 과정에서 '유리'라는 무정

형의 시공간과 접하게 되는 모험의 크로노프로 연결된다.

이러한 모험의 크로노토프가 이루어지는 '유리'는 안개비가 가득한 무정형적 시공간으로 정형화된 모든 의미를 흩뜨리는 역할을 한다. 말하자면 구도적 이미지에 부합하는 고행의 시공간과 상통한다. '유리'가 불모의 이미지를 가진 사막으로 형상화되고 있다면, 읍은 이 불모의 '유리(우주)'를 더럽게 하고 오염시키는 원인인 셈이다. 이는 로고스의 의미를 흩뜨리고 분산시키는 기제로 작용한다. 이러한 분산의 기제는 박상륭의 전 텍스트를 가로지르며 로고스 음성언어, 이를테면 권위적 자질을 가진 서술자나 기존의 담론을 위협하고 있는 것으로 이해하면 될 것이다. <죽음의 한 연구>에서의 '육조'나 <칠조어론>의 '촛불승'은 엄밀히 말해 저자가 부재하는 언어나 글쓰기 혹은 텍스트를 의미한다. 이는 그 어느 것에도 고유의 저자나 텍스트가 존재하지 않는다는 '부재'의 의미를 내포하는 것이다.

'유리'에서는 남녀 모두 옷을 벗고 장옷으로 '눈'만 내놓고 다니는데, 이 '눈'은 로고스를 상징하는 '현존'의 대체물이다. 그들이 걸친 '장옷'은 의미를 내재하지 않은 빈 기표를 의미한다고 볼 수 있다. 모든 의미는 오직 '눈'으로 대면하는 그 순간 발생한다. 때문에 '눈'은 인식작용에 의해 발생되는 이데올로기나 의미를 상정한다고 보아야 한다. '육조'와 '촛불승'의 처음의 만남은 '유리'의 사막 한 가운데 거적문을 사이에 두고서였다. 이는 엄밀히 말해 '나'의 또 다른 분신이라고 보면 된다. 이때 육조는 나체로서 '촛불승'을 면전한다. 이는 비워진 자신, 즉 타자로서의 나를 통해 촛불승을 면전한다는 의미이다. 이 같은 '육조'와 '촛불승'의 응시는 '바라보는 나와 바라보여지는 나'로서의 주체의 이미지, 즉 타자로서의 나를 직면하게 한다. 동시에 육조는 '촛불승'을 통해서 스승의 흔적으로 정립해 있는 자신의 죽음을 인식한다. 이로 보면 촛불승은 육조의 또 다른 나이다. 이러한 타자성을 통한 자기동일성적 인식은 의식의 현존을 바탕으로 하는 현상학에 배타되는 개념이다. 이로 인해 말미에서 촛불승은 육조의 눈을 거세함으로써 자신을 스스로 거세한다. 왜냐하면 '눈'은 또 다른 이데올로기나 의미를 저해하는 기제이기 때문이다. 시각, 청각, 미각 등을 거세한 오롯한 의식의 현존이야말로 모든 이질적인 의미가 삭제된 완전한 무의 의미를 형성할 수 있기 때문이다. 레비나스에 의하면 얼굴은 소리와 유사한 성격을 갖는다. 그것은 눈에 보이지 않는 어떤 힘을 발휘함으로써 자신의 사고를 의미화한다. 이는 주체가 대상을 주관적으로 인식하게 하는 동력이 된다. 인식하는 동시 즉시 그것은 관념화된다는 것이다. 데리다는 이 같은 의미에서 "얼굴은 현존(présence) · 근원(ousiα)이다"라고 함으로써 얼굴에 대한 은유와 알레고리적 개념을 부정한다.[19] 레비나스에 의하면 이때 타인은 무한한 절대자, 즉 하나님의 얼굴과 닮는 것이 된다. 데리다는 레비나스가 의미한 이 타자의 불가시성[20]이야말로 로고스 음성주의의 현전을 그대로 드러내는 것이라고 반박한다. 다시 말해 타자는 이 불가시성(기호) 뒤에 그대로 현현(épiphαnie)함으로써 주체화될 수 없는 그 무엇으로 자기 자신을 드러낸다는 것이다. 이로 보면 촛불승의 '육조'에 대한 거세는 현존의 해체적 구성을 정립하기 위한 한 과정으로 볼 수

---

19) 데리다에 의하면 레비나스가 의미하는 불가시성은 로고스 음성주의의 현존으로 작용한다. J. Derrida. *Writing and Differance*, 앞의 책, pp. 160~163.
20) 레비나스는 시선으로서의 얼굴과 마주봄으로써의 안면顔面을 구별함으로써 무한적 타자서의 발현은 바로 이 시선으로서의 얼굴에서 비롯됨을 주장한다. 이것은 타자를 보이지 않는 빛의 현현으로 인식하는 것으로써 플라톤의 '빛', 즉 암흑에 내재하는 공동체로서의 빛의 발현에 가까운 것으로 음성중심주의와 연결된 개념인 것이다. E. Levinas. 『시간과 타자』, 강영안 옮김. 문예. 1996.

있다. 이는 '촛불승'이나 '육조'가 명상적 제의에 빠지는 의미와 상통한다. '촛불승은 예수의 죽음과 흡사한 육조'의 죽음을 통해 로고스, 즉 말씀의 의미를 해체하고 한다.

이처럼 박상륭의 관점에서 보면 모든 진리 혹은 우주는 대체물로 형성되고 대속된다. 말하자면 존재자로서의 '나'는 '육조'로 대체되고 이 '육조'는 <칠조어론>에서의 '촛불승'으로 대체된다. 이로 보면 '노인→육조→촛불승'이라는 분신적 이미지는 결국 하나의 '주체'이면서 또 다른 주체'의 의미를 내포하는 다성적 언어이다. 이러한 의미에서 주체란 정립되어 있지 않고 언제나 과정 중에 있게 된다.

다음 장에서는 이 같은 언어의 다성성이 소설언어에서 어떻게 드러나는지 살펴보고자 한다.

4. 대화적 상상력으로 제시되는 죽음의 관념화

다음은 텍스트의 서두에 제시되는 나와 노인의 대화를 인용한 것이다.

> ①그는 그러나 일어서지는 않고, 한 사오륙 십 리길 저쪽에 있다는, 아마도 그 읍으로 이어진, 구불탕구불탕한 길을 넋놓고 바라보고만 있다. ②그래서 나도, 그 푸석거리는 길을 보고 있자니, 어쩐지 길이 내게도 젖은 손을 흔들고 있는 듯이도 여겨졌고, 그래서 이 늙은네가 조금 부러워도 졌다.…(중략)…이 중은 그런 길에서 늙어 온 것인데, 하지만 오늘 내가 한눈에 본 길은, 왠지 무세월로 보였다. 우리가 앉은 쪽에서 보이는, 저 길의 끝까지 닿으려면, 이 늙은이는 다른 새 미투리로 바꿔 신어야 될지도 모르며, 눈꼽만큼쯤 더 늙어질지 모르는데도, 그러나 길은, 전혀 그런 시간 관계 위에 놓여져 있는 것처럼은 보이지

않았고, ③그럼에도 그것이 흐름과 따져질 것이란다면, 모든 찰나 위에 길 자신의 모든 것을 노출해 버리는, 그것은 차라리 하나의 점(點) 같은 것이었다.…(중략)…④ "난 말이지, 이상스럽게도 말이지 내 자신으로부터설랑, 늘 배반을 당한단 말이거덩" 늙은이는 계속하고 있었다. ⑤나는 그의 이야기에 넌더리를 내고 있는 자신을 발견했는데, 그것은 길로부터서 하나의 의문을 얻은 뒤부터였다.…(후략)…21)

'나'는 '유리'의 동구에서 한 노인승과 맞닥뜨린다. 이 문장은 일인칭관찰자적 시점으로 서술되지만, 네 사람의 담화가 혼용된 자유간접화법22)이 사용되고 있다. 먼저 ①은 노인이 '그'로 지침됨으로써 서술자인 내가 노인을 바라보는 관점으로 제시된다. 때문에 이 발화는 서술자의 목소리로 보아도 무방하다. 이어 ②는 인물시각적 시점에서의 나의 주관성이 개입된 내적독백이다. 이때의 '나'는 주인공(육조)의 목소리로 발화된다. 다음 ③에는 세 개의 목소리가 한데 혼합되어 있다. '것이란다면'과 같은 발화는 의사객관적 발화로서 노인의 발화인지 주인공으로서의 나의 발화인지 아니면 서술자의 발화인지가 모호하다. 이어 ④는 노인의 직접발화로 제시된다. '자신으로부터 늘 배반당한다'는 노인의 이러한 발화는, '나'의 내면적 발화와 조응관계를 이룬다. 그리고 ⑤는 철저하게 관찰자적 서술로 일관하는 주인공으로서의'나'의 목소리다. 이와 같이 이 텍스트는 첫

---

21) 박상륭, 《죽음의 한 연구》, 문학과지성사, 1986. 16쪽.
22) 자유간접화법은 일종의 "텍스트의 간섭"을 의미한다. 다시 말해 화자의 발화와 인물의 발화 사이에서 일어나는 텍스트 간섭을 의미한다. 인칭과 비인칭이 서로 교차하는 이러한 문법구조는 화자텍스트와 인물텍스트 사이의 광범위한 변화를 일으킨다. 일반적으로 자유간접화법에서 화자 텍스트는 행위자(인물) 텍스트보다 우위에 있게 된다. 미케 발, 한용환 옮김, 문예, 1999, 252쪽.

도입발화부터 의사객관적 상황을 유발하는 이질적인(한 목소리가 타인의 목소리를 간섭하며 한 문맥 안에서 상호조응)[23]목소리가 타인의 말에 굴절되어 나타남으로써 음성적 분절을 통한 불협화음을 조성한다. 그러므로 앞의 목소리는(발화) 뒤의 목소리를 지우고 대체되는 차연적 발화를 형성한다. 이렇듯 <죽음의 한 연구>는 결국 끝에 가서 목소리는 지워지고 텅 빈 관념만 존재하게 된다. 이것은 역으로 말해 목소리 자체가 이미 텅 빈 '무'와 연결된 것임을 의미하는 것이다.

따라서 텍스트에서 형상화된 '길'과 '뱀'의 관념적 이미지는 이렇듯 다양한 목소리가 상호조응됨으로써, 하나의 '점(點)'이라는 구도적 관념을 형성한 것이다. 이 '점'은 노인이 걸어가는 뒷모습을 통해 관념적 이미지로 제시된다. 노인은 죽음의 의미를 묻는 육조에게 무언의 응답을 남기면서 자신의 뒷모습을 보여준다. 이때 나는 '길'의 시공성을 통해 '와선형'으로 형상화되는 뱀의 이미지를 통해 죽음의 관념적 이미지를 보게 된다. 이렇듯 박상륭 텍스트에서 관념은 작가에 의해 제시되는 것이 아니라 하

---

23) 바흐친은 플라톤 이후 서양 중심적 인문학이 가지고 있는 '중심'에 대한 해체와 더불어 인간이 가지고 있는 창조적 상상력을 그의 이론에 토대로 삼는다. 바흐친의 이러한 관점은 시간과 공간의 질적 다양함 속에서 인간이 체험하게 되는 역사와 사회에 대한 인간의 다양함을 전제로 하는 것이다. 따라서 바흐친의 크로노프트는 주체가 어떻게 위기의 시간으로 사회와 역사적인 시간을 체험하게 되는가 하는 외적인 시간과, 또한 그것이 어떻게 주체의 내적부분을 지배함으로써 사회와 역사성을 체험하도록 하는가 하는 주체의 내적 문제와 연관된다. 도스토예프스키의 다성악에서 이루어지는 대화란 언제나 닫혀지지 않는 문턱에 서 있는 인생의 전체로서 조직된다. 인간이란 경계의 길목에서 어느 하나만을 선택해 살 수 없는 존재이다. 이것은 언제나 타인의 시선에 노출되어 있는 주체의 필연성을 의미한다. Mikhail Bakhtin, *Problems of Dostoevsky's Poetics*, 앞의 책, pp. 5~77. 참조, pp.261~468 참조, Mikhail Bakhtin, *The Dialogic Imagination* by Trans. Michael Holquist,,Univ. of Texas Press, 1981, p. 84~258. 참조.

나의 의미화의 과정을 통해 생성될 뿐이다. 삶과 죽음은 로고스 중심의 이분법적 논리로 의미되지 않는다. 다시 말해, 관계를 통한 의미의 다양성으로 관념화된다. 박상륭 소설에서의 '죽음'은 이와 같이 처음부터 서술자에 의해 제시되어진 것이 아니라, 여러 인물들의 발화가 혼용된 대화적 상상력으로 조응된다. <죽음의 한 연구>에서 '육조'는 '죽음'을 체험할 뿐이지 죽음이 어떤 것이라고 뚜렷하게 보여주지는 않는다.

① 그리고 그는 조금 꾸물거려 감발을 매기 시작하며, 밭은기침을 캑캑해댔다.

헌데도 말이라. 이 집념 하나는 여태껏 여의지를 못하고 있는데, 글쎄 어디에다가든, 하나쯤,

흙 이겨 암자를 짓고, 내 여생을 한번은 단단히 붙들여매기는 해야겠다는 이것이지, …(중략)… 헌데 스님은 몇 살이나 되셨댔오?계집 좀 보채겠구먼, 설마 환속행(還俗行)은 아니겠지맹?흐흐흐, 안, 안렝히, 자 안렝히, 성불협시우"

그리고 그는, 내 대답 같은 건 들으려 하지 않고, 삿갓 쓰고 바랑멘 어깨에 도롱이 걸친 뒤, 내게 합장해 보였다. 뼈 무너지는 소리를 우둑여내면서도 그러나 그는 표표히 떠났다. (중략)그러나 사실에 있어, 그가 길을 꾸리감아 가고 있는 것으로는 보이지가 않았고, 차라리 그가 풀려나가는 것으로나 보였다. 길이 그를 삼켜, 길 속으로 어디로 뚫려진 곳으로 음험스런데로 구멍이 속으로 자꾸 끌어 넣어 가는 것처럼만 보였다. 그는 비틀거리며, 거부치 못하고 왜 소스러이, 자꾸만 끌려들어가는데, 저승 열 나흘 길 하메 아흔 해를 걷고도 못다 걸었나보다. 윤회는 고리는 꿰미는, 괴롭도다.
(<죽음의 한 연구> 17~18쪽. 밑줄 필자).

② …(전략)…저 밝은 거울 같던 수면이 일시에 깨뜨려지고, 풍랑이

있었던가, 배가 난파되어 흐트러져버리고, 지진이 있었던가. 일시에
파열되어진 저 고요함의 가운데에, 육시럴하게, 오백 근도 삼년 전쯤
이야기였을 비게 한 봉우리가 빙산처럼 솟아올라 있고, 그것은 물개
가죽보다 가름진 피부였고,…(중략)… 글쎄 내가 보니 내가 어느덧 존
자의 몸을 빌어 거기 쳐들어가 앉아 있었고, 나는 분노할 수가 없었고,
…(후략)…

(<죽음의 한 연구> 46~47쪽. 밑줄 필자).

③…(중략)…무엇에 내가 쫓기고 있는 것인가?내게 보인 허상은 허
상이지 실체가 아닌 것이다. 그러나 나는 실체로서 쫓기고 있는 것이다.
소리라도 불러볼까? 휘파람이라도 미친 듯이 불어젖힐까? …(중
략)…내가 토막으로 막 잘려졌다 이어지고 이어졌다 잘려나가고 있
다. 글쎄 어떤 도마뱀은, 그것의 꼬리부터 잡히면, 그것을 떼놓고 몸만
떠나 버리는데, 그 움직임 사이에 끼어드는 그의 단절이 내게도 끼어
든다.…(중략)…~산위의 독소리처럼, 차가운 눈으로 나를 내려다보
고 있는, 저 사람은 누구인가?그것은 누구인가?피로에 시든 아흔아홉
간 살(肉)의 잠 위에 깨어 있어, 밖의 도둑이 아니라 안의 아픔을 지켜
보고 있는 저 눈은 무엇인가?

(<죽음의 한 연구> 56~57쪽. 밑줄 필자).

여기서 ①은 대화의 응답이 철저히 내면적으로 대화화되어 있다. 여기
서 화자는 마치 앞에 있는 대상을 가정하고 하는 대화하는 것처럼 보인
다. 뒤돌아서 가는 노인의 뒷모습에서 '나'는 자신의 '꾸리로부터 풀려'나
는 환상을 보게 한다. 다시 말해, 길은 분신적 자아의 이미지를 형성하는
길의 크로노프트로 제시된다. 여기서 노인의 떠나는 길은 나의 출발점이
된다. ②는 자신의 또 다른 분신, 즉 탐욕의 상징인 존자승의 살해장면을

서술한 것이다. '수면의 깨어짐'을 통해 바라본 그 죽은 몸 위로 자신은 이미 존자가 되어 겹쳐 있는 분신을 본다. 이는 그렇게 해서도 죽어지지 않는 자신의 탐욕을 상징한다. 이것은 자신의 응시가 하나의 허상적 이미지[24]에 불과했음을 느끼는 거울이미지로 작용한다. 이는 자신을 버리기 위해서 수많은 자신의 죽음이 되풀이되어야 하는 구도적 삶의 여정을 제시한 것이라고 볼 수 있다. ③역시 허상으로서의 자신의 이미지를 깨뜨림으로써 분신적 자아의 이미지를 창조해내고 있다. <죽음의 한 연구>는 이렇듯 파편화된 이미지를 상징하는 스승이자 아버지인 구도승과 존자승, 외눈승, 촛불승 등이 모두'나'와 분신적 이미지를 창조해내고 있다. 이러한 분신적 이미지들은 무수한 내가 해체되는 이미지를 창조한다. 이때 주체는 와해되고 분산되어 완전한 빔, 즉 무의 상태로 회귀함으로써 또 다른 나로 대체된다는 의미를 함축하고 있는 것이다. 이러한 의미로 볼 때 ①②③의 발화는 하나의 주체란 다양한 이질적인 목소리가 혼합되어 창조될 뿐만 아니라, 끊임없이 고뇌하고 사색하는 가운데 '토막으로 잘려지고 다시 이어'지는 끝없는 '차연'의 장을 통해 인식될 수 있음을 의도한다.

---

24) 오인과 소외는 보여지는 지점으로서의 응시(gaze)와 보는 지점으로서의 눈(eye) 사이에 존재하는 단절에서 오는 주체의 근본적 결핍이다. 라캉은 거울의 이미지를 통하여 오인과 소외에 기반하는 주체의 동일화과정을 설명하고 있다. 눈의 시점에서 사물은 이미지로서 주체의 시야에 나타난다. 그러나 응시의 시점에서 주체는 이미지 대신 하나의 스크린을 보게된다. 이 응시는 주체가 자신이 지금까지 바라본 이미지가 하나의 허상이었다는 것을 느끼게 되는 시점이다. Jacques Lacan, *The Fundamental Concepts of Psychoanalysis*. trans. Alan Sheridan(New York: Norton), 1978, pp.187~215 참조.

5. 상호보충성과 비종결적 담론으로서의 우주

박상륭 소설에서의 주인공들의 목소리는 구전설화나 민담, 동화의 차용모티브를 인용함으로써 다양한 시공간적 경계를 넘나드는 대화적 시공성을 통해 관념화되고 있다. 또한 동 · 서양의 고전 및 설화를 끌어들이면서 시공을 넘나드는 간텍스트성을 형성하고 있다. 이러한 간텍스트성은 색즉시공과 공즉시색, 불교와 선, 체(기호)와 용(의미), 살욕과 성욕, 남성과 여성이라는 양극을 잇는 우주적 관념성과 연관되고 있다. 그러므로 주인공들은 관념적인 사고 속에 침잠하는 경우가 빈번하다. 이러한 관념이 수십, 수백 페이지로 연결되기 때문에 플롯의 지체와 일탈을 야기한다. 이러한 서사의 지체와 일탈은 단성악적의 기존 소설의 기법을 해체하는 구조를 낳게 한다. 박상륭 소설에 빈번하게 등장하는 단락의 부재, 잦은 쉼표, 인용표지 부재, 긴 구어체의 형식들 또한 전통적 소설과 대별되는 한 기제가 되고 있다. 이러한 문체형식은 그의 소설에 등장하는 도마뱀의 상징성과 흡사하다. 도마뱀의 상징성은 먼저 '남근적 특성'[25]이지만, 일부 논자들은 기독교적 상징 속에서'비난받는 자들의 형벌의 도구'로 인식한다.

<죽음의 한 연구>에서 도마뱀은 '유리'라는 상징적 시공간과 연계하는 크로노토프적 시공성을 상징한다. 인물들의 만나고 헤어짐이 끝없이 반복되는 '유리'의 시공간성은 꼬리에 꼬리를 무는 우보로스적 타원형으로 상징화된다. 이러한 유리의 시공성은 무한대의 구도적 시간관과 연결되며 경계가 모호한 공간적 측면을 반영한다. '유리'는 박상륭 텍스트 그

---

25) 아지자 · 올리비에리 · 스크트릭 공저, 『문학의 상징 · 주제 사전』, 장영수 옮김(청하,1989). 301쪽.

자체를 대변한다. 이는 인물들의 무수한 관념이 서로 대립하고 대우주를 상대로 하나의 '장(field)'을 이끌어 낸다는 점에서 그렇다. 그의 텍스트는 중심을 규정화하는 이성적 개념이라기보다 로고스 중심의 음성언어를 와해하는 매개적 기능을 하고 있다.

'유리'에서는 이성언어보다 몸짓언어(무성문자)[26]가 중심이 되고 있다. 주어와 서술어가 분절되고 의미 모호한 제스처를 취하는 몸짓언어들은 발화 혹은 음성언어의 현존을 부정하는 의미를 내포한다. 이는 '베일'[27] 적 은유로 남성언어보다 여성언어에 가까운 것으로 로고스와 스스로 거리를 취함으로써 현존을 부정하는 그런 제스처로 이해할 수 있다. 이로 보면 '유리'는 여성적 공간에 가깝다. 니체는 "여성 자신은 하나의 본질이 아니다"[28]라고 하고 있다. 니체에 의하면 여성은 남성을 죽음으로 몰고 가기 위해 배를 파산시키는 힘을 지니고 있다. 데리다는 이러한 니체의 여성성을 에쁘롱에 비유하면서 이것은 니체가 여성을 폄하한 것이 아니라 여성 스스로가 진리의 텅빔을 알고 그것을 부각시키기 위한 것이라고 함으로써 여성을 문자에 대한 은유로 부각시킨다. 니체는 여성을 중심이 없는 비존재로 보지만 데리다는 이러한 니체의 생각을 뒤집어 이러한 비

---

26) J. Derrida. 『그라마톨로지』, 김용권 옮김, 동문선, 2004, 422쪽.

27) J. Derrida. 『에쁘롱』, 김다은 · 홍순희 옮김, 동문선, 1998, 44쪽.

28) "여성(진리)은 포착되지 않는다"라는 니체의 말을 데리다는 독단적인 철학자자의 말이라고 하면서, 문체가 남성적이면 글쓰기는 여성적인 것이라고 말한다. 여성은 진리가 부재한 것이 아니라 진리에 자국을 남김으로써 한손에서 다른 손으로 이어지게 한다는 것이다. 여성은 단지 진리 자체를 믿는 것이 아니라 그것을 즐긴다고 말함으로써 물신주의적 진리에 대한 환상을 해체한다. '에쁘롱'이란 의미는 돛을 단 범선의 충각처럼 튀어나온 모양을 말하는 것으로 이는 충각을 가진 문체를 의미하는 은유이다. 이 단어는 영어와 불어, 독일어의 'spur'를 뜻하는 것으로 '박차'의 의미를 함유하고 있다. J, Derrida. 『에쁘롱』, 위의 책, 34~53쪽. 참조.

존재야말로 어떠한 의미도 의미화하지 않는 비결정의 사유로 말 중심주의의 서구적 형이상학을 해체하는 개념으로 의미화한다.

늘 안개에 젖어 있고 흡습한 인간의 원초적인 공간으로서의 '유리'는 이러한 점에서 현존의 불가시성, 즉 빛의 현존을 부정하는 의미를 내재하고 있다.

> 그는 그러나 일어서지는 않고, 한 사오륙 십 리길 저쪽에 있다는, 아마도 그 읍으로 이어진, 구불탕구불탕한 길을 넋놓고 바라보고만 있다. 그래서 나도, 그 푸석거리는 길을 보고 있자니, 어쩐지 길이 내게도 젖은 손을 흔들고 있는 듯이도 여겨졌고, 그래서 이 늙은네가 조금 부러워도 졌다.…(중략)…이 중은 그런 길에서 늙어 온 것인데, 하지만 오늘 내가 한눈에 본 길은, 왠지 무세월로 보였다. 우리가 앉은 쪽에서 보이는, 저 길의 끝까지 닿으려면, 이 늙은이는 다른 새 미투리로 바꿔 신어야 될지도 모르며, 눈곱 만큼쯤 더 늙어질지 모르는데도, 그러나 길은, 전혀 그런 시간 관계 위에 놓여져 있는 것처럼은 보이지 않았고, 그럼에도 그것이 흐름과 따져질 것이란다면, 모든 찰나 위에 길 자신의 모든 것을 노출해 버리는, 그것은 차라리 하나의 점(點)같은 것이었다.…(중략)…
>
> "난 말이지, 이상스럽게도 말이지 내 자신으로부터설랑, 늘 배반을 당한단 말이거덩" 늙은이는 계속하고 있었다. 나는 그의 이야기에 넌더리를 내고 있는 자신을 발견했는데, 그것은 길로부터서 하나의 의문을 얻은 뒤부터였다…(후략)…(<죽음의 한 연구>, 16쪽).

위 인용은 '육조'가 유리의 길목에서 맞닥뜨린 스승에 대한 독백적 발화이다. 이 발화는 도마뱀의 꼬리처럼 잦은 반점을 사용하면서 길게 이어진다. 단 문장으로 연결하여도 의미맥락에 영향이 없는데도 불구하고 이렇듯 어지러운 구어체를 사용하고 있다. 빈번한 반점의 사용은 장문으로 이어지는 문체에 선율을 구성함으로써 의미맥락을 저해한다.[29]

파편화된 도마뱀의 꼬리처럼 길게 늘어지는 박상륭의 글쓰기는 시간과 공간의 '동시성'[30]을 상징하고 있다. 이것은 또한 모든 문자들은 문자그 자체로 이미 '부재(absence)'를 상정하고 있다는 것을 보여준다. 수없이사용되고 있는 '반점'의 사용은 일관된 문맥의 흐름에 '틈(공백)'을 남긴다. 무수한 말잇기 사이에 셀 수 없을 만큼 난무하는 반점의 사용은 하나의 악센트적 의미를 지님으로써 박상륭 텍스트 전반을 하나의 가락적 형태로 나아가게 하고 있다. 텍스트에서는 이것이 "들숨" "날숨" "옴마니 팟메홍"(<죽음의 한 연구>, 237쪽)이라는 박상륭 식 방언으로 의미화 되는데, 이는 '빔'적 상태를 의도하는 수행의 의미이다. 이처럼 들숨과 날숨은언어의 상호교합을 의미하는 것으로 이는 나아가 우주의 음양원리에 적용된다. 이는 또한 어떤 종결된 상태로 나아가는 것이 아니라 언제나 비종결됨으로써 여지를 남긴다. 이는 모든 우주가 이렇듯 상호보충된 언어의 개념처럼 음성언어와 문자언어 또한 그러한 상호보충의 개념과 상통한다는 것을 우회적으로 서술한 것이다.

박상륭 텍스트는 이와 같이 다양한 담론이 뫼비우스의 띠처럼 끝없이연결되는 비종결성적 담론으로 이어진다. 이로 보면 텍스트의 서두에 제시된 '도마뱀'의 상징은 끝없는 담론의 장으로서의 우주를 제시한 것이라고 볼 수 있다.

---

29) 이러한 문장, 즉 교차, 화음, 차단 등의 문장은 도스토예프스키의 인물들의 대화 내용에 자주 등장한다. 특히 ≪죄와 벌≫은 인습적 소설의 독백적 결말이다. Mikhail Bakhtin, *Problems of Dostoevsky's Poetics*, 앞의 책, p. 390. p. 62. 참조,
30) J. Derrida. *Writing and Differance*, 앞의 책, p. 86. 참조,

6. 결론

본고는 통사파계와 같은 문법적 일탈과 다양한 담론으로 텍스트를 의미화하는 박상륭의 <죽음의 한 연구>를 해체주의적 관점에서 살펴봄으로써 죽음의 관념성이 어떻게 의미화되고 있는지를 고찰하고자 하였다. 박상륭의 소설에서는 주로 떠돌이이자 장돌뱅이인 화자 '나'가 각지를 떠돌면서 유랑민들과 겪게 되는 화두의 '장'이 형성되고 있다. 이러한 주인공들의 방황은 구조의 중심에서 이탈되고 소외된 자들이라는 점에서 탈중심적 개념을 함축한다. <죽음의 한 연구> 또한 떠돌이 화자인 '나(육조)'가 '유리'라는 추상적 공간에서 40일 동안 죽음의 구도화를 이루는 과정이 형상화하는 내용을 다루고 있다. '육조'의 구도화 과정을 40개의 분절 텍스트를 통해 분석하였다.

'육조'의 죽음에 대한 관념은 '길의 크로노프트'를 통해 형성된다. 창부의 아들로 태어난 '나'는 어느 날 스승의 가르침에 인도되어 유리로 추방되면서, '와선형'으로 지워지는 스승의 죽음을 본다. 이 같은 스승의 이미지는 '나'로 하여금 우주 만물이나 주체의 근원에 대한 인식을 일깨운다. 여기서 스승의 '죽음'은 개별적이라기보다 대우주를 아우르는 거대담론, 즉 텍스트의 의미를 갖는다.

'육조'의 구도화 과정은 만남과 떠남의 크로노프트로 이어진다. 그 과정에서 무수한 자기를 죽이는 살해를 하게 되고, 이를 통해 '육조'는 어디를 가나 자신의 목소리를 앞서고 있는 스승의 목소리에 반박 당한다. 유리의 길목에서 체험한 뱀이 똬리를 틀고 있는 듯한 환상적 아우라는 바로 스승의 목소리와 동일시된다. 각 시퀀스적 분절은 주로 이러한 인식의 과정인 '만난다' '본다' '알게 된다'라는 동사로 분절된다. 그러므로 각각의 분절은 이 같은 의미화 과정에 도달하기 위한 하나의 의미소이다. 이렇듯 이 텍스트는 전반적으로 완전한 죽음에 이르는 구도화 과정이 주가 되고 있다. 이를 위한 고행과 제의가 그 내용이다.

'길의 크로노토프'를 통한 이러한 죽음의 반복성은 규정화할 수 있는 시간적 개념이 아닌 노인과 아이, 삶과 죽음의 공존을 통해 체험됨을 보여주는 것이다. '육조'의 이 같은 체험은 무한한 시공적 확장을 상징하는 와선형적 구조를 통해 인식된다. 또한 '육조'는 무수한 '나'를 죽이는 살해를 시도함으로써 자신을 비우고자 한다 이런 의미에서 '나'가 살해한 것은 한 개별체가 아니라 자신을 옥죄는 물리적인 시간이나 일상적 욕망과 같은 것이라고 볼 수 있다. 이후 <칠조어론>에서 다시 태어나는 '촛불승'은 그런 '육조'의 전신으로 이해하면 될 것이다. 이렇듯 '스승'의 죽음은 박상륭의 텍스트와 상호연관을 맺음으로써 박상륭의 전텍스트들과 간텍스트적으로 연결된다. 이로 보면 스승의 죽음이 종결되었던 그곳(길)에 이미 육조의 죽음이 잉태되어 있었던 셈이다.

데리다의 의미에서 보면 텍스트란 누군가에 의해 다시 씌어지고 원 의미가 해체됨으로써 또 다른 의미를 생산한다. 이로 보면 '나'라는 주체는 '육조'로 씌어지고, 이는 <칠조어론>의 '촛불승'의 이미지로 다시 씌어진다. 이와 같이 박상륭의 텍스트에서 '죽음'의 관념성은 기호들의 대체가 끊임없이 이루어지는 텍스트의 개념으로 의미화 된다. 그것은 무한히 의미가 확장되는 대체들의 유희와 초월적 시니피에의 부정으로 이루어진다. 다시 말해 와선형적 이미지로 나타나는 '스승'의 죽음은 단선적 인 죽음을 부정하고 또 다른 이미지로 '회귀'되는 로 생산적 의미를 내포한다는 것이다. . 말하자면 와선형은 시작과 끝이 무한대로 이어지는 시공간성의 이미지를 내포하는 것이다. 때문에 '스승'의 죽음은 '나'의 죽음을 이미 배태하고 있었다. 이는 도한 또 다른 존재의 시작이었던 셈이다.

박상륭 텍스트에서의 이 같은 의미화 작용, 즉 '오조'나 '육조' '칠조'와 같은 익명적 개념 또한 현존으로서의 주체를 지워버리는 의미를 내포한다. 주체 혹은 존재는 이런 개념으로 보면 이미 부재인 것이다. 때문에 주체란 언제나 타자의 흔적으로서만 존재하는 것이 된다.

이때 주체는 와해되고 분산되어 완전한 빔, 즉 무의 상태로 회귀함으로써 또 다른 나로 대체된다는 의미를 함축하고 있는 것이다. 때문에 주체의 발화 또한 다양한 이질적인 목소리가 혼용된 것이다. 박상륭의 텍스트가 끊임없이 고뇌하고 사색하는 가운데 '토막으로 잘려지고 다시 이어'지는 끝없는'차연'의 장을 형성하는 것은 이에 근거한다고 볼 수 있다.

파편화된 도마뱀의 꼬리처럼 길게 늘어지는 박상륭의 글쓰기는 시간과 공간의 '동시성'을 상징하고 있다. 이것은 또한 모든 문자들은 문자 그 자체로 이미 '부재(absence)'를 상정하고 있다는 것을 보여준다. 수없이 사용되고 있는 '반점'의 사용은 일관된 문맥의 흐름에 '틈(공백)'을 남김으로써, 텍스트 전반을 하나의 가락적 형태로 나아가게 하고 있다. 이는 "들숨" "날숨" "옴마니 팟메훙"과 같은 박상륭 식 방언으로 의미화 되는데, 이는 '빔'적 상태를 의도하는 수행의 의미이다. 이처럼 들숨과 날숨은 언어의 상호교합을 의미하는 것으로 이는 나아가 우주의 음양원리에 적용된다. 이는 또한 어떤 종결된 상태로 나아가는 것이 아니라 언제나 비종결됨으로써 여지를 남긴다. 이는 모든 우주가 이렇듯 상호보충된 언어의 개념처럼 음성언어와 문자언어 또한 그러한 상호보충의 개념과 상통한다는 것을 우회적으로 서술한 것이다.

요약하면 <죽음의 한 연구>는 '나'의 40일 간의 구도화 과정을 '죽음'에 대한 관념적 이미지로 창조하였다. 이러한 죽음의 관념성은 '오조→육조→칠조'로 이어지는 분신적 이미지를 창조함으로써, 박상륭 텍스트의 전반적 주제인 '죽음'의 관념성과 간텍스트성으로 연결된다. 요컨대 의식적 체험으로서의 죽음은 구조주의의 틀로 유지되어온 중심과 주체성의 개념을 해체하는 것이 된다.

참고문헌

1. 기본자료

박상륭, ≪죽음의 한 연구≫. 문학과지성사. 1986.

_____, ≪칠조어론≫ 1-4권, 문학과지성사. 1990.

2. 논저

김주성, 「≪죽음의 한 연구≫의 신화적 요소 연구」. 중앙대학교대학원석사학위논
　　　문, 1989.

신성환, 「박상륭 소설연구-초기 중 단편을 중심으로」. 한양대학교대학원석사학위
　　　논문, 1998.

김정자, 「박상륭 소설의'죽음'변이 양상 연구」. 부산대학교대학원석사학위논문, 1998.

김명신, 「박상륭 소설연구」. 연세대학교대학원 박사학위논문, 2000.

_____, 「그리스도의 '수난'과'죽음'이미지의 소설적 구현으로서의 박상륭 소설」.『
　　　국제어문』제21집,

변지연, 「박상륭 소설 연구-근대 극복의 양상을 중심으로」, 동국대학교대학원 박
　　　사학위논문, 2002.

_____, 「박상륭 소설에 나타난 '몸'의 의미」,『한국문학평론』. 2003, 봄호.

길경숙, 「박상륭 소설의 정신분석학적 읽기」, 한양대학교박사학위논문, 2005.

3. 단행본

김성곤,『포스트모던소설과 비평』, 열음사, 1993.

김욱동,『바흐친과 대화주의』, 나남. 1990.

미케 발,『서사란 무엇인가』, 한용환 옮김, 문예, 1999.

소두영,『구조주의』, 민음사, 1984.

Alicia Jurado,『보르헤스의 불교강의. 여시아문학회, 김홍근 편역, 1998.

Charles Bally and Albert Sechehaye,『페르디낭 · 드 · ,소쉬르의 일반언어학 강의』,
　　　최승언 옮김. 민음사, 1990.

Chris Weedon,『Feminist Practice & Poststructuralist Theroy』, 조주현 옮김, 이화여자
  대학교 출판부, 1993.

Emmanuel Levinas,『존재에서 존재자로』. 서동욱 옮김. 민음사. 2003.

Jean-Jacques Rousseau,『언어기원에 관한 시론』. 주경복 · 고봉만 옮김. 책세상. 2002.

_____,『인간불평등 기원론』. 주경복 · 고경만 옮김. 책세상. 2003.

Julia Kristeva,『언어, 그 미지의 것』, 김인환 · 이수미 옮김. 민음사, 1997,

Michel Arrivé,『언어학과 정신분석학』,최용호 옮김. 인간사랑, 1992,.

아지자 · 올리비에리 · 스크트릭 공저,『문학의 상징 · 주제 사전』,장영수 옮김. 청
  하, 1989.

이정우,『후기구조주의와 사건의 철학』. 풀로 엮은 집. 2007.

Jacques Derrida,『그라마톨로지』. 김용권 옮김. 동문선, 2004,

_____,『에쁘롱』. 김다은 · 홍순희 옮김. 동문선. 1998.

_____, *Writing and Differance. trans.* by Taylor & Francis Group. Univ. of
  Chicago. 1978.

Jacques Lacan, *The Fundamental Concepts of Psychoanalysis.* trans. Alan Sheridan(New
  York: Norton), 1978.

Mikhail Bakhtin. *Problems of Dostoevsky's Poetics,* Trans. by Caryl Emerson, Univ. of
Minnestota.,

_____, *The Dialogic Imagination* by M.M.Bakhtin, Trans. by Michael
  Holquist,Univ. of Texas Press,

S. Chatman, *Story and Discourse, Narrative Structurs in Fiction and Film.* Cornell Univ.
  1978.

Vincent B, Leitch *Deconstrucive Criticism*, by Columbia Univ. 1983.

제3부 이데올로기와 사물화

조세희의 ≪난쏘공≫에 나타난 사물화적 양상 연구

1. 서론

조세희의<난장이가 쏘아올린 작은 공>(1975) 연작은 산업화의 정점이던 70년대 무렵 한 노동자 가장의 비극을 알레고리적 관점에서 형상화하였다는 점에서 많은 논란과 관심을 집중하였다.[1] 그런 만큼 논자들의 많은 연구적 토대가 되기도 하였다. 이러한 선행연구의 대부분은 형상화된 난장이 가족의 비극이 70년대 구조화되어가는 산업화의 반영물이라는 것에 초점을 맞추고 있다.[2] 이에 난장이와 거인의 이항대립적 관점은

---

1) 이청(2006), 「조세희 소설에 나타난 불구적 신체 표상 연구」, 『우리어문연구』 127, 우리어문학회 ; 양애경(1994), 「조세희의 난장이가 쏘아올린 작은 공 분석」, 『한국언어문학』 33, 한국언어문학회; 송미라(1998), 「조세희 소설의 갈등 양상 고찰 - 「난장이가 쏘아 올린 작은 공」을 중심으로」, 『국어국문학』 17, 동아대학교; 최용석(2000), 「1970년대 산업 사회의 문제 의식과 그 극복 방안에 대한 고찰 : 『난장이가 쏘아올린 작은 공』에 드러난 소외 의식을 중심으로」, 『語文論集』 28, 중앙어문학회; 서형범(2009), 「조세희 ≪난장이가 쏘아 올린 작은 공≫의 서사층위분석 시론 -서술시점과 진술태도의 변화가 빚어내는 불확정적 시선의 의미에 관하여-」, 『겨레어문학』 43, 계레어문학회.
2) 우찬제(2003), 「조세희의 『난장이가 쏘아올린 작은 공』의 리얼리티 효과」, 『한국문

노동자와 자본가간의 구조적 갈등을 첨예화하는 도구로 작용된다.<난장이가 쏘아올린 작은 공>에 나타난 버추얼 리얼리티의 문학적 효용성을 다룬 우찬제의 논의는 시공간에 입각한 몰핑적 효과를 통해 텍스트의 미학성을 밝혀냈다는 점에서 독특한 방법론을 제공하고 있다.3) 이 같은 선행연구들은 당대의 전형인 노동자 가장의 삶을 문학적 형상화를 통해 구체적으로 대중들에게 각인하게 하고 폭넓은 의미에서의 사회적 이슈를 제공하는데 기여하였다.4) 그럼에도 불구하고 정작 주인공들의 현실인식 양상과 산업자본주의 본질적 의미가 도외시된 점이 있다. 엄밀히 이 텍스트는 노동자의 전형인 난장이 아버지의 죽음을 계기로 새로운 가치관이 형성되고 이것이 90년대 후반 자본주의 사물화의 본질적인 메커니즘으로 자리잡는 과도기적 과정을 보여주고 있다.5) 이에 사물화 되어가는 주인공들의 현실인식 양상이 텍스트의 주를 이룬다고 할 수 있는 것이다. 사실 이 작품은 연작소설의 형태를 띠고 있지만 인과론적 플롯이라기보다 노동자 계급의 전형인 '영수'의 시점과 자본가 계급의 전형인 '경훈'의 자기반영론적 시점이 지배적이다. 두 명의 주인공이 모두 '나'라는 서술화자로 제시된 것은 주인공들의 인식적 사고를 재현하는 데 기여한다. 이처럼 이 텍스트는 주인공들의 반영론적 사고가 플롯을 지배한다고 볼 수 있

학이론과 비평』21, 한국문학이론과 비평학회; 심지현(2006), 「조세희의『난장이가 쏘아 올린 작은 공』연구 −노동소설의 성립 가능성을 전제로」,『인문과학연구』7, 대구가톨릭대학교 인문과학연구소; 박영준(2009), 「≪난장이가 쏘아올린 작은 공≫의 인칭변화에 관한 연구」,『현대소설연구』41, 한국현대소설학회.
3) 우찬제, 위의 논문.
4) 많은 조명을 받았던 작품임에 반해 선행연구는 그리 활발하지 않았던 점이 있다. 이하 <난쏘공>으로 표기.
5) 70년대의 산업자본주의는 90년이후 자본주의 사물화를 이끄는 원동력이 된다.

다. 이에 본고의 목적은 조세희의 <난쏘공>을 중심으로 사물화적 양상
으로 변모되어 가는 주인공들의 현실인식 양상을 반영론적 관점에서 고
찰하는 것이다. 이는 70년대 본격화되는 자본주의의 본질을 보다 면밀하
게 바라보고 인식하는 계기를 마련하게 될 것이라 믿는다. 더불어 본격화
되는 산업자본주의가 당대 주인공들의 의식에 어떠한 영향을 끼치는지
살필 것이다. 이를 위해 후기구조주의적 관점에서 마르크스를 재해석한
지젝의 담론을 원용하였다.

인식6)과 인식대상 간의 변증법적 통일성(totality)에 근거하는 반영론
은 주지하다시피 루카치, 마르크스, 헤겔로 거슬러 올라가면서 그 시대의
모순을 과학적으로 분석하는 토대로 적용되어 왔다. 특히 조화로운 공동
체적 양식의 붕괴와 더불어 도래한 자본주의 체제의 구조적 모순점을 인
식하고 그것을 실천적 이성으로 극복하고자 하는 주체의 인식작용에 지
대한 영향을 끼쳐왔다고 할 수 있다. 객관적 사물은 인간의 의식작용에
영향을 끼칠 수밖에 없고, 그것은 이념적인 것으로 전이轉移되는 것이다.7)

이러한 관점에서 <난쏘공>은 산업생산에서 소비와 교환경제로 옮아
가는 과도기에 새로운 가치관으로 편입되는 주인공들의 당대 현실인식양
상을 사물화적 관점에서 재현한다고 볼 수 있다.8) '난장이 아버지'로 표명
되는 '영수 아버지'는 아들 '영수'로 하여금 자신의 환경과 계급을 인식하

---

6) 마르크스는 인간 의식 속에서 이루어지는 객관적 반영을 인식이라고 정의한다. 이
때 주체가 인식하는 대상, 즉 객관적 현실은 인식 주체의 복잡한 인식과정에서 실천
을 근거로 의식에 따라 파악된다는 점에서 출발한다. 이용필(1990),『마르크스주의-
이데올로기 · 國家 · 政治經濟學』,인간사랑, 13쪽; 차봉희 편저,『루카치의 변증-유
물론적 문학이론』, 한마당,1987, 53쪽, 참조.
7) 차봉희 편저, 위의 책, 53쪽, 참조.
8) Hawkes, David, 고길환 역(2003),『이데올로기』, 동문선, 8쪽, 참조.

게 하고 나아가 사물의 본질적 의미를 파악하는데 일조한다. 그것은 나아가 '영수'의 투쟁 의식으로 변모하게 한다. 이에 자본가의 아들인 '경훈'의 현실인식 또한 아버지와의 동일성을 통해 구성된다. 이들 두 사람의 자신을 둘러싼 환경과 계급적 갈등은 마르크스의 전통적 이념을 뛰어넘어 새로운 의미에서의 자본주의적 태동을 보여준다고 할 수 있다. 거칠게 말해 난장이 아버지로 표상되는 노동자 아버지의 죽음은 사물화에 예속된 무산자 계급의 몰락을 의도하는 것이다. 더불어 '은강그룹 회장'으로 표상되는 '경훈'의 아버지는 새로운 자본가 계급의 출현을 의도하는 것이다.

이러한 관점에서 물질의 감각적 인식에 바탕을 둔 관념론은 '사물화(Verdinglichung)'의 토대이자 자본주의 사회의 인간관계를 총체적으로 규정짓는 말이다.[9] 사물화는 나아가 '기존에 작동되던 모든 윤리적 신념들을 대체시킬 수 있는 윤리 그 자체로서까지 끌어올'린다.[10] 주지하다시피 사물화는 마르크스의 변증법과 상관관계를 부인할 수 없다. 마르크스에 의하면 역사는 흐름에 따라 어쩔 수 없이 변화하고 발전하는데, 이것은 오직 '물질적 동력에 의해 추진된다.'[11] 그에 의하면 관념은 물질에 의해 인식되고 이 인식은 인간의 실천에 의해 물질들을 결합하게 한다.[12]

전통적인 마르크스의 변증법이 오늘날 자본주의 이데올로기와 상충하는 원동력은 무엇인가.'[13] 그것은 물질을 둘러싸고 벌어지는 노동자와 자

---

9) 서도식(2004), 「사회적인 것의 병리로서의 사물화」, 『哲學研究』66, 철학연구회.; 데이비드 호크스, 위의 책, 97~129쪽. 참조.
10) 하영진(2008), 「사물화」, 『현대사상』2권, 대구대학교 현대사상연구소.
11) Hawkes, David, 앞의 책, 97쪽, 참조.
12) 위의 책, 99쪽. 참조.
13) Elliott, Gregory, 이경숙 · 이진경 역(1992), 『알튀세르: 이론의 우회』, 새길, 270쪽.

본가 간의 계급투쟁이다. 마르크스에 의하면 자본주의 사회에서 모든 관계는 사물화로 나타나게 된다.[14] 자본과 노동이 물질의 개념으로 환원될 때 이를 사용하는 혹은 생산하는 인간은 물질 뒤에 가려지고 소외될 수밖에 없다. 그리고 이러한 소외의식은 결국 계급투쟁의 구조를 생산하는 것이다.

사물적 소외는 전통적 의미에서의 자본주의가 시장경제체제하의 신자본주의로 변형되면서 심화된다. 다시 말해 상품을 생산한 생산자 자신이 상품을 시장에 내다파는 전자본주의적 교환체계에서는 등가적 관계에서 교환이 이루어지고 또한 착취도 일어나지 않는다. 반면 시장경제체제하에서는 투여된 노동력의 잉여가치를 자본가가 전유하는 모순적 구조를 양산한다.[15] 여기에는 인간의 노동 대가가 상품으로 매개되면서 인간의 의지와 상관없는 물질화가 초래된 것이다. 다시 말하면 상품은 다른 상품과의 상관관계를 통해서, 즉 네트워크의 효과를 통해서 본질적 가치가 창출된다. 이때 상품은 다른 상품들과 동일한 수준에 놓이게 되고 이로 인해 상품 자체에 내제한 본질적 가치는 소외될 수밖에 없다.[16] 이처럼 동일성과 소외는 상관성을 갖게 된다.[17] 이 같은 네트워크화는 자본가의 잉여가치를 전유화하고 노동자의 노동력을 착취하는 구조적 모순을 야기하게 한다.

전통적 마르크스의 개념이 '사물' 혹은 '물질' 본질에 대한 가치, 즉 사용가치를 어떻게 계량화하느냐 하는 문제에 치중했다면, 후기 마르크시

---

14) 이용필(1990), 앞의 책, 306쪽.

15) Žižek, Slavoj, *The Sublime Objeoct of Ideology*, Verso trans(1989), prined and bound in Great by Bookmarque Ltd. Croydon, 1989, pp. 22~23. 참조.

16) 위의 책, p. 25. 참조.

17) 위의 책, p. 24.

즘에서는 '물질'이 함유하고 있는 추상성 그 자체가 생산과 소비의 메커니 즘으로 네트워크화 되면서 생산력의 원동력이 되는 것이다. 이것은 근본 적으로 물질 자체가 함유하고 있는 추상성에서 비롯된다. 예컨대, 순수한 노동력의 계량화가 가능할 수 있는가이다. 물질을 둘러싼 계급투쟁은 영 원히 반복될 수밖에 없는 구조를 생산하는 것이다. 그로 인해 자본주의 이데올로기는 추상화될 수밖에 없고 계급간의 적대의식은 폭력을 낳게 한다.18) 엄격히 말해 교환원칙에는 보이지 않는 이데올로기적 보편성이 내재되게 되는데, 이는 노동자로 하여금 여전히 자신이 생산수단의 소유 자이고 그로 인해 착취되지 않고 등가적 교환이 가능하리라는 믿음에 대 한 환상을 갖게 한다.19) 이로 인해 교환되는 상품은 이미 그 자체에 부정 성이 내재되게 된다.20) 이러한 부정성은 새로운 상품 출현의 반복, 즉 '증 상'을 초래하고 이는 나아가 인간을 사물로 대체하는 물신화를 야기한 다.21) 이때 돈은 마치 자신이 그 자체로 직접적인 의미를 함축하고 있는 것처럼 구현되는 것이다. 여기에서 우리는 물화(reification, 物化)의 개념 이 어떻게 작동되는지 알 수 있을 것이다.

마르크스의 '증상(Sympton)'을 개념을 후기구조주의적 관점에서 재해 석한 지젝(S.Žižek)은 봉건적 마르크시즘에서는 인간관계가 이데올로기 적인 신앙과 미신의 그물망을 통해 매개되어 있으며, 신비화되어 있다고 말한다. 그들은 주인과 노예 사이의 관계이며, 이때 주인은 매혹적인 힘 을 발휘한다. 마르크스의 요점은 주체 대신에 상품 자체가 믿음을 가지고

---

18) 이용필, 앞의 책, 304쪽.
19) Žižek, 앞의 책, p.24.
20) 위의 책, pp.23~24. 참조.
21) 위의 책, p.23. 참조.

있다는 것이다.22) 이 같은 사물화는 사회적 관계로 구현된다.23) 자본주의 사회에서 인간들간의 관계는 탈물신화되어 있다. 물신주의하에서 인간관계는 봉건제에서의 주인과 노예의 변증법적 관계에서 벗어나 보다 오직 이윤추구에 의해서만 관계가 형성되는 공리주의자로 변모한다. 반면 인간관계 속에 물신주의라는 또다른 형태의, 즉 주인과 노예의 관계처럼 확연하게 외연화되지는 않지만 물신에 의한 지배와 예속의 관계가 더욱 강화되는 것이다.24)

인간을 환경의 산물로 본 헤겔, 마르크스를 비롯한 유물론적 입장의 단점은 인간은 자신을 둘러싼 환경을 벗어나서는 인간의 본질을 현실적으로 획득할 수 없음이다. 마르크스에 의하면 인간이 소유한 감각성으로 인해 '사물'과 관계할 수밖에 없는데, 이때 인간이 사물적 소외를 벗어나 완전한 자기의 실존으로 돌아가기 위해서는 인간적 자각과 투쟁이 필요하다.25) 달리 말하면 인간은 스스로를 자각하는 물질적 표상을 통해 항구성을 지니게 되고 비로소 주체성을 획득하게 됨을 말한다.26) 여기에는 칸트적 의미의 경험적 혹은 감각적 의미에서의 인식론이 작용한다.27)

헤겔의 추상적이고 관념론적인 인간관에서 벗어나 경제적인 활동만이 역사발전의 원동력이라는 마르크스의 유물론적인 철학은 인간의 모든 행

---

22) Žižek, 앞의 책, pp.33~35. 참조

23) 위의 책, p.34.

24) 위의 책, p.26. 참조

25) 피터 위슬리, 진덕규 역(1983), 『마르크스와 마르크스주의』, 학문과 사상사, 50~51면. 참조 ; K.마르크스 · F.엥겔스;L.박산달 S.모라브스키 엮음, 김태웅(1988), 『마르크스 · 엥겔스 문학예술론』, 한울, 98~99쪽. 참조.

26) Elliott, Gregory, 앞의 책, 266쪽.

27) Žižek, 앞의 책, pp.14~19. 참조.

위는 오직 물질적인 현실의 비판에서 비롯되는 것이다.[28] 다시 말해 자본주의 시장경제하에서의 인간의 모든 가치는 교환가치와 시장가치라는 물리적 가치로 평가받게 되고 이는 나아가 인간관계를 규정짓는 '구조적 병리현상'[29]으로 강화되는 것이다.

2. 사물의 본질성에 대한 인식과 자기성찰

<난쏘공> 연작은 필연적 플롯에 의지하지 않고 사물화된 인물의 자기성찰을 통해 현실을 냉철하게 분석하고 비판하는 서술구조를 보여준다.

> 두 아이는 함께 똑같은 굴뚝을 청소했다. 따라서 한 아이의 얼굴이
> 깨끗한데 다른 한 아이의 얼굴은 더럽다는 일은 있을 수가 없다.
> (<뫼비우스의 띠>, 12쪽).

균등적 배분의 입장에서 보면 같은 굴뚝청소를 했는데 한 사람만 깨끗한 것은 있을 수 없다. 어느날 철거반원들이 들이닥쳐 '행복동 난장이 집'의 철거를 명령하고 이에 복종하지 않자 강제로 철거를 집행한다. 이에 아버지를 비롯한 영수의 가족들은 사물에 대한 본질적 인식을 시도하며 자신들의 정당한 가치를 주장한다. 이들의 현실에 대항하는 방법은 오직 "사물을 옳게 이해"(<난쏘공>, 25쪽)하는 것이다. 그들이 당면한 구체적

---

28) 김남희, 「자본주의와 후기자본주의, 그리고 인간소외」, 『국민윤리학회』제15집, 323쪽 참조.
29) 문병호(2009), 「사물화에 대한 문학적 비판의 시의성」, 『독일어문학』44, 한국독일 어문학회,54쪽. 참조 ;서도식(2004), 「사회적인 것의 병리로서의 사물화」『哲學研 究』66,철학연구회, 188쪽. 참조.

현실을 도외시하고 모든 사물을 계량화된 돈으로 환산하는 보이지 않는 힘에 그들의 저항의식은 깊어간다. <칼날>연작에서 '신애'는 남편 현우가 사온 칼의 본질을 읽는다. 칼의 본질에는 기본적으로 풀무질로 단련된 대장장이의 노동력과 오래된 시간이 투여돼 있다. 신애의 남편은 많은 지식을 습득했지만 모든 지식이 본질을 알게 해주는 것은 아니었다. 어머니와 아버지가 병으로 죽고 집을 팔아 병원비를 갚고 남은 돈으로 변두리 작은 집을 사 이사했다. 죽어라 일했지만 생활은 점점 나빠졌다. 남편은 스스로 난장이라고 자책했다. '난장이'는 신애의 부엌 파이프를 교체해준다. 난장이에게 폭력을 휘두르는 주변사람들을 보고 분개한 신애는 칼을 휘두른다. 칼의 본질은 사물의 본질을 올바로 판단하고 정의를 위해 휘두르는 것이다. 때문에 칼의 본질에는 담금질과 망치질에 투여된 노동력과 단련의 시간 그리고 할아버지에서 아버지로 이어지는 계급의 본질적 인식에 의한 투쟁적 시간이 내재돼 있는 것이다. 신애는 그런 사물의 이면을 볼 수 있어야 사물을 옳게 이해하는 것이라고 생각한다. 이 같은 사물적 인식은 추상적 사물화와는 다르다. 신애는 학교 때 많은 지식을 책으로부터 습득하고 남편과 미래를 꿈꾸었지만 현실에서 관념은 조금도 도움이 되지 못했다. 아버지는 전 생애를 시대와 불화했고 아버지와 같은 계급이던 남편은 실어증 환자라고 자책한다. 그들의 오류는 사물의 본질을 추상적 관념을 통해 인식한 결과인 것이다.

이러한 의미에서 자본가와 노동자 간의 계급투쟁 역시 이 같은 사물의 본질적 개념을 달리한 데서 비롯됐다고 볼 수 있는 것이다. 노동자의 본질은 자신의 계급적 본질을 제대로 인식할 때 비로소 주인과 노예의 변증법을 탈피할 수 있는 것이다. 엄격히 말해 자본주의가 본격화되면서 '노동'이 '사물'로 대체되는 사물화 양상은 자본가와 노동자 계급 간의 갈등을 부추기는 원동력이 된다. 이는 사물의 본질에 대한 인식 차이인 것이다. 이로 인해 마르크스는 계급적 관계는 소외를 야기시킬 수밖에 없으며, 이로 인한 적대감이나 좌절은 투쟁으로 이어진다고 했다.30) 난장이 아들 '영수'는 언젠가 본 할아버지의 노비계약서를 보고 자신의 아버지가 "씨종의 자식"(<난쏘공>,75쪽)임을 알게 된다. 자신은 태어날 때부터 피지배계급이었던 셈이다. 반면 '영수'와 동일 계층인 '지섭'의 할아버지는 '썩은 조밥'을 먹으며 '염색한 군복'을 입고 추위를 참으며 타국에서 나라를 위해 싸웠다. 그리고 고향으로 돌아와 고문을 받았고 그러느라 자식들을 가르치지 못했다. 그로 인해 지섭은 노동자 계급이 되었는데 잉여자인 '윤호'네는 자본가 계급이 되었다. '영수'는 노동이 노동의 정당한 대가를 인정받지 못하는, 다시 말해 인식과 인식대상이 불일치하는 사회적 현실을 비로소 인식하는 것이다. 영수의 신분에 대한 자기 인식은 보다 심오한 성찰로 이어진다. 더불어 그것은 많은 모순적 시간의 축적임을 알게 되는 것이다. 많은 세월이 지났지만 여전히 세상은 엄격하게 나누어져 있고 여전히 "끔찍할 정도로 미개한 사회"(<난쏘공>, 83쪽)인 것이다. 그리고 지금까지 군림해온 많은 이데올로기적 관념들은 인류에게 "아무것도 첨가하지 못했"(<난쏘공>,94쪽)다는 사실이다. 이때 영수의 자기인식은 '씨종의 자식'이라는 사물적 매개를 전제한다. 더불어 그것은 이념적 인식으로 전환하게 하는 매개체가 된다.

---

30) 피터 위슬리, 앞의 책, 57쪽. 참조

노동이 생산 혹은 경제의 본질적 가치라는 추상적 관념에 입각해 있는 '영수'에(<난쏘공>,246쪽) 비해, '은강그룹' 회장 아들 '경훈'에게 있어 자본가는 노동자계급에게 일터를 마련해주고 노동의 대가를 지불한다. 그의 관점에서 '노동'은 곧 계량화할 수 있는 물질인 것이다. 아버지 대신 죽은 작은 아버지의 살해범에 대한 공판에서 '경훈'은 사촌에게 자신의 아버지가 그들에게 죽어야 할 이유에 대해 묻는다. 결국 그들이 한 일이 "인간을 소외시켰다"(<난쏘공>,245쪽) 다는 사촌의 말에 '경훈'은 자신들이 그들에게 공장과 돈을 주었고 이로 인해 혜택을 입은 건 바로 노동자들 자신이라고 냉소적으로 말한다. 여기서 자본주의 관점인 '경훈'과 노동자의 관점인 '영수'나 '사촌' 등의 관점이 차별화되고 있다.

> 아버지가 왜 그 따윌 생각해야 된단 말인가. 아버지가 바쁜 사람이라는 것, 그리고 아버지에게는 그런 것 말고도 계획하고, 결정하고, 지시하고, 확인할 게 수도 없이 많다는 것을 작은 악당은 몰랐다.(중략) 설혹 가난이라 하고 그들 모두가 아버지의 공장에서 일했다고 해도 아버지에게 그 책임을 물어서는 안 되었다.(중략) 머릿속에는 소위 의미있는 세계, 모든 사람이 함께 웃는 불가능한 이상 사회가 들어 있었다.(중략) 이상과 현실을 대어보는 엄숙주의자들은 생각만 해도 넌더리가 났다. (<내 그물로 오는 가시고기>,251~252쪽, 밑줄 필자).

위 인용과 같은 '경훈'의 현실인식은 결국 '자본의 주인'이라는 '사물'적 이해에서 비롯된다. 그리고 그런 '경훈'의 인식적 원천은 사물화된 '아버지'인 것이다. '경훈'의 입장에서 보면 '모든 사람들이 함께 웃는' '이상사회'는 이미 '불가능한' 것이다. 그의 입장에서 이는 사물의 본질에 대한 왜곡이자 엄숙주의자들의 공허한 이상이다. '경훈'은 '영수'의 재판현장에

증인으로 출석한 '지섭'이 손가락이 여덟 개밖에 없는 것을 보고 그것이 그로 하여금 근본적으로 '사물에 대한 그의 이해'를 왜곡되게 하는 동기라고 생각한다. 그는 사물에 대한 본질적 이해를 물질의 외양에서 간파한다. 그러면서 경훈은 눈을 감고 호수와 모터보트와 잔디위에서의 스키와 사슴 사육장과 여자아이와 낮잠을 떠올린다.

> 아버지는 말했다. 우리가 지금까지의 경영 방법을 고수한다면 1년
> 후에 우리의 이익은 줄어들 것이고, 2년 후에는 현상 유지도 어려울
> 것이며, 3년 후에는 선두 그룹에서 탈락하게 될 것 이라고 말했다. 나
> 는 어렸지만 아버지가 옳다는 것만은 알 수 있었다. (중략)아버지는 머
> 리를 썼다. 경제 규모가 커지고 그 구조가 고도화함에 따라 기업의 행동
> 양식도 달라저야 된다고 생각했다. (<내 그물로 오는 가시고기>, 236쪽).

위 인용에서와 같이 '경훈'의 아버지에 대한 인식은 혈연적 의미보다 '경영자'로서의 아버지와 동일화되어 있다. '영수'의 현실인식이 노동의 본질적 혹은 물질적 가치가 존재한다는 것에 치우쳐 있다면, '경훈'의 입장에서 영수의 노동력은 상품이라는 교환가치에 불과하다.[31] 또한 '영수'의 현실인식이 부의 평등에 있다면, '경훈'의 현실인식은 어디까지나 불평등이다. 사실 '경훈'이 누리는 부의 원천은 '노동력 착취'에 대한 '잉여가치'이다. 이는 후기자본주의 특성인 물신적 메커니즘의 태동이기도 하다.

이러한 의미에서 '경훈'과 '영수'는 사물의 본질적 가치를 받아들이는 방법이 다르다. '경훈'은 '영수'의 노동력을 사물화하고 자신은 그들의 노

---

31) 마르크스에 있어 노동자의 노동은 이미 물질 속에 구현되어 있고, 이로 인해 소외를 야기할 수밖에 없다. 데이비드 호크스, 앞의 책, 106쪽. 참조.

동력의 대가인 잉여를 향락적 차원에서 누린다. '경훈'의 물질에 대한 감각적 관념은 그의 사고와 행동을 좌우하고 이는 나아가 후기자본주의라는 사회의 구조적 지표를 형성한다. '경훈'은 주로 눈에 보이는 사물의 외양에 중점을 두거나 그것의 쾌락·소비적 가치에 치중한다. 다시 말해 '영수'를 비롯한 행복동 주민들이 사물의 본질적 가치 나아가 생산적 가치를 추구하려고 한다면, '경훈'은 물신적 메커니즘에 치중한다. '경훈'의 입장에서 인간의 '물신'적 욕망이야말로 소비의 원동력이고, 이것은 나아가 생산적 메커니즘으로 이어지는 것이다. '경훈'을 비롯한 '윤호' '은희' 등의 유산자 계층의 자녀들이 사용하는 어휘들은 대개 '더럽다' '깨끗하다'와 같은 시각적 형용사로 사물의 본질보다는 차이, 특권, 배제에 의해 의미를 획득한다. 예컨대, 경훈의 의식을 지배하는 것은 '모터보트, 따뜻한 침대, 호수, 잔디, 스키, 사슴 사육장' 등은 이들 사물의 기능적 의미보다는 그것이 환기하는 환유적 분위기에 치중한다. 여기서 사물은 사물의 본래성과는 다른 의미를 창출한다. 그리고 특권계급의 신분적 기호로서의 의미를 지닌다. 사물화는 이처럼 개인의 의식은 물론 사회 전체를 변형시키는 배타성을 내포하고 있다. 다시 말하면 이는 '경훈' 계급만이 누리는 특권이자 희소성인 것이다. 노동이 인간의 본질적 가치를 실현시키는 행동으로 본 헤겔에 대해 마르크스는 이에 동조하면서도 인간은 그 노동 안에서 스스로 대자적, 즉 소외가 된다고 말한다. 그러면서 마르크스는 노동이 추상화된 정신노동이라고 말하고 있다. 더불어 자본주의 모순을 해결하고 그에 따른 실천의식으로 이어지려면 소외 계급인 노동자만이 모든 사회계급을 해방할 수 있다고 보는 것이다.[32]

---

32) 김남희, 앞의 논문, 324~326쪽. 참조.

①콩나물 값 · 소금 값 · 새우젓값에서 두통 · 치통 약값까지 읽어
내려가더니 도시 근로자의 최저 이론 생계비, 생산 공헌도에 못 미치
는 임금, 그리고 노동력 재생산이 어렵다는 생활 상태를 두서없이 주
워섬겼다.

(<내 그물로 오는 가시고기>, 251~252쪽, 253쪽).

②(전략)호수의 물빛, 뜨거운 태양, 나무와 들풀, 거기 부는 바람, 호
수를 가르는 모터 보트, 잔디 위에서의 스키, 이상한 룻이 있는 여자
아이, 그리고 아주 단 난잠들이었다. 벌통과 사슴 사육장이 보였다. 낮
잠 뒤에 대할 식탁도 떠올랐다. (<내 그물로 오는 가시고기>, 252쪽).

①의 인식이 최저생계비에 기초한 '영수'의 현실인식임에 반해 ②는 물
신적 향락을 추구하는 '경훈'의 현실인식이다. 사물의 내재성에 의존하는
'영수'의 현실인식에 비해 '경훈'은 감각적 관념으로 사물을 인식한다. 아
름다운 섬과 농장, 풀장 · 홈바 · 에스컬레이터 시설을 갖춘 저택에서 겨
울에도 반팔을 입고 자신의 방에 딸린 목욕탕에서 겨울에도 따뜻한 물로
목욕하는 '경훈' 의 인식은 환유적 메커니즘에 근거한 사물화적 관념에 기
초해 있다. 경훈의 이 같은 현실인식은 후기자본주의 사물화의 원천이며
곧 새로운 계급적 이데올로기의 태동이라고 볼 수 있다. 자본주의의 태동
에 따른 시장경제에서 과거 생산수단의 소유자였던 노동자는 자신의 노
동력을 시장에다 내다파는 상품형식으로 둔갑하게 되며, 이로 인해 노동
을 통해 생산된 상품의 잉여가치는 자본가가 누리게 된다.[33] 이러한 관점
에서 '경훈'이 누리고 있는 부의 원천은 상품으로 둔갑한 노동력의 가치에
대한 잉여물인 것이다.

---

33) Žižek, 앞의 책, p.22, 참조.

'경훈'의 입장에서 보면 불평등이 곧 존재의 이유인 것이다. 전자의 논리가 '진짜' '평등' '관념'의 추구에 있다면 후자의 논리는 '가짜' '특권' '추상'에 기초해 있는 것이다. 이로 볼 때, 경훈이 누리는 감각적 관념들은 물신적 우상의 원천이다. 이때 사물은 본질적 가치보다 계급적 기호의 의미를 표상한다. 이로 볼 때 사물의 본질적 의미는 내재하는 것이 아니라 외재화된 것이다. 때문에 '영수'가 추구하는 사물의 근원적 가치, 즉 노동의 본질적 가치는 무의미한 것이 된다. 장 보르리아의 말처럼 인간을 구분 짓는 것은 인간의 본연적 자질에 있는 것이 아니라 사물의 영역이고 사물의 특권이다.[34] '영수'의 현실인식이 고전적 사물화의 개념인 윤리적 보편성에 치우쳐 있다면, '경훈'의 현실인식은 일반적인 보편성을 뛰어넘는 추상성 그 자체, 즉 '마치 ~인듯이 보이는' 물신적 환영 그 자체에 있는 것이 된다.

이러한 의미에서 '최저생계비'와 노동의 가치를 운운하는 '지섭'의 발언이 '경훈'의 입장에서는 냉소적일 수밖에 없다. '경훈'의 냉소적 시선은 결국 사물의 본질적 의미가 내재하지 않는다는, 그리고 그것을 넘어서 사물의 외재성에 대한 자의식적 인식에 근거한다고 할 수 있다. '경훈'은 사회의 균형이란 미덕이 아닌 악에 의해서, 물질적 풍요가 아닌 빈곤에서 구조화됨을 이미 터득하고 있는 것이다.[35] 겨울에도 더운물이 콸콸 쏟아지는 온수를 사용하는 '은강시'의 사람들은 기초생계비에 연연하는 '영수'가족의 현실과는 다른 차원을 보여주는 것이다. '행복동'이 아직도 재현적 현실이 존재한다고 믿는 리얼리즘적 시공간이라면, '은강시'는 자본주의

---

34) 장 보드리야르(2011), 『사물의 체계』, 배영달 옮김, 지식을 만드는 지식, 214쪽. 참조.
35) 장 보드리야르(1991:2002(3쇄)), 『소비의 사회』, 이상률 옮김, 문예출판사, 41쪽.

가 본격적으로 태동하는 시공간이라고 볼 수 있는 것이다. 그들에게 성, 행복, 사람에 대한 평가 기준 등은 추상적인 보편성, 즉 물질이 구현되는 메커니즘이나 그것이 야기하는 환영적 효과에 기인하는 것이다.

'경훈'은 인간의 욕구가 사물을 구조화하고 이는 나아가 인간을 비롯 모든 관계를 규정한다는 것을 구조적으로 인식하고 있다. 다시 말해 자본 주의 사물화적 관점에서 인간을 계급화하고 구분짓는 것은 어떤 환경에 놓여있고 어떠한 생각을 하고 어떠한 물건을 사용하는 지에 대한 사물화 적 원리가 우선적으로 지배한다. 모든 사람들이 평등하게 이 같은 물질적 풍요를 누리고 있는 오늘날의 입장에서 '경훈'이 당대 누리고 있던 특권의 식은 사물화의 의미를 상실한다. 평등은 사물의 효용적 가치에 기여하지 못한다.36)

3. 아버지의 시간에 대한 인식과 새로운 주체로 거듭나기

네트워크의 효과에 의해 사용가치가 평가되는 자본주의 사물화는 환 영적 인식에 지나지 않는다. 그럼에도 불구하고 그것은 인간의 욕망에 바 탕을 둔 또 다른 사물화의 원동력이 된다. 이는 인간에게도 같은 의미로 적용된다. 아들에서 아버지로 거슬러 올라가면서 계속되는 계급적 투쟁 의 원천이 그것이다. 그것은 아들에서 아버지의 아버지로 거슬러 올라가 는 어떤 연쇄적 등가물과 동일성적 접점을 이룬다.37) 아버지의 아버지로 부터 반복되는 '영수' 자신의 계급적 고리를 끊기 위해서는 포기하지 않는

---

36) 위의 책, 61쪽. 참조.
37) Žižek, 앞의 책, pp.87~88. 참조.

실천의식이 전제되어야 한다. 이것만이 '영수'가 죽은 아버지에 대한 죄의 식에서 놓여나고 아버지에 대한 부채를 청산하는 일이며 동시에 새로운 주체로 거듭나는 일이다.

> 우리가 말을 할 줄 몰라서 그렇지, 이것은 일종의 싸움이다. 형이 말했다. 형은 말을 근사하게 했다. 우리는 우리가 받아야 할 최소한도 의 대우를 위해 싸워야 돼. 싸움은 언제나 옳을 것과 옳지 않은 것이 부딪쳐 일어나는 거야. 우리가 어느 쪽인가 생각해봐.
> (<난장이가 쏘아올린 작은 공>, 91쪽).

위 인용은 '난장이 아버지'의 아들 '영호'와 '영수'가 자신의 처한 상황을 인식하는 부분이다. 이들은 '싸움'을 통해서만 자신들의 권리를 쟁취할 수 있다고 인식하기 시작한다. 이는 이들의 주체성에 대한 자각이자 아버지 와 동일성을 인식하는 순간이기도 하다. 자신들이 처한 상황은 결국 아버지의 아버지로 이어지는 변증법적인 반복에 기인했던 것이고 이는 아들 세대로 반복될 수밖에 없다는 사물화적 인식인 것이다.

> 우리는 아버지에게서 무엇을 바라지는 않았다. (중략) 아버지만 고 생을 한 것이 아니다. 아버지의 아버지, 아버지의 할아버지, 할아버지 의 아버지, 그 아버지의 할아버지─또─대대로 거슬러 올라간다. (중 략)나는 공장에서 이상한 매매문서가 든 원고를 조판 한적이 있다.(중 략) 奴 金수伊의 양처 소생 奴 今山 戊子生(중략)노비 매매 문서의 한 부분이었다.(중략)우리의 조상은 상속·매매·기증·공출의 대상이 었다.(<난장이가 쏘아올린 작은 공>, 74쪽).

'나'는 지금껏 나의 존재의 근원으로서의 아버지를 성찰한 적이 없었다. 나의 존재의 근원은 아버지의 아버지의 축적된 시간인 것이며, 나아가 그것은 '상속·매매·기증·공출'을 기반으로 하는 복종의 복종으로 시작된 것이었다. 그러한 복종의 시간은 따지고 보면 그들 자신이 자신의 계급적 본질성을 인식하지 못한 인식의 부재에서 비롯된 것이다. 그리고 그러한 반복이 천년 넘게 대대로 세습되며 이데올로기적 모순을 생산해 낸 셈이다. 이 같은 '영수'의 주체성적 인식은 스스로를 성찰하는 반영적 시간을 통해서 획득된 것이다. 이러한 성찰적 시간은 영수로 하여금 좀더 발전적 시간의 토대로 인도한다.

짓는 데 천년이 걸린 아버지의 집이 몇 분 만에 철거당하는 부조리한 현실은 아버지의 시간이 혹은 역사가 한순간에 박탈당하는 시간인 것이다. 이러한 시간을 인식조차 하지 않는다면 이는 나를 부정하고 나아가 존재의 근원으로서의 아버지의 시공간 자체를 부정하는 것이 되는 것이다. 그러한 의미에서 쇠망치를 집어들고 철거를 집행하는 현장에서 묵묵히 마지막 저녁밥상을 마련하는 난장가족들의 행동은 거대담론에 맞서는 저항적 행위로 볼 수 있다. 이러한 인식적 행동은 곧 지나간 아버지의 시간에 대한 새로운 인식임과 동시에 나아가 이어질 자신들의 시간에 대한 확장적 인식에 기인하는 것이다. '영수'는 비로소 지금껏 학교에서 받은 교육은 인식이 아닌 주입에 불과했음을 인식한다. 그것을 결국 본질을 도외시한 똑같은 변증법적 모순을 양산해내는 기제였던 것이다.

이는 '지섭'도 마찬가지다. 난장이 가족의 마지막 저녁식사를 방해하는 철거대원들에게 '지섭'은 다음과 같이 말한다.

지금 선생이 무슨 일을 지휘했는지 아십니까? 편의상 오백 년이라
고 하겠습니다. 천년도 더 될 수 있지만. 방금 선생은 오백년이 걸려
지은 집을 헐어버렸습니다. 오 년이 아니라 오백 년입니다.
(<난장이가 쏘아올린 작은 공>, 106~107쪽).

'오백 년'이라는 역사적 시간이 계량화된 자본적 시간으로 대체되는 현
실에 대해 '지섭'은 절망한다. 이는 노동자이면서 무산자인 아버지의 죽음
을 의도하는 것이나 다름없다. 반면 영희 또한 자신의 집을 객관적 사물
로 응시하게 된다.

우리의 생활은 회색이다. 집은 나온 다음에야 나는 밖에서 우리의
집을 들여다 볼 수 있었다. 회색에 감싸인 집과 식구들은 축소된 모습
을 나에게 드러냈다. 식구들은 이마를 맞댄 채 식사하고, 이마를 맞대
고 이야기했다. (중략) 나는 나 자신의 독립을 꿈꾸고 집을 뛰쳐나온
것이 아니다. 집은 나온다고 내가 자유로워질 수는 없었다. 밖에서 나
는 우리집을 들여다볼 수 있었다. 끔찍했다.(중략) 배를 잃은 늙은 수
부가 바다에 떠 있었다. (<난장이가 쏘아올린 작은 공>,109쪽).

지금껏 살던 집은 '영희' 자신이 소중히 여기던 '팬지꽃'처럼 분홍색이
아니라 '회색'이었음을 인식하는 것이다. 이때 '회색'은 곧 아버지와 아버
지로 이어지는 '늙은 수부' 즉 아버지의 노동의 대가이자 천년의 시간이
누적된 아버지의 '피'의 응집인 것이다. '영희'는 비로소 자신은 출생부터
다른 본질이라는 것, 그리고 아버지의 집은 천년을 걸쳐 지은 집이라는
것, 또 이십오만 원에 필린 입주권이 사십 오만원에 팔려가는 구조적 모
순을 인식하게 된다. 그리고 무엇보다 어머니가 새벽마다 일터로 나가면

서 맞았던 그 '새벽의 빛깔'을 인식한다. 영희는 비로소 자신이 무엇을 해야하는지 깨닫는다. 매매계약서를 찾아 찢어버리고 아버지의 집을 되찾고자 한다. 그것은 아버지의 노동의 대가인 것이다. 자본의 본질은 그런 아버지의 아버지에서 비롯된 노동의 대가이자 죽음의 원천이었던 셈이다. 그런 의미에서 '金不伊'는 아버지의 이름이자 그 아버지의 아버지의 천 년의 세월이 응집된 자신의 존재의 본질이다. 이렇듯 난장이 가족들은 사물화된 자기성찰을 통해 자신들 계급의 본질성을 인식한다. 계급의 본질성은 이처럼 지배계급과 피지배계급의 불균형적인 배분에서 비롯되고 그것은 나아가 자본적 메커니즘을 형성하는 것이다. 이는 오로지 반영적 자기인식을 통해서 가능한 것이다.

> 식칼 자국이 난 아버지의 표찰, 이십 오만원에 거래, 매일 다르게
> 매겨지는 값, 이십오만 원에 팔린 아파트 입주권은 또다시 사십오만
> 원에 다른 사람에게 팔린다. (<난장이가 쏘아올린 작은 공>, 102쪽).

위 인용은 영희가 아파트 입주권이 매매되는 과정을 목격하는 것이다. 이십오만 원에 거래된 난장이 아버지의 집이 사십오만 원에 팔리고 발생한 이득은 자본가가 차지하는 것이다. 이는 자본주의적 메커니즘이 구조적 모순을 본질로써 내재하는 것을 투영한다. 이처럼 자본주의적 메커니즘의 본질은 유령화된 자본에 의해 구조화되는 것이다. 이로 보면 난장이의 집은 자본의 원동력이 되는 것이다. 이것은 난장이 아버지의 아버지로 이어지는 노동의 대가와 천년에 걸치는 가족사가 가려지고 자본적 메커니즘만이 판을 치는 형국이 되버리는 것이다. '난장이 아버지'는 집을 떠난 것이 아니었다. 아버지는 죽음으로써 아들에게 자신의 반영을 영원히

각인한다. 다시 말해 '난장이 아버지의 죽음'은 노동자 가부장의 거세를 상징하지만, 죽은 아버지의 되돌아옴이라는 반복 구조를 생산하는 것이다. 이로써 아버지는 비로소 자신의 사물성을 극복하고 진정한 아버지로 거듭나게 되는 것이다. 이때 아버지는 더 강력한 유령이 되어 아들에게 균열을 가한다. 이처럼 난장이 가족들은 사물화를 통해 자본주의를 새로이 경험하게 된다. 이러한 의미에서 무산자의 전형인 '난장이 아버지'는 후기자본주의 사물화에 예속되는 알레고리인 것이다. 난장이 자식들은 아버지와의 동일성적 인식을 통해 결국 자기를 인식하고 그를 위한 실천적 투쟁에 돌입한다. 이 같은 영수 가족의 자기인식은 결국 역사발전의 한 동력으로 작용하게 되는 것이다. 이로 볼 때 이데올로기의 본질은 원초적인 것이 아니라 파생된 것이다. 다시 말하면 난장이 가족은 지금껏 자신들이 살아온 안식처를 잃고 거리에 나앉으면서, 즉 '철거 계고장'이라는 물리적 폭력을 통해서 주체성과 계급의 본질적 의미를 깨닫게 되는 것이다.

> 아버지에게는 숭고함도 없었고, 구원도 있을 리 없었다. 고통만 있었다. 나는 형이 조판한 노비 매매문서를 본 적이 있다. 확실히 아버지만 고생을 한 것이 아니다. 아버지와 어머니는 자식들이 전혀 새로운 삶을 시작하기를 바랐다. 그러나 우리는 이미 첫 번째 싸움에서 져버렸다.(<난장이가 쏘아올린 작은 공>, 99쪽).

난장이 아버지는 죽음으로써 항거한다. '영호'는 아버지의 죽음을 생각하면서, 할아버지와 아버지로 이어지는 주인과 노예의 변증법처럼 되풀이되는 '노비 매매문서'를 보면서 자신의 아버지는 자식들이 자신들과는 다른 새로운 삶을 시작하기를 바란다고 생각한다. 그럼에도 이번 싸움에도 패배한 것이다. 그러면서 자신은 아버지만 못한 '어릿광대'로 눈을 감을 것이라는 자괴감에 빠진다. 사장과 담판하기로 했던 아이들이 다 빠지고 영수와 영수 형제만 남았다는 얘기를 들은 난장이 아버지는 아들에 대한 뿌듯함과 동시에 좌절감을 절감한다. 아버지는 투쟁에는 누군가 혹은 몇 사람의 '목'이 필요하고 때에 따라 하고 싶지 않은 일을 하는 것이 필요하다고 말한다.(<난쏘공>, 100쪽) 바로 이 점이 난장이 아버지의 죽음이 갖는 의미일 것이며, 이후 '영수'가 은광그룹 회장을 죽이려고 했던 이유일 것이다. 이럴 진대 '영수'의 저항은 무의미한 일이다. 예컨대, '윤호'의 시점에서 '은강시'는 화려한 자본주의 사물화가 은폐하고 있는 '유성표면'에 지나지 않는다. 그것은 또다른 역사의 한 페이지를 장식하기 위해 태동에 불과하다. 이러한 의미에서 '윤호'는 난장이의 죽음은 '한 세대의 끝'인 것으로 보인다. 난장이의 삶의 도구였던 절단기, 멍키, 스패너와 같은 용구들은 하나의 도구에 불과하게 되고, 은강그룹에서 일하고 있는 노동자들 역시 도구라는 물질적 개념으로 인식될 뿐인 것이다.

반면 '경훈'이 더욱 견고한 자본주의 메커니즘을 구축하는 일 또한 아버지의 아버지와의 동일화를 통해 더 강한 아버지로 거듭나는 일이다. 이러한 의미에서 '경훈(나)'은 사촌의 약하고 무능함 경멸하며 아버지에 대한 반영의식을 통해 아버지보다 강한 자신이 되고자 한다. '경훈'의 입장에서 자본가는 노동자들에게 일할 곳을 제공하고 그 대가로 돈을 주었다고 물질적으로 인식하는 것이다. 텍스트의 말미에 '경훈'은 아버지보다 더한 자가 되어 노동자로 대변되는 앙상한 뼈의 고기를 엮는 꿈을 꾼다. 나름 이 작품의 미학으로 여겨지는 이 독백은 아버지보다 더한 착취자를 양산하는, 그래서 불가시적 영역으로서의 새로운 자본주의적 아버지, 더 강력한 아버지의 도래인 것이다. 이는 더 강한 대체물을 형성하는 새로운 자본주의의 도래이자 이데올로기적 메커니즘의 태동이다. 아파트로 표명되는 자본주의적 거대담론은 이처럼 전통적 가부장의 죽음에 일조하지만, 그것은 결국 더욱 강력한 이데올로기, 즉 사물적 메커니즘을 생산한다.

4. 능동적 의지의 실천과 감각적 사물의 예속화

이처럼 <난쏘공> 연작은 두 명의 문제적 주인공과 그들을 둘러싼 전형적 배경을 통해 70년대 중반 생산과 소비적 메커니즘으로 양분화되고 있는 과도기적 자본주의 사회의 여러 양상을 반영하고 있다. 난장이 아버지의 죽음을 통한 '영수'가족의 자기성찰과 저항적 인식에 있다면, <내 그물로 오는 가시고기> 연작 또한 아버지와의 동일화를 통한 자본주의 본질적 메커니즘을 자기반영을 통해 인식하고 있다. <난장이가 쏘아 올린 작은 공>의 '영수'가 무산자 아버지의 계급을 환경적으로 물려받았다면, <내 그물로 오는 가시고기>에서의 '경훈'은 자본가 아버지의 계급을 환경적으로 물려받는다. 이 같은 물질적 환경은 결국 주인공들의 인식적 토대가 된다. '은강그룹'의 경영구조를 생태적으로 인식하는 경훈은 자본의 구조적 메커니즘을 통해서 자신의 계급과 자본의 본질성을 인식한다. '경훈'은 태생적으로 '영수'의 인식과 동일화될 수 없는 관계로 의미화된다.

> (전략)우리가 필요로 하는 것은 노동자의 근육활동뿐이었다. 공장 노동이 방청석을 메운 공원들에게 고통이 아닌 즐거움이 된다면 아버지도 아버지의 의지대로 움직일 수 있었던 것들을 모두 잃게 될 것이다. (<내 그물로 오는 가시고기>, 246쪽).

은강그룹 회장을 죽이려다 오인해 숙부를 죽이게 된 '영수'는 재판을 받게 된다. 그런 '영수'를 사물화적 관점에서 바라보는 '나'의 시간은 더불어 자신의 계급을 새로이 인식하고 아버지와의 동일화를 인식하는 순간이면서 자본주의의 구조를 보다 구체적으로 인식하는 순간이기도 하다. 그런 관점에서 '나(경훈)'는 노동자 계급의 '영수'를 이해할 수 없다. 더불어 '경훈'은 자신의 행복이 타자와 평등하게 누리는 순간 달아난다고 생각한다. 또 노동자의 고통이 곧 아버지의 의지와 비례하는 것이고 그것이 곧 그룹 전체의 잉여를 가져온다고 생각하는 것이다.38) '경훈'의 입장에서 볼 때 자본가의 노동자에 대한 횡포는 무산자들의 저항을 낳고 그 저항은 또다른 억압적 메커니즘을 생산하는 기제가 된다. 그리고 이러한 구조는 더 풍요로운 생산과 소비적 메커니즘으로 이어지고 이는 결국 상품의 사물화를 양산한다. 이는 내면적으로 자본주의적 폭력을 구조화하는 형태인 것이다.

반면 '영수'의 입장에서 보면 피폐한 노동자의 '노동력'인 '가시고기'가 자본가의 '자본'을 생성해주는 형식이 된다. 또한 텍스트의 전반부에 나타난 것처럼 입주권 매매 투기업자들은 '영수' 가족이 거주하는 행복동 일대 입주권을 모두 사버린다. 무산자의 집을 담보로 자본이 부풀려지는 것을 본 '영수'의 거세콤플렉스는 급기야 자본의 원천인 '은강그룹' 회장을 죽이고자 하는 것으로 나타난 것이다. '영수'에게 자본주의의 모순과 추상적 사물화를 극복하는 것이야말로 노동자의 권익을 회복하고 나아가 노동자의 이름으로 죽어간 아버지에 대한 부채를 청산하는 것이 된다.

---

38) 김남희(2002), 앞의 논문, 323쪽. 참조.

이러한 인식은 무산자의 노동력의 대가뿐만 아니라 거대자본의 불쏘시개가 된 그들에 대한 증오에서 비롯된다. '영수'의 저항 행위는 이 같은 구조적 모순의 인식에서 비롯되는 것이다. 다시 말하면 자기 반영을 통한 현실인식 만이 아버지의 죽음을 헛되이 하지 않는 것이다. '영수'의 회장을 죽이고자 하는 현실인식은 여기서 비롯된다. 그러나 '영수'의 이 같은 계획은 처음부터 불가능한 것이다. 동시에 그것은 '영수'의 관념적 오류에 불과하다. 왜냐하면 누구도 불가시적 영역으로서의 자본의 본질을 들여 다볼 수 없기 때문인 것이다. 다시 말하면 '아파트'는 거대자본을 의미하는 사물적 표상으로 존재할 뿐 그 본질을 파악할 수 없다. '영수'는 결코 '회장' 너머에 존재하는 '자본'의 실체를 볼 수 없다. 그것은 단지 어떤 보이지 않는 메커니즘에 의해 작동되는 이데올로기적 실체일 뿐인 것이다. 이러한 의미에서 회장을 죽이는 것은 이미 무의미한 일이다. 그럼에도 '영수'의 실천적 투쟁은 계속되어야 한다. 저항의식의 부재는 사물화의 예속, 곧 죽음으로 이어지기 때문인 것이다. 이 같은 반영론적 인식은 사물에 대한 본질적 이해 없이는 어렵다. 사물에 대한 본질적 인식은 곧 의식의 확장으로 이어지고 이는 주체의 능동적 실천으로 이어지게 되는 것이다. 이것은 나아가 역사발전의 또다른 원동력이 되는 것이다.

때문에 '영수'의 진정한 적은 은강그룹 회장이 아닌 자본의 불가시성이다. '영수'는 결코 '회장'을 죽을 수 없다. 왜냐면 '은강그룹'은 근대 자본주의가 잉태한 또다른 형태의 아버지의 개념이기 때문인 것이다. 그럼에도 '난장이 아버지'의 죽음이 헛되지 않은 것은 '상부구조' 자체를 무너뜨리지는 못하지만 균열시키는 데 일조한다. '영수'를 비롯한 영수가족의 반영적 의식이 그것인 것이다. 이러한 의미에서 회장을 죽이는 것은 이미 무

의미한 일이지만 영수의 투쟁은 계속되어야 한다. 그것은 또다른 실천의
식의 토대가 될 것이기 때문인 것이다. 이 같은 '영수'의 저항 행위는 마르
크스의 주장처럼 영수 본인이 자신계급의 본질성을 아버지를 통해 인식
하면서 비롯된 것이다. 이로 볼 때, '영수' '영희'를 비롯한 '난장이 가족'들
이 아버지 대로부터 대물림되는 계급적 동일성을 사물의 내재성을 통해
인식하고 자신을 성찰하는 모습을 보여준다. 이러한 의미에서 '영수'의 저
항행위는 사물의 본질적 가치를 추구하려는 관념적 인식에서 비롯되며
이것이 나아가 의식의 실천으로 이어지는 것이다. 결과적으로 난장이 가
족에게 어느 날 날아든 아파트 분양권은 미시적으로 어느 한 가족의 보금
자리를 무너뜨리는 것이지만 거시적으로 산업현장의 중심에 있었던 노동
자 아버지의 죽음에 저항하는 인식적 실천으로 이어진다. 이는 동시에 새
로운 자본가 아버지의 탄생을 의도한다. '나(영수)'를 비롯한 가족들의 자
기성찰의식은 결국 아버지와의 동일화로 귀결된다. 때문에 이들의 의식
적 원천은 헤겔식의 환원론적 유물론에 의거한다기보다 물질적 활동을
사유와 결합시키려고 하는 관념적 의지의 실천성에 있다고 볼 수 있다.[39]
말하자면 죽은 아버지를 통한 자기의 반영적 응시는 결국 역사발전의 한
동력으로 작용하는 셈이다. 말하자면 사물화된 아버지를 통한 주체의 인식
론적 확장은 욕망의 주체로 거듭나게 하는 동시에 그것에 예속시킨다.[40]

　이에 반해 '경훈'은 이미지와 시각적 가치를 기반으로 한 교환가치, 즉

---

39) Hawkes, David, 앞의 책, 99쪽. 참조.
40) 내가 보는 빛의 반대쪽에 있는 지점은 나를 바라보고 있는 나의 시점이지만, 이는
　　결코 나와 동일화될 수 없는 타자의 욕망에 예속된 '사로잡힌 나'일 뿐이다.(Lacan,
　　Jacques, *The Four Fundamaletal Concepts of Psychoanalysis*. Alan Sherida. trans(1978),
　　New York: Norton.Lacan, 79~88쪽. 참조.

소비사회의 입장에서 사물화의 개념을 수용하고 있다. 이와 같이 본격화되는 자본주의 사물화는 소수와 비소수, 평등과 불평등, 현실과 환상, 특권과 비특권, 깨끗함과 더러움, 평등과 차별을, 최저와 최고, 무산자와 부르주아 등의 차별적 가치를 더욱 확고하게 하면서 물신적 메커니즘의 태동을 확고히 한다.[41] 이러한 관점에서 노동의 본질적 가치와 같은 사용가치를 중시하는 '영수'는 고전적 마르크스, 즉 생산사회의 입장을 견지하고 있다.

<난쏘공> 연작은 전반적으로 자본이 결국 무산자의 노동력과 땀으로 쟁취된 것이라는 인식에 도달하지는 못한다. '난장이' 아버지가 그와 닮은 또다른 '난장이' 아버지로 이어지는 것처럼, 자본적 메커니즘은 또 다른 '경훈'의 아버지를 생산해낼 수밖에 없기 때문인 것이다. 이 같은 반복적 메커니즘은 아버지와 아들 세대로 이어지면서 사회의 구조적인 모순을 양산하는 기제가 되고 있다. '경훈'은 사촌의 약하고 무능함 경멸하며 아버지와 작은 아버지보다 더한 쟁취자가 될 것임을 인식한다. '영수'의 관념적 사유가 능동적 주체의 실천의식으로 이어진다면, '경훈'은 물질 그 자체에 현혹되는 감각적 사물화의 예속화를 보여준다. 이는 다시 말하면 사물에 대한 이해의 관점을 달리 하는 것이다. 이러한 의미에서 후가자본주의적 관점에서의 사물화 극복 양상은 사물에 대한 본질적 인식과 반영적 인식이 전제될 때 가능함을 보여준다.

41) 부르주아 산업혁명은 사물과 개인을 종교와 도덕과 가정적 모순으로부터 해방시킨다. 이제 사물은 의례와 의식 그리고 이데올로기와 같은 기능적 전체로부터 해방되어 보다 자유로운 거래에 접근한다. 이로써 사물은 새로운 시간과 공간적 차원에서의 상관관계를 맺는다. 장보드리야르, 『사물의 체계』, 앞의 책, 19~25쪽, 참조.

5. 결론

지금까지 조세희의 <난쏘공> 연작을 중심으로 70년대 산업자본주의 이후 사물화적 양상으로 변모되어 가는 주인공들의 현실인식 양상을 반영론적 관점에서 고찰하였다. 자본적 메커니즘에 의해 자신의 보금자리가 하루아침에 철거당하는 현실을 직면한 <난쏘공>의 주인공 '영수'는 사물의 본질적 인식을 통해 물질성을 극복하고자 한다. 더불어 지금껏 자신의 존재의 근원으로서의 아버지를 성찰한 적이 없었던 '영수'는 아버지의 죽음을 통해 비로소 자신의 근원인 아버지의 시간을 인식하게 된다. 행복동으로 지칭되는 아버지의 집은 아버지의 아버지를 거슬러 올라가는 반복적 시간의 축적이었던 것이다. 아버지로부터 비롯된 '상속 · 매매 · 기증 · 공출'을 기반으로 하는 자신의 계급이 반성적 시간의 부재에서 비롯된 것임을 비로소 인식하게 되는 것이다. 동시에 이십오만 원에 거래된 자신의 집이 사십오만 원에 팔리고 발생한 이득은 자본의 불쏘시개가 됨을 알게되는 확장된 시간이기도 한 것이다. 이는 결국 난장이 가족의 저항의식으로 이어진다. 예컨대, '영희' 또한 지금껏 자신이 살던 집이 '팬지꽃'처럼 분홍색이 아니라 '회색'이었음을 알게 되면서, 그것은 아버지의 노동의 대가이자 천년의 시간이 누적된 것임을 인식한다. '영희'는 비로소 자신은 출생부터 다른 본질이라는 것, 그리고 아버지의 집은 천년을 걸쳐 지은 집이라는 것, 또 이십오만 원에 필린 입주권이 사십 오만원에 팔려 가는 구조적 모순을 인식하게 된다. 그리고 무엇보다 어머니가 새벽마다 일터로 나가면서 맞았던 그 '새벽의 빛깔'을 인식한다. 영희는 비로소 자신이 무엇을 해야하는지 깨닫는다. 매매계약서를 찾아 찢어버리고 아버지의 집을 되찾고자 한다. 이렇듯 난장이 가족들은 사물화된 자기성찰을 통해 자신들 계급의 본질성을 인식한다.

이는 오로지 반영적 자기인식을 통해서 가능한 것이다. 이처럼 난장이 가족들은 사물화를 통해 자본주의를 새로이 경험하게 된다. 난장이 자식들은 이처럼 아버지와의 동일성적 인식을 통해 자기를 인식하고 실천적 투쟁에 돌입한다. 이러한 인식적 행동은 곧 지나간 아버지의 시간에 대한 새로운 인식임과 동시에 나아가 이어질 자신들의 시간에 대한 확장적 인식에 기인하는 것이다. 이로써 아버지는 비로소 자신의 사물성을 극복하고 진정한 아버지로 거듭나게 되는 것이다. 이때 아버지는 더 강력한 유령이 되어 아들에게 균열을 가한다.

반면 자본가 아버지의 계급을 환경적으로 물려받은<내 그물로 오는 가시고기>에서의 '경훈' 역시 아버지와의 동일화를 통해 자본주의의 구조를 보다 구체적으로 인식한다. 그의 관점에서 '영수'의 노동은 계량화할 수 있는 물질일 뿐이다. 이처럼 모든 것을 물질적으로 인식하는 경훈의 논리는 자본주의의 구조적 메커니즘에 의한 것이다. 더불어 이 같은 사물화된 자본주의의 구조는 더 풍요로운 생산과 소비적 메커니즘으로 이어지고 이는 결국 사물화를 양산하는 기제가 된다. 겨울에도 더운물이 쾅쾅 쏟아지는 온수를 사용하는 '은강시'의 사람들은 기초생계비에 연연하는 영수가족의 현실과는 다른 차원을 보여준다. '행복동'이 아직도 재현적 현실이 존재한다고 믿는 리얼리즘적 시공간이라면, '은강시'는 자본주의 사물화가 본격화되는 자본주의적 시공간이다.

<난쏘공>연작은 본격 자본주의 사회로 진입하는 과정에서 '영수'와 '경훈'으로 대립되는 주인공들의 반영적 인식을 통해 후기자본주의적 관

점에서의 사물화적 양상을 투영한다.<난쏘공>이 난장이 아버지의 죽음을 통한 '영수' 가족의 자기성찰과 저항적 인식에 있다면,<내 그물로 오는 가시고기>또한 아버지와의 동일화를 통한 자본주의 본질적 메커니즘을 자기반영을 통해 인식하고 있다. 영수'의 관념적 사유가 능동적 주체의 실천의식으로 이어진다면, '경훈'은 물질 그 자체에 현혹되는 감각적 사물화의 예속화를 보여준다. 이러한 의미에서 후가자본주의적 관점에서의 사물화 극복 양상은 사물에 대한 본질적 인식과 반영적 인식이 전제될 때 가능함을 보여준다. '영수'가 생산사회의 입장을 고수하고 있다면, '경훈'은 소비사회의 입장을 견지하고 있다. 이처럼 <난쏘공>연작은 70년대 중반 생산과 소비적 메커니즘으로 양분화되고 있는 과도기적 자본주의 사회의 여러 양상을 두 명의 전형적 인물과 배경을 통해 반영하고 있다.

참고문헌

1. 기본자료

조세희, ≪난장이가 쏘아올린 작은 공≫, 3판;서울:1993, 문학과 지성사.

2. 단행본

김형효(20010(재)),『구조주의;사유체계와 사상』, 인간사랑, 307쪽.

K.마르크스 · F. 엥겔스;L. 박산달 S.모라브스키 엮음, 김태웅 역(1988),『마르크스 · 엥겔스 문학예술론』,한울, 90쪽.

피터 위슬리, 진덕규 역(1983),『마르크스와 마르크스주의』, 학문과 사상사, 50~51쪽.

Elliott, Gregory, 이경숙 · 이진경 역(1992),『알튀세르: 이론의 우회』, 새길, 1992, 349쪽.

Hawkes, David, 고길환 역(2003),『이데올로기』, 동문선, 62~63쪽.

S.Freud, 윤희기 · 박찬부 역(2003(재)),「본능과 그 변화(Tribe und Triebschicksale)」, 『정신분석학의 근본개념』, 열린책들, 284~291쪽.

Žižek, Slavoj, 이수련 역(2002),『이데올로기라는 숭고한 대상』, 인간사랑, 113쪽.

Jean Baudrillard, 배영달 역(2011),『사물의 체계』, 지식을만드는지식, 214쪽. 참조.

_____, 이상률 역(1991:2002(3쇄))『소비의 사회』, 문예출판사, 41쪽.

3. 논문

김남희(2002),「자본주의와 후기 자본주의, 그리고 인간소외」,『한국시민윤리학회보』 15, 한국시민윤리학회, 321~343쪽.

문병호(2009),「사물화에 대한 문학적 비판의 시의성」,『독일어문학』44, 한국독일어 문학회,53~72쪽.

박영준(2009),「≪난장이가 쏘아올린 작은 공≫의 인칭변화에 관한 연구」,『현대소 설연구』41, 한국현대소설학회,103~132쪽.

서도식(2004),「사회적인 것의 병리로서의 사물화」,『哲學研究』66,철학연구회, 187~224쪽.

서형범(2009),「조세희 ≪난장이가 쏘아 올린 작은 공≫의 서사층위분석 시론 -서술시점과 진술태도의 변화가 빚어내는 불확정적 시선의 의미에 관하여-」,『겨레어문학』43, 계레어문학회, 89~110쪽.

송미라(1998),「조세희 소설의 갈등 양상 고찰 :『난장이가 쏘아 올린 작은 공』을 중심으로」,『국어국문학』17, 동아대학교, 277~295쪽.

심지현(2006),「조세희의『난장이가 쏘아 올린 작은 공』연구 -노동소설의 성립 가능성을 전제로」,『인문과학연구』7, 대구가톨릭대학교 인문과학연구소, 207~227쪽.

양애경(1994),「조세희의 난장이가 쏘아올린 작은 공 분석」,『한국언어문학』33, 한국언어문학회, 341~360쪽.

우찬제(2003),「조세희의『난장이가 쏘아올린 작은 공』의 리얼리티 효과」,『한국문학이론과 비평』21, 한국문학이론과 비평학회, 162~183쪽.

이청(2006),「조세희 소설에 나타난 불구적 신체 표상 연구」,『우리어문연구』127, 우리어문학회, 181~203쪽.

최용석(2000),「1970년대 산업 사회의 문제 의식과 그 극복 방안에 대한 고찰 :≪난장이가 쏘아올린 작은 공≫에 드러난 소외 의식을 중심으로」,『語文論集』28, 중앙어문학회, 361~384쪽.

하영진,「사물화」,『현대사상』2권, 대구대학교 현대사상연구소, 2008.

4. 국외 자료

Žižek, Slavoj, *The Sublime Objeoct of Ideology*, Verso trans(1989), prined and bound in Great by Bookmarque Ltd. Croydon, pp. 14~35.

Lacan, Jacques, *The Four Fundamaletal Concepts of Psychoanalysis*. Alan Sherida. trans(1978), New York: Norton.Lacan, pp. 79~88.

이청준 소설의 여성성 연구

-물신적 메커니즘을 중심으로-

1. 서론

본고의 목적은 이청준 소설에 드러나는 남성 지배담론[1]이 여성성에 기반한 물신적 메커니즘에 의해 어떻게 균열되는지를 밝힘으로써, 그들의 본질적인 욕망이 어떻게 물신화되는 살피는 것이다. 이청준(1939－2008)에 대한 연구는 지금까지 상당한 성과를 거두어왔다. 크게 세 가지로 나누어보면 다음과 같다. 첫째, 정치권력과 이데올로기 문제다. 둘째, 소설 구조에 대한 분석이다. (권택영, 1986;송명진, 2002) 소설 화자를 권력의

---

[1] '남성'의 개념은 생물학적 성차나 문화적 성차의 개념을 넘어 주체를 유혹하는 보이지 않는 어떤 물신으로서의 의미를 지닌다. 이때 주체는 그 물신적 환영이 야기하는 구조적 메커니즘에 지배된다. 다시 말해 남성지배담론이란 주체로 하여금 끝없는 욕망을 유도하는 어떤 구조적 메커니즘을 의도하는 것이다. 후기자본주의적 주체의 개념에서 보면 남근을 가지고 있지 않는 것은 남성도 마찬가지다. 프로이트는 여자란 처음부터 남근을 가지고 있지 않다고 했지만, 라캉에게 '누구나 진입하게 되는 상징계에서 주체가 모두 상실하는 것이 남근이기 때문에, 모든 주체는 거세된 자'이다.' (여성문화연구원, 2003 :79. 참조).

주체로 보면서 이를 소설의 근본적인 구조와 연관시키고 있다는 점에서 이 두 가지는 연관성을 맺고 있다. 셋째, "큰타자의 응시"(송명진, 2002; 김영찬, 2004)와 "전짓불의 공포"(송명진, 2002; 나소정, 2007), 그로 인한 "불안증"(우찬제, 2005) "신경증과 현실도피"(이승준, 2002)와 같은 이데올로기적 주체들의 병리학적 양상들을 정신분석학적 관점에서 다룬 연구이다.[2] 그 외 작가의 "부조리한 현실"(권택영, 2009)에 대한 "문학적 대응"(김인경, 2007)의 한 양식으로 본 연구도 있다.[3] 이들 연구의 공통점을 보면 결국은 '이데올로기로 인한 병리적 증상'이라는 문제로 귀결된다. 본고는 이러한 연구에 큰 이견은 없다. 그럼에도 불구하고 이러한 연구들이 발생상황에 대한 근본적인 천착이나 증상에 대한 본질적인 진단은 하지 않고 병리학적 양상들을 드러내는데 그친 감이 있다. 그러다보니 이청준 문학의 미학적 특성이 충분히 드러나지 않고 있다. 그의 소설 주인공들이나 장치들은 7, 80년대의 군부독재나 자본주의적 메커니즘과 연관이 있다. 때문에 그 근본적인 메커니즘과 인물들의 잠재된 욕망을 밝히는 것은 중요하다고 볼 수 있다. 특히 주인공의 기이한 행동에 대한 근본적인 분

---

2) 한순미, 2003 ;김소륜, 2006;김예진, 2007;김인경, 2007;김승만, 2008;권택영, 2009; 최영환, 2009.

3) 이청준에 대한 연구는 국내외 학위논문만 해도 200여 건이 되고, 그 외 단편적인 연구논문만도 수를 헤아릴 수 없을 정도이다.<퇴원> <눈길> <소문의 벽> <황홀한 실종> <당신들의 천국> <석화촌> <바닷가사람들> <조만득 씨> <이어도> <병신과 머저리> <매잡이> <침몰선> <마기의 죽음> <남도사람> <별을 보여드립니다> <쓰여지지 않는 自敍傳> <가면의 꿈> <축> 등등이 대체로 분석대상이 되고 있다. 기법과 문체, 담론의 양상으로 연구한 논문도 많다. (김영찬, 2006 ;김화선, 1998; 박미란, 2004; 박은태, 2006; 서동수, 이현석;2007; 장윤수;2005; 2001;정혜경).

석은 이청준 문학의 미학성을 밝혀내는 것이기도 하다. 그리고 정신분석적인 연구도(여타 작가) 주로 여성 주인공을 대상으로 여성의 관점에서 다루어 오고 있는 것이 현실이다. 이청준 소설은 남성적 주인공들의 병리적 양상들을 문학텍스틀 형상화하고 있다는 점에서 여타의 텍스트와 변별된다. 그들은 남성지배담론에 속한 타자들이다. 왜 그들은 자신들의 언어를 왜 그 같은 증상으로밖에 얘기할 수 없는지 하는 것이 본고의 주안점이다. 본고는 이와 같은 문제점에 직면하여 그의 텍스트에서 이러한 인물이 양산된 메커니즘(fetishism)을 밝히고자 한다. 주체의 욕망에 대한 메커니즘을 분석하는 것은 문학과 인간 내면에 대한 근본적인 이해와 병리학적 증상을 치유하는데 폭넓은 방법론적 근거를 제공한다.

　이청준은 사십여 년이 넘는 동안 수많은 작품을 남긴 바 있지만, 가장 왕성한 활동을 한 시기는 주로 7, 80년대라고 할 수 있다. 특히 7,80년대의 지배이데올로기와 일상화된 자본주의적 메커니즘은 이청준 소설의 중요한 토대를 형성하고 있다고 볼 수 있다. 이청준의 소설은 대체적으로 남자 주인공들의 담론으로 이루어진다. 예컨대,<소문의 벽>에서 '박준'을 둘러싼 '나'와 '김박사'의 담화가 그렇고,<이어도>에서 '천 기자'의 실종을 둘러싼 '선우중위'와 '양주호'의 담화가 그렇다. 또한<황홀한 실종>에서의 '윤일섭'을 둘러싼 '손박사'와 '아내'의 담화가 그렇다. 어떤 대상을 둘러싼 주체와 대상 간의 담화는 남성중심의 사회구조를 그대로 구조화하고 있다. 이청준 텍스트는 대부분 사건의 본질을 밝히는데 있어 '이야기' 형식을 취하고 있는데, 이 또한 음성중심의 남성 지배담론을 합리화하는데 일조한다. 음성중심주의는 화자와 청자를 기본으로 한다는 점에서 청자를 종속시키는 특성을 지니고 있다. 이 같은 음성중심적 담론은 말하여지지 않은 것, 의식화될 수 없는 어떤 것들을 타자화한다는 점에서 일방적인 권력관계를 구조화한다. 이러한 서술담론은 서술 주체의 언어를 텍스트의 표층으로 구조화하지만 서술대상자, 즉 피서술자의 언어는 진실의 어떤 위장된 형태를 취할 수밖에 없게 된다. 왜냐하면 그들의 언어는 남성성으로 동일화된 사회에서 타자화될 수밖에 없는 언어이기 때문인 것이다. 이청준 소설의 주인공들이 대부분 "진술공포증"(이청준, 1984:174)을 앓고 있다는 것은 이를 반영하는 것이다. 때문에 발화될 수 없는 담화들은 '소문'이나 '환영'의 형태를 띠고 프로이트의 꿈 언어들처럼 텍스트의 표층을 가로지를 수밖에 없는 것이다. 예컨대,<소문의 벽>에서는 자기"진술을 강요"(김영찬, 2005:342))당하는 '박준'은 자신이 좌익인지 우익인지 대는 순간 자기 자신은 사라진다는 사실 때문에 진실을 위장해야만 한다. 때문에 잦은 잠적과 기이한 행동들을 보이는 인물들의 이 같은 행동은 위장된 진술 형태라 볼 수 있다. 이는 다시 말해 남성지배담론에 대한 저항의 한 형태인 것이다.

<이어도>(1968) <당신들의 천국>(1976) <석화촌>(1968) <바닷가 사람들>(1966)에서 '바다'는 남성 주체로 하여금 수평선 너머 어떤 것을 욕망하게끔 끝없는 환영을 야기한다. 그의 소설에 등장하는 배경이 '바다' 혹은 '섬'을 배경으로 하고 있다는 것은 우연이 아니다. 그의 소설에서 '바다'는 지배이데올로기나 사건의 어떤 본질을 부스러뜨리면서 무수한 환영을 야기하면서 주인공을 죽음으로 몰아간다. '여성 주인공'들이 주로 '침묵'으로 일관함은 의미심장한 일이다.

니체, 데리다, 이리가레이 등 서구의 사상가들이 모두 '바다'를 여성에 대한 은유로 비유하면서 서구의 전통철학을 뒤흔드는 메커니즘으로 인용

한 것은 주지의 사실이다. 일반적으로 물의 특성으로 대변되는 '바다'는 인간의 고정화된 이념이나 인식을 부스러뜨린다. '바다' '섬'과 같은 여성적 은유는 이청준 텍스트의 무의식을 이룬다. 이청준 소설은 여성성에 기반한 물신적 메커니즘이 중요한 미학적 특성으로 작용하고 있다고 볼 수 있다.

여성성(femininity)이란 근본적으로 정의가 불가능한 불안정한 언표 기호라고 할 수 있다. 여성성은 사회적 담론을 생산하는 일종의 메커니즘으로 끊임없이 동요하고 투쟁적이며 저항적이다. 크리스테바는 여성성을 "주체의 형성에 선행하는 어떤 심적 양태"인 '코라(chôra)'[4]로 정의한 바 있다. 어머니의 육체와 동일시되는 '코라'의 개념은 이질적이며 고통스럽고 분투적인 '생산'의 의미를 내포한다. 다시 말해 여성성이란 사회의 동일성적 시스템을 구성하는 고정화된 구조 혹은 정체성에 반하는 타자성을 의미한다.[5]

라캉(Lacan)에 의하면 주체는 끊임없이 미끄러지기를 반복하는 기표의 유희를 통해 욕망의 주체로 거듭난다. 라캉의 '응시(gaze)'[6] 개념에서 스

---

4) 데리다는 플라톤이 『티마이오스』에서 인용한 '코라(χώρα)'라는 개념을 원용한다. 코라는 어떤 것도 의미화하지 않고 모든 것을 받아들이는 모성적 공간에 대한 은유이다. 플라톤에 의해 처음으로 사용된 코라는 '존재의 그릇'이라는 의미로 사용되다가 데리다가 '공간'적 이미지로 사용하였다. 상징적 법과 태아적 주체 사이를 중재하는 코라는 어머니의 육체를 의미한다. 무질서하고 충동(trieb)적인 모성적 공간을 거쳐 주체는 주체로 정립된다. 다시 말해 코라는 주체를 질서화 하는 의미로 사용된다. 코라는 주체의 정립과정에서 끊임없이 주체를 불안하게 하고 동일성을 저해한다. Kristeva 1974:25~33. 졸고, 2007 :20~21에서 재인용.

5) 프로이트 이론을 중심으로 남성과 여성이라는 성차의 개념으로 페미니즘을 규정하던 초기의 페미니즘은 후기자본주의에 이르면서 성적 차이 그 자체에 주목하게 된다. 상징계에 진입하면서 남은 잉여물인 모성적 은유가 가지고 있는 물신성이야말로 욕망의 대상이면서 이데올로기에 균열을 가하는 메커니즘의 일환이 되는 것이다.

크린의 빈 공백으로 나타나는 대타자는 대문자 S로 표기됨으로써 아버지의 이름을 상징화한다. 이때 아이가 아버지의 이름을 받아들이지 않고 어머니와의 이자관계를 포기하지 않을 경우 신경증적 질병을 야기하게 된다.

라캉의 테제를 후기자본주의적 관점에서 재해석한 지젝(Žižek,)은 이 '대상a'를 '이데올로기적 환영(illusion)'(Žižek, 1989:64)을 야기하는 물신적 대상으로 본다. 지젝은 포(Foe)의 <도둑맞은 편지>에서 "편지(a letter)는 언제나 목적지에 도착한다"고 한 라캉의 테제가 로고스중심주의에 입각한 목적론적인 환영의 메커니즘(mechanism of teleological illusion)을 그대로 노출하는 것이라고 말한다. 그러면서 지젝은 편지가 전달되는지의 여부가 중요한 것이 아니라 편지는 이미 어떤 순환(circulation)적 메커니즘에 놓여있는 것이라고 말한다.(Žižek, 2001:20-21) 이는 다시 말해 편지라는 기표는 이미 상징적 이데올로기의 질서 속에서 구조화됨, 즉 오인됨을 말한다. 편지의 진정한 의미는 편지의 내용에 있는 것이 아니라, 외

---

6) 라캉의 응시적 지점은 주체가 결코 빛이 비추는 대상을 볼 수 없음을 말해준다. 라캉의 정어리 통조림에 대한 실화를 보면 다음과 같다. 바다의 표면에 놓여진 정어리 통조림 깡통이 햇빛을 받으면 떠다니고 있었는데, 그것이 햇빛을 받아 빛나고 있었다. 이때 라캉은 같이 동행한 아이의 '저 깡통이 너를 보고 있지 않다'는 말에 충격을 받는다. 그러나 라캉은 그 깡통이 '자신을 응시하고 있다'고 말하면서 '빛이 자기를 응시하고 있'는 것이라고 덧붙여 말한다. 사실 이것은 빛이 유도해내는 효과에 의한 것으로, 이 지점을 180도 회전하면 이곳은 빈 공백, 즉 스크린을 형성한다. 이 응시의 지점은 보이지 않는 애매모호함으로 주체로 하여금 끝없는 무엇인가를 욕망하게 함으로써, 욕망의 주체로 거듭나게 하는 것이 된다. 이 스크린 너머의 '이 영역'이 주체가 상징계로 진입하면서 남긴 결여인 '대상 a'의 존재인 것이다. 그러나 사르트르의 관점에서 보면 구멍을 통해 안을 들여다보던 관음증 환자는 자신을 바라보는 타자의 눈에 노출되었을 때 응시의 대상으로 떨어지고 만다. 이때 주체의 실존은 사라지게 된다. 다시 말해 자신을 바라보는 타자의 일방적 시선에 놓여질 때 주체는 응시의 대상으로 전락하고 만다. (Lacan, Alan Sheridan, 1978:91~99).

재화된 물신적 메커니즘에 있다. 이때 오인의 대상인 'objet petit a'는 주체가 결코 도달할 수 없는 물신적 환영, 즉 결여를 의미한다.

이때 '대상a'는 주체로 하여금 끝없는 환영을 야기함으로써 물신적 메커니즘을 구조화한다.(Žižek, 1989:120) 물신적 메커니즘은 사물의 진정한 가치 혹은 본질이 내재성에 근거해 있는 것이 아니라 어떤 대상이나 사물의 외재성, 즉 그것이 야기하는 '환영'에 있다는 것을 알게 한다. 이것을 지젝은 자본주의적 메커니즘으로 설명한다. 자본주의적 메커니즘에서 상품은 화폐의 가치로 교환되는데, 이때 화폐는 상품가치로 대체된다. 상품의 본질적인 특성은 대체화된 상품의 내재성에 있는 것이 아니고, 그것을 구조화하는 '네트워크'의 효과, 즉 '환영'에 있게 된다. 그럼에도 불구하고 '화폐는 마치 물신의 본질적인 가치를 함유하고 있는 것 같은 물신적 환영, 즉 오인(misrecognition)을 유도한다. 이것이 자본주의적 메커니즘의 하나인 '물신적 오인', 즉 환영이다. 이때 주체는 '이데올로기적 보편성' 뒤에 숨겨진 어떤 특정 이익에 대해 냉소적 시선으로 일관한다.(Žižek, 1989:62) 이 같은 냉소적 시선은 이데올로기의 이면에 가려진 폭력을 무화하는 것이 아니라 그것을 겉으로 드러내는 전복적 효과를 자아낸다. 지젝은 이 같은 '냉소주의'를 일종의 "도착된 '부정의 부정"(Žižek, 1989:63)이라는 말로 대신한다. 이러한 지젝의 논리는 여성성의 논리를 이론화하는데 유효한 기틀을 마련한다.[7]

---

7) 지젝은 상품의 교환행위 속에서 이루어지는 변증법적인 과정을 통해 보이지 않는 화폐의 물신성을 설명한다. 그러면서 그는 '마르크스의 상품분석과 프로이트의 꿈 분석 사이에는 근본적인 상동관계가 있다'고 하면서 '왜 노동이 상품가치의 형식을 띠고 있는지'를 또 '왜 그것은 오로지 생산물의 상품형식으로서만 자신의 사회적인 특성을 단언할 수 있는지를 설명'한다. 그리고 이 고유한 특성은 내용이 없으면서

이리가레이는 남성중심의 사회에서 그들이 "설정한 게임 규칙에 충실히 따르"게 하기 위해 여성의'유동성'과 '온전함'을 "교환체계"에 희생시켜 왔다고 주장한다.(신경원, 2004: 160) 여성의 베일은 지금까지 남성주체로 하여금 무엇인가를 함유하고 있는 것처럼 자신을 물신화함으로써 남성주체들을 회유해왔다고 볼 수 있다. 여성 자체는 이미 거세된 자이므로 오이디푸스 콤플렉스의 대상이 아니라고 본 프로이트(Freud)를 비롯한 서구의 남근중심주의는 여성 자체를 타자나 은유의 개념으로 지칭해 왔다. 문명의 초석이 되어온 '아버지 살해'8)에 대해 이리가레이는 '아버지

마치 내용이 있는 것처럼 과정화되는 프로이트의 꿈과정처럼, 상품교환 또한 어떤 보이지 않는 '실질적인 과정 속에서 작동하는 추상적인 실재'를 형성하게 된다는 것에 주목한다. 다시 말해 교환가치로서의 상품의 현실적인 속성들은 교환될 동일한 가치를 지닌 다른 상품과 동일한 가치를 지닌 것을 추상적인 실재로 환원한다. 이때 '환원될' 대상−상품은 '어떠한 가치'도 보유하지 않고 있으면서도 '마치 ~인 듯이' 행동한다. 그럼에도 불구하고 개인들은 화폐의 직접적인 가치에 의해 상품을 교환하는 것처럼 행동한다. 이것이 지젝이 말하는 '돈의 물신성, 혹은 물신의 부인'이다. 물신의 부인이란 이처럼 화폐라는 것이 그 본질(사용가치)을 지니고 있지 않음에도 불구하고 자신이 마치 어떤 '변경 불가능한 실재'를 지닌 것처럼 추상화됨을 의미하는 것이다. 화폐의 이 같은 위력은 그것이 마멸되고 나서도 변경 불가능한 어떤 상징적인 권위를 유지한다. ((Žižek, 1984:34~51).

8) 프로이트가 「토템과 터부」에서 제시한 가설에 의하면 자식들은 여자를 독점한 아버지를 죽인 후 죄의식에서 벗어나기 위해 아버지와 동일시되는 토템동물에 대한 금기와 같은 동족끼리 함께 여자를 공유할 수 없다는 금기를 규정한다. 중요한 것은 여기서 여성성이 하나의 교환적 개념으로 물신화되었다는 점이다. 그들은 여자를 포기하는 대가로 더욱 강력한 문화적 건설을 급부로 받는다. 이리하여 아들들의 죄의식에 면죄부를 준 아버지는 더욱 강력한 아버지로써 행세하며 더욱 무서운 폭력을 휘두른다. 다시 말해 오이디푸스 콤플렉스는 인류의 오랜 문화유산으로 내려오면서 더욱 강력해진 초자아로 발현되기에 이르렀던 것이다. 이 같은 프로이트의 이론은 어머니와 아들이라는 이자관계에 아버지가 개입되는 삼원적 모델을 기준으로 한 것이다. 이 같은 초자아는 오늘날 현대문명을 건설하는데 초석이 되었음을 말할 나위

살해'에 앞서 '모친 살해'가 우선되었음을 주장한다. 이로 보면 인류는 '모친 살해'를 통해 문명사회를 건설한 것이 된다.(Freud, 1976a :64~379); Freud, 1976a :378~379).

일찍이 니체(Nietzsche)는 여성을 '베일'로 은유한다. 본질의 공포스러움, 역겨움, 두려움 등을 감추기 위해 베일에 싸인 은유로 본 니체와 더불어, 크리스테바(Kristeva), 이리가레이(Irigaray), 식수(Cixous) 등의 입장에도 여성을 어떤 비고정성의 은유로 지칭한다. '바다, 심연, 에쁘롱(Eperons)' 등 진리나 본질을 뒤흔들거나 파괴하는 비고정성의 은유로 보고 있다.

2. 물신적 메커니즘으로서의 여성성 - <이어도> <석화촌>

1) 은폐된 진실을 둘러싼 서술구조 간의 긴장성

이청준 소설의 주인공들은 실종과 사라짐을 반복한다. <이어도>는 '파랑도'라는 섬의 진위여부와, 이를 찾기 위한 수색작전에 동참하였다 사

가 없다. 그러나 초자아에 의한 문명의 발전은 인간의 욕망을 충족시켜주기는커녕 더욱더 기갈(飢渴)하게 한다. 아버지의 개입은 어머니와의 합일을 포기하는 것임과 동시에 영원한 미끄러짐의 주체로 허공을 맴도는 이방자적 주체로 거듭나게 하는 요인이 되었던 셈이다. 문명이 발달하면 할수록 인간들은 행복을 느끼는 것이 아니라 점점 더 갈증을 느끼게 된다. 이드에 기원을 두게되는 초자아는 거세공포로 인하여 자신의 욕망을 포기하고 상징계에 진입했지만 약간의 침전물을 남기게 된다. 이러한 침전물은 평생 주체의 무의식을 지배하면서 주체로 하여금 언젠가 다시 돌아갈 영원한 시원을 꿈꾸게 하는 원동력을 제공하는 것이다. 때문에 주체는 정작 자신이 지금껏 속해왔던 대타자의 영역이 아닌 결핍의 잔여물임을 알게 된다. 다시 말해 오이디푸스 콤플렉스는 결핍의 주체를 우회적으로 그려내는 말이다. 주체가 진정으로 욕망하는 것은 페니스가 아니라 자신이 떨어져 나와야 했던 분화 이전의 상태 즉 전오이디프스(pre-Oedipal)적 갈망인 것이다. (Freud, 1976a::Freud, 1976a:378~379).

라진 '천남석 기자'의 실종사건을 다룬 소설이다.

주지하다시피, 이청준 특유 '액자서술자' 형식으로서의<이어도>는 '이어도'와 '파랑도'라는 섬의 진위 여부를 밝히기 위한 내부서사와 '천기자의 실종'에 대한 외부서사로 이루어지고 있다. 여기서 외부서사는 내부서사의 의미를 생산한다는 점에서 밀접하게 연결된다. 따라서 이 텍스트는 내부서사와 외부서사가 생산자와 수용자라는 물신적 관계로 텍스트화된다. 실종보고를 하러간 '선우 중위'에 대한 '양주호'의 태도는 사건에 대해 냉소적인 시선으로 일관함으로써, 텍스트의 의미를 지연하고 독자로 하여금 서사의 의미생산에 참여하게 한다. 이처럼<이어도>는 서술자를 내세워 '무엇인가'를 끊임없이 위장시켜 독자를 텍스트의 의미생산에 끼어들게 한다는 점에서, 이청준 특유의 '진술방식'를 보여주고 있다.

> 이런 때 아마 우리 조상들은 이어도라는 섬을 생각했던 모양이지요. 아마 폭풍에 배가 깨지고 나면 그 이어도로 헤엄을 쳐 나갈 수 있을 거라고 말입니다.(이청준, 1978: 76)

위 인용문은 천 기자가 실종되기 전날 '선우 중위'와 술을 마시면서 한 발화로, '선우 중위'가 양주에게 전하는 내용이다. 직접화법의 형태로 발화되고 있지만, 이미 표면적으로 간접화법의 형태를 띠고 있다. 이는 엄격히 말해 '천 기자'의 발화이지만, 이 발화의 주체는 '섬사람들'이다. 다시 말해 이 발화는 유령화된 발화로, '이어도'에 대한 섬사람들의 오랜 경험과 정서가 함축된 다성적 발화이다. 이 발화는 또한 '선우 중위'에 의해 지워지고, '선우 중위'의 목소리는 '양주호'의 목소리에 의해 지워지면서 '천 기자'의 발화는 해체된다. 여기서 '양주호'는 '섬사람'들을 대표하는 생산자, 혹은 '내포작가'에 위치하게 되고, '선우 중위'는 '수용자' 혹은 '내포작가'에 위치하게 된다. 다시 말해 뒤의 텍스트는 앞의 텍스트를 지우면서 대립과 반복을 지속한다. 여기서 '내포작가'는 실제작가와 가까운 위치에 있게 됨으로써, 서술자에게 끊임없이 실제작가의 목소리를 부여하는 위험성을 내포한다.[9]

①이 신문사에서 천남석 기자를 선발해 보내신 것은 물론 국장님이셨을 줄 압니다. 그렇다면 국장께선 가령 그 천기자가 누구보다도 이번 작전에서 섬을 찾게 되리라는 확신을 가직 있는 것 같았다든가, 적어도 섬을 찾는 일에 특별한 관심을 가진 사람으로는 여겨지셨던 것이 아니겠습니까?

②양주호가 마지못해 입을 열었다. 하지만 그의 말은 갈수록 아리송해지고만 있었다.

③"그럼 선생도 정말 그 천남석이 자살을 했을지 모른다는 생각을 가지고 있었다는 말씀이요? 천남석이 섬을 찾지 못한 실망 때문에?

(이청준, 1996:70,71, 발췌)

위 인용에서 ①은 '선우 중위', ②는 서술자, ③은 '양주호'의 발화양상이다. 여기서 '선우 중위'는 시종 무엇을 캐는 듯한 제스처를 취하는 한편, '양주호'는 '선우 중위'로 하여금 의문을 가지도록 부추기는 목소리로 들린다. '천 기자'의 실종을 보고하러왔던 '선우 중위'는 '양주호' 국장의 냉

---

9) Chatman, 1998; 202, 최상규, 1998 :202)

실제작자	내포독자	(서술자)	→	(수화자)	내포독자	실제독자

소적 반응에 의아해 한다. 이러한 국장의 태도는 '선우 중위'로 하여금 은폐된 진실을 파헤치게 하는 빌미를 제공한다. '양주호'는 사건의 진실을 파헤치려고 하는 '선우 중위' 의도를 교묘히 따돌리면서 동시에 드러내고자 하는 양가성을 우회적으로 보여준다. '양주호'는 표면적으로 권력 주체를 옹호하고 사건의 본질을 의도적으로 은폐하려는 듯한 제스처를 취하면서 동시에 '선우 중위'로 하여금 자신을 투사하도록 의도적으로 유도한다. 담론주체들 간의 이 같은 은폐와 의혹의 제스처는 이데올로기를 둘러싼 보이지 않는 갈등과 긴장성을 야기한다고 볼 수 있다.

실제<이어도>는 이와 같이 '선우 중위'와 '양주호'의 끝없이 밀고 당기는 담화맥락에 의해 의미생산이 이루어지고 있다. 여기서 '양주호'는 외부이야기의 주체인 '선우중위'의 의혹을 끝없이 지우면서 해체한다. 이것은 엄격히 말해 지배담론을 이용해 저항적 담론을 덮어두려는 의도로 볼 수 있다. 이는 '천 기자'의 죽음을 알리러 온 '선우 중위'에 대한 조소적이고 냉소적인 발화를 통해서 알 수 있다. 이러한 목소리의 간섭은 실재, 곧 '이어도의 본질'을 감추려는 목소리와 본질을 파헤치려는 목소리의 대변이라고 할 수 있다. 여기서 '선우 중위'는 독자와 가까운 위치가 된다. 다시 말해 '선우 중위'는 독자의 호기심을 충족하고 만족시키려는 쪽으로 기울게 된다. 이것은 다시 말해, 권력의 주체인 '서술주체'[10]와 이데올로기의 이면을 파헤치려는 '독자'와의 갈등을 우회적으로 보여주는 것이다. '양주호'의 목소리에서 실재의 부재를 은폐하고자 하는 의도를 부인할 수

---

10) 송명진은 '독자'란 보이지 않는 권력의 주체인 서술주체'와 '보이지 않는 권력'과의 사이에서 벌어지는 '치열한 대결'의 장의 끝에 '생사(生死)를 결정할 수 있는 권력을 가진 존재'라고 하고 있다. (송명진, 2002; 197~198).

없지만, '선우 중위' 역시 서술자를 대변하고자 하는 '양주호'의 목소리를 끝없이 간섭하는 태도를 보여준다.

'이어도'는 마을사람들의 구전에 의해 생산된 물신적 대상이다. 다시 말해 '이어도'는 '사후성'에 의해 조작된, 그래서 처음부터 기의가 부재된 어떤 기표다. '사후성'이 야기하는 환영은 '실재'에 대한 '부정의 부정'(Žižek, 1989:63)이다. 실재의 '텅 빔'은 존립 그 자체를 송두리째 흔드는 것이기 때문인 것이다. 때문에 '실재'에는 언제나 '금기'가 적용된다. '천기자'의 죽음은 엄밀히 말해 이 같은 '금기'의 위반에서 비롯된다. 금기의 대상에 가까이 감은 '광기'로 이어질 수밖에 없다. 왜냐하면 그것은 '본질'을 본 자에 대한 죽음과 등가를 이루는 것이기 때문인 것이다. 그래서 '천 기자'의 실종은 '광기'로 위장된 "이미 거기 있는 (déjá-lá) 죽음"(Foucault, 1961:35)을 동반할 수밖에 없다.

> (전략)…사람들은 때로 사실에서보다는 허구 쪽에서 진실을 만나게 될 때가 있지요. (중략) 그가 주변의 가시적 현실을 모두 포기해 버렸을 때 그에게 섬이 보이기 시작했단 말입니다'. (중략) 어젯밤에 내가 당신한테 뭔가 해드리고 싶은 일이 있었다면 당신에게서 바로 그 사실에 대한 집착이나 욕망을 포기시키는 일이었을 겁니다.
> (이청준, 1978:118−119)

위 인용은 '양주호'의 '선우 중위'를 향한 역설이다. 이 같은 '양주호'의 논리로 본다면 '이어도'란 섬의 본질은 이어도란 섬의 내재성에 있는 것이 아니라 섬 밖에 있었던 것이 된다. 다시 말해 '섬'의 현존은 금기의 위반에 대한 응징이다. '천 남석이란 잔 그렇게 자기의 섬을 찾아간 걸로 해'(이청준, 1984:119)주자는 배웅 하는 길의 '양주호'의 '선우 중위'를 향한 말은 '양주호' 내면에 보존된 금기 위반에 대한 욕망인 것이다. 다시 말해 '양주호' 또한 섬사람들과의 동일화된 욕망에서 자유롭지 않다. 그는 자신의 무의식적 욕망이 외연화되는 것에 대해 두려움을 느낀다. 그것은 밖으로 드러낼 수 없는 문화적 금기에 대한 욕망이기 때문인 것이다. '이어도'는 인간의 근원적 회귀욕망이 만들어낸 환상의 섬으로, 인간의 회귀적 욕망, 즉 죽음 욕망을 무의식적으로 드러내는 것이라고 볼 수 있다.

2) <이어도>에 나타난 물신적 욕망

이처럼<이어도>의 의미생산은 '이어도'라는 섬의 실재 여부를 확인하기 위한 것이라기보다 섬의 부재를 은폐하기 위한 것으로 의미화된다. '천 기자'의 실종을 알리러 온 '선우 중위'에 대한 '양주호'는 의도적인 행위는 텍스트의 의미를 지연하고 나아가 '이어도'라는 섬을 물신화함으로써 자신들의 이데올로기를 은폐하고자 한다. 왜냐하면 '이어도'라는 대상의 부재는 '양주호'와 섬사람들에게는 존재의 의미를 부정하는 것이고, 이는 또한 나아가 그들에게 내재된 근원적 결핍을 외연화하는 것이기 때문인 것이다. 그러기에 소문은 언제나 실재보다 더한 허구적 진실을 내포한다. '이어도'라는 허구화된 섬이 실재할 것이라는 끝없는 회자는 섬사람들 스스로가 만든 진실 아닌 진실인 것이다. 다시 말해<이어도>는 '이어도'라는 무형의 섬을 통해 정체성을 유지하고자 하는 섬사람들의 물신적 욕망을 보여준다.

때문에 '이어도의 부재'는 '죽음'과 등가를 이룬다. 다시 말해 이어도의 존재는 또다른 이어도를 물신화하는 메커니즘을 생산화하기 때문인 것이다. 그들의 끝없는 욕망은 그것이 실재와 이어지는 것이기 때문이다. 그러므로 '파랑도'의 부재는 '천 기자의 죽음'으로 대체된다. 그러기에 '천 기자'의 죽음은 이 같은 이데올로기를 은폐하기 위해서 치를 수밖에 없는 대가이다. 다시 말해, 천 기자의 죽음은 섬의 부재를 알아버린 것에 대한 대가인 것이다. 천 기자의 죽음은 '죽음' 그 자체로 처리됨으로써 '허구적 사실'을 온전히 보존할 수 있게 된다. 다시 말해 '죽음'은 '죽음으로써' 무서운 힘을 발휘하는 '원시 토템족의 아버지'처럼 '이어도'는 이미 그 자체에 '죽음'을 내포하고 있는, 여성의 깊은 심연이라고 볼 수 있는 것이다. '꿈속에서'조차 그 섬의 실재를 보아버리는 순간 이미 그 '섬'은 자신의 존재를 보아버린 타자에게 죽음으로써 복수하는 것이다. 다시 말해 이때 '이어도'는 거세된 모성성 혹은 여성성이다. 따라서 온전한 모성은 자신의 결여를 노출하지 않는다. 때문에 이어도는 이어도라는 물신성으로 존재할 때 온전하다. '천 기자'의 죽음은 거세된 어머니로부터의 응징인 셈이다. 이때 이 응징은 '섬사람들'이라는 익명의 실재에 내재된 "상징적 권위"((Žižek, 1989: 44)로부터 오는 것이다.(서동수, 2001 ;251) '이어도'는 섬사람들의 무의식적 욕망이 환유된 비가시적 물신, 즉 '얼룩(stain)'이다.(Žižek, 2001:1~4)[11] 누구든 '응시'[12]의 시선 속에 내재된 '결여'를 인

---

11) 실재의 본질에 대한 개념은 라캉의 '응시(gaze)'의 지점과 상통한다. 라캉의 응시이론은 주체는 스크린 상의 얼룩(stain)으로 나타나는 그 빛의 대상을 결코 볼 수 없음을 말해준다. 영화 'City Light'의 마지막 장면에서 '방랑자'는 소녀에게 완전히 '노출(exposed)'된다. 이때 방랑자의 위태로운(insecure) 시선은 존재가 본질을 드러냈을 때의 위험을 잘 보여준다. '방랑자'의 생명성은 '교환'행위를 통한 소녀와의 관계적 표면에 이미 나타나 있다. 때문에 스크린의 얼룩, 혹은 공백의 지점은 결국 도달할 수 없고 볼 수 없는 주체의 결여 그 자체를 의미한다고 볼 수 있다.(Lacan, , 1978; 2008: 105~113 ; Žižek, 2001: 1~4) 라캉의 응시에서 나타는 스크린 상의

식하는 순간 그것은 곧 죽음이라는 복수의 응징을 받는다. 이러한 의미에서 '양 주호'의 아래와 같은 말은 매우 의미심장하다.

　　하기야 녀석은 그래도 제법이었지, 당신네 작전을 완전히 놓았거든. 중위님도 아마 그 점을 다시 알아야 할 거요. 녀석이 용케 당신네 작전에서 섬을 구해 냈단 말요.(이청준, 1978:85)

위 인용은 '허구' '사실' '실재'와 같은 사건의 본질에 대한 '양주호'의 인식을 함축하는 발화이다. '천기자의 실종'을 알리어 온 '현 중위'에 대한 양주호의 냉소적 태도는 '실재'란 그것을 알리려고 하는 순간 이미 사라져버린다는 것에 대한 '경고'인 것이다. 왜냐하면 '실재'의 부재는 섬사람들의 죽음과 등가를 이루기 때문인 것이다.

3) 물신적 환영으로서의 모성성 - <이어도> <석화촌>

<이어도> <석화촌>여성성이 어떻게 물신적 메커니즘으로 구조화되고 있는지를 보여준다. 먼저 <이어도>를 보면, '이어도'는 섬사람들을 운명이라는 동일성으로 묶어 놓는다. 이때 섬사람들은 동일성적 메커니즘에 의해 자신들의 '섬'을 재구성, 즉 사후화한다. 그 대표적인 예가 '양주호'의 담화논리다. 그들의 구원은 또다른 이어도를 찾아갈 수 있을 때, 즉 또다른 허구의 대상을 물신화할 때 가능하게 된다. 이 같은 동일화는 섬의 현존을 더욱더 강력하게 각인시키는 결과는 낳는다. '양주호'는 광기에 어린 역설로 여인과 '천 기자'의 운명을 신비화함으로써 이어도의 존재

공백은 아무것도 은폐하고 있지 않지만, 욕망의 주체로 거듭나게 할 수 있는 물신적 토대를 제공한다는 점에서 생산적인 의미를 내포하고 있다.
12) 응시란, 감추어진 이데올로기의 비가시화이다.

를 더욱더 뚜렷하게 각인시킨다. 여기서 분석가의 위치에 있는 '양주호'는 교묘한 역설로 천 기자의 실종을 죽음으로 몰아감으로써 '이어도'란 허구의 섬이 가지고 있는 물신성을 강화하고 있는 것이다. 이처럼 <이어도>는 서사의 대부분이 '천 기자'의 죽음을 전하러 간 '선우 중위'가 '양주호'의 의지에 따라 움직이고 나아가 그의 역설에 세뇌당하는 청자의 입장에 위치해 있음을 알 수 있다. '양주호'는 교묘한 역설로 '선우 중위'와 '천 기자'의 여자를 이어도란 섬과 동일화하도록 종용한다. 이런 의미에서 무엇인가 홀린 듯한 '선우 중위'의 기시감은 표면적으로는 '이어도'란 섬의 신비성 때문인 것 같지만, 실상은 '이어도'라는 부재된 기표가 발휘하는 두려움에 기인한다. 이것은 그들이 기원적으로 내쳤던 어머니에 대한 죄의식의 각인이다.

'파랑도'의 실재는 무의식이 의식을 지배함으로써 만들어진 '가상적 실재'다. 이는 무의식이 의식을 지배하게 되는 역전이의 메커니즘으로 볼 수 있는 것이다. 그렇다면 그들은 왜 그토록 '섬'의 실재를 은폐하고자 하는 것일까. 그것은 그 허구적 실재에 대한 두려움이다. 이는 그것이 어느 때고 권력에 균열을 가할 수 있는 타자성을 함유하고 있기 때문인 것이다. '양주호'의 양가성은 죄의식에 기인한다. '양주호'는 '선우 중위'로 하여금 섬의 실재를 물신화하게 만듦으로써 사건의 진실을 폭로하고자 한다. 주체는 어머니가 남근을 소유하고 있지 않다는 의심보다 남근을 소유하고 있을 것이라는 믿음을 갖음으로써 어머니를 포기하지 않는다. 여기서 남근의 실재 존재여부는 중요한 것이 아니다. 주체는 어머니가 남근을 소유할 것이라는 환영적 상태를 유지하면서 그로 인해 발생되는 '주이상스(jouissance)'를 즐긴다. 이로 볼 때, <이어도><석화촌>의 '섬'은 실재

여부가 문제가 아니라, 그것이 함유하고 있는 물질성이다. 여기서 '파랑도'의 환영은 또 다른 '이어도'의 전설을 낳는다. 때문에 섬의 실재를 확인하러 간 '천 기자'의 죽음은 필연적이다. 선우 중위에 대한 양주호의 태도가 양가적인 것은 그의 섬과 동일화된 그의 무의식이 작용한 터이다. 이것은 상징계보다 상상계가 더 중요한 이유이기도 하다.

때문에 '선우 중의'의 집요한 추적은 '양주호'에게 하나의 '위기'로 작용한다. 이는 다시 말해, 사르트르의 '응시'에서 주체가 '타자'의 시선에 들켰을 때와 비슷한 효과를 산출한다. 이로 볼 때 '이어도'란 섬사람들의 '응시'성, 즉 환영이 만들어낸 가상적 영역이다. '이어도'는 섬사람들의 무의식적 욕망의 원천인 동시에 '부재'된 어떤 현존으로 거기에 늘 존재해 있어야 하는 어떤 것이다. 이어도는 진리의 부재를 은폐하고 있는 '여성'적 기호이다.(Derrida, 1978:41－50) 이는 다시 말해 니체의 '바우보'나 데리다의 '에쁘롱'적 성격을 띠고 있다. 니체의 바우보는 '진리의 부재'를 가리는 은유이다. '박차'의 의미를 가지고 있는 '에쁘롱'은 진리를 공격하고 또한 보호하는 동굴, 즉 어머니의 자궁적 의미를 함유하고 있다.
(Derrida, 1978:41~50).

<이어도>는 '양주호'와 '선우 중위'의 밀고 당기는 담화 맥락을 통해, '이어도'란 섬사람들 스스로가 만든 허구적 섬임에도 불구하고, 그것은 실재보다 더 강한 힘을 함유하고 있는 '여성성'이라는 이데올로기적 물신성에 기반하고 있음을 보여주고 있다. 이청준 작품의 공통점은 주인공들은 대개 그들이 떠났던 바다로 다시 돌아온다는 것이다. 이때 그들의 회귀는 '죽음'을 동반한다.<석화촌>에서의 '거무'와 '별녜'가 그렇고, <이어도>에서의 '천 기자'가 그렇고, <침몰선>에서의 '진소년'이 그렇고, ≪당

신들의 천국≫에서의 '조 백헌 원장'이나 병원의 보건과장 '상욱'이 그렇다. 그러나 이들의 회귀는 예전의 광기와 집착과 같은 기량을 발휘하지 못한다. 근본적으로 '바다'는 인간에게 끝없는 의지를 작용하게 한다. 파편화되고 불안정적인 영역인의 바다는 인간을 끝없는 유동성으로 유인한다. <이어도> 역시 '파랑도'라는 실재의 섬을 찾아나선 '천 기자'는 '섬의 부재'를 은폐하기 위해서 죽음의 대가를 치를 수밖에 없는 주체의 모습을 보여준다.

'천 기자' 귓가에 맴도는 '어머니의 노랫가락'은 '천 기자'를 죽음의 심연으로 매혹한다. 이때 어머니가 부르던 노랫가락은 남성 주인공들을 바다로 이끄는 매개체, 즉 물신적 '잉여'이자 주술이다. 이러한 물신적 잉여는 천 기자로 하여금 광기에 휩싸이게 한다.

> …(전략)… 바다에 안개가 짙어지거나 구름이 몹시 빠르게 움직이는 날이면 어머니는 돌을 추리다 말고 구름장이 사납게 얽혀드는 하늘을 쳐다보거나 짙은 회색 안개 속으로 바다가 하얗게 뒤집히는 모양을 하염없이 내려다보고 있을 때가 많았는데, 그런 때는 어머니의 소리고 더욱더 극성스러워진 것만 같다.(중략) 소리를 듣고 있으면 공연히 사지에서 힘이 다 빠져 나가 버리는 것 같았고, 마음까지도 그 축축한 바닷바람의 습기에 젖어 오는 것처럼 기분이 암울스러워져 버리곤 했다.
> (이청준, 1971:93)

멀리 수평선 넘어 아버지의 형체가 보일 때까지 이어졌던 어머니의 노랫소리는 흡사 무엇에 홀린 것 같은 아우라를 생성하는데, 이는 물신성을 지닌다. 바다에 나갔던 아버지의 돌아옴은 어머니의 노랫소리와 대비된다. 여기서 '어머니의 노랫소리'는 그들을 섬의 고정성으로부터 탈피시키는 물신적 환영이자 존재의 메커니즘으로 이어진다. 여기서 어머니의 목소리는 '바다'와 등가를 이룬다. '바다'가 내뿜는 무수한 알갱이들은 섬사람들로 하여금 하나의 물신성을 유발한다. 때문에 섬사람들은 끊임없이 무엇인가를 욕망하는 욕망의 주체로 남을 수 있다.

<석화촌>(1968) 역시 이런 의미에서 부재된 현존으로서의 '파랑도'와 동일한 메커니즘을 생산한다. <석화촌>은 석화장에서 굴을 따서 생계를 유지하는 섬사람들의 모습을 다룬 소설이다. '물귀신'이 있어 누군가의 죽음을 상쇄한 다음에야 편히 저승으로 간다는 섬사람들의 미신은, 어느 날 '별녜'의 아버지 '안 노인'이 바다에 빠져죽자, 그 빠져 죽은 자리에 어머니 '정씨'가 며칠 사이로 빠져 죽음으로써 더욱 자명해진다. 어머니인 '정씨'의 혼을 구하기 위해서는 다시 누군가 죽어야 하는 것 때문에 마을 사람들은 '별녜'를 금기의 대상으로 인식한다. 이때 그녀는 상징적 규율 체계를 유지하기 위한 '교환대상'으로 물신화된다. 마을 사람들은 '물귀신'이라는 관념적 대상을 추상화함으로써 그들의 목숨을 담보하고자 한다. 다시 말해 '별녜'는 '대상a'의 의미를 지닌다.[13] 이 '대상a'는 주체가 상징계에 진입하기 위해 아버지와 교환한 물신적 잉여이다. '거무'의 '별녜'를 향한 사랑은 사실 죽음에 가까운 맹목성을 갖는데, 이는 '대상a'를 향한 물신적 환영에서 비롯된다. 이때 '별녜'는 자신을 교환대가로 지불한 데에 대한 대가를 '거무'의 죽음을 통해 지불하게 한다. 그녀의 양면적 얼굴은

---

13) 라캉적 의미의 '여자'는 '대상a'의 위치에서 '남자'의 남근에 대한 환상을 가능하게 하면서 동시에 불가능하게 한다. (여성문화연구소,2003:197)

'타자의 타자성'을 의미하는데, 자신의 내면화된 살해자로서의 어머니의 얼굴을 하고 있다. "타자의 타자"(신정원, 2004:150), 즉 원초적 어머니는 죽음의 메커니즘을 잉태하고 있다. 이 원초적인 어머니는 죽음본능이라는 이름으로 자신을 거세한 것에 대해 응징한다. '별네'가 어머니의 흔적인 '목소리'와 동일화됨으로써 거무로 하여금 죽음으로 유인하는 것은 곧 타자의 타자, 즉 원초적 어머니가 개입되어 있기 때문이다.

<석화촌>의 배경 역시 '바다인데, '별네'로 하여금 무수한 환영에 시달리게 하는 "어머니의 목소리"가 그것이다. 보이지 않는 미립자로 이루어진 '바다'는 근본적으로 물신적 오인을 유도한다. "수만 개로 찢어진" "아우성" (이청준,1996:118)의 환청으로 다가오는 '별네'의 어머니에 대한 환청이 그것이다. 이때 바다는 무수한 물신적 메커니즘을 생산하게 한다. 여기서 어머니의 목소리는 또다른 죽음을 부르는 물신적 메커니즘이다. 이 메커니즘은 문화적 금지(여성문화이론연구소, 2003: 360)를 통해 여성을 교환체계로 구조화한 것에 대한 대가이다. 이런 의미에서 <석화촌>(1968)은 '대상a'의 상징성이 '어머니의 목소리'로 환영화되는 메커니즘의 한 예를 보여준다.

> 혼자는 무섭다. 그리고 거무는 어젯밤 나의 남자가 된 것이다. 별네는 그 소리를 자신과 거무 둘의 것으로 바꿔보려고 했다. 잘되지 않았다. 여전히 어머니의 울부짖음이 물소리에 찢기고 있었다. 별네는 다짐하듯 생각을 간추렸다.
> 내가 뛰어든다……그러면 거무도 뛰어든다.……그래야 한다. ……나의 남자니까……나를 가졌으니까……나도 그를 가진다. ……뱃바닥의 구멍이 그렇게 만들어준다.……그러면 어머니는 ……
> (이청준,1996; 125)

'별녜'는 '거무'를 쟁취하기 위해 그를 죽이고자 한다. 그래서 '거무'가 탄 배에 구멍을 뚫어 그를 거세시키고자 한다. 이 같은 '별녜'의 '거무'를 향한 욕망은 자신을 교환대상으로 물신화한 데에 대한 싱징적 아버지에 대한 거세이다. 어머니의 환청에 시달리던 '별녜'는 자신의 울부짖음 속에 어머니의 목소리가 부재한 "자기만의"(이청준, 1996:127) 목소리를 듣게 되는 데 이로써 어머니의 죽음은 상쇄되고, '별녜'의 죽음은 '거무'와의 동반 죽음을 통해 또다른 죽음을 물신화한다. 이처럼 이청준의 소설에서 '죽음'은 늘 또다른 교환체계로 편입되는 물신적 메커니즘의 의미를 지닌다.

3. '금기 위반'으로서의 여성성 - ≪당신들의 천국≫

1) '공포' '금기' 그 외연적 실재로서의 '나병'

<당신들의 천국> <이어도> <석화촌>은 '바다' 혹은 '수평선' 너머의 보이지 않는 이데올로기적 물신성을 다루고 있다는 점에서 동일성적 구조를 취하고 있다. <당신들의 천국>은 나환자들의 거주지인 '오마도'를 중심으로, 바다를 메워 그들이 잃어버린 땅을 찾아주겠다는 명목하에 실시되는 '간척사업'을 둘러싸고 벌어지는 '조백헌 원장'과 환자들의 광기어린 투쟁과 집착을 다룬 소설이다. 이 소설은 '조 원장'의 집착을 통해 권력주체의 이데올로기를 투영한다. 이청준은 84년 재판본 서문에 "<당신들의 천국>은 당시 우리의 묵시적 현실 상황과 인간의 기본적 존재 조건들에 상도한 역설적 寓意性에 근거"(「개판본을 다시 꾸미면서」, <당신들의 천국>, 84년 9월)한 것이라고 밝힌 것처럼, 이 작품은 당대의 권력적 메커니즘이 양산한 억압된 주체들의 존재양상을 보여준다고 할 수 있다.

다시 말해 당대의 이데올로기적 주체의 본연적 특성이 외연화된 것이다. 여기서 남성적 지배담론은 이들에게 이들이 잃어버린 땅을 찾아주겠다는 조건으로 바다를 메우고자 한다. 이것은 심연이면서 모성성인 바다를 물질화하는 하나의 교환행위에 불과하다.

<당신들의 천국>은 새로 부임한 조백헌 원장이 섬을 둘러보는데서 시작된다. 이때 환자들의 원장을 대하는 태도는 냉소적이다.

> …(전략)…원장가 사내들 사이엔 이상스럽게 기분 나쁜, 그리고 어느 쪽이 어느 쪽을 두려워하고 있는지도 알 수 없는 무겁고 위태로운 침묵이 지나가고 있었다. 늦여름 한나절의 뜨거운 햇볕이 원장과 사내들 사이에서 소리없이 녹아내리고 있었다.(…중략) 사내들이 이번에는 또 상욱에게서 대여섯 발짝 거리를 두고 몸을 물러섰다. 그러니 이번에는 끄덕끄덕 마지못한 듯 고갯짓을 보내왔다.
> (이청준, 1994;23~24 , 밑줄 필자)

위 인용은 조 원장의 부임하던 첫날 돌부리 해안의 탈출현장을 보러 갔을 때 원장과 상욱 일행을 보고 뒤로 물러서는 '환자들'의 행위로, 일종의 '금기'를 유발하는 환자들 스스로의 행위로 볼 수 있다. "환자가 건강인을 대할 때는 반드시 다섯 걸음 이상 거리를 유지해라"(이청준, 1976: 26)라는 규칙은 '나병' 자체를 금기시하고자 하는 환자들과 병원측의 의도적인 동시에 무의식적인 어떤 금기에 대한 조치인 것이다. 섬의 조경이 아름답다고 말하는 원장에게 보건과장 상욱은 정말 아름다운 장면은 섬의 바깥이지만, 그곳은 섬에서만 바라볼 수 있을 뿐이라는 말을 한다. '오마도'에서 모든 것은 응시의 대상이다. 다시 말해 서로는 투사의 대상이다. 환자들은 부임해오는 원장들을 의도적으로 우상화한다. 이것은 그들 우상에 대한 진심어린 복종이라기보다, 대상을 우상화함으로써 누려지는 주이상 스 때문이다. 정상인과 거리를 두는 환자들의 행동은 규칙 이전, 그들 스 스로 정상인들과 일정한 거리를 둚으로써 자신들 스스로를 금기화하는 면이 더 강하다. 이는 그들 스스로를 물신화하는 것이다. 그들은 위장된 제스처를 취함으로써 스스로를 금기화하고 그럼으로써 자신들을 추방한 자들에 대해 의도적으로 냉소적 시선을 가시화한다. '기분 나쁜' '두려 워하고 있는지도 알 수 없는' '위태로운 침묵' 등은 이데올로기적 주체와 대상 사이에서 발생하는 냉소적 시선이며 조롱이다. 원장을 배반하고 육 지로 탈출하는 환자들의 끝없는 싸움 그리고 이들이 또다시 섬으로 귀환 하는 것을 반복하는 것은 환자들 스스로가 지배계급에 저항하는 하나의 방식이며 주이상스인 것이다. 환자들은 원장을 비롯한 지배계급의 의도 를 은밀함과 암묵적인 시위로 침묵한다. 이것은 거대한 이데올로기에 대 해 보내는 냉소적 시선의 그것인 것이다. 환자들은 새로운 원장으로 누가 부임해오든 그에게 전임원장들의 유령을 씌우고 그로 인해 발생되는 주 이상스를 즐긴다. 이들의 저항은 언제나 '당국의 눈을 피'한 은밀함과 침 묵으로 진행된다. '조백헌 원장' 또한 지배계급의 이데올로기와 인간 본성 의 양가성을 보여준다.

'오마도'는 '나병'의 일그러진 외형 그 자체를 외연적 실재로 물신화하 고 있다. '나병'이란 그 외현적 실재만으로 이미 많은 위험성을 내재하고 있는 모성적 영역에 대한 두려움을 야기한다. 왜냐하면 '나병'은 거세위협 으로 상실된 상상계의 어머니를 또다시 환기하기 때문인 것이다. 이로 볼 때'나병'은 여성성과 동일시되면서 주체의 결핍을 끝없이 환기한다는 점에서 동질성을 갖는다. '나병'은 일그러진 외형 그 자체를 물신화함으로써 타자로 하여금 접근할 수 없는 두려움과 공포를 자아낸다. 다시 말해 자신의 본질을 숨기는 환자들과 그들을 찾지 않는 가족들 모두에게 나병은 무섭고 두려운 왜상인 동시에 주체의 근원적 결핍에 대한 환기이다. 아름답게 다가오던 섬의 전경이 섬의 실재에 가까이 갈수록 두려움의 실재로 다가오게 되는 것은 이와 같은 연유에서다. 여기서 '나병'은 자신의 존재를 외연화함으로써 금기를 유발한다. 그리고 '오마도'는 '나병'으로 자신을 외연화하면서 그 외연적 실재보다 무서운 힘을 함유한 어떤 물신으로 드러나기 시작한다. 오늘날 정작 '나병'의 공포는 '외재성, 즉 '부재' 그 자체에 있다. 그것은 실재계가 함유한 거대한 블랙홀이다. 때문에 인간이 나병을 두려워하는 것은 그것의 본질에 내재된 위험성 때문이 아니라, 드러난 외재성에 기인한다.

　<당신들의 천국>에서의 '나병'은 무섭고 일그러진 외양을 감춘 거대한 모성성을 그대로 대변한다. 다시 말해 '나병'은 저주받고 천시받음으로써 외재화된 거대한 모성적 얼굴의 한 형상인 것이다. 그러기에 '나병'은 '금기'를 통해 자신의 영역을 '매혹적인 현존'(Žižek, 1989:130)으로 물신화한다. 그것은 실재계에 내재된 위험성 그 자체다. 자신의 존재를 외연화함으로써 금기를 유발하였던 '나병'은 인간으로 하여금 그들을 육지로부터 추방한데에 대한 죄의식을 비롯한 인간 본성에 내재된 근원적 결핍을 환기하게 함으로써 이전보다 더 강력한 실재로 작용한다. 금기의 상징으로 여겨져오던 '나병'에 대한 인식은 양면적이다. 그 하나는 그것의 존재 이유로만으로 가까이 갈 수 없는 공포성이다. 그리고 신성성이 그 다른 하나이다. '나병'은 외형성이다. 그것은 외형적인 모습 그 자체로서 하

나의 실존적 모습을 형상화한다. 그러기에 그것은 공포를 유발한다. 그러한 까닭에 나병은 '부재'인 동시에 존재 그 자체만으로 이미 '의미'를 함유하게 되는 것이다. 그러나 동시에 나병은 기독교적인 역사로부터 '신의 분노와 은총을 동시에 보여'(Foucault, 1961:23)[14]준다는 점에서 신성성의 상징을 내재하고 있다. 이로 볼 때 나병은 '구원'((Foucault, 1961:23)이면서 인간의 내면에 오래전부터 각인되어온 '죄의식'과 동일시된다.

서구 르네상스로부터 문명은 나병으로 발생되는 이 '금기'를 차별화함으로써 그들을 추방시키고자 하였다.((Foucault, 1961:23) 이들을 육지에서 몰아낸 자연인은 이들을 추방한데에 대한 죄의식을 무화시키고자 그것을 '가까이 있어 두려운' 어떤 대상, 즉 '금기'의 대상으로 물신화한 셈이다. 이러한 의미에서 '금기'란 일종의 차단막(보호막) 역할을 한다고 볼 수 있는 것이다. 이 같은 '나병'의 금기성은 '신성함'과 '두려움'이라는 이데올로기적 물신성을 유발한다. '간척사업'의 일환으로 나타나는 '조 원장'의 '바다'와의 투쟁은 '나병'으로 위장된 이데올로기적 '실재'와의 투쟁인 셈이다. 이때 '나병'은 '신성'과 '두려움'을 유발하는 어떤 실재로 위장됨으로써 인간의 본성에 내재된 근원적 결핍을 끝없이 환기하게 한다. 그것은 '부재'하지만 외연화된 어떤 힘을 함유하는 그런 것이 된다. 인위적이고 획일적으로 환자들을 관리해오던 '단종수술'은 남성 이데올로기의 폭력성을 상징하는 거세의 개념이었는데, 이는 사실상 그들의 두려움의 대상이 또다시 외연화되는 것에 대한 두려움이었던 셈이다.

---

14) 비엔나 교회의 전례서는 나병이란 신이 인간을 지상에서 처벌하는 은총의 사례이다. 다시 말해 나환자들을 쫓은 그 손이 나환자로 하여금 천국으로 구원하는 것이된다. (Foucault, 1961:23 참조)

2) 치유, 정화적 의미로서의 '오마도'

이청준의 텍스트에서 '바다'와 '섬'은 '광기'로 이어지는 매우 중요한 알레고리로 작용한다. <당신들의 천국> 역시 타자들의 영역인 '오마도'를 중심으로 '바다'의 물신성을 다루고 있다. 남성성으로 무장된 '조백원' 원장은 자연을 정복하고자 하는 집념의 인간이다. 부임 첫날부터 자신도 알수 없는 느낌에 사로잡힌 '조 원장'의 기시감은 사실상 인간이 바다와 맞대면할 때 갖게 되는 근원적 결핍이다. 다른 말로 하면 문화적 금기로 위장된 인간이 생산성의 근원으로부터 느끼는 어떤 죄의식에서 기원한다. 부임 첫날 '나환자' 구역에서 느끼게 되는 알지 못할 불안은 '터부'의 상징에서 발생되는 이 같은 내면적 불안을 그대로 드러내는 것이다. '조 원장'과 환자들이 그토록 염원하는 '바다'는 좀처럼 밑바닥을 드러내지 않는다. 그것은 바다란 이미 존재 그 자체가 모성의 심연을 간직한 두려움의 근원, 즉 '심연'인 까닭이다. '심연'은 '매혹'의 대상이지만 '그곳에 결코 이르지는 못한다.'(신경원, 2004:131) 그곳은 깊이를 측정할 수 없는[15] 혹은 그 경계를 알 수 없는 경계 너머의 영역이다. 그러한 까닭에 이청준 소설에서 '수평선 너머' 그 경계를 넘보거나 다녀오고자 하는 자는 죽음을 감수하게 된다. 다시 말해 바다는 '수평선 너머', 즉 죽음의 영역과 동일성을 갖는다. <이어도> <석화촌> <바닷가 사람들> 등에 나타나는 바다 너머 '수평선'을 다녀왔던 사람들은 대개 돌아오지 못하거나 죽는다. 이청준 소설에서 많은 사람들의 죽음은 수평선 너머의 세계에 대한 동경에서 비롯된다.

---

15) 이리가레이는 짜라투스트라가 "바다로 갔다가 다시 산 정상의 동굴로 귀환"한 까닭이 그 끝을 알 수 없는 "심연에 대한 원한" 때문이라고 한 바 있다. (신경원, 2004 ;132)

간척사업이 실패하면서 '조 원장'은 섬을 떠나게 되지만, 그는 결국 섬으로 되돌아오고야 만다. 섬사람들에 대한 집착을 숙명처럼 안고 사는 '조백헌' 원장에게 간척사업에 잠시 참여했던 경험이 있던 '이정태 기자'는 '미쳐가고 있다'(이청준, 1976:319)는 소리를 한다. 그런 그에게 '조 원장'은 '이 섬은 미치지 않고는 견뎌낼 수가 없'(이청준, 1976:319)다고 답변한다. 이 같은 '조 원장'의 광기는, 지금까지 문화적 금기로 치부해왔던 '어두운 심연'에 대한 갈망의 또 다른 역설임을 보여준다. '광기'는 인간 내면의 무서운 얼굴, 타자이다. 오랜 고전시대로부터 광기는 이성이라는 엄격한 사회적 제도로부터의 추방을 의미하는 기표로 작용하여 왔다. 그러나 광기는 인간의 내면에 내재해 있는 죽음충동의 또 다른 형태이며 모든 출발점의 원천이기도 하다. 바꾸어 말하면 광기는 저항과 폭력의 원천인 셈이다. 이러한 의미에서 푸코(Foucault)는 광기를 '어두운 역사'(Foucault, 1961)라고 한 바 있다.

> 아무리 돌을 깨다 던져 넣어도 바다 밑에선 도시 작업을 한 흔적이 나타나질 않았다. 열길이나 되는 물 속에서 한두 달 사이에 불쑥 돌둑이 솟아오르리라고는 애당초 기대를 하지 않고 시작한 일이었다. 그러나 아무리 애를 써도 gms적이라곤 찾아볼 수 없는 바닷물속에 무작정 돌만 깨다 던져 넣기란 웬만한 각오와 참을성을 가지고는 견뎌내기 어려운 일이었다.(중략)말없이 끈질기게 돌을 져나르고 있는 환자들은 오히려 두려워지기 시작했다. 환자들뿐만 아니었다. 그는 바다마저 두려워졌다. 돌을 던져도 던져도 하얀 고품만 솟아 오르는 바위가 두려웠다. 그리고 그 자신이 두려워지기 시작했다.
> (이청준, 1984:186)

‘오마도’는 엄밀히 말해 정화의 영역이기도 하지만, 남성적 지배이데올로기를 무화하고, 모성적 풍요로움으로 이들을 다시 태어나게 하는 여성성을 함유한다. 오마도는 “너그럽고 풍만하고 자애로운 어머니의 영역이 아니라 만지고 접근하기가 꺼려지는 ‘아브젝트(더럽고 비천한)화된 어머니의 자궁’, 즉 양수의 영역인 것이다. 오마도는 이성의 영역이 아니라 무의식의 영역이다. ‘바다’ ‘심연’ 등으로 은유되는 경계를 초월한 여성의 영역은 “자신과 타자”(신경원, 2004;1)를 동시에 보듬는다. ‘여성은 근본적으로 자기 자신뿐만 아니라, 타자를 포함한’ 까닭에 낯설고 공포스러운 존재이기도 하다.(신경원, 2004;154－157) 주체는 상징계로부터 끝없이 배척되는 ‘거부’, 즉 이 같은 ‘부정성’의 반복을 통해 거듭되는 주체로 재탄생된다.(Kristeva ; 1974) 이는 또한 주체를 의미생산에 참여하게 하는 역동성이다. 이리가레이 역시 여성은 본질적으로 존재하지 않는다는 라캉의 테제를 중심으로 비가시적인 여성의 성을 남성 지배담론을 위협하는 거념으로 본다.(신경원, 2004:209－219).

‘나병’으로 외연화된 거대한 이데올로기적 ‘실재’인 ‘오마도’는 ‘나병’으로 외현화된 두려움과 신성성의 영역인 셈이다. 아버지의 법으로 상징되는 ‘조백헌 원장’의 부성성은 검은 대륙인 여성성의 힘 앞에서 여지없이 무너지고 만다. 여기서 ‘오마도’는 동일성의 논리를 붕괴하는 여성성과 동일성을 갖는다. 그리고 이 여성성은 비고정성인 ‘물의 본성’과 동일성을 갖는다. 르네상스 시대는 광인들을 항해시키는 방법이 행해졌는데, 이때 ‘물’은 그들을 육지로부터 추방하는 것임과 동시에 ‘순화’하는 용도로 인식되었다.(Foucault, 1961: 28) 서구의 이분법적 가치관에서 보면 ‘물’은 ‘비고정성’ ‘불확실성’의 상징이다. 그러나 노자의 자연관에서 보면 ‘물’의 상생의 원리에 근거해 있다. 노자는 일찍이 '물'을 '만물의 어머니'라고 하여 '여성적 속성'으로 비유하였다. 굳이 노자를 거론하지 않더라도 '물'의 본성은 여성의 몸체와 가장 닮아 있다. 이러한 의미에서 '오마도'는 신성한 어머니의 자궁이되, 불가해한 심연성을 내포한 검은 블랙홀이다.

<당신들의 천국>에 등장하는 주인공들은 '육지'에서 '바다'로 들어온 인물들이고 이들의 이성적 의식은 보이지 않는 힘에 의해 세뇌당한다. 예컨대 <당신들의 천국>에서 수많은 굴절과 배반을 경험한 '조백헌 원장'의 섬으로서의 정착은 보이지 않는 어떤 힘에 의해 섬사람들과 동일화된 한 형태로 볼 수 있다.

나환자들이 거주하는 '오마도'는 추방된 타자들의 영역이지만, 그 안에 '직원지대'와 '병사지대'라는 계열이 존재한다는 점에서 다분히 이데올로기적이다. 이는 또한 주체란 근본적으로 이데올로기의 그물망 속에서 벗어날 수 없음을 역설하는 것이기도 하다. 그러나 엄밀히 말해<당신들의 천국>의 '소록도'는<이어도>나<석화촌>의 섬과 동일한 의미를 생산하지는 않는다.<이어도>와<석화촌>의 '섬'이 보이지 않는 물신성을 유발한다면, '소록도'는 타자들의 영역이다. 다시 말해 '소록도'는 결핍과 부재 그 자체를 이미 외연화한다.<이어도>나<석화촌>의 '섬'이 권력의 바깥, 즉 타자성으로 존재다면,<당신들의 천국>의 '섬'은 그러한 권력을 무화하는 모성적 바다 그 자체를 상징한다고 볼 수 있다.

4. 결론

정치권력과 이데올로기, 소설구조, 신경증의 여러 양상 등을 중심으로

한 이청준에 대한 지금까지의 연구성과는 상당하다. 이들 연구의 공통점을 보면 '이데올로기로 인한 병리적 증상'이라는 문제로 귀결된다. 그럼에도 불구하고 발생상황에 대한 근본적인 천착이나 증상에 대한 본질적인 진단보다는 병리학적 양상들을 드러내는데 치우친 감이 있다. 그러다보니 이청준 문학의 미학적 특성을 제대로 밝히지 못한 면이 있다.

'파랑도'라는 허구의 섬을 찾아나갔다가 실종된 '천 기자'의 죽음을 다룬<이어도>는 허구화된 섬의 물신적 메커니즘을 보여준다. 그리고 이같은 물신적 메커니즘의 원천이 여성성을 바탕으로 하고 있음을 보여준다. 실존하지 않는 섬의 실재를 찾아나선 천 기자의 의식을 지배하는 것은 어머니의 노랫가락이다. 이 작품에서 천 기자의 어머니의 노랫소리는 남성 주인공들을 바다로 이끄는 매개체의 의미를 지닌다. <이어도>는 '여자' '섬' '바다'와 같은 여성적 동질성이 남성 동일성적 메커니즘을 흩트리는 매개체로 작용한다. '이어도'는 섬사람들을 운명이라는 동일성으로 묶어 놓는다. 분석가의 위치에 있는 '양주호' 역시 교묘한 역설로 '천 기자'의 실종을 죽음으로 몰아감으로써 '이어도'란 허구의 섬이 가지고 있는 물신성을 강화한다. 여기서 '파랑도'의 환영은 또 다른 '이어도'의 전설을 낳는다. 이는 '이어도'의 실재 여부보다 그들의 욕망이 만들어 낸 '전설'이 더 중요하게 작용하고 있음을 말한다. '이어도'는 인간의 근원적 회귀욕망이 만들어낸 환상의 섬으로, 인간의 회귀적 욕망, 즉 죽음 욕망을 무의식적으로 드러내는 것이라고 볼 수 있다.

이러한 의미에서<석화촌>역시, 물에 빠져죽은 아버지를 따라 죽은 어머니 정씨를 자신과 동일화하는 '별네' 역시 여성성에 기반해 있다. 여기서 '별네'는 '거무'에게 그녀 자신도 알 수 없는 어떤 혼령으로 작용함으로써 '거무'로 하여금 죽음에 이르게 한다. '별녜'는 '문화적 금기'의 영역인 모성성의 은유로 작용한다.

<당신들의 천국> <이어도> <석화촌>은 '바다' 혹은 '수평선' 너머의 보이지 않는 이데올로기적 물신성을 다루고 있다는 점에서 동일성적 구조를 취하고 있다. <당신들의 천국>은 타자들의 영역인 '오마도'를 중심으로 '나병'의 일그러진 외형 그 자체를 외연적 실재로 물신화하고 있다. 섬의 조경이 아름답다고 말하는 원장에게 보건과장 상욱은 정말 아름다운 장면은 섬의 바깥이지만, 그곳은 섬에서만 바라볼 수 있을 뿐이라는 말을 한다. 다시 말해 '오마도'에서 모든 것은 응시의 대상이다. 환자들은 부임해오는 원장들을 의도적으로 우상화하고, 동시에 그를 배반함으로써 누려지는 주이상스를 즐긴다. 그들은 위장된 제스처를 취함으로써 스스로를 금기화하고 그럼으로써 자신들을 추방한 자들에 대해 의도적으로 냉소적 시선을 가시화한다. 나병은 주체의 내면에 내재된 두려움의 원천인 거세위협, 즉 모성성을 끝없이 환기한다. 그것은 '부재'하지만 외연화된 어떤 힘을 함유하는 그런 것이다. 그러한 까닭에 나병은 '부재'인 동시에 존재 그 자체만으로 이미 '의미'를 함유한다. 지배계급의 이데올로기와 인간본성의 양가성을 보여주는 조 원장의 태도 역시 여기서 기인한다. '오마도'는 남성적 지배이데올로기를 무화하고, 모성적 풍요로움으로 이들을 다시 태어나게 하는 정화의 영역이다. 그러기에 남성성으로 무장된 '조백원 원장'에게 '바다'는 극복해야 할 도전인 동시에 두려운 '심연'으로 다가온다. 그곳은 어머니와의 합일에 대한 욕망, 즉 죽음의 영역이기 때문인 것이다. 여기서 '오마도'는 남성이데올로기를 무화하는 정화의 영역으로 작용한다.

이청준의 텍스트에서 '섬'이나 '바다'는 그것의 실재 여부보다 상상계의 잔여물인 대상a, 즉 어머니의 잉여가 야기하는 물신성에 의해 전도된다. 그러나 <당신들의 천국>의 '소록도'는 <이어도>나 <석화촌>의 섬과 동일한 의미를 생산하지는 않는다. <이어도>와 <석화촌>의 섬이 권력의 바깥, 즉 타자성으로 존재한다면, <당신들의 천국>의 '섬'은 그러한 권력을 무화하는 모성적 바다 그 자체를 상징한다고 볼 수 있다. 이 같은 환영적 메커니즘은 이청준 텍스트의 중요한 미학을 보여준다. 욕망의 주체를 구조화하는 이 같은 물신적 메커니즘은 인간의 병리학적 증상을 치유하는데 폭넓은 방법론적 근거를 제공한다.

여성적 메커니즘은 자본주의적 주체들이 간과하고 있는 본질성에 대한 의미를 깨닫게 해주고, 분석가와 분석주체의 대화를 통한 치유의 효과처럼 현대적 주체의 내면을 치유한다. 그리고 이러한 중심에 문학 텍스트가 있다. 이청준 텍스트에 나타나는 다양한 여성성은 이데올로기적 주체들이 자신들의 언어를 어떤 증상으로밖에 얘기할 수 없음을 보여준다. 근원적 부재를 상징하는 여성성은 그 원초성으로 인해 무수한 환영을 야기함으로써 지배이데올로기에 균열을 가한다. 모성적 환영에 의한 물신성은 이청준 텍스트의 미학인 동시에 후기자본주의적 주체의 내면을 탐구하는 데 근거를 제공한다.

참고문헌

1. 기본자료

이청준(1971),『잔인한 도시』, 나남.

이청준(1976;재판1984),『당신들의 天國』, 문학과 지성사.

이청준(1984),『황홀한 실종』, 나남.

이청준(1992),『별을 보여드립니다』, 중원사.

이청준(1996),『석화촌』, 솔.

2. 논저 및 단행본

권택영(1986),「이청준소설의 중층구조」,『외국문학』, 제10호, 108~130쪽.

권택영(2009). 「증상으로 읽는 이청준 소설」,『한국문학이론과비평』제42집, 279~300쪽.

김소륜(2006),「이청준 소설의 환상성 연구 : '모성'추구 양상을 중심으로」 이화여자 대학교 석사학위논문.

김미연(2003),「「주이상스」남성의 쾌락을 넘어서」,『페메니즘과 정신분석』, 179쪽.

김승만(2008),「이청준 소설에 나타난 여성의 눈에 관한 연구」『현대문학이론연구』 34집, 329~353쪽.

김영찬(2004)「불안한 주체와 근대」,『상허학보』제12집, 39~65쪽.

김영찬(2005),「이청준 격자소설의 정치적 (무)의식」『한국근대문학연구』6권 2호, 329~353쪽.

김예진(2007),「이청준 소설에 나타난 권력의 감시체제 : ≪당신들의 천국≫,『소문 의 벽』을 중심으로」, 덕성여자대학교 석사학위논문.

김인경(2007),「이석주교수정년기념특집 : 현대문학 ; 부조리한 현실에 대한 문학적 대응 － 1970년대 이청준 소설을 중심으로－」『한성어문학』26집, 315~336쪽.

김화선(1998),「죽음을 통한 자유의 실현－이청준「마가의 죽음」,『문예시학』제9집, 43~63쪽.

나소정(2007),「이청준 소설의 공포증 모티브」『한국문예비평연구』제23집, 253~275쪽.

박미란(2004),「이어도, 탈존하는 실재의 섬」,『현대소설연구』, 제24집, 373~389쪽.

박은태(2006), 「이청준의 1960년대 소설 연구」,『현대문학의 연구』제28집, 239~269쪽.

서동수(2001),「시뮬라크르의 세계와 미시권력」,『계례어문학』27집. 233~266쪽.

송명진(2002), 「이청준 소설의 이야기 권력 연구」,『시학와 언어학』.제4집 191~210쪽.

신경원(2004),『니체 데리가 이리가레의 여성』, 서울:소나무.

여성문화이론연구소(2003),『페미니즘과 정신분석』, 서울:여이원.

이승준(2002)「李淸俊 小說에 대한 精神分析的 硏究 : 인물들의 現實對應方式에 관하여」, 고려대학교박사 학위논문.『한국근대문학연구』

이승준(2002)「프로이트의 정신분석학적 관점에서」『현대소설연구』,한국현대소설학회,

이현석(2007),「이청준 소설에 나타난 역사의 서사화 방식 연구」,『한국문학논총』제47집, 437~463쪽.

우찬제(2005),「이청준 소설에 나타난 불안의식 연구」,『어문연구』33권, 한국어문교육연구회.

장윤수(2005),「천국의 로고스와 상생의 소설학」,『현대소설연구』. 353~379쪽.

정혜경(2000),「이청준 소설에 나타난 액자소설의 변이형 연구」,『현대문학이론연구』14권, 현대문학이론학회. 325~348쪽.

졸고(2007), 「박상륭 소설 연구」, 강원대학교대학원 박사학위논문, 20-21쪽. 재인용.

최영환(2009),「이청준 소설에 나타난 질병의 의미」연세대학교대학원석사학위논문.

한순미(2003),「부재(不在)를 향한 끝없는 갈망-이청준 연작 <남도사람> 다시 읽기,『현대소설연구』20호, 347~365쪽.

Chatman, Seyomour(1989),『원화와 작화』, 최상규 옮김, 서울:예림기획. 1998, 202쪽.

Derrida, Jacques(1991), *Eperons Les Styles de Nietzsche*,『에쁘롱-니체의 문체들』, 김다운 · 황순희 옮김, 서울:동문선, 1998,

Foucault, Michel(1961),『광기의 역사』, 김부용 옮김, 서울:인간사랑. 1991..

Freud, Sigmund(1976a), *The complete Psychological Words of Sigmund Freud, Vol. 16.*『종교의 기원』, 이윤기 옮김, 서울:열린책들.

_____(1976b), *The complete Psychological Words of Sigmund Freud, Vol. 11*,『정신분석학의 근본개념』;윤희기 · 박찬부 옮김, ,서울:열린책들.

Kristeva, Julia(1974). *La Rvolution Du Langage Poétique*,『시적언어의 혁명』, 김인환 옮김, 서울:동문선, 2000.

Lacan, Jacques(1978), *The Four Fundamental Concepts of Psychoanalysis.* Alan Sherida. trans, New York: Norton.

_____, (2008), *Le Séminaire livre XI. Les quatre concepts fondamentaux de la psychanalyse,*『자크 라캉 세미나』, 맹정현 · 이수련 옮김, 새물결.

Žižek, Slavoj(1989), The Sublime Object of Ideology,『이데올로기라는 숭고한 대상』, 이수련 옮김, 서울:인간사랑. 2002.

_____, (2001), *Enjoy Your Symptom*, London: Routledge.

이데올로기적 환상으로서의 김훈 소설

1. 서론

김훈은 1995년 <빗살무늬 토기의 추억>으로 문단에 나오기 시작하였다. 이후 2000년대 초반 <칼의 노래>(2001)를 발표하면서 주목받기 시작한 이래, <현의 노래>(2004) <강산무진>(2005) <남한산성>(2007)과 같은 작품을 발표하면서 많은 문학상을 수상한 바 있다. 문단의 경력은 짧지만 그가 한국문학사에서 차지하는 비중은 크다고 할 수 있으며[1]

[1) 김훈에 대한 평론, 논문은 다음과 같다.

김영찬, 「김훈 소설이 묻는 것과 묻지 않는 것」, 『창작과 비평』, 2007년 가을 ; 장석주, 「김훈 소설, 혹은 그 이마고에 관하여 : ≪칼의 노래≫ ≪남한산성≫을 중심으로」, 『문학의 문학』, 2007, 가을 ; 하상일, 「≪남한산성≫을 통해 본 한국소설의 가능성」, 『기획회의』, 2007. 10. 20 ; 김경수, 「중년 탐색의 허와 실」, 『황해문화』, 2006, 가을 ; 손정수, 「차이를 사유하는 네 가지 소설적 방식」, 『문학판』, 2005, 가을 ; 송주현, 「아수라 시대, "작은" 영웅의 감각적 서사」, 『이화어문논집』 제23집, 2005 ; 김현정, 「≪개≫처럼고 빛나는 세상에 바치는 순결한 생의 찬가」, 『기획회의』, 2005. 8.5 ; 이필규, 「서술하는 육체와 서술화되는 육체의 비극」: 『제3의 문학』, 2000, 봄 ; 심진경, 「경계에 선 남성성」, 『문학과 사회』, 2003, 가을 ; 반영환, 「김훈 소설 연구」, 고려대학교 교육대학원 석사학위논문, 2007.]

대중에게 받는 사랑 또한 지대하다.[2]

김훈 작품 속 주인공들은 끊임없이 어떤 대상에 대한 인식을 전제하고 있다. 그러한 인식의 대상이 역사가 됐건 혹은 역사의 어떠한 인물이 됐건, 마치 화가가 추상화를 그리듯, 인물들의 의식을 통해 관념화되고 있다는 점이다. 경우에 따라서는 그러한 관념들은 무엇인가를 은폐하고 있는 그럴듯함으로 제시되거나 반대로 대상이나 인식 자체가 무화되는 듯한 느낌을 자아낸다.[3] 이러한 느낌은 독자가 지금까지 알고 있던 역사성이나 대상에 대한 어떤 가치 같은 것을 구체화시키는 것이 아니라 대단히 낯설게 함과 동시에 그의 소설을 이끄는 원동력으로 작용하기도 한다. 얼핏 보면 <강산무진>과 다른 장편 작품들의 성격이 변별될 가능성이 있지만, 이들 작품에 동일하게 드러나고 있는 것은 주인공의 대상에 대한 냉담함이다. 이때 그의 소설 속 주인공들의 공통된 인식은 '죽음'이나 '소멸'과 같은 허무주의적 관념들이다. 더불어 이러한 인식은 자본주의적 현실이나 역사 혹은 이와 관련된 이데올로기와 연관된다는 공통점이 있다. 예컨대, 김훈의 초기작 <빗살무늬 토기의 추억>에는 '바람'이라는 이미지를 통해 도시를 흔드는 바람, 그것에 대한 계통학적 기원에 대한 물음과 무의미성이 표면화되고 있다. 이후 발표된 <칼의 노래> <현의 노래> <남한산성> 등의 작품들에도 그 같은 특성이 드러나고 있다. 김훈의 소설들은 대중소비사회에서의 물자체(Ding an sich)에 대한 통렬한 인식을

---

2) 송주현은 김훈 소설의 '대중성'을 '당대 독자의 욕구'와 관련시키고 있다. 송주현, 위의 논문, 86면.

3) ≪칼의 노래≫에 나타나는 '묘사' 우세의 재현방법을 '삶의 덧없음' 혹은 '모호함'으로 보는 시각도 있다. 김택호, 「서사와 묘사:인간이 삶을 재현하는 두 가지 방법과 작가의 태도」, 『한중인문학연구』, 제17집, 122쪽. 참조.

전제하고 있다. '천민의 민족이 지배하는 '대중의 세기'에서의 '구토'는 '자기반성에 대한 간격임과 동시에 현존에 대한 경멸의 태도를 의미한다.'4) 대상에 대한 통렬한 인식이 전제되지 않는 맹목적 숭배는 자칫 천박한 물질주의나 자기분열을 초래하게 되기 때문인 것이다.

<빗살무늬 토기의 추억>를 비롯한 단편 수록집인<강산무진>과 장편소설인<칼의 노래> <현의 노래> <남한산성>과 같은 작품들에 일관적으로 드러나고 있는 것은 주체의 대상에 대한 인식의 전환이나 무의미성이다. 이처럼 김훈의 작품들은 의미가 부재하는 역사나 물질적 가치가 이데올로기적 허상을 만들어내고, 그로 인해 모든 개별성이 보편성으로 전락하는 것에 대한 역설적 의미를 주인공들의 역사나 대상에 대한 냉소적 시선으로 보여주고 있다. 소비사회로 일컬어지는 후기자본주의적 사회에서의 김훈 소설은 이데올로기적 허상에 맹목적으로 편도 되는 천박한 물질주의를 상기하게 한다. 이는 아울러 물질화되어 가는 대중소비사회에 대한 인식적 전환과 인문학적 성향에 대한 재인식과 새로운 가치를 제고하게 한다. 모든 가치가 획일화되어 가는 대중사회 속에서 사물과 대상에 대한 인식과 조명은 그것에 대한 통렬한 인식과 반성을 요구한다. 때문에 김훈의 많은 소설들은 인간의 존재론적 물음을 '개별성과 집단성에 대한 계통학적' 물음을 전제한다. 이 같은 존재론적 물음을 김훈은 '역사'라는 인식론적 개념으로 응집시키고 있다. 김훈의 소설들에 나타나는 주인공들의 세계에 대한 인식은 매우 냉소적이다. 그들은 맞닥뜨릴 수밖에 없는 구체적 현실을 의도적으로 거부하지 않고 담담하게 수용하는 모

---

4) 김정현.『니체의 몸철학』, 문학과 현실사, 2000, 162쪽, 참조.

습을 보여준다. 김훈의 소설에 자주 등장하는 소재는 '역사'다. 이때 '역
사'란 인식의 측면에서 대중들에게 잠재되어 있는 집단적 정서를 자극하
고 신선한 감각을 부여한다고 할 수 있다. 일반적으로 역사란 사실에 입
각하고 그러한 사실에 대한 객관적 고증이라는 것이 통념으로 인식되어
왔다. 그러나 20세기 이후 역사는 실증적인 고증물로서의 인식과 역사란
쓰는 이에 의해 다시 쓰여질 수 있다는 인식으로 대별된다. 후자의 관점
에서 역사적 사실은 방법론적 지평에 의해 재창조 될 수 있다.

요약하면, 김훈 작품 속 주인공들은 개별적 주체가 감당해야 하는 '역
사성'이나 '죽음'을 물질의 전도적 가치로 체험한다. 이런 이면성 뒤에는
기본적으로 역사나 사물 혹은 존재의 무의미성 같은 비의적 의미가 내재
돼 있다. <화장> <향로표지> <배웅> <빗살무늬 토기의 추억>등에
등장하는 주인공들은 이데올로기라는 물신적 환영에 의해 전도된 현대적
주체의 비의를 표상한다. 여기서 작가는 그런 현대적 주체의 비의를 냉소
성을 통해 전략화한다.

근본적으로 역사란 인식의 대상이다. '역사란 쓰는 일 자체를 통하여
만들어진다'[5]는 가라타니 고진의 말처럼, 역사란 역사의 대상을 물질화
하는 것이다. 모든 사물의 본질은 기원을 가지고 있는 것이 아니라 인간
의 인식에 의해 관념화될 때 실재가 된다. 따라서 본질이란 본질 그 자체
에 있지 않고, 마치 포우의 <도둑맞은 편>에서처럼 쓰는 사람 혹은 인식
의 대상이 누구인가에 따라 다른 기원을 갖게 되는 것이다. 말하자면 이
것은 인식의 문제이다. 인식이란 대상과 대상과의 관계를 형성한다. 그리

---

5) 가라타니 고진, 김경원 옮김, 「역사에 대하여」, 『마르크스 그 가능성의 중심』, 이산,
   1999, 136쪽.

고 그러한 인식이 반복될 때 우리는 어떤 대상에 대한 관념을 가지게 된다. 어떤 대상이 관념의 대상이 된다는 것은 동시에 존재의 의미를 지니게 되는 것과 같다.[6]

이러한 관념성은 후기자본주의적 논리인 상품화의 논리와 연관지을 수 있다. 지젝은 라캉의 마르크스에 대한 독해를 다시 독해하면서, 사물이 무엇인가 의미를 함유하고 있다는 고전적 독해를 뒤엎는다. 지젝에 의하면 사물을 믿는 것은 주체가 아니라, '사물 자체가 그를 위해 믿는다.' 즉 믿음이란 지식에 있는 것이 아니라, 믿고자 하는 믿음 그 자체에 있다는 의미이다.[7] 더불어 믿음이란 내적인 것도 외적인 것도 아닌 '손상되지 않은' '객관적인 상태' 그 자체에 있다.

이때 사물의 가치는 물신의 전도적 가치에 의해 결정되는 자본주의적 메커니즘에 의하여 잉여성을 생산한다. 이때 주체가 경험하게 되는 사물의 실재[8]란 가상성, 즉 빈 기표로 의미화된다. 마르크스의 고전적 개념에서 '화폐는 마치 물질의 직접적인 가치를 함유하고 있는 것 같은 오인'[9]을 유도한다. 여기서 '화폐'란 무엇인가를 은폐하고 있는 것이 아니라, 자신

---

6) 김연찬은 김훈 소설에서의 '역사' '전쟁'과 같은 소재를 '작가 특유의 개성적인 미장센'으로 보고 있다. 김연찬, 앞의 논문, 391쪽.

7) 지젝에 의하면 주체란 대타자로 상징되는 베일로 싸여진 그 부분이 텅 빈 해골이라는 것을 모르는 것이 아니라 알면서도 주체 자신의 결여를 인정하지 않기 위해 공백을 그 상태로 유지하는 냉소적 주체로 전환된다. 슬라보에 지젝, 이수련 옮김.『이데올로기라는 숭고한 대상』, 인간사랑, 2002, 52~57쪽. 참조.
   슬라보에 지젝, 위의 책, 354쪽. 참조.

8) 사물이란 '어떤 것을 모방하거나 상징화하지 않으면서 '사로잡는', 미완이면서 무정형'인 그런 것이다. 슬라보에 지젝, 김소영·유재희 옮김, 『삐딱하게 보기』, 시각과 언어, 1995, 86쪽, 참조.

9) 슬라보에 지젝, 이수련 옮김, 『이데올로기라는 숭고한 대상』, 앞의 책, 65쪽. 참조,

의 존재를 정당화하기 위해 개인 스스로가 의도적으로 화폐의 물질성을 '왜곡'하게 만드는 매개체로 작용한다. 이로써 자본주의적 주체는 물신에 의한 '오인'을 의도화한다. 존재란 본질에 있는 것이 아니라, 존재의 본질을 의도적으로 '냉소화'[10]함으로써, 그것을 더욱 강력하게 부정[11]하는 것이다.

지젝에 의하면 이데올로기란 더 이상 '사회적인 현실과 왜곡된 표상 사이의 거리'를 다루고 있는 것이 아니라, 그로 인해 드러나는 본질 그 자체에 있다. 다시 말해 우리가 어떤 존재를 무화시키는 길은 존재가 지닌 '역설', 즉 오인된 현실을 현실 그 자체로 보는 데서 발생한다.[12] 허위의식을 폭로하는 고전적 이데올로기의 개념[13]은 이미 전설이 되고, 주체는 그러한 이데올로기가 쓴 가면을 아무런 표정없이 그대로 받아들이는 냉소적 주체가 된다. 이는 지젝이 주장하는 '이데올로기에 대한 일종의 도착된 부정의 부정'의 형식이다.[14]

본고는 김훈의 작품에 내재된 주인공들의 냉소적 시선을 후기자본주의적 메커니즘의 일환인 사물화의 개념으로 분석하고자 한다. 이를 위해 본고는 라캉의 '실재계'를 잉여성적 개념으로 독해한 지젝의 이론을 원용하고자 한다. 대중성과 역사성을 매개로 독자의 전폭적인 지지를 얻고 있

---

10) 지젝은 "쾌락의 바다에 떠 있는 하얀섬(iles flottantes)"이란 라캉의 말을 빌면서 기표의 떠다님이 더 이상 의미화 작용에 기여하지 않고 '블랙 홀'로 기능하는 상징적질서 그 자체라고 말한다. 슬라보예 지젝, 『삐딱하게 보기』, 앞의 책, 85~86쪽, 참조.
11) 슬라보예 지젝, 『이데올로기라는 숭고한 대상』, 앞의 책, 60~64쪽. 참조.
12) 위의 책, 같은 페이지. 참조.
13) 지젝에게 이데올로기란 '부유하는 기표들이 어떤 매듭을 통해 통합된 하나의 장으로 전체화되는 것처럼 보이는' 어떤 장일 뿐, 이데올로기의 목적은 이러한 과정을 통하여 형성되는 '잉여물'에 있다. 위의 책, 217쪽.
14) 위의 책, 같은 페이지, 참조.

는 김훈 작품 속 주인공들은 맞닥뜨릴 수밖에 없는 개별적 주체로서의 '역사성'이나 '죽음'을 물질의 전도적 가치로 체험한다. 이는 텅 빈 기표에 열광하는 후기자본주의적 주체의 비의이고 동시에 삶의 동인이기도 하다.

2. 이데올로기적 환상과 냉소적 이성

2004년 이상문학을 수상한 <화장>(2003)을 비롯한 8편의 단편집을 수록한 <강산무진>은 후기산업시대에 당면한 주체들의 냉소적 이성을 다루고 있다. 이들 작품에서 주인공들은 동일성적 주체가 되지 못하고 사물화된 개인으로 전락한다. <화장>은 암투병중이던 아내의 죽음을 통해 삶의 본질을 냉철한 이성으로 응시하는 주체의 존재론적 사유를 다루고 있다. 처참할 정도로 구체적으로 묘사된 '아내'의 죽음은 남편과 딸의 절제된 의식과 대조를 이루고 있다. 한 인간의 사라짐, 그 현실적 부조리함에 대하여 화자는 항변조차 할 수 없다. 아내가 딸을 낳았다는 사실조차 믿을 수 없는 화자의 인식은 냉철한 냉소성에 바탕해 있다. 아내의 죽음은 말 그대로 자본주의에 의해 계량화된다. 자본주의적 메커니즘은 '실체 없는 실체'를 생산한다. 처참할 정도로 파편화된 아내의 죽음은 죽음 그 자체일 뿐 아무것도 아니다. 그것은 죽음의 은유에 대한 거부이자 언어를 통해 더 이상 본질을 드러낼 수 없는 냉혹한 현실일 뿐임을 보여준다. '火葬'과 '化粧'이라는 동음이의성은 언어란 당위적 현실을 그려내기엔 절대적 한계성을 가지고 있음을 보여주고 있다. 아내의 뇌종양을 판정하면서 '뻔한 소리'를 늘어놓는 의사의 말은 냉소적 이성 그 자체이다. '죽은 자는 종양에 걸리지 않고, 살아 있는 자만이 종양에 걸'(<화장>, <강산무

진>, 38쪽)린다는 의사의 상투적인 말은 현대적 주체의 냉소적 이성을 그대로 투영하는 것이다. 이러한 의미에서 '火葬'과 '化粧'과의 변별적 차이는 '늙음'과 '젊음', '죽음'과 '삶'이라는 변별적 의미를 상투화하는 추상적 관념화에 불과하다. 이때 추상화된 현실은 개별적 주체가 감당해야 하는 당위론적 현실 그 자체이다. '나'는 아내의 고통과 죽음 앞에서 아무것도 해줄 수 없는 개별적 존재로서의 무력감을 느낀다. 작가는 아내가 죽은 날 아침 사우나를 하고 비뇨기과를 들러 간호사의 도움으로 배뇨를 해야만 하는 주인공의 모습을 통해 현대적 주체의 비의감을 알레고리로써 냉소화한다. 까뮈의 '이방인'을 연상하게 하는 이 작품은 언어적 추상성 앞에서 무력하게 무너지는 현대인의 자화상을 알레고리로써 재현하고 있다.

<배웅>에서는 '장수식품'이라는 '바다식품회사의 하청업체를 경영'하던 '김장수'가 IMF로 회사가 부도가 나자 택시운전수로 전직한다. 운행 중 전에 산지로 물건을 매수하러 돌아다닐 때 동행하곤 했던 '윤애'가 아이를 안고 몇 년 만에 공항에 나타나고 그녀와의 과거가 잠시 회상되고 다시 공항으로 그녀를 배웅하는 것이 서사의 전부다. 여기서 인물들은 아무런 의미도 배태하지 못하고 떠도는 유령, 즉 빈 기표를 표상한다.

<항로표지>는 IMF로 회사가 부도가 난 이후 불도저 운전수로 전락한 '송곤수'의 삶과 명멸해가는 등대의 불빛이 대조됨을 보여준다. 이 작품은 '등대장 김철'과 '불도저 운전수 송곤수'의 교차적 삶을 통해 이데올로기란 근본적으로 냉소성을 가장한 환상의 영역임을 보여주고 있다. 자본주의적 주체가 감당해야 하는 것은 자본이라는 거대한 이데올로기가 함유한 냉소적 이성이다. 자본주의적 체재에서 '자금은 실체가 없이 그냥 흘러다니는 유동성'으로 '안개처럼 흘러다니는 허깨비이면서' 동시에 숨통

을 조이는 '오랏줄'로 표상된다. 회사가 부도나자 연대보증을 섰던 송곤수는 사장의 뒤처리를 위해 동분서주하지만 그것은 그를 옥죄는 오랏줄이었을 뿐 그는 유령적 사장의 허수아비로만 존재한다. 이렇듯 언어가 내재적 의미를 갖지 못할 때 그것은 허무주의[15]나 비극적[16] 인식의 요인으로 작용할 가능성이 있다. 주체를 움직이는 동인인 이데올로기가 의미를 배태하지 못한 '헛것'으로 인식될 때 주체는 한낱 허깨비로 전락하는 것이다. 이것은 오늘날 현대적 주체가 직면한 존재론적 상실감이기도 하다. 김훈의 작품을 비극적 인식이나 허무주의로 해석하는 이유가 여기에 있기는 하지만, 지젝의 논리로 적용할 것 같으면 그것은 존재의 이유가 된다는 역설을 함유하고 있다.

자본의 힘은 그 자체의 근원적 힘에서 비롯되는 것이 아니라 <배웅>이나<향로표지>에서처럼 파멸이나 부도를 통해 체험한다. 다시 말해 자본주의라는 거대한 실체를 움직이는 '자본'의 힘은 내부에 있는 것이 아니라 외재성, 즉 관계에 있다. 이때 외재성이 함유한 이데올로기적 환상은 존재의 조건이 되는 것이다. 때문에 이데올로기란 근본에 있는 것이 아니라 '구조화된 환상'에 있다.[17] 이러한 환상이 깨어질 때 주체는 블랙

---

15) 장석주는 <남한산성>에서 강을 건네준 사공의 목을 베는 김상헌을 일컬어 '역사를 바라보는 작가의 허무'의식으로 보고 있다. 장석주, 앞의 평론, 350쪽. 참조.

16) 송주현은 김훈의 소설 속 인물들이 주로 비극적 결말을 맞이하는 것은 오늘날 '보통의 현실을 살아가는 독자들의 현실인식이다.' 라고 말하고 있다.이것은 김훈의 소설들이 역사적 소재를 서사화하고 있지만, 그 밑바탕에는 오늘날 개인이 처한 존재론적 현실과 닿아 있음을 말하는 것이다. 송주현, 앞의 논문, 91~92쪽. 참조.

17) 이데올로기 환상이란 사회를 구조화하는 구조적 모순에서 비롯한다. 이때 주체는 구조적 모순이 야기하는 오인된 환영을 쫓음으로써 자신을 유지하는 것이다. 슬라보예 지젝, 『이데올로기라는 숭고한 대상』, 앞의 책, 68~69쪽. 참조.

홀로 추락하지만 그러한 환상이 유지될 때 주체는 존재하게 된다는 역설이 성립된다. 이때 자본은 그 실체성을 드러내는 거대한 괴물이 된다.[18]

<빗살무늬 토기의 추억>에서 '소방관'과 '나'는 시원을 알 수 없는 '무계통'의 바람이 도시를 진격해 들어와 전선을 울게하고 대열을 이루며 거대한 회오리바람을 만들고 나아가 한 개인을 죽음으로 몰아가는 그 부조리함에 대해 알지 못한다. '서른살'에 소방관으로 임명되어 '서른두살'에 화재현장에서 생을 마감한 '나'의 직속 부하 '장철민'의 죽음은 개체성이 상실된 하나의 물리적 대상으로 관념화된다. 내가 장철민에 대해 알고 있는 것은 오직 그가 소방서에 들어오기 전 어느 회사의 '포크레인 운전사'로 있었고 영업용택시 운전수였다는 것이 전부다. '나'는 그가 어디서 나서 어디로부터 그곳에 오게 되었으며 그가 어떠한 고뇌를 가지고 살았었는지 아무것도 알 수 없다. 여기서 '장철민'이라는 존재의 본질은 근본적으로 존재하는 것이 아니라 '포크레인 운전사'인 '그'와 그의 상관인 '나'와의 관계를 통해서 획득될 뿐이다. 이때 한 개체성은 전체성 속에 동화되며 익명화된다. 장철민이라는 개체성은 '불길'이라는 환영된 이데올로기

---

18) 라캉의 욕망에 대한 환유적 기표는 다음과 같다.

f(S···S`)S＝S(－)s

이 환유적 구조에서 기표는 의미 생성에 기여하지 못하고 다른 기표에 의해 끝없이 대체되지만, 이로 인해 주체는 자신의 존재적 결핍을 메우게 된다. 위 도표에서 S는 새로운 기표에 의해 대체된 Ŝ의 기의역할을 한다. 여기서 S는 S`으로 갈수록 멀어진다.(차이) 여기서 새로운 기표 S′는 또다른 욕망의 대상인 다른 기표와의 환유로 이어지는데, 이런 식으로 반복되는 기표의 유희는 그 차이로 인한 결여만을 주체에게 남긴다. 우변은 기표와 기의 사이의 분리선(저항)을 의미한다. 자본주의적 사회에서 '잉여'적 재생산은 위와 같은 욕망의 환유적 구조에 의해 이루어진다고 볼 수 있다.(Jacques Lacan, trans. Bruce Fink, *The Instance of the Letter in the Unconscious*, *Ecrits*, New York: Norton, 2002, pp. 150~160. 참조.

에 매료됨으로써 전체성을 획득한다. 이 불길은 그에게 있어 존재의 동인이자 이데올로기적 환상으로 존재한다.

이데올로기의 의미는 대상의 근원에 있는 것이 아니라, 대상에 대한 환상, 오인된 현실'19)에 있게 된다. 이러한 이데올로기적 환상은 모든 개체성을 무화하며 하나의 대상을 추상화함으로써 그로 하여금 불길 속으로 뛰어들도록 유인한다. 이때 장철민과 이데올로기라는 대상 사이에는 '오인'적 인식이 작용한다. '장철민'은 구조적 현실 자체가 함유한 이데올로기라는 환상에 의해 전이됨으로써 불길 속으로 뛰어든다. 이때 이데올로기는 연소, 즉 '불길'로 의미화된다. 그것은 주체의 개별성을 배반하고 주체를 호명하는 이데올로기적 메커니즘이다. 다시 말해 '불길'은 '장철민'으로 하여금 그곳으로 뛰어들 수밖에 없는 이데올로기적 환상을 야기한다. 이때 '장철민'은 오로시 자신이 '소방관'이라는 기표에 충실할 뿐이다. 이처럼 개별성이 철저히 삭제된 '장철민'의 그런 '오인적 인식'은 언어에 의해 관념화됨으로써 주체성을 획득하지 못한다. 언어는 근본적으로 오인이고 관념이다. 그런 탓에 언어는 근본적 의미를 갖지만, 동시에 어떤 대상이 관념의 과잉에 의해 추상화될 때 그것은 낭만을 넘어 판단적 역류나 오판의 계기를 가져온다. 반면에 그 대상이 지나치게 추상화된다면 그것이야말로 무의미로 전락하게 한다. 이데올로기를 '무화'20)하는 방법은

---

19) 지젝은 행위로 이끄는 주체의 대상에 대한 이 같은 정당성을 '믿음'이라고 말한다. 사물을 믿는 것은 주체가 아니라, '사물 자체가 그를 위해 믿는'것이다. 또한 믿음이란 내적인 지식에 있는 것이 아니라, 외적인 것에 있어 있다라고 말하는 라캉의 테제는 믿음이란 내적인 것도 외적인 것도 아닌 '손상되지 않은' '객관적인 상태'에 있게 된다. 위의 책, 69~73쪽. 참조.

20) 슬라보예 지젝, 『이데올로기라는 숭고한 대상』, 앞의 책, 61쪽.

그것을 부정된 그 자체로 존재화 하는 것이다. '장철민'의 죽음은 개별성이 집단적 이데올로기에 어떻게 오인되는지 보여준다. 집단적 이데올로기가 함유하고 있는 추상성이야말로 개별성을 무화하고 오랏줄로 작용한다.

3. '무의미'적 실체가 가진 이데올로기의 냉소성

'역사'적 사실을 소재로 한<칼의 노래> <현의 노래> <남한산성>등도 동일성을 확보하지 못하고 사물화된 개인으로 전락하는 주체의 비의를 보여주고 있다. 여기서 주체들은 역사성이 함유하고 있는 거대한 이데올로기적 메커니즘에 의해 호명된다.

이순신의 죽음을 관념화한 <칼의 노래>, 한 왕국의 스러짐과 그 스러짐의 갈림길에서 맞닥뜨리게 되는 죽음과 역사의 추상성을 보여주는<현의 노래>, 고립된 성 안에서 대안의 선택 없이 맞닥뜨려야 하는 한 나라의 비운과 절망을 온 몸으로써 감당해야 하는 왕과 대신들의 모습을 그린 <남한산성>. 이들 작품에서 역사란 무의미의 대상, 즉 추상적 실체로 존재한다. 이들 작품들은 역사성을 기반으로 하고 있지만, 이들 작품 속에서의 주인공들은 '역사'적 관념에 의해 사물화된다. '나'(<칼의 노래>), '우륵, 야로, 아라'(<현의 노래>), '임금과 대신들, 쇠날쇠'(<남한산성>)를 비롯한 주인공들은 역사의 동질성을 확보하지 못하고 사물화된 개인으로 전락할 뿐이다. 이때 역사는 이데올로기적 진실을 함유하고 있는 듯한 혹은 은폐하고 있는 듯한 환상적 메커니즘을 발휘한다. 그리고 그것은 개별적 주체를 역사적 주체로 호명한다.<남한산성>에서 사공 '쇠날쇠'는 호명된 주체이다. '쇠날쇠'는 임금이 거처하고 있는 '성'안으로 '김상헌'를 실어 나르다 죽음을 당한다. '쇠날쇠'의 죽음은 이데올로기란 실체의 본질에 근접함으로써 야기된다. 이때 이데올로기란 무서운 파시즘으로 전락한다. 역사를 이데올로기를 가장한 어떤 실체로 인식될 때 온유하다. 상품을 하나의 외적 대상으로 놓는 순간 상품은 사라져 버[21]리는 것처럼, 이데올로기란 가상된 실체로 존재할 때 환상, 즉 잉여를 생산한다.

예컨대<칼의 노래>에서 나 '이순신'은 역사의 '무의미'성을 모르고 있는 것이 아니라, 너무나 잘 알고 있다. 그는 왕의 언어에 내재된 무력함을 뻔히 알면서도 모른 채한다. 여기서 이순신은 자신의 존재론적 당위성을 규정하기 위해 역사라는 추상적 실체의 냉혹성을 향유한다.

김훈의 <칼의 노래>는 역사소설에서는 보기 드문 인물의 내적조망에 의해 서사가 진행되고 있다. 소설에서 '조망'이란 어떤 외부적 대상에 대한 서술 방식이다. 이때 인물이 인식하는 외부적 사건들, 즉 역사는 인물의 내면으로 투영되면서 이데올로기적인 환상을 야기한다.

> 싸움터를 빠져나가 먼바다로 달아나는 적선 몇 척이 선창 너머로 보였다. 밀물이 썰물로 바뀌는 와류 속에서 적병들의 시체가 소용돌이쳤다. 부서진 적선의 파편들이 뱃전에 부딪혔다. 나는 심한 졸음을 느꼈다. …(중략)…이길 수 없는 졸음속에서, 어린 면의 젖냄새와 내 젊은날 함경과 백두산 밑의 새벽 안개 냄새와 죽은 여진의 몸 냄새가 떠올랐다. 멀리서 임금의 해소기침 소리가 들리는 듯했다.냄새들은 화약 연기에 비벼지면서 멀어져갔다. 함대가 관음포 내항으로 들어선 모양이었다.…(중략)…세상의   끝이……이처럼… 가볍고   ……· 또……고요할수 있다는 것이……. 칼로 베이지지 않는 적들을……이

---

21) 가라타니 고진, 앞의 책, 31쪽. 참조.

세상에 남겨놓고……내가 먼저……, 관음포의 노을이……적들 쪽으
로…….(<칼의 노래>, 328쪽)

위 인용은 <칼의 노래>에서 '이순신'('나')이 죽음을 맞이하는 시간을
형상화한 것이다. 과거 시제와 현재 시제가 혼합되어 나타나는데 이는 주
인공의 내면의식을 의미한다. 이때 주인공은 집단적 존재로서가 아니라
죽음 너머를 체험하는 개별적 존재로서의 의식을 보여준다. 이러한 주인
공의 존재론적 의식은 서사의 의미맥락에 불협화음을 조성함으로써 역사
적 사건의 의미를 무화시키는 역할을 한다. 따라서 독자는 주인공이 경험
하는 조각난 시간의식을 추체험함으로써 역사적 사건의 우위보다는 개별
성을 공유하게 되는 것이다. 아들 면의 죽음과, 여진에 대한 회상, 전투에
대한 회상 등은 결국 역사적 시간에 대한 균열과 무의미를 극복하려는 의
지라고 볼 수 있다. 이때 이순신이 체험하는 역사적 시간의식은 철저하게
물질화된다.

<칼의 노래>는 정유년을 중심으로 무술년을 거쳐 이전의 임신년을
전후한 '이순신'의 내면적 회상과 갈등이 죽음으로 형상화되고 있다. 인물
의 내면적 관념은 중심서사를 지연하고 나아가 당대의 역사적 진실을 언
어의 모호성을 통해 회피하고 있다. 이러한 파편성은 관념적 이데올로기
의 허상과 그 허상에 존재론적 의미를 부여하고자 하는 내면적 갈등의 그
것으로 나타난다. 그것이 곧 자신의 존재에 대한 확인이자 역사적 당위성
이기 때문인 것이다.

<칼의 노래>에서 '이순신'은 이데올로기적 현실에 어쩔 수 없이 굴복
하면서도 그것에 굴복할 수밖에 없는 당위적 현실을 이데올로기적 환상

을 통해 보여주고 있다. 절대 왕권주의 시대에서 '왕'이란 실체이자 관념 그 자체다. 왕과 개인의 관계는 공통의 실체라는 추상적 동질성으로 묶여 있다. 이때 개별성은 절대성이라는 추상적 관념에 의해 동화된다. 이 절대군주의 관념은 기실 해골뿐인 허상이라는 것을 알지만, 사실 개인들은 그들 자신을 위해 왕을 물질화한다. 그러기에 절대군주의 해체는 그들 삶을 위협하는 물질인 것이다. 이것이 왕의 권력이 함축하고 있는 절대성이며 또한 이데올로기적 냉소성인 것이다. 절대군주란 곧 개인이 아닌 역사라는 공동적 실체에 대한 존재론적 당위성, 즉 이데올로기적 환상을 함축한다.

<칼의 노래>는 이 같은 이데올로기가 하나의 '허상'에 불과함을 '이순신'의 내면의식을 통해 형상화하고 있다는 것에서 의의가 있다고 볼 수 있다. '이순신'은 끊임없이 '헛것' 또는 '실체'라는 것의 '무의미'와 그것의 '무내용'에 대해 고민한다.

> '크고 확실한 것들은 보이지 않았다. 보이지 않았으므로, 헛것인지 실체인지 알 수가 없었다. 모든 헛것들은 실체의 옷을 입고, 모든 실체들은 헛것의 옷을 입고 있는 모양이었다.
> (<칼의 노래>, 41쪽. 밑줄 필자).

'실체'란 관념화될 때 존재로서의 당위를 지닌다. 다시 말해 외부적 실체가 관념화되기 위해서는 인식론의 기반위에서 수용될 때만이 가치를 지닌다. 실체가 인식론의 대상이 될 수 없을 때 그것은 무의미, 무내용으로 탈락하고 만다. '모든 헛것들은 실체의 옷을 입고, 모든 실체들은 헛것의 옷을 입고 있'을 때, 그것은 추상적 관념성의 의미를 잃게 된다. '실체'와 '헛것'이 동일할 때 역사는 집단성을 잃고 개별적 주체의 인식 속으로 내재하게 된다. 이때 개별적 주체가 인식하는 역사라는 관념은 하나의 '무내용'으로 인식된다.

> '개별성'을 개별성으로 받아들인다면 죽음은 이루어질 수 없다. 개
> 별성이 말살되고 개별성이 추상성으로 전환될 때 죽음이 가능하고 그
> 죽음은 전쟁을 가능하게 하고 그 전쟁은 역사를 가능하게 한다.
> (<칼의 노래>, 254쪽)

<칼의 노래>에서 주인공의 내면적 갈등은 역사의 '개별성'에 대한 인식에서 비롯된다. 주인공의 말처럼, '개별성을 개별성으로 받아들인다면' 주인공의 '죽음은 이루어질 수 없'는 것이다. 여기에 주인공의 고뇌가 있다. 왕의 언어가 개별성의 그것과 변별성을 지니지 못하면서 수많은 익명의 죽음을 역사로서 규정하는 '부조리를 그(주인공)는 수용할 수 없었던 것이다. 집단성이 무화될 때, 즉 이데올로기적 환상이 무화될 때, 역사적 체험은 '무내용'으로 규정될 수밖에 없다. '개별'적 죽음이란 추상성, 즉 물질성을 벗어난 오롯이 죽음 그 자체만을 받아들여 죽을 있을 때 가치와 더불어 역사적 개인으로서의 의미를 지니게 된다.

4. 잉여성적 죽음으로서의 '이순신'의 죽음

수많은 세월이 지났음에도 오늘날 모두에게 회자되고 있는 '이순신'은 당대의 모든 이데올로기를 죽음으로써 증언한 인물이다. 역사적 주체와 그러한 역사를 수용해야 하는 개별적 주체와의 갈등 속에서 죽어간 이순신의 죽음은 오늘날 대중에게 의문 부호를 남긴다. '이순신'을 소재로 한

이전의 역사소설 속에서 '이순신'은 역사에 순응하고 그로 인해 장렬히 전사한 역사적 인물로 묘사된다. 반면에 김훈의 <칼의 노래>애 묘사된 '이순신'은 전술한 바와 같이 내면화된 개별적 주체로 묘사되어 있다. 그로 인해 '이순신'의 죽음은 다분히 '환몽(fantasme)'[22]적으로 묘사되고 있다. 이때 환몽의 성격은 역사적 시간을 개별적 시간으로 물질화함으로써, 이데올로기적 환상을 야기한다. 여기서 '바다'라는 공간은 이데올로기의 물질적 의미를 생산하는 메커니즘, 즉 환상을 야기하는 동인이다.<칼의 노래>에서 매우 상징적이다. 생과 사의 갈림길에서 '죽은 여진에게 느끼는 성욕'은 죽음충동적 성격을 띤다. 이것은 어머니와의 합일을 욕망하는 주체의 무의식을 표상한다. 이때 주인공의 나약한 내면은 유아적 주체의 모습을 대변한다. 이로 볼 때 '바다'는 어머니와의 합일, 즉 죽음충동에 대한 환유인 셈이다. 이 환몽적 공간에서 주체는 어머니의 이마고에 몰입한다. 이것이<칼의 노래>에서 반복되는 물의 아우라인 셈이다. '이순신'의 죽음은 수많은 물의 아우라 속에 사로잡힌 하나의 얼룩으로 존재한다. 이처럼 '이순신'의 죽음은 몽환적 '죽음'으로 환유된다. 이 같은 환유[23]적 이미지는 견고한 이데올로기라는 상징성 그 자체를 물질화하는 것이다. <칼의 노래>에서 환유되는 이 같은 환유적 그물망은 독자로 하여금 지금까지 고

---

22) '환몽'은 주체의 욕망이 은밀하게 은폐하고 있는 무의식의 구조를 의미한다. 환몽의 중요한 메커니즘으로 작용하는 '시각성'은 '유년기의 성과 오이디푸스 콤플렉스'와의 사이에서 발생된 '가상적 현실'에서 비롯된다. 김인환, 『줄리아 크리스테바의 문학탐색』, 이화여자대학교출판부, 2003, 86~88쪽. 참조.

23) 크리스테바는 라캉의 '존재해야 하는 것의 결핍(m α nqueà être)의 환유'라는 개념을 인용하면서, 환유란 근본적으로 부정성을 원칙으로 하는 '죽음의 욕망(désir de mort)'으로 보고 있다. 이때 죽음 욕망은 주체의 쾌락원칙 너머의 '이룰 수 없는' 실천적 행위, 즉 반복에 기인한다. 크리스테바, 김인환 옮김, 『시적언어의 혁명』, 동문선, 2000, 150~151쪽. 참조.

정된 이순신의 이미지에 수많은 '잉여(redond α nce)'[24]성을 남긴다.

이것이 '이순신의 죽음이 남긴 '잉여성'이다. '이순신'은 육지가 아닌 바다에서 죽는다. 노자의 도덕관에서 보면 '물'은 '道'의 개념으로 형상화된다. 그것은 하나의 상징체계이면서 동시에 그러한 상징체계를 벗어나 있는 무자성(無自性)'[25]인 것이다. 다시 말해 죽음은 소멸이 아니라 하나의 관계 체계가 다른 체계로 변형되는 관계성인 동시에 그러한 관계성 자체를 무화하는 관념 자체로 의미화된다. 이처럼 '이순신'의 죽음은 물의 아우라를 통해 죽음의 개별성을 추상화한다. 이처럼 <칼의 노래>에서 나타난 '이순신'의 죽음은 '잉여'를 남긴다. '이순신'의 죽음은 죽음의 부재화를 통해 죽음을 완성한다. 이로 볼 때 김훈의 세계관은 <칼의 노래>로 응축될 수 있다.

다시 말해 '죽음'은 "죽음이 어떤 것인지 은폐[26]함으로써, 마치 그곳에 무엇이 있는 것처럼 홀리는 물질성인 것이다. 이때 죽음은 개별성, 집단성, 역사성과 같은 이데올로기적 사유를 '무내용'화함으로써 '죽은 아버

---

24) 이때 '잉여'는 '새로운 언어 상징의 생성을 위한 조건'이다.(위의 책, 168쪽) 프로이트는 잉여의 개념을 '쾌락원칙'과 연관시킨다. 어린아이들은 실패나 장난감을 잡아 던지고 그것을 다시 끌어올리는 행동을 통해, 관심과 만족을 나타내는 '오오오'라는 반응을 한다. 아이의 이 같은 반복적 행위는 'fort(가버린)' 것에 대한 경제적 이익을 산출한다. 그것이 곧 쾌락원칙이다. 즉 '가버림'이라는 아이의 본능적 포기행동(즉 본능적 만족의 포기)에는 가버린 사이에 산출된 양만큼의 쾌락원칙이 아이의 불쾌감을 보상해주는 것이다. 이것이 불쾌의 양이 간직하고 있던 '잉여'적 효과이다. 프로이트는 히스테리 환자들이 근본적으로 견딜 수 없어 하는 것이 단조로운 생활 속에서 발생된 잉여 흥분이라고 말한다. 프로이트, 윤희기 · 박찬부 옮김, 「쾌락 원칙을 넘어서」, 『정신분석학의 근본개념』, 열린책들, 2003, 278~283쪽. 참조.
25) 도올 김용옥, 『노자와 21세기[2]』, 통나무, 2000, 55쪽. 참조.
26) 가라타니 고진, 앞의 책, 126쪽.

지'의 위력을 발휘한다. 다시 말해 '이순신'은 토템 공호제를 통하여 아버지를 신격화함으로써 살았을 때보다 강력한 힘을 발휘하는 '죽은 아버지'가 되는 것이며, 동시에 우리는 아버지를 죽인 죄의식으로 아버지의 법이라는 금기에 복종함으로써 파괴와 애증을 반복해야 '잉여성적 주체'가 되는 셈이다. <칼의 노래>가 기존의 역사소설과 변별되는 점이 여기에 있다. 다시 말해 김훈은 역사적 인물로서의 "이순신"을 후기자본주의적 메커니즘으로 논리화하고 있다.

김훈의 소설에는 많은 '죽음'이 존재한다.<칼의 노래>에서의 '이순신'의 죽음'과 <현의 노래>에서의 '왕의 죽음' 그리고<화장>에 나타나는 '아내의 죽음'은 차별성을 지닌다. <화장>에서 주인공은 애도하거나 안타까워할 수조차 없는 죽음의 '무의미'성에 직면한다. 여기서 '죽음'은 그 어떤 언어로도 포장될 수 없는 구조적 현실이다. 그것은 더 이상의 '잉여'를 생산하지 않는 죽음 그 자체이다. 반면에<칼의 노래>에 나타난 '이순신'의 죽음은 '잉여성적 가치', 즉 잔재물을 남긴다. 수평선 너머에서 끊임없이 들려오는 환청, 물빛, 능선, 바람, 울음, 일몰, 바다, 해안, 평야, 꽃잎, 새벽안개와 같은 환상적 아우라들은 이데올로기적 환상을 야기한다. 이는 다시 말해 산 것은 산 것을 부르고 죽음은 또 다른 죽음을 부르는 환상을 야기한다. <칼의 노래>는 이 같은 불명확한 이미지들이 중첩되어 역사성이라는 무거움을 이데올로기적 환상이라는 물신적 가치로 전도한다. 다시 말해 '이순신'은 자신의 죽음을 이데올로기라는 물신적 가치로 의도화 한다. 이것이 오늘날 대중들이 '이순신'의 죽음에 혹은 역사에 열광하는 이유이다. 무수한 물의 아우라 속에 사라져간 '이순신'은 역사적 인물이 아닌 사물화된 주체로 변모한다. 환상은 오인을 야기하고, 이는 잉여적 가치를 생산한다. 다시 말해, '이순신'의 죽음은 무엇인가 잠재되어 있다는 환상, 그럼으로써 그에 매료됨으로써 환상된 상태를 즐기게 하는 자본주의적 메커니즘, 즉 '물신적 전도'[27]에 기반해 있는 것이다. 이 같은 잉여성적 효과는 오늘날 자본주의의 메커니즘 속에서 대중들이 끊임없이 새로운 것에 열광하는 이유와 연관되고 있다.

'이순신'은 임금의 칼로써 죽는 것을 거부했다. 그는 '적의 전체'(<칼의 노래>, 319쪽)를 자신의 칼로써 대적함으로써 임금의 칼을 대적한다. 따라서 그의 죽음은 내부의 죽음이 아닌 외부의 죽음이 되는 것이며 그것은 소멸이 아니라 끝없이 살아나서 산 자보다 더 큰 힘을 발휘하는 '토템족의 아버지'와 같은 기능을 발휘한다. 다시 말해 그는 자신의 죽음을 은폐함으로써 죽음을 '부재'화한다. 그 부재는 역사의 증인이며 동시에 새로운 역사적 창조의 증인으로 언표된다.

다음은 <현의 노래>의 일부 인용이다.

> …(전략)…얼굴의 살은 다 없어지고 두 눈은 빠졌으며 입술도 없어졌습니다. 콧대는 깨어졌고 두 귀도 없어졌습니다. 머리카락이 몇 올이 백골에 붙어서 바람에 날렸습니다. 오른쪽 팔목이 빠져 있었고 왼쪽 어깨도 빠져 있었습니다. 몸의 길이는 석 자 두 치 남짓하였습니다.(<현의 노래>, 177쪽)

<현의 노래>에서 '왕의 죽음'은 그야말로 '헛것'에 불과하다. 그것은 파헤쳐져야 될 것이 아니라 봉해져 있음으로써 죽음 그 자체로 존재할 때만이 의미를 배태하게 된다. 그래서 죽음 그 자체로 규정되어야만 하는

---

27) 슬라보예 지젝, 『이데올로기라는 숭고한 대상』, 앞의 책, 67쪽. 참조.

것이다. 즉 죽음이란 물리적 대상이 아닌 관계로써 규정될 때 추상화되며 살아있는 것이 되는 것이다. 이때 죽음은 소멸이 아니라, 수억만 년의 역사적 흐름 속에서 끝없이 순환된다는 논리로 적용된다. 그것이 '이순신'의 죽음이 갖는 물질적 전도성이다. 죽음이 하나의 가치로 획득되기 위해서는 완벽한 죽음이 되어서는 안 된다. 그것은 이드로 언어화되어야 한다. 즉 원초적 언어처럼 결점을 지니고 있어야 하고 문자화되어야 한다. 여기서 '죽음'은 '텅 빈 기표'라는 후기자본주의에서의 '상품성'과 동일한 메커니즘을 갖는다.

후기자본주의적 논리는 상품을 토템화한다. 토템의 물질성은 결국 후기자본주의의 메커니즘인 상품으로 사물화됨으로써 주체로 하여금 잉여 쾌락에 탐닉하게 한다. 다시 말해 토템은 도착증에 빠진 '죽은 아버지, 즉 텅 빈 '해골'28)임에도 불구하고 주체로 하여금 끝없이 그것을 욕망하게 하는 '미끼'를 생산한다. '토템적 아버지'란 본래적으로 존재하는 것이 아니라, 사회적 주체가 만들어낸 가상일뿐인 것이다. 후기자본주의를 살고 있는 현대적 주체의 위기는 바로 이 '미끼'에서 비롯된다. 그것이 텅 빈 해골, 즉 죽은 아버지임을 알면서도 거기에 복종해야 한다는 것, 더불어 그러한 아버지의 법을 거부할 시 도착증에 빠진 아버지는 완전한 죽음으로 귀결된다는 것을 알기에 그렇다.29) 다시 말해 후기자본주의적 메커니즘은 '실체'의 본질을 모르는 것이 아니라, 그러한 실체가 남기는 '잉여'성을 즐기는

---

28) 후기자본주의 혹은 상품사회는 '해골' 그 자체를 욕망하는 것이 문제다. 도착증화된 사회에서 주체는 '해골, 돈의 관성 속에서 자신의 대응물'을 찾는다. 슬라보예 지젝, 『이데올로기라는 숭고한 대상』, 앞의 책, 354쪽. 참조.

29) 지젝은 히치콕의 「현기증」을 통하여 '오인된 것을 아는 순간', 즉 실재의 본질을 알아버리는 순간 주체가 겪게 되는 블랙홀의 이면을 설명하고 있다. 위의 책, 209쪽.

쾌락적 주체를 생산한다. 현대사회를 살고 있는 주체들이 '잉여쾌락'에 열광하는 것은 결국은 쾌락을 즐기는 도착증적인 아버지에 열광하는 것과 같다. 그런 도착증적인 아버지에 열광하면 그것은 곧 '죽음'으로 규결된다.

5. 물질적 가치로서의 역사와 죽음이 갖는 은폐성

<현의 노래>에서 왕위 죽음은 '아라'를 산 채 매장될 것을 호명한다. '아라'는 호명된 주체이다. 왕의 제국에서 개인은 개별성이 아닌 물질성만을 담보한다. 그녀를 위협하는 것은 왕이란 실체가 아니라 죽음 혹은 역사라는 이데올로기가 은폐하고 있는 관념성이다. 그 같은 관념성은 그녀의 죽음을 물질화하고 담보한다. '아라'는 그런 물질성을 거부하고 도망친다. '아라'의 도주는 역사적 이데올로기에 대한 도전이 아니라 구조화이다. '아라의 오줌'에는 그런 이데올로기에 대한 냉소주의가 깔려있다. 그것은 왕권에 대한 조롱이나 이데올로기에 대한 폭로가 아니라 이데올로기에 대한 가장 진실한 형태의 체험을 진지하게 보여줌으로써 그것을 더욱 더 강건하게 하는 또다른 형태의 저항인 것이다. 집사장을 비롯한 중신들은 왕의 죽음이 '불멸'하다는 것을 믿는다. 왕의 능선은 소리를 안음으로써 불멸토록 산 자를 더욱 옥죄고 지배하는 힘을 발휘하고 산 자들은 왕의 추상성, 즉 이데올로기에 지배를 받기를 염원했다.

'우륵'은 이데올로기가 야기하는 무의미적 환상을 알레고리화 한다. 그것이 '소리'가 지닌 허무함이다. '소리는 재료에 들러붙어서, 재료를 뚫고 나오지 못'(<현의 노래>, 85쪽)한다. 김훈이 <칼의 노래>와 <현의 노래>에서 일관적으로 형상화하고 있는 여러 '울음'(왕의 울음, 백성의 울

음 등등)들은 '우륵'의 '금琴'으로 집약되고 있다. 저마다의 결을 가지고 있는 소리는 다 '제가끔 울임일 뿐이고 또 태어나는 순간 스스로 죽어 없어지는 것이어서'(<현의 노래>, 94쪽) 그것은 의미를 배태할 수 없다.

'소리'란 죽여지는 것이 아닌 자연 그 자체다. 소리는 산 자들의 것이다. 죽은 왕이 안장될 석실 무덤에 미리 생명들을 안치하고 그들의 울음소리를 죽이고자 재갈을 물림으로써 소리를 죽이고 또한 소리로써 '천지간'을 뚫고자 한다. '쇠가 본래 왕'의 것이라면 그 쇠를 뚫고 천지간을 뚫는 것이 소리인 셈이다. 쇠도 소리도 흐름, 즉 공간적이라는 점에서 동일성을 갖는다. 우륵이 석실 앞에 나아가 북두에 소리로써 고할 때 석실의 '돌뚜껑에 눌린 울음소리'가 밖으로 울려나오자 내위장은 지관을 불러 '뚜껑 밑이 소란하니, 낭패'라고 걱정한다. 소리는 죽되 죽여지는 것이 아니면서 태어남과 죽음을 반복한다. 또한 쇠도 세상의 흐름에 따라 움직인다. 즉 소리와 쇠는 역사의 흐름에 따라 다시 태어난다는 점에서 '관계'적인 것이다. 따라서 석실의 쇠붙이에 왕의 권위가 유지된다는 것은 허상일 뿐이다. 가야의 집시장과 지관들은 억지로 쇠붙이에 왕의 권위를 부여함으로써 자신들의 권위를 유지하려 하지만 그것은 한낱 허상에 불과함을 작가는 역설한다. '쇠붙이는 왕의 것이 아니'(<현의 노래>, 114쪽)라는 야로의 말은 그의 병장기는 '왕의 쇠붙이'로서가 아니라 또 다른 역사의 흐름(신라)에 순응했음을 보여준다. 왕의 부음 소리에 고을 수령들이 자리를 비운 사이에 역사는 사라지고 역사는 또한 잉태한다. '야로'의 쇠붙이는 신라의 병기에 흡수됨으로써 또 다른 관계에 편입됨으로써 존재의 의미를 지니게 된다. '쇠붙이란 한 군데로 모여서 하나의 질서 밑에 정돈되지 않으면 병장기가 아니'(<현의 노래>, 130쪽)라는 신라 이사부의 말은 역사란 고여있는 것이 아니라 끊임없이 흐르는 관계, 즉 물질성에 기반해 있음을 역설하는 것이다.

죽은 왕의 무덤에 각 고을들의 소리를 함께 순장함으로써 '천문'을 안정시키라는 집사장의 말에 우륵은 '…소리는 본래 살아있는 동안만의 소리이고, 들리는 동안만의 소리인 것이오.'(<현의 노래>, 93쪽)라고 한다. 젊은 시녀를 비롯한 왕의 수족들을 함께 수장하는 것은 왕의 죽음을 더욱 관념화하는 것이 아니라, 왕의 죽음이 지니고 있는 결핍성을 보다 강하게 드러내는 것이다. <현의 노래>에서 왕의 죽음은 끝없는 관념을 유발시키는 봉인된 죽음이 아니라, 같이 수장된 많은 개별적 죽음을 훼손시킴으로써 죽음 그 자체의 의미를 무화시킨다.

> '……신은 일천하여 선왕을 뵈온 적이 없습니다. 가까이 모시던 늙은 상궁에게 물어보니, 선왕께서는 이마 위에 녹두알 만한 사마귀가 있었으며, 몸은 비대하지도 않고 마르지도 않았으며, 코끝이 높다고 하였습니다. 하오나 이 유해를 살펴본즉 사마귀는 찾을 길이 없사옵고 코뼈는 문드러져 있었습니다. 또 비대하지도 않고 마르지도 않은 몸 같지도 않았습니다.(<현의 노래>, 178쪽)

죽은 선왕의 능들이 파헤쳐짐에 왕은 통곡한다. 무수한 개별성이 집단적 이데올로기에 의해 보상받기 위해서는 '사마귀'라는 언어로 증명되어야 한다. 왕의 통곡은 문드러져버린 구멍적 실체에 대한 절망 그것의 다름아니다. 그것은 현존이 아니라 부재이다. 언어는 랑그(langue)에서 비롯되는 것이 아니라 개인의 발화(parole)를 통해 규정된다. 이같은 언어의 문제는 결국 '근원'이나 '기원'이라는 문제와 연관된다. <강산무진>에 수록된<뼈> <고향의 그림자> <머나먼 속세> <강산무진>과 같은 단편들은 작가의 인식이 이러한 근원성에 대한 의문으로 성찰됨을 엿보게 하고 있다.

그의 초기작품 <빗살무늬토기의 추억>에서 주인공은 도시의 황량함이나 비정함들이 어디서 연원하는지 규명하지 못함에 비의감을 느낀다. 움츠러들게 하는 도시의 냉랭함의 근원은 알 수 없는 먼먼 태곳적 빗살무늬토기인에서 현대에 이르기까지 이어지는 순환의 역류로 이어진다. 사라져가는 가야제국에서의 왕의 울음(<현의 노래>), 끝없이 보채듯 들려오는 왕의 울음(<칼의 노래>), 이들은 모두 명목 없는 계통성의 오류에서 비롯되었고 그것이 역사로 이어져 왔다. 역사의 계통성과 순환성, 그것은 곧 주체의 개별성을 삭제하고 물질적 주체로 전도한다. 이 같은 역사의 순환적 역류가 시원(始原)이나 기원으로부터 유래되는 것이 아니라 죽음 혹은 역사라는 추상적 실체가 함유한 물질성에서 비롯된다고 보는 것이 본고의 논점이다.

이데올로기란 내재성에 의해 움직이는 것이 아니라 개별적 주체 스스로가 체험하는 물신적 환영에 의해 전도됨을 보여준다.<뼈> <강산무진> <고향의 그림자> <머나먼 속세>와 같은 단편들 역시 파편화된 서사를 통해 추상적 물질성의 개념을 보여준다.<뼈>는 AD4세기경 존재했다는 기원사祈圓寺라는 절터의 유적물을 발굴하고자하는 사학과 교수와 조교의 방문, 그리고 그곳에서 그들이 만나게 되는 여승 모습을 한 여인과의 짧은 만남이 전부이다. 이때 교수, 조교, 여승은 서사적 연관성이라는 의미맥락으로 이어지는 것이 아니라 그냥 하나의 옷깃의 스침으로만 끝나고 만다. 학생신분이라고 하기도 아니라고 하기도 어정쩡한 조교 '오문수', 여승 행색을 했지만 빚에 쫓겨 도망온 술집종원에 불과했던 여자, 유적지에서 발굴한 '무화無化'에 가까운 여자의 골편조각, 이같은 언어적 파편들이 여기저기 흩어져 있을 뿐이다.

현대성이라는 인식의 바탕 아래 사물과 대상, 그 근원적 인식에 따른 기원의식과 존재론적 결핍성을 김훈의 소설들은 물질적 가치를 함유한 이데올로기적 환상을 통해 보여 주고 있다. 이처럼 김훈의 작품들은, 오늘날 현대적 주체가 당면한 존재에 대한 근본적인 물음을 물질의 전도적 가치를 통해 독자에게 제시하고 있다. 이때 현실로부터 체험되는 것이 실체에 뚫린 구멍이라고 할지라도, 그 구멍이 함유한 환상으로 주체는 존재하게 된다.

김훈의 소설들는 이처럼 개별적 주체이기 이전 역사적 주체로서의 개인에 대한 인식이 전제되고 있다. 이는 동시에 개별적 가치보다는 물질적 가치에 의해 전도되는 대중소비사회에 대한 역설적 비판이기도 하다. 어떤 대상에 대한 강렬한 인식은 '보편성의 편안함'[30]에서의 일탈인 동시에 대상에 대한 획일성에서 벗어날 수 있는 방편이 되기도 하기 때문인 것이다. 그런 점에서 김훈의 문학이 추구하고 있는 것은 리얼리즘에 대한 강렬한 인식이다. 리얼리즘에 대한 강렬한 인식이 전제될 때, 각각의 개별성은 보편성의 일반화를 벗어날 수 있다는 것, 이것이 오늘날 대중이 김훈의 문학에 압도되는 이유이다.

---

30) 김훈, ≪바다의 기별≫, 생각의 나무, 2008, 43.면 참조.

6. 결론

지금까지 김훈의 소설들을 중심으로 주인공들의 체험이 후기자본주의적 메커니즘인 이데올로기적 환상에 기반해 있음을 살펴보았다. 김훈의 소설들은 이러한 의미에서 역사의 무의미성을 표면화하고 있다. 그의 소설은 현대성이라는 인식의 바탕 아래 물질적 가치를 함유한 이데올로기적 환상을 통해 보여 주고 있다. 더불어 오늘날 현대적 주체가 당면한 존재에 대한 근본적인 물음을 물질의 전도적 가치를 통해 독자에게 제시하고 있다.

김훈 작품 속 주인공들은 개별적 주체가 감당해야 하는 '역사성'이나 '죽음'을 물질의 전도적 가치로 체험한다. 그의 초기작품 <빗살무늬토기의 추억>에서 주인공은 도시의 황량함이나 비정함들이 어디서 연원하는지 규명하지 못함에 비의감을 느낀다. 움츠러들게 하는 도시의 냉랭함의 근원은 알 수 없는 먼먼 태곳적 빗살무늬토기인에서 현대에 이르기까지 이어지는 순환의 역류로 이어진다. 사라져가는 가야제국에서의 왕의 울음(<현의 노래>), 끝없이 보채듯 들려오는 왕의 울음(<칼의 노래>), 이들은 모두 명목 없는 계통성의 오류에서 비롯되었고 그것이 역사로 이어져 왔다. 역사의 계통성과 순환성, 그것은 곧 주체의 개별성을 삭제하고 물질적 주체로 전도한다. 이 같은 역사의 순환적 역류가 시원始原이나 기원으로부터 유래되는 것이 아니라 죽음 혹은 역사라는 추상적 실체가 함유한 물질성에서 비롯된다고 보는 것이 본고의 논점이다.

<화장> <향로표지> <배웅> <빗살무늬 토기의 추억> 등에 등장하는 주인공들은 이데올로기라는 물신적 환영에 의해 전도된 현대적 주

체의 비의를 표상한다. 여기서 작가는 그런 현대적 주체의 비의를 냉소성을 통해 전략화한다. 예컨대 <화장>의 주인공은 '아내의 죽음'이라는 당위론적 현실을 알레고리로써 냉소화함을 보여준다. <배웅>에서는 주인공들은 아무런 의미도 배태하지 못하고 떠도는 유령, 즉 빈 기표를 표상한다. <항로표지>에서 '자금'은 실체가 없이 흘러다니는 유동성이자 주체의 숨통을 조이는 '오랏줄'로 표상된다. <빗살무늬토기의 추억>의 소방관 '장철민'은 이데올로기라는 환상에 의해 전이됨으로써 불길 속으로 뛰어든다. 이때 주체의 오인을 유도하는 물화의 대상은 '실체가 없는 실체', 즉 가상적 현실일 뿐이다. 이처럼 자본주의적 메커니즘은 '실체 없는 실체'를, 즉 잉여성을 생산한다.

<칼의 노래>에서의 '나', <현의 노래>에서의 '우륵, 야로, 아라', <남한산성>에서의 '임금과 대신들, 쇠날쇠' 역시 역사의 동질성을 확보하지 못하고 사물화된 개인으로 전락할 뿐이다. 이들이 역사를 바라보는 관점은 매우 냉소적이다. 그들은 자신을 호명하는 당대의 이데올로기에 대해 분노하지도 또한 폭로하려고도 하지 않는다. 예컨대,<칼의 노래>에서의 '나'는 자신의 죽음을 의도화한다. <현의 노래>에서도 왕의 죽음은 '아라'를 산 채 매장될 것을 호명한다. 이때 '아라의 오줌'은 이데올로기에 대한 냉소주의가 깔려있다. 그것은 왕권에 대한 조롱이나 이데올로기에 대한 폭로가 아니라 이데올로기에 대한 가장 진실된 형태의 체험을 진지하게 보여줌으로써 그것을 더욱 더 강건하게 하는 또 다른 형태의 저항인 것이다. 여기서 '죽음'은 후기자본주의에서의 '상품성'과 동일한 메커니즘을 생산하는 잉여성을 갖는다.

김훈의 소설들은 이처럼 주체의 호명에 대한 '역사'나 '죽음'에 대한 개

인적 소명을 이데올로기적 환상을 통해 역설한다. 이때 역사는 개별적 주체를 호명하는 하나의 거대한 이데올로기적 메커니즘으로 전락한다. 이에 주체는 개별성을 상실하고 오직 하나의 물질적 의미를 보유한 사물화된 주체로 전락할 뿐이다. 이때의 역사란 실체가 아니라 이데올로기를 가장한 가상적 실체이다. 이처럼 김훈의 소설들은 끝없이 이어지며 소멸되는 역사의 계통성과 순환성을 후기자본주의적 메커니즘의 하나인 이데올로기적 환상을 통해 보여준다.

대중성을 바탕으로 한 김훈의 소설은 사회나 역사 그리고 역사적 주체로서의 개인에 대한 통렬한 인식을 전제하고 있다. 소비사회로 일컬어지는 현대사회에서 물질에 대한 맹목적 숭배는 자칫 천박한 물질주의나 자기분열을 초래하게 되기 때문인 것이다. <빗살무늬 토기의 추억> 비롯한 단편 수록집인<강산무진>과 장편소설인<칼의 노래> <현의 노래> <남한산성>과 같은 작품들에 일관적으로 드러나고 있는 것은 이 같은 주체의 대상에 대한 인식의 전환이나 깨우침이다. 대상에 대한 강렬한 인식은 '보편성의 편안함'에서의 일탈인 동시에 대상에 대한 획일성에서 벗어날 수 있는 방편이 되기도 하기 때문인 것이다. 이처럼 김훈의 문학이 추구하고 있는 것은 리얼리즘에 대한 강렬한 인식이다. 리얼리즘에 대한 강렬한 인식이 전제될 때, 각각의 개별성은 보편성의 일반화를 벗어날 수 있다는 것, 이것이 오늘날 대중이 김훈의 문학에 압도되는 이유이다.

참고문헌

1. 기본자료

김훈, ≪빗살무늬 토기의 추억≫, 문학동네, 1995.

____, ≪칼의 노래≫, 생각의 나무, 2001.

____, ≪현의 노래≫, 생각의 나무, 2004.

____, ≪강산무진≫, 문학동네, 2006.

____, ≪남한산성≫, 학고재, 2007.

____, ≪바다의 기별≫, 생각의 나무, 2008.

2. 참고논저 및 문헌

가라카타니 고진, 김경원 옮김, 『마르크스 그 가능성의 중심』, 이산, 1999.

김경수, 「중년 탐색의 허와 실」, 『황해문화』, 2006, 가을.

김영찬, 「김훈 소설이 묻는 것과 묻지 않는 것」, 『창작과 비평』, 2007, 가을.

김인환, 『줄리아 크리스테바의 문학탐색』, 이화여자대학교출판부, 2003.

김정현, 『니체의 몸철학』, 문학과 현실사, 2000.

김택호, 「서사와 묘사:인간이 삶을 재현하는 두 가지 방법과 작가의 태도」, 『한중인
　　　　문학연구』제17집.

김현정, 「≪개≫서럽고 빛나는 세상에 바치는 순결한 생의 찬가」, 『기획회의』,
　　　　2005, 8. 5.

도올 김용옥, 『노자와 21세기[2]』, 통나무, 2000.

Lacan, Jacques. trans, Alan Sheridan, *The Four Fundamental Concepts of Psychoanalysis*,
　　　　New York: Norton, 1978.

_____, trans, Bruce Fink, *The Instance of the Letter in the Unconscious ,Ecrits*, New York:
　　　　Norton, 2002.

반영환, 「김훈 소설 연구」, 고려대학교 교육대학원 석사학위논문, 2007.

손정수, 「차이를 사유하는 네 가지 소설적 방식」, 『문학판』, 2005, 가을.

송주현,「아수라 시대,"작은"영웅의 감각적 서사」,『이화어문논집』제23집, 2005.

심진경,「경계에 선 남성성」,『문학과 사회』, 2003, 가을.

이필규,「서술화하는 육체와 서술화되는 육체의 비극」,『제3의 문학』, 2000, 봄.

장석주,「김훈 소설, 혹은 그 이마고에 관하여 : ≪칼의 노래≫ · ≪남한산성≫을 중
　　　심으로」,≪문학의 문학』, 2007, 가을.

슬라보예 지젝, 이수련 옮김,『이데올로기라는 숭고한 대상』, 인간사랑, 2002.

＿＿＿＿＿＿＿, 김소영 · 유재희 옮김,『삐딱하게 보기』, 시각과 언어, 1995.

줄리아 크리스테바, 김인환 옮김,『시적언어의 혁명』, 동문선, 2000.

프로이트 지그문트, 이윤기 옮김,「토템과 타부」,『종교의 기원』, 열린책들, 2003.

＿＿＿＿＿＿＿＿＿, 윤희기 · 박찬부 옮김,『정신분석학의 근본개념』, 열린책들, 2003.

하상일,「≪남한산성≫을 통해 본 한국소설의 가능성」,『기획회의』, 2007, 10. 20.

홍성기 주석,『용수의 논리』, 우리출판사, 2006.

권력담론 희생자로서의 아버지 복원하기

-황순원 <日月>김원일<노을>문순태<피아골>을 중심으로-

1. 서론

본 연구의 목적은 50년대 전후를 배경으로 하고 있는 황순원의 <日月>(1964) 문순태의 <피아골>(1981) 김원일의 <노을>(1978)을 중심으로 지금까지 가족사 담론의 중심 역할을 해온 전통적 가부장의 모습이 폭력으로 점철되는 양상을 고찰하는 것이다. 이를 통해 혈연의식을 바탕으로 한 아버지와 자식간의 숙명론적 관계로 인해 가족구성원들이 어떻게 변모되는지 고찰하고자 한다. 이들 작품에는 한국전쟁과 좌익이데올로기로 인해 가부장으로서의 아버지가 어떻게 이데올로기에 연유되고 더불어 폭력을 휘두르는지, 또 그로 인해 가족구성원들에게 지울 수 없는 외상적 상흔을 입히는 것으로 드러난다. 그러나 표면적으로 드러나는 이같은 가부장적 아버지의 모습을 단순한 의미로 치부하기에는 보다 복잡한 가족서사와 집단서사 의미가 내재하고 있다. 이에 본고는 근대의 상징적 기표로서의 아버지의 의미를 좀더 근원적으로 파악하고자 한다. 이를 통해 근대의 상징적 기표로서의 아버지가 권력담론의 희생자임을 밝히고자 한다.

'백정' '무당' '좌익이데올로기' 등에 몸을 담고 있는 주인공들을 소재로 한 이들 작품들은 숙명적으로 이어지는 피의 대물림으로 인해 가부장은 물론이고 그 가족구성원들까지 상징적 동일시(symbolic identification)로부터 배제되고 그로 인해 이데올로기적 주체로 변모해가는 과정을 보여준다. 이들 작품의 발표 연대는 작가마다 다르지만 대체적으로 6·25를 기점으로 피지배계층으로서의 가부장이 좌익이데올로기에 매몰되면서 결국 죽은 아버지로 기억되거나 자살하는 모습을 보여준다. 황순원의 <日月>은 '백정' 핏줄을 둘러싼 가족구성원들의 정체성적 혼돈을 다루고 있다. 또 귀향길을 통해 과거 '백정'과 '좌익이데올로기'에 연루된 아버지를 회상하는 김원일의 <노을>과 문순태의 <피아골>은 동일성으로부터 배제된 가부장이 좌익이데올로기의 추종자로 변모해가는 과정을 다루고 있다. '아버지 찾기'를 모티브로 하고 있는 이 두 소설은 전자가 '죽은 아버지'를 회상하는 아들의 관점에서, 후자는 아버지를 찾고자 하는 딸의 관점이 중심이 되고 있다. 또 황순원의 <日月>과 김원일의 <노을>이 '백정'을, 문순태의 <피아골>이 '좌익 이데올로기'를 모티브로 하고 있다는 점에서 차별화되고 있다. 본고는 세 작품 모두 혈연적 '아버지'를 통해 자신의 근원적 정체성을 인식하는 반성적 주체의 모습이 투영되고 있다는 점, 그리고 그러한 시점이 한국전쟁을 기준으로 한 50년 전후에 맞추어져 있다는 점 등에서 공통점을 가지고 있다고 보고 이를 중심으로 권력담론의 희생자로 변모되는 아버지의 양상을 살펴보고자 한다.

김원일의 <노을>과 문순태의 <피아골>은 7,80년대를 전후해서 한국전쟁을 회고하는 시간적 배경이 제시되는 반면 동포의 가슴에 칼을 겨누어야 했던 존재론적 비극을 '백정'이라는 상징적 은유로 다루고 있는 황순원의 <日月>은 50년대 말쯤이 시간적 배경으로 제시되고 있다. '백정' 모티브가 등장하지만 이는 '칼'의 상징과 동일시되며 텍스트 곳곳에 '6・25'가 반추된다. 예컨대, '백정'에 대한 관심으로 분디나뭇골을 찾은 '인철'의 지도교수인 '지교수'는 인철의 큰아버지인 '본돌 영감'으로부터 '6・25때 겪은 사연과 영검스러운 칼 이야기(<日月>, 36쪽)'를 듣는다. 다시 말해 가부장으로 이어져온 '아버지'라는 기표는 역사적으로 '폭력'의 대명사로 무의식화되어 왔다. 이러한 의미에서 <日月>을 비롯한 이들 작품에서 '백정' '칼' '이데올로기'는 아버지라는 폭력적 은유를 상징한다. 이로 볼 때 세 작품은 모두 '50년대'라는 시간적 배경과 연대적 관계에 놓여있다.

오랜 세월 동안 아버지와 자식간의 숙명론적 대립은 피의 역사로 점철돼 왔다. 특히 일제강점기와 한국전쟁, 그리고 이후 혁명기를 거치면서 역사는 아버지와 아들로 이어지는 피의 대물림으로 점철됐다. 이러한 이유로 아버지와 아들 사이에는 혈연과 증오 그리고 죄의식이 복합되는 미묘한 양상으로 변모된다. 전통적으로 '기제사'의 의식속에는 이러한 아버지에 대한 속죄의식과 그로 인해 더욱 강화되는 죽은 아버지에 대한 열망이 내재돼 있다고 볼 수 있다.

주지하다시피 염상섭의 <삼대> 김남천의 <대하> 채만식의 <태평천하> 박경리의 <토지> 박완서의 <미망> 최명희의 <혼불>등은 전통적 가부장적 주체로서의 아버지의 모습이 점차적으로 실추되고 있는 모습이 투영되고 있다. 이외도 '아버지'를 언급한 가족사소설 연구로는 「1970년대 박경리 소설에 나타난 '아버지'에 관한 연구」와 서석준의 「현대소설에 나타난 아비상실」이 있다.[1] 또 노영희의 일본 '사미자키 도성의 문학세계'에 나타난 「아버지란 무엇인가」에 대한 연구도 있다. 이들 연구에서 개인들은 '아버지'를 중심으로 '우리'가 될 수 있고, '나'로 귀착될 수 있음을 보여준다. 또 이상란은 「오태석<만파식적>의 아버지 이마고와 통일담론」에 나타나는 '아버지의 시선'을 다루는 장에서 '작가의 삶이 지속적으로 상상적인 아버지의 시선 속에 놓이'고 있음을 피력하고 있다.[2] 이외 표세만도 '아버지의 이미지 형성'에 대해 다루고 있다.[3] 이들 연구에서 '아버지'는 '상호작용의 응집물'로서 투영되고 있다. '아버지'의 이미지가 역사와 사회의 상징적 이미지의 복합체로서 어떤 이마고를 생산해낸다는 점에서 본고도 동의하는 바이다. 그런 의미에서 본고는 상상적 동일시와 상징적 동일시를 통해 주체가 '상징적 그물망' 속에 놓인 자신을 타자의 관점에서 바라보며 반성적 주체로 변모해가는 양상에 초점을 두고자 한다.

'주몽신화'로부터 고대소설, 현대소설에 이르기까지 오이디푸스 콤플렉스에 기반한 아버지와 아들간의 관계는 '피'의 투쟁이라고 할 만큼 무의식적 살해욕망에 기반해 있다. 조국근대화와 전쟁과 혁명과 같은 역사적

---

1) 조윤아, 「1970년대 박경리 소설에 나타난 "아버지"에 관한 연구 「단층」과 「토지」를 중심으로)」, 『현대소설연구』36, 한국현대소설학회, 2007 ; 김미현, 「한국 근,현대 베스트셀러 문학에 나타난 독서의 사회사 −1980~1990년대 소설의 "아버지" 담론을 중심으로」, 『比較文學』36,한국비교문학회, 2005 ;김근식, 「아나똘리 김의 장편 <아버지 숲>에 나타난 조상의 고국의 함축적 의미」.『슬라브학보』19, 한국슬라브학회, 2004; 서석준, 『현대소설에서의 아비상실』, 시학사, 19992.

2) 이상란, 「오태석<만파식적>의 아버지 이마고와 통일담론」, 『한국연극학』제49호, 2010. 97~99쪽, 참조.

3) 표세만, 「대중소설 속 은폐된 '아버지'의 이미지 형성에 관하여」, 『日本語文學』45권, 2010.

사건들의 중심에 언제나 '아버지'가 있었고 그 뒤를 잇는 아들 역시 그런 아버지의 역사를 반복적으로 되풀이하여 왔다. 이 같은 역사 이면에는 상징적 질서를 위해 아버지를 죽인 아들의 아버지의 대한 속죄와 죄의식이 점철돼 있다. 상징적 질서의 원천인 초자아의 기원을 살펴보면 다음과 같다.

'금지'의 기원인 초자아(das Über-Ich)는 보다 복잡한 '생물학적 요소와 역사학적 요소'[4]가 결합된 추상적 실체이다. 초자아는 오이디푸스 콤플렉스로 일컬어지는 '아버지'에 의한 금지의 대리자로 어머니와의 근친상간을 금지하는 역사적 요소로부터 기원된다. 프로이트에 의한 초자아의 생물학적 원천은 의식과 전의식의 집합체인 '무의식'으로부터 생산된 것인데, 이 무의식은 원초적인 것이 아니라 외부지각시스템에 의해 지각된 것이 전의식화를 거쳐 억압된 형태로 무의식의 일부를 형성한 것이다. 다시 말해 '억압된 것이 무의식의 원형'[5]이라는 것인데, 이렇게 보면 무의식이란 대단히 복잡한 외부적 지각물, 즉 이데올로기적 산물의 복합체인 것이며, 이것은 이후 사회적 규범인 언어 표상으로 형상화되어 나타난다. 이러한 과정에서 아버지는 생물학적 아버지인 실재적 아버지와 근대부르주아 핵가족이 생산한 '상징적 권위의 작인'으로서의 초아자적 아버지 그리고 향유를 누리고자 자식에게 살해된 '외설적 아버지', 즉 토템화됨으로써 더욱 강화된 원초적 아버지로 구분된다.[6] 이렇게 다층적 개념으로서

---

4) S.Freud, 「자아와 이드」, 『정신분석학의 근본개념』, 열린책들, 윤희기·박찬부 옮김, 1997; 2003[재간]. 367~381쪽, 참조.
5) S.Freud, 「본능과 그 변화」, 『정신분석학의 근본개념』, 위의 책, 350쪽, 참조.
6) S.Žižek, 「오이디푸스는 어디로?」『까다로운 주체』, 이성민 옮김, 도서출판, 2005. 501~506쪽, 참조. 이 원초적 아버지는 혼자 여자를 차지한 대가로 아들에게 죽음을 당한 죽은 아버지를 의미하는 것으로, 부친 살해 욕망에 대한 무의식적 원천이다.

의 아버지는 동일성의 원천인 '부정성을 내포'한 채 대물림되면서 주체로 하여금 변혁을 꾀하게 한다.[7] 주체는 이 같은 계통적 동일화를 통해서 새로운 주체로 변모된다. 다시 말해 그러한 과정이 연속되는 세대를 통해 충분한 강도를 가지고 자주 반복되면서 이드의 경험으로 변형되고 유전에 의해서 보존되는 것이다.[8] 말하자면 초자아의 근원인 이드 속에 무수한 변형을 거친 자아의 존재적 잔재물이 숨겨져 있게 되는 것이다.[9] 따라서 '어떠한 자아도 직접적으로 유전에는 못 미친다.'[10] 동시에 '자연적인 친자관계 또한 없다.'[11]

자아 이상의 전형인 프로이트의 '동일시'적 개념은 라캉에 오면서 '상징적 규범'에 편입되기 위해 주체가 어떤 '대가'를 치러야만 하는 통과의례의 의미로 해석된다. 이 상징적 규범은 '사회적 실존의 유일한 환경'이면서 무한히 '재생산 된다.' 이러한 의미에서 주체는 거울단계에서 전형적으로 '일차적 동일시'를 경험하며, 오이디푸스기를 통해 아버지의 이름이 전제된 '아버지와의 동일시'를 경험한다. 여기서 전자는 상상적 동일시에 가깝고 후자는 상징적 동일시에 가깝다. 다시 말해 전자는 '이미지와의 동일시'이고, 후자는 '우리가 우리 자신을 바라보는 장소와의 동일시이다.' 주체는 이를 통해 상징적 주체로서 정립된다. 상징적 동일시는 주체

---

7) Derrida, Jacques(1967). *Writing and Differance*. Trans. Alan Bass, Univ. of Chicago . Great Britain by TJ international Ltd... Press, 1978. 112~114쪽, 참조.

8) 후에 프로이트는, 이 정신의 지형을 이드, 자아, 초자아로 수정한 바 있다. 어떠한 자아도 직접적으로 유전에는 미치지 못한다는 이러한 주장은 사후성에 대한 프로이트의 근원의식을 대변하는 것이다. S.Freud, 『정신분석학의 근본개념』, 위의 책, 347~357쪽, 참조.

9) 위의 책, 같은 페이지

10) 위의 책, 같은 페이지, 참조.

11) 가라타니 고진, 『마르크스 그 가능성의 중심』, 김경원 옮김, 이산, 1999, 169쪽, 참조.

가 상징적 질서인 큰 타자 속의 어떤 기표적인 특질과 동일시됨을 나타
낸다. 다시 말해 상징적 동일시는 주체가 타자로부터 관찰당하는 위치,
즉 '타자내의 어떤 응시'가 전제된 것으로 주체가 자신을 바라보게 되는
위치와 동일시되는 곳이다.[12]

2. 역사적 시발점으로서의 아버지

황순원의 <日月> 김원일 <노을> 문순태 <피아골> 등에서 공통적
으로 다루고 있는 것은 아버지와 자식으로 이어지는 혈연의식이다. 황순
원의 <日月>은 대대로 이어지는 '백정' 가계를 중심으로 겪게되는 가족
구성원들의 정체성적 혼란과 그들의 상징적 질서로부터의 배제를 다루고
있다. 이에 '백정 가부장'을 수용하고자하는 전통적 의식과 이를 부정하고
자 하는 현대적 의식이 대립되고 있다. 황순원의 일련의 소설들은 대부분
힘을 상실해가는 무력한 아버지의 모습이 투영되고 있다. <나무들 비탈
에 서다>(1960)에서 '숙이'는 '현태'의 아이를 갖지만 결국 진정한 아버지
가 부재하는 '사생아'나 다름없는 아이를 잉태한다. <독짓는 늙은
이>(1952)에서 '송 노인'은 아버지의 자격을 상실하는 무능한 아비의 모
습을 보여준다. 이러한 일련의 황순원 작품에 드러나는 공통적 특성은 전
통적 가부장의 몰락이다. 이로 인해 근원적 정체성을 상실해가는 가족
구성원들의 고뇌와 비극성이 투영되고 있다.

---

12) S.Žižek(2001), *Enjoy Your Symptom*, London: Routledge. 29쪽, 참조 ;S.Žižek(1999) 「오
이디푸스는 어디로?」 『까다로운 주체』, 이성민 옮김, 도서출판, 2005. 422쪽, 참
조; S.Žižek(1989), *The Sublime Object of Ideology*, 『이데올로기라는 숭고한 대상』, 이
수련 옮김, 서울:인간사랑. 2002. 184~193쪽, 참조.

…(전략)…아버님은 잠자쿠 도끼하구 칼을 들구 사내들 뒤를 따라 나가셨다. 느희 큰 아부님하구 내가 쫓아가려니까 못 오게 하시드구나 그땐……한참 만에 어두운 안개속을 아버님은 피묻은 손에 소뿔 두 개하고 소꼬리털을 둘구 돌아오셨어. 그걸 담벼락에 매달아 놓으시구는 말없이 바라보시는 거야. 그후부터 나는 이 소뿔하고 소꼬리털을 볼 때마다 <u>어린 마음에두 울화가 치밀어 견딜 수가 없었어.</u> 차차 성인이 되면서 더 견딜 수가 없드군. 어떻게든 거길 벗어나야 한다구 생각했지. 기어쿠 난 어떤 결심을 했다. 아범이 백날 바루 지났을 때 일이다.(황순원, <日月>121쪽, 밑줄 필자).

<日月>의 한 부분인 위 인용은 국회의원 출마를 앞두고 '백정'의 자식이라는 것을 알게된 '인철'의 형 '인호'가 아버지 '김상진'을 찾아와 분노하는 장면이다. '백정'의 '피'를 그대로 수용함으로써 자신의 동일성을 유지하며 살아가는 '본돌 영감(인철 아버지의 형)'과 달리 '인철'의 아버지 '상진 영감'은 자식들에게 '백정 피'를 대물림하지 않기 위해 서울로 상경한 후 사업가로 변신한다. 이러한 '상진 영감'의 의지는 오직 자식들을 '보통 사람들과 다름없이 만'(<日月>, 122쪽)드는 것이다. '인철'은 두 명의 아버지를 경험한다. 지금까지 '대학원 석사' '건축공학도'로서의 '인철'을 규정해온 아버지가 '김상진'이었다면, '김차돌'은 그의 무의식을 지배해온 또 하나의 아버지다. 인철은 유년시절 '빨간 물감'을 먹고 정신을 잃고 쓰러진 적이 있다. '붉은 색'에 대한 '인철'의 이 같은 반응은 무의식에 내재된 자신의 근원성에 대한 일깨움이다. 이때의 무의식이란 내재된 어떤 것이라기보다 '아버지'로부터 연유된 어떤 각인에 의한 것이다. 예컨대, '소뿔하고 소꼬리털을 볼 때마다 어린 마음에두 울화가 치밀어 견딜 수가 없

었어'와 같은 유년시절을 회상하는 인철 아버지의 자의식적 발화는 어린 인철의 의식을 무의식적으로 지배한다. 여기서 인철의 '붉은 색'에 대한 반응은 원초적이라기보다 체험된 일련의 파편화된 이미지가 작용한 것이다. 혈통을 고수하려는 '큰아버지(본돌 영감)'와 혈통을 거부하고자 하는 아버지 '상진 영감'의 가치관적 대립에는 암묵화된 상징적 질서의 배제의식이 작용한다. 이러한 배제의식은 인철의 아버지인 '상진 영감'으로 하여금 자살을 선택하게 한다. 이것은 보이지 않는 상징적 아버지로부터의 거세를 의미한다.

> …(전략)…인호는 갑작스런 동작으로 머리를 두 손을 싸고는 두어 번 흔들었다. 인철은 언젠가 지도교수 댁에서 사진 속 노인의 얼굴을 본 순간 무엇인가 확 가슴에 안겨지는 듯했던 느낌을 되살리고 있었다. 그것은 피의 알림이라는 것일까. 그러면서 인철은 그 사진의 백정 노인이 자기 큰아버지라는 사실이 드러난 지금도 그다지 놀라운 느낌이 일지 않는 것이 이상했다. …(중략)…난 마지막이야. 그 늙은이의 눈이 날 노려본 순간부터(황순원 <日月>, 112~113쪽).

> 거반 오십년 전 일이다. 내가 둘째인 관계루 분가를 하면서 본적마저 서울루 옮겨버렸다. 그때 형님은 반대셨지. 조상을 버리는 놈이라구. 그리구는 형남과두 일체 왕래를 끊구 이름두 바꾸구 했지. 본래 내 이름은 차돌이었다. 느희 이름두 일기기起자 돌림인 걸 어질 인仁자루 고쳤지. 옛날 우리 조상들은 이름에 어질 인仁자나 옳을 의義자는 못 Tm두룩 돼있었어. ……이렇게 모든 걸 느희 대에 와서는 안전해지두룩 마음을 써왔는데 지금 와서……그래 뭣 땜에 오셨더냐?(황순원, <日月>, 111쪽)

'대학원 석사'이면서 '건축공학도'인 주인공 '인철'은 지교교수가 인철의 고향인 분다나뭇골에 다녀오면서 찍어온 '백정 노인'의 사진을 보고 나서 알 수 없는 익숙함에 빠진다. 자신이 태어나기도 전에 분가하고 서울로 본적까지 옮긴 '인철'의 아버지 상진 영감은 이후 형과도 왕래를 끊고 살았던 이유 때문에 '인철'은 큰아버지를 알아볼 수 없다. 이후 주인공은 그 노인이 아버지의 형이자 큰아버지라는 사실을 알고도 놀라워 하지 않는다.

> 무명 고의잠뱅이바람에 짚신을 신었는데, 그것두 맨발에다 말입니다.⋯⋯하여튼 난생 처음 보는 이상한 늙은이에요. 수염은 회데 머리는 까맣구⋯⋯그런데 이 늙은이의 청이라는 게 또 되상하지 않겠어요. 자기 동네에 예수교 사람들과 같이 사용하는 공동묘지가 있는데 그쪽 부분을 딴데루 옮겨가두룩 해달라는 거예요. 그똑 무덤에 입힌 떼의 풀뿌리가 이쪽 무덤에 퍼져와서 그런다구요. 아버님은 무슨 말인지 알아들으시겠죠. 무덤에 <u>떼를 입히지 않음으로 해서</u> 혼백이 극락으로 간다는 얘기 말입니다. (황순원, <日月> 111쪽, 밑줄 필자).

'인철'의 고모는 '무덤에 떼'조차 입히지 못하고 백정의 딸이라는 이유로 소박맞고 돌아와 자살한다. 또한 백정의 특정 지역에 대한 거주 등은 백정계급에 대한 일반인들의 무의식적 금기의식이 내재돼 있다. '백정'의 근원성을 파헤치는데 집착하는 '지 교수'는 '백정의 전신이 양수척'(<日月>, 112쪽)임을 언급하고 있다. 이 부분에 의하면 과거 '떠돌아다니는 집시'가 천민 취급(계급)을 받으면서 백정 신분으로 변화된 것이다. '백정'은 원래 농사를 짓는 농민을 지칭하는 것이었으나 소를 도척하게 되면서 특수한 지역에 거주하게 하는 등 사회적 금기를 의미하는 기호로 인식되었다. 이들에 대한 배제행위는 고전시대 '이성과 광기'를 구분하고자 '광인들'을 감금했던 중세시대를 환기하게 한다.[13] 호적(戶籍)에서조차 배제되었던 그들에 대한 일반인들의 금기행위는 그들을 볼 때마다 자신들의 죄의식이 환기되는 것에 대한 일종의 부정성(否定性)적 발로였다고 볼 수 있다. 이 부정성은 백정과 일반인들에게 각각의 효과를 산출한다. 백정들로서는 자신의 존재를 불가시화 함으로써 자신들을 신성시하는 행위로 변모되게 하고, 일반인들로 치부되는 지배계층들은 이들을 불가시 지역으로 격리함으로써 자신들의 죄의식이 환기되는 것을 막고 비로소 안도한다. 백정에 대한 '금기' 의식은 일반인들이 백정이 도척(刀尺)한 고기를 먹었다는 대한 죄의식으로부터 벗어나기 위한 부정성의 발로이다. 자신의 죄의식을 무마하기 위한 부정성은 아버지대로 끝나는 것이 아니라 그 아들 세대로 이어지는 또다른 이데올로기적 부정성으로 이어지면서 이들을 중심영역으로부터 격리화시키는 일은 더욱 강화되는 것이다. 때문에 '백정'의 상징적 기호인 '칼' '피'는 지배이데올로기의 폭력과 죄의식을 상징한다. 다시 말해 일반인들의 백정에 대한 금기의식은 자신들의 죄의식이 환기되는 것에 대한 배제행위의 일환이다. '백정'에 대한 섬뜩함, 죄의식 등은 여기에 기인한다.

반면 '백정 계급'은 '소'를 하늘의 혼백을 뜻하는 기호로 인식한다. 때문에 '백정'은 '소'를 신성시하고 소의 잔여물이 '소뿔과 꼬리털'을 신격화한다. '백정'의 도살이 강화되면 강화될수록 '소뿔과 꼬리털'의 신격화는 더욱 우상화된다. 백정의 이 같은 신격화는 일반인들의 죄의식을 대리하는 강화된 부정성에 대한 죄의식의 발로라 할 수 있다.

---

13) M. Foucault, 『광기의 역사』, 김부용 옮김, 서울:인간사랑. 1991, 27~32쪽, 참조.

'백정 아버지'가 좌익이데올로기의 추종자로 변모돼 가는 과정을 다루고 있는 김원일의 <노을>은 좌익이데올로기에 가담으로써 무차별 사람들을 살육하는 '나'의 아버지가 광기의 극에 달하고, 반면 그것을 주도했던 '배도수'는 오랜 세월 자신의 안일을 도모하며 살고 있음을 훗날 목격하는 화자의 시선이 투영된다. 이를 통해 화자는 종국에 이데올로기의 무의미성을 깨닫게 된다. '도살자'였던 아버지는 사실상 인간 본성의 잠재된 폭력과 광기의 이데올로기의 희생물이었던 것이다. 이러한 동일성에 대한 인식은 '나'의 아버지에 대한 회상을 통해 '배도수'라는 권력담론의 희생자로서의 아버지를 새롭게 복원하고 나아가 원초적 아버지의 폭력성으로부터 벗어남으로써 종결된다. 표면적으로는 아버지의 '남로당 폭동' 사건 개인이 주춧돌이 돼있지만, 그 이전에 백정으로서 주변에서 멸시받고 조롱당하던 아버지에 대한 유년시절의 기억이 점철돼 있다.

통, 이맛전을 내리치는 메 소리가 들렸다. 골통이 빠개지는 소리 같았다. 아버지 말처럼 으깨진 골로 봇물처럼 피가 쏟아져 들어갈 것이다. 이제쯤 그 큰 머리를 못 가누어 앞발을 꿇었을지 몰랐다. 내 눈앞에 이마빼기며 코뚜레로 피를 쏟는 황소가 떠올랐다. 황소는 마지막 된숨을 내쉬었다. 관절이 꺾이자 앞발의 후들거림도 무너져버리는 황소. 입께에 달린 거품이 피에 얼버무려지고 꼬리마저 새끼처럼 힘이 빠졌다. 이제 다시 못 뜰 눈을 지그시 감은 황소가 내 눈앞에 확대되어 떠올랐다. 아버지 얼굴이 보였다. 아버지는 메를 팽개치며 흐물쩍 웃었다. 삼촌이 도살용 메가 뚫은 소 이마빼기 구멍에 참꼬챙이를 쑤셔 박았다. 추서방은 날이 선 칼로 황소 멱을 따기 시작했다. 온몸을 떨던 황소의 경련이 멎고, 차츰 모든 게 얼룩져 바래졌다. 이윽고 나는 혼곤한 낮잠에 취했다. 쇠파리떼가 머리 부스럼에 엉겨 앉았다. …중략…

나는 찌부드드히 눈을 떴다. 아버지가 내 앞에 서 있었다. 아버지는 목덜미의 땀을 훔쳤다. (중략) 손에 묻은 피가 땀에 채인 뱃가죽에 옮아 곱슬털과 엉겨 금세 잡은 소 살점 같았다.(김원일, <노을>, 30쪽, 밑줄 필자).

29년 만에 고향을 찾은 '나'의 의식속에는 소의 골통을 사정없이 내리치는 무지막지한 아버지에 대한 기억이 환기된다. 위 인용문으로 볼 때 유년시절 '도수장 안에서 황소가 우웡우웡'(김원일<노을>, 30쪽) 우는 소리를 자주들었던 화자는 도수장 안에서 소 골통이 빠개지는 소리를 듣고 그것이 아버지가 하는 행동이라는 추측을 한다. 이러한 정황적 인식은 화자의 체험적 요소로 작용하고 이후 성년이 되어 고향을 찾음으로써 더욱 분명하게 환기된다.

다음은 문순태의 <피아골>의 일부이다.

만화는 비로소 서초머리 아버지가 아직 죽지 않고 살아 있음을 알수가 있었다. 그녀는 아버지가 살아 있다는 사실 하나만으로도 온몸의 피돌기가 갑자기 빨라지고 심장의 벌덕거림이 드세어지는 듯한 홍분을 느꼈다. 할머니의 신당에 불을 지르던 서초머리 아버지의 모습이 확연하게 눈앞에 떠올랐다.(문순태, <피아골>, 74쪽, 밑줄 필자).

어이구, 어이구, 이 징한 녀언. 세상에 이렇게 징한 년이 또 있을까. 지 애비 피는 못 속인다끼.꼭 지애비 모양으로 독살스럽네. 지애비도 꼭 저년 모양으로 생사람을 쳐죽였을 것이로구만. 어머니가 큰 소리로 욕을 퍼부어댔다. 만화는 핏발선 눈으로 어머니를 쏘아보았다. (문순태, <피아골>, 79쪽, 밑줄 필자).

아버지를 찾는 여정을 다룬 문순태의 <피아골>은 '무당' 손녀인 '만화'가 피로 얼룩진 아버지의 과거사를 추적하면서 자신의 정체성을 인식함을 보여준다. 주인공 '만화'는 자신의 근원이 좌익이데올로기에 연루된 아버지와 왜병들에게 순절당한 11대 할아버지를 거슬러 지리산 포수로 한일합방 이후 일본 헌병대에 저항하다 죽음을 당한 할아버지까지 거슬러 있음을 알게 된다.

　　<피아골>에서 미처 가족들과 피난을 가지 못한 '만화'의 생모 김지숙은 '고추머리' '배달수'에 의해 목숨을 구하게 된 이후 그에 의해 피아골로 들어온다. 그러던 중 서로를 향한 마음과는 달리 '김지숙'은 다른 대원과 혼인을 전제로 한 만남을 갖는다. 이후 추격에 쫓기면서 만남과 헤어짐을 반복하는 가운데 '배달수'와 '김지숙'은 배달수 어머니 집에서 한동안 생활하게 되고, 이후 빨치산 잔당에 의해 또다시 피아골로 들어오는 과정에서 배달수와 김지숙은 다시 떨어진다. 시간이 흘러 배달수는 자신의 집에 돌아와 있는 '김지숙'을 다시 만나게 되고 딸 '만화'의 존재를 알게 된다. 이후 '배달수'는 알 수 없는 상실감에 시달리면서 피아골 깊숙이 자취를 감춘다. 이렇게 해서 '만화'는 아버지를 인지하지 못하고 자라다가 할머니의 죽음 이후 어렴풋 스치듯 상봉하게 된다. 이 같은 과정을 미루어 볼 때 '만화'의 유전적 인자가 꼭 '배달수'라고 단정할 수는 없는 것이다. 주인공인 '만화'는 무당인 할머니의 손에서 자라다가 할머니가 죽자 아버지의 친구인 설원스님 옆에서 성장한다. 이후 어머니의 손에 끌려 서울에서 살게 된다. 30여 년을 사는 동안 아버지의 실체를 정확히 본적은 없다. 다만 화가 날 때마다 아버지를 언급하는 어머니의 목소리를 통해서 아버지를 추상적으로 인식한다. 이후 자신의 고향인 '피아골'을 찾으면서, 어려서

자신을 어렴풋 한 번 스쳐간 아버지를 기억한다. 만화는 일곱 살 무렵 할머니가 돌아가시면서 처음으로 아버지가 아직 죽지 않고 살아 있음을 알게 된다. 그러면서 만화는 할머니의 신당에 불을 지르던 서초머리 아버지의 모습을 떠올린다. 또 '꼭 지애비 모양으로 독살스럽네. 지애비도 꼭 저년 모양으로 생사람을 쳐죽였을 것이로구만'과 같은 어머니와 주변 사람들에게 주워들은 말들을 상기하면서 아버지의 모습을 복원한다.

> "내사 행님이 자꾸 손도장 찍어라 캐서 찍기는 찍었지마는 시상이
> 우에 돌아가는지 알 수 있어야제. 행님 말마따나 소나 잡다 사람 대접
> 한분 몬 받고 마칠 백정 팔자를 생각하모 서글푸기도 하고……" 풀이
> 죽은 삼촌의 말이었다.
> "~울 아버지가 독립 운동 독자도 모르민서 그저 동정심으로 허진
> 사 아들을 숨겨줬다가 왜놈들 고문에 생목숨 잃은 거 생각하모 나는
> 자다가도 모골이 송연한 기라.(후략) (김원일, <노을>, 58쪽).

김원일의 <노을> 역시 백정 아버지의 폭력을 이기지 못해 집 나간 어머니와 이후 좌익 이데올로기에 가담하면서 빨치산이 된 아버지의 행불을 성년화자의 기억을 통해 서술하는 것으로 시작된다. 아버지의 폭력과 좌익이데올로기로의 전향은 나로 하여금 고향을 떠나게 하고 가족해체를 경험하게 한다. '독립 운동 독자도 모르면서 그저 동정심으로 허진사 아들을 숨겨줬다가 왜놈들 고문에 생목숨 잃은' 아버지의 아버지처럼 좌익이데올로기에 가담함으로써 지배이데올로기로에 내몰린다.

이처럼 김원일의<노을>이나 문순태의<피아골>모두 '기억'에 의한 '아버지'의 환기로 서술된다. 데리다에 의하면 '기억'이란 '정신 현상의 근

원'으로 소통과 소통을 연결하는 신경세포들 사이의 포착할 수 없고 눈에 보이지 않는 '차이'에 의해 구성된다.14) 때문에 기억이란 근본적으로 어떤 투명하지 못한 어떤 것의 구조화인 것이다. 다시 말해 이들 작품 속에서의 아버지란 주인공들의 기억에 의해 사후화된, 즉 조작된 아버지인 것이다. 다시 말해 피로 점철된 이데올로기적 역사와 자신의 체험이 투영된 사후적 담론에 의해 죽은 아버지를 복원한다. 이 사후화된 아버지는 주인공들의 기억 속에서 더욱 명료화되면서 주인공들로 하여금 동일성의 원천으로 작용한다. 문순태의 <피아골>에 나타난 '만화'의 피아골로의 정착과 아버지와의 진정한 화해를 다루고 있는 김원일의 <노을> 등은 아들과 나로 이어지는 진정한 가족구성원으로서의 동일성이라기보다 역사적 동일성의 시발점이라고 볼 수 있다.

황순원의 <日月> 김원일의 <노을> 문순태의 <피아골> 등은 50년대 한국전쟁과 일제강점기 나아가 동학혁명으로까지 거슬러 올라가면서 민족과 역사적 주체로서의 주인공들의 모습을 투영하고 있다. 50년대 한국전쟁은 아버지 위치와 가정구성원들의 정체성적 변화를 야기하였다. 4·19로 점철되는 6,70년대에 들어서 현실의 논리에 순응하거나 급격한 산업화로 인해 전통적 아버지의 위치가 급격히 흔들리는 모습이 등장하지만, 아버지에 대한 향수는 여전히 존재한다. 김원일의 <노을>과 문순태의 <피아골> 황순원의 <日月> 등은 단순히 사회의 중심기표로부터 벗어난 피지배계층이나 소시민적 주인공의 자기 회고를 다룬 것이 아니라, 이 같은 역사적 주체로서의 아버지와 그 아버지로부터 연유되는 당대

---

14) J, Derrida, 앞의 책, 248~250쪽, 참조.

의 정치적 상황에 대한 잔혹함과 폭력에 대한 은유라고 할 수 있는 것이다. 이후 임철우의 <아버지의 땅>(1983)은 '피피선'에 묶인 이들 아버지의 복원에 대한 은유라고 할 수 있다.

3. 응시의 시선 속에 사로잡힌 주체의 위기

황순원의 <日月>에 나타난 '인철'의 '피'에 대한 인식은 그에게 '위기의 순간'[15]으로 작용하며 동시에 자신의 동일성을 자각하는 진정한 '앎'의 순간으로 이어진다. '인철'은 '아버지'를 통해 자신을 타자로서 응시하게 되고 이를 통해 본래적 자기를 돌아보게 된다.[16] <日月>의 인철은 '나미'의 집을 설계하면서 '무기물의 집합이나 축적'일 뿐인 건축마저도 '자기 존재를 주장하는 하나의 생명체로 화해쳐 있'음을 인식한다.

건축 재료들은 큰 것은 거의 다 장만이 돼있었다. (중략)인철은 이 아무리 생명과 의지를 갖고있지 않은 하나하나의 물질들을 바라보며 도면에 그려놓은 건물의 형상을 눈앞에 세워보았다. 그것은 무기물의 집합이나 축적에 그치지만은 않았다. 비록 움직이지 못하고 없다 해도 분명히 자기 존재를 주장하는 하나의 생명체로 화해쳐 있는 것이었다. 인철은 마음 솟구침으로 희열과 함께 어떤 불안과 두려움을 느꼈다. 그가 눈앞에 그리고있는 건물은 설계도에 의해 나타날 실물보다 사뭇 완전하고 아름답게만 꾸며진 것 같았다. 실물은 자기가 미처 생각지고 못했던 결함을 여기저기 드러낸 채 그의 앞에 버티고 설 것만 같았던 것이다.(황순원, <日月>, 158쪽, 밑줄 필자).

---

15) 오연희, 「황순원의 '일월' 연구」, 1996, 충남대학교 박사논문, 참조,
16) 라캉의 응시적 지점은 자신을 타자의 관점에서 돌아보게 하는 순간이다. 주체는 이를 통해 반성적 주체로서의 자신을 인식하게 된다.

위 인용과 같은 주체의 자기 인식이야말로 존재의 근원에 대한 저항의 발로이며 또다른 담론의 주체가 될 수 있음을 보여주는 것이다. 이를 통해 최하층 천민계급으로서의 '백정'인 아버지는 지배담론에 전적으로 귀속된 것이 아니라 자신의 의지를 통해 존재성을 증명한 능동적 주체임을 다시 말해 권력담론의 주체였음을 인식하는 것이다. 이로 본다면 인철이 자신의 핏줄을 알게 되는 시간은 '위기의 순간' 17)인 동시에 새로운 담론 주체로 거듭나는 진정한 앎의 순간인 것이다. 다시 말해 이 앎의 순간은 상징적 거세와 자신의 동일성을 인식하는 동시적 순간이다. '인철'은 자신이 '다른 사람에게 보여'지는 기표임을 비로소 인식한다. 이로 인해 '인철'은 자신이 사랑하는 여인들인 '나미'와 '다혜' 둘 다 선택할 수 없는 애매모호한 주체가 된다.<日月>의 결말이 분명하지 못한 것은 이에 연유한다.

> 그 눈이 모든 걸 말해주었어요. 그 순간 저는 아주 헤어날 수 없는 깊은 구렁텅이 속으로 빠져들어가구 말았습니다. 한참 만에 늙은이는 돌아서 나갔어요. 그런데두 그 눈만은 제게서 떠나지 않습니다. 지금두 어디서 그 눈이 노려보는 것만 같습니다. 그걸 느낄 때마다 가슴이 떨립니다. 무덤에 때두 입히지 않는 백정이 제 조상이라니……
> 인호는 갑작스런 동작으로 머리를 두 손으로 싸고는 두어 번 흔들었다.(황순원, <日月>, 112쪽, 밑줄 필자).

위 인용은 국회의원 출마를 결심한 '인철'의 형 '인호'가 호적등본에 고향이 '광주군'으로 돼있음을 알고 이왕이면 그곳으로 출마를 하려고 결심하고 주민들의 민원사항을 접수하는 중, 자신을 찾아온 한 노인을 대면하

---

17) 오연희, 앞의 논문. 같은 페이지, 참조.

는 상황이다. '인호'는 자신을 밝히지는 않았지만 큰아버지의 '눈'을 통해 '모든 걸' 알게 된다. 라캉의 응시 이론에서 '눈'은 이미 분열을 전제하는 것으로 사물을 보는 눈은 이미 다른 사람에서 '보여준다'가 '생략'된 것이다.[18] 이를 통해 '인철'은 상징계의 시선에 이미 자신이 노출돼 있음을 알게 된다. 자신의 노출을 인식하는 순간 주체는 그 뒤의 블랙홀을 경험하게 된다. 다시 말해 응시 너머 실재계의 본질을 알게 되는 순간 주체는 본질적 허상을 보게 되고 그로 인한 대가를 지불해야 하는 것이다. 때문에 주체는 '자신이 응시의 대상'이라는 사실을 '은폐'하거나 '회피'하거나 둘 중 하나를 선택해야 한다.[19] '인철 아버지'의 '죽음'은 전자에서 비롯된다. 동시에 '인철'은 이도 저도 선택할 수 없는 경계에 서게 된다. 앞 절에서 제시된 '위기의 순간'이란 주체의 이 같은 응시적 시선을 의미한다.

해방을 전후해 많은 이 땅의 아버지들은 이 같은 응시적 시점에 놓임으로써 주체성을 상실한다. '백정 아버지'의 좌익이데올로기의 전향을 다룬 김원일의 <노을>, '일본 헌병들한테 쫓겨 지리산 피아골'에 숨어 든 아버지의 뒤를 이어 '빨치산'이 된 후 좌익이데올로기에 편승할 수밖에 없었던 <피아골>의 '만화'와 '아버지' 역시 응시적 시선에 노출된 위기적 주체의 모습을 보여준다. '건실한 소시민(김원일 <노을>, 104쪽)'으로 살아가고자 할 뿐인 '나'에게 어느날 '형사가 다녀'(김원일 <노을>, 104쪽)가고, 그로 인해 스스로 부정하고자 했던 '아버지'의 '망령'된 얼굴이 형사를 통해 다시 살아난다. 그러면서 '나'는 아버지를 잃은 어린시절의 자신과 동일시되는 자식들을 생각하는 것이다. 48년 폭동 사건 당시 봉화산으

---

18) 라캉, 앞의 책, 119쪽. 참조.
19) 라캉, 앞의 책, 117~118쪽, 참조.

로 숨었다가 처자를 남겨두고 혼자 일본으로 밀항했던, 당시 사건을 주도했던 '배도수'와의 만남으로 인해 '나'는 형사에게 취조를 받는다. 이러한 계기는 아버지와 나와 자식이 똑같이 상징적 동일시의 주체로 서 있음에 대한 인식으로 이어진다. 이는 자신의 관점에서 아버지를 일방적으로 매도한 데 대한 자의식임과 동시에 자신 또한 그러한 위치에서 자식에게 관찰당할 것이라는 응시적 주체에 대한 반영이다.

> ①"치모 부친이나 김선생 부친, 또 그 당시 지서 윤주임 유가족, 그 외 많은 분들께 두루 미안하우, 내 간절한 기도가 저승 그곳까지 닿을지 모르지만, 난 그런 마음으로 삽니다. 생전에 통일이 되면 그들 원도 풀릴 테지만 그게 어찌 희망대로……(김원일, < 노을>, 336쪽, 강조 필자)
>
> ②"…(전략)…48년 폭동으로 이쪽 편에 의해서든 저쪽 편에 의해서든 죽거나 헤어진 상태에서 오늘을 살고 있는 많은 고향 사람들, 지울 수 없는 그 시절의 상처를 제가끔 안고 사는 그들의 염원이 하늘에 닿아, 신은 한 가정을 선택하여 만남을 베풀었는지 모른다. 그런 뜻이라면 이제 어느 누구도 이 가정의 행복을 파괴할 수 없으며 그래서도 안 된다. 그렇게 수긍하자 찌무룩하던 내 마음이 홀가분하다. 나는 배도수 씨 부부와 작별 인사를 나눈다.(김원일, <노을>, 337쪽, 밑줄 필자).

①은 삼촌의 부음으로 고향에 내려온 '나'에게 과거 좌익이데올로기의 선동자였던 '배도수'가 자신의 추상적 이데올로기로 인해 희생된 사람들에 대해 용서를 구하는 장면이다. 엄격히 말해 추상적 이데올로기에 함몰되었던 '배도수' 역시 또다른 권력담론의 희생자일 수 있다. '배도수'와 '나'의 아버지를 비롯 또 하나의 이데올로기적 희생자였던 '치모 아버지'

등은 당대의 지배이데올로기적 담론의 희생자이자 위기적 주체였던 것이다. ②는 그런 것에 대한 '나'의 반영적 관점이다. 이로 인한 주체의 위기는 가족구성원들의 삶을 파괴하고 나아가 역사적 주체로서의 위기로 이어진다. '배도수'를 통해 아버지를 재인식하게 된 나는 '아들'의 새로운 아버지로 거듭나고자 한다.

<피아골>의 '만화'의 선택 역시 이와 동일선상에서 이해할 수 있다. '피아골'은 '만화'의 근원적 모태이자 얼굴도 분명하지 않은 아버지와 '십일 대 조부님의 피'까지 거슬러 올라가는 통시적 공간이자 과거와 현재 그리고 미래가 공존하는 공시적 공간인 것이다. 정유재란 때 왜병과 싸우다 피아골에서 전사한 '배 포수', 기미년 총을 들고 나가 돌아오지 않은 '배 포수'의 아들 '배성도', 그러한 '배성도'의 유복자 '배달수', '배달수'의 딸 '만화' 이들의 삶을 잇는 '피아골'은 골육상전의 싸움터인 동시에 외부의 상징적 동일시의 희생자들이다. 이데올로기로 무장된 상징적 동일시는 폭력과 잔혹함을 통해 극대화된다.[20] 이로 본다면 만화의 몸에 흐르고 있는 '아버지'를 향한 뜨거운 피는 어떤 본질을 획득한다기보다 많은 역사적 아버지들의 피의 응고물인 것이다. 이것은 인간의 어떤 본질성에 근거하기보다는 외재화된 많은 부분들이 집약된 것이다. '만화'는 자신의 동일성에 대한 인식을 통해 지금껏 느껴보지 못한 감동을 느끼게 돼고 이로 인해 자신이 역사적 주체의 한 부분임을 인식한다.

황순원의 <日月> 또한 이 같은 상징적 동일시의 시선이 내재돼 있음을 보여준다. '백정'은 농사를 짓는 농민을 지칭하는 것이었으나 소를 도

---

20) 이는 어느 한쪽을 지칭하는 의미가 아니라 우익과 좌익이 동일한 선상에서 상징적 동일시의 오류를 범하고 있음을 의미한다.

척하게 되면서 사회적 금기를 의미하는 기호로 인식되어왔다. 황순원의 <日月>은 이 같은 사회의 전통적 금기 의식이 사람들에게 뿌리 깊게 인식되어왔음을 보여준다. '백정'의 주거의 격리는 백정이 도척 한 고기를 먹은 것에 대한 일반인들의 그들에 대한 부정성이자 이데올로기적 폭력인 것이다. 이 같은 부정성은 아버지대로 끝나는 것이 아니라 그 아들 세대로 이어지는 또다른 부정성으로 이어지면서 이들을 중심영역으로부터 격리화시켰던 것이다.

4. 반영적 사유를 통한 죽은 아버지 복원과 담론 주체자로서의 아버지에 대한 재인식

황순원의 <日月> 김원일의 <노을> 문순태 <피아골>등은 50년대를 대표하는 상징적 아버지의 모습이 주인공들의 반영적 인식을 통해 투영되고 있다. 자신을 잇는 '아버지'를 추억하고 아버지를 찾아 떠나는 여행이 그것이다. 예컨대, '아들'과 29년 만에 고향을 찾은 김원일의<노을>이나, 아버지의 얼굴조차 분명하지 않은 아버지를 찾아 나선 문순태의<피아골>이나 근 이십여 년 만에 자신의 동일성을 인식하는 황순원의<日月>이나 모두 '길떠남' 이나 '과거 회상' 을 통해 '아버지'와의 화해를 갈망하는 것으로 나타난다. '나'와 '아버지'와 연계는 '아버지의 아버지'와 나아가 나의 '아들'에 대한 존재론적 인식으로 확대되는 폭넓은 역사적 주체로서의 삶의 방식을 의미한다. 이로 볼 때 역사적 주체로서의 진정한 인식은 '나'로부터 시작되는 것이다. 이는 동시에 진정한 앎에 대한 인식으로부터 시작됨을 전제한다. 이러한 '반영적' 주체로서의 주인공의 의식이 투영된 것이 이들 세 작품의 공통적 특성이다. 이를 통해 이들 주인공들의 개인적 시간은 역사적 시간으로 치환되고 일반환된다. 특히<日月>은 '가면극'이라는 반영적 모티브를 통하여 '백정 가계'의 단면도를 객관적 무대로 제시한다.

황순원의 <日月>에서 '인철'의 아버지는 '백정'의 핏줄을 거부하고 서울로 이사를 온 상태이지만, 고향인 분디나뭇골에서는 아직도 큰아버지가 '백정'의 일을 하고 있다. 자식들의 장래와 자신의 신분을 숨기기 위해 고향 형님과의 왕래를 끊고 서울에서 '대륙상사'라는 회사를 운영하는 인철 아버지 '상진 영감'에게 신분이 밝혀지는 순간 남는 것은 '황량한 잔해(dreary remnants)'[21]뿐이다.

> 상진 영감은 약을 입에 넣고 남은 술을 한꺼번에 들이마셨다. 누군가가 자기의 다리를 걸어넘어뜨렸다. 무거운, 말할 수 없이 무거운 짐을 진 채 앞으로 꼬꾸라졌다. 앞에 있는 큰돌을 움켜쥐었다. 꽉 움켜쥐었다. 이걸로 때려눕혀야지. 아무도 말리는 사람은 없었다. 본돌형님도 없었다. 그리고 큰아들도 작은아들도⋯⋯그는 움켜쥔 돌을 힘껏 던졌다. <u>그의 눈앞에 맞아 쓰러진 것은 상진영감 자신이었다.</u>⋯⋯. (황순원, <日月>, 451쪽, 밑줄 필자).

자식이 숨겨진 신분으로 인해 좌절하고 은행 대부가 거절되는 시점에서 선택한 '상진 영감'의 자살은 지금껏 익명으로 살아온 자신의 본래 얼굴을 직면하는 순간이다. '그의 눈앞에 맞아 쓰러진 것은 상진 영감 자신이었다'라는 상진 영감의 발화는 엄격히 말해 서술자의 말로 익명인 '김상

---

21) S.Zizek(2001), *Enjoy Your Symptom*, 앞의 책. p. 2. 참조.

진' 영감의 죽음인 동시에 '김차돌(상진 영감의 본명)'의 부활을 객관적으로 서술하는 의미로 받아들일 수 있다.

이 같은 반영적 성찰로 인한 본래적 자아 찾기는 '인철'의 내부에서도 일어난다. 자신의 근원을 모르던 건축학도인 인철은 연인 관계인 '나미' 아버지의 부탁으로 새로 신축하는 집의 건축을 맡게 된다. 이후 인철이 백정 혈통이라는 것이 밝혀지고 이에 대한 암묵화된 사회적 금기의식이 작용됨으로써 인철의 건축설계는 중지된다. 백정혈통으로 인한 '인철'의 상징적 거세는 인철의 자의식을 강화한다. '인철'은 '나미'와 '다혜'로부터도 자유롭지 못하고 스스로 그들과의 관계를 거부한다. 이러한 '인철'의 행동은 자신의 주변을 돌아보는 것으로 나타난다. '인철'의 주변인물들은 작가관찰적 시점으로 제시되지만, 이는 '인철'이 자신을 관찰자적 시점으로 놓고 돌아보는 시점이라고 할 수 있다. 다시 말해 '광주 군수'로 출마하고자 했던 형 '인호'의 좌절, 아버지의 형인 '본돌 영감'의 의식, 사촌인 '기룡' 형님과의 만남 등은 초점화자로서의 '인철'의 시점으로 보아도 무방하다. 다시 말해 '인철'의 시점은 '관찰당하는 위치'와 '자신을 바라보는 위치'의 접점을 형성하면서 두 개의 자아와 동일시되는 것이다. 이에 이 텍스트 전체를 일관하고 있는 '가면극' 모티브는 이를 객관적으로 보여주는 무대장치인 것이다. 가면극은 '인철'이 자신의 본질을 객관적으로 성찰하는 것이기도 하지만, '소뿔과 소꼬리털' 등을 비롯한 백정들이 신성시하는 물신들과 동일시된다는 점에서도 그러하다.

문순태의 <피아골>의 주인공 '만화'는 피의 역사로 얼룩진 '피아골'을 떠나지 못하고 맴도는 아버지처럼 어머니의 강제적 이끌림에 의해 피아골을 떠나지만 결국 피아골로 되돌아온다.

…(전략)…만화는 피가 끓어오는 듯한 감동을 가라앉히기가 힘들었다. 한갓 기껏해야 무당의 손녀로만 알고 있었던 자신의 핏줄이 몇백 년 위로 거슬러 올라 갈 수가 있고, 그것도 나라를 위해 싸우다가 순절한 의병의 후예라는 것을 알게 되자, 심장이 빠개질 것만 같은 감격을 맛보았다.(문순태, <피아골>, 106~109쪽).

만화는 자신이 '몇 백 년 위로 거슬러 올라'가서 '나라를 위해 싸우다가 순절한 의병의 후예라는 것을 알게'되면서 어렴풋이 알고있던 자신의 근원적 정체성을 의식한다. '만화'는 유년시절 어렴풋한 기억을 통해 추상적인 아버지의 모습을 구체화한다. 서술자의 언어로 구체화되는 만화 아버지 '고추머리'는 자신의 의도와 상관없이 좌익이데올로기로 내몰리면서 권력담론의 주체가 된다. 반면 <노을>의 주체 역시 유년 시절 자신에게 폭력을 가하던 아버지로부터의 해방은 아버지의 죽음 이후 그로부터 놓여나던 그 순간이 아니라, 수십 년 후 의 귀향길을 통해 이루어진다. 이 같은 주체의 아버지에 대한 회상은 파편화된 이미지로 점철된 아버지에 대한 기억을 복원하고 치유하는 과정을 통해 비로소 회복된다. 그런가 하면 황순원의 <日月>에는 반영적 주체의 자기 치유방식이 나타나지 않고 있다. 이는 50년대라는 시대적 상흔이 채 사라지지 않은 시점이라는 것을 감안할 때 <日月>은 자기 극복의 과정이라기보다 정체성적 혼란에 시점이 맞춰져 있는 반면, 앞의 두 작품은 50년대를 기준으로 30여 년의 공백이 존재하고 있는 탓이다. 이러한 시간적 공백은 객관화된 자신을 응시의 대상으로 놓고 성찰하는 사후적 시간을 통해 극복된다. 사후적 시간을 통해 외상적 상처와 폭력으로 어우러졌던 과거사는 역사적 사건으로 재구성된다. 이를 통해 주체는 유년적 외상에서 벗어나 역사적 주체로 거듭날 수 있는 것이다.

김원일<노을>에서 화자인 '나'는 유년시절 자신과 가족은 물론 마을 전체 사람들을 상대로 '칼'로 무장한 채 폭력을 휘두르던 아버지에 대한 증오로 인해 30여 년을 고향과 두절하다시피했다.

> …(전략)…평소에도 나는 그 얼굴을 두려워했다. 아니, 나는 그 얼굴을 잊으려 노력했다 말해야 옳았다. 핏줄로서 연민을 느끼며 잊으려 노력해온 그 얼굴은 다름아닌 아버지 모습이었다. 나는 아버지 시체를 내 눈으로 직접 확인하진 못했으나 진영 장터 사람들은 아버지가 분명 함안 작대산 부근에서 죽었다고 말했다. 그런데 아버지 얼굴이 번개가 어둠을 가르듯 눈앞을 스쳐갔다.(김원일, <노을>, 104쪽, 밑줄 필자).

<노을>의 일부인 위 인용에서 '나'는 혈육으로서의 아버지를 스스로 행불화한다. 내가 '그 얼굴을 두려워'하는 것은 혈육으로서의 아버지에 대한 부정이기도 하지만 자기 스스로의 부정이기도 한 것이다. 이후 화자는 30년 동안 거의 자의적으로 고향을 찾지 않는다. 이는 자신의 내면에도 흐르고 있을지 모를 아버지와의 동일시를 두려하는 강박적 의식이 작용한 터이기도 하다. 이러한 '나'의 강박의식은 아버지가 자신이 폭력을 행사하던 '칼'로 스스로 자결했다는 사실을 알게되면서까지도 치유되지 않는다.

> …(전략)…퇴로를 뚫어 다른 동지를 먼저 탈출시키고 마지막 남은 둘이 전경대에 포위되어 대치하자, 하나는 이미 싸움에 승산이 없음을 알고 손 들어 포로를 자청했다. 그러나 아버지는 품고 다니던 소 잡던 칼로 스스로 목을 질러 자결했다는 것이다.…(중략)… 그 소식을 삼촌 편지를 통해 듣고도, 어머니와 나는 아버지 기일에 제사를 지내야 한다는 생각을 차마 할 수 없었다.(김원일, <노을>, 340쪽).

<노을>에서 '아버지의 칼'은 유년시절 '나'에게 하나의 외상으로 작용한다. 그러한 외상적 상흔은 강박의식으로 작용하면서 철저한 자기부정의 한 형식으로 표출된다. '나'의 자기부정은 '아버지'를 부정하면 할수록 더욱 강화되었던 셈이다. 이러한 자기부정은 아버지와 동일시되는 '삼촌의 별세'를 통해 분기점을 마련한다. 삼촌을 통해 유년시절의 자기를 돌아보고 그러한 계기는 폭력을 행사하던 아버지를 객관적 성찰의 대상으로 반추하는 것으로 극화된다. 사실 텍스트의 '제2장'부터는 화자의 유년시절이 극화되는 시점이고 이를 통해 이데올로기적 주체로서의 아버지의 삶이 반추된다. 이는 단순한 과거로의 회귀가 아니고 유년시절의 아버지가 30여 년이 흐른 시점에서 반영적 나의 의식에 의해 재구성되는 것이다. 자신을 관객의 위치에서 돌아보는 반영적 시점은 자신 또한 누군가의 '응시'의 대상이 되고 있다는 객관적 성찰의식이기도 하다. 이는 또한 아버지의 역사를 통해 역사적 주체로서의 아버지는 권력담론의 주체라기보다 권력담론에 의해 생산된 피해자였음을 알게 되는 것이다. 이는 또한 나의 삶 또한 나의 아들의 눈으로 반추된다는 것에 대한 각성이기도 한 것이다.

자신의 동일성을 인식하는 이러한 과정은 진정한 '앎'에 도달하고자 하는 '힘의 의지'로 볼 수 있다. 이때 '앎'이란 '담론'의 형태를 띠는데, 이는 주체가 '처해 있는 제도적 맥락'에 의해 변이되고 재구성되는 유동적 의미의 성격을 갖는다.22) 데카르트의 코기토로 부합되는 근대적 주체이론은 이후 니체, 하이데거, 데리다, 푸코로부터 비판을 받는다. '주체는 주어진

---

22) 푸코, 『앎의 의지』, 이규현 옮김, 나남, 1990, 114쪽. 참조.

것이 아니라 만들어 첨가된 것'23)이라는 니체의 말처럼 주체는 죽은 것이 아니라, '앎에의 의지'24)를 통해 위기를 극복하고 새롭게 생산된다. 푸코는 '성'을 통해 이 '앎의 의지'를 설명하는데, 그에 의하면 '성, 성적 욕망'의 이면에는 '앎의 의지'25)와 같은 권력주체 간의 '묵인 또는 공모 관계'26)라는 담론 생산방식이 적용된다. 그러면서 푸코는 '성적 욕망의 장치가 예속화의 수단이' 아니라 '자기 확인의 도구'임을 역설한다.27) 다시 말해 <日月> <노을> <피아골>을 통해본 일련의 소설들에서 주체의 동일성은 근원적 정체성을 통해 형성되는 것이 아니라, 이데올로기를 수용하고 그에 대항하는 담론 방식을 통하여 생산되는 것임을 보여준다. <피아골>에서의 '만화'나<노을>에서의 '나'<日月>에서의 '인철' 등은 실상 '무당'이나 '백정'을 금기시하는 암묵적 금기에 의한 이데올로기적 오류의 유형인 것이다. '누구나 자신의 근원적 정체성을 파악할 수 없다.'28)

이러한 관점에서<노을>에서의 '나'의 아버지나 '피아골'에서의 '만화'의 아버지는 권력담론에 복종한 것이 아니라 새로운 의지를 발현시킨 앎적 주체의 시발이었다고 할 수 있다. <노을>은 '만화'의 피아골 정착을 통해 지금까지 추상적 기억 속에 내재된 아버지를 복원시킴으로써 진정한 주체로 거듭나고자 하는 만화의 능동적 선택을 보여준다. <피아골>역시 지금까지 아들에게조차 함구해온 자신의 죽은 아버지를 '배도수'와

---

23) 강연안, 『레비나스의 철학, 타인의 얼굴』, 문학과지성사, 2005. 47쪽. 참조.
24) 푸코,『앎의 의지』, 위의 책, 114~116쪽, 참조.
25) 위의 책, 11쪽. 참조.
26) 위의 책, 같은 페이지, 참조.
27) 위의 책, 13쪽. 참조.
28) Lacan, Jacques(2008), *Le Séminaire livre XI. Les quatre concepts fondamentaux de la psychanalyse*, 『자크 라캉 세미나』, 맹정현 · 이수련 옮김, 새물결. p.119. 참조.

같은 추상적 이데올로기의 실체를 통해 새롭게 인식하고 복원한다. 이를 통해 권력담론의 희생자로서의 죽은 아버지는 나와 가족구성원과의 동일성을 띤 새로운 역사적 주체로서 정립되는 것이다.

5. 결론

지금까지 50년대 전후를 배경으로 하고 있는 황순원의 <日月> 문순태의 <피아골> 김원일의 <노을>을 중심으로 가족사 담론의 중심 역할을 해온 전통적 가부장의 모습이 폭력으로 점철되는 양상을 고찰하였다. 이로 인해 혈연의식을 바탕으로 한 아버지와 자식 간의 숙명론적 관계가 가족구성원들을 어떻게 변모시키고 피로 점철시켰는지 고찰하였다. 여기에는 가부장적 아버지의 좌익 이데올로기의 연루로 발생하는 복잡한 가족서사와 집단서사의 의미가 내재된다.

황순원의 <일월> 김원일의 <노을> 문순태의 <피아골> 등은 50년대 한국전쟁과 일제강점기 나아가 동학혁명으로까지 거슬러 올라가면서 민족과 역사적 주체로서의 주인공들의 모습을 투영하고 있다. 50년대 한국전쟁은 아버지 위치와 가정구성원들의 정체성적 변화를 야기하였다. 4 · 19로 점철되는 6,70년대에 들어서 현실의 논리에 순응하거나 급격한 산업화로 인해 전통적 아버지의 위치가 급격히 흔들리는 모습이 등장하지만, 아버지에 대한 향수는 여전히 존재한다. 김원일의 <노을>과 문순태의 <피아골> 황순원의 <일월>은 단순히 사회의 중심기표로부터 벗어난 피지배계층이나 소시민적 주인공의 자기 회고를 다룬 것이 아니라, 이 같은 역사적 주체로서의 아버지와 그 아버지로부터 연유되는 당대의 정치적 상황에 대한 잔혹함과 폭력에 대한 은유라고 할 수 있는 것이다.

이러한 의미에서 황순원의 <日月>에서는 건축공학도인 주인공 '인철'이 어느날 자신이 '백정'의 핏줄임을 알게 되는 것으로 나타난다. '백정'의 자식이라는 기표가 노출된 '인철'은 사회적 동일성을 상실한다. '혈통'을 고수하려는 큰아버지와 혈통을 거부하고자 하는 아버지의 전통과 현대의 가치관적 대립은 백정 혈통에 대한 암묵화된 집단구성원의 무의식적 금기의식이 내재된 것이다. 자신의 기표가 노출되면서 자살하는 아버지와 자신의 기표상실을 통해 동일성적 혼돈 을 체험하는 '인철'의 시간은 '진정한 '앎'의 동인인 '힘의 의지'가 발현되는 순간이다. 때문에 '인철'이 자신의 동일성을 인식하는 시간은 저항의 발로이며 또다른 담론의 주체가 될 수 있음을 보여주는 앎적 순간이다. 반면 '인철' 아버지, '김상진'의 죽음은 상징적 아버지의 죽음을 의미한다. 백정의 특정 지역에 대한 거주, 백정의 딸이라는 이유로 목매 자살하는 '인철'의 고모를 비롯한 '백정'에 대한 관습행위에는 권력담론 주체자로서의 일반인들의 그들에 대한 무의식적 금기의식이 내재돼 있다. '백정'을 일반인들과 분리하는 이 같은 금기행위의 이면에는 그들을 볼 때마다 집단적 주체들의 죄의식이 환기되는 것에 대한 부정의식이 내포돼 있다. 백정은 자신의 존재를 불가시화함으로써 그들의 폭력을 가중화하고 이를 무마하고자 신성의식을 강화한다. 동시에 지배계층들은 이들을 불가시 지역으로 격리함으로써 자신들의 죄의식을 배제한다.

문순태의 <피아골>은 주인공 '만화'가 좌익이데올로기에 연루된 아버지로부터 왜병들과 싸우다가 순절한 11대 할아버지를 거슬러 지리산 포수로 한일합방 이후 일본 헌병대에 저항하다 죽음을 당한 할아버지까지 거슬러 올라있음을 알게 되는 주인공 '만화'의 인식을 다루고 있다. 그녀는 자신의 아버지 '고추머리'가 자신의 의도와 상관없이 좌익이데올로기로 내몰리면서 권력담론의 주체가 됐음을 인식한다. 이를 통해 추상적 실체였던 얼굴도 모르던 아버지와의 동일성을 인식하게 된다.

김원일의 <노을>은 '백정' 아버지가 '배도수'라는 추상적 이데올로기로 인해 폭력적 아버지로 점철돼가던 '나'의 아버지에 대한 회상을 다루고 있다. 화자인 '나'는 좌익이데올로기에 가담으로써 무차별 사람들을 살육하던 아버지가 광기의 극에 달하고, 반면 그것을 주도했던 '배도수'는 오랜 세월 자신의 안일을 도모하며 살고 있음을 목격하면서, '도살자'였던 아버지가 실은 권력담론의 희생물이었음을 인식한다. 이러한 인식은 '나'의 아버지에 대한 회상을 통해 '배도수'라는 권력담론의 희생자로서 아버지를 새롭게 복원하고 나아가 원초적 아버지로서의 폭력성으로부터 벗어남으로써 종결된다. 이때 '아버지의 칼'은 유년시절 '나'에게 하나의 외상으로 작용한다. 그러한 외상적 상흔은 강박의식으로 작용하면서 철저한 자기부정의 한 형식으로 표출된다. 이러한 자기부정은 '삼촌의 별세'를 통해 분기점을 마련한다. 삼촌을 통해 유년시절의 자기를 돌아보고 그러한 계기는 폭력을 행사하던 아버지를 객관적 성찰의 대상으로 반추하는 것으로 극화된다. 사실 텍스트의 '제2장'부터는 화자의 유년시절이 극화되는 시점이고 이를 통해 이데올로기적 주체로서의 아버지의 삶이 반추되는데, 이는 단순한 과거로의 회귀가 아니고 유년시절의 아버지가 30여 년이 흐른 시점에서 반영적 나의 의식에 의해 재구성되는 것이다. 자신을 관객의 위치에서 돌아보는 반영적 시점은 자신 또한 누군가의 '응시'의 대상이 되고 있다는 객관적 성찰의식이기도 하다. 이는 또한 아버지의 역사를 통해 역사적 주체로서의 아버지는 권력담론의 주체라기보다 권력담론에 의해 생산된 피해자였음을 알게 되는 것이다. 이는 또한 나의 삶 또한 나의 아들의 눈으로 반추된다는 것에 대한 각성이기도 한 것이다.

'백정 아버지'의 좌익이데올로기의 전향을 다룬 김원일의 <노을>이나, '일본 헌병들한테 쫓겨 지리산 피아골'에 숨어들었던 아버지의 뒤를 이은 덕분에 '빨치산'이 될 수밖에 없었던 '만화' '아버지'가 자신의 의도와는 상관없이 좌익이데올로기에 편승할 수밖에 없었던 내용을 다룬 문순태의<피아골>은 모두 응시적 시선에 사로잡힌 주체와 역사적 주체로서의 아버지의 모습을 투영하고 있었다. '피아골'은 주인공 '만화'의 근원적 모태이자 '고추머리' 얼굴도 분명하지 않은 아버지와 '십일대 조부님의 피'까지 거슬러 올라가는 통시적 공간이자 과거와 현재 그리고 미래가 공존하는 공시적 공간인 것이다. 이로 본다면 만화의 몸에 흐르고 있는 뜨거운 피는 어떤 본질을 획득한다기보다 많은 역사적 아버지들의 응고물인 것이다. 이로 볼 때<노을>에서의 '나'의 아버지나 '피아골'에서의 '만화'의 아버지는 권력담론에 복종한 것이 아니라 새로운 의지를 발현시킨 앎적 주체의 시발이었다고 할 수 있다.<노을>은 '만화'의 피아골 정착을 통해 지금까지 추상적 기억 속에 내재된 아버지를 복원시킴으로써 진정한 주체로 거듭나고자 하는 만화의 능동적 선택을 보여준다.<피아골> 역시 지금까지 아들에게조차 함구해온 자신의 죽은 아버지를 '배도수'와 같은 추상적 이데올로기의 실체를 통해 새롭게 인식하고 복원한다.

요약하면 황순원의 <日月>에는 이 같은 반영적 주체의 자기 치유방식이 나타나지 않고 있다. 반면 김원일의 <노을>과 문순태의 <피아골>은 아버지와의 진정한 화해를 통해 가족구성원과의 동일성을 보여준다. 시간적 공백은 객관화된 자신을 응시의 대상으로 놓고 성찰하는 사후적 시간을 통해 극복된다. 이처럼 텍스트로 삼은 <노을> <피아골> <日月>은 단순히 사회의 중심기표로부터 벗어난 피지배계층이나 소시민적 주인공의 자기 회고를 다룬 것이 아니라, 역사와 역사로 거듭되는 잔혹함과 폭력에 대한 은유라고 할 수 있다. 해방을 전후해 많은 이 땅의 많은 죽은 아버지들은 응시적 시점에 놓임으로써 주체성을 상실했던 것이다. '백정 아버지'의 좌익이데올로기의 전향을 다룬 김원일의 <노을>, '일본 헌병들한테 쫓겨 지리산 피아골'에 숨어 든 아버지의 뒤를 이어 '빨치산'이 된 후 좌익이데올로기에 편승할 수밖에 없었던 <피아골>'만화'의 '아버지' 역시 응시적 시선에 노출된 위기적 주체의 모습을 보여준다. 이들 작품에서 '아버지'는 주인공들로 하여금 동일성의 원천으로 작용한다. 이들 작품에서의 주인공들은 역사적 아버지와의 진정한 화해를 통해 상상적 동일시의 오류를 극복하고자 한다. 김원일의<노을>은 화자의 아버지와의 화해를 통해 유년시절의 외상에서 벗어나게 되는 시발점을 이룬다. 이는 나아가 개인적 자아를 역사적 주체로 새로 인식하는 시발점이기도 하다. 이러한 관점에서 <노을>에서의 '나'의 아버지나 <피아골>'의 주인공 '만화'의 아버지는 권력담론에 복종한 것이 아니라 새로운 의지를 발현시킨 앎적 주체의 시발점을 이룬다. 이러한 시발점은 역사적 주체로서의 '죽은 아버지'를 복원함으로서만이 가능한 것임을 보여준다.

참고문헌

1. 기본자료

김원일, ≪노을≫, 문학과 지성사, 1987;1997 재판.

문순태, ≪오늘의 한국문학 33인선≫, 양우당, 1988.

황순원, ≪日月≫전집8, 문학과 지성사, 1983.

염상섭, ≪삼대≫ 外, 두산동아, 1995.

2. 단행본 및 논저

가라타니 고진, 김경원 옮김,『마르크스 그 가능성의 중심』, 이산, 1999, 169면, 참조.

Foucault, Michel(1961),『광기의 역사』, 김부용 옮김, 서울:인간사랑. 1991, 27~32면.

_____, 이규현 역,『앎의 의지』, 나남, 1990, 11면. 참조.

Lacan, Jacques(2008), *Le Séminaire livre XI. Les quatre concepts fondamentaux de la psychanalyse*,『자크 라캉 세미나』, 맹정현 · 이수련 옮김, 새물결.라캉,『세미나』,119~120면. 참조.

S.Freud,「본능과 그 변화(Tribe und Triebschicksale)」,『정신분석학의 근본개념』, 열린책들, 윤희기 · 박찬부 옮김, 1997; 2003[재간], 367~381면. 350면.

S.Žižek(1999),『까다로운주체』, 이성민 옮김, 도서출판, 2005, 501~506면.

_____, (1989),『이데올로기라는 숭고한 대상』, 이수련 옮김, 서울:인간사랑. 2002. 184~193면, 참조.

강연안,『레비나스의 철학, 타인의 얼굴』, 문학과지성사, 2005. 47면. 참조.

김근식,「아나똘리 김의 장편 <아버지 숲>에 나타난 조상의 고국의 함축적 의미」.『슬라브학보』19, 한국슬라브학회, 2004.

김미현,「한국 근,현대 베스트셀러 문학에 나타난 독서의 사회사 −1980~1990년대 소설의 "아버지" 담론을 중심으로」,『比較文學』36,한국비교문학회, 2005.

서석준,『현대소설에서의 아비상실』, 시학사, 1992.

오연희, 황순원의「일월」연구, 1996, 충남대학교 박사논문.

이상란, 「오태석 <만파식적>의 아버지 이마고와 통일담론」, 『한국연극학』제49호, 2010.

조윤아, 「1970년대 박경리 소설에 나타난 "아버지"에 관한 연구「단층」과 「토지」를 중심으로)」, 『현대소설연구』36, 한국현대소설학회, 2007.

표세만, 「대중소설 속 은폐된 '아버지'의 이미지 형성에 관하여」, 『日本語文學』45권, 2010.

Derrida, Jacques(1967). *Writing and Differance*. Trans. Alan Bass, Univ. of Chicago . Great Britain by TJ international Ltd... Press, 1978. 248~250면. 112~114면.

S.Žižek(2001), *Enjoy Your Symptom, London: Routledge*. 2면, 참조.

한국현대소설의 이론과 쟁점

| 초판 1쇄 인쇄일 | | 2016년 12월 25일 |
| 초판 1쇄 발행일 | | 2016년 12월 27일 |

지은이		최영자
펴낸이		정진이
편집장		김효은
편집/디자인		우정민 박재원 백지윤
마케팅		정찬용 정구형
영업관리		한선희 이선건 최인호 최소영
책임편집		백지윤
인쇄처		국학인쇄사
펴낸곳		국학자료원 새미(주)

등록일 2005 03 15 제25100-2005-000008호
서울특별시 강동구 성안로 13 (성내동, 현영빌딩 2층)
Tel 442-4623 Fax 6499-3082
www.kookhak.co.kr
kookhak2001@hanmail.net

| ISBN | | 979-11-87488-28-6 *93800 |
| 가격 | | 42,000원 |